KB162710

을 유 세 계 문 학 전 집 · 6 9

# 우리 짜르의 사람들

# 우리 짜르의 사람들

Lyudi nashevo tsarya

류드밀라 울리츠카야 지음 · 박종소 옮김

을유문화사

옮긴이 **박종소**

서울대학교 노어노문학과와 동 대학원을 졸업했으며, 러시아 모스크바 국립대학교 어문학부에
서 『블라디미르 솔로비요프의 시: 미학적·도덕적 이상의 문제』로 박사 학위를 받았다. 현재 서
울대학교 노어노문학과 교수로 재직 중이다. 주요 논문으로 「레프 톨스토이, 생애와 문학의 현
재적 의의」, 「러시아 문학의 종말론적 신화양상 I·II·III」 등이 있으며, 옮긴 책으로 표도르 도
스토옙스키의 『아저씨의 꿈』, 바실리 로자노프의 『고독』, 미하일 바흐친의 『말의 미학』(공역),
블라디미르 솔로비요프의 『악에 관한 세 편의 대화』, 레프 톨스토이의 『무도회가 끝난 뒤』(공
역), 베네딕트 예로페예프의 『모스크바발 페투슈키행 열차』 등이 있다.

**을유세계문학전집 69**
# 우리 짜르의 사람들

발행일·2014년 7월 10일 초판 1쇄 | 2018년 12월 20일 초판 2쇄
지은이·류드밀라 울리츠카야 | 옮긴이·박종소
펴낸이·정무영 | 펴낸곳·(주)을유문화사
창립일·1945년 12월 1일 | 주소·서울시 마포구 월드컵로16길 52-7
전화·02-733-8153 | FAX·02-732-9154 | 홈페이지·www.eulyoo.co.kr
ISBN 978-89-324-0401-1 04890  978-89-324-0330-4(세트)

• 값은 뒤표지에 표시되어 있습니다.

# 차례

우리 짜르 곁엔 별별 사람들이 다 있다니깐!

– 니콜라이 레스코프*

어느 날 문득 너는 자신이 존재하지 않는다는 것을 알게 된다. 너는 천 개의 조각으로 쪼개어지고 그 조각 하나하나마다 눈과 코와 귀가 달려 있다. 시력은 곤충의 낱눈 같아져 매 조각이 저마다의 상을 갖고, 청각도 입체적인 것이 된다. 갓 내린 눈 내음과 식당 냄새는 열대 식물의 향기와 타인의 암내에 섞여 불협화음을 이룰 것이다.

낯설고 우연적인 몸짓, 생각, 감정 들로부터 너 자신의 '나'를 모으고 구성하기 위해 너는 젊었을 적부터 막대한 노력을 해 왔다. 그리고 너는 그 온전한 자기 자신을 얻기 직전이다. 너는 스스로 달성한 것에 대해 자긍심을 느낄 정도다. 자신의 독창적인 개성으로 바로 그 이름-성(姓)에 활력을 불어넣고, 이 무의미한 소리에 자신의 개체성, 독창적인 면모를 부여한다.

그리고 갑자기 꽝! 수많은 파편들. 그 어디에도 완전한 '나'는 없다. 그 어디에도 '나'라는 것이 존재하지 않는다는 무시무시한 수수께끼. 존재하는 것은 단지 교통 표지판들, 그리고 깨진 만화경. 그리고 각각의 파편 안에는 네가 고안해 낸 모든 것들, 이 우연적인 쓰레기들과 바로 그 '나'—베토벤을 즐겨 듣는 눈먼 늙은이, 즐거움도 없이 우수에 잠긴 미녀, 위안받지 못하는 두 명의 노파, 그리고 바보짓, 비밀, 거짓말 그리고 세상의 아름다움에 놀라는 제냐라는 소녀—가 있을 뿐. 작가는 바로 자기 자신의 대표이자 전령인 제냐 덕분에 이미 지긋지긋해진 오래된 자신의 관점, 닳아빠진 평가와 의견에서 벗어나려고 노력할 수 있었다.

작가는 관찰자와 관찰 대상의 중간쯤에 남아 있다. 작가의 흥미는 더 이상 자기 자신에게 머무르지 않는다. 작가는 스스로 관찰의 영역 안에 존재할 뿐, 경도되거나 편중되지 않는다. 자신에 대한 거대한 거리감 안에서야말로 재미있는 놀이가 시작되는 것이다! 너는 곧 잎사귀들과 돌멩이들, 사람들, 구름의 아름다움이 바로 한 사람의 장인의 손으로 엮여져 있다는 것을, 미풍이 잎사귀들과 그 그림자들을 흐트러뜨리고 있다는 사실을 감지하게 될 것이다. 잔물결 위에 새로운 무늬가 생기고 늙은이들이 세상을 떠나가고 갓 태어난 것들이 두 눈을 동그랗게 뜨는 동안 구름은 물이 되어 사람과 동물의 목을 적시다가 이윽고 그들의 녹아내리는 몸과 함께 토양으로 스며든다.

그리고 이 모습을 관찰하는 우리 짜르의 작은 사람들이 있다. 그들은 서로 기뻐하고 싸우고 죽이고 입을 맞춘다. 거의 존재하지 않는 작가를 눈치채지 못하면서.

우리 짜르의 사람들

# 당나귀 길

도로는 1차 세계 대전의 슬픔으로 조각난 산으로 난 터널을 통과하고 나서 작은 도시를 향해 흐르다가 지방 농촌으로 여러 개의 얇은 갈래가 되어 흩어졌다. 그르노블로, 밀라노로, 로마로……. 터널로 들어가기 전, 우리는 도로에서 빠져나와 그다지 넓지 않은 옆길로 발걸음을 돌렸다. 이 길은 산 위로 나 있는 것이었다. 이렇게 옆길로 새는 일이 전혀 낯설지 않았던지 마르셀의 표정은 아주 즐거워 보였다. 그도 그럴 것이 이 길을 통해야만 1세기에 로마에서 만들어진 오래된 도로에 다다를 수 있었기 때문이다. 사실 유럽의 사치스러운 6차선 고속도로들은 대부분 로마 도로에 기반을 둔 것이다. 마르셀은 우리에게 처음 그대로의 모습을 간직하고 있는 로마 도로 유적을 보여 주고 싶어 했다. 작은 마을들을 서로 이어 주는, 두 대의 자동차가 겨우 지나갈 수 있을 듯한 평탄하고 좁은 저 포장도로는 터널이 완공되고 난 이후에 메워졌다고 한다. 이 산 아래 있던 로마 우편국을 통하면 영국에서 시리아로 편지를 부치는 데 열흘이면 충분했다는 말도 덧붙였다…….

길을 타고 오르던 우리는 차에서 내렸다. 울퉁불퉁한 자갈로 된 길을 포장한 돌들은 2천 년 전에 놓인 것인데 이미 수백만의 다리와 바퀴로 거의 평평해져 있었다. 갓길은 약간 경사져 있었고 측면이 튀어나와 있었다. 우리 일행은 셋이었다. 5년 전 이곳에 와 본 적이 있는 중년의 변호사 마르셀, 호사스러운 귀족 가문의 성과 고약한 성격을 가진 뚱뚱한 아녜스 그리고 나.

길은 상당히 비탈졌다. 그런 지역에는 으레 불안감 같은 것이 녹아 있다. 또, 그 불안감에 대항하여 어떤 저항력이 발생한다. 이 저항력으로 인해 로마 인들은 북쪽으로, 서쪽으로 그 어디든 상관없이, 차가운 바다로, 평평한 대지로, 그 누구도 지난 적 없는 숲으로, 빠져나갈 수 없는 늪으로 뻗어 나갔다.

"당시에 존재했던 그 민족의 땅을 여러 갈래로 나눈 게 바로 이 도로들이야. 거기에서부터 바로 유럽 국가들이 생성된 거고……." 이렇게 말하는 마르셀은 멋있는 제스처로 자신의 회색 곱슬머리를 흐트러뜨렸다. 상인의 아들임에도 불구하고 그는 귀족을 닮았다. 오히려 뚱뚱한 붉은 볼 사이에 작은 코를 가진 아녜스가 귀족과는 거리가 멀어 보였다.

"그러니까 네 말은 이게 바로 로마 시대 도로라는 거지?" 그녀는 짧은 손가락으로 땅바닥을 가리키면서 말했다.

"그렇지, 여기 지도도 보여 줄게." 마르셀이 활기에 차 대답했다.

"내 생각엔 네가 뭔가 헷갈리고 있거나 되지도 않을 소리를 하는 것 같은데?" 아녜스가 반문했다. "이런 오래된 길은 폼페이에서도 봤는데 말이야, 거기에는 깊은 홈이 있던데? 거기 돌들은 바퀴 때문에 20센티미터씩 패어 있었다고, 근데 여기는 좀 봐, 홈 같은 건 흔적도 없고 그냥 평평한 길이잖아."

비단 우리가 자동차에서 같이 보낸 세 시간뿐만이 아니라 둘 사이의 이런 식의 논쟁은 주제를 막론하고 지난 20년간 끊인 적이 없었다. 차에 있을 때는 눈치챌 정도는 아니었는데 지금은 아예 팬 홈이 어쩌니 저쩌니 하며 뜨겁게 논쟁 중이다. 마르셀은 로마 인들이 도시 외부 도로와는 다르게 도시 내부 도로를 만들 때는 돌 안에 마치 철도 레일처럼 길을 일부러 파냈던 것이지 그것이 바퀴 때문에 생긴 것은 절대 아니라고 단언하였다.

고개에서 바라본 풍경은 마치 크림 반도의 풍경과 비슷하였지만 더 장대했다. 지평선 위 손짓하는 듯한 아지랑이가 저 멀리 바다가 있다는 것을 알려 주었다. 이곳 고개에서부터는 고귀한 대열로 줄세워진 포도나무들과 올리브 숲이 보였다. 무너져 내린 흙더미는 열을 이루고 있는 격자 장대들과 층계 지대에 의해 지탱되고 있었다.

이 장대들의 발치에는 바싹 말라 으스러질 것 같은 샐비어 줄기가 보였고 땅을 따라서는 세이보리들이 펼쳐졌다. 좀 더 멀리에는 꽃철이 지난 넓은 카파리스 나무 덤불이 보였다.

주차했던 곳으로 돌아온 우리는 천천히 아래로 차를 몰았다. 마르셀은 그리스의 길들이 로마의 길들과 어떤 점에서 차이가 나는지 설명하였다. 그리스 인들은 당나귀를 산을 넘겨 보내 그 흔적을 따라 길을 만들었다. 한편, 로마 인들은 A 지점부터 B 지점까지 직선으로 산을 가르고 호수의 물을 빼내 거기에 도로를 냈다…… 역시나 아녜스는 이에 반론을 제기했다.

우리가 향하고 있는 마을은 내게 낯선 곳이 아니었다. 몇 년 전 나는 이 마을에서 사흘간을 보낸 적이 있다. 이 마을 가까운 어떤 도시에서 축제가 있어, 나는 도시 안에서 여관을 구하든지 이 작은 마을에서 묵든지 선택해야 했었다. 나는 낡은 농가에 살고 있는 주네비예브라는 여인의 집에서 머물기로 결정을 했었다. 그 당시 내가 보았던 모든 것은 나에게 깊은 놀라움과 감동을 주었다. 주네비예브는 사실 1968년 혁명 당시 파리에 있던 학생들 중 하나였다. 그녀는 좌파든, 생태주의든, 잡초주의든, 모든 비밀 모임에 가담해 본 적이 있었고 미끼란 미끼는 다 집어삼킨 후 잠적해 버렸다. 내가 그녀를 만나게 된 그때 즈음 그녀는 이미 행복하게 혼자 사는, 푸르고 강인해 보이는 눈을 가진 까무잡잡한 농촌 여인이었다. 그녀의 행동이 다소 굼뜨다고 여겼던 나는 곧 그녀가 부러워할 만한 정신적인 평온 상태에 있다는 것을 알게 되었다. 그녀는 자기 손으로 지은 이 집에서 벌써 10년간 살고 있었다. 이 집은 영혼과 육신이 필요로 하는 모든 것을 갖추고 있었다. 온수, 샤워, 전화, 인적 없는 산의 아름다움, 긴 여름과 짧지만 눈이 오는 겨울 등이 바로 그것이었다.

주네비예브가 찾았던 완벽한 고독은 오래가지는 못했다. 세월이 지날수록 그 고독은 덜 완벽해졌다. 그녀가 이 장소를 발견했을 때 여기에는 네 채의 집이 있었다. 그중 두 채에는 사람이 살지 않았고 다른 두 집에는 농민들이 살고 있었다. 한 이웃은 포도밭 이외에도 기계 작업장을 가지고 있었고 다른 한 이웃은 양 떼를 소유하고 있었다. 주네비예브는 텅 빈 집 두 채 가운데 한 채를 샀다. 기계공과 양치기는 혼자 있으려는 주네비예브를 방해하지 않았다. 길가에서 마주치는 일이 있어도 그들은 살짝 고개만 숙여 인사했을 뿐 그녀를 친구로 부르지는 않았다.

기계공은 언뜻 보기에 그저 무뚝뚝한 사람이었다. 양치기는 평범한 사람이 아니었다. 수도승이었던 그는 수도원에서 오랜 시간을 보낸 후 노부모가 병약해졌을 때 집으로 돌아왔다.

이 네 채의 집 가운데에 서 있는 작은 성당은 닫혀 있었다. 나는 이곳에 가까이 가 창문 안을 들여다본 적이 있는데, 제대 뒤 하얀 벽 위에 루블료프* 스타일의 삼위일체 성화가 보였다. 프랑스 지식인층이었던 주네비예브는 무신론자였다. 그녀의 말에 따르면 기벽

일 정도로 정교에 치우친 이 수도승을 교회 당국은 냉대하고 있었다. 그래서 이 지역에 성직자가 부족함에도 불구하고 그는 이웃 마을의 비어 있는 성당들로도 초청받지 못한다는 것이다. 그래서 그는 아주 가끔 이 장난감 같은 작은 성당에서만 신과 자신의 어머니를 위해서 미사를 드린다고 했다. 이것을 '옳지 않은 것'으로 여기는 기계공의 가족들은 이 미사에 참석하지 않는다고도 했다……. 나는 이렇게 먼 곳에서도 순전히 러시아적이라고 여겨지는 문제와 부딪힌다는 것이 이상하게 생각되었다. 양치기 수도승은 그해에 볼 수 없었다. 왜냐하면 산 어딘가에서 양 떼를 치고 있었기 때문이었다.

주네비예브에게는 다 큰 아들과 딸이 있었지만 서먹서먹한 자식들이나 지인들이 그녀를 방문하는 일은 극히 드물었다. 그들이 오면 그녀는 기뻐하긴 했지만 그들이 그녀를 혼자 남겨 두고 떠날 때에도 기뻐하는 건 매한가지였다. 다시 혼자만의 생활을 되찾은 그녀는 산책, 명상, 요가, 열매나 허브 채집, 작은 채소밭 가꾸기, 독서, 음악 등으로 가득 찬 일과를 물릴 정도로 즐겼다. 음악 선생님이었던 그녀는 이제야 비로소 한쪽으로 치우치지도 않고 강제적이지도 않은 자신만의 놀이를 맘껏 즐기는 법을 배웠다.

완벽할 줄로만 알았던 독신 생활에 첫 번째 훼방을 놓은 것은 그녀의 첫 번째 남편이 이 마을에 반해 자신의 새 가족과 함께 마지막 남은 빈 집 한 채를 사기로 결정했을 때였다. 그는 그 집의 상속자들을 수소문하였고 그들은 너무나도 반갑게 집을 팔았다. 집은 수리되었고 새로운 이웃이 된 이들은 방학 때에만 이곳에 살았으며 아주 세심하게도 되도록 주네비예브가 불편하지 않게끔 노력하였다.

두 번째 사건은 좀 더 규모가 컸다. 그것은 마르셀이었다. 마르셀은 그녀의 일생의 충실한 숭배자였다. 그녀는 이성 사이에 가능한 모든 관계를 그와 함께 경험했다. 언젠가 주네비예브는 그의 정부였었다. 그리고 그 이후에 마르셀의 부인이 그를 떠났을 때 주네비예브는 그의 청혼을 거절하고 한 달 후면 잊게 될 젊은 청년 때문에 그를 버렸었다. 이후 주네비예브와 마르셀은 오랜 기간 동안 알고 지내면서 어려운 일이 있을 때 서로를 도와주었고 마르셀이 태국으로 일을 하러 떠났을 때에는 오랜 기간 편지도 주고받았다. 어느 날 그녀는 태국에 있는 그를 방문했고 그 이후 그들의 관계는 다시 불붙는 듯하더니 곧 주네비예브는 파리로 떠나 사라져 버렸고 그 후 몇 년간 마르셀은 그녀를 볼 수 없었다. 파리로 돌아온 마르셀은 그녀를 수소문하였고 그녀를 발견하고서는 그녀의 변화에 놀라지 않을 수 없었다. 그녀의 은둔자 같은 새로운 모습도 그는 마음에 들었다. 그래서 그는 자신의 삶의 방식도 주네비예브 방식으로 바꾸기로 결정하였고 그녀의 집에서 1.5킬로미터 정도 떨어진 오래된 버려진 저택을 샀다. 돌로 된 담장과 그 안에서 저택을 둘러싼 별채들은 주네비예브의 집 꼭대기 층에서도 보였다…….

우리는 생각했던 것보다 조금 늦게 도착했다. 마을의 입구에 들어서기 무섭게 제법 큰 어떤 동물이 빠르게 도로를 가로지르는 것이 자동차 헤드라이트에 보였다. 아녜스가 순간적으로 잠에서 깨어 소리쳤다.

"조심해! 너구리야!"

"맞아, 여기에 너구리가 많아. 저 녀석은 내가 아는 놈인데 반경 300미터 안에 놈의 굴이 있어." 마르셀이 그녀를 진정시켰다.

벌써 어두워졌다. 집에서 불빛이 흘러나오고 있었다. 열려 있는 문 사이로 하얀 천이 펄럭이고 있었다. 그 사이로 주네비예브가 나왔다.

우리는 특정한 용도 없이 만들어진, 아치처럼 생긴 큰 공간으로 들어섰다. 아치는 완전히 비대칭형이었다. 여섯 개의 걸쇠들도 있었는데 거기에 예전에 무엇이 걸려 있었는지는 알 수 없었다.

우리를 위해 음식이 준비되어 있었다. 하지만 손님들은 불을 지핀 벽난로 곁에 앉아 있었다. 늙어 빠진 카우보이를 닮은 남자가 바로 주네비예브의 전남편이라는 것을 나는 금방 알아볼 수 있었다. 무거워 보이는 턱에 치열이 고르지 않은 삐쩍 마른 늙은 여자는 그의 두 번째 부인이 틀림없었다. 열 살쯤 되어 보이는 소녀는 그들의 딸이었는데 아빠에게서는 고운 얼굴선을 물려받았고 엄마에게서는 다소 다듬어지지 않은 귀여움을 물려받았다. 오래된 천으로 덮인 안락의자에는 커다란 양귀비꽃과 백합 무늬의 원피스를 입은 노란 터번을 쓴 젊지 않은 흑인 여인이 앉아 있었다. 뚜껑이 열려 있는 피아노 위에는 악보가 놓인 것으로 보아 방금까지 음악이 연주되고 있었음이 틀림없었다……. 벽난로의 불이 벽과 아치형 천장의 그림자들을 흔들었다. 나는 마치 현실 세계에서부터 꿈 혹은 영화 속으로 튀어 들어온 것 같은 느낌을 받았다…….

하루의 여정을 마치고 우리는 몸을 씻었다. 물이 나오는 세면대도 있었지만 옆 테이블 바로 위에 도자기 세숫대야와 물 항아리가 놓여 있었다. 샤워하는 곳에는 커튼이 달려 있지 않았고 그 옆에 대나무 병풍이 있었다. 오래된 수건이 고리에 걸려 있었다. 재주가 많은 주네비예브의 손길은 다락방, 선반, 쓰레기통에 이르기까지 모든 곳에서 느껴졌다. 집 안의 모든 환경이 폐허로부터 복원된 것 같았다.

여행의 먼지를 씻어 내고, 우리는 서로에게 입술을 대지 않는 유럽식 키스를 두 번씩 나눴다. 주네비예브는 우리를 식탁으로 안내했다. 큰 식탁은 오렌지색 식탁보로 덮여 있었다. 타원형 접시에는 빨간빛이 도는 황금색 호박 퓌레가 있었고 냄비에는 사냥을 좋아하는 마르셀이 잡은 구운 토끼 고기가 있었다. 흙으로 만든 투박한 접시들 사이에는 금잔화와 가을 산꽃들이 널브러져 있었다. 냅킨이 덮여 있는 빵 광주리에는 빵을 전혀 사지 않는 주네비예브가 구운 얇은 전병들이 들어 있었다. 저녁 식사에 곁들일 와인은 주네비예브의 전남편이자 와인 전문가이며 애호가인 장-피에르가 자신의 보물 창고에서 가지고 나온 것이었다. 그는 형형색색의 잔들에 와인을 나누어 따랐다. 한 번도 본 적이 없는, 나선 모양으로 길게 꼬인 빨간색 손톱을 가진 흑인 여인 에일린은 조심해서 전병들을 쪼개어 손님들에게 나누어 주었다. 마르셀은 두 팔을 들어 올리며 말했다.

"정말 좋다!"

주네비예브는 오렌지색 음식을 접시에 담으면서 자신의 밖보다는 내면을 향한 부처님 같은 미소를 지어 보였다. 프랑스 인들이 나누는 것과 같은 식탁 대화는 없었다. 모두가 조용히, 마치 비밀스러운 의식의 순간을 깰까 봐 걱정하는 것처럼 대화했다.

장-피에르의 두 번째 부인인 마리가 나가 잠시 후 안쪽 방으로부터 내가 한 번도 본 적이 없는 아이를 데리고 나왔다. 잠을 자던 아이는 빛 때문에 그 작은 얼굴을 찡그리며 돌렸다. 아이는 세 살이었다. 아이의 팔과 다리는 헝겊 인형의 그것처럼 달려 있었다. 마리는 아이에게 젖병을 물렸다. 손으로 젖병을 잡을 수는 없었지만 아이는 마지못해 젖병을 느리게 빨았다.

소녀 이베트는 엄마에게 다가가 작은 목소리로 무언가를 부탁했다. 엄마는 몸을 구부려 소녀의 팔에 아기를 넘겨 주었다. 소녀는 마치 성찬식에 쓰이는 제기를 받는 것처럼 아기를 받아 안았다…….

아기를 부드럽게 바라보는 장-피에르는 더 이상 퇴직한 카우보이처럼 보이지 않았다…….

주네비예브가 나에게 말했다.

"우리 천사 샤를이에요."

아기는 전혀 천사나 큐피드를 닮지 않았다. 아이의 얼굴은 길고 말랐으며, 눈동자가 멍했다. 내가 생각하는 천사들은 전혀 다른 모습을 하고 있었다…….

나는 잔을 들고 말했다.

"여기 다시 오게 되어서 너무 기쁩니다." 나는 "친구들"이라고 말하고 싶었지만 혀가 그렇게 돌아가지 않았다. 주네비예브를 제외하고서 다른 사람들을 나는 처음 보는 것이었기 때문이다. 나를 태워 가려고 오늘 아침 엑상-프로방스에 들렀던 마르셀과 아녜스를 포함해서.

하지만 어쩐지 지금 이 순간 이들은 나에게 친구나 친지 들보다도 더 가까운 사이처럼 느껴졌다. 뭐라 설명할 수 없는 순간적인 강한 연대감이 생겼다.

우리는 먹고 마시며, 조용히 날씨와 자연에 대해서, 주네비예브가 자신의 텃밭에서 키운 호박에 대해서, 여기서 멀지 않은 곳에 살고 있는 너구리에 대해서, 다 익은 과일을 쪼아 먹는 개똥지빠귀에 대해서 이야기했다. 그다음 주네비예브는 치즈와 샐러드를 내왔다. 내가 보기에 그녀는 샐러드 거리를 사기 위해 일부러 시내 시장까지 다녀온 듯싶었다. 그녀는 자신의 텃밭에서 샐러드용 채소가 자라지 않는 것에 대해서 불평을 했다. 해가 너무 많이 들어서였다. 나는 주네비예브가 아주 적은 연금으로 생활하며 대개 밀가루, 쌀, 올리브기름, 치즈만을 구입한다는 것을 알고 있었다. 그리고 나머지 다른 것들은 자신의 텃밭에서 키우거나 숲에서 따 왔다.

남자 아기는 아빠의 팔에 안겨 자고 있었다. 그리고 그다음에는 그 아이를 흑인 여인 에일린이 받아 안았다. 아기는 잠에서 깨지 않았다. 이베트가 주네비예브에게 다가와서 그녀를 안았다. 소녀가 주네비예브의 귀에 대고 몇 마디를 속삭이자 그녀는 고개를 끄덕였다.

모두가 벽난로 근처에 다시 자리를 잡고 앉았다. 주네비예브는 이베트가 성탄절을 위해 준비하고 있는 레퍼토리에서 한 부분을 우리에게 조금 연주해 줄 것이라고 말했다. 소녀는 의자에 앉았다. 주네비예브는 선반에서 두꺼운 책 두 권을 꺼내 의자에 올려놓고는 소녀를 들어 올려 앉혔다. 주네비예브가 책 두 권 위에 공단으로 된 얇은 쿠션을 받쳐 주자 책 위에 앉아 자리를 잡기 위한 소녀의 꼼지락거림은 그제야 멈췄다. 주네비예브는 악보를 열었다. 이베트에게 무언가 속삭이자 그녀는 갈색 머리를 귀 뒤로 넘겼다. 앞머리를 빨간색 머리띠 뒤로 넘기고 손을 건반 위에 얹더니 크게 숨을 한 번 들이마시고는 연주를 하기 시작했다.

어린아이의 손에서 소리들이 흘러나와 천진한 멜로디를 이루었다. 주네비예브가 갑자기 여자아이다운 높은 목소리로 노래를 부르기 시작했다. "너의 아코디언을 가져와, 너의 피리를 가져와…… 어서 빨리, 플루트를 가져와…… 오늘 밤 예수님이 태어나신대……" 프랑스 어로 된 노랫말은 더할 나위 없이 달콤하게 들렸다.

에일린이 잠에서 깬 샤를을 무릎에 앉혀 놓고 등을 쓰다듬어 주자 아이의 팔과 다리, 고개가 아래로 축 늘어졌다. 아이는 머리를 지탱하지 못했다. 마리가 걱정스러운 듯이 아이 쪽을 쳐다보자 에일린이 곧 눈치를 채고는 손을 아이의 턱에 대고 머리를 받쳐 주었다. 곱게 미소 짓는 아이를 쳐다보는 에일린의 미소 가득한 얼굴은 나에게 어쩐지 매우 낯익게 느껴졌다.

주네비예브와 이베트는 듀엣으로 노래를 불렀다. 단순한 음악의 박자에 맞추어 고개를 흔들고 입을 모아 열심히 불렀다. 노래의 마지막 즈음에는 노래에서 무언가가 엇나갔다. 가사가 연주보다 더 길었다. 어둠이 내린 방 안에서 주네비예브의 목소리만이 외롭게 남아 울려 퍼졌다. 이베트가 그녀의 목소리를 도와주려 했지만 이내 유야무야되었다. 음악은 뒤범벅이 되었고 모두가 웃고 손뼉을 쳐 댔다. 이베트가 부끄러워하며 일어나려고 쿠션 위에서 몸을 뒤척이자 쿠션의 붉은 술들이 흔들렸다. 나는 쿠션의 술들 사이에서 두꺼운 책의 제목을 알아볼 수 있었다. 『나폴레옹 전쟁사』와 『성경』이었다. 오렌지색 식탁, 에일린의 붉은 손톱, 이 금색 글자들, 모든 사소한 것들이 너무나도 선명하게 눈에 들어와 하나라도 잊어버리기에는 너무 안타까운 것들이었다……

주네비예브는 악보를 넘겼고 이베트는 어린이를 위해 편곡된 바흐를 쳤는데 어찌나 엄격하고 섬세하고 깨끗하게 치는지 아마 바흐가 살아 있었더라면 만족하고도 남을 정도였다. 에일린은 샤를의 등을 쓰다듬으며 무릎 위의 아이를 가볍게 달래듯 흔들었다. 남자들은 칼바도스를 마셨다. 마리는 딸이 무사히 공연을 마친 것을 조용히 즐거워하였다. 하지만 더 기뻐했던 것은 주네비예브였다.

"작년 여름부터 간간이 연습을 했었는데, 이것 좀 봐, 정말 잘했잖아!"

"맞아, 주네비예브, 정말 환상적이었어."

그러고 나서 주네비예브는 피아노 앞에 자리를 잡았다. 이베트가 그녀의 등 뒤에 섰다. 악보를 넘겨 주기 위해서였다. 주네비예브는 슬픈 소곡을 쳤다. 슈베르트인 것 같았다.

마르셀이 이 틈에 상자를 가져오더니 클라리넷을 꺼냈다.

"안 돼, 안 돼, 너무 오랫동안 우리 연주 안 해 봤잖아." 주네비예브가 손을 저었다. 하지만 이베트가 말했다.

"제발요, 꼭 듣고 싶어요."

주네비예브는 소녀의 부드러운 부탁을 거절할 수가 없었다.

보면대를 가져왔다. 마르셀은 헝겊으로 악기를 닦았다. 악기의 목을 닦고 몇몇 음을 소리 냈다. 이베트는 벌써 악보를 골라다 놓았다. 어떤 악보를 가져다 놓아야 하는지 이미 알고 있었던 그녀는 노란색 종이를 펼쳐 놓았다.

"자 준비되었어요."

엑상-프로방스에서부터 오는 길 내내 떠들어 대던 아녜스도 우리가 이 집에 들어선 순간부터는 조용히 하고 있었다. 마르셀이 악기를 꺼내 들자 아녜스는 오늘 저녁 자신의 첫 번째 말을 하였다.

"난 네가 더 이상 클라리넷 연주 안 하는 줄 알았는데."

"아주 드물지, 아주 드물어." 마르셀이 말했다.

"아냐, 아녜스. 어쨌든 마르셀은 클라리넷을 계속 연주해 왔다니깐." 주네비예브가 의미심장하게 말했다.

에일린은 아이를 눕혔다. 그녀는 아이의 머리를 자신의 부드러운 가슴골에 대고 아이의 등을 자기 가슴 쪽으로 바짝 당겨 안았다.

그들은 연주하기 시작했고 곧 엉켰고, 다시 새로 연주하기 시작했다. 그것은 아주 오래된 18세기의 목가였다. 클라리넷이 불안정해 처음엔 주네비예브가 클라리넷의 소리를 압도했지만 곧 클라리넷의 소리가 강해져 연주가 막바지에 다다를 즈음에는 두 소리가 화음을 이루어 내었다. 아마추어들의 창작곡은 프로들의 음악에서는 전혀 느낄 수 없는 생동감과 특별한 성격을 가지고 있었다. 이 음악에는 마치 음악 학교의 복도를 지날 때 들을 수 있는 떨리는 소란스러움, 콘서트홀의 부드러운 객석 의자에 앉아서는 절대

들을 수 없는 그 무엇이 있었다.

　마리는 에일린에게서 아이를 받아 안으려 하였지만 에일린은 고개를 흔들었다. 그리고 갑자기 일어서더니 자기 쪽으로 샤를을 끌어안은 상태로 노래를 부르기 시작했다. 그녀가 노래를 시작하자마자 나는 그녀를 알아보았다. 그녀는 미국에서 온 유명한 흑인 영가 가수였다. 그녀는 또한 내가 이번에 두 번째로 온 페스티벌의 참가자였는데 팸플릿에서 그녀의 얼굴을 본 기억이 났다. 그녀는 짐승 같은 뉘앙스가 넘치는 큰 성량의 낮은 목소리를 가지고 있었다. 하지만 그 목소리에는 마치 대화를 나누는 것과 같은 친밀함과 음조가 있어 실내 콘서트의 분위기를 망치지 않았다. 전에 어떤 특별하고 수수께끼 같은 목적을 가지고 지어졌을지 모르는 이 집에 그 필요를 전혀 짐작할 수 없이 만들어져 있는 천장의 아치들은 그녀의 목소리를 받아들이고 그 목소리를 더욱더 힘 있고 넓게 만들어 되돌려 주었다. 그녀의 육중한 몸이 흔들거리자 큰 꽃들도 흔들거렸고 긴 손톱이 달린 손도 흔들거렸고 하얀 치아 둘레의 장밋빛 입 안쪽과 함께 붉은 입술도 흔들렸다. 그리고 그녀가 자기 가슴께로 안고 있는 샤를도 그녀와 함께 흔들거렸다. 잠이 깬 샤를은 검붉은 양귀비꽃과 흰 백합으로 된 검은 몸의 흔들리는 배[舟]에 탄 것이 매우 즐거워 보였다.

　그녀는 「Amusant grace(놀라운 은총)」을 불렀다. 그리고 이 자비는 모두를 들르더니 촛불들마저도 더 밝게 타 들어갔다. 장-피에르가 마리의 어깨를 껴안자 그녀가 그에 비해 매우 젊다는 것을 알아챌 수 있었다……. 에일린은 몸을 흔들어댔다. 아이의 팔과 다리도 헝겊 인형의 그것처럼 약하게 흔들렸다. 하지만 아이의 머리는 거대한 두 가슴 사이에 편하게 놓여 있었다. 이베트는 주네비예브 옆에 무릎을 꿇고 앉아 연약한 다리로 박자를 맞추었다.

그리고 에일린의 등장 이후 완전히 정상적인 덩치로 보일 정도로 작아진 아녜스는 팔에 뺨을 대고 이 오래된 흑인 영가에 무신론적인 눈물을 흘렸다. 노래를 마친 에일린이 안고 있던 아이를 돌려 안았다. 모두가 아이가 웃는 것을 볼 수 있었다. 이윽고 그녀는 두 번째 노래 「When the Saints go marching in(성인들이 행진해 들어올 때)」를 불렀다. 이 노래를 들은 성인이라면 누구라도 이곳으로 달려올 수밖에 없을 만큼 큰 소리로 그녀는 노래를 불렀다.

이베트의 재미있는 동요에서부터 시작해 우리는 때아닌 성탄절을 지냈다. 에일린의 노래가 끝이 나자 모두가 문을 두드리는 소리를 들었다. 얼마 전까지 에일린의 커다란 목소리 때문에 들리지 않았던 모양이었다.

"들어오세요."

이런 일은 동화 속에서나 가능한 일이었다. 하지만 나는 이런 일은 사실 동화 속에서는 일어나지 않고 현실에서만 일어난다는 것을 알고 있었다. 문턱에는 이웃 양치기가 서 있었다. 모직으로 된 회색 겉옷을 걸치고 서 있는 그의 옷깃 사이로 주름이 자글거리는 검게 그을린 목이 보였다. 그는 새로 태어난 것이 아닌 벌써 다 자란 어린 양을 안고 있었다.

"와, l'agneau(아기 양)이다!" 이베트가 외쳤다. "아기 양!"

양치기는 환한 불빛에 얼굴을 찡그렸다.

"귀찮게 해 드려서 죄송합니다. 마담 베르나르. 손님이 계셨군요……. 제가 양을 이틀이나 찾아 헤맸는데요, 제가 시냇물 옆에서 양을 치고 있었을 때 넘어졌던 모양이에요. 다리가 부러졌나 봐요. 근데 제가 방금 찾았죠. 제가 다리에 부목은 댔는데 폐에 염증이 생긴 모양입니다. 숨 쉬기가 힘든가 봐요. 혹시 항생제가 있나 해서 왔습니다."

하얀 아기 양은 봉제 인형 같아 보였지만 진짜 아기 양이었다. 다리 한쪽은 나무를 덧대 붕대로 감겨 있었고 얼굴과 귀 안쪽은 장밋빛이었고 눈은 푸른 포도처럼 빛났다.

"와, 아기 양이다!" 이베트가 다시 한 번 외쳤다. 소녀는 이미 양치기 옆에 서서 간절한 눈으로 그를 쳐다보고 있었다. 소녀는 아기 양을 만져 보고 싶었다.

"어머, 세상에!" 주네비예브가 걱정스레 말했다. "전 항생제를 안 먹는데. 그런 걸 갖고 있지 않아요……."

"나한테 있어요! 나한테!" 마리가 벌떡 일어나 옆집으로 달려갔다. 그녀의 남편이 그녀를 따라갔다. 발끝으로 선 이베트는 발을 바꾸어 디디며 아기 양의 털을 쓰다듬었다. 양치기는 마치 통나무처럼 서 있는 자리에서 움직이지 않았다.

"마르크 형제, 좀 앉으세요." 주네비예브가 권했다. 하지만 그는 고개를 흔들었다.

에일린이 샤를을 아기 양 쪽으로 안아 데리고 가더니 소녀를 따라 했다.

"아기 양이다! 아기 양이다!"

"아기 양이다." 어린 샤를이 따라 했다.

주네비예브가 손을 입으로 가져갔다.

"아기 양." 다시 한 번 어린 샤를이 따라 했고 누나가 이를 듣고 얼어붙은 듯 놀라 소리쳤다.

"주네비예브! 엄마! 주네비예브! 샤를이 '아기 양'이라고 말했어요!"

손에 상자를 든 마리가 들어왔다.

"엄마! 샤를이 '아기 양'이라고 말했어요."

"아기 양." 어린 샤를이 다시 말했다.

"입을 뗐잖아. 아기가 처음으로 말을 했어." 마르셀이 소리쳤다. 아녜스는 음악 때문에 흘린 눈물이 채 마르기도 전에 또 울기 시작했다.

에일린은 아기를 엄마의 손에 안겨 주었다…….

나는 조용히 문을 열고 나왔다. 모든 것이 환하고 얼굴에 차가운 바람이 불고, 발밑에 눈이 밟힐 것이라고 생각했는데 그렇지 않았다. 산속 가을 밤, 높은 남쪽의 하늘. 짙은 풀 냄새. 바다 냄새가 나는 따뜻한 바람. 유난히 커 보이는 별들.

갑자기 사과만 한 별 하나가 밤하늘을 한끝에서 다른 한끝으로 가로질러 수를 놓으며 지평선으로 떨어졌다.

성탄절이었다. 의심의 여지가 없었다. 이상하고, 섞여 있고, 조각난 것들이기는 하지만, 필요한 모든 것이 있었다. 어린 아기, 마리아와 그의 늙은 남편, 양치기, 부두교 승려의 긴 손톱에 성스러운 목소리를 가진 흑인 마법사, 어린 양. 그리고 별이 떨어졌다…….

아침 일찍 마르셀은 에일린을 공연장에 데려다 주었다. 주네비예브의 오래된 친구 아녜스는 맨 위층 방에서 자고 있었다. 나와 주네비예브는 보리수 꽃차에 꿀을 타 마셨다. 주네비예브는 보리수 꽃을 6월에 땄고, 꿀도 산속의 꽃들에서 직접 채집한 것이었다. 우리는 어제 일어난 일에 대해서 이야기하였다. 나는 우리가 성탄을 겪은 것처럼 느꼈다고, 어제저녁에 성탄에 존재했던 모든 세세한 것들이 다 포함되어 있었다고 말하려 노력했다. 없었던 건 나귀뿐이었다…….

"맞아, 맞아." 주네비예브가 고개를 끄덕였다. "네 말이 맞아, 제냐. 하지만 나귀도 있었어. 있잖아, 이 집에 언젠가는 노파가 하나 살았었는데 정말 영웅 같은 노파였어. 혼자 살았고 다리도 절었는데 오토바이를 타고 다녔다니까. 그녀가 가진 가축이라고는 나귀

하나뿐이었어. 이 노파가 죽고 나서 파리에서 그녀의 아들이 와서 여기에서 휴가를 보냈지. 그리고 떠나기 전에 나귀를 마르크 형제에게 데려다 놓으려고 했어. 하지만 나귀는 꿈쩍도 하지 않았지. 고집 센 녀석이었어. 그래서 마르크 형제가 그에게 건초와 물을 가져다 놓아 주기로 했나 봐. 그리고 나귀는 여기서 혼자 겨울을 났어. 여름에 노파의 아들이 또 여길 찾아서 다시 마르크 형제네 집에 나귀를 데려가려고 했는데 이번에도 나귀가 꿈쩍도 안 한 거야. 그리고 나귀는 다시 겨울을 혼자 났어. 나귀는 3년을 살고는 나이가 들어 죽었지. 나귀 헛간은 지금도 저기 남아 있어. 이 주변 사람들은 이 집을 모두 '나귀의 집'이라고 불러."

사실 기적이랄 것은 없었다. 물론 샤를이 입을 뗀 것은 사실이었다. 세 살이 되었는데도 말을 하지 못해 모두가 포기한 상태였으니 늦기도 늦은 일이었다. 이후 샤를은 더 많은 단어들을 말할 수 있게 되었다. 하지만 아이의 팔과 다리는 그렇지 못했다……. 이 병은 고칠 수 있는 병이 아니었다. 아이의 운명은 결정되어 있었다. 그리고 다리가 부러진 어린 양도 살아나지 못하고 다음 날 죽었다. 항생제는 아기 양을 돕지 못했다. 하지만 만일 기적이 아니라고 한다면 그 가을날 밤에 일어난 일은 무엇이었을까. 대체 무엇이 일어났는가?

그리고 마지막. 마르셀은 에일린을 페스티벌이 있는 도시까지 데려다 주고 그녀에게 로마의 도로들을 보여 주었다. 하지만 그녀는 어떠한 감명도 받지 못했다. 그녀는 로마의 도로에 대해서는 아무것도 알지 못했다. 아무리 그들이 미국인이라고 해도 아프리카 흑인에게 기독교는 완전히 다른 길을 통해 따라가고 있었으니 이는 아주 당연한 일이었다.

# 사다리

로시카레프가(家)가 살았던 가건물은 제3건물이라고 불렸는데 건물의 일부는 2층 구조로 되어 있었다. 전쟁 때 2층의 반과 계단이 타버린 것은 폭탄 때문이 아니라 페치카 때문이었다. 그때부터 건물의 남은 2층으로 올라가려면 로시카레프가 병원에서 퇴원하자마자 고정시켜 놓은 사다리를 이용해야 했다. 그라냐는 가을에 남편 바실리를 차로 데려와서는 그를 자신의 곱사등에 업어 2층으로 올렸다. 바실리는 군복 상의에 달린 훈장들로 쩔렁거렸다. 사다리는 불안정하게 서 있었고 가끔 아이들은 장난으로 이 사다리를 치워 버리곤 했는데 그럴 때마다 그라냐나 그녀의 딸 니나는 사다리를 제자리에 가져다 벽에 세워 놓으라고 소리를 지르곤 했다.

바실리의 다리는 시작되는 지점부터 거의 완전히 잘려져 나갔다. 대신 그는 손재주가 좋았고 힘도 장사였다. 취하지 않은 상태라면 그는 자기 팔의 힘만으로 자신의 넓은 몸통을 끌어 올릴 수 있었다. 수레와 자신의 손에 맞도록 조각한 나무 목발이 사다리 밑에 남으면 그라냐가 그것을 위층으로 올려 주었다.

바실리는 도착한 바로 그 주에 사다리를 벽에 고정시켰고 이제 그 누구도 사다리를 움직일 수 없었다. 니나는 여섯 살이었는데 아버지가 돌아왔을 때 처음에는 매우 겁먹더니 나중에는 아주 기뻐했다. 그들은 괜히 로시카레프 가문의 사람들이 아니었다.* 아버지는 조그마한 칼로 니나에게 곰도, 말도, 성냥으로 불을 그으면 발사되는 대포도 만들어 주었다……. 그리고 숟가락들도 많이 만들어 주었다. 큰 숟가락, 작은 숟가락, 냄비용 숟가락, 소금 통 숟가락. 그는 칼을 쓰지 않고 처음에는 도끼로 나무를 가볍게 잘라 내고 그다음에는 갈퀴 모양의 날카로운 도구로 쓸모없는 부분을 잘라 내었다……

일요일이면 그라냐는 니나를 티신스키 시장에 숟가락을 팔러 데리고 나갔다. 그곳은 사람들로 붐볐지만 물건은 잘 팔리지 않았다. 그래서 그라냐는 니나가 숟가락을 팔도록 했다. 왜냐하면 예쁜 니나가 숟가락을 더 많이 팔 수 있었기 때문이다. 그라냐도 예쁘긴 예뻤다. 하지만 그녀의 아름다움은 멀리서 보이는 것이었지 가까이에서 보면 손상된 피부 자국이 드러났다. 그녀의 얼굴은 마치 비가 오기 시작할 때 팬 웅덩이처럼 커다란 물결로 덮여 있었다. 이마와 볼에는 깊은 수레바퀴 자국이 나 있었다. 그리고 목에는 몇몇의 곰보 자국이 있었다. 그러나 몸에는 하나도 없었다. 니나는 목욕탕에서 엄마의 매끈하고 하얀 몸을 볼 때마다 엄마의 마맛자국들이 옷에 감춰지는 곳에 있었으면 좋겠다고 생각하곤 했다.

아빠는 다른 사람들과는 달리 기묘했다. 아빠가 자신의 수레에 앉아 있을 때 그 키가 니나만 했으니까 그는 그야말로 반쪽 아빠였다. 술에 취하지 않았을 때의 아빠는 친절한 사람이었지만 술에 취해 있을 때에는 소리를 고래고래 지르며 엄마와 싸웠다. 아빠가 엄마를 때리고 엄마가 소리를 지를 때면 니나는 아빠가 너무

미웠다. 사실 아빠가 니나를 때린 적은 한 번도 없었지만 말이다. 하지만 엄마는 어쨌거나 아빠를 사랑했고 항상 그의 주변을 돌아다녔고, 감자도 구워 주고 보드카도 주고 낮이건 밤이건 자려고 누울 때면 그의 위에 올라탔다. 동생 페찌카는 니나에게 떠넘겼다. 니나는 페찌카를 사랑했다. 페찌카를 어르고 기저귀 채우고 페찌카가 숟가락을 들었을 때는 먹이는 것을 배웠다. 나중에 아동 배급소에서 우유를 나눠 주게 되자, 니나는 페찌카에게 우유를 먹이기 위해 데그짜르느이 골목에 이틀에 한 번꼴로 혼자 우유를 타러 다녀오곤 했는데 한 번도 페찌카의 우유를 건드린 일이 없었다. 페찌카가 우유를 남겼을 경우에만 남은 우유를 다 마셨다……. 페찌카가 혼자 걷게 되었을 때 엄마는 동생 하나를 더 떠넘겼다. 그때 니나는 엄마에게 화가 났다. 일곱 살 때 학교를 다녔는데 페찌카 때문에 학교 다니는 것을 그만두었다. 다시 학교를 다니기 시작한 건 여덟 살이 되어서였다……. 그런데 엄마는 또 어린애를 낳은 것이다……. 그래서 니나는 바시카*를 사랑하지 않았고 엄마에게 말했다. "페찌카는 내가 돌볼게. 하지만 바시카는 엄마가 돌봐……."

그라냐는 니나에게 화가 났다. 요것 좀 보게, 웬 마나님 행세야. 엄만 동생이 넷이나 있었어. 엄마 위로는 전부 남자 형제들이어서 동생 넷을 내가 다 돌봤다고…….

니나는 엄마를 두려워하지 않고 자기가 생각하는 바를 말했다. 엄마가 애네들을 왜 낳았는지는 모르겠지만 어쨌든 이 동생들이 나한테 필요한 건 아니잖아. 또 엄마랑 아빠는 보드카나 잔뜩 마시고 흔들흔들 춤이나 추고 그럼 애들을 돌봐야 하는 건 또 나잖아…….

엄마와 아빠는 웃었다. 고것 참, 똑똑한 년일세…….

사실 니나는 똑똑했다. 그녀는 모든 문제가 보드카 때문이란 걸 알았다. 엄마가 보드카를 자작하고 있을라치면 니나는 화를 냈다.

"보드카는 아빠 거잖아. 엄마는 차나 마셔. 왜 엄마가 보드카를 붙잡고 있는 건데. 엄마, 엄마-아." 니나가 매달려 말했다. 아빠가 웃었다.

"그라냐, 니나가 맞는 말 하네. 차나 마셔."

그래도 그라냐는 남편을 따라 마셨고 보드카 때문에 느슨해졌다. 하지만 그는 반대였다. 그는 더 많이 마시면 마실수록 더 강해지고 더 악해졌다. 그는 소리쳤다. "죽여 버릴 거야! 칼로 쑤셔 버릴 거라고!"

니나는 항상 생각했다. 아빠가 겁을 주려고 공연히 소리를 지르는 것인지 아니면 정말 다 찔러 버리겠다는 건지…… 아빠한테 칼은 많으니까. 둥근 칼, 긴 칼, 사냥 칼, 독일식 전쟁용 칼.

니나는 계속 늘어나는 동생들 때문에 엄마한테 화를 내곤 했지만 어쨌거나 그녀를 사랑했기 때문에 절대 아빠가 엄마를 죽이도록 내버려 두지 않을 것이라고 다짐하였다. 만일 아빠가 엄마한테 덤빈다면 니나는 엄마 편을 들 것이었다. 부엌에 있는 빵 자르는 커다란 칼이 최악의 상황에는 무기가 될 수 있을 테니.

예전에 방을 얻을 수 있었다면 좋았을 텐데, 하고 니나는 생각했다. 아빠가 전쟁터에서 돌아왔을 때 장애인에게는 1층에 사다리가 필요 없는 방을 주겠다고 정부는 약속했었다. 그러나 전쟁은 승리로 끝났지만 아직 방은 받지 못했다.

추운 12월 한 달 동안 아빠는 푹신*과 녹색 염료로 칠한 넓은 나뭇가지들을 가지고 전나무 소쿠리를 꼬았다. 소쿠리의 둘레는 작은 장미 모양으로 장식되었다. 엄마가 그것들을 팔러 나갔다. 가끔은 니나가 팔러 나갔다. 하지만 니나는 겨울 장사를 좋아하지 않았다. 지독하게 추워서 여름과는 비교도 할 수 없었다. 12월 말에 엄마는 아팠다. 아픈 엄마는 누워서 기침을 해 댔고 당연히 바시카는 니나의 몫이었다. 니나는 헝겊에 진한 죽을 묻혀서 바시카에게 먹였다. 하지만 어른들의 음식이 마음에 들지 않는 바시카는 마냥 울어 댔다. 그렇게 아무도 모르게 새해가 조용히 지나갔다. 그리고 니나는 학교에 가지 못해 또 한 번 실망을 했다. 학교에서는 사탕과 과자를 준다고 약속했었는데 이제 그녀만 빼놓고 모두가 받았음이 틀림없다. 아빠는 벽에 얼굴을 대고 며칠을 누워 아무 말이 없더니 나중에는 니나한테 크로티하에게 가서 밀주를 받아 오라고 했다. 니나는 가고 싶지 않았지만 아빠는 크게 화를 내고는 자기 목발을 던져서 그녀의 머리를 맞혔다. 크게 기침을 하던 엄마는 모든 것을 보고 있었지만 아무 말도 하지 않았다. 니나는 울면서 병 두 개를 가져왔다. 아빠는 한 병을 단숨에 들이마시더니 취해 가지고 엄마한테 기어가 싸우기 시작했다. 엄마는 도망치기는커녕 두 다리로 일어설 힘도 없었다. 아빠는 엄마를 때렸고, 그녀는 기침만을 했고 얼굴의 피를 닦아 낼 뿐이었다. 남동생들은 소리 지르며 울었다. 니나는 몸을 동그랗게 웅크리고는 페찌카를 자기 쪽으로 꼭 끌어 당겼다. 바시카는 그냥 내버려 두었다. 바시카는 이때 즈음 우는 것에 지쳐 버렸다.

'아빠를 죽였으면 좋겠어.' 니나는 생각했다. '그러면 방은 어떻게 되는 거지? 저 다리 없는 악마가 없으면 방도 안 줄 거 아니야.'

다리 없는 악마는 술을 다 마시고서는 문턱에 있는 신발 터는 거적 위에서 금방 잠들어 버렸다. 니나는 엄마의 얼굴을 헝겊으로 닦아 주었다. 니나는 엄마도, 그 방도 너무 안타까웠다. 아빠는 문바로 옆에 누워서는 코를 골고 있었다. 코 고는 소리는 그의 상처투성이의 코에서 뿜어져 나왔다. 그는 자면서도 마치 숟가락을 만들고 있는 것처럼 검은 두 팔로 방바닥을 긁어 댔다.

니나는 보고 또 보았다. 문을 밀었다. 활짝 열었다. 청명하고 강한 추위가 안으로 흘러 들어왔다. 니나는 순간 어떻게 해야 할지 떠올렸다. 그녀는 거적의 끝을 잡고는 자기 쪽으로 끌어당겼다. 아빠는 문턱에 걸쳐 드리워져 있었다. 니나는 아빠 밑에 놓인 신발 거적을 들어올리며 빼 버렸다. 아빠의 어깨가 문턱 밖으로 밀려 나갔고 아래로 떨어져 사다리에 요란히 부딪혔다. 니나는 문을 쾅하고 닫았다.

곧 두 아이가 울어 대 니나는 밀죽을 가져와 씹고는 헝겊에 싸서 입에 넣어 주었다. 그들은 헝겊을 빨더니 이내 곧 잠이 들었다. 엄마에게는 마실 것을 주었다.

니나는 조숙한 아이였다. 엄마 곁, 아빠로부터 풀려난 그 자리에 바시카를 뉘여 엄마 곁에서 몸을 따뜻하게 하도록 했다. 엄마는 열이 많아 아주 뜨거우니까. 아빠에 대해서 잠깐 생각해 보았다. 만일 죽었어도 어쩔 수 없는 일이었다. 만일 죽지 않았다면 그해에 선술집 문 앞에서 얼어 죽은 술주정뱅이 슈라*처럼 얼어 죽을 것이다. 누가 날 욕한다면 그냥 혼자서 떨어진 거라고 말하면 되지 뭐.

그리고 니나는 잠이 들었다. 침대는 참 부드럽고 좋았다. 게다가 꿈속에서 방울 소리가 들렸다. 축제 때 들을 수 있는 짤랑거리는 방울 소리였다……. 꿈꾸고 있는 거라고 니나는 생각했다.

하지만 꿈이 아니었다. 피메노프스카야 교회에서 성탄절 미사가 끝났고 미친 종지기가 엄격하게 금지되어 있음에도 불구하고 아기 예수의 탄생에 대한 즐거운 소식을 전한답시고 하나 남은 종을 부숴 버릴 듯 쳐 댔다. 그리고 20분 후에는 두 명의 독실한 노파, 밀주를 만드는 크로티하와 그녀의 친구 이파티예바가 당의 지도를 받아 쇄신된 교회*인 피메노프스카야 교회에 가는 것이 큰 죄가 되는지, 아니면 주변에 더 좋은 다른 교회가 없으니 그곳으로 가는 것이 마땅한지에 대한 격론을 벌이며 눈 내린 마당으로 들어섰다. 성탄절, 큰 명절이었고 천사들이 하늘에서 노래를 부르고 있었다……

하늘에서는 함박눈이 느리게 내렸다. 땅에 내리더니 전기 불빛 못지않게 반짝였다. 아직 눈에 덮이지 않아 사다리 옆에 쌓인 어두운 더미처럼 보이는 다리 없는 바실리를 두 명의 노파가 발견하였다. 그는 박살 나지도 않았고, 심지어 떨어졌는데도 잠에서 깨지도 않았으며, 또 얼어 죽지도 않았다.

노파들이 그를 일으켜 세웠다. 아무도 죽지 않았다. 그라냐는 폐병이 다 나아 완쾌되었고 겨우 살아남은 작은 바시카를 돌보았다. 그리고 1년이 지나 사시카*가 태어났다. 바실리가 죽기 바로 얼마 전에는 방도 받았다. 그는 방을 받은 뒤 얼마 후 스스로 목을 매어 죽었다. 아빠의 장례식에서 니나는 슬피 울었다. 그녀는 아빠가 너무 불쌍했다. 자기가 아빠를 사다리 아래로 밀어 버린 것에 대해서 그녀는 기억하지 못했다.

그렇게 성탄절의 밤은 아무 탈 없이 잘 지나갔던 것이다.

# 복도식 아파트

아주 어린 시절에 생긴 이 퍼즐의 첫 번째 조각은 그 이후 평생 동안 잊히지 않았다. 비록 50년 동안 아주 많은 것들이 남김없이 완전히 섞여 버렸지만.

공동 아파트의 긴 복도를 따라 오래된 구두 굽으로 나무 두드리는 또각또각 소리를 내며 앞으로 내민 손에 달구어진 프라이팬을 들고 젊은 여인이 달리고 있다. 볼은 발갛게 상기되어 있고 부엌의 열기로 인해 머리카락은 이마 앞으로 부산하게 흐트러져 있다. 뭐라 표현할 수 없는 얼굴 표정, 그것은 어린이다운 진지함과 어린이다운 즐거움이 섞인 것이었다. 방문은 조금 열려 있어서 그녀는 자신의 발로 그것을 차고 안으로 들어갈 수 있었다. 이것은 모두 매일 저녁에 있는 에너지 보존 법칙과의 경주에서 1초라도 뒤처지지 않기 위해서였다. 이 경우에는 프라이팬의 열기가 세계의 추위 속에서 너무 빨리 사라지지 않도록 하기 위함이었다. 남자 앞의 테이블 위에는 철사로 된 받침이 있었다. 남자는 익힌 고기를 프라이팬에서 바로 먹는 것을 좋아했다. 그의 얼굴은 기쁨 한 점 없이 심각했다. 인생은 그에게 정기적인 실망을 안겨 주었다.

그녀는 뚜껑을 열었다. 냄새와 증기의 버섯 핵구름이 프라이팬

위로 피어올랐다. 그는 포크로 고기 한 점을 찍어 올려 입으로 가져가 꼭 다문 입술 안으로 씹더니 이윽고 삼켰다.

"엠마, 또 식었어." 남자는 안타까운 듯, 하지만 어쩐지 보라는 듯 말했다.

"그래? 다시 데워 줄까?" 화장한 바늘 같은 속눈썹을 위로 치켜올리며 엠마가 말했다. 엠마는 마치 작은 엘리자베스 테일러 같다. 하지만 그녀가 엘리자베스 테일러를 닮았다는 것은 아무도 몰랐다. 우리가 살던 세계에서는 아직 아무도 엘리자베스 테일러가 누구인지 알지 못했으니까.

엠마는 다시 한 번 부엌에 갔다가 돌아올 준비가 되어 있었다. 하지만 그녀는 이미 자신이 프라이팬을 들고 부엌까지 단거리 달리기에서 세운 기록을 더 이상 갱신할 수 없다는 것을 알고 있었다. 남편은 그저 고집을 부리는 것이었고 그녀는, 첫째로, 관용적인 여자였고, 둘째로, 무심한 여자였다. 작은 일로 싸우지 않을 것이었다.

"뭐, 괜찮아." 그가 자못 관용적인 수신호를 보낸다. 그러고는 호호 불어 가며 입을 데어 가며 고기를 먹는다. 여덟 살 된 딸 제냐가 소파에 누워 두꺼운 『돈키호테』를 읽고 있다. 반쯤 감은 눈으로 책을 읽으며 반쯤 세운 귀로 듣는다. 그대로 침대에 누워서 교육과 훈육을 받고 있다. 동시에 생각이 아니라 어떤 감각이 맴돈다. 이 감각으로부터 해를 거듭하여 어떤 특별한 생각이 완전히 엮여져 나왔다. 다른 사람들에게는 사람 좋고 쾌활하며 착한 우리 아빠가 왜 엄마한테만 저렇게 짜증스럽고 성가시게 구는 걸까? 기소장의 첫 장이 쓰이고 있었다…….

7년이 지난 후에 딸은 엄마에게 이렇게 말할 것이다.

"아빠랑 끝내. 왜 이렇게 살아? 엄마 애인 있잖아."

놀란 엄마는 속눈썹을 치켜 올리고는 이렇게 말할 것이다.

"끝내라고? 애는 어떡하고?"

"애라니? 나 말하는 거야? 웃기지 마."

그리고 다시 3년이 흐른 후에, 새 가정을 이룬 아빠를 찾아간 다 큰 딸은 방 하나 딸린 아파트에서 아빠의 새 부인 옆에 앉아 그녀의 배를 감싼 터질 것 같은 조야한 꽃무늬 실내복과 털이 수북한 다리, 조개 모양의 발톱 밑에 뒹구는 구겨진 잡지 『신세계』, 꿀렁거리는 배에서 나오는 목소리에 놀랄 것이다.

"미샤*, 우리 갈비 살 좀 구워 줄래요……."

아빠가 젊은 부인의 뚱뚱한 어깨를 다독이고는 갈비 살을 잘라 내고 프라이팬을 쩌렁거리며 부엌으로 갔다…….

놀라워, 놀라워— 딸은 새로운 광경에 놀랐다. 만일 엄마가 한 번 아빠의 머리통을 프라이팬은 아니더라도 프라이팬 뚜껑으로라도 내리쳤으면, 이혼 안 할 수도 있었던 거잖아……. 하느님, 정말 재밌네요…….

하지만 시몬 드 보부아르는 아직 번역되지도 않았을 때였고 페미니즘도 아직 등장하지 않은 시기였다. 세르반테스는 이와 관련해서 일언반구도 없었다. 사실 완전히 반대였다. 접시 닦이 둘시네아*가 아름다운 부인으로 여겨졌다. 엄마는 이때에 연구실을 관장하고 있었는데 자주 놀러 오는 세르게이 이바노비치를 위해 감자만두를 구워 주는 것을 낙으로 삼고 있었다. 이 행복은 벌써 10년째 유지되고 있었다. 매일 아침 8시 푸시킨 거리의 '고기'라는 이름의 상점에서 이루어지는 만남, 끔찍하게 손이 갈라진 여인상이 있는 건물—엠마가 일하는 곳이다—까지 순환 거리를 따라 이동하는 빠른 걸음의 40분짜리 산책, 처음에는 그녀가 그를 '10월 혁명' 역까지 그다음에는 그가 엄마를 '노보슬로보드스카야' 역까지 데려다 주는 매일 저녁마다 지하철에서의 만남. 그리고 가끔은 팔짱을 풀기 싫어 순환 거리를 몇 바퀴씩 돈다.

"그 사람, 엄마를 그렇게 사랑한다면서 왜 자기 부인이랑 헤어지지 않아?" 제냐가 짜증스럽게 물었다.

그들은 그렇게 1년에 365일을 만났다. 12월 31일과 5월 1일, 11월 7일을 제외하고서 말이다.*

"대체 왜 그러냐고!"

"왜냐면 그 사람이 아주 좋은 사람이라서 그래. 좋은 아빠고, 좋은 가장이니까……."

"엄마, 한꺼번에 좋은 남편에 좋은 애인이 되는 건 불가능한 거야." 제냐가 빈정대며 말한다.

"만일 내가 원하면 그 사람은 자기 가정을 버릴 거야. 하지만 그렇게 되면 그 사람은 행복하지 않다고 느낄걸." 엄마가 설명했다.

"그러니까 지금은 아주 행복하단 거네." 딸이 못되게 말한다. 그녀는 서운한 것이다…….

"그래!" 엄마가 확언하듯 말한다. "우리가 얼마나 행복한지 네가 알면 좋을 텐데……."

"행복하기도 무지 행복하겠다……." 딸은 한숨을 푹 쉬었다.

10년 후 임신 7개월짜리 배로 의자에 겨우 꼭 낀 딸은 야심한 밤 여기저기 갈라진 예의 그 여인상이 있는 건물의 넓은 홀과 동떨어진 유일한 1인 병실에서 엄마 옆을 지키고 앉아 있다. 이 병실에 벽 뒤에서 죽어 가는 다른 이의 몸에 잠재되어 있는 잔혹한 방사능으로부터 앞으로 태어날 그녀의 아이를 보호해 줄 것이라고는 회색 패널과 납 스크린 벽뿐이다.

혼수상태는 벌써 이틀째 계속되고 있었고 할 수 있는 일이라곤 아무것도 없었다. 제냐는 이틀 전에 엄마와 함께 일했던 연구원 하나가 엄마의 혈액 검사를 하러 왔다가 창백하고 투명한 방울들을 보고 놀라는 모습을 보았다. 혈액이 더 이상 없었던 것이다…….

엠마는 그들의 동료였고 실험실을 이끌고 있었다. 엄마의 암은 아프거나 장애를 겪을 시간도 없는 급성이었다. 침대 옆 작은 서랍장 위에는 세르기예프 파사드 수도원에서 가져온 나무로 조각된 이콘이 놓여 있었다. 이것은 누군가가 제냐에게 선물한 세르기 라도네시스키*였다. 엄마가 왜 이 이콘을 가져오라고 했는지는 알 수 없었다. 왜일까, 왜 그런 것일까……. 그 수도원 근방 마을이 세르게이 이바노비치의 고향이어서…….

당직 의사 톨비예프가 조용히 들어와 엄마의 작은 손을 잡았다. 엄마는 그의 논문에 심사서를 써 주었었다……. 숨소리는 마치 들숨 없이 계속 작게 내쉬고만 있는 것 같았다…….

"세르게이 이바노비치가 무슨 일 있으면 전화 좀 해 달라고 했어요……." 아무 표정 없이 제냐가 말한다.

"가, 가서 전화해, 제냐. 오라고 해."

제냐는 긴 복도를 따라 걷다가 전화 부스를 향해 계단을 내려왔다. 하얀 가운 주머니에서 준비된 동전을 꺼내고 번호를 눌렀다.

그들은 그렇게 벌써 두 달을 같이 살고 있었다. 세르게이 이바노비치는 휴가를 내었고, 아침부터 오고 있다. 제냐는 저녁 무렵 와서 그를 보내고 병실에서 밤을 보낸다. 그녀를 위해서 여기서는 간이침대를 놓아 주었다. 하지만 그녀는 이미 며칠 밤을 자지 않고 있었다. 그녀는 ……의 순간을 놓치는 것이 두려웠다. 왠지 모르게 이것이 가장 중요한 것 같았다.

전화를 걸었다. 그가 곧장 수화기를 들었다.

"이리로 오세요!"

그는 아직도 이혼을 하지 않았고, 그의 말수 적은 아내의 삶은 아주 암울한 것이었다. 제냐는 이전에는 가끔 이들이 왜 아무 말 없이 참고만 사는지 생각해 보았다…….

괜찮아, 이제 그녀는 그를 완전히 갖게 될 것이다. 제냐는 나쁜 생각을 하고는 이내 부끄러워졌다. 하지만 이제는 그의 아내가 어떤 말을 하든지, 그리고 그가 그녀에게 어떤 대답을 할지는 더 이상 전혀 중요하지 않게 되었다.

제냐는 계단을 따라 위층으로 올라가서 배에 느껴질 정도로 힘을 써 무거운 문을 열었다. 그리고 갑자기 누가 떠밀기라도 하는 것처럼 들썩이며 흔들리는 배를 잡고 복도를 따라 달렸다. 복도는 길었고 병실은 그 끝에 있었다. 제냐는 마치 아주 오랜 시간을 달리는 것 같은 느낌이 들었다. 병원의 한밤을 뚫고 펠트 신발 소리가 말발굽 소리처럼 들렸다.

병실의 문은 열려 있었다. 병실에는 두 사람이 있었다. 의사와 간호사였다.

간호사가 의사에게 말했다.

"전 처음부터 알았어요. 엠모치카*가 제가 당직인 날…… 아, 알고 있었다니까요."

연구소 사람들 모두가 그녀를 그렇게 불렀다. 엠모치카. 그녀의 쾌활한 진실함, 타고난 착한 마음…….

"늦었어……." 제냐가 말했다. "이런, 제가 늦었네요."

40분 후에 세르게이 이바노비치가 도착했다. 그도 다 젖은 망토를 꽉 움켜쥐고 복도를 따라 뛰어왔다. 그도 같은 말을 했다.

"늦었어……."

하지만 아무도 울지 않았다. 제냐는 임신 초기부터 유리처럼 속내를 비치지 않고 다녔다. 마치 마약이라도 한 것처럼 감정 없이 아이를 지켜야 한다는 하나의 목표에만 집중해서 살았다. 세르게이 이바노비치―그는 전방에도 있었고, 포로로도 있었고, 징벌 대대에도 있었고, 수용소에도 있었다―는 입을 꼭 다물고 있었다. 그는 이미 오래전부터 자신의 삶에 대해서 그것이 마치 선물이라도 되는 양 받아들이고 있었다. 특히 최근 몇 년간의 엠마와의 만남이 그러했다. 그리고 그는 이렇게 말했다…….

"왜 내가 아니지……."

복도에 관한 꿈은 아들이 태어나기 전부터 시작되었다. 꼭 끼는 하얀 가운을 입고 제냐가 끝없는 복도를 따라 달린다. 복도 양쪽으로 문들이 촘촘히 늘어서 있다. 하지만 제냐가 들어갈 수 있는 문은 하나뿐이다. 절대 실수해서는 안 된다. 더 빨리, 더 빨리……. 하지만 이들 중 어떤 문이 진짜인지는 알 수 없다……. 그리고 실수해서는 안 된다. 실수는 죽음이다…… 죽음이다……. 그리고 제냐는 뛰고 또 뛴다. 귀와 전신에서 느껴지는 심장 뛰는 소리에 잠이 깰 때까지…….

사내아이는 열 달을 다 채우고 건강하게 정상으로 아무 문제 없이 태어났다. 복도 꿈은 평생 동안 계속해서 꾸었지만 횟수는 줄었다……. 어려서부터 그 위대한 샤먼의 작품과 조우한 제냐는 다시 한 번 해몽과 관련한 유명한 작품을 뒤적이게 되었다. 그 박사는 직접적인 해답을 주진 않았다. 젊은 시절 박사는 타나토스보다 에로스에 더 관심이 많았었다. 당시 박사는 제냐가 그토록 흥미로워하는 정신 분석 따위에는 손도 대지 않았고, 그럴 여유도 없었다.

그리고 여러 가지 다양한 일들이 일어났다. 결혼도 하고, 이혼도 하고, 아파트를 상호 교환도 하고, 이사도 하고, 아이들이 태어났다. 세르게이 이바노비치에게는 손자들이 생겼다. 그리고 제냐의 아버지인 미하일 알렉산드로비치에게는 딸이 하나 태어났다. 그는 한 번 더 이혼할 수 있었고, 그다음에 결혼, 그러고는 다시 이혼할 수 있었다. 제냐의 아이들은 거의 성인이 되었고, 미국으로 떠난 자신의 아버지에게로 가면서 다시 돌아오겠다는 말은 하지 않았다. 그리고 삶 전체는 하나의 전체가 될 수 없는 토막 난 조각으로 이루어진 것이었다.

그리고 결국 제냐의 아버지가 느리고 치명적인 병으로 아프기 시작한 해가 찾아왔다. 이 병은 증상 없이 발병 초기에 뢴트겐 검사를 통해서 발견되었다. 의사는 병의 치료와 관계없이 남은 기간이 5년이라고 말했다. 나이가 있으니 폐 수술은 권하지 않았다. 병의 시작은 시기적으로 그가 연금 생활을 시작할 즈음, 나라 전체에 개혁이 시작되었을 때와 맞아떨어졌다. 병이 중간쯤 진행되었을 시기에는 미하일 알렉산드로비치 자신의 개인적 삶이 개혁되었다. 잘나가고 활기차며 조금은 오만했던 이 교수는 말 없는 음울한 사람, 갑작스런 가난함에 절망하고 맛있는 음식과 제냐의 성공 소식―이 성공은 자신의 불행을 보상해 주는 것이었다― 앞에서만 활기를 띠는 사람이 되었다.

아버지가 더 이상 자기 자신을 돌보지 못하게 되었을 때, 제냐는 그를 텔레비전과 그가 이미 오래전부터 두지 않는 체스와 함께 자신의 집으로 데려왔다. 병은 막바지를 향하고 있었고 아버지는 여든을 넘겼다. 지난 몇 달간 그의 삶은 쓰라리고 공허했고 또한 음울했으며 배고픈 것이었다. 그의 식도는 음식을 넘기지 못했다. 그는 끊임없이 먹고 싶어 했지만 서너 숟가락 뜨고 나면 구토가 시작되었다. 구토가 멈추고 나자마자 그는 제냐에게 햄 샌드위치를 가져다 달라고 부탁했다. 겨우겨우 서너 숟가락의 죽을 넘겼던 그의 유기체는 햄 샌드위치를 거부했다.

"토할걸요, 국물이나 계란 반숙이 나을 텐데." 제냐가 권했다.

그러면 그는 화를 내고 제냐를 향해 소리를 지르다가 이내 그녀의 팔에 키스하고는 울었다.

제냐는 아빠가 말 못하게 불쌍하기도 했지만 동시에 역겹기도 했다. 그녀는 아빠의 머리에 키스했다. 이 머리카락의 냄새는 그녀 고유의 냄새였다. 이 냄새는 항상 그녀의 마음에 들지 않았다. 그래서 그녀는 평생 동안 머리에서 냄새가 나지 않도록 하기 위해 매일 머리를 감으며 털실 모자나 머릿수건을 빨았다. 이것은 아빠의 냄새였다. 그리고 제냐는 엄마가 돌아가시고 난 1년 후 엄마의 옷장을 열고 작은 하늘색 물망초 꽃이 그려져 있는 검은색 원피스를 꺼내 얼굴에 가져가 죽은 엄마의 가시지 않은 냄새―이 세상 어떤 냄새보다도 달콤한, 겨드랑이에 간직된 꿀같이 향기로운 냄새를 맡고……. 제냐는 그 옷이 거미줄이 될 때까지 입고 난 후에도 그것을 조각으로 잘라 베갯속을 채우는 데 썼던 것을 기억했다…….

제냐는 아빠의 늙은 머리를, 회색의 빛나는 곱슬머리를 쓰다듬으며 자신도 늙으면 아빠와 같은 이런 멋진 회색 머리를 갖게 되리라는 것, 갈색 눈을 갖게 되리라는 것, 손톱이 작은 손을 갖게 되리라는 생각이 들었다……. 그녀는 평생 동안 자신이 엄마가 아니라 아빠를 닮았다는 사실과 화해할 수 없었다……. 그리고 그녀의 심장이 엄마에 대한 그리움으로 꽉 조여 왔다. 엄마가 죽은 지 그토록 오랜 시간이 지났는데도 말이다…….

상태는 매우 안 좋아졌다. 미하일 알렉산드로비치를 최근 몇 년간 진찰해 온 엄마의 친구이자 유명한 종양과 의사 안나 세묘노브나가 왔다. 아빠의 기침은 심해졌고 아무것도 못 먹으면서 음식에 대한 이야기만 했다. 안나 세묘노브나는 병자가 희망을 버리도록 하면 안 된다는 입장을 견지하고 있었기 때문에, 지금 병자에게 새로운 약을 처방해 줄 테니 이 약을 먹으면 곧 구역질은 멈출 것이고 그가 먹고 싶은 모든 것을 먹을 수 있다고 길게 설명을 했다.

"안나 세묘노브나, 제냐한테 잘게 다진 돼지고기 커틀릿을 작게 썬다면 내가 먹을 수 있다고 꼭 말해 주세요." 그가 부탁했다. 하지만 그 부탁은 연약하고 가냘픈 것이었다.

"하느님, 이럴 바에는 차라리 제가 차에 치이는 게 낫겠어요. 당장 어떻게 좀 해 주세요. 제발요." 제냐가 고통스럽게 흐느꼈다.

안나 세묘노브나는 저녁용 주사를 놓았다. 수면제와 진통제. 이번 2주간은 하루에 네 번씩의 주사를 맞았다. 주삿바늘이 수도 없이 바늘에 찔린 엉덩이에 미끄러지듯 들어가 아빠는 이를 느끼지도 못했다. 제냐는 부러웠다. 제냐는 그녀처럼 주사를 잘 놓지는 못했다.

"아빠, 이제 좀 자요." 제냐가 불을 껐다.

"안나 세묘노브나, 말해 주세요, 제냐더러 내일 커틀릿을 준비하라고 말해 주세요……."

"네, 네, 아마 내일은 좀 힘들고요, 2~3일 후에 새 약물 치료가 들어가면 그때 해 드릴게요……. 안녕히 주무세요."

그들은 부엌에 좀 더 앉아 차를 마시며 이야기를 나누었다.

"어제 아빠 상태가 너무 안 좋았어요, 의식이 없어서는 대답도 못하시더라고요……. 끝이다 싶더라고요. 그래도 오늘은 좀 나아지신 거예요……."

"그건 누구도 알 수 없죠. 어쨌거나 며칠 안으로 가실 거예요."

늙은 여의사는 엠마와 같은 연구소에서 일하던 동갑내기였다. 연구소는 이미 오래전에 여인상이 서 있던 그 건물에서 멀리 떨어진 새 동네로 이사를 했다…….

제냐는 그녀를 배웅하고 문을 걸어 잠갔다. 복도의 불도 껐다.

약한 불빛이 저기 끝 부엌에서 새어 나왔다. 아빠의 방에서 큰 소리가 들렸다.

"이 문제를 표결에 부칩시다, 표결에 부쳐요!"

'또 잠꼬댈 하시네. 꿈이라도 꾸시나.' 제냐는 생각했다.

찻잔을 닦아 깨끗한 천으로 물기를 거뒀다. 테이블에 기대어 앉아 깍지 낀 손에 턱을 올려놓았다. 이것은 아빠의 습관, 아빠의 포즈였다. 그녀는 평생 동안 아빠에게서 물려받은 것을 부정하면서 살아왔다. 자기 안에 있는 그의 흔적을 없애면서 살아왔다. 하지만 아무래도 그녀는 그를 닮았다. 엠마가 닮은 엘리자베스 테일러를 제냐는 하나도 닮지 않았다.

"엄마!" 제냐는 들었다. "또 잠꼬대. 불쌍한 아빠⋯⋯."

그리고 다시 더 큰 소리로 더 확연한 부르짖음이 들려왔다.

"엄마! 엄마!"

제냐는 복도로 나와 문 뒤에 섰다. 들어갈까? 들어가지 말까?

"관두자!" 혼자서 중얼거렸다. 복도를 따라 달렸다.

"엄마! 엄마!" 방에서 소리가 흘러나왔다.

복도는 오래된 공동 아파트의 복도처럼 길지는 않다. 병원의 복도처럼도 길지 않았다. 절대 꿈에서 본 복도처럼 길지도 않았다. 그리고 셀 수 없이 많은 문이 있는 것도 아니고 문이라고는 세 개뿐이었다. 하지만 제냐는 현관에서 화장실 문으로 왔다 갔다를 주문처럼 반복했다.

"잠꼬대하는 거야, 잠꼬대라고."

그가 잠잠해지고 제냐도 멈추었다.

"너 완전 미쳤구나." 그녀는 스스로에게 말했다. "바보 같으니라고!"

하지만 방에 있는 아버지에게로는 가지 않았다. 옷을 벗지 않고 침대에 누워 다음 주사를 놓아야 할 새벽 2시에 잠에서 깼다.

아버지를 깨우지 않기 위해 조용히 문을 열었다. 침실용 전등 빛 아래 아빠가 아무도 보러 오지 않을 마지막 외침 속에서 입을 벌리고 죽어 누워 있었다.

제냐는 침대 끝 죽은 아버지 곁에 앉았다. 손을 건드렸다. 끔찍했다. 온기가 전혀 없었다.

"이럴 수가…… 내가 들어와 보지도 않았다니…… 이 복도는……."

그림은 완성되었고, 그 모든 진기한 요소들은 한데 모였다. 그녀는 이제 안다. 자신의 삶 마지막 순간까지 이 꿈을 꾸게 되리라는 것을. 그리고 죽을 때에는 결국은 거기로 가서 무서움 속에서, 절망 속에서, 아버지와 자기 자신에 대한 혐오 속에서, 이 복도를 따라 뛰게 될 것이라고. 그리고 영원한 악몽의 끝 행복한 휴식의 순간에 그녀를 맞으러 아름다운 엠마가 등장하리라는 것도. 앞으로 내민 팔에 김이 나는 프라이팬을 들고 진지하게 미소 짓는 그녀, 활기차게 달리고 있음에도 불구하고 항상 조금씩 늦는, 나무 굽 소리를 내는 그녀…….

# 위대한 스승

바르바르카가 라진의 거리라 불리고 외국 문학 도서관이 아직 그곳에서부터 코텔니키의 새로운 건물로 이사하지 않았을 때,* 겐나디 투치킨은 독학으로 독일어를 열심히 공부하기 시작했고, 일주일에 몇 번씩은 그곳에 가서 도서관 문이 닫힐 때까지 앉아 있었다. 물론 수업을 듣는 것이 더 좋은 방법이었겠지만 그의 공장의 교대 작업 시간은 아무 때나 바뀌었고 수업은 엄격한 시간표하에 이루어지는 것이었다. 월요일, 수요일, 금요일……. 왜 이 평범한 가정에서 자란, 제2 시계 공장의 조정공 젊은이가 갑자기 독일어를 배우겠다고 나섰는지는 절대 알 수 없는 일이었다. 그와 함께 일하는 젊은 남자 동기들도 무언가 특별한 것, 숭고한 것을 하고 싶은 충동을 느낄 때도 있었지만 그럴 때면 그들은 그저 맥주나 보드카를 사서 돈이나 시간 둘 중의 하나가 다할 때까지 마시며 잡담이나 나누었다.

하지만 겐나디는 술을 좋아하지 않았다. 그의 아버지는 술 때문에 행방불명이 되었고, 그때에 벌써 술 좋아하는 건 집안 내력이라는 얘기가 나돌곤 했지만, 반대로 게나*는 천성에 따라 술을 절대 마시지 않았다. 그래서 공장에서도 그는 친구를 사귈 수 없었고 사내들 사이에 있을 때면 지겨움을 느꼈다. 공장에는 여자가 더 많았다. 그들은 조립 공정이나 컨베이어 작업을 맡고 있었다. 하지만 게나에게는 그들도 마치 컨베이어 벨트에 늘어서 있는 '승리' 시계*처럼 하나같이 똑같았다.

그가 군대에서 돌아온 후 그의 엄마가 거동이 불편한 게나의 노쇠한 할머니인 알렉산드라 이바노브나를 자기 쪽으로 거주 등록 하고 아들을 오루�줴이느이 거리에 있는 공동 아파트의 좋은 방에 입주시키면서 그는 더 외로워졌다.

기차처럼 긴 일곱 개의 방이 있는 아파트에는 대가족 네 가정과 세 명의 독신자들이 살고 있었다. 겐나디와 지독하게도 검소한 생활을 하고 있는 하얀 학생복 칼라를 두른 중년의 노처녀 폴리나 이바노브나 그리고 자신은 레트 족*이라고 말하고 다니지만 이웃들은 모두 유대인이라고 의심하고 있는—그러나 그는 사실은 숨어 사는 독일인이었다— 거미처럼 마른 몸에 머리만 큰 쿠펠리스라는 노인.

그 밖에 다른 이들로는, 약삭빠르고 수완 있지만 사실은 주정뱅이인 경찰 레프첸코 가족, 이웃 중 그 누구도 본 적이 없다는 반신 마비의 남편과 그의 아내, 그리고 장성한 두 딸이 사는 코로트코프 가족, 몰래 집에서 환자를 치료하며 천공기 소리를 듣지 않기 위해 귀가 먹먹하도록 매번 같은 음악만 틀어 대는 치과 의사 라푸틴 가족, 입구에서 가장 멀리 떨어진 네 번째 방에는 다리 없는 장화공 코스탸를 가장으로 하는 쿠만코프 가족—너무 많아 몇 명인지는 명확하지 않지만 항상 일곱 명은 넘었다—이 있었다.

겐나디는 이 모든 불결함, 가난, 천박함을 보면서, 싸움으로 끝나는 이웃의 파티와 다시 술로 끝나는 싸움들을 관찰하면서, 모두에게서 하나같이 끔찍한 혐오를 느꼈다. 정신병자 쿠만코프는 손에 잡히는 모든 것을 아이들과 아내에게 집어 던졌으며, 지독한 구두쇠인 폴리나 이바노브나는 부엌 개수대에서 쓰다 만 비누를 훔쳤고, 조용한 거미 쿠펠리스는 한밤중에 자기 커피 주전자를 들고 부엌에 몰래 들어갔다.

특히나 쿠펠리스가 겐나디를 못살게 굴었다. 두 사람의 방은 방음이 잘 되지 않는 벽으로 붙어 있었다. 겐나디는 밤이나 낮이나 그의 울려 퍼지는 한숨 소리, 기침 소리, 신음 소리, 쿠펠리스가 방에 갖다 놓은 관장기의 빨아들이는 소리, 그의 좋지 않은 장이 들려주는 비실비실한 방귀 소리까지 들어야 했다. 그는 공동 화장실도 이용하지 않았다. 그는 자기 방에 개인 요강을 가지고 있어 밤마다 커피를 끓이기 전에 내놓았다. 게나는 어쩔 수 없이 벽 뒤에서 그가 이 요강을 울리는 소리며, 옴 붙은 엉덩이를 닦는 소리며, 커피 마시는 소리까지 다 들어야 했다. 한 달에 두 번쯤, 대개 토요일에, 손님들이 그를 방문했다. 거의 대부분이 남자였고 그들은 활기차게 대화를 했다.

꽤 괜찮은 외모, 군 복무까지 마친 나이, 식당에서 식사 시간이면 특히 확연히 알 수 있는 단위 제곱미터당 여자의 밀도가 남자의 밀도보다 열 배나 높은 유리한 환경에도 불구하고 게나는 여자친구를 만들지 못했다. 게나가 공장에 들어오자마자 아가씨들과 아줌마들이 대대적으로 거칠게 그에게 달라붙었다. 그래서 그는 그들 쪽을 아예 쳐다보지도 않게 되었다. 게다가 그에게는 청년기 트라우마가 있었다. 군대에 가기 전 사귀던 여자 친구가 제대할 때까지 기다려 주겠다고 약속해 놓고서는 군대 2년 차 때 덜컥 시집을 가 버렸기 때문이다.

그는 노처녀와 비슷하게 되어 버렸다. 여성이 그에게 전혀 흥분을 가져다주지 않는 것은 아니지만 여자들의 교태에 대한 두려움이 그들에 대한 이끌림을 넘어섰다. 종종 공장 아가씨가 영화를 보러 가자거나 춤을 추러 가자고 그를 초대하였다. 처음에 그는 이 초대를 거절할 변명들을 만들어 내며 매우 당황스러워하였고, 그 다음에는 모든 상황에 이용할 수 있는 한 가지 구실을 만들어 내었다. 그때 마침 엄마를 만나러 가기로 했다는……. 바보 같은 솔직함 때문에 그는 가끔 정말로 엄마를 만나러 가곤 했지만 도서관에서 저녁을 보내는 일이 더 많았다.

도서관에서는 드물기는 하지만 새로운 사람을 만날 기회가 생기곤 했다. 이 사람들은 그가 학교나 군대, 공장에서 본 사람들하고는 완전히 다른 사람들이었다. 그중 가장 소중한 인연은 레오니드 세르게이비치였다. 그는 젊은이라고는 할 수 없을 만큼 나이가 찼고 긴 머리칼에 귀족처럼, 아니 영락한 귀족처럼 보이는 사람이었다. 그들은 서가에서 가져온 서로의 책상에 놓여 있는 책들을 오랜 시간 곁눈질했고, 어느 날 문득 레오니드 세르게이비치가 독일어에 관해서라면 게나가 손에 들고 있는 것보다 더 좋은 교과서들과 참고서들이 있다며 카탈로그 상자에서 몇 권을 지적해 주며 그에게 먼저 말을 걸었다. 이런 일이 있은 후 그들은 홀이나 복도에서 마주쳤고 처음에는 독일어에 대해서 이야기했다. 새로 알게된 이 지인은 마치 독일어를 살아 있는 존재에 대해서 이야기하는 것처럼 애착을 가지고 그 위대한 장점들에 대해 이야기했다.

"어휘의 풍부함이 러시아 어 못지않다고!" 그는 손을 하늘로 그리 높지 않게 어깨높이로 치켜들었다. "하지만 문법적 형태는 훨씬 더 다양해! 보기 드물게 체계적인 언어야! 아주 섬세한 시간적 관계도 다 표현할 수 있다고!"

레오니드 세르게이비치는 독일어를 아주 잘했다. 그러나 그는 보통 독일어를 번역하지 않고 다른 많은 언어를 번역했다. 예를 들면 몽골 어, 힌디 어나 우르두 어, 페르시아 어, 투르키스탄 어. 한 마디로 모든 언어였다. 그는 초벌 직역본을 보고 시를 번역했는데 이것만으로도 레오니드 세르게이비치는 다른 모든 인류와는 완전히 다른 사람이었다. 하지만 이 젊지 않은 점잖은 학자의 인생에서 가장 중요한 일은 어쨌거나 독일어를 번역하는 일, 더욱이 단 한 저자의 작품을 번역하는 일이었다. 게나는 레오니드 세르게이비치를 집으로 배웅하기도 하고, 비와 눈을 맞으며 여러 가지 흥미로운 소재들에 관해 대화를 나누며 수개월을 보냈다. 그제야 그는 레오니드 세르게이비치가 러시아 어로 재번역하고 있는 저서들을 집필한 위대한 스승의 이름을 들을 정도로 신뢰를 얻었다.

"여보게, 게나, 인간의 삶에서 정확히 계산하면 우연적인 것이라고는 하나도 없다네. 우리의 오늘 대화도 말이야, 사실은 세상 창조의 그날부터 있어 왔던 창조주의 위대한 생각 안에 미리 준비되어 있었던 거라고."

그러면 게나는 순간의 숭고함 때문에 목에서부터 꼬리뼈까지 등을 타고 전율이 흐르는 것을 느꼈다…… 레오니드 세르게이비치는 놀라운 사람이었다. 그가 이야기하는 것이라면 무엇이든지 굉장하고 비밀스러웠고 게나의 다른 주변 인물들이 이야기하는 것과는 파인애플과 무처럼 완전히 구별되었다.

게나에게는 신앙심 깊은 할머니가 있었다. 하지만 그녀의 지독히 순진한 신앙심은 게나에게 전혀 매력적이지 않았다. 레오니드 세르게이비치가 창조주와 창조, 의지, 인식, 비밀과 길에 대해서 이야기할 때면 게나는 라진 거리에서 솔랸스키 골목 막다른 곳—별로 긴 거리는 아니었다—뿐만 아니라 이 세상 끝까지라도 그를 바래다줄 준비가 되어 있었다. 이렇게 1킬로미터가 2킬로미터가 되고 한 달이 두 달이 되면서 게나와 레오니드 세르게이비치의 관계는 돈독해졌고, 게나는 그로부터 루돌프 슈타이너라는 박사의 이름을 들을 수 있게 되었다. 레오니드 세르게이비치는 이 마법 같은 스승의 이름을 독일식으로 발음하였다.

곧 레오니드 세르게이비치는 그를 자신의 집, 단독 아파트로 초대하였다. 그의 집의 책장은 책으로 가득 채워져 있었고 벽에는 그림이 걸려 있었으며 두 개의 조각품으로 장식되어 있었는데, 그중 한 개는 보기에 완벽한 대리석 작품이었다. 레오니드 세르게이비치의 말도 못하게 아름다운 부인이 진짜 기모노를 입고 그들에게 차를 내오고는 연보랏빛 들판에 하얀 국화가 그려진 뒤태를 보이며 다른 방으로 사라졌다. 레오니드 세르게이비치는 책상 속 깊이 간직했던 헝겊의 덮개를 벗겨 의기양양하게 게나에게 스승의 사진을 보여 주었다. 사진 속의 인물은 미국 배우처럼 정말로 잘생겼으며, 뒤로 넘긴 머리에 비단 나비넥타이를 하고는 조금 조여 보이는 프록코트를 입고 있었다.

사진에서부터 무언지 모를 열기가 느껴졌다. 게나는 이 열기가 어디에서부터 연유한 것인지는 알 수 없었지만 이 열기가 레오니드 세르게이비치 자신에게서부터 나오는 것이라고 짐작할 수 있었다. 하지만 어떻든 간에 이 순간의 전율은 게나가 이전까지 한 번도 겪어 본 적이 없는 것은 확실했다. 그가 군대에 있었을 때, 사고가 나서 군인들을 태우고 가던 트럭이 타지키스탄에서 계곡으로 굴러 떨어진 적이 있었다. 트럭이 돌바닥으로 가까워지면서 구를 때 그는 기도하지도 않았고 할머니를 부르지도 않았다. 그때 살아남은 이들은 딱 둘이었는데 뼈가 다 부러져 버린 돌간 이제토프와 이마에 큰 혹이 난 겐나디 투치킨이 바로 그들이었다……

그리고 바로 이날 레오니드 세르게이비치는 주의와 당부의 말을 잔뜩 늘어놓은 후 그의 스승이 아니라 스승의 추종자인 슈레라는 성(姓)을 가진 이가 쓴 첫 번째 책을 겐나디에게 맡겼다.

"모든 진정한 지식은 그 안에 위험을 지니고 있지." 레오니드 세르게이비치가 헤어지며 말했다. "그리고 이 위험성은 정신적인 것이야. 왜냐하면 정신이 인식의 사다리에서 더 높은 경지에 이르게 될수록, 그것이 지녀야 하는 책임감이 더 커지게 되거든. 직접적으로 말하면 말일세, 슈타이너의 가르침은 아주 오래전에 이미 금지되었어. 그리고 아직 이 지식은 비밀 속에 있어야 하지. 하지만 언젠가 이 모든 것이 세상에 나오고 세계를 몰라보게 바꿀 날이 올 거야. 왜냐하면 세계는 지혜를 인식함으로써 구원되는 것이거든……."

또 한 번 게나는 자신의 등줄기에 전율을 느꼈다. 그는 선물 받은 서류 가방에 위험한 귀중품을 넣은 후 집으로 걸어왔다. 한밤중에야 집에 도달했다. 대중교통을 이용할 생각을 전혀 안 한 것은 척추를 타고 흐르는 이 달콤한 떨림을 잃어버릴까 봐서였다…….

겐나디의 삶은 완전히 변했다! 이전까지의 그의 삶이 식물적 존재였다면 지금 그의 삶은 새롭고 사상적이며 하늘로 비상하기도 하고 말해질 수 없는 아름다움으로 충만한 활기찬 것이 되었다. 그래서 그는 먹고 마시며 아무것도 이해하지 못하는 모든 평범한 사람들을 큰 동정심을 가지고 바라보게 되었다. 이제 그에게는 세계, 우주 건설, 대에너지에 대한, 그리고 선과 사랑으로 고무되는 이성을 가진 사람들을 위한 아름다운 사다리에 대한 어마어마한 앎이 열렸다…….

모든 것은 새로운 의미로 가득 찼다. 조정공의 기계적인 일마저도 사람의 손으로 조잡하게 만든 기계들 안에 있는 가장 작은 실수들을 잡아내는 신성한 일이 되었다. 그리고 그는 마치 신의 창조에 대해서 기뻐하는 것처럼 싸구려 철로 만든 기계적인 무늬에 대해서도 기뻐하는 것을 배웠다. 왜냐하면 그는 최고 이성에서 나뉘어져 나온 빛을 인간의 모든 이성적인 행동에서 발견할 수 있었기 때문이었다…….

그는 슈타이너의 강의록을 읽었다. 그리고 이 많은 강의들을 통해 인도 철학, 세계에 대한 괴테의 관념, 몇몇 카발라 사상들을 접하게 되었다. 하나의 에너지를 다른 에너지로 만들면서 신적인 음료 우유로 만들어 내는, 구름 초원에 누워 여물을 씹고 있는 소의 형상은 그의 취향까지도 바꾸어 버렸다. 그는 전에는 별로 내켜 하지 않던 우유도 마시게 되었고, 역시 신적인 것으로 여겨지는 꿀도 먹기 시작했다. 그리고 세상은 그것을 바로 보기만 한다면 역시 거칠고 더러운 것에서 아름답고 숭고한 것으로 변하고 있었다. 그리고 가장 기분 좋은 생각 중의 하나라고 겐나디가 생각한 것은 정신적인 위계질서, 의미와 영으로 가득 차면서 모든 본질적인 것이 타고 올라가는 위대한 사다리였다. 이것의 핵심은 위계질서상 높이 있는 것들은 계속해서 낮은 것들을 위하여 이것들을 무의미한 카오스로부터 구출하기 위하여 무언가를 희생하는 것이었다…….

레오니드 세르게이비치는 재능 있는 제자가 매우 기특했다. 그는 제자가 잘 이해하지 못하는 여러 가지 섬세한 것들에 대해서 설명하였다. 그리고 게냐에게 앎을 위해서 너무 서두르는 것은 신체적 건강을 해칠 수 있으니 서두르지 말라고 충고했다. 그는 겐나디가 지나치게 앎에 집착하는 것을 보고 걱정스레 주의하기도 하였다. 그는 사랑하는 동물이 죽은 후에 사람들이 얼마나 깊게 상심하는지 설명하면서 같은 이유로 집착은 신체를 구성할 정도로 강한 것이라고 이야기하였다. 동물이 죽으면 주인은 위장 쪽에서 심한 아픔을 느끼게 된다. 왜냐하면 영적인 육체들의 유착은 태양 신경절의 차원에서 발생하는 것이기 때문이다. 그러므로 하물며 그것이 스승과의 관계라 하더라도, 아니 특히 스승과의 관계에서는 집착을 갖지 않고 자신을 조절할 수 있는 능력이 중요하다…….

몇 차례 그는 무심코 자신의 직접적인 스승, 신지학과 인지학의 위대한 권위자, 젊은 시절 알게 된 슈타이너 박사, 책을 통해서가 아니라 직접적으로 사사한 그에 대해서 떠올렸다.

2년간 게나는 인식에 있어서 성장하였다. 그가 알 수 없는 열의를 가지고 공부한 독일어는 이제 꼭 필요한 것이 되었다. 레오니드 세르게이비치는 그에게 원어로 된 박사의 책들을 갖다 주었다. 그 책들은 1920년대에 리가에서 출판된 것들로서 다 해진 책들이었지만 대신에 페이지 빈 곳마다 누구에 의한 것인지 모르는 독일어와 러시아 어로 된 메모들이 즐비하였다. 이 책들을 읽는 것은 쉬운 일이 아니었지만 게나는 형이상학적인 난점들을 해독하기 위해 노력하였고 레오니드 세르게이비치는 그와 학술적인 대화를 나누었다. 게나가 레오니드 세르게이비치의 집으로 방문하는 것도 또 다른 기쁨이었다. 그곳에는 항상 차와 미니 쿠키 '베제'*가 영원한 연보랏빛 기모노를 입은 아름다운 아내의 손에서 나왔고, 그의 서재에는 책들과 그림들이 있었다. 가끔 학술적 대화가 끝난 다음 레오니드 세르게이비치는 그에게 자신이 번역한 동양의 시를 읽어 주곤 하였다. 몽골의 기마병들은 초원을 내달렸고, 인도의 미녀들은 코끼리처럼 부드러운 움직임으로 왕자들과 함께 달콤하고도 정열적인 놀이에 몸을 맡겼고, 카라칼파크의 현대 시인들은 동양의 화려함으로 삶의 사회주의적 재건설을 노래했다…….

헤어질 때가 되어서 레오니드 세르게이비치는 완전히 비밀스러운 일에 대해 게나와 함께 이야기했다. 모스크바 어딘가에 박사의 가장 중요한 책인 『다섯 번째 복음서』―이 부분에서 그는 말소리를 줄여 속삭였다―에 대한 세미나가 열린다는 것이었다. 이때 게나는 자신이 아직 4대 복음서를 읽지 않았다는 것을 이야기하게 되었다. 레오니드 세르게이비치는 두 팔을 펼쳤다.

"그렇다면!"

그러더니 그는 선반에서 검은 책을 꺼내 왔다. 게나는 그 책을 경건하게 두 팔로 안고는 깜짝 놀랐다.

"레오니드 세르게이비치, 저희 할머니한테도 이것과 똑같은 책이 있어요! 할머니는 평생 이 책만 읽으셨어요."

오랜 시간 묻고 대답한 끝에 레오니드 세르게이비치는 게나에게 곧 세미나가 시작될 것이라고 말했다. 세미나는 레오니드 세르게이비치의 선생님이 상급반 실습자들을 위해서 강의한다고 하였다. 하지만 초심자인 게나의 경우는 그 예외가 인정되어 세미나에 참석하는 것이 허락되었다.

게나는 몸을 떨었다. 이때 즈음에 그는 레오니드 세르게이비치로부터 이 스승, 그의 지혜, 의학 및 모든 방면에 걸친 거대한 지식, 환상적인 생활 경험을 거의 신격화하고 있었다.

"그는 도르나흐에 있는 슈타이너 박사를 위한 성전 건축의 참여자들 가운데 아직까지 살아 있는 몇 안 되는 사람이야, 물론 그 건축물은 1930년대 초에 타 버렸지만 말이야……." 레오니드 세르게이비치는 책을 많이 읽어 빨갛게 핏발이 선 파란 눈으로 하늘을 올려다보았다. "이 건축에 참여한 사람 중에는 안드레이 벨르이, 막시밀리안 볼로신 그리고 마르가리타 사바시니코바*가 있었지……." 거의 들릴까 말까 한 목소리로 그가 마지막 고백을 하였다. "그리고 나의 돌아가신 아버지가 거기서 한 여름을 보내셨지……. 이 얘기는 절대로 해서는 안 되네, 절대로." 그는 이내 팬

한 이야기를 했다 싶은지 입을 굳게 다물었다…….

마침내 그 중요하고도 중요한 날이 왔다. 레오니드 세르게이비치는 게나를 스승에게로 데리고 갔다. 새 바지를 차려입고 말쑥해진 게나는 마야코프스키 동상 앞에서 레오니드 세르게이비치를 만났다. 봄의 부슬비를 맞으며 그들이 걷는 이 길은 이미 게나에게는 익숙했다. 그의 집으로 가는 길이었다. 방향을 몇 번 틀더니 정말 게나의 집으로 향했다. 하지만 오래된 푸르고 하얀 타일이 깔린 쪽으로부터였다. 그러고는 현관으로 다가섰다. 초조해진 겐나디는 자기 집으로 올라가는 아파트 동의 라인을 잊어버렸다. 그리고 문 앞에 서서야 자신이 자기 아파트 곁에 서 있다는 것을 알게 되었다.

레오니드 세르게이비치는 반쯤 지워진 버튼을 눌렀다. 쿠펠리스라고 쓰인 명패.

몇 분이 지나고 나서 슬리퍼를 끄는 익숙한 소리가 가까워져 왔다. 쿠펠리스는 문을 열었다. 레오니드 세르게이비치는 빛나는 웃음을 지어 보였다. 쿠펠리스도 비슷한 미소를 지어 인사했다. 게나는 관자놀이가 뛰는 것을 느꼈다. 그는 얼굴이 빨개져서는 당황스러워하는 레오니드 세르게이비치를 남겨 두고 복도 끝으로 나와 발작적으로 자기 방 열쇠를 쥐었다.

망토를 벗지도 않은 채 그는 침대에 몸을 던져 울었다. 이럴 수가! 슈타이너 박사, 비단 나비넥타이에 아름다운 남국의 얼굴을 한 그 박사 대신에 저 꼴도 보기 싫은 늙은이라고! 요강에 관장기에, 재수 없게 꽉 다문 입술에, 혼자 밤에 몰래 나와 커피를 타 마시는 저 사람이? 이웃 중에 제일 끔찍한 저 사람이! 염병할 놈, 거미 같은 놈이!

누군가가 그의 방문을 두드렸지만 그는 방문을 열지 않았다. 그는 울다가 정신을 잃었고 다시 울었다. 그러고 나서는 일어나서 망토를 벗고 구두를 던졌다. 벽 건너에서 들려오는 중얼거림들은 오래전에 그쳤다. 이제 곧 관장기 소리가 들릴 것이고, 요강 소리가 들릴 것이다……. 하지만 그런 소리는 들리지 않고 대신 복도에서 전화벨이 울렸다. 그것은 게나의 엄마였다. 엄마는 울면서 할머니가 돌아가셨다고 말하고 게나 보고 오라고 했다.

게나는 택시를 잡아타고 호로세프스키 가(街)로 갔다. 그곳에서는 공장 노동자용 주택인 방 두 칸짜리 아파트에 엄마와 이모, 그리고 이모의 딸 레나, 그리고 방금 고인이 되어 버린 중풍 걸린 그의 할머니가 살고 있었다.

모든 방에 불이 켜져 있었다. 엄마의 방에는 큰 불 말고도 촛불들이 타고 있었다. 그리고 나이가 든 검은 옷을 입은 여자가 예의 그 커다란 검은색 복음서를 읽고 있었다. 게나도 이때 즈음에는 이미 복음서를 거의 읽었던 터였다. 다음 날 어디선가 검은색 수의―검은 망토와 모자―가 도착했고 이것을 죽은 이에게 입혔다. 그리고 검은 옷을 입은 노파들과 노인들이 도착했다. 그들은 완전히 알아들을 수는 없는 고대 교회 슬라브 어로 된 것을 읽었다. 게나는 5년 동안 몸이 마비되었던, 조용하고 말도 없이 누워 죽음을 기다리던 할머니의 죽음에 왜 이런 수선스러움이 필요한지 영문을 알 수 없었다.

그녀를 묻기 위해 이전에 수도원 묘지였던 호티코보로 모셔 갔다. 하지만 그 전에 대수도원에서 장례를 치렀다. 그녀의 얼굴은 흰 천으로 가려졌다. 갑자기 평지에 무언가 출렁이는 비밀 같은 것이 솟아올랐다. 왠지 모르게 온순했던 할머니가 중요한 인사처럼 여겨졌지만 그는 그 이유를 알 수 없었다. 이곳의 나이 든 성직자는 그의 할머니 알렉산드라 이바노브나, 즉 안겔리나 자매가 옵티

나의 고승을 대부로 둔 마지막 남은 이들 중의 하나였으며, 수도원이 문을 닫았을 때 수도원을 나와 청소부로 일을 하면서 기근 때, 두 명의 고아들—게나의 어머니와 지금은 게나의 이모가 된 한 소녀—을 자신의 아이로 받아들여 키웠다고 나중에 이야기해 주었다. 그는 그녀가 영적으로 아름답고 순종적이며 지혜로운 여인이었다는 말도 덧붙였다……. 그녀는 일생 동안 단 한 권의 책만을 읽었는데 그것이 바로 예의 4대 복음서였다…….

게나는 휴가를 내어 일을 잠시 쉬었다. 그는 자신의 생각과 감정, 그리고 최근 몇 년간 알게 된 많은 것들을 정리할 시간이 필요했다. 그는 일주일을 어머니가 있는 호로세프스키 가에서 보냈다. 그곳은 나무가 많은 동네였다. 게나는 많이 산책하면서 이제는 더 이상 『다섯 번째 복음서』에 무엇이 쓰여 있는지 알 수 없게 되어 버린 것에 대해서 안타까워했다. 그리고 영원히 알 수 없게 되어 버린 것이 또 하나 있었다. 대체 몸이 마비된 그의 할머니는 어떤 사람이었을까. 그녀도 일종의 스승이었을까? 그는 생각하고 또 생각했다. 하지만 어떠한 대답도 얻을 수 없었다. 그는 단지 갑자기 이종사촌 누이와 방을 바꾸었을 뿐이다. 그녀는 곧 시집을 갈 예정이라 아파트가 당장 필요한 상황이었다. 그녀에게 쿠펠리스가 문제 될 리는 없었다…….

# 탈영병

1941년 9월 말, 틸다는 동원 영장을 받았다. 「붉은 별」* 신문에서 일하던 이리나의 아버지는 전방을 돌아다니면서 온 나라에 유명한 수기들을 썼다. 남편 발렌틴도 전장에서 싸웠는데 그에게서는 편지가 오지 않았다. 틸다와 헤어지는 것은 어쩐지 남편과 헤어지는 것보다 더 힘들었다. 이리나 스스로 틸다를 동원 장소로 데리고 갔다. 틸다를 제외하고 복도에는 여덟 마리의 개가 더 있었다. 하지만 그들 모두는 어찌된 일인지 영문을 모르는 탓인지 서로는 안중에도 없고 주인의 발치에서 서성거리기만 했다. 한 어린 스코틀랜드 세터종* 암캐는 무서워서 오줌까지 쌌다.

틸다는 점잖게 행동했다. 하지만 이리나는 틸다의 기분이 평소 같지 않다는 것을 느꼈다. 귀 끝이 흔들리고 꼬리로는 연신 가볍게 더러운 바닥을 쳐 댔다. 사무실에서 우울하게 생긴 한 남자가 독일산 콜리*를 데리고 나왔다. "우리는 자격 미달이라고 하네, 시력 때문에." 그는 머리를 들지 않고 중얼거리며 개와 함께 나왔다……. 틸다 옆을 지나면서 콜리는 잠시 멈추어서 관심을 나타냈지만 주인에게 끌려 이내 얌전히 그를 따랐다.

옆에 앉아 있던 노인은 나이 든 콜리의 머리에 손을 얹고 있었다. 몸집이 큰 이 콜리종 개는 틸다보다 네 배는 컸다. 이리나는 틸다를 손으로 들었다. 틸다는 실내에서 키우는 애견과 일하는 개 중간쯤 되는 크기의 푸들이었다. 노인은 틸다를 바라보더니 미소를 지었다. 이리나는 용기를 내어 마음에 있던 말을 입 밖으로 꺼냈다.

"대체 저 사람들이 틸다를 데려다가 뭘 하겠다는 건지 아무리 생각해도 알 수가 없어요. 틸다는 들판에서 부상병을 끌지도 못할 테니까요. 인명 수색이나 진료 가방 운반 정도는 할 수 있겠지만…… 아무래도 부상병을 찾아내는 건…….'

노인은 동정 어린 눈빛으로 이리나를 쳐다보며 말했다.

"이보게, 이 조그만 개들은 탱크 잡이용이라네. 이 개들을 탱크 밑으로 기어 들어가게 훈련시킨다고. 배 쪽에다가는 인화성 물질이 담긴 병을 달아 주고…… 몰랐나?"

이런 바보, 바보. 내가 왜 그걸 몰랐지? 나는 왜 틸다가 붉은색 십자가가 그려진 붕대를 등에 메고는 전투지를 뛰어다니고, 부상병들을 찾아내고, 그들을 도와줄 거란 생각을 한 거지…… 그런 게 아니잖아. 탱크 밑으로 들어가는 묘기 같은 연습을 계속 시키다가는 어느 날 독일 탱크와 함께 폭발하게 되는 거겠지.

영장은 이리나의 가방 안에 있었다. 영장은 나흘 전에 배달되었다. 이리나는 거기에 쓰인 대로 지정된 날, 지정된 시각에 개를 데리고 소환지에 왔다. 그들 앞에 있는 줄에는 두 명의 사람과 두 마리의 개가 더 남아 있었다. 독일산 콜리종과 노인, 그리고 캅카스산 콜리와 한 여인. 이리나는 일어나 조용해진 틸다를 바닥에 내려놓지도 않고 안은 채 그냥 복도에서 나와 버렸다.

집으로 가는 길은 걸어서 40분 정도 걸리는 거리였다. 베고바야에서부터 고리키 거리까지. 이리나는 아파트로 올라가 작은 트렁크에 가장 필요한 필수품들을 넣고 잠시 생각하다가 이 물건들을 다시 배낭에다 옮겼다. 그녀는 범죄를 저지르기로 하였다. 이것은 완전 범죄여야만 했다. 트렁크보다는 배낭이 이웃들의 눈에 띄지 않을 것이었다.

배낭에는 틸다의 그릇 두 개—물그릇과 밥그릇—와 깔개를 넣었다. 틸다는 문 옆에 앉아 기다리고 있었다. 틸다는 지금 자신들이 떠날 차비를 하고 있다는 것을 알고 있었다.

그러고는 출발. 걸어서 일단은 포크로프카까지. 처음에는 틸다가 태어났던 발렌틴의 모친의 집으로 가는 거다. 발렌틴은 틸다의 첫 번째 주인이었다. 며칠이 지나고 피스초바야에 있는 친구의 집으로 갔다. 거의 매일 그녀는 고리키 거리에 있는 집으로 가서 열쇠로 우체통을 열어 보았다. 하지만 그녀가 기다리는 그것, 전장의 남편 발렌틴에게서 온 편지는 발견할 수 없었다. 그리고 틸다에게 두 개의 영장이 더 배달되었다. 이리나는 무서움에 떨면서 두 편지를 모두 잘게 찢어 아파트 계단을 다 내려와, 전쟁의 첫 겨울, 몰아치던 눈보라 속으로 날려 버렸다.

전장을 이리저리 누비던 아버지가 모스크바에 들르는 일은 별로 없었다. 그는 이 전쟁, 그리고 그 이전의 전쟁, 또 스페인 전쟁의 중요한 기록가들 중의 하나였다.

아버지가 처음으로 모스크바에 왔을 때 이리나는 아버지에게 틸다를 몰래 탈영시켰다는 사실을 이야기했다. 그는 입을 꼭 다물고 고개를 끄덕이고는 피스초바야에 있는 틸다를 보러 갔다. 최근 몇 년 동안 이리나는 남편과 함께 아버지의 큰 아파트에서 살고 있었었다. 그리고 틸다는 이 집안에서 가장 중요한 인물은 젊은이가 아니라 바로 나이 든 그라는 것을 오래전부터 알고 있었다.

그는 반 시간가량 낯설고 초라한 방에 앉아 있었다. 그리고 틸다는 그의 곁에서 흔히 동물들이 가지고 있는 그 마법 같은 시선으로 그를 쳐다보고 있었다.

나가면서 그는 농담을 했다.

"이름을 바꿔야겠어. 틸다라고 부르지 말고, 데지*라고 불러야지."

틸다는 자신의 이름을 듣고 머리를 들었다.

주인의 팔을 핥았다. 틸다는 자신이 탱크 밑, 지옥 같은 폭발의 죽을 운명에서 벗어났다는 것을 몰랐다. 그리고 지금 틸다는 그 전쟁과 나이 든 주인을 다 겪고 자신의 생을 다하고 죽을 것이다. 이 푸들의 뼈는 별장에서 멀지 않은 골짜기의 큰 돌 옆 목 좋은 곳에 묻힐 것이다…….

그러나 발렌틴의 뼈가 묻힌 곳은 아무도 알지 못했다. 그는 소식도 없이 사라졌다. 영원히.

# 예쁜이 고양이

처음에는 늙은 동물들이 떠났다. 커다란 굽은 귀를 가진 육중하고 힘센 고양이 루저는 어느 날 밤 놀러 나갔다가 들어오지 않았다. 그리고 한 달이 지난 후에는 라다가 도망쳤다. 사실은 도망친 게 아니라 기어 나갔다고 해야 옳을 것이다. 왜냐하면 그녀는 오래전부터 간신히 걷고 있었기 때문이다. 라다를 찾은 것은 집에서 멀리 떨어지지 않은 작은 숲, 미끄러운 구멍에서였다. 그녀를 집으로 겨우겨우 끌고 와 하얗고 빨간 털에서 진흙을 닦아 냈다. 그리고 그녀는 조용히 주인의 팔에서 숨을 거두었다.

그다음에는 주인이 떠나려고 하였다. 처음에는 심근경색이었고 그다음에는 발작이 일어났다. 그는 일그러진 반쪽 얼굴을 하고는 볼테르식 안락의자에 앉아 아무 말도 하지 않았다. 안주인 니나 아르카디예브나는 집으로 아주 예쁜 고양이 새끼를 데려왔다. 이 것이 집 안 풍경을 생기 있게 하고, 동물의 온기가 치료에도 효과가 있다고 했기 때문이었다. 하지만 주인은 새로운 고양이를 전혀 눈치채지 못하고 고양이가 자기 무릎 근처에 얼굴을 들이대면 그저 습관이 되어 버린 동작으로 왼손을 들어 고양이를 쓰다듬었다. 고양이는 검은색과 흰색이 섞여 더할 나위 없이 아름다웠다. 하얀 가슴의 고양이는 앞다리에는 길게 하얀 스타킹을, 뒷다리에는 하얀 양말을 신고 있었다. 반은 새끼라고 할 만큼 그다지 크지 않은 몸집에 털이 많지 않았고, 털도 부드러워 비로드 같았다. 눈은 녹색이 감도는 호박 빛이었다. 고양이는 그저 영어로 푸시라 불렸다.

니나 아르카디예브나는 영어 번역가였다. 영어 고전들을 번역했고 번역 이론 세미나를 열고 있었다.

얼마 후 아직 새 고양이와 친해지지도 못한 채 주인이 죽었다. 자신의 사명을 다 하지 못한 고양이는 새 환경에 익숙해졌다. 푸시는 자신의 괴팍한 성격을 한 번도 숨긴 적이 없었다. 푸시는 발치에서 살랑거리며 애교를 부리다가 무릎으로 뛰어 올라와 재빠르게 날카로운 발톱을 세웠다. 안주인조차도 온통 작게 할퀸 자국 투성이였다. 푸시의 발톱은 부드러운 발끝에서부터 순간적으로 튀어나왔다. 마치 독사가 단번에 머리를 날리는 것과 같았다. 이러한 날렵한 움직임으로 푸시는 진짜 제대로 할퀼 수 있을 때를 노리면서 먹이를 주는 안주인의 손을 할퀴었다.

안주인이 수화기를 들고 "여보세요!"라고 말할 때에 푸시는 재빠르게 경계의 "먀아옹"으로 대답한다. 1분 더 대화할 시간을 준 다음 다시 한 번 "먀아옹" 한다. 그러고 난 다음 안락의자로부터 굉장히 우아한 포즈를 취하면서 내려온다. 푸시의 동작은 굼뜨다. 그녀는 마치 덩치 큰 고양이라도 되는 양 땅에 무겁게 착지한다. 착지한 다음에는 무방비인 장소를 찾으면서 방 안을 어슬렁거린다. 안주인의 슬리퍼나 화장대에 놓여 있는 머플러, 베개…… 어떤 것이라도 좋았다.

이미 이런 일에는 익숙해진 니나 아르카디예브나는 수화기를 내던지고는 푸시의 못돼 먹은 행동의 흔적을 찾아내 아무 소용 없지만서도 푸시의 잘못에 대해 주의를 주며 청소를 했다.

고양이는 첫 번째 취미거리를 이내 찾아냈다. 곧 분홍색 삼각형 모양의 입 주변에 거품이 부글거리며 흘러나왔다. 그리고 푸시는 이제 먀아웅 거리는 것이 아니라 바닥과 소파를 타고 다니면서, 벽지를 다 긁어내면서, 거의 소리를 질러 댔다. 안주인은 이제 지쳤고 이웃들의 원성도 자자했다.

푸시에게 잘생긴 수고양이를 데려왔다. 하지만 푸시는 아무래도 너무 어려서 그랬는지 이 수고양이를 어떻게 써야 하는지 알지 못했다. 게다가 성격이 좋지 않았던 푸시는 처음에는 엉덩이를 들고 눕더니 신랑이 중요한 사명을 띠고 가까이 다가오자 번개 같은 속도로 몸을 틀어 수고양이의 얼굴을 냅다 후려쳤다. 수고양이는 자신의 실패를 참았다. 하지만 푸시가 승자처럼 보이지는 않았다.

착한 품성에 교육을 잘 받은 나이 지긋한 니나 아르카디예브나는 푸시의 행동이 용납되지 않았다. 하지만 안주인에게는 동물을 사랑해야 한다는 원칙이 있었다. 어찌할 도리가 없었다. 이것은 순수한 사랑이라기보다는 우리 집은 동물을 사랑하는 곳이다, 라는 전제 비슷한 것이었다. 그래서 그녀는 이를 견뎌 냈다.

일주일간을 소리 질러 대고 나서야 푸시는 진정했다. 하지만 3개월 후면 모든 것이 다시 반복되었다. 다시 수고양이들을 데려왔고, 다시 푸시가 이 신랑 후보들을 쫓아냈다. 푸시의 마음을 뺏을 만한 고양이는 나타나지 않았다…….

두 가지 방법이 검토되었다. 저 알아서 되는대로 살라고 거리로 나가는 문을 푸시에게 열어 주든가, 아니면 거세하는 일이 그것이었다. 첫 번째 방법부터 시도되었다. 푸시를 마당에 내보냈다. 검고 하얀 이 예쁜 고양이는 재빨리 벌거벗은 3월의 포플러 나무 꼭대기로 뛰어올라 가벼운 가지에 앉아 울어 대기 시작했다. 그것은 열정이 담긴 울음소리가 아니라 두려움의 울음소리였다. 푸시는 거기에서 내려올 수가 없었다. 꼬리를 위로 하고 머리를 아래로 해서 영 엉거주춤한 자세로 시도는 해 보았지만 소용없었다. 이렇게 푸시는 나무에서 사흘을 지냈다. 마당에는 푸시의 울음소리가 끊이지 않았다. 7층짜리 이 건물에 사는 모든 이들이 밤마다 잠을 청할 수가 없었다. 결국 다행히 집에서 몇백 미터 떨어진 소방서에 신고를 해 소방차의 도움을 받았다. 걱정하고 있던 주인의 품에 다시 안긴 푸시는 발톱으로 주인의 가죽 장갑에 구멍을 뚫어 손목이 피투성이가 될 정도로 찔렀다.

다음 방법은 거세였다. 착한 안주인은 약간 괴짜 같긴 하지만 솜씨 좋은 수의사를 찾아냈다. 그녀는 푸시를 동물 병원으로 데려가 터무니없는 가격을 주고 거세하였다.

모든 강제적인 것에 반대하고, 특히 거세에 대해서는 유난히 반대하였던 니나 아르카디예브나는 양심의 가책을 느꼈다. 게다가 마취된 동물이 반쯤 감긴 눈을 하고 침을 흘리는 꼴은 유난히도 보기 딱했다. 수건에 싼 불쌍한 동물을 병원으로 데려가고, 수술 후 집으로 데려온 사람은 니나 아르카디예브나의 예전의 대학 제자인 충실한 제냐였다.

집에서는 모든 것이 아늑하게 되어 있었다. 소쿠리, 베개, 시트. 마취에서 깨자마자 고양이는 꿰맨 부분을 헤쳐 놓았고 니나 아르카디예브나는 다시 급하게 이번에도 제냐를 시켜 수의사를 불러야 했다. 수의사는 재빨리 고양이에게 메리 메디치 스타일로 된 넓은 보호 깃을 씌웠다. 하지만 이마저도 하도 물어 대서 아침에는 너덜너덜해져 있었다.

꿰맨 곳은 빠르게 아물었지만 그럼에도 불구하고 니나 아르카디예브나는 며칠 밤잠을 자지 못했다. 그녀는 푸시를 자기 옆에 눕혀 놓고는 이 고통받는 고양이를 압사시킬까 걱정하면서 선잠만 겨우 잤다. 자기 아이를 키운 지 이미 오래된 그녀는 아이를 질식시키는 것이 그렇게 흔히 일어나는 일이 아니라는 것을 잊어버렸다…….

그렇게 3개월이 평소처럼 지나갔다. 똑똑한 고양이는 가장 무방비인 곳을 찾아 배설을 하였고, 한번은 어느 사진틀에서 죽은 남편의 사진을 끄집어내 입으로 물어 갉아 기어이 니나 아르카디예브나는 화가 나기도 하고 어찌할 바를 몰라 울고야 말았다. 손님들을 못 참는 푸시의 성격은 여전했다. 안주인을 방문하는 대학생들의 스타킹을 다 잡아 뜯어 놓았으며, 한번은 이 집을 방문한 한 영국인의 손에 긴 흉터를 냈다. 푸시를 쓰다듬으려고 손을 내밀었던 것이 화근이었다. 푸시가 두려워하는 것은 단 한 가지, 마루 닦는 솔뿐이었다. 이 비밀을 알고 있는 것은 파출부인 나댜였다. 그녀는 몇 차례 고양이의 옆구리 옆을 쓸게 되었다. 그녀는 마루 솔의 위엄에 놀랐다. 그러나 안주인은 푸시가 색정이 뻗칠 때만 털 달린 적을 보여 주며 솔의 권위에 매달렸다. 푸시는 솔을 보고는 처음에는 꼼짝도 못하고 얼어 버렸다가는 책장으로, 부엌 식탁으로 더 높이 뛰어 올라가 앞발을 들든지 등을 휜 채 우아한 자세로 꼼짝하지 않았다.

이 광경에 고상한 미적 감각의 소유자인 니나 아르카디예브나도 기쁨에 몸이 얼어붙었다. 예쁘기도 해라! 완전히 고양이계의 그레타 가르보야!

수술 3개월 후 고양이는 다시 끔찍하게 울어 대며 소파를 타고 다니기 시작했다. 안주인은 수의사에게 전화해 조심스레 물었다. 거세를 했는데도 푸시가 왜 이렇게 열에 들떠 있는 거죠?

의사는 버럭 화를 냈다.

"부인, 절 어떻게 보고 이러시는 겁니까? 제가 동물 난소를 잘라

낼 사람으로 보입니까? 저는 그냥 나팔관을 잡아매어 놓았을 뿐이라고요! 그러니까 동물적인 본능을 그대로 가지고 있는 건 당연한 거 아닙니까!"

인내심 있는 우리의 니나 아르카디예브나는 처음으로 엉엉 울었다. 다시 수고양이를 데려왔다. 푸시도 이번에는 녀석에게 관심을 보였고 결국 고양이 결혼은 성립되었다. 니나 아르카디예브나에게서 잠과 식욕을 앗아 갔던 짝짓기 울음은 이제 끝났다. 다른 것들이 계속되었다. 아무리 치우고 빨아도 안주인과 그녀의 집에서는 아주 특별한 냄새가 났다. 밖에 나갔다가 집에 들어온 안주인은 항상 이 냄새를 맡아야 했다. 아무래도 청소할 때도 찾을 수 없었던, 고양이만의 은밀한 장소가 있는 것 같았다…….

니나 아르카디예브나는 겉옷 냄새를 하나하나 맡아 보고 짙은 남자 향수를 뿌려 보기도 하는 등 고통을 받았다. 하지만 남편의 죽음 이후에 그녀는 이 정도 고통쯤은 즐길 수 있을 정도가 되었다. 왜냐하면 그러한 사소한 고통들은 매우 커다란 상실감으로부터 그녀의 주의를 떨어뜨려 놓았기 때문이다……. 남편의 죽음 이후 계속되고 있는 슬픔과 공허함에서 그녀를 떨어뜨려 놓는 모든 것들은 그녀에게 기쁨이었다.

노보시비르스크에서 세미나를 여는 게 어떻겠느냐는 제안을 받았을 때 니나 아르카디예브나도 기뻐했다. 그녀의 오래된 지인인 예술학 교수가 그를 무척이나 힘들게 해 온 가정사의 번잡함을 피해 그녀의 아파트에서 얼마간 살면서 쓰고 있던 책을 마무리하고 싶다고 부탁했다. 그는 고양이 밥을 제때 주어야 했다. 니나 아르카디예브나는 고양이 밥을 준비해 두고 교수에게 열쇠를 주면서 마지막으로 고양이 성격이 보통이 아니기는 하지만 교수의 부인이나 딸의 성격보다 더 복잡하진 않다고 미리 이야기해 두고 떠났다. 고양이가 밖으로 나가지 않도록 하는 것이 가장 중요했다.

안주인이 떠나고 난 후 둘째 날 푸시가 새 거주자를 관찰하고 있을 때, 그가 양동이에 든 쓰레기를 버리러 문을 살짝만 열고 밖에 나갔다 들어오다가 문 앞에 푸시가 앉아 있는 것을 발견했다. 그는 고양이를 들어 아파트 안으로 던졌다. 고양이가 도망가면 절대 안 되지! 쓰레기 양동이를 부엌에 가져다 놓고 뒤돌아보니 두 마리의 똑같은 고양이가 등을 웅크린 채 복도에서 서로 마주 보고 있었다. 이게 무슨 일인가 하고 생각하고 있는 사이, 두 고양이는 하늘로 치솟더니 꽤 오랜 시간 동안 한 덩어리가 되어 떨어 댔다. 둘 중 하나는 푸시가 분명했고 다른 하나는 푸시의 분신이었다. 그는 으르렁거리는 덩어리에서 한 마리를 겨우 뜯어내 가장 구석에 있는 방으로 던졌다. 방들은 연결되어 있었고 방들 사이에는 자물쇠가 없어 문이 제멋대로 열렸다 닫혔다 했다. 두 번째 고양이를 온통 할퀴인 손에 쥔 채 그는 어떻게 문을 고정시킬지 생각하면서 아파트 안을 이리저리 서성였다. 결국 대걸레 자루로 문을 빗장 걸고 두 번째 고양이를 내려놓았다. 고양이는 목숨을 건 사형수처럼 광폭하게 문으로 달려들었다…….

일주일 내내 교수는 문과 자물쇠를 갖고 온갖 요술을 부리는 두 마리의 적대적인 고양이들과 함께 쉬지도 못하고 보냈다. 그는 어떤 고양이가 이 집 고양이인지를 알아보기 위해 무슨 일이 생겨서 연락하면 당장 달려오겠다고 했던 니나 아르카디예브나의 젊은 친구 제냐를 부르기로 했다. 한달음에 달려온 제냐는 단번에 진짜 이 집 고양이를 알아볼 수 있었다. 그러나 그녀는 방에 들어간 순간 의심이 들었다. 이 방에 있는 두 번째 고양이는 하얀 술이 드리운 검은 귀를 갖고 있었을 뿐 첫 번째 고양이와 똑같이 생겼기 때문이었다. 제냐가 고양이를 손에 들자 고양이가 갑자기 발톱을 드러내고 네 줄의 상처를 냈다. 제냐는 기가 막힐 노릇이었다. 성격으로 보자면 이 녀석은 영락없는 푸시였다. 귀에 있는 하얀 술은 어쩌면 제냐가 기억을 제대로 못한 것 때문일 수도 있었다. 그저 귀 끝에 있는 얼마 안 되는 하얀 털이 아닌가…… 아무래도 이 집 안주인이 돌아올 때까지 두 고양이 모두를 데리고 있는 것이 나을 성싶었다…….

일주일 후 돌아온 니나 아르카디예브나는 유명한 러시아 동화에서 흔히 그러듯 곧장 누가 진짜 친동생인지 알아보았다. 귀가 아니라 목소리로. 잘 살펴보니 예의 그 하얀 털로 된 테는 두 고양이 모두에게 있다는 것이 판명되었다. 하지만 진짜 푸시의 것이 조금 더 가늘었다. 결국 걱정만 하다가 정신이 팔려 제대로 일하지도 쉬지도 못했던 교수와 푸시의 분신이 자발적으로 동시에 이 집을 나가기로 했다.

푸시는 예전처럼 자기 세상이 온 것이 기뻤는지 안주인의 다리에 얼굴을 부비기도 하고 밤이면 그녀 옆에서 자려고 침대에 들어오기도 했다. 전혀 그러지 않는 것은 아니었지만 그래도 가르릉 거리는 횟수도 줄었다…….

니나 아르카디예브나가 이미 오래전부터 미국에 살고 있는 딸에게 전화를 걸어 이 재미있는 사건에 대해서 이야기하던 도중 이야기는 예상치 못한 곳으로 흘러갔다. 딸이 여름을 지내려고 빌려둔 별장이 있는 케이프-코드로 그녀를 간곡히 초대하였던 것이다.

"고양이는 어디 좀 내버려 두고 우리랑 같이 가요! 엄마, 무슨 상전 모셔요? 일생에 한번은 손자들이랑 여름을 보내야지, 엄마." 딸이 강하게 말하더니 덧붙였다. "천국이 따로 없어. 바다, 모래사장, 소나무. 발트 해 비슷한데 거기보단 여기가 더 따뜻하지."

니나 아르카디예브나는 찬성했다. 남편 병치레로 3년 동안 딸과 손자들을 보지 못했다. 그다음에는 상을 치르느라 못 갔고, 그다음에는 맡길 데 없는 고양이 때문에 못 갔다. 사실 이런 모든 것들이 이유가 되기야 하겠지만, 니나 아르카디예브나가 딸에게 가지 않았던 더 큰 이유는 바로 사위와 함께 지내는 것이 견디기 힘들었기 때문이다…… 영국 문화 애호가인 그녀에게 미국은 별로였다. 하지만 딸이 살고 있는 곳은 뉴잉글랜드, 미국에서 가장 영국적인 곳이었다. 게다가 손자들이 할머니를 보고 싶다고 졸랐다. 벌써 그들을 못 본 지도 3년. 이번 여름은 그곳에서 보내기로 하자. 단, 이놈의 고양이를 어떻게 좀 해야 했다. 고양이를 돌봐 줄 사람을 찾든지 잠시 다른 누구에게 맡기든지 해야 했다. 쌍둥이 고양이 사건을 교훈으로 삼은 니나 아르카디예브나는 푸시가 지낼 만한 조건의 집에 사는 동물 애호가를 찾기로 했다. 모스크바 전체를 파도가 휩쓸 듯 수소문했고, 그녀는 곧 아이가 없는 나이 지긋한 부부를 찾아냈다. 부인은 게다가 『세계의 동물』인지 『동물의 세계』인지 하는 어떤 잡지의 위촉 사외 직원으로 일하고 있었다.

제냐는 니나 아르카디예브나가 떠난 다음 날 푸시를 이 착한 사람들에게 데려다 주기로 하였고, 일은 그렇게 되었다.

가족들은 니나 아르카디예브나를 반갑게 맞이하였다. 딸과 손자들은 진정으로 기뻐했고 사위는 예전에 쌓인 둘 사이의 반목을 어떻게든 피해 가려는 강한 의지를 보였다. 미국이라는 나라도 그녀의 맘에 들기 위해 노력하는 듯 도착한 순간부터 보스턴에서 케이프-코드까지에 이르는 아름다운 풍경을 보여 주었다. 니나 아르카디예브나는 자식들의 미국적 삶에서 어떠한 종류의 서구적 무뚝뚝함을 전혀 발견할 수 없었다. 집은 모스크바의 그것처럼 친구들로 가득 차 있었고 물론 가끔씩 그들이 영국식으로 행동할 적도 있었지만 모든 것이 러시아식 술 파티와 러시아식 대화들이었다. 그녀가 항상 천박하다고 여겼던 미국식 발음조차도 지금은 재미있게 들렸다. 비록 딸과 사위의 발음은 끔찍했지만 말이다. 그럼에도 불구하고 딸과 사위는 그들이 일하는 컴퓨터 관련 직장에서 존경받는 사람들이었다……. 축복받은 미국적인 세속성과 바보스러움은 눈에 띄지 않았다. 오히려 눈이 가는 곳마다 모든 것이 깨끗하고 새로워 놀라움을 주었다. 특히 손자들의 새하얀 양말이 그랬다. 그 양말들은 마치 원래 더럽혀지지 않는 것처럼 보였다. 하얗고 살찐 고양이와 적황색의 개는 너무도 깨끗했고 가장 놀라운 것은 개와 고양이가 한 덩어리로 어울려 계속해서 잠만 잔다는 것이었다. 작은손자는 동물들을 마치 봉제 장난감 다루듯이 하였다. 발을 잡고 끌기도 하고 모자를 씌우기도 하였다. 고양이는 야옹거리지도 않았고 개는 짖지 않았다…….

안주인은 이런 목가적인 풍경을 보며 슬픔에 젖었다. 푸시와 그녀의 몹쓸 성질이 떠올랐기 때문이다…….

"내가 뭔가 이제껏 잘못 해 온 것 같아." 그녀는 슬퍼졌다. "그래, 내가 뭔가 잘못하고 있었던 거야……."

니나 아르카디예브나는 딸네를 떠나기 일주일 전 중대한 결정을 내렸다. 그녀는 모스크바의 제냐에게 전화를 걸어 푸시의 새로운 주인이 될 사람들을 한번 찾아봐 달라고 부탁했다.

"좋은 사람들을 찾아야 해. 가능하면 교외에 사는 사람들로. 그래, 교외여야 해! 정원이 딸려 있어야 푸시가 맘껏 뛰어놀지. 그 왜 겨울 별장 같은 거 있잖아. 내가 도착하기 전에 미리 찾아 놓으면 좋을 것 같아……."

제냐는 꾸물거리지 않고 임무에 착수했다. 모든 사람들에게 전화를 걸고 적당한 사람이 있는지 수소문하였다. 푸시를 아는 사람들에게는 전화하지 않아도 되었다. 자기 무덤을 팔 사람은 없었다. 푸시를 모르는 사람들에게는 솔직하게 이야기하였다. 고양이가 정말 예쁘기는 한데 성깔 있다고. 니나 아르카디예브나가 돌아오기 하루 전 제냐는 니나 아르카디예브나가 한 부탁의 앞부분에 대해서─좋은 사람들─는 물어보지도 않고 부탁의 뒷부분에만 집중했다.

푸시의 송환이 시작되었다. 제냐는 푸시를 데리러 스레텐카에 있는 3층짜리 건물을 찾아갔다. 층계를 올라가면 갈수록 이 집 사람들이 고양이를 정말로 사랑하고 있다는 것이 확실해졌다. 이들이 이 고약한 냄새를 견디고 살 수 있는 건 사랑이 아니고서는 불가능했다. 제냐는 3층으로 올라섰다. 층마다 층계참에는 고양이 밥그릇이 놓여 있었다. 층계의 난간에는 꼬리를 늘어뜨린 고양이 두 마리가 생각에 잠긴 듯 앞을 바라보며 앉아 있었다. 목적지인 아파트의 문손잡이에는 두 개의 봉투가 걸려 있었고 문 아래에는 노끈으로 잘 묶인 큰 신문지 더미 세 개가 있었다. 이것은 고양이 똥을 치우는 용도임이 틀림없었다.

제냐가 벨을 눌렀지만 벨 소리는 들리지 않았다. 그래도 문은 열렸다. 마르고, 키가 작고, 창백하고, 몹시 피곤해 보이는 부부가 웃으며 서 있었다.

"푸시는 다른 애들하고는 친해지지 않더라고요." 아내가 말했다. "갈등이 굉장했죠. 성격이 잘 안 맞았던 거예요."

제냐는 남편 쪽에 돈을 내밀었다. 그는 아무 말도 하지 않고 눈에 띄지 않는 움직임으로 돈을 주머니에 넣었다.

"무시카하고도, 팔 이바노비치하고도, 라스카하고도 그 누구하고도 전혀 친하게 지내질 못했어요." 남편이 말했다.

"그래서 다른 방에 넣었죠!" 아내가 의기양양하게 말하면서 긴 복도를 따라 방으로 안내했다. "여기 바로 무시카가 있어요. 무시카는 따로 지내요. 팔 이바노비치를 못살게 굴거든요." 아내가 첫 번째 문을 가리켰다. "여기는 팔 이바노비치가 살아요. 나이 많은 시베리아 고양이예요. 손녀 라스카가 있는데 둘이 얼마나 친한지 몰라요." 두 번째 문을 가리키며 아내는 손을 내저었다.

그다음 방에는 개가 지내는 방이 있었다. 그리고 마지막 네 번째 방에 푸시가 살고 있었다.

"저희 집은 예전에 다세대 공동 주택으로 쓰였는데 헐리게 된 지금은 저희 것이 되었어요. 떠나는 건 싫지만 비비레보로 이주시킨다더군요." 고양이 애호가 부인이 설명했다.

"괜찮죠 뭐, 발랴, 나쁠 게 뭐가 있겠어요. 카시탄이랑 숲을 산책하면 좋잖아요." 어디선가 개 짖는 소리가 들렸다. 자기 이름에 개가 반응한 것이다. "카시탄은 얼마나 영리한지 몰라요. 하지만 역시 많이 늙었죠. 예전에는 어찌나 장난꾸러기였는지……."

남편은 주머니에서 열쇠 뭉치를 꺼내 마지막 방의 문을 열었다. 높은 찬장 위에 푸시가 앉아 있었다. 푸시는 검은색이 아니었고 먼지 쌓인 회색이 되어 있었다. 슬프고 야생적으로 되어 있었다.

"내려오질 않아요." 고양이 애호가인 부인이 슬프게 말했다. "집이 그리운가 봐요. 마음이 너무 아파요. 이리 오렴, 이리 와. 아이고, 예쁜이, 이제 집에 가야지."

푸시는 자신의 그 유명한 이집트 석상 같은 포즈를 취하고 꼼짝도 않고 앉아 있었다.

푸시를 잡는 데 시간이 많이 걸렸다. 결국 푸시를 팔에 안게 된 제냐는 석탄처럼 검게 빛나던 푸시의 털색이 이토록 바랜 것에 놀랐다. 가슴팍의 하얀 털도 회색이 되어 버렸다……. 거미줄이 푸시의 어깨를 덮고 있었다……. 가장 놀라운 것은 푸시가 말없이 잠자코 있었다는 것이다.

제냐는 푸시를 운동용 가방에 넣었다. 지퍼를 끝까지 채우지 않고 조심스레 공기가 통해 숨 막히지 않도록 몇 센티미터 정도 열어 두었다…….

"바래다 드릴게요." 문 옆에 있는 신문지 뭉치를 집어 들고는 고양이 애호가들이 앞을 다투어 말하며 제냐의 뒤를 쫓았다. 그들이 현관에서 나왔을 때 어디서 나타났는지 등을 구부리고 꼬리를 세운 고양이 떼들이 다가왔다.

"배고프구나……. 그래, 그래, 밥 먹자, 밥…… 오늘 다 밥 줄게." 남편이 주머니를 툭툭 두드리며 뿌듯해하며 말했다…….

제냐는 푸시가 들어 있는 가방을 뒷좌석에 놓았다. 신문지 뭉치를 들고 서로 껴안고 있는 이 이상한 부부에게 손을 흔들고 출발했다. 이러한 조치는 기분 좋은 것은 아니었지만 어쩔 수 없는 것이었다. 제냐는 어쩐지 기분이 좋지 않았다.

사도보예 콜초*에서 제냐는 등 뒤 좌석에서 무슨 일인가 일어나고 있다는 것을 느꼈다. 무슨 일이 일어났는지 생각할 틈도 없이 뱀이 쉬쉬 거리는 것 같은 큰 소리를 내는 시커먼 털 뭉치가 자동차 안에서 굴러다녔다. 날카로운 발톱이 제냐의 등 뒤에서 그녀의 목에 상처를 냈다. 아팠다. 네 개의 발 모두에 뾰족한 발톱을 드러내고는 푸시가 울어 댔다. 깜빡이 켜는 것도 잊어버리고 제냐는 차를 옆으로 댔다. 차들이 경적을 울려 댔지만 아무도 그녀에게 달려오진 않았다. 제냐는 자기한테서 고양이를 급히 떼어냈다. 그녀는 귀찮게 달라붙는 덩어리를 움켜쥔 채 자동차에서 나와 뒷문을 열고 짐승을 다시 운동 가방에 집어넣었다. 이번에는 숨 쉴 구멍도 없도록 지퍼를 끝까지 채웠다.

등과 팔을 따라 피가 흘렀다. 뺨에는 굵은 핏줄기가 흘렀다. 그러나 제냐는 급히 그곳을 떠나 차를 몰았다. 길은 그녀가 훤히 알고 있었다. 칼랴예브스카야로 돌아서 사벨로프스키 역 쪽으로 나와서 그다음에 골목골목을 통해 티미랴제프스키 공원을 감싸고 있는 콘크리트 벽에 난 개구멍에 이르렀다. 가방을 움켜쥐고 차에서 내렸다. 기찻길을 지나 다시 또 한 개의 개구멍을 통과했다. 여기에서부터 공원이 시작된다. 오솔길을 따라 너른 풀밭에 다다른 제냐는 가방을 열었다. 고양이도 방금 전 일로 제냐만큼이나 놀란 것 같았다. 푸시는 느린 동작으로 가방에서 기어 나오더니 주위를 둘러보고는 풀밭에 앉아 몸을 핥기 시작했다. 제냐는 푸시에게서 몇 발자국 떨어져 서 있었다. 분홍색 혀가 잘 닿지 않는 몸의 구석구석까지 세밀하게 핥자 털이 새로 빛을 내면서 회색 고양이가 아닌 윤기 나는 검은 고양이로 돌아왔다. 푸시는 제냐 쪽으로는 머리도 돌리지 않은 채 사타구니도 세심히 핥았다. 다리에 있던 하얀 스타킹도 다시 드러났다. 그렇게 몸을 다 씻고 나서 두 앞발을 위로 치켜든 정말 이상한 포즈를 취한 채로 꼼짝 않고 섰다.

"그러니까" 제냐가 말을 시작했다. "여기가 그 교외야. 여기서 맘껏 돌아다니면서 쥐도 잡으면 돼. 저기 집 세 채가 보이지? 저건 병원이거든. 저기서 사람들이 나와서 너한테 밥도 주고 그럴 거야. 이렇게 밖에서 다른 사람 방해하지 말고 살아. 알았어?"

고양이는 그녀의 말을 이해했다. 고양이는 제냐에게서 방향을 틀어 멀리 가 버렸다. 전혀 서두르지 않고 심지어 뒤뚱뒤뚱 양반처럼 느긋해 보였다. 그렇게 푸시는 뒤도 돌아보지 않고 덤불 사이로 사라져 버렸다.

떠오르는 몇 가지 은유적인 것들이 제냐의 마음을 안절부절못하게 만들었다. 제냐는 오래된 친구인 니나 아르카디예브나의 부탁을 들어줄 수가 없었다. 하지만 그녀는 니나 아르카디예브나가 자신의 고양이를 사랑하는 것보다 더 많이 니나 아르카디예브나를 사랑했다. 다음 날 제냐는 반창고를 붙이고 셰레메티예보 공항에 니나 아르카디예브나를 마중 나갔다. 니나 아르카디예브나의 어마어마한 짐을 카트로 옮겨 자동차 트렁크에 실은 다음 출발했다.

"그래, 그건 어떻게 됐어?" 니나 아르카디예브나는 미국에 대한 거대한 인상들을 이야기하던 중에 별로 중요하지도 않을 것 같은 작은 질문을 하나 꽂아 넣었다. "푸시는 새 주인을 잘 만났어?"

제냐는 고개를 끄덕였다.

"교외에 있는 집이야?" 니나 아르카디예브나가 되물었다.

제냐는 깊이 숨을 한 번 쉬고는 상세한 심문이 있을 것이라고 예상하며 다시 고개를 끄덕였다.

하지만 니나 아르카디예브나는 더 이상 푸시에 대해서 묻지 않았다.

그렇게 모든 일이 끝날 수도 있었다. 제냐에게 일어났던 사건의 불쾌한 앙금이 그냥 그렇게 지나가고, 목과 등에 난 깊게 할퀸 자국을 비롯한 모든 상처가 그렇게 씻은 듯이 말끔히 아물 수도 있었다. 하지만 3주일쯤, 아니 아마도 한 달쯤 지나서 니나 아르카디예브나는 제냐와 길고 화기애애한 전화 통화를 했다. 니나 아르카디예브나는 자신의 새로운 직장에 대해서 이야기를 했고, 아주 가볍게 제냐가 문학 작품 번역이라는 우아한 일을 버리고 동남아시아의 잡동사니들을 다루는 무역 회사에 취직한 것을 나무랐다. 그런데 갑자기 수화기에서 까다로운 먀아옹 소리가 짧게 들렸다. 이야기가 도중에 끊겼다. 침묵이 길어졌다.

이윽고 제냐가 물었다.

"푸시가 돌아왔어요?"

침묵은 더욱더 길어지고 길어졌다.

"아니. 그쪽에서 들리는 것 같은데?"

"말도 안 돼!" 놀란 제냐가 주위를 둘러보았다. 역시 그녀의 주변에서는 고양이의 그림자도 찾을 수 없었다.

"그럼, 이 먀아옹 소리는 대체 뭐야?" 니나 아르카디예브나가 조용히 물었다.

"모르겠어요." 제냐가 솔직하게 대답했다.

아직까지도 도대체 영문을 알 수 없는 일이다.

# 톰

톰이 할매네에서 산 것은 벌써 5년째이지만 그의 노예근성은 바뀌지 않았다. 그는 충실하고 교활하고 주의 깊은 겁쟁이였다. 큰 목소리나 날카로운 소리, 특히 하드록과 아파트에 사는 세 마리의 고양이, 자기 쪽으로 굴러 오는 공과 초인종 소리를 두려워했다. 그는 무서움에 떨며 오줌을 질질 자기 뒤에다 싸면서 할매의 침대 아래에 숨었다. 하지만 무엇보다도 산책하는 도중 길을 잃을까 봐 두려워하였다. 처음 몇 달 동안 톰은 꼭 할매와 함께 집을 나섰고, 현관 옆에서 자신의 볼일을 해결했고, 곧장 현관문에 매달려서 앞발로 문을 긁어 댔다. 할매가 목줄을 잡아 그를 골목으로 들어서게라도 할라치면 톰은 뒷발을 굽히고 등을 둥글게 말아 머리를 두 앞발 사이에 넣었기 때문에 그를 움직이게 하는 것은 불가능하였다.

집안사람들은 톰이 애완용 개였을 것이고 길을 잃은 다음에는 오랫동안 길거리 생활로 고생했을 것이라고 생각했다. 할매가 처음으로 톰을 집에 데려왔을 때 톰은 자신의 행복을 믿을 수가 없었다. 그때 그는 아주 어린 수캐였고, 할매가 곧장 부른 수의사가 이빨을 보고 가늠하였다. 집에 아이가 넷이나 있는 할매에게 강아지는 건강해야 마땅했다……. 강아지의 이름을 지어 주고 목에 못처럼 박혀 있던 진디와 회충을 치료하였다.

"품종 좋은 개들은 떠돌아다니며 살지 않아요. 금방 죽거든요." 수의사가 설명했다. "근데 이 녀석 같은 똥개들은 아무래도 생존 능력이 있나 봐요……."

비툐크는 톰보다 나중에 집에 들어왔다. 할매의 손자들 중 누군 가가 비툐크를 처음으로 데려왔다. 비툐크는 점점 빨빨거리고 돌아다니기 시작하더니 집에서 절대 누구와도 바꿀 수 없는 식구가 되었다. 그는 할매의 눈에 곧장 뜨이지는 않았다. 할매의 정신은 온통 박물관 부분, 즉 문간방에 집중되어 있었다. 이곳에는 그녀가 관리하는, 유명한 러시아 화가였던 그녀 할아버지의 박물관이 있었다. 이 예술가의 명성 덕분에 현관에는 소비에트 초기에 루나 차르스키*가 건 '생가 박물관……'이라는 현판이 붙어 있었고, 후손들은 그 집을 그대로 물려받을 수 있었다.

할매는 박물관 관리인 일을 하면서 많지 않은 돈을 받고 있었다. 일주일에 두 번 전시실로 방문객들을 받았으며 남는 시간에는 소논문을 쓰고 컨퍼런스에 참석하였다. 그리고 살림이 쪼들린다 싶으면 할아버지의 그림과 연극 무대 스케치 등을 팔았다. 할매는 할아버지의 작품들을 팔아야 할 때마다 울었다. 하지만 할아버지의 작품의 가격이 점점 더 올라가는 경향이 있다는 것은 눈치채고 있었다. 그래서 그녀는 매번 예전에 작품들을 싸게 판 것을 매우 안타까워했다.

비툐크는 톰과 마찬가지로 집을 사랑했다. 그는 점차 어두운 방으로 자리를 이리저리 옮겨 다녔고 편한 자리를 찾아 상자란 상자는 죄다 헤쳐 놓았으며, 박물관으로 사용되는 이 아파트에서, 한 세기 동안 쌓여 온 온갖 세간살이가 가득한 그곳에서 잠을 잤다. 비툐크가 예전에 대체 어디서 살았는지는 알 길이 없었다. 그의 말에 따르면, 친구들 집을 전전했다고 한다.

비툐크가 특별히 소중했던 이유는 그의 보기 드문 성격 때문이었다. 그는 아침형 인간으로 언제 잠을 청하든지 상관없이 새벽에 기쁘고 가벼운 마음으로 일어났다. 오뚝이처럼 일어나는 그는 심장이 안 좋은 할매가 괜히 아침 산책을 하지 않도록 톰과 함께 산책을 했다. 할매는 아침형 인간과는 거리가 멀었지만 징징대는 동물이 불쌍해 푸념을 늘어놓으면서도 일어났다. 딸들과 손자들 모두 지독한 부엉이들이었고 12시가 되기 전까지는 절대 일어나지 않았다.

비툐크는 태어났을 때부터 성치 못한 한쪽 다리를 질질 끌면서 말 잘 듣는 톰에게 다가가 함께 스몰렌스카야에 있는 상점까지 가서 할매를 위한 우유와 담배를 샀다. 이때쯤이면 인내심이 바닥난 톰이 목줄을 쥔 비툐크를 집 쪽으로 끌고 돌아온다. 톰은 할매보다도 비툐크를 더욱 신뢰했다. 톰은 할매하고 집을 나설 때면 그 정도로 먼 거리를 산책하지는 않았다. 톰은 아마도 비툐크를 자기와 마찬가지인 식객으로 느끼고 있는 것 같았다.

이미 부엌에는 잠이 덜 깬 아무 말이 없는 할매가 부스스한 머리에 연보라색 가운을 입고 앉아 있었다. 비툐크는 할매를 위해 커피를 올리고 자신을 위해서는 차를 끓였고 다른 모든 사람들을 위해서는 오트밀을 준비했다. 톰에게도 먹이를 냄비 반쯤 준비해 주었다.

그리고 비툐크는 수도꼭지를 틀어 가느다랗게 흐르는 물에 자신의 접시를 닦았다. 그는 대단한 생태주의자였기 때문에 천연자원을 아껴 썼고 비닐봉지를 증오하였다.

"이제 가 보겠습니다, 소피야 이바노브나. 오늘은 소냐를 학교에 데려가지 못하겠네요. 소녀가 아직 아파요……. 혹은 뭔가 더 시키실 일이 있나요?"

"가 봐요, 가 봐……." 할매가 가 보라는 신호를 했다. "오늘 일이 있는 거야?"

그녀는 이상하게도 마치 비툐크가 3교대 수위로 일하고 있고 보통 저녁에 집을 나선다는 것을 모르는 것처럼 말했다.

"나타샤의 친구인 제냐가 벽지 붙이는 것을 도와 달라고 했어요. 하지만 저녁때 일 나가기 전에는 들를게요. 톰 저녁 산책은 제가 시킬게요……."

"아, 제냐가……." 할매가 무덤덤하게 고개를 끄덕였다. 비툐크는 집을 나섰다.

할매는 자기 방으로 다시 미끄러져 들어가 엉킨 머리를 정돈하고 에나멜이 칠해진 사과만 한 브로치가 달린 품이 넓은 파란 옷을 입는다. 그녀는 작은 분무기가 달린 목 긴 파란 병에 들어 있는 향수를 뿌리고는 열쇠를 집어 들고 아이들과 손자들이 못 열도록 휴관일에는 항상 잠가 두는 홀로 간다. 톰도 이 홀로는 들여보내지 않는다. 톰은 할매의 방에 남는다. 그는 늑대 같은 색깔의 회색 몸을 침대 아래에 감추고 귀가 큰 영특한 머리를 끄집어내어 안주인의 펠트 슬리퍼에 올려놓는다. 톰의 얼굴에는 삶에 대한 만족이 가득하다. 어쩌면 톰은 할매보다 그녀의 펠트 슬리퍼가 더 마음에 들었는지도 모른다.

톰은 몇 시간 내내 침대 아래서 편안하게 졸고 있었다. 운 좋은 날이었다. 할매가 나가면서 문을 꼭 닫아서 이 방으로는 고양이 한 마리도 얼씬거리지 않았다. 고양이들은 아마 멀리 있는 아이들 방에서 자고 있을 것이다. 오후에 할매가 들어와서는 책상 위에서 무언가를 집었다. 향이 강한 진정제 몇 방울을 마시고는 톰의 머리를 쓰다듬고 다시 나갔다.

저녁이 되자 비툐크가 도착해 현관에서 소리쳤다.

"누구 있어요? 제가 들어가지 않아도 되게 톰 좀 내주세요!"

톰은 이 소리를 듣고 알아서 스스로 나갔다. 머리를 굽혀서 비툐크가 목줄에 끈을 묶을 수 있게 도와주었다. 그리고 그들은 계단을 따라 아래로 내려갔다. 아래에는 톰의 이전 생활을 돌이키게 하는 익숙하고 끔찍한 냄새가 났다. 그리고 냄새는 더욱 강해졌다. 피와 술이 섞인 냄새, 썩은 설거지물 냄새, 죽음을 부르는 질병의 냄새. 공기 중에 불안감이 감돌았다.

톰은 성치 않은 비툐크의 다리에 꼭 붙었다. 그러나 비툐크는 아무 일도 없다는 듯 다리를 절며 위험을 느끼지 못했다. 계단 아래에는 냄새의 강력한 원인이 있었다. 톰은 무서워서 조그맣게 으르렁거리기 시작했다. 하지만 비툐크는 아무것도 눈치채지 못했고 그들은 거리로 나갔다. 자신의 급한 용무를 해결한 톰은 아파트 입구 근처에서 완전히 정신이 혼미하여 꼼짝하지 않았다. 집으로 돌아오는 길에 두려움을 자아내는 냄새가 톰을 방해하고 있었다. 비툐크가 다정하게 몸을 기울여 톰의 목을 쓰다듬었다.

"왜 그래? 바보같이, 왜 그렇게 놀랐어? 집으로 가자, 집으로!"

톰은 뒷걸음질 치더니 뒷다리를 깔고 앉아 버렸다.

"어, 왜 이러지……?" 비툐크가 놀랐다. 몸을 비비꼬는 톰 옆에 잠시 서서 톰을 쓰다듬어 주고는 안아 들어 올렸다. 톰은 작은 개도 아니었고, 강아지였을 적부터 비툐크의 팔에 안겨 본 적이 없었다. 그런데 오늘은 톰이 비툐크의 팔에 숨듯 파고들었다. 두려움은 계속 쌓여 갔다. 비툐크는 톰을 아파트 통로 현관으로 이끌었다. 그리고 거기서 톰은 팔에서 뛰어내려 이전에는 볼 수 없던 속도로 3층으로 재빨리 뛰어갔다. 비툐크는 목줄을 놓아주고 톰의 이상한 행동에 놀라면서 비틀거리며 걸었다.

'왜 저렇게 신경이 날카로워졌지?' 비툐크는 생각했다.

비툐크 스스로도 신경과민이었던 적이 있었다. 그의 어머니가 3년간을 신경 정신과 요양원에서 그를 간호했다. 4학년 때까지.

저녁에 비툐크는 매번처럼 밤일을 나갔다. 이튿날 아침 할매는 톰이 현관에 오줌을 싸 놓은 것을 발견했다. 모두가 톰을 무안 주고 나무랐다. 고양이들까지도 멸시하는 시선으로 톰을 쳐다봤다. 하지만 이러한 창피에도 불구하고 톰은 할매가 털옷을 걸치고 목줄을 잡은 이상 길거리로 나가야 했다. 톰은 그녀 뒤에서 계단을 따라 억지로 끌려 내려갔다. 할매를 앞장서서 가던 이전과 달리 뒤에서 마치 산책이 전혀 필요하지 않기라도 한 것처럼 약간 버티면서 갔다. 하지만 할매에게서 이러한 교육을 받는 것은 톰이 유일했다. 왜냐하면 다른 것들은 그녀의 말을 전혀 듣지 않았기 때문이다. 톰은 그녀의 마음에 들기 위해 노력했다. 그들은 1층에 다다랐다. 냄새는 그대로였다. 아니 오히려 더 심해진 듯했다. 하지만 할매는 이를 전혀 눈치채지 못했다.

할매는 이중으로 된 현관문의 안쪽 문을 열었다. 정확히 중간, 그러니까 최근에 복구된 두 개의 오래된 문들 사이에 계단 아래에서 냄새나던 바로 그것이 거대한 더미를 이루고 있었다.

"세상에나!" 할매가 간신히 신발이 봉변당하는 것을 막고 뒷걸음질 치며 소리쳤다. 할매는 목줄을 잡아당겼다. 하지만 톰은 그리로 가려고 하지 않았다.

"집으로 가야지! 집으로!" 할매가 명령했다. 그리고 그들은 할아버지의 친구인 건축가 셰흐텔이 설계한 넓은 계단을 통해 위층으로 쿵쿵대며 올라갔다.

주택 관리소에 당장 전화를 하고 비툐크에게 후문도 넓히라고 말해야겠다고 할매는 재빨리 마음먹었다.

하지만 주택 관리소는 전화를 받지 않았다. 전화가 고장 났거나 혹은 쉬는 날인지도 모른다고 할매는 추측했다. 그녀는 이제 일어나기 시작한 아이들과 손자들 모두에게 우연이라도 그곳을 밟지 않도록 당부를 해 두었다. 그녀는 오늘이 휴관일이라서 다행이라고 생각했다. 방문자들은 아무도 이 똥 더미를 보지 못할 것이다.

사위인 미샤가 생전 처음으로 손에 펜치를 들고 정문에 철문이 생기고 나서 몇 년이 지난 후에 못질해 두었던 후문의 판자들을 뜯어내기 위해 갔다. 이 판자들은 어린 시절 친구들 중의 하나가 후문으로 들어오면서 그들의 생각 없음을 비웃은 후에야 덧댄 것이었다. 후문이 이렇게 오래된 못 하나밖에 없이 무방비면 도둑들이 뭣 하러 공들여 철문을 부수고 들어오겠느냐며 비웃어서 박아 두었던 것이었다…….

저녁이 되자 할매는 몸이 좋지 않아 자기 방에 누워 있었다. 손자들이 듣고 있는 커다란 음악 소리와 언짢은 기분, 아파트로 올라오는 통로에 똥 더미가 아직 놓여 있다는 생각 때문에 느껴지는 끔찍한 피로로 너무나 힘이 들었다. 이 집에는 두 개의 기념 현판이 걸려 있다. 아니 열 개라도 더 걸 수 있을 정도로 혁명 전에는 정말 훌륭한 집이었다! 모든 러시아의 역사가 이 집을 방문했었다. 톨스토이, 스크랴빈, 블록을 비롯하여 후대에 덜 유명했던 이들은 말할 나위도 없었다…….

일터에서 돌아오던 비툐크는 잘못 불어 쭈그러진 공같이 구부정하고 쭈글쭈글한 거렁뱅이 하나가 집 입구에 서서 꺼칠한 손가락으로 출입구 암호를 누르려 하는 것을 보았다. 비툐크는 이상한 기분에 휩싸여 조금 멀리서 잠시 멈추어 섰다. 사실 비툐크는 출입구 암호가 있는 집에 사는 사람들과는 완전히 동떨어진 사람이었다. 그는 히피-얼뜨기에 나이 마흔을 넘긴 사내아이나 다름없었다. 여러 해 동안 기타를 짊어지고, 책 수십 권을 읽고, 시인을 자처하며 새처럼 떠돌아 다녔다. 내일에 대해서 생각하지 않는 것에 이미 익숙해져 버린 그는 주민등록증 없이, 집 없이, 가족 없이 그렇게 지내 왔다. 그의 고향은 실은 외국이었다. 모친은 아주 오래전에 술로 세월을 탕진했고, 하나 있던 여동생은 잃어버렸고, 부친은 원래부터 없는 거나 마찬가지였다……. 비툐크는 저 거지가 제대로 숫자를 누를 수 있는지 잠시 기다리다가 건물 안으로 그를 들여보내지 말아야겠다고 결심했다.

"그러니깐 나는 이들보다는 그들과 더 가깝단 말이지." 비툐크는 자신의 계층을 저버린 것 같은 울적한 마음으로 쓴웃음을 지었다.

거렁뱅이는 번호를 제대로 눌렀다. 그리고 이때 비툐크는 대체 문들 사이의 똥 더미들과 어제저녁 그가 일터로 나갈 때 올라오는 계단 입구에서 혹시나 해서 들어 보았던 다 마신 보드카 병의 주인이 누군지 알 수 있었다.

"개새끼, 계단 아래서 잠도 자고 싸질러 놓고 하는구먼." 비툐크는 화가 났지만 이내 자신이 화가 났다는 것에 쓴웃음을 지었다. 그는 노동자-농부 출신의 진정한 인텔리였다. 물론 완전히 강등되긴 했지만 말이다.

비툐크는 거렁뱅이를 따라 건물 현관으로 들어섰다. 똥 더미들이 아직 다 치워지지 않았는지 몇 겹으로 눌려 납작해진 종이 상자에 덮여 있었다. 비툐크는 계단이 시작되는 난간에 팔을 올려놓고 서서 자기 마음의 결단을 기다렸다. 어떻게 해야 할지 모를 때 결정이 날 때까지 서서 기다리는 것. 이것은 그의 오래된 습관이었다. 저절로 결정이 내려졌다. 계단 옆에서 누군가가 물었다.

"자네, 여기서 사나? 혹시 컵 있나?"

비툐크는 안을 들여다보았다. 그리 어둡지 않은 곳의 벽에 폐품 더미가 기대어 있었다. 목소리는 이 폐품 더미로부터 들려왔다. 다섯 발자국 안에 들어서니 냄새가 코를 찔렀다.

"가져오죠." 비툐크가 대답했다.

"담요 같은 거라도 좀 있으면." 고약한 냄새가 푸념했다.

비툐크는 컵을 가져왔다. 그러고는 담요는 가져오지 않았다. 거렁뱅이 근처 바닥에 컵을 놓았다.

"뭐 한다고 서 있어? 한잔 할텨?" 그가 물었다.

"아뇨, 고맙습니다만 전 술 안 합니다. 부탁이 하나 있는데요……. 밖으로 나가 주시면 안 되겠습니까……. 여기서 잠을 자는 건……."

"아하…… 이런 선생질하는구먼. 엿 먹어…… 밖은 영하 20도란 말이야……."

턱수염이 듬성듬성 난 그의 상판대기는 부종으로 퉁퉁 부어 회색을 띠었다.

'우리 할매가 똥 밟을 뻔했잖아.' 비툐크는 이렇게 생각하고는 자기 자신에게 미소 지었다. 걱정도 팔자지…….

"꺼져, 꺼지라고 이 나리야……." 거지는 그르렁대며 뭐라 뭐라 지껄였다. 비툐크는 거지의 나머지 말들은 흘려들었다.

다음 날 아침 비툐크는 톰에게 목줄을 씌워 거리로 데리고 나왔다. 열어 놓은 후문에 관해서는 아무도 그에게 알려 주지 않았다. 톰이 또 약간 떼를 부렸다. 이제 비툐크는 톰이 왜 그러는지 알 수 있었다. 거렁뱅이를 무서워했던 것이다.

"가자, 가, 톰. 바보같이…… 무서워할 필요 없어."

톰은 위험의 냄새와 보이지 않는 것의 존재의 소리를 알아챘다.

마당으로 나왔다. 톰은 당당한 자기 삶의 주인으로서 남자다운 영역 표시를 할 생각은 하지도 않고 암캐들처럼 한꺼번에 오줌을 모두 흘려보냈다. 노란색 굴이 간밤에 내린 아무도 밟지 않은 눈 속에서 만들어져 녹았다. 비툐크는 개 목줄을 잡아당기고는 스몰렌스카야 광장으로 가 할매를 위한 우유와 담배를 샀다. 매우 추워서 사람도 드물고 날도 아직 밝지 않았지만 수북이 쌓인 눈이 그 자체의 색으로 빛났다.

일요일이었다. 새해 전날이었다. 비툐크는 오늘 하루 종일 정신 없을 것이라고 생각했다. 소금을 사 오라든가 마요네즈를 사 오라고 이리저리 심부름 시킬 것이 뻔했다. 그러면 스몰렌스카야 식료품점에서 줄을 서고 있어야 한다. 그러고 나서 할매가 분명히 가난하든지 혹은 버려진 이들에게 축하 전보를 쳐야 한다는 것을 상기하고는 다시 비툐크를 우체국으로 보낼 것이 분명했다. 그러면 거기서 또 줄을 서고 있어야 한다. 그들은 정말 괜찮은 사람들이다. 소피야 이바노브나 할매도, 그 두 딸도, 그리고 장난기로 가득한 손자들도. 특히 작은 소니카는 더 그렇다. 그나저나 새해 이후에는 수위 일은 잠시 그만두고 어디론가, 예를 들면 바투미 같은 도시로, 어딘가 따뜻하고 굴이 자라는 그런 곳으로 가면 참 좋겠다…….

브레이크 소리가 들리고 부딪히는 소리가 나더니 차의 엔진이 으르렁하는 소리가 들린다. 검은색 차가 카르마니츠키 골목에서부터 꺾어 스파소페스코프스키 골목으로 돌았다. 비툐크와 톰은 집에 거의 다 다다랐다. 톰이 갑자기 멈추어 섰다. 비툐크는 개 목줄을 잡아당겼다. 개는 네 발로 지탱하고 서서는 몸을 웅크리고 머리를 떨구고 꼬리를 뒷발 사이로 감추었다.

"왜 그래, 톰? 집으로 가자니까, 집으로!"

비툐크는 톰의 웅크린 등을 쓰다듬어 주었다. 심하게 떨고 있는 개는 몸을 웅크리고는 머리를 들지 못했다. 비툐크는 주위를 둘러보았다. 쌓인 눈 더미에서 두 개의 다리가 삐져나와 있었다. 끔찍해 보이는 그 발에는 다 떨어진 운동화가 심하게 더러운 붕대로 싸매여 있었다. 비툐크는 눈 더미를 비껴 돌았다. 바로 그 거렁뱅이였다. 조용한 아침, 그를 치고 지나간 자동차 엔진의 덜덜거리는 낮은 소리가 들리고 있었다. 모자는 도로에 버려져 있었다. 머리는 도저히 그가 살아 있을 것이라고는 볼 수 없을 만큼 심하게 몸 쪽으로 꺾여 있었다. 비툐크는 몸을 구부려 웅크리고 앉았다. 그의 옆에는 톰이 있었다. 톰도 떨고 있었다. 비툐크 역시 소름이 돋았다. 그는 개를 안았다. 그리고 개와 완전히 일체의 감정을 느꼈다. 이것은 곧 이 땅에 있는 모든 살아 있는 존재들이라면 누구나 겪는 죽음의 공포였다.

거렁뱅이가 남긴 따뜻한 똥 더미는 건너편 집, 암호 잠금장치가 없는 집의 계단 입구에서 식어 가고 있었다.

# 미녀의 몸

'간죽이'라는 별명을 가진 군사 훈련 선생 빅토르 이바노비치는 말뚝이 잘 박혀 있는지 텐트가 팽팽한지 오랜 시간 동안 검사했다. 여덟 개 중에 세 개는 무너뜨려 버리고 다시 지으라고 명령했다. 캠프를 다 세우고 모닥불을 피우기 위해 잔디를 네모 모양으로 잘라 내었을 때 비가 내리기 시작했다. 큰 솥에 차를 끓여 마시고 집에서 가져온 음식들을 먹었지만, 모여서 노래를 부르지는 않았다. 각자 텐트로 흩어졌다. 텐트 안은 건조했지만 밖은 축축했다. 축제 첫날부터 재미있는 일이라곤 하나도 없었다. 한밤중 울려 퍼지는 사악한 외침 소리에 모두들 잠에서 깨어났다.

"아-아-아" 날카로운 여자의 목소리가 들렸다. "다들 내 몸만 필요하고 내 영혼은 필요 없다는 거야!"

텐트들 사이에서 10학년 타냐 네볼리나가 몸을 돌이킬 때마다 풀어헤친 머리를 사방으로 흩날리며 가슴께에는 베개도 아니고 담요도 아닌 것을 안고 서성이고 있었다. 그녀를 따라 빅토르 이바노비치가 그녀를 제지시켜 텐트로 집어넣기 위해 뛰어왔다. 하지만 그녀는 이에 응하지 않고 히스테릭하게 소리 질렀다.

"아-아-아…… 다들 내 모-오-옴만……."

하지만 타냐는 히스테리 환자가 아니었다. 이러한 발작은 그녀의 일생에서 단 한 번뿐이었고 다시는 반복되지 않았다.

그녀의 몸과 얼굴, 머리카락은 정말 아름다워서 그녀가 교복을 입고 가방을 든 채 길을 지나갈 때면 거리의 모든 사람들이 그녀를 쳐다볼 정도였다. 사실 그녀는 조용하고 겸손한 소녀였고 눈에 띄는 것도 좋아하지 않았다. 그렇게 열여섯 살쯤 되어서는 남자들의 시선과 치근거림에, 붐비는 트람바이 안에서의 몸 접촉에 진력이 났다. 눈부신 아름다움을 지닌 이 상냥하고 수줍은 처녀의 영혼은 간절히 이상적인 사랑을 고대했고, 자신만의 섬세한 해독제를 개발해 내었다. 5학년 때부터 그녀는 반에서 1등 하는 볼품없게 생긴 그리냐 바스와 사귀었다. 그리냐는 영리한 사람이니 그가 그녀의 영혼의 가치를 알아줄 것이라고 생각한 것은 그녀의 실수였다. 물론 7학년 마지막까지 그는 그녀의 영혼을 높이 쳤다. 하지만 7학년의 마지막, 여름 방학이 끝나고 나자 그리냐는 자신에게 조금의 아름다움도 더해 주지 못하는 2차 성징을 겪었고, 그의 호르몬 변화는 이전의 플라토닉 한 관계를 망치기 시작했다. 그리냐는 손을 움직이기 시작했다. 처음에 타냐는 이것이 그저 우연적인 것이라고 생각했다. 하지만 그녀는 지적인 그리냐가 그 훌륭한 지성에도 불구하고 접촉을 갈망하고 있다는 것을 알았다. 그는 이웃에 사는 바보 블라소프나 다른 학생들, 길거리 소년들이나 다 큰 어른들과 다를 바가 없었다. 그리냐가 극장의 어둠 속에서 그녀의 팔을 만지작거리는 것을 타냐는 참았다. 하지만 자신을 집에 바래다주면서 현관의 구석으로 몰고 가서는 묘한 표정을 지으며 꼭지에 단추 달린 그녀의 딱딱한 원뿔 두 개에 손을 댔을 때에는 마침내 그녀도 폭발해서 손을 치워 버리고 그의 얼굴을 가방으로 내리치고는 막 울면서 3층으로 뛰어 올라갔다. 그리냐로부터 자신의 연약한 아름다움을 거두어 가면서.

수치와 욕망으로 가득 찬 그리냐는 현관에 오래 서서 화끈거리는 얼굴에 손바닥을 갖다 대었다. 그러고 나서 어두워 당연히 잘 보이지 않음에도 불구하고 지나가는 모든 사람들과, 벽들과, 신이 만든 이 세상을 피해 의기소침하여 집으로 돌아갔다.

한편, 타냐는 베개를 끌어안고 대성통곡을 했다. 베개는 그 무의미한 처녀의 눈물을 거침없이 흡수했다. 다음 날 월요일 두 사람은 모두 학교에 오지 않았다. 둘 다 서로를 쳐다보는 것이 두려웠기 때문이었다. 타냐는 엄마에게 목이 아프다고 말했고 그리냐는 그저 밖을 돌아다녔다.

타냐는 하루 종일 울었다. 그렇게 하루 종일 울다가 눈물이 잠시라도 그칠 새면 그녀는 거울에 비친 자신의 인형 같은 얼굴을 쳐다보면서 일부러 못난 얼굴 표정을 지어 보이고 손가락으로 입술과 코를 잡아당겨 보기도 하였다. 그녀는 다른 사람이 되고 싶었다. 다른 누가 되고 싶은지 정확히 알지는 못했다. 아마도 므나차카노바처럼 되고 싶었을 수도 있다. 그녀는 웃기게 생긴 길고 가느다란 코를 갖고 있었다. 어쩌면 역시 웃기게 생긴 휜 코를 가진 빌로치키나가 되고 싶었을 수도 있다. 어쩌면 아예 작은 눈에 뻐드렁니를 가져 오히려 못생긴 외모 때문에 눈에 띄는 발리예바가 되고 싶었는지도 모른다…….

'다른 여자애들은 그냥 다 사람인데, 나는 무슨 박제 같잖아.' 그런 생각이 들자 다시 새 힘이 솟아올라 또 엉엉 울었다. 개성을 보존하고픈 모든 미녀들의 위대한 고민거리에 공감하면서…….

그리냐 바스와 그녀는 완전히 끝났다. 그는 그 학교를 1년 더 다니면서 그녀를 먼발치에서 음울하게 끊임없이 쫓아다녔다. 이후 그의 부모가 그를 수학 학교로 전학 보냈다. 하지만 그는 우울한 눈빛으로 그녀를 계속해서 쫓았다. 때로는 개구멍에 숨어 그녀를 기다렸고, 때로는 학교 근처에서 그녀를 쫓아왔다. 작고 근시인 그의 눈에 밝게 빛나는 새하얀 그녀가 들어오면—이 하얀 광채 때문에 그녀의 얼굴의 구체적인 모습은 잘 구분이 가지 않을 정도였다— 그는 한마디 말도 못 건네고 그저 몸을 숨겼다. 한마디 말도 하지 않았으며 인사말조차 건네지 않았다. 타냐도 방향을 틀어 마치 그를 보지 못한 것처럼 행동했다. 이제 그녀는 더 이상 그를 신뢰하지 않았다. 그도 다른 사람들과 마찬가지로 그녀의 아름다움만 원했던 것이 아닌가.

같은 학년 여학생들은 예뻐지기 위해 별의별 방법을 다 동원하였다. 눈썹을 다듬고, 그렸고, 화려한 옷과 도발적이면서도 매력 있는 행동으로 튀기 위해 노력했다. 타냐는 예쁘기만 했지 다른 어떤 능력이 출중한 것은 아니었다. 공부도 중간쯤이었고 항상 '우'와 '미' 사이를 받았다. 음악, 미술, 체육 등의 예체능에서도 두각을 나타내지 못했다.

"중간쯤은 됩니다." 선생님들이 말했다. 하지만 타냐는 자신에 대해서 매우 엄격했다. 그녀는 자신에게 아무런 재능도 없다고 생각했다…….

10학년이 되자 모든 학생들은 진학을 위해 아주 열심히 공부하기 시작했다. 타냐는 자신의 능력에 맞게 간호사가 되기로 결심하고 간호 대학에 들어가려 하였다. 특히 소아과가 좋을 것 같다고 생각했다. 아이들이 가장 나았다. 왜냐하면 아이들은 그녀의 아름다움으로부터 아무것도 요구하지 않기 때문이었다.

졸업 파티에 타냐는 참석하기는 하였다. 그러나 당시에는 유행처럼 이런 날이면 으레 입었던, 그래서 그녀의 엄마도 사 준 하얀색 옷을 입지 않았다. 그녀는 그저 재킷에 치마를 입고, 중간 정도 되는 성적표를 받아 들고는 동급생들이 춤을 추는 동안에 학교 강당의 구석에 앉아 있었다. 심지어 밤이 되면 졸업 동급생들과 으레 가곤 하는 붉은 광장으로도 가지 않았다. 그런데 그녀에게 춤을 추자고 손을 건네는 남학생들도 하나도 없었다. 그녀의 아름다움은 범접할 수 없는 것이었고, 그녀의 얼굴 표정은 무척이나 추상적이었다.

타냐는 졸업 파티에서 일찍 나왔다. 옷을 잘 차려입고 새 안경에 넥타이까지 맨 그리냐 바스가 정든 모교를 둘러보러 왔다. 타냐는 이미 없었다. 그리냐는 그녀의 집까지 걸어와 불이 꺼진 창문을 바라보다가 사라졌다. 이틀이 지나고 학교 다락에서 그가 목을 맨 채 발견되었다. 그는 죽어 있었다. 그는 한 장의 편지도 남기지 않았다. 그의 주머니에서는 오래된 벙어리 털장갑이 발견되었다. 그것이 타냐의 것이라는 사실은 아무도 알지 못했다.

이 끔찍한 이야기를 듣고 타냐는 몸서리를 쳤다. 아무도 그녀에게 그렇게 말한 사람은 없지만 그녀는 그 일이 자신 때문이라는 것을 알았다. 장례식장에도 가지 않았다. 사람들의 관찰하는 시선에 자신의 얼굴과 몸을 내보이는 것이 무서웠다.

타냐는 간호 대학 입학시험에서 '우'가 간간이 섞이긴 했지만 대부분이 '미'인 성적을 받았다. 그녀는 합격했고 그곳에서도 그녀는 가장 아름다운 아가씨였다. 같은 학년에 남자애들은 거의 없었다. 다리를 저는, 어린이 같은 얼굴의 세료자 티호노프가 전부였다. 어렸을 적 골수 결핵을 앓은 그는 긴 주저 끝에 병원에 받아들여졌다. 결핵 환자가 병원에서 일하는 것은 통상 금지되어 있었기 때문이다. 타냐는 그와 친해졌다. 동기 여자애들은 모두 비웃었다. 세료자는 언젠가의 그리냐 바스처럼 타냐를 도와줄 기회를 노리고 있었다. 왼발을 디딜 때마다 들썩거리는 걸음으로 첫 1년 동안은 매일 그녀를 집에 데려다 주었다. 여름에는 결국 지병이 악화되었고 그는 결핵 병원에 입원했다. 타냐는 도스토옙스키 거리에 있는 그를 병문안하러 다녔다.

전철과 전차에서 젊거나 중년의 남자들이 계속해서 그녀에게 달라붙었다. 하지만 그녀는 이미 그들을 오래전부터 꿰뚫고 있었다. 그들은 그녀의 예쁜 빛나는 얼굴과 허리, 담황색 머리, 구닥다리 치마 아래로의 그녀의 다리, 그녀의 몸을 원했다. 그녀가 아무리 자신의 아름다움을 어떤 옷으로 감추려 노력해도 아무 소용이 없었다.

세료자는 그녀에게 아무것도 요구하지 않았다. 그는 너무 아파서 타냐가 자신을 방문하는 것조차 그다지 마음 내켜 하지 않았다.

한여름에 그는 수술을 받았다. 타냐가 '벨르이 날리프'*라는 품종의 사과를 들고 회복 병동을 찾았을 때 그는 사과를 내던지고는 더 이상 자신을 찾아오지 말라고 소리쳤다. 그러고는 벽 쪽으로 돌아누워 울었다. 이때 타냐는 그에게 입을 맞추었다.

여름과 가을 내내 그녀는 그를 보러 결핵 휴양소에 찾아왔다. 그리고 겨울의 막바지에 그들은 결혼했다. 그들의 부모들은 이 결혼에 반대했다. 타냐의 엄마는 딸이 너무 일찍, 그것도 장애인에게 시집가는 것이 못마땅해 결혼하지 말라고 설득했고, 또 세료자의 엄마는 그녀대로 타냐가 첫눈에 마음에 들지 않았다. 신앙심이 깊은 그녀로서는 타냐의 아름다움이 뭔가 석연찮았다. 게다가 왜 이 미인이 자신의 다리 저는 아들을 배필로 정했는지 도저히 알 수 없어 화가 나기도 했다. 혹시 그녀가 이 아파트에 눈독을 들인 것은 아닐까 하는 생각도 들었다. 그러나 어쨌든 아들의 결혼을 허락했다. 단, 공식적으로 혼인 신고는 하지 않는다는 조건이 붙었다. 타냐의 엄마는 세료자 엄마의 고집을 꺾을 수가 없어 이에 동의하고 말았다. 그러나 그녀도 다음과 같은 단서 조항을 붙였다. 타냐가 집으로 남편을 데리고 들어오지 않는다는 것.

세료자는 재발한 결핵 때문에 간호 대학에서 제적당했다. 그는 집에 앉아 다른 직업, 그러니까 전화국에서 교환수로 일하기 위해 준비하였다. 그가 전화국에 취직하였을 때 타냐도 마침 일을 시작했다. 그녀는 지방 병원으로 파견되었다. 처음에 그녀는 수술 블록으로 보내졌다. 하지만 반년이 지나고 난 후에 진료과로 보내졌다. 외과와 그녀는 잘 맞지 않았다. 그녀에게 노하우가 없었다. 그래도 진료과에서 타냐의 일은 순조로웠다. 그녀에게는 어려운 일이 맡겨지지 않았다. 그녀는 피 뽑는 일을 잘했다. 아이들도 그녀 앞에 서라면 피 뽑는 것을 두려워하지 않았다. 바늘로 아이들의 혈관을 찔러야 할 때 그녀만이 아이들을 달랠 수 있었다.

남편인 세료자와의 관계는 썩 좋지 않았다. 집에서 그는 조용하고 유순한 사람이었지만, 신경질이 나거나 짜증이 나면 집을 나가지 않고 못 배겼다. 무언가 마음에 들지 않으면 그는 곧장 몸을 획돌려 집 밖으로 나가 버렸다. 그러면 그런 그를 걱정하는 타냐는 멀리까지 그를 뒤쫓았다. 항상 문제는 낯선 이들이 그들을 관찰하고 있다는 사실이었다. 그들은 세료자의 엄마가 그랬던 것처럼 이 미인이 대체 왜 다리를 저는 보잘것없는 청년과 사는지 궁금해했다. 세료자는 이 시선이 참을 수 없을 만큼 싫었다. 타냐의 아름다움 때문에 세료자는 그녀를 사랑할 수가 없었다. 세료자는 자기 부인의 아름다움을 증오했다.

그가 가장 마음에 들어 하는 것은 그녀가 우는 모습이었다. 그녀의 눈은 금세 퉁퉁 부어올랐고 코끝은 빨개지고 입꼬리는 처졌다. 하지만 그렇게 울고 있어도 그녀는 마치 여배우 시몬 시뇨레와 비슷했다. 직업 기술 학교에서 세료자는 몇몇의 남자 동료들을 사귀었다. 그는 그곳에서 그렇게 못난 축에 속하지는 않았다. 그는 그들 중에서 가장 나이가 많았고 혼자 유부남이었다. 이 새로운 남자 동료들과 함께 술을 마시기 시작했다. 술을 조금 마시고 나면 사악하고 잔인해졌다. 그는 두 번 타냐를 세게 쳤고 타냐는 남편 집에서 외투며 모자, 거의 새것인 장화 등 겨울 옷가지들을 챙기지도 않고 곧바로 친정으로 갔다.

세료자만 빼놓고 나머지 사람들은 타냐가 친정으로 간 것이 매우 만족스러웠다. 타냐의 엄마도 기뻤고, 시어머니도 마찬가지였다. 타냐 스스로는 아무도 자신에게 필요 없으며 혼자 사는 게 나을 것이라는 확신이 들기 시작했다. 그리고 마치 다른 사람들이 매부리코를 푸념하는 것처럼 아무짝에도 쓸모없는 자신의 아름다움을 푸념하기 시작했다.

세료자는 화해를 하려고 근무 교대 시간 즈음 되어 타냐의 일터에 두 차례 찾아갔다. 첫 번째 찾아갔을 때에는 타냐가 그를 먼저 발견하고는 도망쳤다. 두 번째 찾아갔을 때 세료자는 그녀를 쫓아가 용서를 구하고 집으로 돌아오라고 했다. 하지만 타냐는 머리를 흔들기만 했을 뿐 아무 말도 하지 않았다. 세료자는 조금 술에 취해 있었다. 대화의 마지막에 그는 예상치 못하게 그녀의 얼굴을 때렸다. 세게 때린 것은 아니었는데 스스로 거의 넘어질 뻔하였다.

타냐는 점점 더 아름다움은 정말 부질없는 것이라고 확신하게 되었다. 아름다움은 아무에게도 행복을 가져다주지 않는다. 아니, 아예 그 반대다. 이번 며칠 동안 그녀에게는 벌써 좋은 증거가 생겼다. 그리 젊지 않은 외과 의사 주라브스키가 미칠 듯이 그녀에게 빠져들었던 것이다. 그의 아내가 병원에 찾아와서 타냐에게 거의 주먹다짐을 했다. 그녀가 과장에게 찾아가 종합과로 타냐를 옮기는 것으로 이 사건은 일단락이 났다.

여기서 타냐는 잘 적응했다. 과장인 예브게니야 니콜라예브나는 양쪽 다리에 오랜 지병으로 고관절이 좋지 않아 닥스훈트같이 살짝 다리를 절었지만, 자기 부서의 사람들을 하나하나 애정으로 관리하고 있었다. 또 그녀는 다른 사람과 공감할 줄 아는 특별한 재능을 가지고 있어서, 지나치게 엄할 때도 있지만 매우 관대하기도 한 할머니로 통했다. 게다가 그녀는 마치 본성이 원래 그런 듯, 조금이라도 한쪽으로 치우친 상황이 발생하면, 이를 곧 알아채고는 균형 상태를 계속 유지하려고 했다. 다른 사람들과 마찬가지로 처음에는 그녀도 타냐의 눈부신 아름다움을 석연찮게 생각했었다. 그녀를 면밀히 관찰한 결과 곧 타냐의 비밀을 알게 되었다. 그녀는 아름다움의 과중으로 고통받고 있었다. 그 결과, 예브게니야 니콜라예브나는 동정심이 가득 일어났다.

거의 대부분의 간호사들이 나이도 좀 있고 유순하고 가정적이었기 때문에 모두들 엄마처럼 타냐를 대해 주었다. 타냐는 하얀 가운들 사이에 있는 것이 좋았다. 특히 예브게니야 니콜라예브나가 퇴직을 앞둔 연구자에게 타냐를 소개시켜 주어 그 노하우를 전수받을 수 있도록 실험실에 그녀를 배치해 주었을 때가 좋았다. 그것은 채혈한 피를 묻힌 유리 표본을 살펴보고, 백혈구의 수를 세고, 혈청 단백질의 농도를 측정하는 일이었다.

이제 타냐는 작은 실험실에 앉아서 많은 환자들을 상대할 필요도 없이 일주일에 두 번 피를 뽑기만 하면 되는 것이다. 이것은 그녀가 그 누구보다도 잘하는 일이었다.

그렇게 1년, 2년이 흘렀다. 타냐의 엄마는 걱정이 되었다. 스물다섯이 넘어가는데 미인인 딸에게는 별 볼 일 없는 세료자가 전부였다. 시집가는 것까지는 아니더라도 연애라도 좀 했으면 하는 바람이 있었다. 그러나 그런 일은 없었다. 생화학 관련 실험이 몸에 좋지 않기 때문에 일은 비교적 일찍 끝났다. 4시면 타냐는 벌써 집에 들어와 자려고 누워 있었다. 6시면 일어나 청소를 하고 매일 같은 음식, 보르시와 커틀릿을 준비했다. 그러고 나선 텔레비전 앞에 앉아 있거나 친구인 므나차카노바와 영화를 보러 갔다. 홀로 살아왔지만 부단히 사랑의 모험을 즐겨 왔던 여자인 엄마로서는 타냐의 그런 생활 방식이 그다지 장려할 만한 것이 못 되었다. 엄마는 자기가 일하고 있는 공장의 한 부서장과 타냐를 만나게 하려고도 하였고 남쪽에서 휴가 동안 사귀었던 한 젊은이와도 만나게 하려고 애를 썼지만, 어떤 이유에서인지 타냐는 주어진 미션을 수행하지 못했다. 타냐는 엄마한테 화를 내고 급기야는 훈계조로 말했다.

"엄마, 엄마가 트롤리버스로 한 가득 쑤셔 넣어 주는 그런 남자들은 내 힘으로도 한 다스쯤은 사귈 수 있다고."

"그럼 사귀어 봐." 엄마가 따끔하게 충고했다.

"왜 그래야 되는데?" 타냐가 차갑게 대답했다. "그 사람들한테 필요한 건 한 가지야."

엄마는 마음이 상하고 조금은 화도 났다.

"네가 무슨 특별한 사람이기라도 하니? 넌 그게 필요 없단 거야?"

타냐는 자신의 하늘색 눈을 광고에서나 나올 법한 긴 속눈썹으로 덮으며 고개를 흔들었다.

"응, 그런 건 필요 없어."

"그래, 그럼. 고양이하고 집에 죽치고 있어야겠네." 엄마가 판결을 내렸다.

그래서 타냐는 고양이와 집에 죽치고 있었다.

'고양이는 예쁘건 안 예쁘건 상관 안 하니까. 고양이한테는 영혼이 중요하지.' 타냐가 생각했다.

타냐는 조금 살이 찌고 하얘졌다. 가느다란 아가씨는 젊은 여인으로 변신했고, 남자들이 보기에는 더욱더 매력적이게 되었다. 허리선은 가느다랗게 남아 있고, 허벅지와 가슴이 풍만해졌다. 다리와 팔은 어린아이처럼 가벼웠다. 그녀는 잘 구워 낸 항아리 같았다. 그러나 텅 빈⋯⋯.

그리고 계속해서 살이 쪘다. 더 하얘졌다. 유들유들해지고 굼떠졌다. 그녀의 걷는 모습에서 시몬 시뇨레의 중년이 보였다.

대중교통을 이용하는 남자들이 그녀에게 집적거리는 일은 이제 예전처럼 매일 일어나지는 않았다. 타냐도 이러한 남자들의 사그라지는 관심이 이상하게도 조금은 애석했다. 어쨌건 그녀의 영혼 바닥에는 거의 다 묻혀 버린 희망이 남아 있었다. 그 희망은 겉모습의 아름다움에 관심을 두지 않는, 빨리 그녀의 몸을 가지려고 안달 내는 사람이 아닌 그녀를 그녀 자신 그대로 사랑해 줄 그런 남자를 만나는 것이었다.

항상 중간 정도였던 타냐의 능력은 일터에서 계발되었다. 아주 천천히 그녀는 자기 직업의 기본 지식보다는 요령을 섬세하게 터득했다. 그녀는 아무도 모르게 생화학 관련 서적을 읽어 나갔다. 처음에는 의학 연구소의 아주 간단한 수업도 몇 번씩 들어야 했었다. 그녀는 반론의 여지 없이 자신이 다니는 실험실에서 일하는 네 명의 연구자들 가운데 단연 최고였다. 그녀는 서두르며 일하지도 않았고, 아니 오히려 느릿느릿 일했다고도 할 수 있지만 결과적으로는 모든 것이 다른 사람들보다 빨랐다. 피를 뽑는 일과 관련해서 그녀는 그야말로 전문가였다. 다른 과에서도 피를 뽑기 어려운 환자가 생기면 그녀를 부르곤 하였다.

보리스는 피를 뽑으러 월요일에 왔다. 그의 이름은 그날 방문 리스트의 첫 번째였다. 키가 크고 잘생긴, 스웨터를 입은 남자가 지팡이를 짚고 문 옆에 서 있었다.

"안녕하세요. 피 뽑으러 왔는데요."

그의 시선은 바로 자기 앞만을 향했다. 타냐는 그가 앞을 보지 못한다는 것을 금방 알아차리지는 못했다. 그를 의자에 앉히고 소매를 올려 달라고 부탁했다. 그의 얇은 혈관에 바늘이 쉽게 들어갔다. 한 번에 들어갔다. 시험관을 세워 놓았다.

"됐습니다."

보리스는 놀랐다.

"굉장한 대가시네요! 아무도 제 피를 한 번에 뽑은 사람은 없었는데. 제 혈관이 좋지 못하다고 하더라고요."

"왜요? 혈관은 괜찮아요. 그저 가늘 뿐이죠."

그가 웃었다.

"다들 혈관이 나쁘다고 말해요. 가느니까……."

"글쎄요……. 솔직히 말해서, 제가 잘할 수 있는 일은 이것뿐이에요." 이유를 알 순 없지만 타냐는 그렇게 말했다.

"그것도 대단한 거죠." 그는 그렇게 말하고 머리를 그녀 쪽으로 돌리고 미소 지었다.

'아마 이 사람은 조금은 볼 수 있는 게 아닐까?' 그녀는 생각했다. '정말 내 목소리만 듣고 나한테 미소를 짓고 있는 걸까……?'

그는 재빨리 덧붙여 말했다.

"목소리가 참 예쁘세요. 그런 말 많이 들으시죠?"

사실 그녀에게 그렇게 말한 사람은 아무도 없었다. 눈, 얼굴, 머리카락, 다리에 대해서는 그런 말을 많이 들었다……. 그러나 목소리에 대해서는 아무도 이야기하지 않았다.

"아뇨. 한 번도 그런 소리 들어 본 적 없어요."

"장님이 되고 나서야 눈치채게 되는 것들이 있어요." 그렇게 말하고는 그가 다시 미소를 지었다.

그의 미소는 아주 특별한 것이었다. 무언가 형용할 수 없는 것이었는데 그것은 외부가 아니라 내면을 향하고 있었다.

시험관이 다 찼다. 타냐는 시험대에 그것을 세웠고, 바늘을 꽂았던 자리에 작은 솜을 붙여 주었다.

"다 끝났어요."

"감사합니다."

그는 의자에서 일어나서 얼굴을 문 쪽으로 돌렸다. 왼손에는 지팡이가 들려 있었고 오른팔은 팔꿈치를 구부린 채 전파 탐지기처럼 뻗어 앞을 더듬었다.

"계단까지 바래다 드릴게요." 타냐가 그의 팔을 부축했다. 그의 스웨터를 통해 가슴팍의 단단한 근육이 느껴졌다. 그는 자신의 팔을 빼고 그 스스로가 그녀를 붙들었다. 그녀가 그를 복도로 먼저 나가게 한 것이 아니라 그가 그녀를 복도로 먼저 나가게 했다. 그들은 아무 말도 하지 않고 천천히 긴 복도를 걸었다.

"계단이에요." 타냐가 말했다. 그가 고개를 끄덕였다.

1층에 다다랐다.

"데려다 주셔서 감사합니다. 대단히 기분 좋은데요……, 장애인 우대 서비스라니……." 그가 살짝 입을 비죽거리는 듯 웃었다.

"검사 결과는 목요일에 준비될 거예요. 그냥 집으로 전화 드려서 결과를 알려 드릴까요?"

"괜히 그러지 마세요. 제가 직접 오죠."

타냐는 그를 천천히 뜯어보았다. 입고 있는 외국산 스웨터는 매우 좋은 것이었고, 바지는 군 장교 제복의 것이었다.

목요일에 그는 꽃을 들고 왔다. 향기가 강하고, 푸른 튼실한 히

아신스 세 송이였다.

앞을 보지 못하는 사람이 여자에게 잘한다는 것은 어려운 일이었다. 하지만 보리스는 이 일을 잘 해내었다. 타냐는 그를 맞으러 걸어 나왔다. 사실은 걸어 나온 것이 아니라 뛰어 나왔다……. 그들은 급속도로 가까워졌다.

보리스에게는 아주 좋은 엄마가 있었다. 그녀는 학교 선생님이었다. 아들이 시력을 잃고 곧바로 가족까지 그를 떠나고 나자 나탈리야 이바노브나는 퇴직을 신청하고 아들이 새로운 환경에 적응할 수 있도록 하기 위해 도왔다. 4년 동안 보리스는 새로운 삶을 배우고 새로운 일을 찾았다. 그는 언젠가 타냐의 남편이었던 세료자가 공부했던 직업 기술 학교의 물리 선생으로 일하게 되었다.

나탈리야 이바노브나는 타냐에게서 영혼을 기대하지 않았다. 아마도 그녀는 보리스에게 타냐가 얼마나 미인인지 이야기했을 것이다. 보리스의 손은 태어날 때부터 장님인 이들이 갖는 그런 민감함을 가지지는 못했지만 타냐의 몸이 지닌 아름다움을 알기에 충분했다. 그들의 결혼 생활은 매우 행복했다. 1년이 지나고 나서 아들 보랴가 태어났다. 그들이 거리를 걸을 때 사람들은 그들의 아름다움에 관심을 집중했다. 하지만 주의를 기울이지 않는다면 이 어깨 넓은 남자가 장님이라는 사실을 알아차리기 힘들었다. 타냐는 아이를 낳고 나서 살이 많이 쪘다. 그녀의 몸은 이제 젊은 남자들의 관심을 끌지 못했다. 그녀의 몸은 오직 눈먼 남편의 것이었다. 그녀의 온화하고 빛나는 편안한 아름다움도 그의 것이었다.

타냐의 엄마는 전혀 이해할 수가 없었다. 시집을 갔으니 잘된 일이지만 이번에도 장애인일 건 뭐람. 저렇게 예쁘게 생겨 가지고는…….

# 빛나는 매 피니스트*

1945년 열여덟 살의 클라바는 적십자 과정을 마치고 결핵 병원의 간호사가 되었다. 그곳은 업무 수당이 꽤 높은 곳이었다. 업무 첫날 그녀는 5호실의 환자 필립 코노노프와 사랑에 빠져 그가 죽을 때가 다 되었으니 퇴원시키라고 하자마자 그와 결혼했다. 하지만 의사들은 실수했다. 그는 곧 죽지 않고 2년 반 후에 죽었다.

필립은 키가 무척 컸고 앙상한 체격이었고 잘생겼다. 얼마나 잘생겼던지 당시 네 살이었던 이웃 소녀 제냐는 평생 그의 환상적인 얼굴을 기억하였다. 빛나는 매 피니스트, 혹은 활잡이 안드레이, 혹은 황태자 이반 같은 얼굴이었다. 그러나 깊고 파란 눈에도 불구하고 그는 늑대 중의 늑대였다. 그의 나이 갓 스물이었다. 부상을 당하고 얻은 결핵을 치료받고 있었다. 하지만 의사들의 노력에도 그의 폐는 구멍들이 좀먹어 갔다. 게다가 그가 죽은 후에도 계속 삶을 살게 될 세상과 세상에 존재하는 모든 살아 있을 이들에 대한 증오가 그를 더 갉아 먹어 갔다. 제대로 기능할 수 있는 폐가 줄어들수록 분노는 더욱더 불탔다. 무엇보다도 이 증오는 클라바를 향했고 클라바는 비열하기 짝이 없는 민중적 지혜를 빌려 이를 참아 내었다. 때리는 것은 곧 사랑해서 그러는 것이니라.

그가 처음으로 클라바를 때린 것은 결혼식 만찬이 있던 날이었다. 만두를 다 먹어 치운 여자 친구들은 남은 샐러드를 마저 먹으며 굵은 안경테에 장작개비 같은 몸매를 한 신부가 볼품없다면서 흥을 보고 있었다. 이때 이미 신부는 남편으로부터 처음으로 멍이 들도록 얻어맞고 제냐 엄마의 어깨를 빌려 옆방에서 울고 있었다. 제냐는 그녀를 위로할 생각에, 할머니가 준 소중한, 루이자라는 이름을 가진 프랑스제 종이 인형을 가져왔다. 제냐의 엄마는 점차 파랗게 변해 가는 멍 위에 생파를 올려놓았다. 이것도 또한 모두 민중 사이에 전해져 내려오는 지혜의 보고에서 비롯한 이상한 처방이었다. 클라바는 6개월짜리 파마를 갓 한 숱 없는 머리카락을 내려뜨리며 자신의 위대한 사랑 앞에서 눈물을 흘렸다.

잠시 후 클라바의 엄마 마리야 바실리예브나가 문을 두드렸다. 그녀도 울면서 말했다.

"애야, 너 신세 망쳤구나, 망쳤어. 저렇게 지 마누라 두들겨 패는 놈과 살려거든 차라리 술 처먹는 놈이랑 사는 게 나은데……"

필립은 자신의 사악한 영혼으로 최선을 다해 자신의 부인 클라우디야*를 사랑했다. 2년 반 결혼 생활 동안 그는 그녀를 죽을 만큼 때려 대고, 소리 지르고 공동 주택의 긴 복도를 따라 내몰았다. 클라바는 시력이 좋지 않음에도 불구하고 민첩하고 다리가 길어서 뒤쪽 계단을 통해 길거리로 도망칠 기회를 항상 잡았고 그는 그런 그녀를 뒤쫓아 가 잡았다. 그녀가 잡히지 않을 때에는 쇠로 된 장화 틀이나 망치를 던졌다. 그리고 그는 항상 똑같은 말로 소리쳤다.

"저 혼자만 살려고, 개 같은 년, XXX,……. 나 혼자 죽으라고?"

그는 장화공이었다. 어린 시절부터 그는 3분의 2짜리 창문이 있는 좁은 작업실에서 아버지 어깨너머로 일을 배워 조금씩 돈을 벌었다. 두 개의 커다란 창이 있는 방에 직접 만든 가로막을 쳐 방은 세 개로 나누어졌고 각 방마다 한 가족씩 살고 있었다.

당시에는 구두가 귀했기 때문에 사람들이 수선하러 오는 횟수도 많았다. 필립은 이웃 사람들이건 모르는 사람들이건 구두 뒤축을 갈아 주고 밑창을 기워 주고 핀을 박아 주었다…….

결혼 첫해에 태어난 사내아이 바시카는 제냐가 처음 본 갓난아기였다. 바시카에게는 아버지와 똑같은 하늘색 눈과 문 삐걱거리는 듯한 목소리와 아버지에게 물려받은 더러운 성질이 있었다.

코노노프 가족의 좁은 방에서는 기분 나쁜 소리들이 끊이지 않고 있었다. 콜록거리는 기침 소리, 주고받는 사악한 욕지거리, 클라바의 통곡과 기계적인 아이의 울음소리. 조금 뒤 바시카가 문에서 복도로 기어 나와 구불구불한 복도를 따라 부엌 쪽으로 기어 갔다. 그러다가 방금 끓인 수프가 들어 있는 냄비를 들고 방으로 들어가는 이웃 여자의 다리에 채였다. 화상을 입은 바시카는 필라토프스카야 병원 피부과에 입원하였다. 제냐의 엄마와 마리야 바실리예브나가 그를 병원으로 데려오게 된 것은 바로 이날 클라바가 야간 당직이었기 때문이었다.

복도는 아파트에서 가장 매력적인 장소였다. 복도는 찬장들과 장롱들, 나무나 철로 된 잡동사니들이 가득했다. 한쪽 벽에는 도시의 물건 같지 않은 멍에 따위의 진귀한 물체가 걸려 있었다. 하지만 제냐에게는 그쪽으로 가는 것이 금지되어 있었다. 그것은 바로 필립 때문이었다. 필립은 자신의 폐가 만들어 내는 거품 나는 회색 물질을 둥근 유리병이 아니라 공공장소에 뱉는 것을 좋아했다. 제냐의 엄마와 클라바가 염산으로 없애려고 노력을 해도 아파트에 결핵균은 수백만으로 들끓었다.

어느 날 클라바는 갑자기 배가 아프다며 일주일간을 앓더니 일터에서 바로 예카테리닌스카야 병원으로 '응급' 후송되었다. 급성 맹장염이었다. 그녀는 곧 수술을 받았다. 일주일이 지나고 그녀는 퇴원하였다. 이날을 기억하는 이유는 필립이 복도에 쌓아 둔 장작 더미에서 장작 하나를 들어 더디고 굼떠진 클라바를 두들겨 팼기 때문이다. 제냐의 방은 공동 주택에서 하나밖에 없는, 네덜란드식 난로로 외부 복도에서 난방을 했고, 아파트의 다른 방들은 방 안에서 난로로 난방을 하고 있었다.

필립이 아내를 본 건 이날이 마지막이었다. 클라바 배의 꿰맨 자국이 터지고 화농과 패혈증이 생겼다. 당시 아직 아카데미 회원은 아니었고 그저 사람 좋은 젊은 의사였던 미래의 위대한 외과의 알렉세예프는 그녀의 모든 내장들을 갈랐다. 그녀는 한 달 동안 삶과 죽음 사이를 오갔다. 그녀가 병원에서 돌아왔을 때는 이미 필립이 땅에 묻히고 난 후였다. 필립은 그녀가 없을 때 죽었다.

제냐에게 바시카가 처음 보는 갓난아기였던 것처럼, 필립도 그녀가 태어나서 처음 본 죽은 사람이었다. 관이 부엌에 놓였다. 부엌은 아파트에서 가장 넓은 장소로, 여기에서는 결혼식도 있었고 많은 공공 집회와 장례식도 진행되는 공간이었다. 아무도 울지 않았다. 제냐는 필립이 더 이상 기침을 하지 않는 것이 이상하게 느껴졌다. 게다가 더 이상 그의 푸른 눈동자도 보이지 않았고 예의 그 빛나는 매 피니스트의 잘생긴 얼굴 위로 긴 속눈썹 그림자가 질 뿐이었다……. 그는 스물세 살이었다.

간호사 일이 그녀에게 너무 힘들다고 느껴졌을 무렵 클라바는 병원에서 나왔다. 이후 그녀는 식단 관리사 과정을 마치고 눈부신 재기를 발휘했다. 이제 그녀는 바로 그 결핵 병원에서 식단 관리 일을 하였다. 부엌에서 버터와 고기 조각을 훔쳐 내었다. 그것을 여름에는 겉옷 안쪽에, 겨울에는 외투 안쪽에 꿰매어 달아 놓은 작은 헝겊 가방에 넣어 훔쳐 내었다. 결핵을 앓고 있는 바시카는 잘 먹어야 했다. 그해 제냐에게도 결핵이 발병해 일곱 살이 다 된 소녀는 학교에 다닐 수 없었다.

공동 주택 아파트에서는 모두가 서로에 관해서 속속들이 알고 있었다. 클라바가 버터를 훔친다는 것도 모두 알고 있었다. 제냐의 엄마는 제냐에게 클라바는 버터를 훔쳐도 되지만 우리는 그래서는 안 된다고 말했다. 이 상대성 이론을 제냐는 금방 이해할 수 있었다. 게다가 벌써 이런 일도 있었다. 제냐가 더러운 식기들이 들어 있는 이웃의 설거지 대야에서 할머니의 이니셜이 새겨진 은수저를 발견하여 떠들썩한 기쁨에 찬 소리로 엄마에게 이를 알렸다.

"엄마, 마리야 바실리예브나 아줌마네 설거지 대야에 우리 숟가락이 들어 있어!"

엄마는 제냐를 차갑게 쳐다보았다.

"있던 곳에 얼른 도로 갖다 놔!"

제냐는 당황했다.

"그렇지만 우리 거잖아!"

"그렇지." 엄마가 맞장구를 쳤다. "하지만 마리야 바실리예브나 아줌마가 이미 쓰고 계신 거잖아. 그러니까 다시 가져다 놔!"


40년이 지나고 나서 제냐는 민스크에서 바시카를 만날 수 있었다. 그가 다가와 물었다.

"제냐, 나 기억 안 나?"

제냐는 왼쪽 폐의 상단에 남은 흔적이 기억하듯 그를 알아보았다. 그의 얼굴은 죽은 필립과 꼭 닮아 있었다. 그러나 그 파란 눈빛은 예전의 필립의 눈의 푸름에는 미치지 못하였다. 그는 나이 오십 줄에 가까워져 있었다. 그는 지방 농업 연구소의 조교수였으며 자기 아버지보다 두 배나 더 오래 살았다. 그의 엄마인 클라우디 야 이바노브나 코노노바는 불가리아 사람에게 시집을 갔다. 그는 그녀를 사랑했고 때리지 않았다. 바시카의 할머니인 마리야 바실 리예브나는 건강하게 잘 살아 있다. 그리고 그녀는 제냐 할머니의 이니셜이 새겨진 숟가락으로 찻잔을 젓고 있다.

# 짧은 정전

블라디미르 페트로비치가 내리고 엘리베이터 문이 쿵 하고 닫히자마자 전등이 꺼졌다. 깜깜한 어둠 속에서 그는 공포로 떨었다. 지옥에 떨어진 것 같은 느낌을 떨쳐 내려 노력하면서 잠시 서 있었지만 마찬가지였다. 그래서 그는 현관문이 있는 쪽으로 손을 더듬으며 움직였다. 문이 분명 이쯤 어딘가였다. 두 팔을 벽에 붙여 가며 조금씩 걷다가 발걸음에 계단 턱이 걸리자 멈추었다. 한숨이 새어 나왔다. 심장이 심하게 떨렸지만 블라디미르 페트로비치는 니트로글리세린*에 대해서 떠올리지 못했다. 벽에 기대어 다섯 계단을 다 기어 올라왔다. 벌벌 떨리는 팔로 문손잡이를 더듬었다. 힘껏 밀었는데도 문은 열리지 않았다. 다시 공포가 밀려왔다. 이성의 통제를 벗어난 밤의 공포. 그는 온몸으로 문을 밀었다. 어쩐지 누군가가 문을 자기 쪽으로 밀고 있다는 생각이 들어 멈추었다. 밖에서 문을 밀어 열었다. 사각형의 빛이 보였다. 기분 나쁜 12월의 석양빛이었다. 여자는 무언가 전기에 대해서 불평하며 스쳐 들어갔다……. 그의 뒤에서 문이 쿵 하고 닫혔다. 그는 문에 기대어 서 있었다. 하지만 더 이상 어둠 속에 갇혀 있는 것이 아니었다. 밖에, 자유 속에, 빛 속에…….

1년 중 가장 어두운 날들이 계속되고 있었다. 그는 이맘때면 찾아오는 12월 우울증으로 여느 해처럼 두문불출하고 있다가 모처럼 만에 이미 오래전에 앞을 못 보게 된 옛 스승 이반 므스티슬라보비치 코바르스키를 만나기 위해 집을 나서기로 맘을 먹었던 것이다. 스승은 한 진귀한 레코드 녹음 내용을 카세트에 담아 달라고 부탁했었다. 이 카세트는 벌써 한 달 넘게 그대로 있었다. 그리고 블라디미르 페트로비치는 노인에게 갈 수 없는 것이 죄송스러웠다.

"세상에 이만한 스트레스가 어디 있겠어……." 블라디미르 페트로비치는 누구를 향하는지 알 수 없는 불평을 해 댔다. 그리고 자기 삶의 깨진 리듬을 새로 다잡기 위해서는 코냑 한 잔이 필요하다는 것을 절실히 느꼈다……. 언제나 그렇듯이 코바르스키가 그에게 돈을 주었다. 코바르스키는 비록 장님이었지만 가난하지는 않았다. 미국에 사는 그의 아들은 아버지를 자기가 사는 곳으로 부르지는 않았지만 송금을 게을리하지는 않았다.

현관의 어두움을 빠져나오자 거리의 어둑어둑한 불빛에 눈이 부실 지경이 되었다가 눈이 이에 곧 적응하자 다시 모든 것이 앞을 분간할 수 없게 뿌옇게 되었다. 발밑에는 물과 눈으로 된 진창이 철벅거렸다. 블라디미르 페트로비치는 우수에 차서 자신의 목적지인 그 집까지 가는 긴 여정에 대해 생각했다.

블라디미르 페트로비치를 스치고 지나가며 이집트의 어둠으로부터 모스크바 석양 때의 평범한 어둠으로 내보내 준 그 여인은 몰다비아 출신의 안젤라였다. 그녀는 자신에게 모스크바 거주권을 갖게 해 준 평범한 남편과 5년째 살면서 생후 1년 반이 되어 다른 아이들이 앓는 것과 같은 병치레를 하고 있는 아들 콘스탄

틴과 살고 있었다. 그녀는 통로 계단의 어두움에 전혀 놀라지 않았다. 그녀는 자기 문을 금방 찾아내어 초인종을 눌렀다. 하지만 역시나 초인종은 고장이 나 있었다. 그녀는 가방에서 열쇠를 찾아내었지만 어둠 속에서 열쇠 구멍을 찾지 않고 주먹으로 문을 밀었다. 아들과 함께 집에 남겨진 남편이 숙취에서 번득 깨어나 문을 열었다. 아들은 자고 있었다. 아들은 얌전한 아이였다. 그는 열이 올라도 울지 않았고 투정을 부리지도 않았고 중간에 눈 한 번 뜨는 일 없이 깊은 잠에 빠지곤 했다. 남편은 잠에서 덜 깨 알 수 없는 말들을 중얼거리더니 다시 퍼졌다. 안젤라는 몇 번을 생각해보고는 조용히 밖으로 나갔다. 그녀에게는 루딕이라고 하는 아파트 관리 사무소의 아르메니아 인 전기공 친구가 있다. 그도 카라바흐에서 왔다. 그는 좋은 사람이었다. 그는 지하실에 마련된 좁은 공간에서 살고 있었다. 그녀는 반 층을 내려가 문을 두드렸다. 그도 자고 있었다. 그녀에게 문을 열어 주고는 기뻐한다. 그녀를 사랑스레 껴안는다. 그는 좋은 사람이고, 젊었다. 하지만 임시 거주증을 가지고 살고 있는 게 흠이었다…….

전기가 나갔을 때 슈라는 공동 부엌 한가운데 서서 생각하고 있었다. 감자를 구워야 할까, 아니면 죽을 끓여야 할까. 갑자기 어두워지자 그녀의 생각도 멈췄다. 그녀는 잠시 기다렸다가 벽에 있는 스위치를 찾아 이리저리 손을 더듬었다. 불은 켜지지 않았다. 하루 종일 윙윙거리며 서 있던 두 대의 냉장고—그녀의 것과 그녀 이웃의 것—가 잠잠했다. 벽 너머에서 하루 종일 재잘대던 라디오조차 입을 다물었다. '또 전기가 나간 모양이네.' 슈라는 생각했다.

슈라는 손으로 테이블을 더듬어 성냥개비를 찾아냈다. 두 번째 성냥개비로 가스레인지에 불을 댔다. 가스레인지는 너무 오래된 것이라 가스가 일정하게 나오지 않았다. 가스의 파란 불꽃이 흔들리며 깜빡였다.

슈라는 몸을 숙여 테이블 아래에서 감자가 담긴 그물망을 더듬었다. '어두워서 잘 안 보이니까 당장 감자를 씻지 말고 일단 그냥 삶은 다음에 생각해 보자.' 그녀가 생각했다. 다시 한 번 스위치를 더듬었다. 손을 더듬어 복도로 나와 문을 열었다. 계단 쪽은 조금 더 밝은 것 같았다. '밀로바노바가 엘리베이터에 갇히면 재밌을 텐데.' 슈라는 상상해 보았다. 밀로바노바는 같은 아파트의 옆방에 사는 여자로 벌써 20년째 눈엣가시 같은 존재였다…….

슈라는 부엌으로 돌아왔다. 재미있는 생각이 떠올랐다. 두 대의 냉장고가 옆에 서 있었다. '사라토프'라는 상표가 보인다. 같은 해에 산 것으로 같은 제품이다. 이웃의 냉장고를 여니 음식 냄새가 났다. 밀로바노바는 자신과 남편, 그리고 딸인 닌카를 위해 많은 음식을 준비해 두었다. 슈라는 밀로바노바에게 항상 좋은 말로 세 명분의 가스비를 내야 하는 것 아니냐고 말했었다. 냉장고는 냄비 들과 저장해 둔 식료품들로 가득 차 있었다. 감옥에 있는 아들 딤카에게 가져갈 밑반찬들을 만든 모양이었다. 슈라는 작은 냄비를 더듬어 꺼냈다. 손가락으로 찍어 맛을 보니 죽인 것 같았다. 손가락을 빨았다. 맛있군. 비프 스트로가노프가 여기 있었군. 슈라는 불을 줄이고는 약한 불에 냄비를 올려놓았다. 음식이 따뜻해지는 것을 다 기다리지도 못하고 그녀는 숟가락으로 죽을 떠 조금 맛보았다. 밀로바노바가 음식은 참 잘했다. 슈라는 요리에는 젬병이었다. 만약 음식을 잘할 줄 알았더라면 평생을 공장에서 청소부 일만 하지는 않았을 것이다. 주방에서 일했을지도 모른다.

슈라는 숟가락으로 저었다. 따뜻해지면 음식은 더 맛있어질 것이고 서두를 필요가 없었다. 전기가 들어올 때까지 밀로바노바가 집으로 올라올 리도 없고, 그녀는 어두움을 무서워했다. 그리고 그녀에게는 그냥 어두워서 냉장고를 헷갈렸다고 말하면 된다. 어차피 내 냄비도 이것과 똑같은 거잖아. 미안해, 실수로 내 것이 아닌데 먹어 버렸어, 이렇게 말하면 되지, 뭐…….

숟가락으로 음식의 따뜻하게 된 부분을 눌러 보았다. 소스는 기름진 스메타나였고 고기는 쇠고기였다. 대체 뭘 넣었길래 이렇게 맛있는 거지? 끝내주는데…….

슈라는 비프 스트로가노프를 다 먹어 치우고 숟가락으로 바닥까지 싹싹 긁었다. 음식의 밑바닥이 조금 탔다. 그런 음식은 가스레인지에 체를 대고 그 위에 냄비를 올려 잘 데워야 한다. 슈라는 냄비를 개수대에 넣었다. 설거지는 좀 이따 해야지. 그러고는 좀 누우려고 방으로 향했다. 어두웠고 어쨌든 할 일이라곤 아무것도 없었다. 하지만 잠이 오지 않았다. 또 생각이 멀리까지 나아갔다. 밀로바노바는 오래전부터 아파트를 자기에게 물려 달라고 슈라에게 부탁해 왔다. 하지만 슈라에게는 조카딸인 렌카가 있었고 슈라는 렌카에게 아파트를 물려주겠다고 이미 약속을 해 놓은 상태였다. 하지만 슈라는 서두르지 않았다. 무언가 의심스러웠다. 밀로바노바는 아파트를 저한테 넘겨주세요, 제가 돌아가시기 전까지 시중들어 드릴게요, 라고 말했다. 제가 돌봐 드릴게요. 하지만 렌카도 슈라를 돌보러 다니겠다고 이미 약속한 바 있었다. 비프 스트로가노프는 무지하게 맛있었다. 밀로바노바에게 물려주는 게 나을지도 모른다. 사실 렌카는 제대로 하는 음식이 하나도 없지 않은가. 어쩌면 만두만 쉽게 될지 모른다…….

보리스 이바노비치 먀기세프는 자기 방에 앉아 불도 켜지 않은 채 텔레비전을 보고 있었다. 처음에는 텔레비전이 고장 난 것이라고 생각했다. 불을 켜려고 일어섰다. 하지만 불은 들어오지 않았다. 다행히 텔레비전은 멀쩡한 것 같아서 보리스 이바노비치는 기뻤다. 그는 이 건물에 사람들이 입주했던 맨 처음부터 여기에 살고 있었다. 그러니까 그게 벌써 35년 전의 일이다. 건물은 공장 기숙사였다. 당시 보리스 이바노비치도 공장 인부였다. 그는 평생을, 그러니까 열여섯 살 적부터 퇴직할 때까지, 대규모 향수 공장에서 일했다. 연금 생활을 시작하고 나서도 일은 계속했다. 그는 컨베이어 벨트 전문가였다. 그가 맨 처음 공장에 왔을 때에는 모든 것이 수동이었고 가장 단순한 형태의 컨베이어 벨트도 없었는데, 이제는 생산 라인이 완벽해져서 수동으로 작동되는 것은 찾아볼 수 없게 되었다. 컨베이어에 관한 것이라면 그는 처음 기종부터 최신 기종까지 모두 설치했다. 그는 그 누구보다도 예전 수동식 컨베이어를 정비하고, 또 새로 도입된 컨베이어, 심지어 외국산 컨베이어를 다루는 법을 더 잘 알고 있었다.

보리스 이바노비치에게 컨베이어 벨트는 그저 좋아하고 존중할 만한 대상 이상이었다. 그에게 컨베이어는 일정하게 전진하는 삶의 전형이자 모범과도 같았다. 사실 보리스 이바노비치의 삶은 어린 시절부터 절뚝거리는 것이었다. 전쟁에 징병된 아버지를 그는 전혀 기억하지 못했다. 어머니는 그가 여덟 살 때 돌아가셨고 그는 고아원에서 자랐다. 그다음에는 공업 학교에 들어가게 되었고 공장에 들어오고 나서야 그의 삶이 제 궤도를 찾았다. 그것은 바로 컨베이어를 통해서였다. 그는 인생의 기술 정비에 관한 가장 세밀한 부분까지 공부하기 위해 야간 기술 학교에 들어갔다. 그는 이미 오래전부터 인생의 기술 정비에 대해서라면 잘 안다고 생각해 왔다. 중요한 것은 제품을 나르는 이 요소들이 멈추지 않고 똑같은 속도로 움직여야 한다는 것이다. 그 또한 컨베이어처럼 살아왔다. 일어나서 아침 식사를 하고 걸어서 공장으로 나갔다. 공장은 멀지 않아 15분이면 도착했다. 그리고 만일 남풍이 불어오면 냄새가 없었고, 대기가 잠잠하면 이 지역 전체에 배어 있는 조잡한 비누와 향수의 냄새를 맡으며 걸어갔다. 근무 교대 후에 돌아오면 식사를 하고 잠을 잤다. 그는 이미 오래전부터 밤 근무 교대에는 나가지 않았다. 그에게 삶은 마치 잘 설비된 컨베이어 벨트가 같은 간격으로 물품을 내어놓듯이 아무런 변화 없이 흘러갔다.

정전은 삶의 메커니즘 안에서 즉각적인 수리를 요구하는 일종의 단절이었다. 그는 두꺼비집을 확인하기 위해 격자 모양 사다리를 올라갔다. 하지만 나선 계단 통로 전부가 어둠에 휩싸여 있는 걸로 보아 두꺼비집 문제가 아니었다. 그는 어둠 속에서 관리소에 전화를 걸었지만 그쪽에서 수화기를 들지 않았다. 그래서 보리스 이바노비치는 늑장 부리지 않고 옷을 갈아입은 뒤, 자신이 직접 나왔다. 제일 먼저 해야 할 일로 그는 지하실에 살고 있는 전기공 루딕에게 내려갔다. 그는 문을 힘차게 두드렸다. 계속 두드렸다. 그러나 문은 열리지 않았다. 그래서 보리스 이바노비치는 관리소로 향했다……

5시 정각에 갈리나 안드레예브나는 남편 빅토르와 딸 아네치카와 뉴펀들랜드종 애완견 로타가 산책 가는 데 바래다주었다. 그들은 보통 7시 30분쯤에 산책에서 돌아오니까 5시부터 7시까지 보고서를 끝낼 시간이 있었다. 7시부터 7시 30분까지는 그들이 산책에서 돌아오는 것에 대비해야 했다.

그녀는 어젯밤 노보시비르스크의 어느 회사의 내부 감사를 끝내고 비행기를 타고 모스크바로 날아왔다. 그녀에게 지불되는 수입은 많았다. 그녀는 경제적으로 어려운 시절, 이 돈을 벌기 위해 스테클로프 수학 연구소와 러시아 수학의 최전선이라고 할 수 있는 자신의 미완성된 박사 논문을 포기했다. 그러고 나서 두 달짜리 과정을 거치고 세 권의 책을 읽고 나서 감사관 업무에 대한 지식을 습득한 뒤 가족의 생계를 책임지게 되었다. 하지만 지금은 그녀가 여자임에도 불구하고 얼마나 훌륭한 수학 분야 박사 예비 논문을 썼는지에 대해서는 거의 잊혔다. 빅토르는 예전처럼 연구소에서 수학을 가르치고 대학원생들을 지도한다. 그는 학문을 버리지는 않았지만 될 수 있는 한 많은 시간을 집에서 보내려고 노력한다.

그녀는 컴퓨터 모니터 앞에 앉아 숫자와 문자로 이루어진 기둥을 보며 이 허약하고 까다로운 트루노프가 돈을 어떻게 쓰는지 파악하려고 애쓰고 있었다. 갈리나 안드레예브나는 이 분야에서 모든 꼼수들을 알고 있다고 생각했다. 하지만 어쩐지 이번 경우에는 무언가 새로운 속임수가 있는 것이 분명했다. 복잡하진 않겠지만 아직 그녀가 완전히 파악하지 못한 그 무엇인가가 거기 있었다. 보고서는 이미 거의 끝냈지만 이 비밀의 길은 아직 열리지 않았다. 그녀는 엄격한 시간표대로 살려고 항상 서둘렀다.

7시까지 일을 마쳐야 저녁 식사를 준비할 수 있다. 아네치카에게 당근을 갈아 주스를 만들어 주어야 하고 케피르*를 데워야 한다. 8시에 식사가 끝나면 아이에게 마사지를 해 주고 목욕시키고 재워야 한다. 그러고 나서 옷을 다려 놓고 내일 아침으로 먹을 음식들을 저녁에 미리 준비해 두어야 한다. 10시 30분이면 잠자리에 들어야 한다. 왜냐하면 갈리나와 남편은 6시에 일어나 아네치카를 준비시키고 먹여서 친정 엄마에게 데려다 주어야지만 제시간에 직장에 도착할 수 있기 때문이다. 아, 맞다, 빅토르에게 타일 붙이라고 하는 것도 잊어버리지 말아야지. 욕실 세면대 아래 부분 타일이 다 떨어져 나갔지…… 내일 친정 엄마한테서 아네치카를 데리고 오는 것은 빅토르니까 그녀는 차 없이 대중교통을 이용해 움직여야 한다. 아무래도 차를 한 대 더 사야 할까 보다. 갈아타는 시간이 너무 많이 걸리잖아…… 생각이 끊이지 않았다.

그러나 서두르든 서두르지 않든, 종이 더미에 파묻힌 작은 수수께끼는 풀리지 않았다. 물론 이 자체로 그냥 보고서만 제출할 수도 있다. 분명 그녀 말고 이 작은 부분을 눈치챌 사람은 아무도 없었다. 그녀는 그저 흥미를 느꼈을 뿐이다. 갈리나 안드레예브나는 컴퓨터를 들여다보았다. 6시 30분이었다. 안경을 벗었다. 눈을 감았다. 손가락으로 눈두덩을 가볍게 누르며 그렇게 잠시 있었다. 그러나 눈을 떴을 때 그녀 앞에는 칠흑 같은 어둠뿐이었다. 모니터에 불도 나갔다. 배터리는 이미 어제 비행기 안에서 방전되었다. 전자 제품들의 미세한 소리들로 가득했던 일상의 조용함과는 다른 정적이 찾아왔다. 이 먹먹한 정적. 전기가 나갔구나. 맙소사…….

어딘가 초가 있었는데. 아니다, 모두 다차*에 가져다 놨지. 아직 다림질도 못 했고 세탁기도 못 돌렸고 음식도 준비 못 했는데…… 갈리나 안드레예브나는 모든 것을 멈출 수밖에 없었다. 지금껏 그녀의 삶에서 아무것도 할 수 없었던 적은 없었다. 회색빛 어둠 속에서 어쩔 수 없이 혼자 가만히 앉아 아무것도 할 수 없는 상황…… 그런 상황이 닥친 것이다.

불행이 닥친 지도 벌써 22년이 흘렀다. 두 명의 아름답고 키 크고 건강하고, 운동 잘하고, 전도유망한 이들에게 절대 일어나지 말아야 할 일이 일어난 것이다. 그들은 자신들과 같은, 아니 더 홀륭한 사내아이를 기대했었다. 모든 방면에서 자신들보다 더 영특하고 뛰어난 아이. 그래서 그들은 항상 그래 왔던 것처럼 모두가 부러워할 만한 모범적인 부모가 될 준비를 하고 있었다……. 계집애가 태어났다. 아이는 마른 장작 같았다. 엄마의 뱃속에서 이미 몸이 휘어져 있었다.

"살 수 있을지 모르겠습니다." 의사들이 말했다.

"데리고 나가겠습니다." 부모가 말했다.

한 달이 지나도 죽지 않고 살아 있는 아이를 부모는 산부인과에서 집으로 데려왔다. 선천성 경련으로 인해 눌려 버린 이 존재는 특별 간호를 받기 시작했다. 매일 스포이트에서 나오는 걸러진 우유를 퍼런 입술 사이에 집어넣은 고무 튜브를 통해 꽉 다문 입으로 한 방울씩 떨어뜨렸다. 빨지는 못했지만 삼키는 반응은 할 수 있었다. 부모는 운명의 일격을 받아들였고 온 힘을 다해 하나가 되었다. 결코 그들을 떼어 놓을 수 없었다. 필사적으로 소녀를 이 세상에 붙잡고 있었다. 아이는 죽어 가고 있었지만, 그들이 지탱해 끌어당기고 있었다. 그들은 이 새로운 문제에 학문적으로 접근했다. 처음에는 의학 교과서들을 읽었고, 그다음에는 전문 서적으로 옮겨 가며 책이란 책은 모조리 읽었다. 그들의 뛰어난 지성은 곤경에 굴하지 않았고, 한 환자에 대해서만큼은 완전히 의사가 되었다. 그들은 의과대 교수들에게 자신들의 아이가 이미 2년째 살고 있다는 것을 알리고, 교수들의 진단과 크게 다를 바 없는 진단을 직접 내렸다. 아이의 몸은 뇌수피질의 굴곡에서부터 시작하여 척수까지 전체 기관으로 향하는 피라미드 시스템에 심각한 상해를 가지고 있었다. 예측이 불가능한 병이었다. 의사들은 입을 다물었다. 부모도 모두 이해하고 있는 듯했다. 하지만 그들의 눈―빅토르는 회색 눈동자를, 갈리나는 밝은 푸른 눈동자를 가지고 있었다—은 빛났다. 그리고 두 사람 모두의 눈은 집념에 차 있었다. 우리는 우리 아이를 두 다리로 서게 만들 것이다.

의사들은 눈을 들지 못했다. 10년이 지났는데도 아네치카는 살아서 자라고 있었다. 아직 걷지는 못했고 팔은 뒤틀려 있었다. 말은 하지 못했고 이를 가는 소리를 냈다. 사팔뜨기의 무색의 눈으로 세상을 바라보았다. 알약도 삼키지 못했다. 마사지, 대변 치우기, 주사 맞히기 등등. 부부는 다른 사람들의 손을 절대 빌리지 않고 모든 것을 스스로 해결했다. 단지 갈리나의 엄마인 안토니나 바실리예브나만이 그들을 도왔다. 부부는 그녀에게 아네치카를 어떤 때는 세 시간씩, 어떤 때는 여섯 시간씩 맡겨 두었다. 그렇게 10년이 더 흘렀다. 아네치카는 그림도 보고 텔레비전도 본다. 울기도 한다. 눈이 괴로워진다. 경련이 찾아왔다. 우리의 이 가냘픈 나뭇가지에.

부모는 이미 무엇을 상대로 싸우고 있는지 잊어버렸다. 서게 하는 것은 이미 그들의 목적이 아니었다. 단지 부서지려는 이 생명을 붙잡으려는 것뿐이다. 왜 그래야 하는 거냐고? 답은 없다……. 그런 것이야말로 바로 승리자들의 원칙이라는 말밖에는.

첫 번째 휠체어는 부모 스스로 설계한 것으로 군수 공장에 주문해서 만든 것이다. 부모가 아네치카에게 팔꿈치로 두 개의 큰 송신선을 누르는 방법을 가르치자 그녀는 기뻐했다. 벽에서 다른 벽으로 복도를 따라 휠체어를 타고 움직였다. 그다음 아빠가 휠체어를 들어 옆구리 쪽으로 방향을 바꾸었다. 그리고 반대 방향으로도…….

아파트 안은 조용하고 어두웠다. 칠흑 같은 어둠이 아니라 회색의 어둠이었다. 창문은 아스팔트 색으로 빛났다. 그렇다. 아스팔트 색으로……. 보고서 따위? 대체 왜? 식사 준비는 또 왜? 당근 주스는 또 뭐지? 움직임과 활동의 경련이 느껴졌다……. 이건 살려고 몸부림치는 춤이지, 사는 게 아니야. 전기도 나갔고 빛도 없다. 그리고 갈리나 안드레예브나도 멈추었다. 모든 것이 명백해졌다. 삶은 어두움이야. 위대한 암흑. 도망가자! 어디로 도망가지? 창문에 다가섰다. 검은 유리에 얼굴이 비쳤다. 자신의 얼굴이었다. 이중으로 겹쳐 보인다. 광학적 효과임은 쉽게 이해할 수 있다. 이중창이었다. 이곳은 4층. 아니야, 낮아. 암흑이 쫓아와 덮친다. 그리고, 그리고…… 집 안에서는 살아 있는 어둠이 그림자와, 덩어리들과, 소용돌이와 함께 부스럭거린다. 암흑은 칠흑 같았다. 등 뒤의 의자를 손으로 만졌다. 앉았다. 거리에서 들어온 빛줄기가 모니터에 부딪혀 떨어진다. 암흑은 죽음보다 더 무겁다. 암흑이 숨과 함께 가슴속으로 밀려들어 온다. 그녀는 일어나 손으로 벽을 쓸며 스위치를 만지작거렸다. 켜져라! 건조하고 생기 없이 탁 하는 소리가 난다. 암흑이다. 이 암흑을 피해 어디로 가야 하지…… 그녀는 복도로 나왔다. 벽장을 열었다. 그곳은 어두웠지만 그것은 적어도 암흑은 아니었다. 그저 어두웠다. 그 안에는 걸개가 있었고 그 위에는 옷걸이들이 있었다. 신발 서랍을 딛고 올라서서 머리로 옷들을 헤치며 안으로 파고들었다. 바깥의 소름끼치는 검은 어둠과 경계를 지으며 문을 닫는다. 안에서부터 닫는다. 거의 닫혔다. 바지에서 허리띠를 풀었다. 고리를 묶었다. 가죽 고리에 머리를 넣었다. 올가미를 걸개에 걸었다. 그래, 어서 가자, 어서. 그녀는 무릎으로 섰다.

관리 사무소도 오랫동안 문을 열지 않았다. 하지만 창문 너머로 불빛이 보였다. 보리스 이바노비치는 안에서 부스럭거리는 소리가 들릴 때까지 문을 두드렸다. 문이 천천히 열리고 부스스한 얼굴이 고개를 내밀었다.

"키릴! 창피하지도 않냐? 계속 문 두드리고 있잖아! 아파트의 두 번째 라인에 불이 모두 나갔어. 온통 전기가 나갔다고. 응급 구조대를 불러!"

"보리스 이바노비치! 무슨 일이에요? 직접 부르면 되잖아요!" 키릴은 마치 무대에서 발레를 추라고 권유받은 것처럼 놀랐다.

"네가 당직이잖아. 깜깜한 데서 내가 전화를 어떻게 해? 우리 집엔 비상 전화도 없다고!"

"루딕한테 가야죠. 제자리에 있을 건데." 키릴이 충고했다.

이 대목에서 침착한 보리스 이바노비치도 화가 치밀어 올랐다.

"당신들 정말 아무 하는 일도 없이 보드카만 처마시고 있는 거지? 직접 루딕을 찾아보든지 아니면 비상 호출 전화를 하라고! 집에 불이 안 들어와서 다들 앉아만 있는데 넌 불알만 긁고 있기냐?"

"알았어요, 알았어. 보리스 이바노비치. 왜 이렇게 소리를 질러요? 호출할게요, 호출한다니깐요!" 털북숭이 머리가 사라졌다. 보리스 이바노비치는 자신이 직접 전화해야 하려나 하는 생각을 하면서 닫힌 문 옆에 남았다. 저 털북숭이 천치가 전혀 믿음이 가지 않으니.

이반 므스티슬라보비치는 문을 닫고 두 개의 방 중 더 큰 방으로 들어왔다. 그는 이 라인에 사는 사람들 중에서 방 두 칸짜리 아파트를 차지하고 있는 유일한 사람이다. 5층. 아들이 떠난 지 18년, 아내가 죽은 지 15년, 완전히 눈이 멀고 난 지 10년. 그리고 이렇게 혼자 빛 없이 음악하고만 함께 지내는 것이 이미 익숙해졌다. 그는 지금 그 음악을 듣기 위해 축음기를 켜려고 서두른다. 그 음악은 1959년 콘서트에서 실황으로 들었던 음악이고, 그다음에는 레코드판이 다 닳아 더 이상 들을 수 없을 때까지 들었던 음악이었다. 그는 빗질도 안 한 머리에, 투명해질 만큼 닳아빠진 옷을 입고 신발 끈이 다 풀린, 고무로 된 단화를 신은 땅딸막한 노파가 형상화해 낸 이 음악의 모든 구절, 모든 인토네이션, 모든 변환 부분을 기억하고 있지만, 일부러 이 음악을 맛보는 시간을 늦추기 위해 발걸음을 천천히 옮겼다.

목이 긴 유리병에서 물을 따르며 뿌연 물 잔을 병의 목 부분으로 살짝 부딪친다. 도우미인 안나 니콜라예브나는 무척 늙어서 집안일을 매우 힘들게 하고 있었다. 그녀도 시력이 나빴다. 청소도 잘 못해서 컵은 항상 더러웠다. 하지만 아무도 그것을 눈치채지 못했다. 이반 므스티슬라보비치는 한 모금을 마시고 잔을 정확히 바로 그 자리에 다시 내려놓았다. 그는 마구 도망쳐 다니는 사물들을 찾다가 지치지 않도록 매우 정확하고 조심스럽게 행동했다. 안락의자에 앉았다. 왼쪽에는 전축이 놓인 작은 책상이 있었다. 블라디미르 페트로비치가 가져온 새 카세트가 옆에 놓여 있었다. 블라디미르 페트로비치는 같이 음악을 듣자는 제안을 거절했다. 그는 항상 집으로 일찍 갔다. 왜냐하면 어두움을 두려워했기 때문이다. 이제 막 쉰 살이 된, 아직은 꽤나 젊은 이 불쌍한 사람은 신경계가 심하게 망가져 있었다. 어쩌겠는가, 역시 음악광인 그는 섬세하고도 섬세한 존재인 것을…….

이반 므스티슬라보비치는 카세트를 넣었다. 천천히 '재생'을 눌렀다. 전축은 켜지지 않았다. 이반 므스티슬라보비치는 건전지를 바꾸어 끼웠다……. 그것은 감히 범접할 수 없는 걸작인 베토벤의 29번 소나타였고 역시 범접할 수 없는 위대한 거장 마리야 베니아미노브나 유디나의 연주였다……. 신과 말없는 영혼들이 나누는 대화.

알레그로. 숨을 한 번 들이마시고, 주여…… 하며 클라비어 (Hammer Klavier)…… 바보들은 100년간을 다투어 왔다. 모두가 이탈리아 어로 이야기하던 시대에 베토벤은 독일어로 이야기했다. 이 음악은 포르테피아노를 위한 것이었다. 그렇다. 이것은 이탈리아의 화려함, 경박함, 지저귀는 신들의 소리를 뛰어넘는 독일 천재의 완벽한 승리였다. 그리고 베토벤 스스로도 이렇게 연주하지는 못했을 것이다. 악기들도 그때에는 완벽하지 못했고 먹먹하고 작은 소리를 내었을 것이다. 식사 시간에 적격일 음악. 송아지 요리와 생선 요리를 위한…….

짧은 목에 커다란 더벅머리. 그렇다. 그녀는 베토벤을 닮았다. 힘 있고, 성스럽고, 바보 성자 같은……. 그녀는 그렇게 연주한다……. 아무도 그렇게 연주할 수 없다. 29번은 아무나 함부로 연주할 수 없는 것이지, 감히 누가 이걸 연주할 수 있겠어? 그래, 그래. 바로 이 부분이다…….

이반 므스티슬라보비치는 항상 음악의 같은 부분에서 울곤 했다. 바로 이 부분. 그리고 또 이 부분. 참을 수가 없었다. 눈은 그 무엇에도 쓸모없고 눈물을 흘리기 위한 것이라고 생각하며, 그는 볼을 타고 흐르는 눈물을 팔로 훔쳤다……. 블라디미르 페트로비치가 이렇게 그를 위안해 주었다. 좀 이따가 꼭 전화해서 고맙다고 해야지. 그저 그런 괜찮은 학생이었지만 문학을 이해하지는 못했다. 하지만 둘은 훌륭한 음악 콘서트가 열리는 음악원에서 마주치곤 했다. 아마도 부모님이 그를 데리고 온 것 같았다. 그러고 나서 블라디미르가 학교를 마치고 났을 때에야 둘은 친구가 되었다. 음악원에서도 만났다……. 신뢰할 만한 사람인 듯했다. 음악에 있어서도, 늙은 선생에 대해서도…….

하지만 스케르초, 스케르초! 사상과 감정이 이 얼마나 명확하고 확실하냔 말이다! 불쌍한 루트비히! 아니면 그는 마리야 베니아미노브나가 어떻게 천상의 것을 지상의 것으로 옮기면서 연주하는지 지금 하늘에서 듣고 있을까? 하늘의 빛이 쏟아져 나온다. 그것은 아침의 빛도 밤의 빛도 아니다. 그래, 그것에 대해 "밤의 빛이 아닌 빛"이라고 했지……. 계속해서 힘을 모으고, 점점 광대해져 중심에서 굳건해지면 이내 울려 퍼져 변두리에서 메아리친다. 아니, 리히터도 이렇게는 치지 못했지……. 이 힘, 이 부드러움…… 또 눈물을 훔쳤다.

그래. 제3악장이다. 아다지오……. appassionato e con molto sentimento. 이것은 형용할 수가 없을 정도다. 아, 이 어떤 인간의 비극인가! 모든 것이 융해되고 빛을 내며 정화된다. 빛뿐이다. 오직 빛. 빛의 놀이다. 천사들의 놀이다. 신이시여, 저를 눈멀게 하심에 감사드립니다. 귀가 멀었다면 어쩔 뻔했습니까…… 저는 베토벤이 아니지 않습니까, 소리가 안 나는 음악을 제가 그처럼 들을 수 있을 리 만무하지 않습니까…… 굉장한 노파야. 굉장해…….

이반 므스티슬라보비치는 이 노파와 건너 건너로 아는 사이였다. 발렌티나 아주머니와 그녀는 같은 반에서 공부했다. 끔찍한 여자였다고 한다. 어렸을 적에는 여자애들이 그녀를 항상 놀렸다. 커 가면서 그녀의 재능이 발견되었다. 중학교 축제 때 피아노를 치기 시작하면 항상 연주를 멈추어야 할 때를 잊고 계속해서 연주했다고 한다. 의자에서 그녀를 끌어낼 뻔한 적도 있다고 한다. 그녀는 아주 어린 시절부터 항상 바보 성자였고, 또 성스러웠다…….

바로 여기가 푸가다…… 이것은 지상의 음악이 아니야…… 아니구나, 이건 1952년에 녹음된 것이군. 왜 1959년이라고 말했지? 리히터는 이 푸가를 제대로 연주하지 못했다. 그리고 아무도 이 푸가를 연주하지 못했다. 유디나의 장례식이 있었을 때, 리히터는 그녀의 장례식이 거행되었던 음악원의 홀에서 음악을 연주했다. 하지만 베토벤의 29번 소나타는 아니었다. 이건 그녀가 아니고서는 불가능하다. 이 곡을 제대로 연주할 수 있는 건 그녀뿐이니까…….

이반 므스티슬라보비치는 이제는 흐르는 눈물을 닦지도 않았다. 눈물은 그의 뺨에 마구 자란 뻣뻣한 털을 따라 이리저리 내달렸다. 그는 훌륭한 보살핌을 받는 노인이 아니었다. 그의 셔츠는 음식물로 여기저기 더럽혀져 있었고, 입은 홀쭉해져 푹 꺼져 있었다. 그의 의치는 이미 오래전에 망가졌고, 그것을 고칠 수도 있었겠지만 멀리 있는 치과에서 새로 이를 해 넣는 것도 수고스러웠고, 도대체 누가 그를 병원에 데리고 다닐 것이란 말인가. 안나 니콜라예브나 스스로도 겨우 걷는 참이었다…… 이 행복! 이 눈부신 빛!

소나타는 정확히 38분 동안 지속되었다. 소나타가 끝났을 때 불이 켜졌다. 하지만 이반 므스티슬라보비치는 이를 알아채지 못했다.

안젤라도 이때 마침 루딕의 집에서 나왔다. 루딕이 드라이버로 차열판을 건드리자 통로 전체에 불이 켜졌다.

아파트 라인 입구 근처에는 마냥 즐거운 커다란 로타가 서 있었다. 그녀는 뛰어다니며 눈 위에서 구르고 이제는 휠체어를 경호한다. 주인은 아네치카를 안아 올려 위로 데리고 들어갔다. 하지만 휠체어를 가지러 오랫동안 돌아오지 않았다. 하지만 이 충직한 뉴펀들랜드종의 개는 휠체어 근처에 그대로 서 있었다. 개의 무성한 털 위로 눈송이가 떨어졌다. 마치 눈 때문에 밝아진 것처럼 건물에 다시 불이 들어왔다.

피의 비밀

# 친자 확인

과학이 한자리에 머물지 않고 앞으로, 아니 가능하다면 옆으로도, 아주 무서운 속도로 계속 발전하는 바람에 20년 전부터 의처증으로 고통받는 남편들은 자신이 자기 자식의 친아버지임을 증명하거나―혹은 부정하는― 혈액 검사를 앞다투어 했다. 오늘날과 다르게 지적으로 덜떨어졌던 당시의 과학은 굼뜨고, 조금도 친자 증명을 할 수 없었고, 단지 몇몇 특수한 경우에 있어서만 절대 아버지가 아니라는 것을 확인해 주는 것뿐이었다. 의심으로 가득 찬 남편이 배신의 혐의가 있는 부인과 아무 잘못 없는 아이를 혈액 검사 하기 위해 데려온다. 혈액 검사 결과는 결코 그가 이 아이의 아버지가 될 수 없음을 말해 준다. 그게 끝이다. 하지만 많은 경우 이렇다 저렇다 확실하게 결론을 내 줄 수 없을 때가 많다……. 즉 이혼했을 경우 양육비를 주어야 하느냐 말아야 하느냐 하는 문제의 경우 과학은 대답을 해 줄 수 없다. 남편이 피 같은 봉급의 25퍼센트를 배신자인 전 부인과 절대 자신의 아이일 수 없고 누구 자식인지도 알 수 없는 아이에게 준다는 것은 결코 탐탁스러운 일이 아닐 것이다…….

상황은 이제 완전히 달라졌다. 유전학! 유전학에게 그런 간단한 문제들은 식은 죽 먹기다. 부모의 DNA와 아이의 DNA, 아예 부모의 DNA가 아니라 할아버지나 할머니의 DNA라도, 그 모든 것은 2 곱하기 2가 4인 것처럼 명확해진다. 사실 이 과학은 아내가 남편을 언제 몇 번 배신했는지에 대해서는 확실한 대답을 줄 수 없다. 하지만 이것을 밝혀내는 것도 시간문제다. 과학의 진보는 전대미문의 속도로 이루어지고 있다. 여기 양육비 미지불자들, 거부자들, 도망자들의 대오가 형성되고 있다. 이들은 대부분 원칙주의자들이다. 그들은 남의 아이에게 줄 돈이 아까운 것은 아니다. 다만, 그들이 지닌 정의감이 여편네들의 음모에 저항할 것을 명령할 뿐이다…….

이런 식의 원칙을 가지지 않은 남자는 매우 드물다. 이런 드문 남자 중의 하나인 툐냐가 이웃에 살고 있다. 크지 않은 키에 조금 살이 찌고 조금 머리가 벗겨진 이 남자는 항상 반쯤 미소를 짓는 안경 낀 얼굴이다. 그를 인텔리라고 말할 수도 없다. 그는 절대 인텔리가 될 수 없었다. 그의 집안 전체가 고등 교육과는 거리가 멀었다. 직장에 서류 가방을 들고 다니는 처지이긴 하지만 고등 교육을 마치지는 못했다. 장가는 엄청난 미인에게 들었다. 그녀는 키가 컸고 가슴도 아주 큰 것이 거의 소피아 로렌과 비슷했다. 그녀의 이름은 잉가.

그들이 결혼한 것은 고등학교를 졸업하자마자였다. 그들은 동급생으로 같은 마당에서 살면서 5학년 때부터 알고 지냈다. 열네 살즘이 되자 잉가에게는 진짜 구애자들, 어른 구애자들이 나타났고 이 사실이 모든 선생님들을 화나게 했다. 선생님들은 이 조숙한 여학생의 불량한 행동 때문에 그녀의 부모를 회의에 불렀다. 하지만 사실 불량한 행동이라곤 없었다. 그녀의 행동이라는 것은 그저 다른 학생들의 행동과 달랐을 뿐이었다. 공부는 열심히 하면서 공동 작업에는 관심이 없었다. 그리고 저녁에는 데이트를 하러 나갔고, 집에는 부모님에게 약속한 시간에 맞춰 그리 늦지 않게 돌아왔다.

잉가의 결혼은 모든 이들에게 충격 그 자체였다. 대체 그 남자가 뭐가 좋다는 거지? 결혼식 이후 4개월 만에 아이가 태어나자 이 부조리한 결혼이 어느 정도 설명되었다. 주위 사람들의 의심과 눈치에도 불구하고 툐냐는 조용히 웃기만 했다. "저거 완전 바보 아니야?" 사람들은 그렇게 판정 내렸다.

툐냐는 휴일이면 아기 이고리를 유모차에 태워 데리고 다니고, 모래밭에 같이 앉아 놀기도 하고, 그네도 흔들어 주었다. 이고리를 키운 것은 거의 장모였다. 그리고 잉가가 갑자기 사라졌지만 오래가지는 않았다. 다시 나타난 그녀는 툐냐와 이혼을 하고 새로운 남편에게로 갔다. 이고리는 외할머니에게 남겨졌고 툐냐는 다시 자기 부모님 집으로 이사했다. 하지만 예전처럼 계속 아들과 놀아 줬다. 처음부터 잉가를 싫어했던 툐냐의 엄마도 손자와 종종 시간을 보냈다.

잉가는 아들을 버린 것이 아니었다. 매달 이틀씩은 아들을 보러 왔다. 그녀는 이제 모스크바에 살지 않고 해군인 남편이 일하고 있는 칼리닌그라드 주에 살고 있었다. 이후 그녀는 임신한 채로 2주간을 엄마네 와서 지내더니 모스크바 산부인과에서 계집아이를 낳았다. 그녀의 남편은 그때에도 근무 중이었다. 결국 산부인과로 달려간 것은 툐냐였다. 출산 소식을 여기저기 전하고 잉가를 산부인과에서 데리고 나왔다. 잉가는 엄마네 집에서 2주간을 머물더니 갓 난 계집애를 데리고서 칼리닌그라드로 떠났다.

2년이 지난 후 잉가는 여자아이와 함께 완전히 돌아왔다. 해군과는 이혼했다. 모두가 이 소식을 더 상세히 듣고 싶어 했지만 잉가와 잉가의 엄마는 아무 말도 해 주지 않았다……. 료냐는 그들에게 매일 저녁 들르더니 아예 잉가의 집에서 살게 되었다. 이렇게 또 가족이 생겼다. 사내아이와 계집애는 훌륭한 아이들이었다. 2년을 살고 나니 또 불행이 덮쳤다. 잉가가 진짜 사랑을 만난 것이다. 이번에는 모든 것이 명확하고 최종적인 것처럼 보였다. 잉가는 두 아이와 함께 떠났다. 멀리 멀리…….

료냐는 다시 부모에게 이사 왔다. 그를 좋아하는 옛 장모에게 종종 들르기는 했지만. 장모는 료냐를 위해 파이도 굽고 보드카도 상에 내놨다. 사실 료냐는 술을 안 하는 사람으로 통하기는 했지만 말이다. 그래도 보드카 한두 잔은 그도 마셨다.

나이가 그리 많은 것도 아니었던 료냐의 엄마가 갑자기 돌아가셨다. 이 사실이 예전의 친척들을 더욱더 가깝게 만들었다. 옛 장모는 료냐를 새로 장가들게 부추겼다.

료냐는 몇 년을 마음을 잡지 못하고 돌아다니다가 같은 직장에 다니던 카탸에게 장가갔다. 그리 젊지도 예쁘지도 않고 작은 키에 기름진 머리를 한 여자였다. 하지만 그녀는 료냐와는 다르게 생기가 넘치는 여인이었다. 한마디로 그런 여자야말로 료냐 깜냥에는 적격이었다.

카탸가 료냐의 아파트에 이사를 왔고 아이를 낳았다. 아이는 레노치카라고 불렸다. 토요일-일요일이면 료냐는 레노치카를 유모차에 태워 산책을 다니고 모래밭에 앉아 같이 놀기도 하고 그네도 태워 주었다. 가끔 옛 장모에게 들러 옛 추억을 떠올리며 이야기를 나누었다. 잉가 이야기도 조금은 하였다. 그가 스스로 물어본 것이 아니라 장모가 잉가 이야기를 할 때 그러했다.

장모는 잉가에 대해서, 그리고 그녀의 남편인 사마르칸트 공장 감독에 대해서 이야기하였다. 잉가는 부자였고 그녀는 잉가를 보러 가서 사위인 사이드의 대저택과 양탄자와 기타 등등, 그 부유함을 보고는 기뻐했다. 중요한 것은 아들이었다. 예쁜 사내아이가 태어난 것이었다.

장모가 이야기하지 않은 무언가도 있었다. 잉가는 사이드의 공식적인 부인이 아니며 사이드는 자신의 부모에게 잉가를 인사시키지도 않았으며 미인인 잉가는 첩이었다. 그러고 나서, 4년 후!, 잉가가 돌아왔다. 다 큰 두 아이와 새로 태어난 아기를 데리고. 막내는 잘생긴 동양 아이였다. 모스크바에 돌아온 첫날 저녁, 잉가는 료냐를 불러 밤늦게까지 무언가에 대해 이야기를 했고 료냐는 밤늦게 집으로 돌아와서 아내와 오랜 시간을 또 이야기했다. 그리고 삶은 다시 아주 이상한 방식으로 전개되었다.

결과는 이러했다. 료냐는 부인과 이혼하고 다시 잉가에게 장가를 갔다. 잘생긴 동양 사내아이인 막내는 어딘지도 모르게 사라졌다. 그 사정에는 괄호를 치고 얘기하자. 모스크바와 레닌그라드* 중간 어디쯤에 있는 도시인 볼로고예, 아니 사실은 볼로고예의 변두리에 있는 목조 주택에 사는 잉가의 외로운 이모에게 아이를 맡긴 것이다.

이 모든 일이 아무도 모르게, 그러니까 이웃들이 모르게 진행되고 있는 동안 잉가에게 나쁜 일이 일어났다. 누군가가 의식을 잃을 정도로 잉가를 흠씬 두들겨 패 놓은 것이다. 코와 팔, 갈비뼈가 부러졌다. 그녀는 병원 신세를 지고 퇴원했다. 그 테러를 사주한 것은 그녀의, 남편인지 남편이 아닌지 모를, 그 사이드였다. 사이드의 입장에서 그녀가 자기 마음대로 몰래 아이를 데리고 도망간 것은 용서할 수 없는 일이었다. 그는 그녀를 협박하면서 그녀가 아들을 다시 데려다 놓지 않는 한 매달 찾아와 두들겨 팰 것이라고 했다. 그들이 다시 온 것은 한 달 후가 아니라 3개월 후였지만 약속한 벌은 성심을 다해 수행했다. 불쌍한 잉가는 다시 병원 신세를 졌다. 그리고 그들은 다시 말했다. 죽이지는 않겠다고, 대신 아이를 내놓을 때까지 벌을 계속 줄 것이라고.

이때 즈음 료냐는 잉가의 아들을 양자로 받아들였다. 그리고 이름도 아흐마트에서 알료샤로 바꾸었다. 그리고 친모의 예전 성도 당연히 바꾸었다. 잉가는 자신의 예전 애인에게 편지를 썼다. 자신은 결혼을 했고 아이는 다른 사람이 입양했다고. 그러니 자신을 죽이고 싶다면 죽이라고. 하지만 그렇게 되면 아이는 영원히 보지 못할 것이라고. 그러고는 모든 가족을 데리고 볼로고예로, 가족의 재결합을 위해 소년 알료샤에게로 떠났다.

사마르칸트의 반혁명 세력의 무리들이 다시 한 번 잉가를 찾아왔다. 하지만 그들은 그녀를 찾지 못하고 포기했다. 사이드는 이때 즈음 우즈베키스탄 거물의 조카에게 장가를 갔다. 그리고 젊은 부인은 곧 사내아이를 낳았고 사이드는 자신의 첫아들에 대해서는 곧 잊어버렸다.

볼로고예에 있는 료냐에게 행운이 찾아왔다. 료냐가 채 마치지 못했다는 공부는 경제학이었는데 마침 그때 작은 비즈니스가 형성된 것이다. 모든 이들이 재빨리 부자가 되고 싶어 하였고 몇 명은 성공을 하기도 하였다. 공기를 돈으로 만드는 사람들이 회사를 세우고는 모든 사람들이 료냐를 뽑고 싶어 했다. 료냐는 아직 지방 사람들이 알지 못하는 것을 할 줄 알았기 때문에 돈은 매우 잘 벌었다. 그리고 두 번째 부인과 친자식에게, 물론 전체 봉급의 25퍼센트보다는 낮은 비율이었지만, 매달 돈을 보내 주었다. 그래도 그 합계는 상당했다……

이모의 집을 재건축하였다. 원래 있던 집의 한쪽 면에 두 개의 방과 큰 테라스를 더했다. 그리고 3년 내내 모든 것이 좋았다. 료냐가 일터에서 돌아오면 아이들은 그를 이리저리 잡아당겼다. 해군의 딸은 다 컸지만,—그녀의 이름도 친딸처럼 레노치카였다—다리에 태워 흔들어 달라고 계속 보채서 됴냐는 발바닥을 벤치 모양으로 붙여서 그 위에 여자애를 태웠다. 여자애는 너무 좋아서 눈이 다 뒤집어질 지경이었다. 어린 알료샤는 됴냐를 너무 좋아해서 아빠가 돌아오지 않아 그에게 뽀뽀를 하지 않으면 잠자러 가지도 않았다. 아이들이 모두 잠자리에 눕혀지고 나면 이고리가 아빠와 이야기하기 위해 옆에 앉았다.

집에 앉아 있기가 지루해진 잉가는 이모를 돕도록 엄마에게 편지를 써서 모셔 와서는 그녀에게 아이들을 맡기고, 시내로 나가 도시 행정 기관의 비서 일을 보기 시작했다. 이 지방 모든 아낙들이 그녀를 보자마자 미워하기 시작했고, 남편들은 그녀를 뚫어지게 쳐다보기 시작했다. 예전에는 당원이었고 지금은 행정부에 몸을 담고 있는 나이 지긋하고 사람 좋은 상관은 처음에 그녀를 보고는 이해할 수 없었다. 그녀는 일을 다른 누구보다도 잘한다. 교활한 뱀처럼 머리가 잘 돌아가는 그녀는 누구는 들여보내고 누구는 들여보내면 안 되는지 정확히 알고 있었……. 그는 그녀의 외적인 모습도 이해할 수 없었다. 입술은 두껍고, 코는 크고, 머리는 산처럼 풍성하고 제대로 빗지도 않았다. 하지만 이상하게도 그녀에게는 그를 잡아끄는 힘이 있었다. 다리를 딱 붙인 채 무릎이 다른 무릎을 스치게 걸었다…….

상관은 괜찮은 사람이었다. 그 흔한 스캔들도 하나 없었다. 일밖에 몰랐던 그가 웬일인지 잉가를 흘끔거리더니 불현듯 사랑에 빠져 버렸다. 자기 스스로도 어색해서 어쩔 줄 모를 판이었다. 잉가는 그런 그의 정신없고 어정쩡한 모습이 싫지 않았다. 그녀도 '시베리아 펠트 장화'—그녀는 됴냐에게 상관을 이렇게 묘사했다—에게 장난스레 농을 걸기 시작했다. 그러던 중 그들은 갑자기 가까워졌다. 정말 장난이 아니었다. 두 사람 사이에 있던 둑은 터져 버렸고 사태는 결국 그렇게 흘러 버렸다. 상관에게는 드디어 한 번도 겪어 본 적 없는 정열적인 사랑이라고 부를 만한 사건이 시작되었다. 그에게 그녀는 유일한, 그러나 마치 첫사랑인 것 같은 느낌을 주었다. 그도 그럴 것이 그는 지금의 부인과 결혼할 때 지금과 같은 느낌을 받아 본 적이 없었기 때문이다. 그런 느낌이 있긴 했나? 결혼 생활은 벌써 30년째다. 그는 제대하자마자 마을에서 제일 예쁜 처녀에게 장가를 갔었다. 이후 둘은 사상 교육을 받으러 같이 다녔고 이윽고 높은 자리에 올라섰다. 그것이 그가 했던 사랑의 전부였다. 둘 사이에는 성인이 다 된 아들이 있었는데 모스크바에서 직장을 잡아 살고 있었다.

잉가도 마치 날개를 달고 나는 것 같았다. 이런 사랑은 전에 없었다! 그는 통 큰 사람, 모든 방면에서 스케일이 큰 사람이었고 자잘한 데가 없었다. 잉가에게 남자는 많았지만 항상 무엇인가가 부족한 사람들이었다. 첫아들의 아빠라는 놈은 비열한 새끼였고, 해군은 잘생겼지만 바보 같은 놈이었다. 사이드는 미남이기는 하지만 동양인이라 생각하는 게 달랐고 악독한 놈이었다…….

물론 료냐가 있었다. 소중한, 너무나도 소중한 사람이다. 하지만 그는 잘생기지도 않았고 대머리에 손도 새하얗고 짜리몽땅하다. 그가 우물거리며 느리게 음식을 씹는 모습은 정말 견딜 수 없었다…….

료냐와의 관계에서 가장 비밀스러운 것은 그가 남자만의 일을 섬세하고 이치에 맞게, 착실하게 수행한다는 점이었다. 게다가 엄청난 사랑을 담아서……. 그러나 재앙은 매번 그녀가 다시 료냐에게 나타나는 것은 단지 그녀의 사랑이 성공하지 못하고 다시 실패했으며, 다시 불행을 겪고 있음을 의미한다는 데 있었다…….

한마디로 직장에서의 사랑은 천상의 것이었다. 행복, 매일 점점 가까워지는 관계, 미래 없음, 사태의 일시적 특성 등이 그들을 더욱더 자극했다. 왜냐하면 그들을 둘러싼 세상을 깨뜨리면 안 되었기 때문이다. 매번의 만남은 토막 난, 비밀스러운, 그리고 항상 마지막의 것이어서 더 아름다웠다. 그리고 그 마지막 만남 뒤에는 항상 마지막 이후의 마지막 만남, 또 그 마지막의 마지막 만남이 이어졌다…….

잉가는 임신했다. 그리고 안정을 되찾았다. 중요한 일이 일어난 것 같았다. 그녀는 직장을 그만두고 모든 것을 료냐에게 말했다. 물론 료냐는 이미 모든 것을 짐작하고 있었다. 그들은 큰 집 안을 말없이 서성였다. 여름이었고 차가운 2층은 사람이 살 수 있도록 개조되었다. 집 안을 서성이면서 그들은 서로를 건드리지 않도록 노력했다. 마침내 그들이 부딪쳤을 때 잉가가 료냐에게 부탁했다.

"떠나."

료냐는 떠났다. 두 번째 부인과 딸이 그를 받아들였다. 그래서 그는 다시 예전 그 동네에서, 부모님의 집에서 살게 되었다. 아파트의 두 번째 라인에 있는 잉가의 아파트는 주민들에게 세를 주었다.

딸인 레노치카는 아빠를 먼발치에서 수줍게 사랑하였다. 그는 딸과 함께 공부도 하고 서커스도 다녔다. 컴퓨터를 사 주고 타자 치는 것을 가르치고 컴퓨터 게임도 사 주었다. 카탸를 닮아 살이 찐 레노치카는 활발했던 잉가의 아이들 같지 않았다. 그 아이들은 항상 밝고 홍겨웠었다. 마치 잉가처럼…….

예전의 관계도 활용하고, 거주 등록에 대한 카탸의 동의를 얻어 그는 다시 부모님의 집에 등록되었다. 다시 좋은 직장을 잡았다. 그는 여전히 인기가 좋았다. 모스크바에서도 소규모 창업에 대한 그의 지식은 쓸모가 많았고, 그는 절대 많은 돈을 요구하지 않았기 때문이다.

그는 잉가에게 송금을 했다. 송금은 돌아왔다. 두 번째 송금도 마찬가지였다. 1년이 지났다. 그는 서류 가방에 돈을 한 무더기 넣어 가지고 볼로고예로 떠났다.

집으로 다가갈수록 그의 가슴은 방망이질 쳤다. 이렇게 뚱뚱하고 대머리에 낭만적인 데라고는 전혀 찾아볼 수 없는 이런 남자가 한 번도 자신을 사랑한 적도 없고, 사랑할 수도 없었고, 앞으로도 절대 그럴 일 없는 여자와의 만남을 고대하면서 가슴이 이토록 두근거려 할 수 있다는 사실은 그 누구도 생각할 수 없는 일이었다.

집 앞 정원에 유모차가 서 있었다. 유모차 옆에는 여덟 살 레노치카가 서 있었다. 알료샤가 현관 계단에서 소리를 지르며 뛰쳐나왔다. 레노치카가 손을 내저었다. 쉿! 그러다 뢰냐를 보고는 오히려 자신이 크게 소리를 질렀다.

"아빠다! 아빠가 왔어! 아빠야!"

그리고 동양의 눈을 가진 알료샤와 레노치카―그들은 마치 이 세상 종자가 아닌 듯 가늘고 긴 것이 꼭 이탈리아 영화에 나오는 아이들처럼 아름다웠다―가 그에게 매달렸다. 머리와 무릎으로 그에게 파고들고 무언가 알아들을 수 없는 소리로 꽥꽥거렸다. 이고리만 집에 없었다. 아직 학교에서 돌아오지 않은 것이다…….

커튼을 들추고 잉가가 부엌에서 밖을 쳐다보았다. 또 뢰냐가 왔다. 아이들의 아버지, 이 세상에서 제일 좋은 사람, 자신을 사랑해주었고 또 사랑하고 앞으로도 계속 사랑할 남자……. 무슨 할 말이 있으랴.

바보 해군의 딸인 레노치카는 유모차의 덮개를 거두어 새로 태어난 아기를 보여 주었다. 굳이 양자로 들일 필요도 없었다. 료냐의 아이였기 때문이다…….

또 다른 레노치카, 자신과 피를 나눈 그 아이, DNA의 반을 아버지에게서 받은 그 아이, 혈액형도 같은 그 아이는 재산의 25퍼센트를 받을 수 있었다.

그의 아내 카탸가 그의 두 번째 가출을 그저 묵묵히 받아들였을 리 없었다. 그녀는 마음에 품고 있던 말을 전부 그에게 했다. 그는 의기소침해져 그녀의 말을 귀 기울여 듣고 잠시 침묵하더니 입을 열었다.

"카탸, 너한텐 정말 미안하다. 내가 뭐 할 말이 있겠어. 하지만 네가 나를 이해해 줘. 잉가는 너무 연약해, 상처도 잘 받고…….
그녀는 나 없인 안 돼. 넌 강한 사람이잖아, 또 모든 걸 다 견뎌 내고……."

# 큰아들

오빠들과 늙은 부모가 다투어 가며 안아 키운 여자아이는 발에 흙도 안 묻히고 자랐다. 형제들은 모두 셋이었다. 셋째 아들과 막내딸 사이의 나이 차는 15년이었다. 남들은 손자를 기다릴 나이에 낳은 예기치 않은 마지막 아이였다…….

세 아들 중 첫째 아들 데니스는 만으로 스물세 살이 되었다. 세 아들 모두 좋은 집안, 맘씨 좋은 부모의 자식들로 아무도 실망시키지 않고 잘 자랐다. 인물들도 다 훤했고 건강했고 공부도 잘했으며 아파트 라인 앞 현관에서 담배도 피우지 않고 쓸데없이 노닥거리지도 않았다.

그러나 벽장 속에는 해골이 서 있었다. 1년 내내의 이 무사 평안한 날들이 삐거덕거리기 시작한 것은 매년 결혼기념일인 11월 25일이 다가오면서부터였다. 문제는 큰아들 데니스가 그들의 결혼 시기를 기준으로 계산했을 때보다 한 살이 더 많다는 데 있었다. 그래서 11월 25일을 매번 축하하면서도 부모는 그 11월 25일이 시작된 지가 몇 년째인지에 대해서는 언급을 하지 않으려고 부단히 노력하였다. 큰아들의 생일은 결혼기념일을 지낸 횟수와 맞지 않았다. 이 문제는 해명을 요하는 것이었다. 결혼기념일 전까지는 어찌 됐든 이 까다로운 문제를 피해 갈 수 있었다. 그러나 기념일이 다가오면 부모는, 특히 아버지는 신경이 예민해지곤 했다. 아버지는 아무도 자신에게 이 골치 아픈 질문을 하지 않게 하기 위해 아침부터 저녁때까지 술을 마시기 시작했다.

많은 친구들이 있었다. 오래된 친구들은 그들의 첫아들인 데니스가 혼외정사에서 난 자식이라는 것을 알고 있었다. 데니스는 그의 어머니가 유부남과 벌인 광란의 로맨스 끝에 태어났고, 친부는 아들이 태어나기도 전에 그의 시야에서 사라져 버렸다. 이러한 비밀에 대해 모르고 있는 손님들은 두려운 존재였다. 이들은 집안의 대소사들—반체제 저항인이었던 부모의 수감 일자와 출소 일자, 대학 졸업 연도, 이혼, 출국, 죽음 등—을 일일이 열거하고 햇수를 따져 댔기 때문이다.

결혼을 하자마자 아버지는 재빨리 이 한 살배기를 양자로 들였다. 그러고 나서 매해마다 한 아이씩 모두 두 아이를 더 낳았다. 애들은 한 트럭이고 맨날 돈에 쪼들리는 이 가난한 가정의 삶은 고됐지만 즐거웠다. 대개는 아주 행복한 나날들이었다. 그리고 그들의 마지막 여자아이가 삶에 행복한 빛을 더해 주었다. 이 아이는 계획하지 않았던 완전한 선물 같았고, 지나치게 버릇없는 하얀 천사였다…….

또 결혼기념일이 다가왔고 아버지는 다시 평소처럼 안절부절못하기 시작했다. 기어코 일이 벌어지고 말았다. 결혼기념일 일주일 전에 아버지는 막내아들과 함께 어떤 볼일 때문에 오래전부터 알고 지내던 여자 친구의 집에 들렀다. 그녀는 그의 부인의 다 지난 로맨스의 증인이며, 한때 부인의 친한 친구였다. 함께 술을 마시면서 어느덧 긴장이 풀리게 되었다. 막내아들은 그 집 서재에서 책들을 뒤적이고 있었고, 집의 여주인은 난데없이 이 오래된 부스럼을 건드렸다. 아버지는 걱정이 되어 그녀의 입을 막으려 했지만 이미 이 여자를 멈추게 할 수 없었다. 그녀는 얼굴이 벌게지고 흥분해서 소리 지르기 시작했다.

"미쳤군요! 어떻게 몇 년 동안을 그렇게 아무 말도 안 할 수 있어요? 남한테서 사실을 알게 되면 그 아이가 얼마나 맘 상해 하겠어요? 엄청난 트라우마가 될 거라고요! 대체 뭘 무서워하는 거예요, 이해할 수가 없군요!"

"그래요. 무서워요, 무섭다고요. 제발 아무에게도 말하지 말아요." 그리고 그는 눈으로 아이를 가리킨다. 아이는 열여덟 살이었고 이 말을 들었는지 못 들었는지 알 수 없었다. 아이는 열린 책장 옆에 서서 책의 너덜너덜한 페이지를 넘기고 있었다.

"아뇨!" 오래된 여자 친구가 아이를 불렀다. "고샤! 이리 와 보렴!"

고샤는 가지 않고 책을 선반에 올려놓고는 고개를 들었다.

"너 혹시 데니스가 다른 아버지에게서 태어난 거, 그러니까 한 살 때 입양된 걸 알고 있니?"

고샤는 놀란 표정으로 아버지 쪽을 쳐다보았다.

"아빠, 다른 엄마가 낳았다는 거야?"

"아니." 아버지가 고개를 떨궜다. "네 엄마랑 나는 데니스가 한 살 때 결혼했어. 엄마는 결혼 전에 데니스를 낳았지……."

"정말?" 고샤는 입이 떡 벌어졌다. "그리고 이걸 아무도 몰라?"

"아무도 몰라." 아버지가 머리를 흔들었다.

"엄마는?" 그가 물었다.

집주인 여자가 깔깔거리고 웃다가 책상에서 떨어졌다.

"당신들…… 당신들…… 가족 전체가 바보들인 거야?"

바보 같은 말을 한 것 같아 고샤도 웃었다. 아버지는 커다란 잔에 보드카를 따라 마셨다. 이제 더 이상 피할 길이 없었다.

일주일 내내 그는 잠을 자지 못했다. 한밤중에 잠에서 깨면 더이상 잠이 오지 않고 머리가 아팠다. 아내를 깨워 그녀와 이야기를 하려고 하였다. 그녀는 화를 내며 뿌리쳤다. 그녀는 일찍 일어나야 했으니 밤의 대화는 그녀에게 무리였다…….

그는 이 이야기를 25일에 손님들이 오기 전에 아들에게 해야겠다고 생각했다. 더 이상 이 문제를 끌 수 없었다……. 이런 문제는 곧장 가스레인지에 데워서 식탁에 내야 했다.

하지만 그럴 수 없었다. 데니스는 연구소에서 늦게 돌아왔고 그가 돌아왔을 때에는 이미 먼저 온 손님들이 각자 자리에 앉아 있었다.

아버지는 빠른 속도로 취했다. 그리고 엄마는 아빠에게 부드럽고 다정하게 웃으면서 화를 냈다. 그들은 서로를 사랑했다. 아내가 히스테리를 부리면서 울어 대고 물건들을 던질 때조차 그는 그녀를 자애로운 얼굴로 바라보았다. 진짜 여자군……. 그리고 그녀는 술에 취한 남편이야말로 진실한 사람, 자신의 보호가 필요한 사람이라고 느꼈다…….

세 명의 아들들은 자신들의 자리를 손님들에게 내어 주고 큰 방에서 물러 나와 부엌에 자리를 잡고 앉았다. 매번 그들끼리 집에 있을 때처럼. 게다가 그들은 이제 셋이 아니라 다섯이었다. 왜냐하면 두 명의 나이 든 아들들에게는 아가씨들이 생겼기 때문이었다. 이들은 이렇게 부엌 식탁에 모여 앉아 어른들에게 내어 가기도 전에, 손님들 중 누군가가 가져온 얇게 층져 먹음직스러운 기름진 크림 케이크를 먹고 있었다.

아버지는 손님들이 집으로 돌아가기도 전에 잠이 들었다. 아침이 되자 그는 술이 덜 깬 자신을 일으켜 어제의 접시들을 닦기 시작했다. 다들 아직 자고 있었다. 부엌에 맨 처음 들어온 것은 데니스였다. 아버지는 이 순간을 기다려 왔다. 그는 아침을 위해 남겨 둔 보드카 한 잔을 들이켜고는 기운을 얻어 아들에게 말했다.

"앉아 봐라. 할 얘기가 있다."

데니스가 앉았다. 그들은 모두 키가 컸다. 하지만 데니스는 아예 190센티미터를 훌쩍 넘었다. 아버지는 무언가 안 좋아 보였고 대화의 준비 단계도 찜찜했다. 무언가 의례적이어서 오히려 기분이 썩 좋지 않은 것이었다. 아버지는 빈 병을 기울였고 병에서 몇 방울의 보드카가 방울져 떨어졌다. 그는 냄새를 맡고 숨을 들이쉬었다.

아버지가 안경을 벗었다 썼다 하고 학생처럼 책상 위에 손을 올려놓은 채로 잠긴 목소리를 풀고 얼굴을 찌푸리는 동안, 데니스는 아버지가 아마도 자신의 여자 친구인 레나에 대해서 달갑지 않은 몇 마디 할 말이 있을 것이라고 생각했다. 결혼에 대해서 미리 주의해야 할 것을 말해 주고 싶은 것이 있거나 혹은 박사 과정 진학 대신 좋은 조건의 직장을 선택한 것에 대해서 말씀하실 수도 있다…….

아냐, 이건 뭔가 더 심각한 문제 같은데. 아버지가 안절부절못하시잖아……. 그리고 문득 끔찍한 추측이 떠올랐다. 부모님이 이혼하려는 것인가? 그렇구나! 얼마 전에 아버지가 집을 나가 친구한테서 머물렀었잖아. 그때 어머니가 걱정 많이 하시면서 바보같이 자살 기도 비슷한 것도 시도하셨고……. 그리고 그 친구분이 말씀하셨잖아. 옛날에는 이런 것을 마흔여덟 살의 혁명이라고 불렀다고. 왜냐하면 노년에 접어들면 남자들은 이런 돌발 행동들, 그러니까 새로운 삶, 새로운 가족을 갖고 싶은 생각을 하기도 한다고…….

그는 아버지를 낯선 시선으로 쳐다보았다. 아버지는 사실 아직 괜찮았다. 담갈색의 머리카락은 거의 세지도 않았고 눈빛은 강렬

했고, 살도 안 쪘고, 아직 무너지지 않았다……. 그리고 그는 집에 자주 들렀던 여자들 중의 한 젊은 여자 옆에 아버지를 세워 보는 상상도 했다……. 그래, 가능해. 가능한 정도가 아니라 가능성이 아주 많아……. 그는 아버지 없는 집을 상상해 보았다. 갑자기 얼굴이 뜨거워졌다.

"데니스, 물론 더 일찍 말했어야 했지만 그동안 결정을 못 내렸어……."

'아이고, 엄마, 우리 꼬맹이는……! 이건 안 돼. 안 돼.' 데니스는 사태를 파악하고는 곧 울음이 터질 것 같아, 혼나는 아이처럼 입꼬리가 처지지 않게 입을 앙다물었다.

"결혼기념일이 매년 나를 힘들게 하는구나. 왜냐면 네가 결혼 1년 전에 태어났기 때문이야……."

아버지는 입을 다물었다. 아들은 아버지가 그토록 힘겹게 말하려 했던 것이 대체 무슨 말인지 영문을 알지 못했다.

"무슨 말씀이세요, 아빠? 1년 전……? 무슨 말이에요?"

"우리는 그때 결혼한 게 아니었어……."

"그래서요? 결혼한 것이 아니었다고요?" 아들은 어리둥절했다.

"게다가 나는 그때 네 엄마랑 모르는 사이였어." 이 바보 같은 대화가 언젠간 끝날 것이라는 희망을 잃은 아버지가 절망적으로 소리쳤다.

"무슨 말이세요? 정말이에요?" 데니스가 놀랐다.

"그래. 알겠니……? 데니스."

데니스는 마음이 놓였다. 그렇다면 혁명도 없고…… 이혼도 없다…….

"아빠, 그걸 말하려고 했던 거예요?"

아버지는 손으로 책상을 더듬어 병을 잡아 빛에 비추어 보았다.

병은 완전히 비어 있었다.

"그래⋯⋯."

이제 레나 문제가 남았다. 데니스는 손톱으로 탁자 위에 달라붙은 빵가루를 긁어 내었다.

"저도 물어보고 싶은 게 있어요⋯⋯. 아빠, 레나 어때요?"

아버지는 잠시 생각해 보았다. 별로 마음에 들지는 않는 아이였다. 하지만 그런 게 문제는 아니었다.

"내 생각엔, 괜찮은 애 같은데." 아버지가 속마음을 숨겼다.

데니스는 고개를 끄덕였다.

"좋아요. 근데 전 아버지가 레나를 별로 맘에 안 들어 하시는 줄⋯⋯."

"아휴, 아냐. 썩 괜찮던데⋯⋯." 가정 교육에 좀 문제가 있었지만 그건 부차적인 문제였다.

이때, 문이 열리고 네 살짜리 꼬맹이가 들어왔다. 네 발로 들어왔다. 그녀는 강아지 흉내를 내고 있었다.

아버지와 아들은 아이를 안아 올리려고 아이 쪽으로 동시에 몸을 구부리다 서로 이마를 부딪쳤다. 그러고는 둘 다 웃었다. 둘이 그렇게 오래 웃고 있어서 꼬맹이는 아예 울음을 터트려 버렸다.

"아빠랑 오빠는 맨날⋯⋯ 맨날 나만 놀려⋯⋯. 자꾸 이러기야⋯⋯ 엄마한테 이를 거야⋯⋯."

# 노래하는 마샤

신부는 젊고 작았고 몸에 비해 머리가 조금 컸다. 그러나 좀 더 살펴보면 진짜 미인이었다. 하지만 그녀의 얼굴은 생동감 있고 변화무쌍했다. 때로는 미소 짓고, 때로는 웃고, 때로는 노래하고, 얼마나 역동적으로 변화하는지 그녀의 얼굴을 그렇게 잘 살펴본다는 것 자체가 사실은 힘든 일이었다. 그녀는 음악 학교를 마치자마자 모스크바에서 조금 멀리 떨어진 교외의 성탄 교회에서 첫 번째 직장—사실 그녀는 이 교회의 왼쪽 찬양대석에서 벌써 1년째 실습이라는 이유로 무보수로 노래를 불러 주고 있었다—을 얻게 되었고 성가대 단원에게 시집을 갔다.

그들이 결혼식을 올렸을 때 이곳의 노파들은 감격에 겨워 지칠 때까지 울었다. 아름다운 교회 젊은이들, 신부는 하얀 드레스에 면사포를 썼고 머리 하나는 더 큰 신랑은 검은 정장을 입었고 사제처럼 긴 머리카락을 고무줄로 묶어 집시 스타일로 고리 모양을 만들었다. 러시아식으론 이반과 마리야, 즉 요한과 마리아였다. 두 이름이 얼마나 잘 어울리는지 러시아 인의 귀에는 음악이나 동화같이 들렸다. 결혼식은 교회에서, 교회 영내에 있는 생활관에서 이루어졌다. 큰 식탁을 차리고 소시지와 햄, 치즈와 정어리, 오이와 토마토를 잘랐다. 식탁에는 캅카스 지방에서 수입한 푸른 야채들이 올라와 마치 봄이 상에 올라온 듯했다. 달력상으로는 봄, 포민의 주*였다. 하지만 그해에는 좀처럼 날씨가 따뜻해지지 않아서 모스크바 교외다운 분위기가 나지 않았다.

결혼식은 다소 엄격하게 치러졌다. 교회에서 한판 놀 순 없었지만, 대신 노래가 아주 끝내줬다. 부활절 노래, 북쪽 지방과 우크라이나의 민요 등은 이반이 원래 알고 있던 것을 마리야에게 가르쳐 준 것이었다. 그다음에는 마리야가 성가처럼 울리지 않는 외국어로 된 어떤 낯선 노래를 불렀다. 하지만 노래 소리는 역시나 일품이었다…….

이반이 마리야네 집이 있는 페를로프카로 옮겨 가 살았다. 그 집에는 마당이 없었다. 그는 드네프르페트로프스크 출신이었다. 이제 그들은 노래를 부르러 갈 때도, 예배 보러 갈 때도 둘이서 전차를 타고 함께 다녔다. 전차에 탄 그들을 쳐다보는 것 자체가 주변 사람들에게는 행복이었다. 모든 이들이 그들을 알았고 사랑하였다. 마리야는 때가 되자 첫째 아이를 낳았고 그 후 1년 반이 지나자 둘째 아이를 낳았다. 하지만 마리야는 작고 가냘픈 소녀 그대로였다. 그들은 아이들을 예배 때 교회로 데리고 나왔다. 하나는 유모차에, 하나는 마리야의 엄마가 안고 다녔다. 성가대에서 이반은 마리야보다 계단 하나 더 위에, 마리야는 계단 하나 아래 서 있었다. 그러면 이반은 그녀보다 높은 곳에 서 있게 되었고, 그녀는 종종 그에게 끌려, 쪽진 머리칼을 수건으로 감싼 커다란 머리를 그가 있는 쪽으로 돌렸다. 이들이 미소를 머금고 노래를 부르면 옆에 있는 이들도 절로 미소를 지었다…….

교구에서도 이 가족을 매우 사랑하였다. 왜냐하면 모든 집에는 그 집만의 무질서와 걱정거리가 있기 마련이고, 사람들은 이 모든 나쁜 일들이 자신들의 잘못에 의해서 이루어진다고 생각하였는데, 이 두 명의 젊은이들은 좋은 태도로 교회식으로 살면 잘 살 수 있다는 모범 사례가 되었기 때문이다…….

얼마 후 이반은 교회 아카데미에 들어가기로 결심했다. 신학교에 들어가기에 그는 너무 나이가 많았고, 아카데미에 들어가는 일도 쉽지 않았다. 하지만 그는 좋은 음악 교육을 받았고 성가대에서 오랜 시간 노래를 불렀으며, 이 기간 동안 교회 사람들과 관계를 잘 맺었다는 특별한 추천서를 통해 아카데미에 들어가려 하였다. 선창자 자리에 서 달라는 제의를 오래전부터 받아 왔으나 그는 성가대가 아닌 제대 앞에 서고 싶었다…….

이반은 자신의 주업인 학교에서 노래를 가르치는 일을 그만두고 입학을 준비하였다. 마리야는 매우 기뻤지만 걱정이 되기는 했다. 신부 사모가 되는 것은 쉽지만은 않은 고된 일이었기 때문이다. 그녀는 아직 신부 사모님 소리를 듣기에는 너무 어리고 활달하고 밝았다. 마샤*는 사람들도 착하고 예의바르며 자연 환경이 아름다운, 예를 들면 주변에 강과 숲도 있고, 테라스가 달린 집이 있는 아담한 소도시나 큰 시골을 이반이 교구로 받는 상상을 하곤 하였다……. 그녀는 행복한 상상에 젖어 있다가 문득 걱정이 되었다. 시골에는 의사나 병원도 잘 없는데 아이들이 아프면 어떻게 하나 하는 생각이 든 것이다. 그녀는 남편에게 앞으로의 삶의 계획이 어떻게 되는지 물었다. 시골로 가게 될까, 아니면 도시로 가게 될까?

이반은 아내의 바보 같은 생각을 가볍게 질책했다. 아내는 서운하지 않았다. 아무리 아내더러 바보라고 해도 아내는 자신은 바보가 아니며 그저 남편이 쉬운 성격은 아니라는 것만은 알고 있었다.

이반은 아카데미에 들어갔고 기숙사에 머물렀다. 집에는 가끔 왔고, 아이들과 마리야에게 엄격하게 대했다. 특히 세 살짜리 바냐는 때리기까지 하였다. 마리야의 엄마인 베라 이바노브나는 울었지만 그에게 아무 말도 하지 않았다. 마리야도 전혀 기분을 상하지 않았고, 단지 어깨만 으쓱였다.

"애들 아빠잖아, 버릇 들이려고 그럴 수도 있지. 미워서 그런 게 아니라 사랑해서 그런 거니까."

그러나 베라 이바노브나는 아무리 사랑이라고는 하지만 아이를 때리는 것만큼은 절대 이해할 수 없었다. 게다가 죽 그릇을 돌려 놓으라는 유의 바보 같은 일로 아이를 때리다니!

수도원에서의 삶은 이반에게 새로운 흔적을 남겼다. 예전에 그는 넥타이에 양복을 입고 색깔 있는 셔츠를 좋아하는 세련된 사람이었지만 지금은 검은색 옷 말고는 아무것도 입지 않았다. 게다가 그는 집에서조차 반쯤은 관료적인 옷을 절대 벗지 않았다. 마리야가 좋아하는 분홍색 셔츠와 반짝이는 목걸이에 대해서 빈정거렸다. 그녀는 얌전히 목걸이와 구슬 팔찌를 벗었다. 화려한 색의 풍성한 머리 장식을 하는 대신 단정하게 머리를 땋아 내렸다. 그녀의 눈만큼은 아침부터 저녁까지 계속 반짝거리며 미소 지었다. 그녀는 아들 바냐와 콜랴,* 어머니인 베라 이바노브나와 창문과 창문 뒤의 나무와 눈과 비에게 항상 미소 지었다. 그녀의 그치지 않는 미소가 남편의 성질을 건드렸다. 그는 그녀의 밝은 모습에 인상을 찌푸리고는 대체 뭐가 그렇게 즐거우냐고 물었다. 그녀는 소박하게 대답했다.

"당신이 왔는데 어떻게 즐겁지 않을 수 있겠어요!"

그러고는 계속해서 밝게 빛났다.

마리야는 여름 방학을 기다렸다. 남편이 집에 있으면서 아이들과 시간을 보냈으면 하고 바랐다. 최근 1년 동안 아이들이 아빠를 낯설어하게 되었으니 말이다. 작은아이는 아빠를 보면 무서워 뒤돌아서 다른 곳으로 가곤 하였다. 그러나 방학이 되어도 이반은 페를로프카에 오지 않았고 베라 이바노브나에게 약속했던 지붕 고치는 일도 하지 않았다. 그 대신 순례를 하러 더 먼 수도원으로 가 버렸다. 마리야는 실망했다. 하지만 엄마가 걱정하도록 이를 드러내고 싶지는 않았다. 그래서 예전처럼 계속 미소 지으며 만사태평인 듯 살짝 미련하게 말했다.

"더 낫지 뭘, 엄마! 집의 반을 세를 주고 가을에는 일할 사람을 찾아서 지붕을 고치면 되지 뭐. 부탁 같은 건 안 해도 돼. 아니, 사실 성직자가 직접 지붕 위에 올라가고 그러면 동네 사람들이 뭐라고 하지 않겠어?"

"이반이 무슨 성직자니? 아직 아무것도 아니지……." 딸에게 놀라며 베라 이바노브나가 중얼거렸다. 얘 완전 바보 아니야?

집의 절반을 여름 별장이 필요한 아는 사람에게 세를 내주었다. 교구의 신도인 그녀는 나이 든 의사 마리나 니콜라예브나였다. 토요일과 일요일에는 그녀에게 그녀의 조카인 제냐가 다녀갔다. 제냐도 인텔리 여인이었다. 이반은 테라스가 있는 방을 다른 사람에게 세주었다는 것을 알고는 무섭도록 화를 내며 소리 질렀다. 그러나 사실 집은 베라 이바노브나가 그에게 상기시킨 것처럼 그녀의 것이었다. 그는 자기 짐을 싸 가지고 문을 꽝 닫고 집을 나가 버렸다.

베라 이바노브나는 울면서 마리야에게 용서를 구했다. 하지만 마리야는 아무 말도 하지 않고 거울 옆에 서서 땋았던 머리를 풀어 빗더니 예전같이 화려한 장식 핀으로 머리를 묶었다.

작은 바냐는 문 쪽으로 가서 문을 걸어 잠갔다.

마리야는 결혼식 주례를 섰던 신부를 찾아갔다. 신부는 다른 교회의 주임 사제가 되어 있었다. 그녀는 그에게 집안일이 어떻게 돌아가고 있는지 이야기하였다. 그는 남편에게 묻지도 않고 집을 세준 일에 대해서 그녀를 나무랐다. 그리고 앞으로 남편의 동의 없이 멋대로 굴어서는 안 된다고 하였다. 그리고 남편이 그들을 떠나 순례를 간 것은 좋으면 좋지 결코 나쁜 일은 아니라고 했다.

이반이 아이들과 부인을 만나러 돌아온 것은 가을이었다. 그는 선물을 가져왔다. 하지만 선물은 실용적인 것이라기보다는 영적인 것들이었다. 수난자 성 요한과 막달라 마리아의 성상화였다. 마리야는 기뻐했다. 그녀는 남편이 자신을 아직도 사랑하는지 버린 것인지 알 수 없었지만 성상화에 그려진 것은 자신들의 수호성인이었고, 그래서 이를 남편도 자신들 사이의 불화를 걱정하고 있다는 것으로 받아들였다. 저녁이 되었는데도 그는 자고르스크로 떠나지 않고 집에 남았다. 남편이 집에서 묵는 것은 정말 오랜만의 일이었다. 마리야는 너무나 기뻤다. 그녀는 남편을 온 마음과 온몸을 다해서 사랑했다. 이날 밤 그녀의 감정은 파도처럼 강하고 높게 치솟았다. 그녀의 움직임은 아무것도 방해받지 않는 연인들 사이의 것이었다. 그 움직임은 기절할 정도로 흥분을 불러일으키는 것이었지만 그와 그녀의 관계에서는 받아들여지지 않는 것이었다. 마리야는 아이들이 잠에서 깨지 않도록 신음하는 이반의 입을 손가락으로 막았다.

아침이 되자 이반은 마리야에게 그를 전차까지 바래다 달라고 부탁하였다. 역까지 가는 길에 그는 마리야가 얼마나 타락한 여인이며 이제까지 순진한 것처럼 가면을 쓰고 있었다고 말하였다. 그리고 더 이상 그녀가 자신의 아이가 아닌 다른 남자로부터 아이를 낳은 것을 숨길 수가 없다고 말하였다. 왜냐하면 두 아이가 모두 하얗고 파란 눈을 가졌기 때문이다. 갈색 눈에 어두운 색 머리카락을 가졌어야 함에도 불구하고.

마리야는 그에게 아무 말도 하지 않고 그저 울었다. 전차가 왔다. 그는 성직자가 되기 위한 수업을 받으러 수도원으로 떠났다. 한 달 반이 지나도 이반은 돌아오지 않았다. 마리야는 큰아이 바냐를 데리고 토요일 아침 일찍 남편을 만나 다정한 말로써 그를 다시 집으로 데려오기 위해 수도원으로 나섰다. 마리야는 미사의 중간에 들어갔다. 그는 성가대에 서 있었다. 하지만 그녀가 성가대에 가까이 다가서 있는데도 불구하고 그녀를 쳐다보지 않았다. 그는 매우 아름다웠다. 하지만 얼굴은 근엄했다. 수염은 잘 다듬어져 가슴까지 드리워져 있었다. 수염이 아무리 풍성해도 그는 매우 말라 보였다.

미사가 끝나자 그녀는 그에게 더 가까이 갔다. 그는 마치 커튼을 치듯이 손으로 그녀를 물러서게 했다. 큰아들인 바냐 쪽은 거들떠보지도 않았다……. 마리야는 그의 손동작에 놀랐다. 특히 마치 검은 얼굴에 타는 듯한 눈으로 표현된 예수의 성상화 「성난 구세주의 눈동자」에서 봤던 그 모습처럼 정면을 바라보는 그의 눈은 매우 무서웠다. 그녀는 곧 재앙이 찾아왔다는 것을 깨달았다. 하지만 어떤 재앙인지는 알 수 없었다.

마리야는 더 이상 아카데미에 가지 않았다. 그리고 그는 봄까지 집에 오지 않았다. 봄이 되자 이반은 집까지 와서는 집에 들어오지는 않고 집 밖에서 마리야를 불러내어 말했다. 모든 일이 결정되었다고. 이혼을 신청하고 결혼을 무효화하자고.

마리야는 이해할 수가 없었다.

"우리랑 헤어지려고 하는 거예요?"

"헤어지는 게 아니지. 내 아이들이 아니잖아. 모든 게 기만이라고……."

마샤는 어떻게든 처음에는 웃으려고 하였지만 곧 울음을 터트렸다.

"이반, 당신한테 시집갔을 때 난 처녀였다고요. 당신이 내 처음이자 유일한······."

"당신은 막달라 마리아인데 아직 속죄는 하지 않았군······. 나는 이 기만적인 결혼을 인정할 수 없어." 강하게 말하는 이반은 아내 쪽은 쳐다보지도 않고 옆만 바라보았다.

"이반, 우린 교회에서 결혼했잖아! 주님 앞에서······." 마리야가 눈물을 흘리며 아이같이 말했다. 하지만 아무 소용도 없었다.

"이혼하는 거지······. 기만적인 결혼의 결과는 이혼 아니겠어!" 이반은 돌이킬 수 없다는 듯이 말했다.

"아이들은?" 이 비뚤어진 행복이라도 잃을까 두려워하며 마리야가 다시 반박했다.

"무슨 아이들? 내 아이들이 아니잖아! 가서 검사를 해 봐. 그러면 그 애들이 내 애들이 아니라는 게 밝혀질 테니!"

"그래요, 검사할게요! 이반, 우리 애들이에요. 머리카락만 밝은 색이지 콜랴가 당신을 얼마나 닮았는지 알잖아요. 그리고 바냐는 이제 머리카락 색이 점점 짙어지고 있다고요. 당신처럼요." 마샤는 대화를 좋은 방향으로 이끌려고 노력하였다. 하지만 그녀의 힘은 그를 사로잡은 무서운 힘 '광기'에 대적할 만큼 강하지 못했다. 이제 그녀가 대적하고 있는 것은 광기였다. 그의 광기는 아직 밖으로 발현될 정도는 아니었지만 이제 깊어질 만큼 깊어져 있었다. 그가 가진 거친 의혹들은 이미 자신만의 논리 속에서 확고해져 버렸다. 이반은 이제껏 마리야가 지은 엄청난 죄들을 하나하나 손꼽기 시작했다. 결혼식 3일 후에 여자 친구네 집에 다녀왔던 일. 이제는 그녀가 정말 친구네 집에 있었던 건지 아닌지 증명할 수도 없게 되어 버렸지만 그는 그녀가 다른 곳에 있었다고 확신하고 있었다. 또 두 번인가는 그녀가 엄마랑 같이 콘서트에 간다고 했었다. 하지만 그녀가 그에게 보여 주었던 콘서트 브로슈어는 그 콘서트가 아니었다……. 기만이야! 항상 나를 속였어! 그리고 가장 결정적인 것은 그가 여름 방학 후에 집에 왔을 때, 거리의 싸구려 여자처럼 그 앞에서 그런 기술을 사용해서 자신을, 자신의 타락을 폭로했다는 것이었다……. 그는 이것 말고도 마리야가 기억할 수 없는 수많은 죄들을 이야기하였다. 중요한 것은 전에는 그가 이러한 비난의 말을 한 번도 한 적이 없었다는 것이었다. 대체 얼마나 참고 있었던 것이지?

관청에서 이혼 신청을 하고 교회에서도 이혼 절차를 밟았다. 총주교구에서 이반은 이에 관한 증명서를 받았다. 베라 이바노브나는 교회의 일곱 성사 중의 하나인 혼인 성약을 취소할 수 있다는 것이 놀라울 따름이었다. 그럼, 세례도, 장례도, 성찬도 모두 취소할 수 있단 말인가?

마리야는 아이들의 성을 자신의 처녀 때 성으로 다 바꿨다. 마치 그 아이들이 자기 자신만의 것이라는 듯, 즉 남편의 도움 없이 세상에 태어나기라도 한 것처럼! 그리고 이반은 아카데미를 마쳤고 수도원의 관리가 되었다. 영적인 커리어의 탄탄대로가 그 앞에 열리게 된 것이다. 마리야의 가족이 이 사실을 알게 된 것은 소문을 통해서였다.

마리야는 슬프다기보다는 오히려 영문을 알 수 없었다. 이 놀라움은 다른 감정들 또한 격화시켰다. 그녀는 상을 치르는 것 모양 검은색 머릿수건을 둘렀다. 머릿수건은 그녀에게 더할 나위 없이 잘 어울렸다. 물론 교회 사람들은 그녀에 대해서 입방아를 찧기는 했지만 여전히 친절히 대해 주었다. 그녀는 이제 그냥 보통 사람이 아니라 흥미로운 불행을 겪고 있는 사람이 되었다.

그해 여름은 여느 해와는 다르게 무척 더웠다. 그녀의 머리가 검은 수건 때문에 뜨거워졌다. 마리야는 수건을 더 이상 쓰지 않았다. 지겨웠다.

그녀에게는 두 가지 일이 있었다. 하나는 교회 일이었고 다른 하나는 '문화의 집'에서 민요를 부르는 일이었다. 바냐에게는 입학 준비를 시켰다. 그는 여섯 살 반이었다. 하지만 그는 매우 똑똑했다. 스스로 모든 것을 깨우치고 학교에 다니길 원했지만 쓰기는 잘 못했다. 그래서 마리야는 시간이 남으면 바냐 옆에 앉아 작대기나 동그라미를 써 주었다. 별장용으로 세 들어 사는 마리나 니콜라예브나와 그녀의 조카인 제냐도 바냐의 교육을 도왔다. 얼마 후 제냐는 리가에 사는 친구의 아들인 열일곱 살짜리 세료자를 데리고 왔다. 그는 대학에 입학을 했지만 낙제를 했고, 쓰디쓴 실패 뒤에 잠시 동안 이 별장에서 지내기로 했다. 마리야의 아들들은 세료자를 가족처럼 대했다. 애들은 세료자로부터 떨어지지 않으려 했고, 세료자도 애들이랑 즐겁게 잘 놀아 줬다. 이들은 숨바꼭질도 하고 마치 또래인 것처럼 즐겁게 지냈다…….

세료자는 마리야를 닮았다. 덩치가 크지 않고 밝은 머리 색에 머리가 조금 컸다. 하지만 그가 닮은 것은 지금의 그녀가 아니라 시집가기 이전의 그녀였다. 또한 그 둘은 순수하다는 측면에서도 매우 닮았다…….

떠나기 전 마지막 밤 아이들이 모두 잠들고 집 안이 조용해졌을 때, 그들은 현관에 앉아 이야기를 나누었다. 그 둘 사이에 불현듯 강한 이끌림이 생겨 둘은 손을 잡았다. 둘은 조심스레 입을 맞추기 시작했다. 이후 그들은 벤치에서 더 뜨거운 키스를 나누었다. 자연스럽게 어떤 의도도 없이 예기치 않게 가볍고 즐거운 포옹은 더욱더 강해졌다. 부끄러움이란 없었고 단지 행복한 접촉만 있었을 뿐……. 세료자는 아침 일찍 떠났다. 마리야는 그에게 친구에게처럼 기쁘게 손을 흔들었다. 그녀가 임신 사실을 안 것은 그다음이었다. 마리야는 세료자를 찾지 않았다. 그가 그녀에게 잘못한 것은 없었다. 사실 그 누구도 잘못한 사람은 없었다. 마리야는 심란해하지 않았다. 그녀는 밝고 상냥한 마음으로 사람들을 대하고 노래를 불렀다. 딸의 삶이 평탄치 않아 심란해한 것은 베라 이바노브나였다. 하지만 그녀는 딸을 나무라지도 않았고 딸에게 아무것도 묻지 않았다.

그녀의 배가 불러 오자 엄격하고 정의로운 교회 집사는 그녀가 성가대에서 스스로 나가 줬으면 좋겠다고 말했다.

"나갈게요." 마리야는 이에 쉽게 동의했다. 그리고 그녀는 신부를 찾아갔다. 이것이 그녀의 버릇이었다. 무언가를 결정해야 할 때마다 그녀는 축복이 필요했다.

신부는 늙기도 했고 주의 깊은 사람도 아니었지만, 마리야는 그에게 자신의 임신 사실에 대해서 말했다. 그는 잠시 생각하더니 그녀의 물고기처럼 볼록한 배를 쳐다보았다. 그는 고개를 끄덕이더니 말했다.

"일단은 계속 다니도록 하세요."

얼마 후 마리야는 기분이 나빠졌다. 사람들이 등 뒤에서 자기 이야기를 하는 것 같았기 때문이다. 마리야는 다른 사람들의 눈으로부터 자신을 보호해 달라고 성모의 은총을 빌었다. 한번은 교회의 이코노스타스*를 복원하러 왔던 두 명의 장인이 그녀 바로 뒤에서 그녀에 대해 이야기하는 것을 들었을 때 그녀는 더 이상 참지 못하고 크게 화를 냈다. 그녀는 문득 두려움을 느끼지 않고 당당하게 그들에게 다가가 이렇게 말했다.

"당신들이 나에 대해서 말한 건 모두 다 사실이에요. 남편은 아이들이랑 나를 버리고 수도원으로 떠났죠. 그리고 전 임신을 했어요. 맞아요."

그녀는 그렇게 말하고는 휙 돌아서 떠났다.

두 명 중 더 나이 많은 한 장인은 그때부터 그녀를 쳐다보기 시작했고 그녀는 그때마다 그를 외면하였다. 일종의 게임이 시작된 것 같았다. 그는 그녀와 눈을 마주치려 했고, 그녀는 그의 옆에서 그를 쳐다보기는 했지만 비켜난 시선이었다. 2개월 동안 그들은 서로서로를 그렇게 쳐다보았다. 복원 작업이 벌써 끝을 치달을 즈음 마리야도 만삭이 되었다. 어느 날 성탄절 즈음이 되어 그가 그녀에게 다가와 이렇게 말했다.

"지금 당장 대답하지 마세요. 내일 말씀해 주세요. 당신과 결혼하고 싶어요. 진심입니다. 오래전부터 생각해 왔어요."

마리야는 조금 우스웠다. 그리고 그녀는 곧 그에게 대답했다.

"뭘 더 생각하겠어요? 그래요, 결혼해요."

그녀가 자리를 뜨고 그는 혼자 우두커니 서 있었다. 그건 농담이 아니었다. 그리고 그는 그렇게 대답이 빨리 오리라고는 생각도 못했다.

마리야는 집에 늦게 들어왔다. 베라 이바노브나는 아직 잠자리에 들지 않고 늦게 들어오는 마리야 걱정을 하며 깨어 있었다. 마리야는 집에 들어서자마자 엄마에게 말했다.

"엄마, 오늘 어떤 화가가 나한테 청혼했어."

"너 차 마실래?" 바보 같은 농담을 한 귀로 흘리며 엄마가 말했다.

"엄마, 제단화 복원하는 그 화가가 나한테 오늘 청혼했다고."

베라 이바노브나는 손을 내저었다.

"차 마시기 싫으면 그냥 자라. 자리는 내가 벌써 펴 뒀어."

"엄마, 진짜라니까……."

"그 사람 이름이 뭔데?"

"안 물어봤는데. 내일 물어보지 뭐."

아직 사내아이가 태어나기도 전에 그들은 결혼을 했다. 아이의 이름은 티혼으로 정했다. 남편인 알렉산드르는 세상에서 제일 좋은 사람이었다. 남편은 집에 있을 때에는 새로 태어난 아기를 손에서 놓지 않았고 일을 하러 나가면서는 다시 한 번 아기를 보기 위해 두 번씩 되돌아오곤 했다. 다른 사내아이들도 알렉산드르를 곧 아빠라 부르기 시작했다. 아이들은 부칭을 안 써도 되는 공책에도 부칭과 함께 이름을 쓰기 시작했다.* 이반 알렉산드로비치 티시코프,* 니콜라이 알렉산드로비치 티시코프. 티혼 티시코프가 학교에 들어갈 즈음 둘 사이에는 사내아이가 또 태어났다. 마리야는 조금 아쉬웠다. 그녀는 딸을 갖고 싶었다. 하지만 그녀는 아직 젊으니 아이는 또 낳을 수 있었다.

첫 번째 남편이 높은 자리에 오른 후 결국은 목을 매 죽었다는 이야기가 들렸다. 어쩌면 그냥 헛소문일 수도 있었다……. 누군가가 이 이야기를 마리야에게 했을 때 그녀는 십자가를 긋고 말했다. "그렇다면, 천국에서 행복하길." 그러고는 생각했다.

"그 사람이 그렇게 잔인한 방법으로 우리를 버리지 않았다면 난 알렉산드르를 알지도 못했을 거 아니야…… 이 모든 일에 신의 영광을!"

# 고결한 부모의 아들

그리샤 라이즈만은 소년 시절에 한쪽 눈을 잃었다. 농노 출신이라는 불행에다가 성공적이지 못한 수술까지 설상가상이었다. 진짜 눈이 있던 자리에 유리로 된 가짜 눈을 넣었다. 의안은 거의 눈치채지 못할 정도였고 게다가 그는 항상 안경을 쓰고 다녔다. 건강한 눈은 근시였다.

그리샤가 세상에서 제일 좋아했던 것은 시였고 스스로 그는 시인이었다. 그만의 짝사랑이라고도 할 수 없었다. 왜냐하면 가끔 그의 시는 신문에 실릴 정도로 괜찮았기 때문이다. 전쟁의 첫날부터 마지막 날까지, 더 나아가 전쟁이 끝나고 나서 얼마간의 기간 동안을 그는 종군 기자로 일하면서 군(軍) 신문에 기사를 실었다. 하지만 「붉은 별」에 실은 것은 아니었다. 알 만한 사람들에게는 두 신문의 차이가 분명할 것이다. 군 신문들은 전방의 군인들을 위한 것이었다.

그리샤는 무엇보다도 전쟁시를 잘 썼다. 전쟁이 잠잠해지고 난 이후에도 그는 이 테마에서 벗어날 수가 없었다. 그는 "베를린에서 전쟁이 끝나기 2분 전에 전사한 이들"을 계속해서 추억했다……. 전시 체제가 해제되고 난 후, 군인이었던 사람들이 모두

부츠나 펠트 장화를 신고 다닐 때에도 그리샤만은 군복에 장화 차림이었다. 이렇게 그는 편집부를 드나들었다. 작고 마른 체격에 사내다운 풍모의 유대인인 그는 동그란 안경에 왼손 중지와 검지 사이에는 항상 담배를 끼고 있었다.

보통 사람들에게 전쟁은 이미 끝난 것이었고 모두들 미래를 향해, 전쟁의 고통에서 벗어나기 위해 달렸다. 하지만 그리샤의 심장은 연기 나는 피범벅의 과거를 향해 들끓고 있었다. 그는 계속해서 병사들, 장교들, 도하 작전, 평범한 전쟁 영웅들에 대해서 글을 썼다. 위대한 지도자에 관한 글도 당연히 계속해서 썼다.

한 편집국에서 그는 '끝내주는 다리'라는 별명을 가진 벨라라는 아가씨를 알게 되었다. 이 별명은 사실 그녀의 곧고 긴 다리 때문에 생겼다기보다는 좋은 성격 때문에 생긴 것이었다. 만일 그녀가 막돼먹은 년이었다면 '코쟁이'라는 별명을 얻었을 것이다. 그리샤는 그녀와 사랑에 빠져 곧 결혼하였다. 벨라는 그리샤보다 조금 나이가 많았다. 그녀의 가족은 우크라이나의 바비이 야르에서 총살당했다. 사람들 말에 따르면, 예전에 그녀에게는 신랑이 있었지만 전방에서 전사했다고 했다. 그래서 그녀는 그리샤에 대한 사랑이 크지 않음에도 불구하고 그에게 시집을 갔다. 그녀는 그를 동정했고 스스로는 가정을 꾸리고 아이를 낳고 싶기도 하였다.

벨라의 방은 카레트느이 골목에 있었다. 그들은 거기서 즐겁고 행복하게 살았다. 하지만 아이가 생기지 않았다. 1년, 2년을 산 후 아이가 생기지 않자 벨라는 검사를 받기 위해 의사를 찾아갔다. 그녀에게는 아무런 문제가 없다는 것이 밝혀졌다. 의사는 남편이 검사를 받아야 한다고 했다. 그리샤가 검사를 받은 후 그의 몸에 약간의 희귀한 결함이 있으며 그것 때문에 아이를 가질 수 없다는 이야기를 들었다. 벨라는 누군가가 자신을 속인 것 같은 느낌이 들었다. 그리샤는 아내를 속인 적이 없었지만 왠지 자신이 거짓말쟁이가 된 것 같은 느낌이 들어 의기소침하여 다녔다.

1년이 더 지났다. 전후 생활에 대한 기대가 어쩐지 제대로 실현되지 않고 있었다. 삶은 더 나아지지도 더 즐거워지지도 않았다. 물론 그리샤를 크게 당황하게 만들었던 '세계 시민' 사건*을 제외하면 말이다. 그는 평범한 소비에트 사람이었고 그래서 당연히 애국자였고 국제주의자였다. 그런데 이 세계 시민이라는 단어는 어쩐지 당의 중요 노선과 그의 솔직한 심정 사이에 접합되지 않는 지점이었다. 그는 이 모든 것이 하나의 단순하고 믿을 만한 해결책으로 나아가도록 이들의 공통분모를 찾으려고 노력하였다. 잘 되진 않았고 고통스러웠다. 이 힘겨운 시절이 절정에 달하고 있던 어느 날 벨라는 그리샤의 앞 의자에 앉아 매니큐어를 칠한 아름다운 손을 테이블에 얹더니 임신했다고 통고했다. 세계 시민 따위는 그리샤의 머리에서 튕겨져 나가 버렸다. 벨라는 정부의 비밀 프로젝트와 관련된 어느 과학자와 자신 사이의 내연 관계에 대해서 이야기하더니 아이를 낳고 싶다고 말했다. 벨라는 벌써 서른 살이 넘어 있었다. 아이 낳을 때가 훨씬도 지난 것이다…….

이런 말을 듣는 것은 그리샤에게 참으로 어려운 일이었다. 하지만 그는 남자답게 행동했다. 이런 말 때문에 죽임을 당한 것 같은 표정을 짓지 않고 반대로 자신을 잘 다스려 벨라에게 말했다. 만약 그 아이가 자신의 아이가 아니라면 그녀는 자유롭게 행동하도록 하고, 그는 곧 그녀의 집을 떠날 것이며, 새로 결혼해서 행복하게 살기를 바란다고…….

"그리샤, 그게 아니야. 나 그 사람하고는 절대 결혼 안 할 거야. 일단 그 사람 유부남이고, 둘째로 유부남이 아니더라도 그 사람은 나 같은 유대인하고는 결혼 안 할걸. 비밀 학자가 그럴 순 없겠지." 벨라는 이렇게 말하고는 푸른 격자무늬 테이블보 위에 얹은 하얀 손을 떨었다.

그리샤는 그녀의 말에 화가 나기도 하고 안타깝기도 해 그녀의 팔에 입을 맞추었다.

"벨라, 내가 자길 얼마나 사랑하는지 알지? 네가 그 사람이랑 결혼하지 않을 거라면 아이는 우리가 키우자. 지나간 일은 다 잊고……."

한동안 침묵하고 침묵하던 벨라가 말했다.

"그래, 이 아이는 네 아이로 하자."

하지만 그리샤의 고귀함도 역시 그 한계를 가지고 있었기 때문에 그는 이렇게 덧붙였다.

"그래, 내 아이가 될 거야. 하지만 있잖아, 벨라. 아이도 자신이 내 아이라고 알고 있어야 해. 그러니 한 가지 조건을 걸게. 너 더 이상 그 남자를 만나서는 안 돼. 그리고 그 사람이 이 아이에 대해서 알아서는 안 돼……."

"알았어, 그리샤."

벨라는 의자에서 일어섰다. 남편의 머리를 안더니 그의 하나뿐인 눈에 키스를 했다. 그렇게 모든 것이 결정 났다.

그리샤는 꼬마 미샤를 친자식처럼, 자신의 눈보다도 더 사랑했다. 연필과 술잔 말고는 다른 것은 한 번도 손에 쥐어 본 적 없었던 젊은 아버지는 아이를 침대에서 안아 들어 올리려고 노력하였다. 하지만 벨라는 펄쩍 뛰며 아이를 낚아챘다.

"그리샤! 떨어뜨리려고 그래?"

그러면 그리샤는 고분고분 아이의 침대 맡에 서서 아이에게 시를 읽어 주었다. 마야코프스키, 바그리츠키, 티호노프. 벨라는 웃어 댔다.

"그리샤, 추콥스키*를 읽어 주는 게 더 낫지 않아?"

어린 아이는 젖병을 물고 있거나 방귀를 뀔 때 어떤 시를 듣고 있어도 사실 상관없었다.

미샤는 보통의 유대인 신동으로 자랐다. 동화 같은 건 읽지도 않았다. 아이는 이미 네 살 때부터 문학 작품들을 읽기 시작했다. 아이는 고대 그리스의 신화와 전설을 좋아하였고 특히 토마스 쿤의 책을 좋아하였다. 아이는 곧 신의 세계를 떠나 영웅의 세계로 발을 들여놓았다. 트로이 전쟁은 그 이전에 있었던 신들 사이의 논쟁보다 특히 더 매력적이었다. 신들이 전장에서 인간들을 가지고 노는 것처럼 미샤도 자신을 세계의 지배자로 느끼면서 전쟁놀이를 시작하게 되었다.

그는 다른 모든 놀이들보다 전쟁놀이를 더 좋아하였다. 커다란 식탁에서 처음으로 치른 전쟁은 펠로폰네소스 전쟁이었다. 사실 이것은 전쟁이 아니었고 전쟁들이었다. 그리고 그는 지치지도 않고 아테네 인들과 스파르타 인들의 전투들을 치렀다. 그래서 매번 식사할 때마다 군대를 퇴각시키지 않기 위해서 가족의 식사는 점점 문 쪽에 있는 작은 식탁에서 이루어졌다……. 벨라가 미샤에게 식탁에서 군인들을 치우라고 했을 때 그리샤는 손을 내저었다.

"벨라, 아이가 놀게 내버려 둬!"

아버지는 위 선반에서 먼지가 쌓인 『세계 역사』 책을 내려왔다. 미샤는 그리스 인들에서 곧 마케도니아의 알렉산드로스로 넘어갔다. 그다음 에페이로스의 피로스와 페르시아 제국을 건설한 키로스 대왕, 한니발로 넘어갔다……. 초등학교를 졸업할 무렵 미샤는 쿠르스크 탱크 작전까지 대전쟁들을 모두 치렀다…….

그리샤는 아이가 너무나도 자랑스러웠다. 동시에 벨라가 아이를 응석받이에 마마보이로 키우지 않을까 항상 걱정하였다. 그래서 같은 연대에 근무했던 동료들을 만나러 갈 때 아이를 항상 데리고 갔다. 5월 9일은 그들 전체의 축제일이었다. 전쟁에 참가했던 사람들은 정장에 훈장과 메달을 달고 나왔다. 다리를 저는 생물학자 보랴 아저씨와 팔이 하나밖에 없는 다리 건설자 비짜 골루베츠 아저씨. 모든 사람들이 소년에게는 영웅으로 보였다. 그리고 그는 친구들이 그토록 좋아하는 눈이 하나밖에 없는 자기 아버지도 자랑스러워했다. 보통 그들은 '문화 공원'*에서 만나 테이블에 식탁보 대신 끈적거리는 방수포가 깔린 술집으로 가서 맥주와 보드카를 마시고 게도 먹었다. 그들은 미샤에게도 맥주 한 잔을 주었다. 그래서 미샤에게는 어렸을 적부터 맥주가 가장 남자다운 음료로 여겨졌다. 그리고 그는 작고 마른, 눈이 하나밖에 없는 자기 아버지가 매우 자랑스러웠다. 왜냐하면 아버지는 자기 친구들 사이에서 특히 존경받고 있었기 때문이다. 모든 나라가 아버지의 시로 만들어진 군가를 부를 때였다. 노래는 아주 훌륭했다. 돌아오지 않는 군인들, 먼지 날리는 땅에서도 자라나는 쓰디쓴 쑥, 조국의 달콤한 연기에 대한 생생한 슬픔이 전해졌다.

아버지의 친구들 중 가장 멋진 사람인 절름발이 생물학자 보랴 아저씨가 가정의 목가적인 삶을 파괴했다. 어느 겨울 평일, 정오 가까이 되었을 무렵 그는 고리키 거리 근처 '내셔널' 호텔 옆을 지나다가 벨라와 딱 마주쳤다. 귀족적인 풍모를 지닌 키가 큰 남자가 그녀와 함께 가고 있었다. 그의 팔짱을 낀 그녀는 즐겁게 웃고 있었다. 보랴를 보고서 그녀는 몸을 돌렸다. 귀인을 기다리던 검은 '볼가' 자동차에서 운전사가 튀어나와 자동차 문을 열어 주었다. 벨라는 뒷자리로 뛰어들었다. 배신의 냄새가 났다.

절름발이 보랴는 밤잠을 이루지 못했다. 정직한 진실과 비열한 함구 사이에서 고민을 했다. 정직한 함구가 가능하다는 것은 떠오르지도 않았다. 그리고 그다음 날 그는 벨로루스키 역 옆에 있는 술집에서 그리샤를 만나 이 사태에 대해 보고했다. 전우들의 만남은 정확히 5분 만에 끝났다. 소식을 전해 들은 그리샤는 맥주잔을 치워 놓고는 쓸데없이 큰 소리로 말했다.

"내 아내가 그럴 리 없어. 너, 보랴, 이 떠버리 개새끼."

그러고는 욕을 들어 먹은 보랴를 남겨 두고 나왔다.

그런 다음 그리샤는 아내에게 전화를 해 며칠간 급한 출장을 떠난다고 말하였다. 그러고는 스몰렌스크에 있는 다른 전우에게 갔다. 지나간 전쟁에 대해서 이야기를 나누며 적당히 술을 마셨을 뿐 자신이 집에서 나와야 했던 일에 대해서는 한마디도 이야기하지 않고 그는 거기에서 3일을 지냈다.

집으로 가는 밤 기차에서 그리샤는 앞으로 어떻게 살아야 할지 생각해 보았다. 아내에 대해서는 의심하지 않았다. 하지만 곧 의심의 여지가 있다는 확신이 들었다. 정부의 비밀 프로젝트와 관련 있다는 그 사람, 즉 미샤의 생부가 여전히 벨라의 삶에 관여하고 있으며, 이를 어쩔 도리가 없다는 생각이 들었다. 그는 그녀의 부정을 드러내면 그녀가 울기 시작할 것이고 그렇다면 미샤가 잠에서 깰 테고 무언가 그에게 거짓 설명을 해 주지 않으면 안 될 상황이 도래하게 될 것을 상상해 보았다…….

벨라도 힘든 사흘을 보냈다. 그녀는 보랴와 거리에서 우연히 만난 일과 남편의 갑작스러운 출장을 연결시켜 보았다. 편집국에 전화를 해 보았더니 그곳에서는 출장에 대해서는 잘 모르겠으며 다른 신문사 쪽에서 보낸 출장일 수도 있다고 말했다. 그녀는 보랴가 이야기를 했는지 안 했는지 전화로 물어보고 싶었지만 꾹 참았다. 그는 그가 본 것에 대해서만 이야기했을 것이다. 그녀는 1년에 단 한 번 그가 비밀 프로젝트의 업무에서 벗어나 모스크바에 올 때에만 그를 만났다. 만남은 쉽지 않았다. 그녀가 미샤를 학교에 데려다 주는 아침 시간 틈틈이 그를 만났다. 매번 만남은 너무나 짧았다…….

벨라는 아들과 남편을 너무나 사랑해서 그들을 위해 자신의 삶을 바치기로 결심했다. 드문드문 모스크바에 들르는 이 남자를 위해서 바친 것은 그녀의 영원히 죽지 않는 영혼뿐이었다.

그리샤가 없는 사흘 동안 그녀는 괴로워했다. 찻잔을 떨어뜨리고 어떤 때에는 혼자 있을 시간을 주지 않는 미샤에게 소리도 질렀다. 그리고 결국 그리샤가 하자는 대로 해야겠다고 결심했다. 절름발이 보랴가 모든 것을 고자질한 것이 틀림없었다.

그리샤는 집을 떠난 지 나흘째 되는 날, 아침 기차를 타고 모스크바에 도착했다. 여느 때와 마찬가지로 스몰렌스크에서 선물을 잔뜩 사 가지고 왔다. 커다란 아마천 식탁보와 냅킨, 그리고 미샤에게는 보통 서점에서 산 것이 아닌 게 분명하지만 대체 어디서 구했는지 알 수 없을 만큼 하얀 종이로 멋지게 장정된 책을 사 왔다.

그게 전부였다. 그는 아무 말도 하지 않았다. 겉으로 보기에는 모든 것이 그대로였다. 하지만 마음속에는 분노와 슬픔, 죄책감이 있었다.

4월 19일 그리샤의 생일이 되었다. 이날은 1945년 젤로프 고지의 전투*가 벌어졌던 날로서 그리샤와 벨라는 모두 살아남았다. 기적이었다! 보랴는 그의 생일에 처음으로 오지 않았다. 벨라는 왜 그런지 묻지 않았다. 이유가 너무 뻔했기 때문이다.

학교를 다니는 동안 미샤는 많이 아팠다. 보통 아픈 지 세 번째 날이 되면 그는 교과서를 펼쳐서 진도를 빨리 나갔다. 그렇게 아이는 추월하는 습관이 들었다. 학기가 끝나고 새 학기 교과서를 받으면 금세 모두 다 읽어 버리더니 결국에는 월반을 했다. 하지만 영재들을 위한 학교는 없었다. 미샤는 이중적인 삶을 가지게 되었다. 그것은 동아리 활동 같은 것이었다. 모든 것은 콕테벨에서 시작되었다. 그리샤는 매년 휴가를 보내기 위해 가족을 콕테벨에 있는 작가들을 위한 '예술의 집'으로 데려갔었다. 볼로신이 살아 있을 때부터 그곳에는 화가들과 작가들의 거주지가 있었다. 이 모스크바 별장 생활자들 중에는 발렌틴 페르디난도비치라고 하는 철학자이자 천체학 애호가가 있었다. 그는 아이들에게 기쁜 마음으로 진짜 망원경을 통해 별자리를 보여 주곤 하였다. 미샤는 밤하늘의 별자리를 보는 이 동아리 활동을 좋아하였다. 무질서하게 별들로 뒤덮인 남쪽 하늘은 별자리를 구성하고 있었다. 의미 없이 흐트러진 별들은 고대 그리스의 신화와 전설과 관계 맺고 있었다. 이러한 관계가 존재하고 있다는 것은 가슴 떨리는 발견이었다. 그리고 이 관계들은 대항하는 군대끼리 싸우는 일상적인 책상 위에서의 관계, 혹은 종종 복잡하지만 어쨌든 이해할 수 있는 체스의 세계보다 훨씬 더 복잡한 것이었다. 오히려 이것은 발견이 아니라 그의 예감 같은 것이었다. 물을 찾는 이들이 전혀 알 수 없는 방법으로 땅의 깊은 곳 어딘가에, 눈에 띄지 않는 어딘가에 솟아날 샘이 있는지를 아는 것과 같았다…….

모스크바로 돌아와서 미샤는 토요일마다 천문관의 천체학 클럽에 다니기 시작했다. 벨라는 집안일을 미루어 두고 아이를 사도보-트리움팔나야로 데려다 주고 매표소가 있는 홀 안에서 두 시간을 기다렸다. 아이는 그렇게 꼬박 2년 동안 하늘을 헤엄치며 살았다. 그리고 이 수업에서 가장 재미있는 부분이 바로 관찰 오차의 수학적 의미라는 것을 알게 되었다. 그렇게 미샤는 당시에 그로서는 공식화할 수는 없고 단지 느낄 수만 있었던 어떤 생각에 도달했다. 물리학적 세계는 수학적 설계를 위한 동기를 제공하였다. 그리고 수학은 어떤 방식을 통해 그 스스로 세계의 물리학에서부터 흘러나온 것이었다.

미샤는 수학에 심취하였다. 천문관 대신에 이제는 대학의 클럽을 다녔다. 미샤는 기계 수학 클럽에 들어갔다. 수학 클럽의 수학은 학교의 수학과는 차원이 달랐다. 기계 수학은 위계적인 학문이었다. 그것은 고대 그리스의 신화와 전설 그리고 별이 가득 찬 하늘 사이에 놓인 이 세계를 훌륭히 구성하고 있었다. 처음에는 다양하고 풍부한 숫자의 세계가 열리더니 그다음에는 개성을 가진 이론들이 다수 등장하였다. 무한수만이 왜인지 모르게 다른 것들보다 더 많은 점들을 가질 수 있었다…….

그해에 미샤는 전 소비에트 수학 올림피아드에서 2등을 하였다. 완전히 인문학도이면서 수학에 겁에 질린 혐오감을 갖고 있던 그리샤는 아들의 재능을 매우 존중하였다. 장밋빛 볼에 아기 같은 소년은 그리샤가 전혀 손도 대지 못할 일들을 꿰뚫고 있었다.

미샤가 열네 살이 되었을 때, 엄마는 아들을 자신의 오래된 친구에게 소개시켰다. 그녀는 그에게 새 스웨터를 입고 머리를 잘 빗어 넘기라고 하였다. 미샤는 거친 곱슬머리를 솔로 마구 빗었다. 엄마는 짧은 비단 옷을 입고 입술을 하트 모양으로 빨갛게 칠했다. 미장원도 어제 미리 다녀왔다. 그녀의 머리카락은 이마 앞에 딱딱하게 서 있었는데 옆에서 보면 두 개의 반쪽짜리 도넛처럼 보였다.

"엄마 머리 모양 진짜 웃겨." 미샤가 말했다. 벨라는 기분이 상해 머리 모양을 다시 매만지기 위해 화장대에 앉았다.

오래된 친구는 그들을 데리러 운전사가 운전하는 차를 타고 왔다. 그들은 다른 세계에서 온 사람들이었다. 차는 검게 번쩍였고 오래된 친구라는 이는 농구 선수처럼 키가 크고 영화배우처럼 잘

생긴 사람이었다. 그의 회색 재킷 앞깃에는 '영웅' 훈장의 금색 별이 반짝였다……. 운전사조차 범상치 않아 보였다. 그 역시도 키가 훤칠했고, 마치 그물망 같은 것으로 짜 덮은 운전대 위에 가만히 놓여 있는 손목은 불구였다. 그는 꼭 주머니에 권총을 가지고 있을 것만 같았다.

오래된 친구는 차에서 나와 엄마와 아이에게 손을 내밀었다.

"안드레이 이바노비치라고 한다." 그가 자기소개를 했다.

미샤는 불명확하게 불쑥 말했다. "안냐세요." 그러자 그 사람은 곧 말했다. "만나서 반갑구나."

안드레이 이바노비치는 진지한 눈치로 흥미롭다는 듯이 아이를 쳐다보았다…….

운전기사는 '볼가'의 뒷좌석 문을 열었다. 곁눈질로 미샤는 정문 아래에 네 명의 깡패들이 서 있다는 것을 눈치챘다. 그들이 적들이라는 것은 전통적으로 당연한 일이었다. 그들은 그를 딱 한 번 때린 적이 있었다. 그것은 미샤가 여덟 살 때였다. 그러나 그때부터 엄마는 아빠가 미샤를 절대 혼자 마당에 내보내지 말게 했다. 그리고 대신 엄마는 그와 함께 '에르미타쥐' 정원을 산책했다……. 미샤의 기분은 금방 좋아졌다. 앞으로 그의 적들은 그를 사랑하지는 않을지라도 이제 존중은 해 줄 것이다. 그들은 공장 학교나 다니던 애들이어서 잘 몰랐겠지만 이 아이는 똑똑한 유대인 안경잡이였다. 하지만 만일 알았더라면 그를 더 못살게 굴었을 것이다.

그들은 '내셔널' 호텔에 도착했다. 수위들과 종업원들이 오래된 친구라는 그 '영웅'을 향해 미소를 짓고, 그들 앞에서 문을 열어 주고 존경을 담았지만 조금은 꺼림칙한 인사를 했다. 그들은 식사를 하면서 대화를 나누기보다는 의미심장한 침묵을 지키고 끊임없이 시선을 나누었다. 대신에 미샤는 그날 먹었던 음식을 상세히 기억했다. 깨끗하고 하얀 분홍색의 게살로 만든 샐러드, 검은 철갑상어 알, 뜨거운 버터를 끼얹은 키예프식 커틀릿이 미샤의 눈앞에 있었다. 또 그냥 찻숟가락이 아니라 온갖 종류의 작은 접시와 포크 들이 별의별 아이스크림과 파이를 먹는 데 쓰라고 나왔다.

엄마의 오래된 친구는 열심히 음식을 먹는 미샤를 방해하지 않았다. 미샤가 음식을 다 먹고 난 후 기름이 묻은 볼을 번쩍이며 의자 등받이에 기대자 안드레이 이바노비치는 그에게 아직도 병정놀이를 하고 노느냐고 물어보려다가 말을 바꾸어 전쟁 역사에 관심을 가지고 있느냐고 물었다. 미샤는 병정놀이에 대해서 생각하고는 당황스러워했다. 미샤는 이 영웅 같은 아저씨가 자신을 꼬맹이로 보지 않기를 바라고는 짐짓 태연한 척 말했다.

"더 재미있는 것들도 많아요. 예를 들면 천문학 같은 거요……."

미샤는 자기 앞에 앉은 아카데미 회원이며 사회주의 노동의 영웅이자 소비에트 로켓 제작 기술의 선구자들 중 하나인 이 사람이 어떤 사람인지는 몰랐지만 아주 복잡한 심정으로 쳐다보았다. 언젠가 그는 오랜 시간 동안 자신을 사랑해 준 이 감동적인 여인에게 자신의 아이를 그녀의 남편에게 주겠노라고, 그리고 자신의 그 아이에 대해선 잊겠노라고 약속을 했었다. 그리고 수년이 지난 지금 그는 이 여인에게 아이와 만나고 싶다고 요청을 한 것이다. 아카데미 회원인 이 사람은 곁눈질로 커틀릿 때문에 볼이 기름으로 번쩍이는 이 우스운 유대인 안경잡이 아이를 쳐다보았다. 1년 전 그는 아들을 잃었다. 아들은 잘생긴 개구쟁이 스포츠맨이었다. 그는 차고에서 아버지의 차를 가지고 나갔고 이 차는 20분이 지난 후 아르자마스에서 멀지 않은 젖은 고속도로에서 박살이 났다.

그토록 탐탁지 않아 반대했던, 우연히 태어난 이 아이가 이제 인간이 심어야만 하는 그런 나무의 유일한 어린 가지인 것이다.

그가 죽는 날 그의 관 앞에 있는 붉은 쿠션에 영광의 표시로 올려놓을 하늘에 있는 강철 로켓과 황금 훈장을 제외하면 말이다.

운전기사는 이들을 집까지 다 바래다주지 않고 집 근처 페트로프카에서 내려 주었다. 미샤는 집 바로 앞 현관에 내려 주지 않았다고 불평을 했다. 엄마는 한 손으로는 빨간색 핸드백을 쥐고 다른 한 손으로는 미샤의 손을 잡았다. 엄마와 아들은 아무 말도 하지 않은 채 걸었다. 미샤는 그날 받은 인상을 곱씹고 있었다. 집 근처에 다 왔을 때 엄마가 물었다.

"미샤, 만일 너한테 다른 아빠가 있다면……."

"무슨 말이야?" 미샤가 놀라 물었다.

"그러니까 우리 아빠 말고 다른 사람이 네 아빠라면 말이야." 엄마가 설명했다.

"이거 수학에서 하는 가정 같은 거야?" 아들이 심각하게 물었다.

"그래, 가정." 엄마가 바보같이 웃었다.

"나 아빠 무지 사랑해. 하지만 그렇게 가정한다고 해도 난 아빠를 더 사랑했을 거야. 그리고 존경하고……."

그들은 그 이후 더 이상 이런 대화를 나누지 않았다.

벨라는 자신이 쓸데없는 것을 말한 것 같아 당황스러웠다. 미샤랑 말할 때에는 좀 더 조심해야 했다. 미샤는 이상한 아이여서 가끔은 나이에 어울리지 않게 순진하게 보였지만, 가끔은…… 아니다, 전혀 순진하지 않았다.

안드레이 이바노비치는 미샤에게 드물게 전화하기 시작했다. 그들은 보통 '내셔널' 호텔 근처에서 만나 식사를 했다. 과학에 대한 이야기를 나누었다. 안드레이 이바노비치는 보통의 학자가 아니었다. 그는 철학을 가진 사람이었다. 그래서 미샤는 그와 함께 있을 때 매우 재미있었다. 그는 완전한 유물론자는 아니었다. 그는 같은 현상을 여러 가지 방법으로 설명할 수 있는 가능성에 대해서 이야기하였으며 양자 물리학에 대해서 재미있는 의견을 전개하였다. 어느 날 그는 슈뢰딩거의 책『물리학의 관점에서 본 삶』을 미샤에게 가져왔다. 많은 부분 책의 내용에 동의하지는 않지만 읽을 만한 가치가 있는 책이라는 말도 덧붙였다…….

미샤는 9학년에 다니고 있었을 때 페트로프카에서 자동차에 치였다. '응급 구조' 차량이 그를 스클리포소프스키 병원으로 실어 갔다. 벨라는 자신의 아들이 심각한 두개골-뇌 상해와 수많은 골절을 입었다는 이야기를 전화로 들었다. 처음에 벨라는 전화 통화 도중 바닥에 주저앉았다. 다리가 갑자기 말을 듣지 않았다. 잠시 후 그녀는 일어나 안드레이 이바노비치에게 전화를 걸었다. 벨라가 그리샤와 함께 병원으로 왔을 때 거기에는 이미 안드레이 이바노비치가 와 있었다. 그는 수술실 앞에 서서 그녀를 기다리고 있었다. 그는 자신을 겨우 알아보는 그리샤와 인사를 나누고는 그녀를 한쪽으로 데려가 말하였다.

"수술이 이미 시작되었어. 이제 우리나라 최고의 신경 외과의가 올 거야."

그리고 정말로 10분 후에 정문이 활짝 열리고 뚱뚱한 대머리 남자가 들어왔다. 그는 안드레이 이바노비치와 악수를 하고 수술실로 사라졌다.

그들은 두 시간 반을 아무 말도 하지 않은 채 복도에 앉아 있었다. 희끗희끗 세어 가는 머리카락을 고무줄로 묶고 품이 넓은 하얀 옷을 입고 있는 벨라, 아주 왜소하게 늙어 버린 그리샤, 돌같이 굳은 얼굴을 하고 앉아 있는 꼿꼿한 안드레이 이바노비치.

잠시 후 신경 외과의가 나왔다. 그의 뒤로 하얀 가운을 입은 사람들 한 무리가 같이 나왔다. 안드레이 이바노비치가 일어섰다. 벨라와 그리샤는 의자에 주저앉았다. 신경 외과의는 다시 한 번 안드레이 이바노비치와 악수를 하고는 말했다.

"아직까진 아주 운이 좋은 것 같습니다."

벨라는 매니큐어가 다 벗겨진 손으로 가슴팍을 움켜잡고 기도하듯 외과의에게 달라붙었다.

"아이를…… 아이를 봐도 될까요?"

외과의는 표정이 어두웠다.

"수술이 아직 안 끝났습니다. 아직 두 개의 골절이 남아 있어요…… 좀 더 후에요, 좀 더 후에……."

그렇게 닿을 수 없는 곳에 있는 두 명의 아카데미 회원들, 영웅들, 나라의 중요한 인물들은 나갔다. 그리고 벨라와 그리샤는 복도에 남았다. 이제야 그리샤는 이 키 큰 남자가 누구인지를 명확하게 알게 되었다……. 그는 쪼그러들어 아예 사라져 버릴 지경이 되었다. 10분 후에 안드레이 이바노비치가 돌아와서 그리샤 옆 의자에 앉았다. 그는 겸연쩍게 소매를 붙잡더니 팔을 잡고는 얼굴을 찌푸렸다.

"제 아들은 교통사고로 죽었습니다. 즉사했지요. 당신 아들 미샤는 운이 좋은 겁니다."

그러고 나서 사교계에서 하는 것처럼 벨라의 손에 존경의 키스를 하고 밖으로 나갔다. 벨라는 오랫동안 우수에 차 그의 뒷모습을 쳐다보았다.


미샤는 회복되었다. 그리샤는 행복했다. 그리샤는 너무나 고통스럽기도 하고 행복하기도 했다. 뜨거운 질문이 밤낮으로 그를 괴롭혔다. 이것은 이전까지 그를 괴롭혔던 그 질문이 아니고 다른 질문이었다. 미샤가 자기 출생의 비밀을 알까?

하지만 아이가 살아난 마당에 쓸데없이 바보 같은 질문을 할 필요는 없는 일이었다. 이 질문들은 타서 재가 되었다. 재의 중심에는 활활 타고 있는 석탄이 있었고, 그 중심의 겉에는 피막이 형성되어 있었다. 그는 이 피막과 함께 만성적인 아픔, 거친 껍질, 타오르는 석탄을 느끼면서 살았다. 하지만 그는 이것에 익숙해졌다.

미샤는 반년을 쉬었다. 처음에는 병원에서 그다음에는 요양원에서 그리고 그다음에는 집에서 쉬었다. 아픈 기간 동안 그는 12센티미터나 자라 그리샤의 키를 넘어섰고 짙은 턱수염이 났고 바비이야르에서 죽은 벨라 아버지의 사진을 매우 닮아 갔다. 벨라의 아버지는 장기를 두고 축구를 하고 추상적인 문제들과 암시장의 은수저 가격에 대해서 이야기하던 항구 노동자들, 장화공들, 변호사들, 기계공들, 열렬한 공산주의자들과, 그리고 숨어 있던 반소비에트주의자들과 함께 죽었었다…….

미샤는 아픈 동안 산더미 같은 책을 읽었다. 장시간 책을 읽는 것은 그에게 허용되지 않았기 때문에 그는 아주 재미있는 방식으로 책을 속독하곤 했다. 그의 눈은 몇 줄을 한꺼번에 읽어 굵은 뱀같이 그것들을 움켜쥐었고 보통 읽는 속도보다 훨씬 빠르게 의미를 파악했다. 회복되고 있는 동안 아버지와 아들은 문학적 소양을 기반으로 아주 가까워졌다. 미샤는 헤밍웨이에 빠졌다. 당시 아버지는 가르시아 로르카*를 번역하고 있었고 스페인 어가 두 사람의 공통분모가 되었고 이들은 이 언어를 같이 공부하기 시작했다.

학기가 4분의 3 정도 지나갈 끝 무렵 미샤는 면도를 하고 학교에 갔다. 동급생들—특히 여학생들—은 이 일을 가지고 비명을 질러 댔다. 사실 첫 번째 수업은 엉망진창이 되었다. 하지만 이 수업은 문학 수업이었고 선생님은 똑똑한 펠릭스 아나톨리예비치였다. 하지만 그는 너무나 기뻐서 아이들 보고는 조용히 앉아 있으라고 해 놓고는 자신은 아래로 내려가 거리로 나가 빵 가게에서 과자를 사 왔다.

부모는 이제 최선을 다해 아들에 대해서 사이좋게 걱정하였다. 5학년이 될 때까지 아들을 학교에 데려다 주었던 벨라는 다시 아들을 집 문에서 학교 문까지 데려다 주고 싶어 했다. 그는 이에 대해 처음에는 약하게, 다음에는 좀 더 강하게 반대했다. 결국 다음과 같은 그림이 그려졌다. 미샤가 가방을 가지고 거리에 나오면 벨라가 동시에 뒷문으로 나와 재빠르게 5층에서 뛰어 내려와 그를 멀리서 미행한다. 이런 방식으로 그녀는 아들이 학교를 졸업할 때까지 바래다주었다.

미샤는 자신의 진로 선택에 대해서 안드레이 이바노비치와 상의를 했다. 그는 기계 수학부의 수학과에 들어가기로 결정하였다. 안드레이 이바노비치는 기계과에 들어가는 것을 권했다. 그 스스로가 기계과 출신이었기 때문이다. 미샤는 순수 과학에 관심이 많았다. 응용 수학 같은 것은 그에게 있어 서열상 낮은 종류의 것처럼 보였다……. 안드레이 이바노비치는 가볍게 미소 지었다. 그는 이 아이의 머리가 아주 비상하고, 천재든 천재가 아니든 간에 어쨌든 수학적 재능을 가지고 있다는 것을 오래전에 눈치챘었다.

미샤는 유대인에게 입학 허가를 좀처럼 내주지 않는 대학의 기계 수학부 입학을 앞두고 있었다. 그리샤는 그만두고 뭔가 좀 더 소박한 것을 선택하라고 아들에게 조언하였다. 하지만 미샤는, 그리샤가 자랑스럽게도, 그 대학에 들어갔다. 하지만 그는 안드레이 이바노비치가 자신에게는 아주 불쾌할 수 있는 전화 한 통을 자신의 입학을 위해 걸었다는 사실을 결코 알지 못했다.

안드레이 이바노비치와 미샤는 정기적으로 만났다. 하지만 자주 만나지는 않았다. 그들은 서로서로가 마음에 들었다. 미샤는 아카데미 회원의 독설적인 유머, 정확한 질문을 할 수 있는 능력이 마음에 들었다. 미샤는 이토록 유명한 사람과의 우정에 으쓱해 했다. 이때 즈음 안드레이 이바노비치의 신원은 기밀에서 해제되었고 그는 소비에트 전체에서 큰 인기마저 누리고 있었다.

미샤에게서 발견되는 보기 드문 재능과 순수함의 결합은 안드레이 이바노비치를 경탄하게 하였다. 동시에 그는 코가 긴 유대인 아이에게서 자신의 가계의 특징들을 뒤숭숭한 마음으로 발견하였다. 가운데가 살짝 갈라진 턱, 깊게 들어간 두 눈.

미샤가 이 만남을 집에 비밀로 하려고 했던 것은 아니었다. 그는 그저 집에서는 이 만남에 대해서 아무 말도 하지 않았다. 그리샤도 어떠한 질문도 하지 않았다.

대학에서 미샤의 학업은 잘되어 갔다. 그는 이미 고등학교에 다닐 때처럼 무조건 총애받는 학생이 아니었다. 동급생 중에는 두 명의 천재가 더 있었다. 그들은 서로를 견제하였다. 3학년이 되어서 미샤는 함수 해석학의 비교적 새로운 분야인 응용 대수학과 양자 함수 해석학에 관심을 가지게 되었다.

수학 분야에서의 미샤의 성장은 그의 신체적 성장과 함께 이루어졌다. 보통 소년들의 신체적 성장은 열여덟 살에 가서 멈추지만 미샤는 스물두 살이 될 때까지 1년에 3센티미터씩 계속 컸다. 작은 미성년은 조금은 허약해 보이는 키 큰 남자가 되었다. 해를 더할수록 자신감이 넘치고 교제도 자유로워졌다.

미샤의 박사 후보 논문 심사 때 안드레이 이바노비치가 학술 심사 위원으로 참석했다. 논문 심사 내내 그는 조용히 말없이 앉아 있었다. 그는 특별한 전문적인 재기와 우아함으로 설명된 상세한 사항들을 모두 제외하고 이 논문의 전체적인 특징들만을 이해하였다. 논문 심사가 끝나고 시작된 축하연에 참석해 달라는 미샤의 부탁을 그가 거절했을 때 미샤는 놀랐다. 논문 심사 다음 날이 되어서야 미샤는 그가 왜 안 왔는지 알게 되었다. 사실 그날의 영광은 안드레이 이바노비치의 것이 아니고 논문 심사를 잘 마친 미샤의 부모의 영광이었다. 벨라 이오시포브나는 입술을 빨갛게 하트 모양으로 칠하고는 미장원에 다녀온 머리 모양을 하고 있었고, 그리고리* 나우모비치는 회색빛이 감도는 검은색 새 재킷에 군대에서 받은 훈장을 달고는 자신의 삶에서 가장 기쁜 날을 축하하고 있었다. 본질상 안드레이 이바노비치가 이런 자리에 올 필요는 없는 것이었다.

대학원을 졸업한 후 미샤는 대학에 남았다. 그는 이 생소한 수학과 관련한 특별 수업을 열어 거기서 가르치고 연구를 계속했다. 작은 기호들을 쓰고 선을 긋고 그 사이에 알아볼 수 있는 필체로 글씨를 썼다. 이 등식을 통해…… 함수를 살펴면…… 그러므로 다음의 결과가…….

이즈음 미샤에게는 마리나라는 이름의 여자 친구가 생겼다. 들창코를 가진 뚱뚱한 여의사였다. 소박하고 밝은 여자였다. 사람 잘 믿는 미샤는 그녀를 집에 데려와 부모에게 소개를 시켰다. 미샤가 그녀를 집까지 바래다주려고 나갔을 때 벨라는 심장 발작을 일으켰다. 아마도 발작이 아니었을지도 모른다. 그녀는 그저 꺼이꺼이 울고 심장을 움켜쥐었을 뿐이니.

"미샤가 장가가면 난 못 살 것 같아요." 그녀가 남편에게 설명했다.

그리샤는 놀랐다. 부인의 이 말은 말도 안 되는 것처럼 느껴졌다. 하지만 그는 아들에 대한 그녀의 광기 어린 사랑과 젊은 처녀에게서 한꺼번에 모든 가족을 앗아 간 끔찍한 과거를 곰곰이 생각해 보고 나서 미샤는 장가를 일찍 갈 그런 남자 종류가 아니라는 말로 그녀를 위로했다.

이 말이 벨라를 어느 정도 안정시켰다. 미샤는 아직 결혼할 생각이 전혀 없었다. 하지만 엄마가 집에서 여자라는 성을 아예 보고 싶어 하지 않는 모습을 본 그때부터 마리나와의 개인적인 생활은 부모님의 울타리 밖에서 가졌다.

무엇보다 미샤가 관심을 가지고 있었던 것은 종이 위의 작은 기호들과 이 공간들 뒤에 서 있는 거대하고 지적인 공간이었다. 눈에 띄지 않는 아들의 작은 성취에 자긍심을 느끼는 아버지 그리샤는 미샤에게는 그다지 훌륭하지 않은 대화 상대자였다. 그 대신 안드레이 이바노비치와의 대화는 항상 재미있었다. 비록 그도 미샤의 추상적인 지적 놀이를 완전히 이해하지는 못했지만 말이다.

한번은 굉장한 대화가 이어졌다. 이미 오래전에 아내를 잃은 이 아카데미 회원은 미샤에게 예전에는 자신이 여자들한테 굉장한 위험이었지만 이제는 반대로 여자들이 자신에게 위험이 된다고 했다. 그의 고독한 손을 붙잡고 싶은 여자들은 계속 많아지고, 죽은 아내의 친구들이 자신을 사냥감으로 내몰고 있기 때문에 아무래도 책임감 있는 선택, 즉 결혼을 해야 할 것 같다는 말이었다. 그의 결심을 지지한 미샤는 안드레이 이바노비치의 대학원 제자였던, 그리고 대학원에서 유일하게 진지한 학생이었던 발렌티나를 유일한 신붓감으로 인정하였다. 게다가 미샤는 그들의 관계가 이미 오래전부터 시작되었음을 눈치챘다……. 이 대화가 있은 후 발렌티나는 더 이상 미샤의 방문에도 안드레이 이바노비치의 집을 떠나지 않았다. 그녀는 아예 차와 사다 놓은 과자, 선물용 초콜릿 상자를 내왔다.

나라 전체에는 편안한 침체가 계속되었다. 사람들은 변혁을 두려워하였다. 더 나빠지지만 않으면 될 일이었다. 모두들 겁을 먹은 채 굼뜨게 살았다. 1년에 한두 번 미샤는 자신의 소논문을 수학 잡지에 냈다. 점점 더 외국 잡지에 출판되는 일이 많아졌다. 외국의 학회나 세미나에서 그를 초대하는 일이 잦아졌다. 그는 강연 내용을 요약해서 보냈을 뿐 직접 가지는 않았다. 국가에서 그를 내보내 주지 않았기 때문이다. 그는 박사 논문을 썼다. 착한 마리나가 그의 삶의 주변에서 보채지 않고 안정되게 내조하였다. 정기적으로 그녀는 1년에 한 번쯤 갑자기 미샤와 헤어지려고 노력하였다. 미샤는 여전히 청혼을 하지 않았고, 게다가 처음이자 최종적으로 마리나에게 엄마가 살아 계시는 한 결혼은 할 수 없다고 말했기 때문이었다.

정기적으로 일어나는 이 소동에 화가 난 미샤가 동급생이었던 옛 친구들을 술자리에 불러냈다. 그들도 모두 집안일에서 벗어나 몇 시간이나마 남자들만의 시간을 가졌다. 그러고 나면 미샤는 정신적인 평정을 되찾을 수 있었다. 미샤에게는 아버지가 그랬던 것처럼 적당한 알코올이 섞인 남자들만의 우정이 필요했다. 그리샤의 군대 동기들도 미샤의 학교 동기들도 남자들만의 세계를 만들어 내었다. 여자들과의 삶에서 참아 내었던 것들이 이 남자들만의 세계에서 적어도 일시적으로는 녹아내렸다.

마리나는 두세 달 정도 우수에 잠겨 있다가 미샤에게 전화를 했고 그러면 관계는 회복되었다. 하지만 횟수를 거듭할 때마다 재회의 기쁨은 줄어들었다.

부모님이 나이 드시고 미샤 자신도 눈에 띌 정도로, 특히 이마에서부터 머리가 벗겨지고 배에 살이 찌기 시작했을 때 굉장한 일이 벌어졌다. 대여섯 번의 폭발을 치르고 난 후 마리나가 미샤에게 임신했다고 말한 것이다. 이 소식으로 미샤는 평정을 잃었다. 그는 아이를 절대 원하지 않았다. 그는 만일 그녀가 아이를 안 낳겠다고 한다면 그녀에게 당장 청혼을 할 수 있을 정도로 아이를 갖는 것이 싫었다. 그녀는 매우 놀랐다. 그녀는 이해할 수가 없었다. 대체 왜? 그러나 미샤는 태어나자마자 부모의 삶을 빨아 마셔 버리는 어린 영아에 대한 자신의 비논리적인 공포를 마리나에게 설명할 수는 없었다. 그는 임신의 경악스러운 비밀과 더불어 고통과 경멸을 당하게 될 하나의 불행한 존재에게 아버지가 된다는 것이 존재론적으로 얼마나 끔찍한 일인지에 대해서 설명했다……. 마리나는 우는 대신에 쓰게 웃으며 그에게 당장 나가라고 명령했다.

그가 나가고 나자 마리나는 울기 시작했다. 그러고 나서 거울로 다가섰다. 꼴이 아주 볼만했다. 뚱뚱하고 지친 이중 턱의 여인, 마흔 살가량의 여자가 있었다. 사실 그녀는 서른다섯 살이었지만 말이다. 그녀는 자신의 배를 쓰다듬었다. 젊음도 아름다움도 가져본 적이 없었다. 하지만 아이가 있다. 그나마 정말 다행이다.

미샤는 제정신이 아니었다. 그는 잠을 자지 못했고 식욕도 잃었다. 미샤에게 이 세상에서 중요한, 가장 중요한 장소, 그의 활주로와 정화소가 되는 곳은 그의 책상, 즉 엄마가 그 위에 있는 종이 한 장도 건드리지 않으면서 종종 걸레로 닦는 그 책상이었다. 그런데 그 책상조차 그를 뿌리쳤다. 그는 도저히 일을 할 만큼 집중할 수가 없었다. 무슨 조치를 취해야 했다.

아버지와 이런 이야기를 할 수는 없어 미샤는 안드레이 이바노비치에게 갔다.

안드레이 이바노비치와 미샤 사이에는 아르메니아산 코냑이 놓여 있었다. 이 코냑은 둘 모두 좋아하는 것이었다. 하지만 둘은 적당히 마실 뿐이었다. 미샤는 안드레이 이바노비치에게 자신의 불행에 대해서 이야기했다. 자신을 둘러싼 이 모든 상황을 그는 불행이라고 규정했다.

안드레이 이바노비치는 한 잔을 더 따랐고 둘은 한 잔씩을 더 했다. 그는 잔을 책상에 올려놓고 그들이 알고 지낸 기간 동안 했던 말들 중, 아마도 가장 긴 말을 했다.

"결혼이라고 하는 것은 책임감을 동반하는 일이다. 결혼은 우리가 소싯적에 사랑이라고 흔히 불렀던 그것과는 아무런 관계가 없어. 난 저세상 사람이 된 내 부인과 아주 행복한 결혼 생활을 할 수 있었어. 그건 왜냐하면 우리의 결혼이 사랑에 기반한 것이 아니었기 때문이지. 하지만 결혼은 아이를 갖는 것과도 관계가 없어. 물론 우리 둘 사이에는 아들이 있었지만, 자네도 알다시피…… 그 아이는 일찍 죽었지. 그 후로 우리 부부는 절대 서로를 방해하지 않는, 반대로 서로를 도와주려고 하는 좋은 친구, 파트너로 남았어. 나에게 아이는 결혼의 필수 조건도 아니고, 더군다나 전제도 되지 못하지."

미샤는 그의 말을 주의 깊게 들었다. 이 장황한 연설의 논리를 이해할 수는 없었지만 그래도 어느 정도 마음의 안정을 되찾았다. 안드레이 이바노비치는 계속했다.

"자네가 말했듯이 자네의 그 마리나는 괜찮은 사람이야. 여자들이 흔히 그렇듯이 자네를 사랑해 주고, 바보도 아니지…… . 여자는 본능에 따라 행동해. 아이를 낳도록 내버려 둬. 낳지 말라고 할 수는 없어. 그리고 결국은 그녀한테 장가갈 수도 있어. 꼭 같이 살아야 하는 것은 아니야…… ."

"하지만 전 아이를 갖는 게 싫단 말입니다!" 미샤가 울부짖었다. 안드레이 이바노비치는 미소를 지었다.

"미샤! 남자들은 원래 아이를 갖는 것을 싫어하는 거야. 지적인 사람일수록 더…… ."

그러자 미샤는 갑자기 속에서 무언가가 변하고 부서지면서 마음이 가벼워지는 것을 느꼈다. 이것에 관해 말할 수 있고, 이 비이성적인 이야기를 이성적으로 바라볼 수도…….

"엄마는 내가 결혼하면 견디지 못할 것 같다고 말했어요…… 자살할 거라고요. 미쳐 버리든지……."

"괜찮아, 다 견뎌 낼 거야. 아이가 태어나면 예쁘다고 미칠 지경일걸." 안드레이 이바노비치가 차갑게 말했다.

미샤는 이미 스스로 결정을 내렸음을 눈치채지 못한 채 몸을 웅크리고는 코냑을 한 잔 더 마셨다.

"엄마한테 어떻게 말해야 할까요?"

안드레이 이바노비치는 잠시 침묵하고 난 뒤 커다란 손톱으로 유리잔의 다리 부분을 툭툭 쳤다.

"그래, 벨라 이오시포브나에게는 내가 어떻게든 말해 보마."


결혼 피로연 저녁은 가까운 친지들만 모시고 안드레이 이바노비치의 집에서 행해졌다. 미샤의 부모, 그리고 신랑 신부 양측의 증인인 두 커플을 초대했다.

그들은 두 대의 택시로 도착했다. 여기저기에서 찾아낸 영국식 도자기 접시 위에 10명분의 음식이 채워져 있었다. 포도주 잔들과 보드카 잔들은 홀로된 주인의 외로운 시간을 잘 버텨 주었다. 게다가 새로운 지위를 얻은 발렌티나는 무엇이 샴페인에 어울리고 무엇이 코냑에 어울리는지 잘 알지 못했다. 그녀는 그저 모든 것들을 섞어 놓았다.

엘리자베스 시대 스타일의 샹들리에는 카렐리야산 자작나무* 식탁 위에서 흔들렸다. 의자를 덮은 부드러운 비단은 다 헐어 군데군데 속이 삐져나와 있었다. 이미 상당히 배가 나온 마리나는 생각지도 못한 만찬에 어리둥절해했다. 가족들이 다 모일 것이라고 미샤가 얘기한 적이 없기 때문이다.

마리나는 항상 숨길 수 있는 모든 것을 어머니에게 숨겨 왔었다. 이 늦은 결혼도 예외는 아니었다. 마리나의 가족들은 미샤의 가족들과는 완전히 다른 사람들이었다. 마리나의 부모는 항상 싸웠다. 엄마는 소리 지르고 욕을 했으며 아빠는 손에 닿는 모든 것을 집어 던졌고 형제들은 싸웠다. 그러고 나서 명절이 되면 모두들 사이좋게 술에 취했고, 그러면 모든 것이 처음부터 다시 시작되었다…….

하지만 여기 모인 사람들은 완전히 다른 사람들이었다. 그들은 서로 작은 목소리로 이야기했고 미소를 짓고 머리를 끄덕이며 서로에게 동의했다. 하지만 마리나는 벨라 이오시포브나를 처음 만난 10년 전 어떤 방식으로 그녀가 자신을 받아들였는지 잊어버리지 않았다. 여기 모인 사람들 중 유일하게 마리나에게 착한 얼굴처럼 보인 사람은 이 식탁을 차린 발렌티나뿐이었다. 하지만 도저히 알 수가 없었다. 대체 발렌티나라는 저 여자는 누구의 짝으로, 무슨 자격으로 여기 있는 거지? 이 집 가정부인가?

마리나는 이 모든 것이 빨리 끝나길 바랐다.

벨라 이오시포브나는 마지막으로 남은 정장, 그러니까 8년 전에 문학 장려 재단에서 맞춘 진홍색의 옷을 입었다. 그녀는 흥분하여 그녀 안에 있는 모든 것이 다 떨렸지만, 자신이 지금 기쁜 건지, 반대로 지독하게 불행한 건지 알 수가 없었다. 모든 것이 한꺼번에 일어났다. 그녀 생전에 처음으로 자신이 사랑하는 모든 남자들이 한자리에 모였다. 아들, 남편, 아이의 아버지. 그녀의 연약한 머리는 이 긴장된 상황을 간신히 견뎌 내고 있었다. 애지중지 키운 아들을 남의 손에 넘겨야 한다는 흥분되면서도 슬픈 상황, 그녀 자신이 평생 신처럼 받들어 모셨고 그녀에게 삶의 기적인 미샤를 선물해 준 남자가 바로 옆에 있다는 것, 임신해서 배가 산더미만 한 데다 보잘것없는 얼굴을 한 나이 든 여자와 아들의 갑작스러운 결혼, 그리고 정말 꿈을 꾸고 있는 것처럼 이 자리에 그녀의 보호자이자 양육자, 지지대인 남편 그리샤가 있다는 것……. 그녀는 마치 자신이 어떤 남자에게 시집가는 것처럼, 아니 그보다 훨씬 의미심장한 일이 일어나고 있는 것 같다고 느꼈다…….

젊은이들을 위해서 건배를 나눈 사람들은 "키스해!"를 외쳤다.\* 미샤는 겸연쩍게 마리나에게 키스를 했다. 안드레이 이바노비치는 식탁을 차린 수수한 옷차림의 여인에게 무언가 작은 목소리로 속삭였다. 그녀는 미소를 지으며 그의 귀에 대고 가정부치고는 너무나도 은밀하게 무언가를 속삭였다. 벨라 이오시포브나는 그녀의 이러한 태도가 마음에 들지 않아 미샤에게 속삭이듯 물었다.

"저 회색 옷 입은 여자는 대체 누구니?"

마리나도 또한 이 집 주인이 미샤와 어떤 관계인지 묻고 싶었으나, 나중에 물어봐야겠다고 생각했다.

이때 그리샤가 샴페인 잔을 들고 일어섰다.

"소비에트의 과학을 위해 건배합시다. 이 배, 하늘의 배를 띄운 사람들을 위해서 건배합시다." 그리고리 나우모비치가 생각을 전개해 나갔다. "이건 아주 멋지고 예술적인 일이에요! 그 높은 곳으로 보내는 것을 러시아 말고 아무도 성공하지 못했습니다! 보상이나 영예를 바라지 않고 자기 삶의 많은 부분을 희생하는 사람들을 위해서 건배합시다! 세상에서 이보다 더 뛰어날 수 없는 공헌을 위해서 건배합시다! 오늘 이 행복한 저녁 우리를 같이 있게 만들어 준 이 모든 것을 위해 건배합시다!"

모두가 자기 잔을 비웠다. 이때 안드레이 이바노비치가 일어나

또 샴페인 잔을 들었다. 그의 키는 식탁 위에 우뚝 올라와, 서 있는 모든 손님들보다 머리 반 개 정도가 위로 올라와 있었다. 물론 그리고리 나우모비치보다는 한 개 반이 컸다.

"대조국 전쟁*의 전방에서 목숨 바쳐 싸운 군인들을 위해서, 그리고리 나우모비치가 평생 동안 노래했던 그들을 위해서 건배합시다! 우리 조국과 인민을 칭송하기 위해 노트와 연필을 들고 전방을 누볐던 그리고리 나우모비치를 위해서 건배합시다! 위대한 시인이자 고결한 사람인 그를 위해서!"

마리나는 다시 한 번 미샤에게 대체 안드레이 이바노비치가 미샤와 어떤 관계인지 물었다.

"우리 가족의 오래된 친구지." 미샤가 속삭였다.

결혼 이후 미샤의 삶은 이전과 거의 마찬가지였다. 그는 예전처럼 부모님과 살았고 부인과 꼬맹이 미샤에게 들렸다. 벨라는 손자를 사랑할 기회가 없었다. 결혼식 이후 그녀는 곧 뇌졸중으로 쓰러졌기 때문이다. 게다가 1년 내내 그녀는 아무도 알아보지 못한 채 침대에 누워 있었다. 마리나는 아기와 함께 미샤의 부모님 댁으로 이사하자고 제안하였다. 하지만 미샤는 손을 내저었다.

"안 돼! 안 돼! 엄마 죽는 꼴 보려고 그래?"

그러고는 미샤는 엄마를 돌보려고 노력하였지만 엉망진창이 되곤 하였다.

안드레이 이바노비치는 더 자주 전화하였다. 그리고 그는 미샤와 전화로 오랜 시간 대화를 하였다. 좋은 대화 상대자는 평생 만나기 어려운 것이다. 특히 모든 것이 무너지고 엉망이 되어 버리고 사람들의 머릿속을 혼란과 허무가 지배하고 있을 때에는 더욱더 그런 법이다.

벨라가 임종을 맞이하기 얼마 전 어느 날 아카데미 회원 안드레이 이바노비치가 그녀를 방문했다. 남자들의 간호를 받아 깔끔하지 못한 침대 위에 누워 있던 그녀의 방에서 직원들이 시원찮은 싸구려 병원 냄새가 났다. 벨라는 멍한 표정이었고 움직이지도 않았다. 안드레이 이바노비치를 보자 몸을 떨었고, 그녀는 문득 두 팔을 들려는 듯 움찔거렸다.

그리고리 나우모비치는 문 옆에 서 있었다. 그런 그를 미샤가 옆에서 가볍게 부축하고 있었다. 그리샤의 하나밖에 없는 눈은 최근 시력을 많이 잃었다. 그리고리 나우모비치는 이들 셋 중 가장 젊었지만 그들은 모두 이제 80대에 접어들어 있었다.

미샤도 이미 마흔을 넘어 있었다.

2년이 지난 후엔 이 노인들 중 그 누구도 남아 있지 않게 되었다. 그러자 미샤가 마리나에게 이 모든 이야기를 했다. 눈물을 그친 그녀가 이해할 수 없다는 듯이 물었다. 어떻게 40년을 침묵할 수가 있지?

"이해 못할 게 뭐 있어. 그들은 고결한 사람들이었으니까."

그리고 그들은 오래오래 살았다……

# 그리고 그들은 오래오래 살았다……

그들은 아주 오래전부터 늙은이들이었다. 심지어 그들의 예순 살 먹은 딸들인 아나스타시야와 알렉산드라도 부모가 젊었던 적을 한 번도 기억을 못할 정도였다. 그 긴 삶 동안 그들은 모든 친척들과 친구들, 이웃들을 잃었다. 모든 집들과, 거리들과 심지어 도시들 전체도 잃었으니 놀랄 일도 아니다. 두 번의 혁명과 세 번의 전쟁을 겪었으며 수많은 슬픔과 상실을 맛보았다. 그러나 그들은 죽은 이들과는 다르게 해가 바뀔수록 점점 더 강해져 가기만 했다.

니콜라이 아파나시예비치와 베라 알렉산드로브나는 각자의 방식으로 영원한 삶으로 향했다. 남편은 나무처럼 딱딱하게 뒤틀려 가면서 마치 목이 붙박여 버린 큰 코의 갈까마귀처럼 되어 갔다. 남자답게 혈색 좋던 살갗은 말라 비틀어졌고 그의 몸은 메밀만 한 작은 주근깨들로 점점 덮여 갔다. 처음에는 팔이, 그다음에는 전신이. 아름다웠던 금발의 남자는 어두운 얼굴에 갈색 대머리, 마분지 색깔의 거대한 노인으로 바뀌어 갔다. 부인은 고귀한 대리석으로 변해 갔다. 노르스름한 빛을 띠는 차가운 얼굴은 온기와 생기를 모방해 석상 같은 모습을 쫓아내려는 듯했다.

이미 옛날에 의사들은 베라 알렉산드로브나에게 살을 빼고 식단을 조절하라고 조언했었다. 그녀는 사실 50년 전에 살을 빼기 위해서 영양 연구소에 페프즈네르 교수를 주치의로 하여 입원한 적이 있었었다. 하지만 여든 살이 지나고 나니 의사들은 더 이상 몸무게에 관해 아무 말도 하지 않았다. 그녀는 항상 먹거리 상황이 정치적 상황과 밀접하게 결부되어 있는 만큼 가능한 한 먹어야 한다고 생각했다. 베라 알렉산드로브나의 식단은 엄격했다. 아침과 점심, 저녁이 전부였고 간식으로 먹는 독일식 샌드위치 따위는 결코 있을 수 없었다. 중요한 것은 식품들이 질적으로 좋아야 하고 음식이 신선해야 한다는 것이었다. 즉 덥힌 것이 아니라 갓 만든 것을 먹어야 했다.

기근이 심했던 시기, 그녀는 두 가지 간단한 재료, 즉 밀과 감자만을 가지고 굉장한 메뉴를 개발해 내었었다. 니콜라이 아파나시예비치는 항상 살 만한 편에 속했다. 왜냐하면 그는 1920년대 말에 아직 교수였고, 모스크바에서 가장 오래된 연구소에서 모든 기술자들에게 꼭 필요한 과목, 즉 물질의 저항력에 대해서 가르치고 있었기 때문이다.

남편과 아내 모두 자기 식으로 자기를 만든 바로 그 물질의 가장 수준 높은 저항력의 모범이 되었다. 베라 알렉산드로브나는 자신이 개발한 훌륭한 영양 섭취 방식 덕분에 가족 유기체들의 저항력을 유지시킬 수 있었다.

그녀가 스스로 닦고 청소하고 음식을 만든 것은 아주 오래전이 되어 버렸다. 이 일들은 이제 딸들이 하였다. 결혼 이후 오랜 기간 아이가 없었던 이 부부가 아이를 갖게 된 것은 의학적으로는 불가능한 일이었다. 그때 이미 베라 알렉산드로브나는 아이를 갖는 것에 대해서 낙담하는 것조차 멈추고 있었다. 아이 없는 생활의 장점조차 느끼게 될 때 즈음 갑자기 생긴 아이 둘은 엄마에게 완전히 새로운 활동을 하도록 만들었다. 이전까지 그녀는 오로지 남편에게만 매달려 사는 여자로 살아왔다. 직업을 피한다기보다는 구직과 관련된 앙케트를 작성하는 순간을 피해 왔다. 베라 알렉산드로브나는 오래된 귀족 집안 출신이었다. 그녀의 성은, 듣기에는 수수해 보이지만, 러시아 인들에게는 역사 교과서에 나오는 오래된 골목 이름으로나 들어 봤을 법한 성이었다. 니콜라이 아파나시예비치는 자신의 귀족적 외모에도 불구하고 탐보프 주의 농부 출신이었고 그의 아버지는 제국주의 전쟁에서 죽었다. 그러나 이것은 가족들을 박해로부터 보호하기 위한 공식적 설명이었다. 니콜라이 아파나시예비치 자신은 조심스럽고 꾀가 많은 사람이었고, 평생 그는 무언가를 들어도 못 들은 척했다. 직장 동료들은 그를 괴짜로 여기기는 했지만 자기 분야에 있어 그가 전문가라는 사실은 부정할 수가 없었다. 그래서 사회주의 건축이 한창 전개되던 시절 모든 건설 사업에 대한 지출 사항을 감사하는 일거리들은 항상 그의 책상에 놓여졌다. 그는 훌륭한 이론가였지만 실용적인 일에서는 가장 권위 있는 사람이었다…….

부부 사이는 아주 조화로웠다. 베라 알렉산드로브나는 자신의 남편처럼 모든 일을 정확하고 철저하게 처리했고 일을 대충하는 것을 혐오했다. 베라 알렉산드로브나가 만든 빵 과자는 요리법을 정확히 따르는 것이라서 니콜라이 아파나시예비치의 계산처럼 흠잡을 데가 없었다.

베라 알렉산드로브나는 자기 딸들에게 고결한 여성들의 과학, 즉 가사와 수공예를 쓸모없을 정도로 자세하게 가르쳤다. 밑단을 접어 올려 꿰매는 법, 일반 가정에서 펠트 모자를 청소하는 법, 제과용 밀가루로 최고급 슈크림 빵을 만드는 법 등등……. 그런데 이런 일들이 이제 누구에게 필요하겠는가? 이 모든 것은 알렉산드라와 아나스타시야가 소비에트 보통 학교에 다니면서 배우는 과목들에 추가로 교육되었다. 소녀들은 어머니의 지식들 대부분을 쿠이브이셰프 시(市)에서 살았던 3년 동안, 그리고 전쟁으로 도시를 비우고 철수하면서 배웠다. 그리고 소녀들은 친척들의 명명일*이나 방문에 어머니를 따라가지 않았고, 물을 구하러 갈 때에만 따라 다녔다. 어린이용 양동이와 함석 통을 가지고서였다. 모든 종류의 위생적 목적을 위해 깨끗한 물도 많이 필요했다. 겨울에는 종종 도시의 수도관이 동파했기 때문이다.

아주 어린 시절부터 반쯤 귀족적인 두 소녀들의 머릿속에는 일종의 정신 분열 같은 증세가 있었다. 사회생활과 그들의 가정사 사이를 봉합한 지점은 참을 수 없을 정도로 거칠었다. 또래들은 그들을 받아들이지 않았다. 그래서 그들은 항상 집단적인 즐거움이나 분노, 열정 등의 공동체의 감정에 녹아들어 갈 수 없다는 것을 깨달았다. 대신 그들은 마치 쌍둥이들이 그런 것처럼 그런 것들을 특별히 둘이 하나 되는 것으로 완전히 보충했다.

어머니는 그들에게 엄격했으며 요구 사항이 많았고 아버지를 볼 수 있었던 적은 거의 없었다. 그는 주말이든 공휴일이든 항상 초과 근무를 했다. 그들은 아버지는 숭배했지만 어머니는 다소 무서워하였다. 그들은 노예 같은 절대적인 사랑으로 부모를 사랑했다.

열다섯 살이 되었을 무렵 그들은 이미 여자가 해야 하는 모든 가사를 습득하게 되었다. 어머니가 가르치는 프랑스 어도 여기에 포함되었다. 그들은 학교에서 우등생이었다. 하지만 베라 알렉산드로브나는 딸들에게 고등 교육은 필요하지 않다고 판단했다. 그녀 자신도 고등 교육을 받지 않았다. 베라 알렉산드로브나가 자신의 결정을 남편에게 알렸을 때 그는 그녀의 의견에 반대하였다. 부부 사이에 거의 일생에 처음으로 불화가 일었다. 하지만 이 불화는 곧 사라졌다. 니콜라이 아파나시예비치는 자신의 직업과 관련되지 않는다면 모든 일은 아내에게 일임하는 것이 보통이었기 때문이다. 그리고 아내는 딸들이 간호사가 된다든지 도서관 사서가 된 다음 괜찮은 남자에게 시집을 가서 분수에 맞는 삶을 꾸리면 된다고 생각했다. 게다가 그녀는 남의 눈에 띄는 것을 두려워하여 니콜라이 아파나시예비치더러 누가 승진을 제안했더라도 절대 승진하지 말라고 조언하였다. 아마도 그 덕분에 그와 그의 가족은 생명을 부지할 수 있었을지도…….

"다른 건 필요 없어. 간호사는 좋은 직업이야. 어느 때나 필요한 직업이고 항상 입에 풀칠은 하지. 니콜라이, 우리 애들이 훌륭한 주부로 성장했다는 것을 잊지 말아요." 베라 알렉산드로브나는 적잖이 자긍심을 가지고 덧붙였다. "그리고 우리가 늙고 나면 애들의 의료 지식 덕도 좀 보면 좋지 않겠어요?"

"그러면 곧장 병원에서 일하게 하지 말고 더 공부하도록 의학 연구소에 진학시키는 게 낫지 않겠어?" 니콜라이 아파나시예비치가 아내를 설득하기 위해 마지막 노력을 했다.

"아녜요, 아녜요, 의사는 너무 힘든 직업이잖아요." 베라 알렉산드로브나는 이쯤에서 이야기를 마무리했다. 가르치는 학생들로부터는 항상 사고의 명확성과 논리적 일관성을 요구하던 니콜라이 아파나시예비치는 그만 입을 다물었다. 그는 사고의 명확성과 논리보다는 아내 베라를 더 사랑했다.

딸들은 고등학교를 마치고 나서 모스크바에서 제일 훌륭한 의료 실습 학교에 들어갔다. 3년이 지나고 나서 간호사들이 되었다. 둘 다 우등생으로 붉은색 졸업장을 받았다……. 의학 연구소에 들어가려 한다면 아주 유리했을 우등 졸업장이었지만 그들은 곧장 보트킨스카야 병원에 일자리를 잡았다.

간호사라는 직업에는 유리한 점이 또 있었다. 딸들은 병원 시간표에 따라 낮 근무나 밤 근무를 했기 때문에 둘 중 하나는 항상 베라 알렉산드로브나 곁에서 식사 준비나 대화, 청소 등의 크고 작은 집안일을 도울 수 있게 되었고 점심 후 필수적으로 이루어져야 하는 스타로코뉴센느이 골목 산책을 어머니와 함께 할 수 있게 되었다.

언젠가부터 베라 알렉산드로브나는 혼자 집 밖에 나서는 것을 그만두었다. 키가 큰 그녀는 겨울에는 두꺼운 털옷을 입고 여름에는 얇은 트루아카르를 입고 별 볼 일 없는 두 딸 중 하나를 데리고 다녔다. 두 딸들은 키도 크지 않았고, 얼굴도 빼어나지 않았다. 어머니의 손에는 그녀가 갖고 있는 낡은 핸드백 세 개 중 하나, 그러니까 무두질한 검은색 영양 가죽 가방, 갈색 소가죽 가방, 하얀 낡은 가방 중 하나가 들려 있었고, 딸의 손에는 언제나 장바구니가 들려 있었다. 시간이 지나면서 장바구니는 비닐봉지가 되었고, 거기에는 마치 전리품처럼 생선 꼬리나 무의 줄기가 삐져나와 있었다. 그들은 항상 검소하게 옷을 입었다. 늘 하얗고 뻣뻣한 칼라와 영국식으로 주름을 잡은 스커트를 입고 허리를 꼿꼿이 펴고 어깨는 아래로 떨어트리고 걸었다. 등은 곧게 펴고! 곧게 펴! 엄마는 어렸을 적부터 딸들을 그렇게 교육시켰고, 그들은 남의 눈에 띄지는 않지만 아주 이상한 모양으로 발뒤꿈치를 땅에 디뎠다.

베라 알렉산드로브나는 딸들이 서른 살이 되기 전까지는 그녀들이 남자들에 대해 생각하기에 아직 어리다고 여겼다. 하지만 딸들이 서른 살에 접어들자 아무래도 결혼은 그녀의 딸들과는 거리가 멀다고 생각했다. 니콜라이 아파나시예비치는 아내의 의견에 한 번도 반대를 한 적이 없었다. 해가 갈수록 그는 자신이 마치 베라 알렉산드로브나가 되기라도 한 것처럼 생각했다. 베라 알렉산드로브나는 남편의 모든 행동을 섬세하게 느끼고 있었다. 그녀는 남편의 소화 상태도 잘 알고 있었다. 그래서 딸들에게 아버지가 속이 거북함을 느끼거나 옆구리가 콕콕 쑤시기 10분 전에 벌써 노란 양귀 차를 끓이도록 시킬 수 있을 정도였다…….

여든 살이 되자 베라 알렉산드로브나에게는 당뇨가 발병했다. 생의 마지막 15년간 그녀는 설탕을 먹지 않아 디저트 준비를 복잡하게 했다. 설탕 대용품들은 열 처리를 견디지 못했다. 그래서 아나스타시야와 알렉산드라는 때때로 몸에 해로운 설탕이 들어가지는 않았지만 단맛을 내는 음식을 만들기 위해 아이스크림 제조기를 돌렸다.

이때 즈음 니콜라이 아파나시예비치에게는 빈혈성 심장 질환이 찾아왔다.

건강이 나빠진 부모는 딸들에게 퇴직하라고 했다. 딸들은 정년 퇴직하여 연금을 받을 수 있는 나이까지는 아직 5년정도씩 남아 있었다. 그러나 직장에서 일하면서 연금 총 납부 개월 수를 채운 지는 이미 오래였다. 직장 생활을 거의 30년이나 했다.

알렉산드라는 퇴직을 하였다. 아나스타시야는 거절하였다. 베라 알렉산드로브나는 이 봉기를 견디기 힘들었다. 하지만 쉰 살의 딸은 자신의 의견을 고수하였다. 그리고 반박 불가능한 절대적인 어머니의 말씀은 처음으로 소용이 없게 되었다. 그녀가 얻어 낸 것이라고는 딸이 교대 근무를 해야 했던 부서에서 매일 그러나 더 적은 시간 일할 수 있는 종합 병원의 엑스레이 진단과로 전근하기로 한 것이었다.

알렉산드라는 아나스타시야의 결정을 알고 나서 오래 울었다. 부러웠기 때문이었다. 그녀 스스로는 엄마의 뜻에 거스를 수 없었기 때문이다. 아나스타시야의 반대, 이 진짜 혁명은 그녀의 정신에 감정의 폭풍우를 일으켰다. 평생을 자발적으로 헌신하고 나서 자매는 특정한 기능을 수행하는 하나의 유기체, 기계가 되었는데, 이제 아나스타시야가 불복종으로써 이 안정된 기계를 고장 내 버렸다.

이때부터 자매의 삶은 변화하였다. 아나스타시야는 매일 7시에 집에서 가방에 샌드위치를 싸 가지고 밖으로 나갔고, 알렉산드라는 저녁부터 개수대 위에 걸려 있던 엄마를 위한 수제 트보로크*가 들어 있는 가제 수건을 풀어 놓고, 물에 집어넣기 전에 데우기 위해 냉장고에서 계란을 미리 꺼내 놓고, 40분 동안 은수저로 귀리를 저어 주며 끓였다. 아침 식사는 8시 30분, 점심은 2시였다. 3시에 집에 돌아오는 아나스타시야는 부엌에서 혼자 식사를 하였다. 이때는 베라 알렉산드로브나가 알렉산드라를 데리고 자신의 느긋한 산책을 끝마칠 때였다. 아나스타시야는 외롭게 혐오스럽게 수프를 넘겼다. 그녀는 어렸을 적부터 수프를 증오하였다. 그녀는 커틀릿을 집어 반으로 나누어 빵 사이에 넣었다. 자리에 없는 엄마는 지금 그녀가 어떤 무질서를 일으키고 있는지 알지 못했다. 아빠는 이때 즈음이면 점심 식사를 다 하고 쉬고 있었다…….

저녁이 되자 아나스타시야는 저녁 식사 준비가 다 되었다고 상냥하게 말한다. 저녁 식사는 가족 전통에 따라 집안 식구들이 모두 모이는 중요한 식사 자리였다. 이 전통은 아빠가 직장에서 돌아와 모든 식구들이 7시에 식탁에서 만날 수 있었던 시기부터 확립되었다. 음식은 보통 두 가지였다. 생선과 푸딩, 로스트비프와 수플레, 그리고 가끔은 가금류나 채소……. 메뉴는 베라 알렉산드로브나가 낮에 미리 정한다. 1980년대 중반부터 식료품과 관계해서 또 복잡한 일이 생겨 버렸다. 하지만 니콜라이 아파나시예비치는 식료품 주문에 있어서 국가의 보조를 받고 있었다. 식료품은 알렉산드라가 금요일마다 제40 식료품점에서 주문했다. 3일에 한 번 모스크바 근교에서 우유 파는 아주머니가 왔다. 환상 속의 인물 같은 그녀는 지나간 역사가 보내는 인사처럼 왔다. 가끔은 텃밭 채소들도 그녀에게 주문하였다.

부모들은 좋은 상태를 유지하였다. 당뇨와 엄격히 제한된 식단, 매일 맞아야 하는 주사들에도 불구하고, 결국 평생 동안 의사가 조언한 대로 초과하는 체중을 뺀 베라 알렉산드로브나는 자신이 약해졌다며 불평하면서도 매일 산책을 나갔고 책을 읽었고 텔레비전을 보았다. 그녀의 90세를 모두 축하하였다.

아버지는 고령의 어려움을 좀 힘들게 겪어 내고 있었다. 그는 더 말이 없어졌고 부인의 질문에만 대답을 했다. 그리고 그는 더 이상 어떤 것에 대해서도 질문하지 않았다. 하지만 아내와의 대화는 예전처럼 그렇게 필요했다. 저녁때마다 그는 큰 방으로 가서 자기 자리인 안락의자에 앉았다. 그러고는 졸았다.

95세가 되었을 때, 베라 알렉산드로브나에게는 당뇨성 괴저가 생겼다. 딸들은 온갖 유명한 연고나 약초, 약물 들을 발라서 붕대를 감았다. 하지만 거뭇거뭇한 기운은 몸의 위까지 올라왔고 그것을 멈출 수는 없었다. 마침내 왕진을 온 외과 의사는 그녀를 살리는 유일한 길은 다리 절단 수술뿐이라고 말했다.

어머니는 병원으로 실려 갔다. 아나스타시야는 급히 직장을 그만두고 어머니의 병실로 자리를 옮겼다. 수술 전날 저녁 관장이 끝나고 세수를 못하는 대신 몸을 잘 닦은 후 베라 알렉산드로브나는 딸들에게 잘 자라는 키스를 하고 나서 빈정거림 없이 말했다.

"미안하다. 너희한테 평생 우리 가문에 대해서 숨겨 왔다."

그리고 그녀는 그 공작의 성을 댔다…….

이것은 아나스타시야에게 그 어떤 인상도 주지 못했다.

"뭐라고? 누가 그런 생각을 할 거라고…….”

그리고 그녀는 엄마의 엉덩이 아래 깔아 둔 수건에 끔찍한 주름이라도 생기지 않았는지 열 번이나 확인하였다. 지금까지 베라 알렉산드로브나에게는 욕창은 없었다. 하지만 조금이라도 마음을 놓으면 위험했다…….

알렉산드라는 예전처럼 부엌일을 했다. 베라 알렉산드로브나는 60년도 훨씬 전에 딸들을 낳기 위해 병원에 누워 있었던 것을 제외하고서는 일생 처음으로 입원해 있는 것이었다…….

이제 알렉산드라는 아버지에게 점심 식사를 챙겨 드리고 나서 아나스타시야와 어머니를 위해 음식을 가지고 병원으로 왔다. 어머니는 어머니가 입원하던 바로 그날 오래된 재킷을 잘라 만든 특별한 털로 된 자루로 둘러 말려 있었다. 아나스타시야는 어머니 곁을 떠나지 않고 항상 지켰다.

니콜라이 아파나시예비치는 안절부절못했다. 베라 알렉산드로브나 없이 그는 삐걱거렸다. 방을 서성이며 이 구석에서 저 구석으로 왔다 갔다 했다. 그는 왜 어디로 가는지 계속 잊어버리다가 결국에는 지쳐서 안락의자에 앉아 있다가 10분 정도 잠을 자다가 다시 화들짝 일어나서는 무엇을 찾는 것처럼 방 안을 다시 걷기 시작했다…….

베라 알렉산드로브나는 수술이 끝나고 열흘 후에 죽었다. 감염 때문이었는지 수술 자체 때문이었는지는 알 수 없었지만 무엇보다도 정해진 운명을 다한 것이었다.

집에 돌아오는 길에 자매는 말이 없었다. 자매가 들고 걷는 가방은 엄마의 물건들로 가득했다. 주둥이가 긴 환자용 컵, 플란넬 천으로 된 잠옷, 엄마의 이니셜이 새겨진 코 수건, 핀셋, 가위, 머리 핀…… 신문지로 둘둘 만 배설물 용기도 가지고 왔다.

아빠는 고개를 옆으로 꺾은 채로 안락의자에 앉아 있었다. 갈색 목도리에 파묻힌 나이 든 대머리는 새알처럼 의지할 데가 없었다. 딸들이 들어오자 그는 불현듯 깨어났다.

"이렇게 오랫동안 어디 갔었어……. 엄마는 어때?"

"그대로예요, 아빠."

"저녁밥 먹자." 그가 말했다.

폴란드식 농어 요리와 사과 무스를 먹었다. 아빠에게 엄마의 죽음에 대해서 이야기할 수는 없었다. 잠자코 있었다. 아빠는 식사를 다 하고 나서 목욕을 시켜 달라고 부탁했다.

그들이 노인들을 목욕시킨 것은 이미 오래전부터였다. 모든 것은 철두철미하게 준비되었다. 노인들을 목욕탕으로 데려가기 위한 계단, 그들을 앉히기 위한 네 겹으로 된 복슬복슬한 수건을 올려놓은 플라스틱으로 된 의자, 그리고 돌처럼 딱딱하게 굳은 노인들의 손톱 발톱과 굳은살을 불리기 위한 대야……. 근데 아버지는 왜 갑자기 목욕을 시켜 달라는 걸까.

"아빠, 저녁 식사 한 다음에 목욕하는 건 별로 좋지 않아요." 아나스타시야가 청을 거절하려 해 보았다.

"애야, 나 턱이랑 코 밑에 수염 좀 깎아야겠어." 딸의 거절을 듣지 못한 채 그가 말했다. 사실 그의 청력이 어떤 상태인지는 아무도 알지 못했다. 가끔 그는 정말 완전히 아무것도 듣지 못하는 것 같았다. 하지만 때때로 아주 잘 들을 때도 있었다…….

"아빠, 그저께 씻겨 드렸잖아요, 기억 안 나요?" 알렉산드라도 한 번 더 거절하려고 아나스타시야를 거들었다.

그는 전혀 아무것도 듣지 못했다.

"목욕은 아빠한테 별로 좋지 않아요. 그냥 샤워는 어때요?" 아나스타시야가 큰 소리로 말했다.

"10분쯤 후에. 애야, 나 화장실 좀 데려다 다오……." 아무 일도 없는 것처럼 아버지가 계속 말했다.

자매는 서로를 쳐다보았다. 알렉산드라는 목욕 준비를 하러 갔다. 아나스타시야는 아버지를 화장실로 데려갔다.

아버지를 씻기고 면도를 시키고 손톱과 발톱을 깎고 콧수염도 잘랐다.

이 길고 힘든 일이 그들의 주의를 다른 데로 돌렸다. 샤워의 통상적인 과정에 대해 일일이 신경 쓰지 않아도 될 정도로 네 개의 팔은 두 개의 팔처럼 능숙하게 움직였다.

회색빛을 띠는 하늘색 줄이 들어간 새로 빤 깨끗한 파자마를 입히고 난 후 저녁 약을 복용시키고 2인용 침대 왼쪽에 눕혔다. 부모님은 평생 그렇게 주무셨다. 왼쪽에는 아버지, 오른쪽은 어머니.

"이제 가서 쉬렴, 가서 쉬어." 노인은 문 쪽으로 손을 내저었다. 그리고 정신없는 동작으로 침대 옆 작은 선반 위를 더듬어 안경을 찾더니 다시 한 번 손을 내젓는다. "가서 쉬라니까……."

자매는 식탁에 오래 앉아 있었다. 여전히 어떻게 하는 것이 옳은 일인지 도저히 알 수가 없었다. 아버지 몰래 어머니의 장례를 치른다는 것은 불가능했다. 그리고 아버지에게 어머니의 죽음을 알려야 한다는 사실은 너무나도 고통스러워서 어머니의 죽음 자체에 대한 생각은 이미 멀어졌다. 그들은 아버지에게 이 일을 어떻게 이야기해야 하는지에 대해서, 정말 이야기해야 하는 건지 아닌지에 대해, 그리고 또 정말 이야기한다면 언제 이야기해야 하는지에 대해 조용히, 하지만 격렬하게 의논하였다……. 만일 이야기하지 않는다면 대체 그들이 얼마나 오랫동안 이 사실을 숨기고 있을 수 있을지에 대해서도…….

장례식을 어떻게 치러야 하는지는커녕 언제 치러야 할지도 아직 결정하지 못했다. 모든 것을 정해야만 했다. 사실 그들은 장례식이 어떤 절차로 이루어져야 하는지도 몰랐다. 그리고 공동묘지에 자리도 없었고, 가족 묘지를 가지고 있는 것도 아니었다……

그들은 늦게까지 그렇게 앉아 있었다. 이야기를 나누다 잠잠해지고 이내 울음도 터져 나왔다……. 그러고 나서 아직까지도 아이 방이라고 불리는 작은 방으로 잠을 자러 갔다. 그들은 여기저기 기운 자국이 많은 하얀 천으로 덮인 좁은 침대 위에서 잤다.

아침 일찍 일어났다. 병원에 있는 영안실로 가서 모든 것을 결정하기 위해서였다. 알렉산드라는 저녁 때 트보로크를 걸어 놓아야 하는 것을 잊어버렸다. 그래서 그것이 적당히 굳어지기에는 이미 시간적으로 늦었다……. 그녀는 씻고 죽을 끓였다. 아버지는 보통 7시 30분에 일어나 기침을 했다. 하지만 지금은 벌써 7시 45분이었다. 아버지는 아직도 침실에서 나오지 않았다.

알렉산드라는 방문을 두드리고 들어갔다. 아버지는 아직 누워 있었다.

그는 아예 일어나지 못했다. 그리고 이제 자매는 어떻게 아버지에게 어머니의 죽음을 알려야 할지에 대해 마음 쓰지 않아도 되었다. 아마도 어머니 스스로가 방법을 찾은 것 같았다.

* * *

그들은 먼 곳에 새로 생긴 공동묘지에 12월의 첫 추위 속에서 같은 날 묻혔다. 무덤 자리의 구덩이가 얕게 파였지만 아무도 자매에게 무덤 파는 이에게 30센티미터쯤 더 파도록 시키려면 웃돈을 얹어 주어야 한다는 것을 가르쳐 주지 않았다. 깊이 판 곳의 흙은 겉흙처럼 언 것이 아니었다.

장례식에는 자매 둘뿐이었다. 아나스타시야가 어젯밤 아버지가 일하던 연구소에 전화를 해 보았지만 별 소식이 없었다. 니콜라이 아파나시예비치를 알던 사람들 중 아무도 그의 장례식에 참가하지 않았다. 그는 잊힌 것이었다. 부모는 이웃과 왕래하지 않은 지도 꽤 되었다. 친척들은 알다시피 모두 예전에 죽었다……. 그들은 오랫동안, 너무나 오랫동안 살아서 자신들에 대한 기억보다도 더 오래 살아 버린 것이다.

텅 빈 집 안에는 그 누구에게도 아무것도 필요가 없는 힘겹고 지겹도록 긴 날들이 계속되었다. 자매는 어머니의 방과 아버지의 서재를 그 안의 아무것도 건드리지 않은 채 방에서 방으로 서성였다. 그리고 어떤 것에 대해서도 말하지 않았다. 알렉산드라는 습관적으로 점심을 준비해 먹고 하얀 걸레로 먼지를 닦아 내고 빨랫감을 거두고 침대보를 빨고 풀을 먹이고 다 마른 옷들을 무거운 다리미로 다림질했다. 그리고 깨끗한 침대보를 다시 부모의 침대에 깔았다.

끝내 알렉산드라가 기운이 빠진 투로 말했다.

"있잖아, 우리가 신앙인이 아닌 게 아쉽다. 교회에 가고 싶은데."

"가고 싶으면 가." 아나스타시야가 어깨를 으쓱했다.

"그럴까?" 알렉산드라가 머리를 들었다.

"우리 이제 하고 싶은 거 아무거나 해도 되잖아." 아나스타시야가 웃었다.

"엄마는 대체 왜 그렇게 교회를 싫어한 거야? 혹시 알아?" 알렉산드라가 기운을 차린 목소리로 말했다.

아나스타시야가 알렉산드라를 쳐다보았다.

"슈라,* 너한테 말하는 거 잊어버렸어. 엄마는 죽기 전에 자기 출신에 대해서 말했어. 우린 엄마 쪽 혈통으로는……." 그러고는 그녀는 엄마의 처녀 때 성이 무엇이었는지 말해 주었다. "이제 알겠지? 왜 우리 집에 사진이나 증명서 같은 게 하나도 없었는지. 부모

님은 정말 지난 과거를 너무나도 두려워했어. 그리고 교회를 싫어
한 건…… 몰라. 언젠가 엄마는 어렸을 적에 부활절을 참 좋아했
었고 또 예배 보러 나갔다고 이야기한 적이 있었어. 내 생각엔 엄
만 하느님한테 서운한 게 아니었을까?"

"왜?" 알렉산드라가 놀라 물었다.

"왜 그랬는지는 나도 잘 몰라…… 뭔가 이유가 있었겠지."

\* \* \*

며칠이 더 지났다. 얼음이 녹기 시작했다. 모든 것들이 다 녹아
질척거렸고 기분도 예전보다 더 나빠졌다. 식사를 하러 식탁에 앉
았다. 버섯 수프. 폴란드식 농어 요리.

"이제 어떻게 살지, 아나스타시야?" 알렉산드라가 조용히 물었다.

아나스타시야는 손도 대지 않은 수프 접시를 조심스레 화장실
로 가지고 가 수프를 따라 버리고는 부엌으로 돌아와 개수대에
빈 접시를 올려놓았다.

"우린 잘 살 수 있을 거야, 슈라. 새 생활을 시작하는 거야. 이 시
작을 위해서 우리 이제 음식 같은 거 준비하지 말자."

"어떻게 그래?" 알렉산드라가 놀라 물었다.

"그냥 그러면 되지." 아나스타시야가 대답했다.

그렇게 그들은 다시 생활을 시작했다. 항상 가스레인지의 뚜껑
을 덮어 놓고 대신 전기 포트를 샀다.

궁핍했던 오랜 세월이 흐르고 난 후 마침 상점들은 이전엔 보지
못했던 식료품들로 그득해졌다. 그들은 치즈, 소시지, 작은 병에
든 외국산 고기만두, 몇 시간씩 냄비에 끓여야 하는 음식들이 아
닌 통조림과 가게에서 파는 마요네즈로 조리된 샐러드를 식료품
점에서 샀다. 이제는 마요네즈를 만들려고 몇 시간씩 에나멜 냄비

를 휘젓지 않아도 되었다. 집에서 오랜 시간에 걸쳐 만든 것이 아닌 공장에서 만든, 무엇보다도 건강에 좋지 않고 콜레스테롤이나 설탕이 많이 들어간 과자와 아이스크림도 샀다.

알렉산드라는 커피를 마시기 시작했고, 아나스타시야는 포도주를 샀다. 그들은 매일 저녁 포도주를 마시고 샌드위치를 만들어 먹었다.

부모님이 돌아가시고 난 후 반년이 지나고 아나스타시야는 프랑스에 사는 친척으로부터의 편지를 알렉산드라에게 가져왔다. 그녀는 혁명 기간 동안 러시아에서 도망칠 수 있었던 엄마 쪽 친척들을 찾고 있었다. 어머니에게 쌍둥이 동생 안나가 있다는 것, 그리고 그녀가 아직 파리 근교에 있는 러시아 인 거주 구역에 살고 있다는 것이 밝혀졌다. 그리고 사촌 형제들과 자매들, 친척들, 여러 인척들이 많이 있다는 사실도 알게 되었다. 사촌 자매들은 유전학 연구를 하고 있어서 그렇게 먼 곳에서도 친척을 찾을 수 있었다. 다음 해 중반쯤에 그들은 여권을 만들고 사촌 표도르의 초청으로 친척들을 만나기 위해 파리로 떠났다. 사실은, 엄마의 쌍둥이 동생인 안나는 조카들이 도착하기 두 달 전에 유명을 달리했다.

가족이 상봉했다. 아나스타시야와 알렉산드라는 많은 것을 약속하는 새로운 삶의 시작을 축하하고 있는 잘 차려입은 아이들과 청년들이 찍혀 있는 사진을 보았고 조상들의 초상화들도 보았다. 설명에 따르면 그녀들의 할머니는 젊은 시절 궁정에서 살던 여인이었다. 그녀는 평생을 황후와 가깝게 지냈다. 1917년의 여름 중간 즈음 그녀는 열병을 앓고 있던 베라를 제외한 자기 자녀들을 모두 데리고 스위스로 떠났다. 다른 아이들에게 전염시키지 않기 위해서 그녀는 아이 없이 혼자 사는 대모의 집으로 옮겨졌다. 그들은 돌봄을 받았다. 할아버지는 혁명 기간 동안 죽임을 당했다.

베라 알렉산드로브나가 니콜라이 아파나시예비치를 만나기 전 젊은 시절의 초반을 어떻게 지냈는지 아는 사람은 아무도 없었다……. 대신 자매는 가족의 다른 구성원들이 스위스와 프랑스, 이탈리아에서 어떻게 지냈는지는 알게 되었다……. 전 세계로 흩어졌던 가족들은 자신들이 이미 잊어버린 고국의 진짜 문화를 간직한 러시아에서 온 친척을 만나러 즐겁게 파리에 모였다. 러시아인의 말, 정다운 구식 프랑스 어, 그들의 습성, 교육…… 겸손함과 고상함은 그들이 생각하는 진정한 러시아 귀족의 모습이었다.

2개월이 지나고 떠나기 바로 직전이 되자 상처한 한 아주 아주 아주 먼 친척—'르노'라는 회사의 회계원이었고 지금은 퇴직한—이 알렉산드라 니콜라예브나에게 청혼을 하였다. 그녀는 이를 받아들였다.

그들은 지금 파리 근교의 아름다운 곳에서 산다. 아나스타시야는 그들과 함께 정착하였다. 어머니가 그들에게 가르친 예스러운, 하지만 능숙한 프랑스 어는 식모와 상점 상인들, 그리고 이제 러시아 어를 모두 잊어버린 친척들과 대화하기에 전혀 어려움이 없었다. 알렉산드라의 남편인 바실리 미하일로비치는 부인과 부인의 자매가 얼마나 요리를 잘하는지 알지 못했다. 그들은 보통 레스토랑에서 식사를 했다. 자매들은 샌드위치를 좋아했다.

한 가지 놀라운 일이 있다면, 바실리 미하일로비치는 왜 두 명의 자매 중에서 아나스타시야가 아닌 알렉산드라를 선택했을까……. 그들은 건강했고 그들 앞에는 긴 새로운 삶이 펼쳐져 있었다…….

# ...... 그리고 그들은 같은 날 숨을 거두었다

전기문의 화려한 수사나 운명의 장난, 그 자리에서 엄마와 아빠, 두 명의 아이, 게다가 할머니까지 죽인 교통사고가 아니라 삶의 지저분함, 의리와 사랑에 대한 공공연한 저항 때문에 드물게만 눈에 띄게 되는 비밀스럽고도 근본적인 법칙을 지키는 것...... 이것이야말로 옳고, 공정하며, 정의로운 것이다, 라고 류보프 알렉세예브나 골루베바는 생각했다. 그녀는 이러한 놀라운 경우를 다루는 심장 전문의로 30년간 근무한 경력을 가지고 있었다.......

심장 질환과에는 3주째 푸석푸석한 머리를 한 중년의 인텔리 여성이 누워 있었다. 아직 백발이 성성할 정도는 아닌 이 여인은 체크무늬 가운을 입고 가는 사슬이 달린 예쁜 안경을 끼고 있었다. 그녀는 알라 아르카디예브나 페를로프스카야였다. 그녀의 남편은 항상 기쁜 얼굴로 다니는 동글동글한 대머리 노인이었다. 혈색 좋은 그에게서는 항상 미소가 떠나지 않았다. 그의 이름은 로만 보리소비치. 그는 처음에는 몇 시간씩 회복실 문 앞에 움직이지 않고 앉아 있다가 알라 아르카디예브나가 병실로 옮겨지고 나면 면회 시간을 단 1분도 어기지 않고 통조림이 가득한 가방을 가지고 면회 시간 시작에 정확히 맞추어 도착했다. 병실 안 부인의 침대 옆에 놓인 작은 책상에서 식사를 했다. 그들은 거의 들리지 않을 정도로 조용히 이야기를 했고 서로의 눈을 쳐다보며 때때로 더 작게 웃었다. 이웃들도 같이 웃었다. 식료품이 잔뜩 들어 있는 가방을 가지고 와 아픈 사람 옆에 찰싹 달라붙어 앉아 음식의 거의 대부분을 먹어 치우는 그의 모습은 재미있었다. 이웃 환자들은 그가 아내 없이 혼자서는 아무것도 먹을 수 없기 때문에 항상 굶주리고 있다는 것은 알지 못했다.

류보프 알렉세예브나에게 그들의 딸이 찾아온 건 세 번이었다. 일부러 보란 듯 우습게 생긴 모자를 쓰고 다니는 그녀는 자신감이 넘치는 미녀였다. 그녀는 바탕을 알 수 없는 그런 여자가 아니었다. 그녀는 류보프 알렉세예브나의 손자가 다니고 있는 사립 학교의 교장이었다. 그녀는 치료 과정에 관심을 가졌다. 경색이 왔었지만 엄마는 이제 회복되고 있었다.

알라 아르카디예브나는 퇴원하기 전날 밤 갑작스레 죽었다. 그녀의 주된 병과는 아무 관계 없이 경동맥에 혈전증이 왔다. 오래 전부터 일했던 직원 열 명 남짓으로 이루어진 그리 크지 않은 심장 질환과는 고인이 된 안드로소프가 제정한 원칙에 따라서 운영되고 있었다. 의사든 간호조무사든 이 과에 새로 오는 사람들 모두 이 질서를 받아들이고 이 특별한 장소를 소중히 여겨 정년이 될 때까지 직장을 버리지 않든지, 아니면 더 많아진 요구 사항들을 이겨 내지 못하고 나가든지 했다. 이 심장 질환과의 일상에서 환자의 죽음이라는 것은 이미 특별한 사건이 아니었다. 병원 관계자들은 환자의 죽음을 비록 직업 정신에 따라 받아들였으나, 안드로소프 식으로 환자 친척들에 대한 동정과 존중을 갖고 받아들였다. 이곳의 방침은 그러했다.

알라 아르카디예브나는 당직 의사가 와서 어떻게 손을 쓰기도 전에 '로모치카'*라는 말만 남기고서 죽었다. 류보프 알렉세예브나에게 5분이 채 지나기도 전에 이에 대해 처음 보고한 사람은 간호조무사 바랴였다. 그녀는 이 과가 처음 생겼을 적부터 여기서 일을 했고 이 오래된 병원의 구석구석을 다 알고 있는 여자였다. 이 과는 그녀의 집과 다름없었다……. 그녀는 얼굴 절반을 덮는 검은 사마귀가 있었고 물론 젊지도 예쁘지도 않았다. 그녀는 새롭게 만들어진 것이 아닌 이전 시대부터 전해 온 신앙을 간직한 독실한 그리스도교 신자였다. 류보프 알렉세예브나는 그녀의 비밀스러운 삶의 역할을 알고 있었다. 바랴는 병원에서 죽은 모든 사람들의 영면을 바라는 기도 쪽지를 써서 교회에다 내기도 했고 선택받은 몇몇을 위해서는 미리 장례 미사까지 신청하였다.

새로 죽은 이는 이미 영안실로 마지막 전문의, 병리 해부학 의사의 검사를 받기 위해 운반되었다. 바랴는 침대를 다시 정리하였다. 자리가 나자 선임 간호사가 이에 대해 알리기 위해 전화를 했다. 이 과에 입원하려는 사람들은 이미 줄을 선 상태였다.

그즈음 면회객들은 수위가 문을 여는 11시가 되기를 기다리고 있었다. 로만 보리소비치는 자기 가방을 벤치 위에 올려놓고는 그 안에서 그가 아주 조심스럽게 3주째 사용하고 있는 두 짝의 하늘색 일회용 비닐 덧신을 꺼내 그것으로 신발을 싸려고 얼굴을 바닥 쪽으로 굽혔다.

딸은 9시에 전화를 받고 엄마의 죽음을 알게 되었다. 그녀는 아버지에게는 전화하지 말아 달라고 부탁했다. 그녀는 아버지가 병원으로 출발하기 전에 그를 붙잡아 전화를 통한 낯선 목소리로 그 끔찍한 소식을 듣지 않게 하려고 서둘렀다. 하지만 아버지는 벌써 집에 없었다. 그는 평소보다 조금 더 빠르게 집을 나선 것이었다. 딸은 곧장 병원으로 향했다. 하지만 모스크바의 한끝에서 다른 한끝까지를 아침의 정체 시간에 통과한다는 것은 쉬운 일이 아니었다. 딸은 11시가 넘어 도착했다. 아버지는 아내의 죽음에 대해서는 알지도 못한 채 소중한 아내와 함께 영안실에 누워 있었다.

놀라 반쯤 정신이 나간 딸은 류보프 알렉세예브나의 집무실에 앉아 같은 말을 되풀이했다. 두 분 다 한날에, 한날에……

류보프 알렉세예브나는 차를 가져오도록 지시했다. 지금 이 순간 딸에게 가장 가까운 사람이라고는 바로 이 여의사뿐이었다. 그렇게 앉아 딸은 자신과 남동생이 작년에 부모님을 위해 마련해 드렸던 금혼식에 대해서, 부모님이 젊었을 적 얼마나 선남선녀였고 또 어떻게 사랑을 했었는지에 대해서, 그리고 나이가 들어 몸은 작아지고 왜소해졌지만 그들의 사랑은 계속 커져만 갔다는 것에 대해서 더듬거리며 말하기 시작했다.

"아빠는 항상 조금 우스운 분이셨어요, 하지만 기사 중의 기사였죠! 아빠는 항상 여자들에게 존경심을 가지고 있었어요. 그건 아빠가 엄마의 친척들인 것처럼 여자들을 대했기 때문이에요……. 엄마는 아빠한테 첫 여자, 아빠는 엄마한테 첫 남자였어요. 같이 사시는 동안에도 한눈판 적이 한 번도 없으신 분들이에요. 그래요, 류보프 알렉세예브나…… 그리고 이렇게 한날에 두 분이 동시에 가신 거예요…… 서로의 죽음에 대해서 알지 못한 채……."

류보프 알렉세예브나는 장례식에 참석했다. 부부는 그리 늙지 않았었다. 부인은 일흔두 살, 남편은 일흔네 살이었다. 더 오래 같이 살 수도 있었었다. 둘은 여름의 끝자락 어느 화창한 날에 같은 무덤에 묻혔다. 새벽에 비가 많이 내렸다. 그리고 지금은 수증기가 땅에서 올라와 햇볕을 누그러뜨리는 옅은 안개가 땅에 깔렸다.

이 보기 드문 두 죽음에 놀란 사람들이 많이 몰려들었다. 친척들, 40년간 같은 동네에 살았던 이웃들, 회계 일을 했던 동료들. 모두가 아연실색하고 약간은 들뜨기까지 했다. 굉장한 사람들이 묻히는 것이었다. 축제나 승리 같은 느낌마저 감돌았다……

부부는 똑같이 생긴 관에 나란히 묻혔다. 로만 보리소비치의 머리가 부인 쪽을 약간 향하고 있는 것처럼 보였다……. 딸은 남편과 함께, 아들은 부인과 함께 장례식에 참석했다. 딸 부부와 아들 부부 곁에는 모두 사내아이와 여자아이가 서 있었다. 그리고 여러 가지 색의 쑥부쟁이 꽃. 웬일인지 다른 꽃을 들고 올 생각을 한 사람은 없는 듯했다. 솜털이 복슬복슬한, 바늘같이 뾰족뾰족한, 자잘한, 달리아만큼이나 거대한, 온갖 색깔과 뉘앙스를 지닌 쑥부쟁이 꽃들은 두 개의 관을 따라 카펫처럼 깔려 훨훨 날리고 있었다.

간호조무사 바랴도 장례식에 참가했다. 그녀는 삶 중에서 죽음을 가장 좋아하였다. 어린 시절부터 그녀는 왠지 그쪽에 관심이 많았다. 어렸을 때는 고양이나 참새 들을 묻어 주곤 하였다. 그녀는 이야기할 수는 없었지만 마음으로 느끼고 있었다. 그녀를 간병인으로 오랫동안 고용하였던 것은 다 이유가 있는 일이었다. 그녀는 자신이 거의 안드로소프만큼 존경하는 류보프 알렉세예브나 골루베바 옆에 섰다. 류보프 알렉세예브나도 어두운 보라색에 중간 중간 흰색이 들어간 쑥부쟁이 꽃다발을 들고 있었다.

'좋으신 분들이었어.' 바랴는 생각했다. 그녀는 망자의 이마에 비록 왕관이 놓여 있지 않다는 것을 발견했지만.*

이때 갑자기 태양이 안개를 뚫고 들어와 둘의 이마 위를 가로질러 무지개가 생겼다. 하늘의 한끝에서 다른 끝까지를 덮는 완전한 아치가 아니라 단지 반쪽짜리였지만 말이다. 하늘 높은 곳의 부분은 흩어져 있었다. 그리고 잘려져 있었다.

"세상에, 하늘로 길이 열렸잖아." 바랴가 놀라 말했다. "정말 좋으신 분들이었던 거야……."

그러고 나서 바랴는 무지개 쪽을 보다가 더 놀랐다. 이것은 보통 무지개가 아니었다. 쌍무지개였다. 두 무지개 중 하나는 강렬한 빛의 띠였고 이 무지개보다 조금 옅지만 거의 비슷한 하나의 다른 무지개가 거기에 엮여 있었다…….

류보프 알렉세예브나에게 보여 주어야 할까, 아닐까? 만일 이를 모르고 그저 이걸 비웃으면 어쩌지……. 하지만 류보프 알렉세예브나는 벌써 고개를 들어 이 무지개를 보고 있었다. 거기에 있었던 모든 사람들도 보았다…….

# 마지막 일주일

월요일이었다. 그녀는 저녁 늦게야 도착했다. 부엌에 들어와 자신이 항상 앉던 자리인 벽 옆 구석에 있는 소파에 앉았다. 평소보다 더 암울한 그녀는 앉아서 말이 없다.

내가 그녀에게 말한다.

"바시카, 무슨 일 있었어?"

"아무 일도 없어요. 그냥 구역질이 심해요. 설계도를 볼 수가 없어요. 음식도 그렇고. 베르카도 그렇고. 눈에 들어오는 것마다 다 그래요."

그녀는 짙은 눈썹 아래 서로 널찍이 떨어져 있는 두 눈의 묵직한 시선을 힐끗 내비친다. 얼굴이 특히 예쁜 것은 아니다. 하지만 개성이 있어 잘 잊히는 얼굴은 아니다. 낮게 내려앉은 콧대와 짧은 코, 높은 광대뼈. 어딘가 고대 아시아 민족들과 시베리아 조상들로부터 오는 느낌이다.

"좀 주물러 줄까?" 나는 이럴 때면 항상 하는 이 질문을 10년째 하고 있다. 그녀는 다루기 힘든 아이다. 그녀는 스물다섯 살, 하지만 그녀는 아직 다루기 힘든 아이, 유아기, 아동기, 청소년기에 많은 상처를 받은 아이일 뿐이다……. 그녀가 우리 집에 다닌 10년 동안 그녀는 나에게 모든 것을 이야기해 주었다. 자신이 살아온 이야기, 지금의 이야기, 그리고 앞으로의 이야기도…….

도시 수다크에서 온 한 지인이 죽은 여자 친구의 딸이라며 데려가서 세례를 받게 해 달라고 열다섯 살짜리 소녀를 내게 데리고 왔다. 그 시절에는 모든 것이 어려웠다. 고기 조각, 의사, 극장표, 기차표를 비롯한 모든 것들이 구하기 힘들었다. 세례도 마찬가지였다. 다행히 나에게는 모든 것이 있었다. 지하에 있는 고기 상점의 상인, 소아과 의사, 표라는 표는 다 구할 수 있는 매표원 그리고 성직자까지도.

지인은 여행길에 지나가는 중이었고 바로 그날 다시 모스크바를 떠났다. 그는 부탁과 함께 그 소녀를 나에게 맡긴 채, 문 사이로 사라졌고 기차로 달려가 떠나 버렸다. 소녀는 남았다.

이름이 뭐냐고 물었다.

"바시카." 그녀가 대답했다.

그녀가 사내아이 이름의 애칭으로 불린다는 것에 나는 많이 놀라지는 않았다. 왜냐하면 그녀는 사실 남자아이로 태어났으면 하고 바라는 여자아이들의 모습을 많이 갖고 있었기 때문이다. 몇주 후 세례를 받고 그녀는 바실리사로 불리게 되었다.

그날 그녀는 늦게까지 앉아 있었다. 그녀는 다음 날에도 와서는 걸어 다니기도 하고 부엌에서 차를 마시며 앉아 있기도 하였다. 이상한 여자아이였다. 무언가에 대해서 물어보면 대답은 했다. 만일 물어보지 않으면 입을 다물고 있었다. 하지만 아이의 침묵은 매우 무거운 것이어서 주위의 모든 것들을 침묵하게 만들었다. 아이 주변의 공기조차 짙어졌다. 아이가 옆에 있을 때면 나는 평소보다 더 자주 물건을 떨어뜨리고 컵을 깨곤 하였다. 하지만 나의 이러한 행동들에 아이는 무관심하였다. 아이는 무슨 일을 하든

똑똑하고 능숙하게 해내곤 하였다. 게다가 아이는 무언가를 수리한다든가 창문을 닦는다든가, 나무 그루터기 주위를 판다든가 하는 힘든 일들도 좋아하였다. 그리고 아주 적절한 직업을 선택하였다. 그것은 조경 건축이었다…….

옛날이야기는 그만하고 요즘 이야기를 해 보자. 나는 독학한 정신 치료사다. 나 나름대로의 상담 노하우도 가지고 있었다. 이 직업은 거의 소명에 가까웠다. 그리고 이 일의 전통은 내 핏속에 흐르고 있는 것이기도 하다. 사실인즉, 얼마 전 나는 할머니의 할머니의 할머니―얼마나 더 올라가야 하는지는 모르겠지만―가 오데사 출신 여성인 말카 나탄손과 자매 사이였다는 것을 알게 되었고, 그녀는 지그문트 프로이트의 어머니였다.

바시카는 학업을 잘 해내고 있다. 그녀는 힘겨운 건축 연구소의 과정을 견디어 내었다. 입학을 하고 5년 동안 열심히 공부했고 이제는 졸업장만 남겨 놓고 있다. 또, 아이와 관련해서도 이만하면 별문제 없지 않은가? 사실 아이는 알 수 없는 상황에서 갑자기 생겼다. 대학생들은 저녁부터 술을 진탕 마셨고 아침이 되자 바시카는 누구와 일을 저질렀는지도 기억하지 못했다. 하지만 우리는 아이를 낳기로 결정했다. 부모, 그러니까 그녀의 아버지와 새어머니가 많이 도와주었다. 이제 네 살이 된 베르카는 바시카와는 완전히 다른 아주 활달하고 밝은 아이였다. 그러니까 베르카와 관련해서는 모든 것이 좋다. 우리의 개인적인 삶은 끔찍했지만 바시카의 삶은 그렇지 않았다. 자, 한번 보자. 넌 이제 스물다섯 살이잖아, 그렇지? 나는 마흔 살이고, 너도 알다시피, 난 폐물이고 미래가 하나도 없잖아. 사실 그녀는 나의 이 폐물 같은 생활을 매우 마음에 들어 했다. 나도 그것을 알고 있었다……. 너는 이제 빛나기 시작하고 있잖아. 네가 모스크바에서 페테르부르크로 오는 기차 안에서 만나게 된 그 볼로고예 출신이라던 젊은이는 아직 오진 않았지만 너한테 전화는 하잖아, 그렇지?

"마지막으로 전화했을 때 한 시간 동안 이야기하면서 다음 날 온다고 했는데 연락이 없었어요. 그러고 나서 3일 후에 다시 전화를 해 가지고는 사고가 나서 다쳤다고 했어요. 깁스 다 풀고 나면 온다고 했는데, 벌써 그게 한 달 전이에요……." 바시카가 자세히 설명했다.

내가 벌써 알고 있는 일이다.

"전화할 거야." 나는 확신 있게 말한다. "그리고 너 같은 애를 어떤 남자가 감당하겠니……."

사실 내가 그녀에게 짐이다……. 그녀는 이제 다 컸고 아름답다. 그녀는 어떤 자리에서도 눈에 잘 띄는 외모를 가졌다. 파란 광택이 도는 회색 눈동자에 커다란 눈, 그리고 그 눈이 분위기에 잠길 때면…….

그러나 유전된 것은 끔찍하다. 엄마는 아주 어려서 세상을 떴다. 암 환자가 보드카를 그렇게 마셔 댔으니 엄마의 죽음이 암 때문이었는지 보드카 때문이었는지도 확실치 않다. 하지만 우리는 그런 지나간 일, 다 용서된 일 따위에 대해서는 더 이상 생각하지 않기로 하였다…….

무엇이 용서되었단 것이지? 누구에게 용서되었단 것이지? 왜? 왜냐하면 열두 살이었던 바시카는 엄마가 죽기 6개월 전 엄마 집에서 나와 아버지에게로 갔기 때문이다. 그녀는 술주정 부리며 죽어 가는 엄마를 볼 수가 없었다. 일요일에 아빠를 만나러 나와 집으로 돌아가지 않았다. 엄마는 여덟 살이었던 여동생과 함께 집에 남았고 엄마의 마지막을 지켰던 것은 동생이었다……. 엄마가 돌아가시고 나서 3년 동안 바시카는 누군가의 손을 쥐지 않고

서는 잠을 잘 수가 없었다. 그것은 대부분 그녀의 새엄마인 타냐의 손이었다. 천사 같은 새엄마 타냐에게는 이미 아이가 둘 있었다. 첫째 아이는 첫 번째 결혼에서, 둘째 아이는 바시카의 아빠에게서 얻은 아이였다. 아줌마답지 않게 그녀는 물리학자였고, 배운 여자였다. 정신 질환을 앓는 열두 살짜리 소녀가 밤마다 잠을 못 자고 있는 것이 안타까웠다……. 소녀에게는 밤마다 죽은 엄마가 고양이의 모습으로, 여신 네페르티티*의 검은 머리가 되어 나타났다……. 소녀는 15분 정도 자다가 일어나 비명을 질러 댔다…….

나와 바시카는 이에 대해 자세하고 매우 강도 높게 대화를 나누었다. 그녀는 자신이 엄마를 두고 나와 모든 집안일과 모든 슬픔을 나이 어린 동생에게 남겨 두고 나왔다는 사실을 용서할 수가 없었다. 여덟 살짜리 동생 조이카가 공동 주택의 공동 청소를 했어요, 근데 바시카는 아빠한테로 도망갔어요…….

그만, 그만, 그만, 바실리사! 조이카는 아빠한테도 도망갈 수 없었던 거잖아. 그 애에겐 아빠가 없었어. 조이카의 아빠, 그 애를 태어나게 한 그 젊은 애는 자살했잖아……. 부모는 지질학 연구의 한 팀에 속해 있었고, 이 젊은 애가 건드려서…… 그냥 그렇게 얽혀 버렸던 것일까, 아니면 위대한 사랑이었을까? 답을 아는 이는 아무도 없었고 어쨌든 사내아이는 권총 자살을 했다. 그리고 조이카가 태어났고 아빠는 떠났다……. 넌 여동생보다 나쁘지 않아, 네 상황은 완전히 다른 것이었잖아…….

지난 10년간 때때로 우리는 이 이야기로 돌아갔다. 고통받던 열두 살 소녀의 납득 가능한 행동은 그녀의 병이 되었고 병은 물집처럼 나타났다가 사라지기를 반복하였다.

우리는 정기적으로 이 문제에 관해 상담했다.

"이것 봐, 바시카, 넌 괜찮을 거야. 이제는 우울증의 원인이 더 이상 없잖아. 이젠 순전히 의학적인 치료만 남았어. 피랑 머리랑 혈관에서 이루어지는 생화학적인 치료 말이야. 내가 생각하기엔 그저 정신과 치료를 좀 받으면 괜찮을 것 같아. 왜 놀라고 그래? 톨랴 크레스토프스키 기억해? 저번 생일에 왔었던 왜 그 키 크고 머리가 센 신사…… 그 사람 내 오랜 친구인데 정신과 의사야. 내가 내일 그 사람한테 전화할게. 거길 한번 가 봐. 아무도 널 정신병자 취급하고 그러지 않을 거야……. 그 사람 내가 아는데 정말 믿을 만한 괜찮은 사람이야. 그렇게 하는 거다?"

밤 1시. 자고 가라고 해야 하는 걸까 아니면 택시비를 주어야 하는 걸까? 그녀를 여기에 잡아 두면 집에서 별로 안 좋아하겠지. 그 집에서는 아침마다 베르카를 유치원에 데려다 주어야 한다. 천사 같은 타냐는 바시카를 위해서 모든 것을 해 줄 것이다. 하지만 바시카가 집과 가족들 가운데 있으면서 집안일을 하도록, 아이의 스타킹을 빨고 감자를 사 오도록 하는 것이 오히려 더 낫다. 그녀는 최선을 다할 것이다…….

나는 택시비를 준다. 창백하고 고통받은 불행한 바시카가 떠난다…….

화요일 아침에 나는 톨랴에게 전화를 걸었다. 상황에 대해서 모든 이야기를 해 주었다. 그는 수화기에 대고 끙끙거리며 기침을 하더니 몇 가지 질문을 했다. 나는 그에게 우울증에 대한 내 생각을 이야기했다. 그는 한 번 더 끙끙거리더니 수요일 아침으로 약속을 잡아 주었다. 나는 바시카가 그에게 가지 않으면 어떻게 하나 하고 걱정을 했다. 하지만 바시카는 갔다.

그가 직접 나에게 전화를 건 것은 수요일 저녁이었다.

"너 빌어먹을 의사 같다." 친구가 말했다. "아이한테는 우울증이 아니라 조울증이 있어. 그러니까 병원에 입원시켜야 해. 심각한 지경이라고. 하지만 그녀 상황도 고려해야 할 텐데, 졸업도 앞두고 있고, 아이도 있는 처지이고. 할로페리돌을 처방했어. 더 이상 센 것은 없어. 치료를 어서 시작해야 해. 3일 후에 나한테 들르라고 해."

"3일 후니까 토요일이지." 내가 빠르게 세어 보았다.

"그래, 나 항상 일해. 토요일에도 일하고 있으니까, 토요일 아침에 오라고 해." 톨랴가 침울하게 말했다. "아주 안 좋은 상태야."

목요일 아침 바시카가 타냐에게 처방전을 주었다. 그녀는 모든 약국에서 취급하지 않는 이 가장 강한 정신 질환약을 파는 약국으로부터 그다지 멀지 않은 곳에서 일하고 있었다.

* * *

목요일에 타냐는 약을 샀다. 하지만 일을 마치고 난 후 그녀는 같은 연구소에서 일하고 있는 친구들을 만나 늦게야 집에 들어왔다. 바시카의 방으로 들어가는 문은 잠겨 있었다. 그녀가 자고 있는지 깨어 있는지는 알 수 없었다. 하지만 타냐는 그녀를 방해하지 않기로 하였다.

금요일 아침 타냐는 출근하기 전에 베르카를 유치원에 데려다주었다. 그녀는 더 자라고 바시카를 깨우지 않았다. 일어난 바시카는 부엌 테이블에서 어떠한 약도 발견하지 못했다. 그녀는 차를 한 잔 마시고 연구소로 갔다. 나는 그날 그녀에게 전화를 하지 않았다. 일들이 많아 지쳤다.

토요일에 나는 12시쯤 되어 전화를 했다. 바시카의 아버지가 전화를 받았다. 나는 바시카에 관해 물었다.

"그녀는 더 이상 여기에 없어요." 그는 아무렇지 않은 목소리로 말했다. "그녀는 방금 전에 창문으로 몸을 던졌어요. 아직 그녀를 데리러 사람들도 오지 않았어요……."

그들은 새집에 살고 있었고 집은 11층이었다.

장례식이 있었다. 내가 참석한 어떠한 장례식보다도 끔찍한 장례식이었다. 그녀에게 세례를 준 바로 그 성직자가 와서 장례 미사를 치렀다. 자살한 사람을 위해서는 징벌 때문인지 장례 미사를 치르지 않는 것이 보통이지만 알렉산드르 신부는 자신이 이 일을 맡아야 한다고 생각하였다. 소녀는 병자였고, 병이 소녀를 죽였을 뿐이니…….

놀라움이 너무 커 우는 사람조차 없었다. 그리고 장례 행렬은 그녀의 가족들이 산 지 얼마 안 되는 그 아파트로 향했다. 그녀의 할머니를 모셔 오고 그녀의 딸은 데리고 나갔다. 부엌의 식탁 주변에 둘러선 모두는 말이 없었다. 전화벨 소리가 침묵하고 있는 사람들의 귓전을 울렸다. 여동생인 조야*가 전화기 쪽으로 다가갔다. 바시카 모친의 죽음 이후 그들은 조야를 집으로 데리고 왔다. 바시카의 아버지와 그의 부인 타냐는 좋은 사람들이었다. 조야가 벽에 기대어 수화기를 들고 서 있었다. 잠시 침묵하던 조야가 입을 열었다.

"바실리사는 이 세상에 없어요. 오늘 언니의 장례식이 있었어요."

그러고 나서 그녀는 느린 동작으로 수화기를 내려놓고 멍하게 전화기를 바라보았다.

"누구야?"

그러자 조야가 전화기를 집어 들어 바닥에 내동댕이쳤다.

"볼로고예에서 왔다던 그 녀석이에요. 도착했대요."

모두가 목 놓아 울었다.


20년이 흘렀다. 나의 부모님과 첫 번째 남편, 많은 친구들이 세상을 떠났다. 그리고 나는 그 월요일을 기억한다. 만일 내가 그때 그녀에게 자고 가라고 했었더라면…….

# 작은 개를 데리고 다니는 거대한 여인

타티야나 세르게예브나에 대해서는 믿을 만한 것부터, 그러니까 문서로 증명된 것부터 도저히 믿지 못할 것까지 다양한 소문이 떠돌고 있었다. 그중 가장 말도 안 되는 것은 그녀와 알렉산드르 블록*의 로맨스였다. 어림잡아 계산해도 그녀는 블록이 죽을 때 열두 살밖에 안 되었다. 하지만 그녀는 다만 예쁘게 살짝 위로 올라가는 입꼬리로 웃으며 이렇게 말했다.

"수다쟁이들이 내 영광스러운 생애에 아직까지 관심이 많은가 보네요. 알렉산드르 네프스키*에 대해서는 얘기하지 않던가요?"

하지만 그녀는 자신이 알게 된 어떠한 소문에 대해서도 부정하지 않았다. 아, 그녀가 부정하던 것이 단 하나 있었다. 그녀가 어느 조직─이 조직을 거론하는 것 자체가 기분을 망치는 일이었다─과 모종의 관계를 맺고 있다는 소문이었다. 그녀는 이것에 대해서만은 갈색 피부의 사람처럼 얼굴을 시커멓게 붉히고 분개하며 강하게 부정했다.

그녀에게서는 타타르*의 피가 느껴졌다. 짙은 갈색 눈, 긴 눈썹, 예쁜 얼굴에 살짝 높은 광대뼈. 하지만 그녀의 몸매는 타타르보다는 카자크 여인의 것이었다. 엄마 쪽으로 그녀는 돈 강의 카자크 피를 받고 있었다. 돈 강의 카자크 혈통은 아름다움과 용맹함으로 유명했다. 그 혈통은 체르케스 여인과 캅카스 산악인의 피가 섞인 것이었다. 타티야나 세르게예브나의 암말과 같은—이건 최상의 칭찬이다— 몸매는 바로 여기서 탄생한 것이다. 길고 힘 있는 상체, 긴 등, 섬세한 목선, 복사뼈가 예쁘게 돌아 오른 날씬한 다리. 눈 위로 곧게 걸린 앞머리가 그녀를 더 카자크처럼 보이게 했다.

그녀는 모스크바의 유명한 극단을 맡고 있었다가 이제는 은퇴했다. 하지만 은퇴를 하였음에도 불구하고 그녀는 연극의 세계 속에 살고 있었고, 그 세계는 예전 그대로 그녀의 권력 밑에 있었다. 그녀의 남편은 극단의 대표 배우여서 일을 계속하고 있었다. 그렇기 때문에 그녀는 아주 유명한 배우인 남편을 통해, 극장 감독과 무대 연출가를 통해 아직 극장에서 어느 정도 영향력을 행사할 수 있었다. 극장 사람들도 그녀에게 전혀 관심이 없던 것도 아니었다. 누군가는 그녀를 미워했고 누군가는 너무나 좋아했다. 그러나 그녀가 퇴직을 한 지금까지도 그들은 그녀를 다소 두려워하였다.

타티야나 세르게예브나는 성공적인 여배우는 아니었다. 극장이 그녀를 받아들인 것은 그녀의 아름다움 때문이었다. 약간의 연기 수업을 받은 그녀에게 곧장 좋은 조연 자리가 났다. 하지만 그녀는 이 역을 망쳐 버렸다. 심하게는 아니고 약간. 그러고 나서 그녀에게는 당시 수석 연출가와의 사랑이 시작되었다. 그리고 극장에서 일한 지 2년째 되는 해에 그녀는 마치 꿈만 같이 「지참금 없는 여인」*의 라리사 역을 맡게 되었다. 이번에 그녀는 이 역을 약간이 아니라 완전히 망쳐 버렸다. 그녀는 마음이 몹시 상했다. 하지만 오래는 아니었다. 그녀의 대담함은 예기치 않은 곳에서 나타났다. 그녀는 앞으로도 몇 년간은 지속될 연애를 하고 있는 애인인 수석 연출가에게 찾아갔다. 그녀는 '벨로모르'* 담배를 빨간 입술 사이에 꽂아 넣고는 매우 의미심장하게 침묵했다. 그 순간 수석 연출가는 현실에서는 이토록 예술적인 재능이 넘치는 이 여자가 왜 무대에만 서면 젬병인지 궁금해졌다. 그녀가 말했다. ─ "자기야! 자존감 있는 여자가 삼류 배우로 살 수는 없어요. 그렇지만 난 극장에서 뭔가 쓸모 있을 거에요. 배우단에서 나가겠어요, 하지만 내가 여기서 어떤 일을 할 수 있는지는 좀 생각해 줘요."

그는 그녀의 손에 키스하고는 당장 이렇게 말했다.

"배우단 단장을 맡아, 투샤.*"

그렇지 않아도 그는 오래전부터 전직 배우였던 늙은 바보 같은 배우 단장을 바꾸려고 하던 참이었다. 그는 신기할 정도로 사람들을 이끄는 데 소질이 없었다.

"바로 그거예요." 타티야나 세르게예브나, 그러니까 투샤가 끄덕였다.

그녀가 어떤 수완을 발휘했는지! 배우들은 그녀의 철저한 시간관념과 계속되는 요구, 거만할 정도의 거리감 때문에 울부짖었다. 그녀는 그 누구와도 친해지려 하지 않고 모든 이들에게 존경을 가지고, 하지만 매우 차갑게 대했다. 하지만 그녀에게는 굉장한 특징이 있었다. 그녀는 주역 배우들 앞에서는 아첨하지 않았다. 그리고 그들을 가장 좋은 조건으로 우대하고 그들의 변덕을 다 들어주려고 노력하였다. 누가 어떤 곳에 쓸모가 있는지를 아는 그녀의 능력은 중간급 배우들의 눈총을 살 만했다. 즉 그녀는 스스로가 우선순위의 권리를 정했다. 그래서 만일 그녀에게 어떤 배우가 어떤 것을 누릴 만하다 싶으면 그녀는 초청 공연에 가는 스타들을 위한 방이 제대로 마련되어 있는지 몸소 확인하곤 했다. 그녀는 자신만의 기준을 적용했다. 그녀는 인민 배우라도 자신이 많이 존경하지는 않는 이들에게는 공훈 배우들에게나 줄 법한 방을 주었고, 반대로 공훈 배우에게는 매우 섬세하게 신경 써 주었다.* 시간이 지날수록 배우단은 배우 랭크에 대한 그녀의 개인적인 등급표에 따라 움직였다. 왜냐하면 재능 없는 배우인 그녀가 다른 이들의 재능에 대해서만큼은 아주 섬세한 감정가였기 때문이다……. 그리고 그녀는 극단 수석 연출가가 죽는 날까지 후견을 해 준 재능 있는 젊은 배우에게 시집을 갔다. 그 유명 배우가 바로 그다……. 하지만 이 모든 일은 오래 오래전, 전쟁이 일어나기 훨씬 전에 있었던 일들이다.

타티야나 세르게예브나가 퇴직하자마자 집으로 한 젊은 아가씨가 찾아왔다. 우연찮게도 강아지 추차를 통해서였다. 어떻게 된 일인고 하니, 타티야나 세르게예브나의 남편—그때쯤 인민 배우를 달게 된—은 자신의 부인을 매우 존경했다. 모든 방법을 동원해서 그녀를 기쁘게 해 주려 했던 그는 그녀가 퇴직을 하자 그녀의 기분을 북돋워 주기 위해서 강아지를 선물했다. 추차는 검은색에 길고 명랑한 어린 암컷 강아지였고, 그 유명한 소비에트의 광대 카란다시*와 함께 공연하던 그 유명한 강아지 클랴크사와 가까운 친척 사이였다.

타티야나 세르게예브나는 훌륭한 조직 수완을 가졌던 덕분에 전 세계 사방에 인맥이 펼쳐져 있었다. 강아지가 생기자 그녀에게는 수의사가 필요해졌다. 수의사가 나타났다. 그리고 그 수의사는 딸을 데리고 왔다. 타티야나 세르게예브나는 이 딸을 베토치카*라고 부르기 시작했다. 왜냐하면 그녀는 매우 말랐고 게다가 수의사의 딸이었기 때문이었다.

타티야나 세르게예브나는 베토치카를 후견하였다. 하지만 동시에 그녀를 자신의 목적에 사용하였다. 그녀를 전신국에 편지 부치러 심부름을 보냈고 극장표를 가져오라고도 시켰다. 다시 말해서 그녀를 여러 방면으로 시동처럼 쓴 것이다. 타티야나 세르게예브나는 미인이었을 뿐만 아니라 모스크바의 패션 리더였고 대단한 열정으로 옷에 신경 썼다. 패션으로 그녀를 '물리칠' 사람은 많지 않았다. 타티야나 세르게예브나를 거치지 않고서는 어떠한 초연도 성공적으로 이루어질 수 없었는데 매번 초연에는 특별하고 눈에 띄는 의상이 그녀를 위해 준비되어 있어야 했다……. 타티야나 세르게예브나는 위탁 판매원, 중매인, 투기꾼 들을 한 무더기 알고 있었다. 그들은 무언가를 극장에 공급하고 또 가끔은 극장에 무엇인가를 더 세우기를 부탁하였다. 그래서 타티야나 세르게예브나에게는 일종의 '창고'가 생겼다. 타티야나가 후견하는 사람들만이 이곳으로 들어갈 수 있었다. 타티야나 세르게예브나는 꽤 자주 베토치카에게 누군가에게는 구두를, 누군가에게는 돈을 가져다주라고 시켰고, 혹은 반대로 사람들이 타티야나 세르게예브나에게 빨리 무언가를 가져다주라고 그녀에게 부탁했다. 물론 이 모든 것은 무상의 서비스였다. 하지만 타티야나 세르게예브나도 베토치카에게 유용할 때가 있었다. 그녀는 베토치카에게 극장표나 기념품 같은 것을 선물했고, 그녀와 차를 마시면서 배우들의 삶에 대한 재미있는 이야기를 들려주곤 하였다. 미리 덧붙여 말하자면 바로 이 베토치카는 곧 수의사 학교를 관두고 한 대학의 인문 학부에 들어가게 된다…….

타티야나 세르게예브나의 집안일 도우미인 늙은 타티야나는 집안일에는 전혀 도움이 되지 않았다. 타티야나 세르게예브나는 그녀에 대해, 집안의 하인들은 항상 주인의 단점만을 배우지 장점을 전혀 받아들이지 않는다고 말했다. 길치인 늙은 타티야나는 아주 오래전부터 일주일에 두 번씩 가는 팔라셰프스키 시장으로 가는 길도 까먹을 정도였고 무언가를 전달하는 급사 역할로는 전혀 쓸모가 없었다. 타티야나 세르게예브나 자신도 길을 잃는 것이 두려워 절대 걸어 다니지 않았다. 또, 늙은 타티야나는 너무 지저분했다. 타티야나 세르게예브나는 우리 타티야나는 나를 완전 닮아서 청소할 줄도 모르고 누더기 천들을 끌고 다니는 바람에 내가 뒤를 따라다니며 걸레 조각을 주울 판이야, 라고 웃으며 말하곤 했다……. 타티야나 세르게예브나 자신도 그 비싼 옷들을 침대 옆 바닥에 내동댕이치곤 했다…….

대신에 한평생을 극장 세계에서 보낸 타티야나 세르게예브나는 아침을 매우 싫어했고 충실함을 높이 평가했다. 근데 사람들은 그녀를 두고 굉장한 획책가라고 말하곤 했다. 도우미인 늙은 타티야나는 여주인에게 그저 충실한 정도가 아니라 아예 통째로 그녀에게 소속되어 있었다.

타티야나 세르게예브나는 젊은 아가씨인 베토치카에게는 상당히 이상한 역을 맡겼다. 그녀는 이 집의 양녀도 아니었고 하인도 아니었다. 수의사의 입장에서는 소녀와 사교계 여인의 이 관계는 탐탁지 않은 것이었다. 수의사는 추차가 어린 강아지였을 때에는 타티야나 세르게예브나의 집에 아주 간혹 찾아가곤 하였다. 강아지는 건강했다. 그는 강아지에게 정해진 예방 접종을 시켰고, 형식적으로 면목을 세우기 위해 뜸하게 방문했다.

베토치카는 마치 직장을 다니는 것 같았다. 타티야나 세르게예브나가 전화를 하면 소녀는 쏜살같이 집을 나갔다. 보통 가정에서 자란 열여덟 살짜리 소박한 아가씨와 이 늙은 암사자 사이에 무슨 공통점이 있는 걸까?

소녀의 외모는 소박함에서는 점점 멀어져 갔다. 타티야나 세르게예브나의 집에서 소녀는 몇몇 놀라운 물건들을 얻게 되었다. 별로 비싸진 않지만 너무 작아서 주인을 만나지 못한 진짜 청바지, 외국인들이 가져온 물건들을 사들이는 장사꾼이 일본인 관광객에게서 수완 좋게 '벗겨 낸' 작은 치수의 격자무늬 깃 인조 가죽 재킷. 부모는 조금 놀랐지만 돈을 주었다. 그들은 가난하지 않았고 그녀는 그들의 외동딸이었다.

가끔 타티야나 세르게예브나가 몸이 안 좋을 때면, 베토치카는 추차와 산책을 했다. 강아지는 집안일 도우미를 못 미더워했다. "둘 다 길을 잃어버리는 거 아니야?" 타티야나 세르게예브나는 웃으며 털북숭이 강아지의 머리를 껴안았다. 추차는 여주인의 접시에서 밥을 먹었고 여주인과 한 침대에서 잤다. 하지만 강아지는 파벨 알렉세예비치에게는 조용한 짜증으로 대했다. 타티야나 세르게예브나는 믿음과 충직함만큼 높이 사는 것이 없었고 추차가 바로 그랬다.

타티야나 세르게예브나를 방문하는 수많은 무대 연출가들 중에는 이상한 습관을 가진 나이 든 말더듬이 '샌님 유릭'도 있었다. 베토치카가 어느 날 그의 교태 부리는 듯한 행동에 대해 어리둥절해하고 있자 타티야나 세르게예브나가 얼른 모든 것을 설명해 주었다.

"베토치카, 저 사람은 그냥 보통의 게이일 뿐이야. 이상할 것이라곤 하나도 없어. 책도 읽고 음악당도 다닌다니까. 주위 사람들과 잘 지내. 저 사람을 극장에서 처음 알게 되었는데 우리 극단 사람 중에 친구가 있었나 봐. 저 사람은 나한테 마르크스 출판사에서 나온 모든 러시아 고전들도 가져다주었고, 『브록하우스&에프론 백과사전』*이랑 은세기* 시대의 작품들을 전부 가져왔어…….파벨 알렉세예비치가 역사 관련한 책들을 그에게 주문하거든. 굉장한 사람이야."

4년 정도의 시간이 흘렀다. 어쩌면 6년일지도 모른다. 베토치카는 인문 학부를 졸업했다. 타티야나 세르게예브나는 그녀의 전공에 맞추어 직장을 잡아 주었다. 그것은 새 극장의 대본 담당 자리였다. 이제 베토치카는 오가는 길에 '벨로모르'나 트보로크를 사다 나르던 이전의 파발꾼 역할을 넘어섰다. 그들은 이제 오랫동안 현재와 이전의 극장과 그 연극사에 대해서 이야기했다. 이제 그녀는 파벨 알렉세예비치와도 이야기를 나누게 되었다. 타티야나 세르게예브나가 그녀의 지위를 그 정도로 높여 준 것이다! 파벨 알렉세예비치는 치밀한 사람이었고 비밀스러운 슬라브주의자에 군주제 지지자였다. 이때 즈음부터 베토치카에게도 자기만의 비밀스러운 지인들—이들의 성향은 정반대라고 할 만큼 반체제적인 것이었다—이 생기기 시작했다. 그녀는 늙은 여배우에 대한 자신의 어릴 적 도취를 극복한 것 같았다. 그녀는 늙은 여배우에게 비판적으로 대했다. 더 이상 어린 시절의 열광은 없었다. 하지만 둘 사이의 관계는 그럼에도 불구하고 계속 가까웠고 진심이었다. 그리고 곧 타티야나 세르게예브나에게서 병이 발견되었다. 그녀는 궐련을 연달아 피우며 말했다.

"내 심장에는 니트로글리세린보다 '벨로모르'가 더 필요해. 그리고 더 필요한 게 있다면 그건 우정이지."

베토치카는 1965년에 시집을 갔다. 그리고 추차는 당뇨병을 앓았다. 타티야나 세르게예브나는 그녀의 결혼식에 오지 않았다. 하지만 그녀에게 다이아몬드 반지를 선물해 주었다. 이 반지는 오래된 것으로 밝고 하얀 큰 돌이 중앙에 있고 많은 자잘한 돌가루들이 그 주위에 뿌려져 있는 것이었다. 추차는 하루에 세 번씩 주사를 맞았다.

결혼을 하고 나서 베토치카는 페트로프카에 사는 남편에게로 이사를 왔다. 타티아나 세르게예브나의 집 창문 너머로 보이던 돌고루키* 동상에서 10분만 걸으면 되는 거리였다. 이제 베토치카는 이 늙은 예술가들의 방으로 들어가는 열쇠를 받았다. 그리고 그들이 아직 일어나지 않은 이른 아침에 조용히 그들의 방으로 들어가 추차에게 첫 번째 주사를 놓았다. 똑똑한 강아지는 열쇠 구멍에서 잘그락거리는 소리가 나면 주인의 침대에서 뛰어올라 베토치카 옆으로 왔다. 낮에 맞는 주사와 저녁에 맞는 주사를 놓으려는 간호사가 왔다.

타티아나 세르게예브나와 추차의 건강은 악화되었다. 가사 도우미인 타티아나도 겨우겨우 다리를 끌었고 예전보다 더 정신이 맑지 못하게 되었다. 타티아나 세르게예브나는 집 밖으로 나가는 것을 완전히 그만두었다. 그녀는 작품의 초연에도 음악회에도 가지 않았다. 다리가 부어올라 걷기가 쉽지 않았다. 그녀는 머리를 염색하거나 눈을 그리는 것을 그만두었다. 오랫동안 예비로 묵혀 두었던 빨간색 프랑스제 루주로 대충, 가끔씩은 엉망으로 입술을 칠하는 것이 고작이었다. 모스크바 시내 전체에서 유명했던 그 재킷, 그러니까 중앙아시아식 수공예로 자수가 놓인 비단과 고블랭으로 만들어진 재킷은 이제 너무 낡아서 가슴 부분이 해졌다. 하지만 이런 것은 더 이상 그녀의 관심을 끌 수 없었다. 무엇보다도 추차의 병이, 자기 자신의 병보다도, 그녀를 슬프게 하였다. 그녀는 자신이 추차의 죽음을 견디어 내지 못할 것이라는 괜한 생각을 하였다. 베토치카도 강아지 추차의 죽음을 두려워하기 시작하였다. 수의사인 아버지는 강아지를 보러 종종 와서 인상을 잔뜩 찌푸리고는 혈액 분석을 위해 채혈을 해 가곤 했다. 하지만 어떠한 긍정적인 결과도 약속하지는 않았다.

어느 날 아침 베토치카가 주사를 놓으러 왔을 때, 그녀는 추차가 문 근처에 있는 양탄자에서 죽은 채로 있는 것을 발견하였다. 강아지는 자신의 죽음으로 사랑하는 여주인 타티야나 세르게예브나를 놀라게 하지 않으려고 했는지, 동물만이 지닐 수 있는 배려심의 표현으로, 주인의 침대에서 몰래 나와 죽은 것이었다. 베토치카는 목욕실에서 수건을 가져와 추차를 덮어 말아 밖으로 가지고 나갔다.

타티야나 세르게예브나는 자신이 사랑하는 강아지의 죽음을 모두가 예상했던 것보다는 아주 침착하게 받아들였다. 그녀는 자신이 사랑하는 강아지의 죽은 모습을 보지 않도록 배려해 준 베토치카에게 감사했다. 사람들이 그녀에게 와서 죽은 강아지를 어떻게 처리했는지 물어보았다. 베토치카는 강아지를 자신의 작은 별장에 있는 가장 구석진 땅, 자작나무 아래에 묻고 그 위에는 둥근 돌을 얹어 두었다고 했다.

"하얀색 돌이야?" 타티야나 세르게예브나가 물었다.

베토치카가 고개를 끄덕였다. 그 돌은 사실 거의 하얀색에 가까울 정도로 밝은 색이었다.

파벨 알렉세예비치는 오데사로 초청 공연을 가기로 했다. 타티야나 세르게예브나는 어린 시절을 이 환상적인 도시에서 보냈다. 그래서 그녀는 남편과 오데사에 같이 가기로 결정했다. 그는 엄청나게 기뻐하였다. 그는 늙어 가는 투샤 때문에 마음이 아팠기 때문이다.

최근 들어 다섯 살밖에 되지 않는 부부 사이의 나이 차이가 눈에 띄게 드러나기 시작했다. 잘생긴 남자들에게 흔히 그러하듯이 오랫동안 지속되는 젊음이 파벨 알렉세예비치에게도 그의 삶 마지막까지 적용되었고 바로 그것이 겉으로 드러나지는 않았지만 타티야나 세르게예브나를 짜증 나게 했다. 그리고 그는 그것을 느끼면서 다소나마 늙어 보이는 척하며 그녀의 비위를 맞추려고 노력하였다. 그는 신발 끈을 묶으면서 연극에서처럼 끙끙대는 시늉을 했고 자주 지친다고 말했고 손에 클류체프스키*의 책을 들고 부인 옆에 앉아 있고 아무것도 하지 않으려고 했다. 사실 둘이 같이 살아온 평생 동안 그들 부부 생활에서의 감독은 항상 그녀였다. 그는 스스로 즐길 줄을 몰랐다. 배우에게 어떤 즐거움이 있겠는가—매일 모든 사람을 즐겁게 해 주는데 말이다!

타티야나 세르게예브나는 벌써 10년 동안 모스크바 밖으로 한 번도 나가지 않았다. 마지막 4년 동안은 아예 집 밖으로 나서지도 않았다. 시도는 해 보았지만 실패였다. 밖으로 나서자마자 곧장 심장이 미친 듯이 뛰기 시작했다. 그러나 이번에는 마음을 다잡았다. 여기에는 여러 가지 이유가 있었다. 우선은 추차가 없는 집은 너무나 휑했다. 그리고 갑자기 오데사가 너무 보고 싶어진 탓도 있었다.

그녀는 극단에서 초청 공연을 다녔던 그 예전처럼 여행 준비를 시작했다. 도움을 받기 위해 베토치카를 불렀다. 한때 유행이었던 격자무늬 천 트렁크가 대령되었다.

베토치카는 타티야나 세르게예브나가 그 후로 벌써 안감까지 천으로 되어 있고 다림질한 옷이 구겨지지 않도록 잡아 주는 끈이 있는 최신의 트렁크들이 나와 있다는 것조차도 모를 것이라고 생각했다. 그러나 그녀는 아무 말도 하지 않았다.

전날 밤 아직 남아 있던 여자 무대 연출가 하나가 타티야나 세르게예브나에게 옅은 풀색의 긴 실크 치마를 가져다주었는데 이 치마에 맞는 블라우스를 찾던 그녀가 짜증을 내고 있다. 아무것도 이 치마에 맞지 않는 것이다. 그녀는 문득 좋은 생각이 났는지 베토치카에게 침실로 오라고 해서 장롱의 아래 서랍에 아주 오래전부터 모셔 두었던 명주 천을 꺼내라고 시켰다. 어울려야 할 텐데. 녹색 테두리 처리가 된 회색빛을 띠는 하얀색의 천은 정말로 잘 어울렸다.

"너희 집에 재봉틀 있니?" 두 천을 어떻게 재봉해야 하는지 이리저리 생각하면서 타티야나 세르게예브나가 물었다.

"있어요." 더 이상 어떤 일이 벌어질지 예상치도 못한 채 베토치카가 대답했다.

"그러니까 내일 내가 이걸 입고 가려면 오늘 다 꿰매 놔야겠네."

베토치카는 카렐리야 자작나무로 된 접이식 의자에 앉았다.

"바느질 못하는데요! 이제껏 한 번도 재봉틀에 앉아 본 적도 없는걸요!" 그녀가 절망적으로 소리쳤다.

"베토치카, 어쩔 수 없잖아. 넌 손재주도 좋고 머리도 좋잖아, 한번 생각해 봐, 멋진 일이잖아! 블라우스를 한 벌 짓는 거야."

그녀는 양심을 속였다. 그녀는 블라우스를 어떻게 지어야 하는지 너무나도 잘 알고 있었다. 그것은 대단히 전문적인 일이었다. 하지만 늘 그녀를 도와주던 소품실에는 이제 아무도 남아 있지 않았다. 그들도 내일 아침 다 같이 초청 공연을 떠나는 이들이었다.

처음에 베토치카는 단호하게 거절하였다. 그다음에는 이미 한 발 물러서서 자신이 일생 동안 단 한 번도 소매를 꿰맨다든지 단추 구멍을 감치는 일은 한 적이 없음을 설명하기 시작했다.

"문제 될 건 없어. 예전에 입던 헌 블라우스 솔기를 다 뜯어내 줄게. 아주 간단하게 만들어진 옷이야. 전혀 어렵지 않은 모양이라고. 그걸 천 위에 펼쳐 놓고 압핀으로 여기저기 고정시킨 다음에 그대로 본을 대고 잘라 내기만 하면 돼. 단추는 감치지 않아도 돼, 그냥 똑딱 단추를 달면 되니까." 그러고 나서 그녀는 자개로 된 패

물함을 열어 똑딱 단추들이 잔뜩 꽂혀 있는 종이를 꺼냈다. "소매는, 정 힘들면 안 달아도 돼. 소매 없이 입지 뭐."

"정말 못해요, 타티야나 세르게예브나. 바느질 못한다니까요." 가여운 베토치카는 계속해서 필사적으로 반대 의사를 표명했다.

타티야나 세르게예브나는 단호한 얼굴로 옷걸이에서 빨간 실크 블라우스를 꺼내 던지며 명령했다.

"다 뜯어내!"

"솔기 뜯는 것도 못한다니까요." 베토치카가 앵앵거렸다.

타티야나 세르게예브나는 가위를 가져와 블라우스를 끌어당겨 가위 날 사이에 넣고 재봉 선을 뜯기 시작했다.

"할 수 있든 없든, 닥치면 다 하게 되어 있어."

그녀는 솔기를 다 뜯어낸 블라우스 본을 베토치카에게 집어 던졌다.

"일단 1센티미터 간격으로 시침질해! 소매는 못하면 안 달아도 돼."

타티야나 세르게예브나의 이 어처구니없는 귀족다운 명령 때문에 정신이 어질어질하고 마음이 상한 베토치카가 밖으로 나가려 문손잡이를 잡았을 때 타티야나 세르게예브나는 갑자기 무언가를 생각하는 듯 조용해졌다. 그래서 베토치카는 그녀가 생각을 바꾸어 이제 곧 깔깔대고 웃다가 다 농담이라고, 녹색 테두리가 쳐진 하얀 블라우스는 필요 없다고 할 줄 알았다……. 하지만 아니었다. 반전은 완전히 다른 성격의 것이었다.

"잠깐만 기다려 봐." 타티야나 세르게예브나는 침실로 돌아가 검고 투박한 스테이플 천을 벌린 손에 들고 오더니 조용히 그리고 부탁하는 투로 이렇게 말했다.

"검은 블라우스도 하나 필요해. 이 블라우스는 긴 소매가 필요해, 부탁한다……."

베토치카는 아무런 대답도 하지 않고 집으로 걸어 돌아가면서 다른 것에 대해서는 온순하면서 유독 타티야나 세르게예브나에 대해서는 짜증을 내는 남편이 자신에게 이번에는 대체 무슨 말을 할지 상상했다…….

베토치카는 밤을 지새우며 천을 작게 자르고 시침질하고 박음질했다. 바느질에 대해서는 정말 대강밖에 모르는 문외한인 그녀였지만 다행히도 시어머니의 재봉틀은 아주 쓸 만한 것이었다. '징거' 사(社)에서 만든 이 오래된 재봉틀은 복잡하지 않고 다루기가 쉬웠다. 바늘땀은 작은 바퀴의 단순한 돌아감에 따라 적정하게 맞추어졌다. 돌아가는 꼴도 천을 전혀 끌지 않고 가벼웠다. 여러 번 솔기를 뜯고 다시 꿰매야 하는 경우도 있었다. 그러나 새벽 3시 반쯤 블라우스의 가장자리가 모두 제대로 단 처리가 되었고 단추들도 제자리에 박히게―물론 첫 번에 성공한 것은 아니다― 되었다. 베토치카는 기쁨에 가득 차 자신이 해낸 일을 쳐다보았다. 너무나 기뻐서 잠도 오지 않았다. 그녀는 검은색 스테이플 천을 들고 생각했다. 에이, 바보같이, 쉬운 이 검은 천부터 시작했으면 좋았을 것을…….

그녀의 두 번째 작품은 첫 번째 작품보다 속도가 빨리 나갔고 아침쯤에는 두 벌의 블라우스―하얀색, 검은색― 모두를 완성할 수 있었다. 검은색에는 물론 소매도 달려 있었다. 소매는 끝에 커프스를 단 것이 아니라 시골식으로 짧게 잘린 스타일이었다.

"됐어!" 베토치카는 마침내 자기 성에 찼다.

시간이 남아 블라우스를 배달하기 전에 한 시간 정도 잠도 청했다.

타티야나 세르게예브나는 베토치카를 기쁨에 차 환영했다. 그녀는 블라우스 더미를 받더니 펼쳐 보지도 않은 채 말했다.

"베토치카, 너 정말 믿을 만한 사람이구나. 아주 신용 있어."

그리고 파벨 알렉세예비치와 타티야나 세르게예브나는 오데사로 떠났다. 사람들은 꽃으로 그들을 환대하며 자동차로 호텔로 안내했다. 그들은 타티야나 세르게예브나가 어렸을 적 그토록 좋아했던 프리모르스키 가로수 길을 걷기 위해 나왔다. 그녀는 녹색치마와 베토치카가 바느질한 블라우스를 입고 있었다. 호텔에서나와 겨우 10미터쯤 걸었을 무렵 그녀는 앞으로 고꾸라지며 넘어졌고 곧장 죽어 버렸다.

오데사에서는 난리가 났다. 무더웠다. 하지만 아무도 공연을 취소하지는 않았다. 파벨 알렉세예비치는 아침부터 저녁까지 울고는 저녁이 되면 얼굴에 분장을 하고 무대로 나갔다. 타티야나 세르게예브나를 실은 납으로 된 관은 기차로 모스크바까지 운반되었다. 장례식은 모스크바에서 있었고 장례 미사는 일리야 오브이젠느이 성당에서 치러졌다.

모스크바의 예술가란 예술가는 다 모였다. 검은 옷의 부인들—이들 중 몇 명은 모자를 썼다—은 서로서로가 어떤 옷을 입고 왔는지 살폈다. 고인과 작별 인사를 할 시간이 되었다. 베토치카는 관으로 다가가 관에 있는 조그맣고 뿌연 창문을 쳐다보았다. 아름다운 얼굴도, 아무것도 보이지 않았다. 예의 그 블라우스의 검은 스테이플 천 조각이 보일 뿐이었다…….

# Ménage a trois*

알리사는 매우 일찍 남편을 잃었다. 스물일곱 살 때였다. 그때부터 그녀의 눈부신 아름다움은 향할 곳 없는 것이 되어 버렸다. 그녀는 남편의 죽음 이후 그의 첫 번째 부인인 프리다와 그녀의 아들인 보렌카*와 함께 살게 되었다.

처음에는 프리다의, 그 후에는 알리사의 남편이었던, 이 공동의 남편은 바로 작가 벤야민 KH.였다. 이디시 어*로 글을 썼던 그는 정열가였다. 그에게 고양된 감정이라는 것은 코나 입, 두 귀처럼 본성적인 것이었다. 많은 이들이 바로 이 이유 때문에 그를 바보라고 생각했지만 사실 그는 바보는 아니었다. 그는 단지 열정적으로 정당하게, 맹렬하게 삶을 사랑했던 것뿐이었다. 그리고 그것이 조용하게 살고 있는 이들에게는 짜증이 되었다. 삶에 대한 기쁨도 보통이 아니었지만 그에게는 특별한 재능이 있었다. 그는 문학을 사랑하였다. 러시아 문학, 프랑스 문학, 폴란드 문학, 핀란드 문학─손에 닿는 모든 문학을 사랑하였다. 그는 읽은 것이라면 무엇이든 기억했다. 그리고 그것을 이디시 어로 썼다. 입센의 희곡을 읽으면 그 비슷한 희곡을 다시 이디시 어로 썼다. 다게스탄 시인의 시를 읽으면 역시 약간 비슷한 것을 유대인의 언어로 썼다.

전쟁 전까지 그는 비록 그것이 유행하지는 않았지만 이디시 어로 쓸 수 있었다.

첫 번째 부인인 프리다도 문학을 사랑했지만 남편만큼은 아니었다. 좋아하는 작가들이 있었지만 모든 작가를 좋아한 것은 아니었다. 그녀는 출신 때문에 이디시 어를 배워 어느 정도 조금은 알고 있지만 더 알려고는 하지 않았다. 당연히 그들은 문학적인 이유로 만나게 된 것이었다. 둘 다 하리코프에 있는 청년 신문 소속 시 동아리를 다녔다. 이와 같은 문학에 대한 사랑으로부터 1924년 보렌카가 태어났다. 그리고 1933년, 무언가 새로운 감정이 아이 아버지를 덮쳤고, 그 결과 그는 이디시 어로 이것에 관한 많은 시를 썼다. 그러나 경탄할 만한 여성인 알리사는 이디시 어를 알지 못했다. 그녀는 지금의 레닌그라드 주인 잉그리아 지역에서 태어났기 때문에 그 많은 외국어들 중에서 핀란드 어만 알고 있었다.

따라서 다음과 같은 사실이 밝혀진다. 그녀는 벤야민의 작가적인 재능에 매료된 것이 아니라 무언가 좀 더 근본적인 것에 끌려 전처와 아이를 버린 이 이혼남과 결혼한 것이다. 남편 말고 알리사가 사랑하는 것이 또 있었으니 그것은 동물이었다. 그녀는 특히 털이 많은 고양이나 새, 그중에서도 카나리아, 그리고 자수를 좋아하였다. 그녀는 옷 장식으로 사용되는 아주 섬세한 무늬를 수놓을 줄 알았다. 이런 식의 자수는 이미 전쟁이 시작되기도 전에 유행이 다 지난 것이 되어 버려 요즘에는 아무도 하지 않는다.

가정의 일에만 머무를 수 없었던 프리다는 아들과 함께 모스크바에 있는 친오빠 세묜에게로 갔다. 세묜은 산림부도 광업부도 아닌 어떤 부서에선가 높은 자리를 차지하고 있었다. 오빠 덕분에 프리다는 일자리를 얻을 수 있게 되었다. 그녀는 진보적인 여성이

어서 질투심 따위는 구시대의 부르주아적 유산으로 여겼기 때문에 처음부터 질투심은 강철 같은 팔로 그 뿌리부터 짓눌러 버렸다. 그녀는 불쌍한 보렌카와 함께 힘겹게 살았지만 그들의 삶은 매우 문화적인 것이었다. 그들은 독서도 많이 했고 극장이나 콘서트, 공개 토론회 들을 다녔다.

전남편과 프리다 사이에는 활발히 편지가 오고 갔다. 남편이 그녀에게 이디시 어로 편지를 쓰면 그녀는 러시아 어로 답장을 썼다. 그들은 각자 여러 도시를 전전하며 살았지만 계속되는 편지 왕래로 서로를 가깝게 느낄 수 있었다……. 정신적인 친밀함이 육체적인 친밀함보다 더 고차원적인 것이라고 그녀는 확신했다. 물론 하부 구조와 상부 구조가 무엇인지 확실히 알고 있는 그녀는 물질적인 것을 정신적인 것보다 더 중시했지만, 개인적인 삶에 있어서는 이론과는 반대로 자신이 상실한 육체적인 것보다는 자신이 얻을 수 있는 정신적인 것을 선호했다……. 남편도 그녀의 의견과 같아 보였다. 그게 아니라면 이렇게 길고 자세한 편지를 쓰지도 않았을 것이다.

아들 보렌카도 편지의 끝에 아빠에게 안부의 말을 덧쓰곤 하였다. 부모와 마찬가지로 그도 책벌레였고 언어로 된 모든 것―특히 글로 쓰인 작품들― 을 사랑하는 아이였다.

1935년 전남편 벤야민은 주변에서 일어나는 일을 전혀 이해할 수 없다는 아주 고통스러운 편지를 프리다에게 보냈다. 그의 열정은 흔들렸다. 그를 어딘가로 내쫓고 다시 어딘가로 붙잡아 갔다. 게다가 그가 말을 하려고 나선 곳에서는 그를 잘못 이해하였다. 그리고 지금 일어나고 있는 일들의 황당함에 대해서 설명하기 위해 자신의 말을 듣기 원하는 이들을 한참이나 쫓아다녔다. 뒤로 빗어 넘겨 예술적으로 옆으로 내려뜨린 그 아름다운 곱슬머리를 흔들며 더할 나위 없이 아름다운 두 팔을 내밀어도 사람들은 옆으로 물러섰다. 아무도 그의 말을 들으려고도 그를 있는 그대로 이해하려고도 하지 않았다. 프리다는 물론 그럴 수 있었다. 하지만 알리사는 아니었다. 그녀는 무언가를 이해하기에는 너무나 젊고 예뻤다. 게다가 그녀는 유대인도 아니었다. 비유대인이 유대 정신의 전율을 이해한다는 것은 아무래도 힘든 일이었다. 게다가 알리사는 북쪽 여자로 그녀에게 매우 잘 어울리는 직업인 속옷 재봉사 출신이었고 그의 부모도 마찬가지였다. 옷에 레이스를 다는 것이 아직 황당한 일은 아니었을 때, 그녀의 부모는 페테르부르크에서 작은 사업을 했었다. 이렇듯 알리사의 뿌리라는 것은 완전히 부르주아적인 것이었음에도 불구하고 그녀의 아름다움은 패배하지 않았다. 오히려 반대였다.

알리사는 자기 남편이 글을 쓸 때 사용하는 언어를 이해하지 못했다. 남편을 사로잡고 있는 이 복잡한 관계들에 대해서 이해하지 못했다. 그래도 그녀는 남편을 무척 사랑했다. 잘생기고, 착하고, 쾌활한 그는 그녀에게 아무것도 요구하지 않는 사람이었다. 그리고 그는 매일매일 삶의 기쁨이라는 강력한 재능을 잃어 가면서도 오직 그녀에 대해서만 그녀의 젊은 아름다움의 미끈한 외면과 달콤한 앙꼬 속에서 자신의 고갈되어 가는 낙관주의에 대한 최후의, 그러나 결코 논박할 수 없는 그런 확신을 얻었다.

하리코프에서의 상황이 더 이상 참을 수 없게 되자 작가는 모스크바로 왔다. 앞으로의 자기 삶을 프리다와 상의하기 위해서, 어쩌면 고위 관직에 있는 그녀의 오빠 세몬과 상의하기 위해서였는지도 모르겠다.

오직 그만을 사랑하는 알리사는 그를 혼자만 놓아주지는 않았고 그들은 둘이 함께 상경하기로 하였다. 1935년 5월 말 벤야민은 바르소노피예프스키 골목에 있는 집의, 발로 차 망가진 문에 달린 초인종을 눌렀다. 네 번째로 초인종을 눌렀을 때 아들 보렌카가 문을 열었다. 그들은 서로에게 달려들어 껴안았다.

"누가 왔니?" 저녁때면 항상 방에서 책을 읽는 프리다가 물었다. 그녀는 가죽에 잔금이 간 소파에서 엉덩이를 떼지 않은 채 물었다.

"아빠가 왔어요!" 아빠 어깨 뒤에서 몰래 건너보고 있는 미녀를 알아채지 못한 채 보렌카가 기뻐하며 외쳤다.

"프리다, 우리가 왔어." 전남편이 외쳤다.

프리다는 벤야민의 등 뒤에서 이쪽을 건너다보고 있는 바보 같은 검은 모자를 쓴 금발 머리를 보자마자 가슴속에서 솟아오르는 구시대의 소시민적 유물을 순간적으로 눌러 두고는 소파에서 벌떡 일어섰다. 그 바람에 책들이 우수수 떨어졌다. 그녀는 여러 권의 책을 한꺼번에 읽는 습성이 있었다.

"아, 마침 나한테 고기 통조림이 있는데." 전 부인이 고기 통조림을 가지고 나왔다. 그녀는 어쨌거나 시대를 앞서가는 진보적인 여성이었다.

첫 이틀 동안 프리다는 소파를 손님들에게 양보하고 조그만 아들 침대에서 서로 머리를 거꾸로 하고 잤다. 그리고 찬장을 옮겨 방을 두 개로 나누고 접이식 간이침대를 사들여 놓고 한 가족으로 살기 시작했다.

작가는 어떤 실수를 저지른 것인지, 왜 잘 계획된 삶이 이토록 잘못된 방향으로 나아가고 있는지 이해할 수 있기를 기대하면서 꺼져 가는 열정으로 아는 사람들, 작가들과 배우들을 찾아다녔다.

하지만 하리코프에서와 마찬가지로 사람들은 그를 서둘러 피했다. 그래서 그는 자신에게는 아무도 이야기해 주지 않은 무언가 중요한 어떤 것을 그들은 전부 알고 있다는 느낌을 받았다……. 하지만 중요한 것은 그와 이야기하기를 꺼리던 사람들이 사라지고 있다는 것이었다……. 어찌어찌 1년이 지나갔다.

출판사들은 희곡이든 단편이든 시든 그가 쓴 것은 이미 오래전부터 받지 않았다. 그는 점점 건강이 나빠졌다. 그의 머리는 희끗희끗해지고, 제 나이의 건장한 쉰 살이 아니라 일흔 살처럼 보였다. 심장도 아팠다. 팔과 다리가 저렸고 1937년 겨울에는 건강하던 이들이 아무 이유 없이 빠지기 시작했다.

고위 관리인 세묜은 벤야민을 만나려 하지 않았다. 세묜은 예전부터 벤야민을 떠버리로 생각하고 있었다. 게다가 이제는 벤야민이 아예 염치없이 자신이 버렸던 가족의 삶을 방해하고 있었으니 그러면 코빼기도 보기 싫었다. 세묜은 다른 이들이 가지고 있지 않은 원칙들을 가지고 있는 사람이었다.

3월에 벤야민은 앓아누웠다. 그의 두 부인이 그를 돌보았다. 의사가 방문하여 그의 심장 박동을 들어 보더니 속히 응급 구조차를 부르라고 하였다. 입원이 필요했다. 하지만 주사만 놓았다. 아내들은 응급 구조대를 내일 아침 부르기로 하였다. 하지만 밤사이에 다시 발작이 시작되었다. 응급 구조대가 급히 도착해서는 그를 '제1 도시 병원'으로 옮겼다.

알리사와 프리다가 잠을 잘 수 없었던 것은 연달아 도착한 또 다른 차 한 대 때문이었다. 차에는 네 명의 남자가 타고 있었는데 두 명은 군복을, 다른 두 명은 사복을 입고 있었다. 아내들은 벤야민이 방금 전 병원으로 실려 갔다고 말했다. 그러자 네 명은 수색을 시작했다. 그들은 유대 문학에 엄청난 손실을 입히면서 모든 원고를 수거해 갔다. 벤야민을 체포할 수는 없었다. 왜냐하면 그는 이미 그들의 손이 미치지 않는 곳으로 도망쳤기 때문이었다—그는 그들이 그의 집을 덮친 바로 그 순간에 병원에 다다르지도 못한 채 앰뷸런스 안에서 죽었다. 아버지의 쾌활함을 물려받은 보랴는 이 밤부터 입을 다물더니 '네', '아니요' 이외의 다른 말은 더 이상 하지 않았다.

찬장을 원래 자리로 되돌려 놓지는 않았다. 알리사는 이제 찬장 뒤에서 작가 없이 혼자 살았다. 두 여자 모두 한꺼번에 과부가 된 것이다. 과부가 되고 나니 어쩐지 두 부인들은 한 남편에 대한 권리가 공평하게 된 것처럼 되어 버렸다. 하지만 이미 모두가 잊어버렸지만 옛 전통에 따르자면 둘째 부인을 책임져야 하는 것은 첫째 부인이었다. 프리다는 일을 하러 다니고 알리사는 방을 청소하고 수프를 끓이고 바느질을 했다.

프리다는 남편 잃은 상실감을 쉽게 견뎌 냈다. 어쨌든 남편은 프리다에게서 차근차근 떠나간 것이었다. 처음에는 다른 여자에게로, 그것도 완전히 한꺼번에 떠나간 것이 아니라 부분적으로 조금씩 떠나갔었다. 정신적인 연대나 서로에 대한 이해는 그대로였다. 아니 오히려 더 강해졌다고 할 수 있을 정도였다. 그리고 프리다가 그의 부분적인 부재 또는 온전치 못한 존재에 거의 적응했을 무렵에야 완전히 떠나갔다.

저녁 식사가 끝나고서 밤이 되자 프리다는 아나톨 프랑스의 너덜거리는 책과 함께 접이식 간이침대에 몸을 뉘였다. 아직 소파는 알리사 몫이었다. 알리사는 곁에 앉아 바느질을 하고 있었다. 프리다는 알리사에게 『천사들의 반란』 중 가장 훌륭한 장면들을 읽어 주었다. 그러면 알리사는 바늘을 천에 찌르지도 못한 채 동작을 멈추고 연약한 북쪽 사람의 눈물을 닦았다. 아, 벤야민도 소리 내서 책 읽어 주는 걸 참 좋아했는데! 프리다가 이런 사실을 눈치채면 그녀는 한 팔로 팔꿈치를 괴고 몸을 일으켜 다른 한 팔로 이 젊은 여인의 시골스러운 노란빛이 도는 밝은 머리카락을 쓰다듬어 주었다. 그러면 알리사는 프리다의 무거운 팔을 자기 쪽으로 끌어안고는 이내 잠이 들어 아이처럼 조용히 코를 골았다.

알리사에 대한 프리다의 안타까움은 이중적인 것이었다. 그녀는 벤야민의 이름으로 그녀를 동정했다. 그리고 알리사에게는 이러한 동정이 절실히 필요했다. 보랴는 반대였다. 보랴는 엄마에게서 멀어졌다. 그는 자신의 머리를 쓰다듬는 것도 허락하지 않을 정도로 난폭하고 낯선 아이가 되었다.

어느 날 프리다는 아이같이 조용하게 훌쩍이는 콧소리 때문에 한밤중에 잠에서 깨었다. 알리사가 찬장 뒤에서 울고 있었다. 프리다는 칸막이를 넘어가 소파에 앉았다. 알리사가 그녀의 팔을 끌어당겨 자신의 이마 위로 가져다 댔다.

"왜 이래, 알리사? 아픈 거야?" 프리다는 속삭이며 말할 줄 몰랐다. 그녀는 단지 자신의 우렁찬 목소리를 조금 낮추어 말했다. "차라도 좀 데워 줄까?"

"추워요." 알리사가 속삭였다. 프리다는 커다란 맨발을 쿵쾅거리며 자신의 접이식 간이침대로 가서 담요를 가져와 알리사에게 덮어 주고는 자신은 그 옆에 누웠다. 그들은 오래도록 입을 맞추었다. 프리다는 불쌍한 알리사의 가냘픈 어깨를 쓰다듬었다. 그리고 푸른 귀걸이가 달린 그녀의 아이 같은 귀를 살짝 깨물었다. 한때, 벤야민도 귀를 깨무는 걸 좋아했었다…….

벤야민이 죽고 난 후 알리사는 정말 운 좋게도 볼쇼이 극장의 재봉사로 취직하게 되었다. 그곳에는 몇몇의 나이 든 재봉사들이 있었는데 하나가 세상을 떠나고 또 다른 하나가 퇴직을 하게 되어서 알리사가 무대 의상 제작에 적임자로 추천되었다. 최고의 솔리스트들 중의 하나가 그녀의 뛰어난 솜씨를 알아봤고 알리사는 많은 봉급을 받게 되었다.

시간이 지나면서 집에는 두 마리의 고양이, 화분 몇 개, 그리고 프리다가 부르주아적이라며 탐탁지 않게 여긴 커튼이 생겼다. 알리사로부터 고요한 온기와 고양이 같은 편안함이 흘러나왔다. 보랴가 학교에서 돌아오고 알리사도 집하고 걸어서 10분밖에 안 걸리는 극장에서 발걸음을 재촉해 집으로 왔다. 알리사는 모스크바에 와서 급하게 뜨개질해서 만들었던 식탁보를 아름다운 팔로 깔았다. 그러고는 집에 있는 도자기 접시 두 개 중 하나를 꺼내—프리다는 남자 같은 성격에 기본적으로 살림에 어울리는 여자가 아니었다— 양아들 보랴에게 식사를 차려 주었다. 알리사는 아버지를 빼다 박은 보랴의 뒤통수를 좋아했다.

두 장의 가족사진, 그러니까 벤야민과 프리다가 1928년에 찍은 사진과 벤야민과 알리사가 1934년에 찍은 사진은 아들이 아버지를 얼마나 닮았는지를 여러 각도에서 확인시켜 주었다.

여인들은 서로 위로하고 도와주며, 또 보랴도 함께 키우며 거의 1년을 같이 살았다. 그런데 정작 보랴는 이것을 필요로 하지도 않고 아예 이것에 대해 반감을 가지고 있었다.

새 부인과 함께 예전 가정으로 돌아온 벤야민의 후안무치에 치를 떨던 세몬은 여동생 프리다를 멍청하고 무딘 사람이라 책망하며 그녀를 더 이상 만나지 않아 오다가 불현듯 여동생에 대한 애틋한 생각이 들어 바르소노피예프스키 골목에 들렀다. 그는 뻔뻔한 식객을 내치려는 생각이었으나 알리사를 보고 나서는 그녀를 동정하게 되었다. 그녀는 매우 부드럽고 감동을 주는 사람이었다. 그는 마음에서 우러나오는 친절함의 제스처를 보였다. 그러나 알리사는 경외심을 담은 놀란 눈으로 그를 쳐다보았다. 그래서 그는 좀 더 준비를 하고—예를 들면 사탕 같은 거라도 좀 사들고— 다음번에 다시 한 번 들러야겠다고 결심을 했다. 프리다는 오빠의 비밀스런 의도를 알고 화가 났다. 그가 가고 나자 프리다는 죄 없는 알리사를 교태를 부린다며 괜스레 꾸중했고 알리사는 울음을 터뜨렸다. 밤이 되자 그녀는 더 서럽게 울어 댔고 프리다는 그녀를 잘 진정시켰다. 둘은 이미 자신들이 일종의 죄를 짓고 있다는 것을 알고 있었지만 죽은 남편은 어떤 편안한 방식으로 그들 사이에 존재하였다. 사실 그는 그들 둘 다를 사랑했었으니 말이다…….

오빠의 연약한 마음을 잘 알고 있는 프리다는 세묜이 곧 무언가, 예를 들면 사탕 상자 같은 것을 들고 다시 한 번 나타날 것이라 생각하고는 반격의 태세를 갖추고 그를 기다렸다. 하지만 오빠 대신 오빠의 부인인 안나 필리포브나가 세묜이 체포되었다며 달려왔다. 그리고 이틀이 지나고 안나 필리포브나도 잡혀갔다. 프리다의 열 살짜리 조카 니나와 여섯 살짜리 조카 리다, 그리고 안나 필리포브나의 정신 지체인 여동생 카탸도 데려가 버렸다. 오빠는 어떤 끔찍한 음모에 가담했던 것이었고 그 이유로 감옥에 갇혔다. 아파트는 도장 찍힌 종이 딱지로 봉인되었다.

프리다는 사방팔방으로 뛰어다녔다. 그녀는 조카들을 찾아 집으로 데려오고 싶었다. 아무래도 조카들은 고아원으로 보내진 것 같았다. 2주간을 그렇게 뛰어다녔지만 모든 사람들은 싫증을 냈던 것 같고, 소녀들을 찾아내는 대신 자기가 사라져 버렸다. 조카들을 찾기 위해서 문지방이 닳도록 들락거렸던 그곳에서 곧장 잡혀갔다.

보랴는 자기 주변에서 일어나는 이 모든 일들—체포되지 않은 아버지의 죽음—의 규모와 의미를 아직도 이해할 수가 없었다. 어머니의 갑작스런 체포도 마찬가지였다.

하루아침에 모든 것이 변했고 이전의 삶에서 남은 사람이라고는 옆에서 울고 있는 알리사뿐이었다. 보랴도 그녀와 함께 저녁 내내 울고 나서는 깊이 잠들었다. 아침이 되어 일어난 그는 자신의 삶을 변화시키기로 마음먹었다. 그는 우선 학교를 그만두고 절연체 공장의 제련 기술 견습생으로 들어갔다. 그리고 두 달 만에 직업 학교에 입학했다. 그는 열다섯 살이었다. 마르고 키가 큰 그는 어깨도 좁고 별로 볼품없었지만, 두 팔은 멀쩡했고 자신의 과제는 살아남기라는 것을 알 정도로 머리도 제대로였다.

책을 향한 사랑은 좋은 시절이 올 때까지 접어 두기로 하고 일단은 엄마가 살아남도록 돕기 위해 제련공이 되어 돈을 벌기로 결심했다. 알리사는 곧 집안에서 누가 중요한 사람인지 깨닫고는, 쉽게 가정의 주도권을 소년에게 양보했다. 알리사가 고집을 세울 수 있었던 유일한 것이라면 조사를 자신이 하는 것이었다. 체포된 사람들에 대한 서류는 알리사가 모두 처리하였다. 모두 보랴의 안전을 위해서였다.

그러나 세묜이 연루되어 있는 사건의 심의가 끝났다는 기사가 신문에 났다. 세 명의 주범에게는 사형이 언도되었고 다른 이들은 25년형을 받았다. 2주 후 알리사는 프리다와 안나 필리포브나가 카자흐스탄 부굴마 부근에 있는 캠프에 있다는 사실을 들었다. 그곳은 조국을 배신한 이들의 가족들이 있는 곳이었다.

알리사는 소포를 보내기 시작했다. 그리고 한 달이 지나자 카자흐스탄에 있는 프리다로부터 첫 편지가 도착했다.

알리사는 더 이상 밤마다 울지 않았다. 사실 그녀를 다독여 줄 사람도 없었다. 그녀는 한밤중이 다 되도록 바느질을 했고 극장으로부터 개인적인 주문도 받았다. 일을 다 끝내 놓고서야 짧은 잠을 청했다. 그녀는 6시에 집에서 나가는 보랴에게 식사를 준비해 주기 위해 일찍 일어났다.

　태어날 때부터 연약하게 태어난 알리사는 어렸을 적 내내 이름 모를 병을 앓았고, 그것 때문에 조금씩 죽어 가고 있었지만 결국은 건강을 되찾았었다. 그런데 그녀는 최근 몇 년간 삶에 대한 애착을 잃었다. 저녁에 잠이 들 무렵이면 은연중에 어쩌면 이렇게 잠이 들어 다시는 깨어나지 못할 수도 있다는 생각이 들었다. 만일 죽는다면, 만일 죽는다면—아예 죽을 방법까지 생각해 보았다. 여자답고 아름다운 죽음이었다. 다리에서 뛰어내리는 거다. 그녀는 자신이 좋아하는 크류코프 수로의 마트베예프스키 다리를 떠올렸다. 거기서 폴짝 뛰어내리면 금방 물에 닿을 거다. 물은 그녀를 저 멀리, 완전히 아무것도 느낄 수 없는 저 먼 곳으로 떠내려 보낼 것이다……. 그녀는 자신을 여기다 혼자 버리고 떠나간 남편과, 전혀 필요치 않은 불행한 삶을 홀로 살아 내라고 자신을 남겨 둔 프리다가 원망스러웠다.

　그녀의 삶을 여기—바르소노피예프스키 골목—에서 지탱하고 있는 것은 보랴의 존재뿐이었다. 우울해 보이는 저 소년에게 아침과 저녁을 해 먹여야 하고 셔츠도 빨아 주고 속옷용 작은 다리미로 다림질도 해 주어야 하고 물려받은 아버지 옷을 덧대 꿰매 주어야 하고 목욕탕 갈 때가 되었다고 매번 가르쳐 주어야 한다……. 저 아이를 혼자 남겨 두어서는 안 된다. 그녀는 마트베예프스키 다리에 대한 생각을 간직하고는 프리다가 돌아올 때까지는 살아남아 아들을 그녀에게 넘겨 주고 나서 떠나야겠다고…… 날아가야겠다고, 둥둥 떠내려가야겠다고 결심했다.

　어머니가 수감되고서부터 전쟁이 시작될 때까지 1년 반 동안 보랴는 간헐적으로 혼란의 열병을 앓았다. 전 국민이 용감하고 영웅적인 삶을 살고 있었다. 삶을 열렬히 사랑하고 열정가였던 아버지의 피가 그를 기쁨과 노동과 영원한 5월의 한복판에 있게 했다. 반면 가족사의 상황, 즉 도망과도 비슷한 아버지의 죽음, 세묜 삼촌과 어머니의 체포, 부조리함과 삶의 기이한 오류들은 모든 이의 축제의 가장자리에 그를 밀쳐 버리고 아무 죄도 없는 그를 죄인으로 만들었다.

갑자기 일어난 전쟁은 견디기 어려운 이 짐으로부터 보랴를 해방시켜 주었다. 그리고 6월 24일 내무반에서 이틀을 보내고, 어찌됐든 제복을 걸쳐 경쾌하고 행복한 소년은—채 열여덟 살도 되지 않았고, 배우지도 못했지만— 다른 모든 소년들처럼, 배치되기 전 일주일 동안 수인들을 후송하는 일을 하다가 드디어 격자 친 창문의 만원 열차에 실려 전방으로 갔다. 하지만 전방에 도착하지는 못했다. 부대가 오르샤 근처에서 비행기 폭격을 당하는 바람에 보랴는 전쟁의 영웅적인 죽음, 피, 더러움 그리고 포위와 포로, 수용소, 총살을 면하게 되었다.

전쟁의 첫 몇 주간은 너무나 혼란스러워 알리사는 보랴의 죽음에 대한 소식을 두 달 후에나 들을 수 있었다. 그리고 프리다가 이 소식을 알게 된 것은 11월 초가 되어서였다. 보랴의 존재가 알리사를 지탱했던 것과 마찬가지로 이번에는 보랴의 부재가 알리사를 지탱하였다. 알리사는 프리다가 돌아올 때까지 살아 있어야 했다. 그렇게 알리사는 삶에 대한 혐오에도 불구하고 프리다에게 그녀의 집과 그녀의 방, 책들, 소파, 벽에 걸린 사진들을 지켜서 전해 주기 위해 살았다. 하지만 잠자리에 들 때 즈음이면 페테르부르크의 노바야 골란디야 근처에 있는 크류코프 수로의 마트베예프스키 다리가 뚜렷한 형체 없이 안개에 휩싸여 그녀를 부르는 듯 반짝거렸다.

극장은 쿠이브이세프로 옮겨 갔다. 알리사는 도시에 남았다. 직장과 관련해서 그녀는 또 운이 좋았다. 그녀는 의학 연구소 부설 병원에서 일하게 되었다. 그녀는 그곳의 세탁물을 관리하는 일을 맡았다. 찢어진 담요들, 열 처리 소독해서 누르스름해진 가운들, 담요 시트들, 베갯잇들, 내복들과 셔츠들. 병원에서 나오는 죽과 수프로 그녀는 배를 곯지 않을 수 있었다. 소금으로 말린 빵을 소금과 함께 5킬로그램의 합판 상자에 넣어 프리다에게 보냈다.

이 소포 덕택에 프리다는 1944년까지 살 수 있었다. 불운의 혈연관계 때문에 얻게 된 5년의 수감 생활이 끝났지만 프리다에게는 모스크바로 돌아가는 것은 허락되지 않았고 부굴마 근처로 옮겨졌다. 1946년 말이 되어서야 알리사는 프리다에게 갈 수 있었다. 백발이 성성하고 이도 다 빠진 얼굴이 시커먼 사람이 면바지에 방한복을 입고 들어왔는데 알리사는 그것이 프리다라는 것을 바로 알아볼 수 없었다. 프리다에 비해 알리사는 거의 하나도 변하지 않았다. 여전히 그녀는 어린애처럼 말랐고, 태어났을 때처럼 하얗고, 머리카락은 시골 처녀들처럼 노란 빛이 돌았다. 프리다는 그녀를 가슴으로 안았다. 알리사는 결국 울음을 터뜨렸다. 프리다가 그녀를 토닥였다.

프리다는 46세였다. 알리사는 그녀보다 열 살 어렸다. 둘 다 서로를 빼고는 모든 것을 잃었다.

알리사는 여자 친구 프리다가 있는 카자흐스탄으로 좀 더 가까이 오고 싶어 했다. 프리다가 이를 허락하지 않았다. 1951년이 되어서야 프리다는 중앙 러시아에 있는 아름다운 도시 야로슬라블로 이주할 수 있었다. 이제 프리다는 타이어 공장에서 일하고 알리사는 그런 그녀를 매주 찾아올 수 있었다.

1954년이 되어 프리다는 바르소노피예프스키 골목에 있는 자신의 방으로 돌아왔다. 그녀가 돌아온 지 3일째 되는 날 알리사는 자신이 다시 일하게 된 볼쇼이 극장의 「백조의 호수」에 프리다를 데리고 갔다. 젊은 솔리스트 마야 플리세츠카야가 춤을 추고 있었다. 그녀가 입고 있는 의상은 알리사의 바싹 마른 손으로 바느질한 것이었다…….

이즈음 세몬이 총살당했다는 것이 알려졌다. 안나 필리포브나는 궤양성 출혈로 죽었다고 했다. 지칠 줄 모르는 프리다는 집에 도착해서 15년 전에 그만둔 일에 다시 착수했다. 튼튼한 다리로는 5분 만에 걸어갈 수 있는 루뱐카로 느릿느릿 걸어가 조카들에 대한 조회서를 찾기 시작했다. 곧 두 조카 중에 둘째였던 리다가 노보시비르스크에서 발견되었다. 표를 살 돈을 모아 그녀에게 보내고 그녀가 모스크바로 왔다. 그녀는 낯설고 거칠고 바보 같은 여인이 되어 있었다. 리다도 수용소의 작은 푸대 자루 같은 고모가 마음에 들지 않았다. 그래서 그들은 헤어져 다시는 만나지 않았다.

프리다와 알리사는 벤야민의 초상화를 확대해서 침대 위에 걸었다. 보랴가 잘 나온 사진들은 하나도 남아 있지 않았다. 마지막으로 찍은 사진은 열다섯 살이었던 보랴가 학교를 다닐 때에 찍은 것이었는데 아버지를 빼다 박은 얼굴이었다. 하지만 그 사진은 전문가가 잘 찍은 것도 아니었고 선명하지도 않아 확대할 수 없었다.

프리다는 다리가 많이 아팠고 심지어 장애 판정도 받았다. 그녀는 두 다리를 모두 절룩거리며 걸었다. 그래서 알리사는, 할 수 있는 한, 그녀와 함께 나갔고 그녀를 부축하고 걸었다. 무거운 짐은 항상 프리다가 날랐고 음식을 만드는 것은 물론 알리사였다. 프리다는 알리사에게 자주 책을 소리 내어 읽어 주었다. 알리사는 예전처럼 그저 약한 사람이었고 항상 위안이 필요했다. 그리고 프리다는 자신이 위안해 줄 누군가가 필요했다.

둘의 남편이 남긴 마지막 옷은 줄무늬가 들어 있는 짙은 파란색 옷이었다. 알리사는 이 천에 또 재질이 비슷한 다른 천을 덧대 두 개의 장식이 달린 재킷과 치마를 프리다에게 만들어 주었다. 프리다는 1967년 자신의 장례식에서 이 옷을 입고 있었다. 프리다의 장례식을 마친 다음 날 알리사는 레닌그라드로 떠났다. 그리고 사라졌다…….

# 작가의 딸

다른 누구에게도 없는 그런 집이다. 유리문이 달린 층진 선반들, 금색으로 장정된 책 표지, 앨범들, 전집들,─지금은 쓰이지 않는 알파벳 '야찌'*가 적힌 전집들이 많이 있었는데 나중에 보니 그것들 중에는 메레지코프스키*와 카람진의 전집도 있었다─ 벽에 걸린 판화들, 그림들, 다 해진 양탄자, 마호가니 가구들, 다리를 펼치면 거대한 타원형으로 변하는 둥근 식탁, 그 위에 놓인 묵직한 포크, 나이프, 스푼 들, 배같이 생긴 파란 유리 장식과 눈물 모양의 작은 크리스털들이 달린 샹들리에, 제빵용 크림과 피로크* 냄새, 천장 아래 선반에 놓인 황토 화분에서 자라고 있는 크림 반도 화초들의 냄새, 그리고 이 집만큼이나 진귀한 두 자매, 다부진 체구에 사마귀가 있고 배 부분이 닳은 앞치마를 두른 유모 두샤, 그리고 소녀들의 엄마. 그녀는 스탈린상(賞)을 받은 작가로 눈이 작은 신경질적이고, 똑똑하고, 열정적인 여자였다. 그녀를 엘레오노라라고 부르자. 그녀의 대표작 소설은 파시스트의 손에 죽은 젊은 빨치산 여인에 대한 것인데 이미 학교 교육 과정에 포함되었고 이에 대해서 학생들은 독후감을 썼다.

그녀의 외모에는 작은 갈고리들이 있었다. 귀 조금 밑에서 위로 감아 올라간 헝클어진 머리카락도, 분홍색 코도, 손가락 마디 끝을 구부리는 자세, 귓바퀴 모양도 모두 갈고리 같았다. 그녀의 몸뿐만이 아니라 성격도 마찬가지였다……. 그녀에게는 여성다운 부드러움이란 없었다. 하지만 톡톡 쏘는 매력이 있었고 이 톡톡 쏘는 매력이야말로 그녀의 갈고리를 물어 본 남자들이 그토록 설명해 내고자 버둥대는 것이었다. 그런데 그들은 그녀의 매력을 열정적인 로맨스가 끝날 무렵, 'postfactum'*으로 해독하였다. 로맨스는 항상 그녀에게 득이 되지 않게 끝났다. 세 명의 혼외 자식들을 염두에 두지 않는다면 말이다. 그들을 가리켜 뭐라 꼬집어 말하기 힘들었다. 비참한 소비에트의 삶이라는 소시민적 개념을 넘어서고자 하는 열정의 승리인지, 여성 해방 투쟁의 표지인지, 영웅적 공적인지, 아니면 절대 정당화될 수 없는 교묘한 속셈인지……. 엘레오노라의 첫 번째 아이는 어려서 죽었다. 전쟁이 시작되기 전이었다. 사내아이였다고 했다. 낭만적인 전사(前史)와 스캔들의 전주곡 속에서 태어난 두 소녀들, 사샤와 마샤는 각각 다른 남자들에게서 얻은 것이었다. 아버지가 누구인지 모르고 있는 큰딸은 전쟁 첫해에 태어났다. 둘째 아이는 어느 날 키 크고 회색 머리를 가진 사람이 큰 공을 가져다주고 그녀와 함께 놀아 준 것을 기억했다. 공이 침대 아래로 굴러 들어가자 그 남자는 그 공을 가져다주려고 몸을 눕혀 침대 아래를 뒤적였고 그의 긴 두 다리가 방을 가로질러 벽에서 벽까지 닿았던 것도.

그가 가고 나자 유모는 무정하게 세 살배기에게 말했다. 마샤, 기억해. 네 아빠였어. 그래서 마샤는 기억했다. 세월이 지나고 보니 좀 거칠고 무정했어도 유모가 그렇게 말한 것은 잘한 일이었다. 잿빛 머리의 남자가 집에 온 것은 그것이 처음이자 마지막이었기 때문이다. 유모가 그렇게 야박다운 수다를 떨어 대지 않았다면, 소녀는 유명한 자기 아버지의 엄격한 얼굴을 기억하지 못했을 것이다. 그는 소비에트 집권 초기부터 너도나도 앞장서 사형 집행수 역을 도맡았던 이들—그들은 대개가 알코올 중독자이자 공산주의자였다— 중의 하나였는데 양심이 조금 남아 있었는지 스탈린이 죽고 난 후 스탈린 비판 기간이 얼마 지나지 않아 자살하였다. 아직 아무도 풀지 못한 재미있는 수수께끼가 하나 있었다. 양심의 가책 때문에 그가 주정뱅이가 되었던 것일까, 아니면 반대로 술과 그 고통이 양심이라고 불리는 덧없는 것이 완전히 파괴되는 것을 막았던 것일까. 사람들이 말하기로는 그가 감옥에 넣은 사람들 중의 하나가 길거리에서 그를 우연히 만나 사람들 앞에서 크지 않은 목소리로 폭로했다고도 하고, 유형에서 돌아온 한 과부가 그의 얼굴에 침을 뱉을 뻔하기도 했다고 한다……. 그리고 집에 돌아온 그는 자기 일생의 마지막이 될 보드카를 한 병 마시고는, 성실한 업무 수행 능력을 인정받아 국가가 내준 별장의 집무실에서 권총으로 자살했다.

이때 자존심이 강한 엘레오노라는 모스크바에서 가장 좋은, 물론 일반인에게는 공개되지 않는 최고급 의상실에서 지은 검은 옷을 입었다. 그녀는 어린 딸을 데리고 그의 무덤으로 찾아갔다. 그의 무덤 곁에는 그의 합법적인 아이들과 합법적인 부인이 서 있었다. 스탈린상을 받은 사람이라 해도, 예전 정부(情婦)의 태도는 너무 뻔뻔했다. 어쨌거나 그녀는 굉장한 재능을 가지고 있는 매우 영향력 있는 사람이었다. 마샤도 검은 옷을 입고 있었다. 무덤 곁에 서 있는 아이들 중에서 이 아이만이 유일하게 자살한 이를 꼭 빼닮아 있었다. 동양적으로 길게 찢어진 눈에 차가운 분위기, 날카로운 턱선, 머리카락으로 가리는 법을 아직 배우지 못한 날렵한 귀.

아이가 아버지와 공놀이를 하던 그 첫 번째 만남과 지금의 무덤 앞에서의 마지막 만남 사이에는 한 번의 만남이 또 있었다. 세 소녀들, 사샤와 마샤 그리고 이들의 단순히 친구인 보로비요바가 작가들의 별장 마을 뒤 오솔길을 따라 걷고 있을 때 맞은편에서 키 큰 남자가 나타났다. 그의 머리가 햇빛에 반짝였다. 자매들은 조용히 말다툼하고 있었다. 저 사람은 흰 머리일까, 아니면 대머리일까? 그와 나란히 서게 되자 재잘거림이 사라졌다.

"흰 머리다!" 친구가 외쳤다. 자매들은 마치 뭣 때문에 말다툼하고 있었는지 다 잊어버리기라도 한 것처럼 서로를 쳐다보지도 않고 걸었다. 결국 마샤가 미소도 아닌, 슬퍼서 찡그린 것도 아닌 표정으로 입을 비죽이며 조용히 말했다.

"내 생각엔 우리 아빠 거 같애."

"나도 그런 거 같애……." 언니가 대답했다.

작가 집안이 아닌, 일반 대중 출신인 소녀, 마샤와 같은 반 친구인 제냐 보로비요바는 깜짝 놀랐다. 뭐라고? 어떻게 아빠가 자기 딸도 못 알아보고 지나칠 수 있어?

소녀들은 1학년 때부터 친구였다. 보로비요바는 마샤에게는 항상 보통 사람들과는 다른 무언가 특별한 구석이 있다고 생각하였다. 이 특별한 구석이라고 하는 것은 무언가 숭고한 느낌이었다. 마샤네 단독 아파트, 마샤의 유명한 엄마, 작가 별장으로 가족을 실어다 주는 운전기사 니콜라이 니콜라예비치가 부분적으로 바로 그 이유였다. 하지만 그것뿐만이 아니었다. 결코 아니었다. 소박한 소녀가 마샤를 숭배하게 된 무언가 잡히지 않는 이유가 또 있었다. 이것은 무섭고도 비밀스러운 것으로서 머릿속에서도 제대로 자리 잡지 않는 그런 것이었다. 또래 다른 아이들에게는 그 어떤 전기(傳記)도 없었던 반면, 마샤에게는 바로 무언가 굉장한 전기가 있었다. 한 반에서 아버지가 없는 아이가 마샤뿐이었던 것은 아니었다. 그러나 다른 아이들의 아버지들은 단지 전방에서 전사를 했거나 행방불명되었을 뿐이었다. 그런데 마샤의 경우는 완전히 특별한 것이었다…… 세계를 구성하는 기본이 되는 가족 삼각형—즉 아빠, 엄마, 나—의 구도는 마샤의 경우 완전히 뒤집혀져 있었다…….

하지만 비밀스러운 미지의 아빠를 갖는다는 것은 얼마나 두렵고도 멋진 이야기인가. 게다가 그 아빠가 퇴근 후 집에 돌아와 시답지 않은 우스갯소리나 하는 보통 키에 통통한 아빠가 아니라 다른 사람들에게는 초상화에 그려진 얼굴로 유명하고 햇빛에 머리가 반짝이며 깎아 놓은 듯 키도 크고 날카로운 사람이라니.

소녀들은 아무 말도 하지 않고 집으로 돌아와 베란다에 놓인 식탁에 앉았다. 나가 놀고 싶지도 않았다. 보로비요바는 번호가 적힌 로또* 나무토막을 주머니에서 꺼내 만지작거리기 시작했다.

"네가 건드린 거 다 제자리에 갖다 둬, 참새.*" 마샤가 말했다.

11번과 37번 나무토막을 쥔 소녀는 놀라 동작을 멈췄다.

"야, 참새! 왜 다 건드려 놓고 그래! 다 제자리에 갖다 두고 여기 있는 거 아무것도 만지지 마! 여긴 대체 왜 온 거야!" 얼굴이 빨갛게 달아오른 마샤가 입을 삐죽거렸다.

친구의 손에서 나무토막이 떨어졌다. 친구는 몸을 웅크리고는 두 손으로 얼굴을 감쌌다.

"마샤, 너 왜 화내고 그래? 애가 대체 뭘 했다고 이러는 거야?" 사샤가 놀라 물었다. 그녀는 보로비요바를 감싸려고 했던 것이 아니라 동생의 처사가 불공평하다고 생각한 것이었다.

마샤는 꼭 쥔 주먹을 화가 난 채로 이리저리 휘둘렀다.

"꺼지라고 해! 당장 집에 가라고 해! 쟨 왜 자꾸 날 따라 다니는 거야? 맨날 나만 따라 다닌다고!"

마샤는 책상에서 로또를 집어 던졌다. 나무토막들은 명랑하게 두드리는 소리를 내며 베란다를 따라 굴렀고 종이 카드들은 아름다운 부채꼴을 그리며 흩날렸다. 마샤는 벌떡 일어서더니 종이 카드를 짓밟기 시작했다. 보로비요바는 그녀의 비뚤어진 아름다움을 바라보았다. 보로비요바는 나가고 싶었지만 일어설 수가 없었다. 정신이 나간 것 같았다.

문이 활짝 열렸다. 문에는 엄청나게 화가 난 작은 엘레오노라가 서 있었다.

"무슨 일이야? 왜 울고 난리를 치고 있어? 소리는 또 왜 지르고! 엄마가 하나만 지켜 달라고 했잖아! 조용히 하라고! 대체 여기서 무슨 짓들을 하고 있는 거야! 엄마 일하는 거 안 보여? 정말 이해를 못하겠니? 일한다고! 이건 완전히 정신 병원이잖아!"

엄마와 딸이 마주하고 서서 서로의 말을 듣지도 않고, 소리 지르고, 낯빛을 바꿔 가며 주먹을 흔들어 댔다. 하얀 피부를 가진 딸은 딸기 색이 되어 갔고, 가무잡잡한 엄마는 체리 색이 되어 갔다……. 사샤는 이 둘 사이에 하얗고 움직이지 않는 벽처럼 서 있었다. 그들의 고함소리는 꽤나 음악적이었고 점점 커졌다. 이윽고 더 이상 소리가 더 커질 수 없을 만큼 쩌렁쩌렁 울릴 무렵 사샤가 시든 들꽃 다발이 꽂혀 있던 크고 하얀 항아리를 들어 둘 사이에 집어 던졌다. 항아리는 큰 소리를 내며 깨졌고 썩은 물 냄새가 났다. 모두가 조용해졌다.

보로비요바는 뒷걸음질로 조용히 베란다에서 사라졌다.

이런 일이 있은 후 소녀들은 각기 캠프를 떠났다. 처음 떠나는 캠프였다. 마샤와 사샤는 아르텍 캠프로 갔고 보로비요바는 그녀의 아버지가 평범한 기술자로 일하고 있는 모스크바 근처 공장의 보통의 소년 공산 당원 캠프에 갔다. 보로비요바의 엄마도 평범한 여자였다. 그녀는 병원 의사였다…….

모든 소년 공산 당원 캠프는 첫눈에는 모두 동일한 것으로 여겨진다. 리본들, 깃발 게양과 하향, 하얀색 상의, 검은색 하의, 붉은 스테이플 천으로 만들어진 삼각형 넥타이, 소년 당원들의 모닥불, 씩씩한 노래 "모닥불과 함께 타올라라, 푸른 밤이여, 우리는 소년 공산 당원 — 노동자의 아이들……".

하지만 노동자와 평범한 기술자의 아이들에게 제공되는 공산주의적 복지 수준은 선택된 양질의 아르텍 소년 공산 당원들의 것에 비해 훨씬 조악하고 싸구려였다. 바다 대신에 그들은 작은 강 세레브랸카(옛날에 이 강은 '포간카'라 불렸다)에서 생활해야 했고 빵도 아르텍 캠프처럼 먹고 싶은 대로 마음대로 가져갈 수 있는 것이 아니라 점심때는 빵 두 조각, 아침에는 설탕 두 조각을 가져갈 수 있을 뿐이었다. 잠은 스무 명이 한 텐트에서 함께 잤다. 그래도 그해 여름의 모스크바 근교 날씨가 좋아서 공장 캠프 지역에서 자생하는 신선한 소나무들의 냄새는 아르텍 캠프의 오솔길에 심어진 종려나무보다 나쁘지 않았다. 제냐 보로비요바는 캠프 생활의 처음 이틀간은 기분이 아주 좋았다. 그녀의 소녀 같은 심성을 침울하게 만든 유일한 것은 바로 긴 널빤지에 여덟 개의 둥근 구멍이 뚫린 형식으로 만들어진 시골식 화장실이었다. 구멍 사이에는 칸막이가 없었다. 그녀가 혼자 화장실에 있을 수 있는 가능성은 없었다. 그런데 이유는 알 수 없었지만 그녀는 자연의 요구를 해결하려면 꼭 혼자여야 했다. 3일째 되는 날 드디어 그녀는 저녁 식사 후 휴식 시간을 틈타 캠프지로부터 빠져나와 자연 속에서 거스를 수 없는 자연의 순리에 따르기 위해 숲으로 들어갔다. 하지만 그녀의 탈영은 금방 들통이 나 캠프 전체에 경보가 울려 퍼졌고 그녀는 치욕적인 모습으로 수풀 속에서 끌려 나왔다.

더 이상 그녀는 이러한 시도를 하지 않았고, 아무리 여자들이라고 해도 사람 많은 곳에서 작동하길 꺼리는 부끄럼쟁이 위장을 해방시키는 꿈은 더 이상 꾸지 않았다.

배가 심각하게 아파 왔다. 그녀는 더 이상 먹지 않았다. 캠프가 끝나기 이틀 전에 그녀는 의식을 잃었고 모자이스카야 병원으로 옮겨졌다. 거기서 그녀는 장 수술을 받았고 빠르게 완쾌되었다. 그래서 학교 수업에는 10일 정도만 늦었다.

창백한 보로비요바가 수업에 나오기 시작했을 때에도 마샤는 아르텍 캠프의 열기에 들떠 있었다. 마샤는 여름 캠프에서 일어난 이야기들을 하려고 친구가 돌아오기를 간절히 기다리고 있었다. 보로비요바는 아르텍에서 있었던 흥미진진한 이야기들, 정치적 망명자 부모를 둔 스페인 소녀 테레사와 평화를 위해 싸웠다는 이유로 미국 감옥에 수감된 할아버지를 둔 소녀의 이야기, 그리고 그들이 혹해 저편 불가리아의 공산 소년 캠프와 서로 편지를 주고받은 이야기를 주의 깊게 들었다. 마샤는 아예 보로비요바를 지리학 교실로 데려가서 그들에게 안부 편지를 보낸 불가리아 소녀들이 살고 있는 '바르나'라는 도시가 어디에 위치하고 있는지 보여주고 싶어 했다. 보로비요바는 마샤의 흥미진진한 삶에 대해서 놀라지 않았다. 그것은 당연한 일이었고 마샤가 이런 모든 것을 누리는 것은 공평한 것이기도 했다. 보로비요바가 하고 싶었던 유일한 질문은 마샤가 있었던 캠프의 화장실이 공용이었는지, 칸막이로 막혀 있는 것이었는지 하는 것이었다. 하지만 이런 것을 묻기는 좀 창피한 일이었다.

또 마샤는 눈을 위로 굴리면서 'ㅅ' 발음을 약간 혀 짧은 소리로 몇 마디 하더니 캠프의 리더였던 아르카디에 대해서 이야기하기 시작했다. 그는 외교 연구소의 대학생이었는데 그곳은 아무나 들어갈 수 있는 곳이 아니었다. 외교관의 자식들만이 그곳에 입학할 수 있었다. 그리고 외교관 집안 출신인 아르카디는 어린 시절 모두를 프랑스에서 보냈다. 보로비요바의 머릿속에는 이미 높은 곳에 있다고 생각되던 마샤 위에 또 다른 누군가가 더 높이 앉아 반짝거리고 있었다. 마샤는 외교관답게 파리에서 어린 시절을 보낸 아르카디를 존경을 담아 우러러보고 있었다. 쉬는 시간에 마샤는 아직 4학년이 겨우 끝난 참이어서 배우지도 않는 지리학 교실에 가보자고 다시 한 번 보로비요바를 불렀다. 그들은 3층에 올라가 커다란 지도 앞에 섰다. 마샤는 친구에게 흑해 근처의 '바르나'를 짚어 주고, 또 파리가 별로 흥미로울 것 없는 육지 한가운데 있는 것도 가르쳐 주었다. 그리고 마샤는 그녀에게 속삭였다.

"나도 커서 파리에 갈 거야."

이 말에는 이미 어떤 뻔뻔함과 거짓부렁 같은 것이 들어 있었다. 보로비요바는 친구에게 그렇게 되지도 않을 말을 하는 게 아니라고 말하고 싶었지만 그저 잠자코 있었다. 마샤에게는 모든 것이 기대할 만한 가능한 일이었다.

마샤는 공부를 그다지 잘 못했고 보로비요바는 항상 우등생이었지만 보로비요바는 늘 마샤 옆에 있으면 자신이 모자란다는 것을 느꼈다. 하지만 문제는 유명한 엄마나 훌륭한 집, 별장, 운전기사 딸린 자동차, 그리고 셀 수 없이 많은 귀중품들에만 있던 것이 아니었다. 마샤는 열 살밖에 안 되었음에도 불구하고 사상과 당성을 가지고 있었다. 보로비요바는 그런 것을 하나도 느끼지 못했다. 보로비요바는 지난해 스탈린 동지가 죽었을 때 마샤가 얼마나 서럽게 울었는지를 계속 잊을 수가 없었다. 마샤는 얼굴을 감싼 장밋빛 손가락 사이로 닭똥 같은 눈물을 뚝뚝 흘리며 온몸을 부르르 떨었다. 그때 보로비요바는 다만 깊은 외로움, 자신의 무뚝뚝함과 무례함 때문에 고통스러웠을 뿐이었다. 그때 전 국민과 함께 슬퍼하지 않았던 사람은 보로비요바 말고 하나 더 있었다. 그는 이웃집 할아버지 코노플란니코프였다. 그는 잔뜩 취해 가지고는 복도에서 외쳤다. "뒈졌다! 흡혈귀가 뒈졌다! 죽지도 않을 것 같더니만!"

이 이웃집 할아버지는 스탈린 동지가 죽은 이후 며칠간 술을 퍼 마시더니 보드카 때문에 죽었다. 그런 그를 오랫동안 묻지 못해 아파트에는 시체 냄새가 진동을 했다. 보로비요바는 난생처음으로 아파트 안에 있는 모든 것을 입 다물게 만드는 냄새를 느낄 수 있었다.

소녀들은 수업 시간과 쉬는 시간에 엄청나게 재잘거리며 친해졌다. 가끔 같이 숙제를 하기도 하고, 스케이트장에도 같이 갔다. 마샤는 두꺼운 스웨터에 빨간 나일론 재킷을 입었고 보로비요바는 털북숭이 스키 복장을 했다. 튼튼한 다리를 가진 보로비요바가 스케이트는 더 잘 탔지만 남자아이들은 마치 우연이기라도 한 것처럼 마샤에게 다리를 걸어 넘어지게 하고는 다시 그녀를 일으켜 주면서 은근슬쩍 그녀의 두꺼운 스웨터를 만졌다. 보로비요바는 화를 내지 않았다. 그들은 스케이트 링크로부터 돌아왔다. 보통 보로비요바가 마샤를 집까지 데려다 주고 나서 집으로 돌아왔다. 마샤를 걱정하는 엘레오노라 야코블레브나가 그녀를 집 바로 앞까지 데려다 달라고 부탁했었다. 여름에는 가끔 보로비요바를 작가 별장에 초대하곤 하였다. 그러면 그녀는 거기서 며칠을 지내면서 유모 두샤가 소중히 가꾼 텃밭에서 난 딸기를 질리도록 먹고 오래된 책들을 읽었다. 그 책들은 학교에서 빌릴 수 있는 책들하고는 완전히 다른 것이었다. 그곳에는 책이 참 많았다. 보로비요바는 해먹 위에 누워 당시까지 알려지지 않은 작가 레스코프의 책을 읽었다. 엘레오노라에게는 별장에도 굉장한 서재가 있었다…….

7학년 초부터 마샤는 콤소몰*에 들어가기 위한 준비를 시작했다. 그녀는 콤소몰에 꼭 들어가고 싶었다. 콤소몰에 그다지 들어가고 싶지 않아 하는 보로비요바를 두고 마샤는 그녀의 소시민성과 범속함을 나무랐다. 보로비요바는 자신은 결코 공산주의에 반대하지는 않지만, 지난여름에 수술 받은 대장이 공산주의에 반대한다고 그녀에게 해명해야 했지만, 스스로에게조차 하지 못했다…….

7학년 말에 마샤는 갓 입회한 "공산 청년 연맹 회원의 명예를 걸고" 친구에게 한 가지 엄청난 비밀을 말해 주었다. 아직 열여섯 살도 안 된 사샤 언니가 일반 학교가 아닌 예술 학교에 다니는 10학년인 한 남자아이와 진짜 연애를 한다는 것이었다. 그들은 결혼한 것과 마찬가지인데 왜냐하면 엄마가 출장을 가면 이 남자아이가 자신들의 예전 어린이 방에 묵곤 한다는 것이었다. 그리고 이럴 때면 마샤는 거실에서 자곤 했다. 그리고 또 있었다. 사샤는 학교에 다니는 것을 그만두었고 대놓고 담배를 피우기 시작했다는 것이었다. 그리고 엄마가 없으면 엄마의 '오포슘'* 코트를 입었다. 보로비요바는 오포슘이 무엇인지 몰랐다…….

자매 관계는 이때 즈음 매우 좋지 않았다. 그녀들은 말다툼을 하고 서로 욕을 했다. 마샤가 울면 언니는 사과의 뜻으로 자기 친구들을 불러 파티를 했다. 언니의 친구들은 모두 성숙한 젊은이들로 예술 학교의 졸업반 화가들이었다. 이 졸업반 학생들은 폴리그라프*나 스트로가노프카*나 페테르부르크의 '예술 학교'* 등으로 가게 될 사람들이었다.

젊은 사람들은 마치 일부러 골라 모은 듯 하나같이 모두 잘생겼고 스웨터와 머플러 등 자기만의 방식으로 옷을 입었다. 하지만 이 중에서도 가장 독특한 이는 사샤의 남자 친구 스타식이었다. 그는 벨벳 재킷을 입고 있었다. 당시 아가씨들은 허리 부분에는 띠를 졸라매고 치마 부분이 넓게 퍼진 '페스티발' 치마를 입었다. 페티코트가 유행이었다. 마샤에게는 포롤론 천으로 된 두껍고 긴 페티코트가 있었다. 이 치마는 엄마가 헝가리에서 마샤를 위해 사 온 것이었다. 마샤의 허리 사이즈는 47센티미터였고 그런 사이즈는 흔한 사이즈가 아니었다. 마샤는 램프 갓과 비슷한 모습이었다. 단지 가느다란 줄과 같은 목에 작은 머리가 달려 램프처럼 갓 안쪽이 아니라 바깥쪽으로 나와 있을 뿐이었다. 그들은 드라이한 포도주를 마시고 춤을 추었다.

엘레오노라가 작가 일로 해외 출장을 가 있는 동안 그들은 정말 멋진 파티를 하며 지냈다. 이 당시에는 특별한 사람들이 아니고서는 해외에 다닐 수 없었다. 어느 날 이 파티에 보로비요바도 초대되었다. 그녀도 통이 넓은 치마를 입고 에나멜 벨트로 허리를 꼭 졸라매고는 방구석에 앉아 있었다. 대화의 주제는 흐루쇼프였다. 사람들은 그를 욕하고 놀리고 있었다. 마샤는 사람들에게 개인은 물론 실수할 수도 있는 것이지만 당의 큰 노선은 절대 실수를 할 수 없다고 옹호하고 있었다. 제냐는 마샤가 얼마나 독립적이며, 자신이 생각하고 있는 바를 어떻게 그렇게 잘 말할 수 있는지 놀라워하며 입 다물고 있었다. 이 멋진 젊은이들 가운데 아무도 마샤를 지지해 주지도 않았을뿐더러 오히려 그녀를 우습다는 듯이 쳐다보는 이들도 있었는데 말이다…….

예전에는 어린이 방이었던 이 방의 또 다른 구석에서는 마그리트에 대한 대화가 이어지고 있었다. 거기에도 사샤의 남자 친구 스타식 못지않게 잘생긴 남자애가 하나 있었다. 그는 베제라는 별명을 가지고 있었는데 몰상식하고 무취미한 전체주의적인 사람들에 대해 흥분해서 계속 비난하고 있었다…….

이미 성인인 곱슬머리 사샤는 표현할 수 없을 정도의 하얀 피부로 빛나고 있었다. 그녀가 잠시 행동을 멈춘다면 그녀의 목과 어깨가 대리석처럼 보일 정도였다. 하지만 그녀는 자신의 대리석 같은 몸을 계속 움직이고 있었고, 춤을 추기도 하고 펄쩍펄쩍 뛰기도 하다가 자신의 벨벳 미남에게 기댔다. 그들은 모든 사람들이 보는 곳에서 키스를 하더니 밖으로 나갔다. 5분쯤 후에 코를 풀러 목욕실에 들른—왜냐하면 손님들 앞에서 코를 푸는 것이 부끄러워서— 제냐는 그곳에서 그들을 보고 거의 기절할 뻔했다. 그들은 너무나도 메스꺼운 짓을 하고 있어서 제냐는 거의 토할 것 같아 화장실로 달려갔다. 그리고 화장실에서 정말로 먹은 것을 다 게워 냈다.

'만일 우리 엄마가 내가 본 걸 알기라도 한다면…….' 겁이 난 제냐는 생각했다. 하지만 너무나 무서워서 생각을 끝까지 할 수도 없었다. 혹시라도…….

그녀는 중요한 일이 있는 경우에만 빌려 주는 엄마의 모직 외투를 옷걸이에서 꺼내 집으로 달려갔다. 그리고 자신이 본 것을 계속 떠올리며 오랜 시간 베개를 붙잡고 잠들기 전까지 엉엉 울었다…….

마샤는 마야코프스키*를 좋아해서 그의 작품을 많이 읽었고 릴리 브릭을 개인적으로 알고 있었다. 당연히 엘레오노라를 통해서였다. 보로비요바는 마샤네 선반에서 찾아낸 파스테르낙의 전쟁 전에 나온 시집을 좋아하였다. 이 시집에 충격을 받은 보로비요바가 마샤에게 자신이 찾아낸 것을 이야기했을 때 마샤는 어깨를 으쓱하며 보리스 레오니도비치*는 자신도 안다고 말했다. 마샤네 별장이 그의 별장 바로 옆에 있다는 것이었다.

"그가 아직도 살아 있어?" 위대한 작가들은 이미 모두 죽었을 것이라고 생각한 보로비요바가 놀라 물었다.

"상점 근처에서 살고 있어." 무심한 듯 마샤가 말했다. 그녀는 덧붙였다. "엄마랑 별로 사이가 안 좋은 것 같아. 예전에는 잘 지냈는데 스탈린상 이후에 더 이상 만나지 않고 있어. 그 사람 좀 구식에다가 부르주아적이야. 근데 그 사람 마야코프스키는 무척 좋아했어……."

보로비요바에게 마야코프스키는 지독하게 혐오스럽게 여겨졌다. 모든 공산주의적이고 혁명적인 것들이 부조리하게 느껴졌다. 그러나 마샤에게 이런 이야기는 하지 않았다. 마샤는 벌써 오래전부터 보로비요바의 소시민 근성이 지긋지긋하다고 대놓고 말하고 다녔다…….

어린 시절의 우정은 이제 오히려 관성에 가까웠다. 보로비요바에게는 학교 밖에서의 친구가 생겼다. 그녀는 똑똑하고 나이가 많은 이였다. 이전의 기쁨은 일상적인 의무 가까운 감정으로 변했다. 참새를 통 볼 수가 없다며 그녀의 근황을 묻는 엘레오노라에게 마샤는 이렇게 말했다.

"그 참새가 무슨 다른 생각이 들었는지 나랑 어울리지 않고 있어. 잘 지내라지 뭐……."

사실 마샤는 보로비요바 따위를 생각할 겨를이 없었다.

보로비요바가 재미있다고 생각했었던 마샤의 생활은 사실 점점 더 달아오르기 시작하였다. 사샤 언니의 생활은 이미 가장 높은 궤도를 누비고 있었다. 그녀는 열여섯 살에 잘생긴 스타식에게 시집을 가서 딸을 낳았다. 그녀의 엄마가 이상하게 여기기는 했지만 사샤는 자기 딸 이름을 늙은 유모를 기리며 두샤로 정해 한 반년을 열정적으로 기르더니 두샤가 너무 예뻐 어쩔 줄 몰라 하는 스타식의 부모에게 아이의 양육을 맡겨 버리고는 좌절한 스타식으로부터 도망쳤다. 사샤에게는 결코 저항할 수 없는 또 다른 사랑이 생겼던 것이었다. 그리고 이 새로운 사랑은 얼마 가지 않아 더 위대한 사랑 앞에서 다시 먼지가 되어 버렸다.

엘레오노라는 큰딸의 삶을 못마땅하게 여겼다. 하지만 대체 큰딸의 화산 같은 성정이 어디로부터 생긴 것인지 생각해 보고서는 스스로를 절제하며 마음 내킬 때마다 분란을 일으키지는 않았다……. 그러지 않았다면 그녀와 큰딸 사이에는 히스테릭한 역사적인 결투들이 훨씬 더 자주 일어났을지도 모른다.

사샤는 몇 년씩 집에 없었다. 그녀는 어딘가 공동 주택에 방을 얻어 살거나, 트빌리시에서 몇 년간 결혼 생활을 했다가, 또 그다음에는 볼로그다의 시골에서 유배 간 이교도와 살면서 배우 수업을 받았다. 그녀는 계속해서 도자기 공예와 점성술에 심취하였고, 또 무슨 바람이 불었는지 프랑스 어를 마스터하고는 '저주받은 시인들'* 중 하나의 작품을 훌륭히 번역하고는—엄마의 도움을 받지 않은 것은 아니지만— 이 번역을 노보시비르스크 출판사에서 출판하였다. 그녀는 직접 많은 시들을 쓰기도 했다. 대리석같이 하얗고 동글동글한 미인이었던 그녀는 누더기를 걸친 고양이가 되었다. 하지만 그녀는 아직까지 아름다웠고 항상 술을 조금씩, 많이, 아주 많이 마시고 있었다…….

똑똑한 엘레오노라는 평생 동안 사샤에 대해서 매번 바보 같은 말만 되풀이하였다. 그녀가 자신을 버리고 학교를 관두고 스타식과 결혼한 것부터가 잘못된 것이었다는 것이었다.

마샤도 9학년을 마치고 학교에서 나왔다. 하지만 그녀는 한 바보 때문에 학교를 그만둔 것이 아니라 '삶을 건설하자'는 생각 때문이었다. 그녀는 대학의 어문 학부에 들어가려고 했었고 그 경쟁

률은 엄청나게 높았다. 엘레오노라는 공산주의적 원칙을 준수했기 때문에 자기 딸을 위해 윗선에 부탁하는 일 따위는 하지 않는 사람이었다. 그녀는 '청렴한 공산당'의 마지막 세대였고 사적인 이익을 위해 자행되는 모든 일들을 경멸했다. 그녀는 충실한 복무에 대해 국가가 하사하는 것만을 합당한 것으로 여겼다……. 마샤는 야간 학교로 옮겨 갔고, '생산 경력'을 얻기 위해 일자리도 잡았다. '생산 경력'은 대학에 입학할 때 큰 가산점이 되었다.

보로비요바는 다른 길로 갔다. 그녀도 또한 대학에 들어갈 때 도움이 되는 졸업 금메달*—은메달이라도—을 따기 위해 미친 듯이 공부하였다. 의대에 입학하기 위한 수업을 들었다. 물론 그곳의 경쟁도 어문 학부보다 낮지 않았다.

이제 소녀들은 거의 만나지 않았다. 하지만 보로비요바의 기억 속에 평생 남는 만남이 있었다. 만날 약속을 잡기 위해 오랜 시간 이야기가 오고 가다가 못 만나는가 싶더니 결국은 보로비요바가 일요일 아침에 가는 것으로 결정되었다. 보로비요바는 아이스크림을 사 들고는 마샤네로 갔다.

"마샤 자고 있는데." 문을 연 엘레오노라가 침울하게 말했다.

보로비요바는 예리하게도 현관의 오래된 서랍 위에 있는, 상아로 된 손잡이가 달린 연보랏빛의 우산과 언제 것인지 모를 정도로 많이 닳은 핸드백을 눈치챘다.

마샤는 자는 것이 아니었다. 그녀는 졸린 하얀 얼굴로 치렁치렁한 가운을 입고 가는 다리를 옮기며 욕실에서 나오고 있었다…….

"내 방으로 와, 참새!" 침울하게 친구에게 말했다.

엘레오노라가 무언가 중얼거리자 마샤는 퉁명스럽게 대답했다.

"안나 안드레예브나*가 지금 손님으로 와 있어. 보통은 여기서 멀지 않은 오르드인카에 머물곤 했는데, 지금은 그곳이 수리 중이라서." 마샤가 투덜거렸다. "그래, 넌 어떻게 지내니……?"

보로비요바가 대단할 것 없는 학교 소식을 전하고 있는 동안 마샤는 사디스트스러운 표정을 지으며 이마에 난 여드름을 짜고 있었다. 작았던 여드름이 눈에 뜨일 만큼 크고 빨갛게 변했다.

"마샤, 아침 식사 해라! 참새도 불러!" 엘레오노라가 큰 아파트의 저 멀리에서 소리쳤다.

보로비요바는 어렸을 적부터 그들의 집을 좋아하였다. 그녀는 이 집에서 많은 시간과 날들을 보냈던지라 꽈배기 모양의 어두운 색 손잡이가 달린 찻숟가락은 물론 발트 해 연안산인 소박한 도자기와 찻장 속의 화려한 찻잔들, 하나씩 개별적으로 수집한 품격 있는 식기들, 은으로 엮어 만든 빵 그릇,―그 안에는 은제 세공품이 냅킨을 대신해 붙어 있었다― 트렁크 모양의 설탕 통, 양 모양의 뚜껑이 달린 버터 통, 부엌의 벽에 걸려 있는 치즈용 도자기 도마들을 모두 잘 알고 있었다. 엘레오노라가 근 10년간 어떤 곳에서 이 물건들을 가지고 왔는지에 대해서는 마샤보다도 오히려 보로비요바가 더 잘 알고 있었다. 매트처럼 생긴 양탄자는 자카르파티예에서 온 것이고 덮개가 있는 청동 항아리는 사마르칸트에서 온 것이었다. 화장실에도 투르크메니스탄의 도시 마라에서 온 큰 소가죽 가방이 있었는데, 분명 다른 용도가 있었겠지만, 그것은 화장지를 보관하는 곳으로 사용되고 있었다.

보로비요바는 마샤를 따라 부엌으로 들어갔다. 엘레오노라는 가스레인지를 등지고 서 있었다. 그녀는 구리로 된 체즈베로 커피를 끓이고 있었다. 식탁에는 아까 마샤가 말했던 그 안나 안드레예브나가 앉아 있었다……. 그녀는 아흐마토바였다. 몸집이 컸고, 품이 큰 연보랏빛 옷을 입은 그녀의 회색 머리카락은 위로 올려져 있었다. 단정해 보이지는 않았는데, 우연이 아닌 듯한 이미 깊게 팬 주름이 얼굴을 잔뜩 덮고 있었고, 손톱 위의 매니큐어는 다 바래 있었다. 장중함이 캅카스의 산과 같고, 아름다움은 인간의 것이 아닌 바다나 하늘과 같고, 평온함은 마치 청동 기념비 같았다.

엘레오노라는 그녀의 황금 찻잔에 커피를 따랐다. 그제야 마침내 보로비요바는 왜 그리고 누구를 위해 이런 무의미하고 값비싼 황금 찻잔 같은 물건들이 존재하는 것인지 이해할 수 있었다…….

"좋은 아침이에요." 인사하지 않는 소녀들에게 아흐마토바가 먼저 인사하였다.


1966년에 마샤는 대학을 졸업하고 유명한 영국 시인에게 시집을 갔다. 소련에서 진보적인 서구 작가들과의 만남이 있었을 때 그가 초대되어 왔다. 엘레오노라는 이 만남에 자신의 딸을 데려갔었다.

영국인은 이 40킬로그램짜리 깡마른 마샤에게 정신없이 빠져들어 조속히, 그러니까 어리석은 형식 따위들은 신속하게 극복하고, 그녀와 결혼을 했다. 결혼식은, 더 정확히 말하자면 여덟 명만 초대된 결혼 만찬은, '내셔널' 호텔의 고급 레스토랑에서 거행되었다. 남편은 부인보다 머리 하나 반 개만큼 키가 더 컸다. 마샤는 결혼식을 위해 그가 특별히 주문 제작하여 가져온 옷을 입었다. 격자무늬의 장밋빛 옷에는 거의 아이의 턱받이 같은 소매 장식들이 풍성했다. 계속해서 웃어 대며 서로서로를 건너다보며 눈짓을 하는 폼을 보니 젊은 부부는 아무래도 주위 사람들은 안중에 없는 듯했다. 독일어는 매우 잘 알고, 프랑스 어는 조금 알았지만 영어는 전혀 몰랐던 엘레오노라도 이것을 이해하기는 어렵지 않았다……. 결혼식에는 하늘색 시골식 블라우스에 더위에도 불구하고 털 달린 재킷을 입은 유모도 끼어 있었다. 그리고 보로비요바도 초대되었다.

여덟 명 중에 두 명이 오지 않았다. 사샤 언니가 못 온 것은 질투 때문이 아니었다. 그녀는 저녁때부터 술에 취해 있었기 때문에 다음 날인 결혼식 날 오후에 아직 일어나지 못했을 뿐이었다. 결혼식에 참석하지 않은 또 다른 인물은 마샤의 친한 남자 친구이며 이 영국인이 나타나기 전까지 마샤와 거의 결혼까지 할 뻔했던 작가였다. 마샤는 어쩐지 그가 자기 결혼의 증인이 되어 주기를 바랐으며 그로 하여금 자신들의 관계가 얼마나 고귀한 것이었으며 사심 없는 것이었는지를 증명하려 하였다……. 하지만 그는 결혼 등록소에 오지 않았다. 그래서 운전기사 니콜라이 니콜라예비치가 이 결혼의 증인이 되었다. 그는 결혼 증명서에 서명은 했지만 주인 나리들과 함께 식탁에 앉는 것은 한사코 거절하였다. 보로비요바는 신부 측 증인으로 참석하였다. 마샤는 믿을 만하고 착실하며 영어를 모르는 그녀를 증인으로 삼았다. 마샤는 결혼 등록을 하는 동안 자신의 호사스러운 마이클이 쓸데없이 다른 사람들과 만나지 않도록 하기 위해 주의를 기울였다. 결혼식 날 저녁 마이클은 런던으로 떠났다. 마샤는 비자를 기다려야 했다.

마샤는 런던으로 가려고 하였다. 마이클은 그녀에게 전화를 걸어 2차 세계 대전 중의 영국과 독일의 관계에 대한 책을 위해 자료를 수집해야 한다고 말했다. 그래서 그들은 베를린으로 갔다. 마샤는 오래 울었다. 그녀는 어문 학부의 영국 문학 전공자로서 로만-독일과를 마치고 디킨스를 사랑했었는데, 이제 와서 갑자기 그 혐오스러운 독일로, 더욱이 서독으로 가게 된 것이다……. 전쟁을 일으킨

이 독일인들과, 그들의 파시즘 진영과 함께 지내야 한다니.

3개월이 지나고 나서 벨로루스키 역에서 서독으로 마샤를 전송하게 되었다. 그녀를 배웅 나온 사람은 많지 않았다. 작은딸을 매우 사랑하여 헤어지기 힘들어하지만 한편으로는 기뻐하는 엘레오노라, 한 손에 샴페인을 든, 이제는 온 나라가 다 아는 유명한 축구 선수를 애인으로 두어 약간 안정된 사샤 언니, 마샤의 트렁크 두 개를 들고 따라온 운전기사 니콜라이 니콜라예비치, 꽃다발을 든 충실한 보로비요바가 전부였다. 그들은 샴페인을 마셨다. 마샤는 기차간으로 올라서서 기쁘게 웃으며 보로비요바가 준 꽃다발을 든 손을 흔들었다.

"걱정 마, 어디서든 못 살겠어?"

모두가 웃었다. 정말 재밌는 농담이 아닌가! 이제 거의 박사 과정을 마치고, 굉장히 똑똑해져 모든 것에 대해서—어린 시절 친구였던 마샤에 대해서마저— 의학도의 눈으로 새로이 바라보게 된 보로비요바도 밝게 웃었다. 마샤와 그녀의 엄마에 대해서 보로비요바는 새로운 관점을 하나 얻었다. 그것은 절대 섞일 수 없는 세 가지 품성, 즉 지성, 정직함, 당에 대한 충성이었다. 그것은 당시 유행하던 우스갯소리로 흔히 이야기되던 것이었다. 보로비요바도 엘레오노라와 마샤의 지성을 부정할 순 없었다. 왜냐하면 그들의 집 책장에는 어마어마하게 많은 책들이 있었기 때문이다. 그들의 일상의 질서 속에는 게다가…….

'위선자들.' 제냐는 생각했다.

기차가 보통 소련 사람들에게는 닿을 수 없는 가장 먼 곳—서독 베를린—으로 떠났다.

배웅 나왔던 사람들이 모두 역 앞 광장으로 나왔다. 엘레오노라는 사샤에게 키스를 하고 축구 선수에게 목례를 했다. 그러고는 갑작스레 보로비요바의 손을 잡더니 말했다.

"제냐, 너는 가끔 전화라도 해 주렴⋯⋯."

충실한 니콜라이 니콜라예비치는 구식 '볼가' 자동차의 뒷문을 열었다. 엘레오노라의 영광스러운 날들은 이미 다 지났다. 그녀의 작품은 우리의 이 거대한 조국의 서점들 선반에서는 볼 수 있었지만 이제 교과서에는 등장하지 않았다.

엘레오노라는 오래된 겨울 외투의 복슬복슬한 앞깃을 세우고 좌석에 앉았다.

'이건 아마 오포숨일 거야.' 보로비요바가 추측했다.

소녀들의 다음번 만남은 1968년 프라하 사건* 바로 이후였다. 보로비요바는 그동안 소아과 의사가 되었고 혈액과의 주임을 맡았다. 그리고 의사와 결혼했다. 제냐는 그때까지 살던 공동 주택에서 이사해 자기 남편의 부모님 아파트에 살고 있었고, 마샤는 어느 날 갑자기 그녀를 찾아왔다.

마샤는 거의 알아볼 수 없을 정도로 변했다. 그녀는 남자아이들처럼 머리를 짧게 깎고 우스운 머리 모양을 하고 있었다. 그녀는 코가 뭉툭한 신발을 신고 옷은 뼈만 앙상하게 남은 그녀가 입어도 꼭 조이는 청바지를 학생들처럼 입었다.

"세상에, 마샤! 너 살이 너무 빠졌다!" 이때 즈음 살이 좀 찐 제냐가 소리쳤다.

"가브로슈 스타일*이야. 남편이 좋아하거든. 나 다이어트 중이야." 웃으며 말하는 마샤의 입꼬리가 어색하게 올라갔다.

그녀는 선물을 잔뜩 가져왔다. 모두 제냐에게는 조금 작은 듯싶었지만 겨우 들어가기는 하였다. 마샤는 이 물건들이 그녀의 몸매를 유지시켜 줄 것이며 퍼지지 않게 해 줄 것이라고 말했다. 확인하려는 듯 마샤는 허리띠와 몸 사이에 손가락을 넣었다. 하지만 꺼낼 수가 없었다.

"이건 아이들 사이즈야. 우리 쪽에선 여자 옷은 사이즈 8부터 시작된다고. 이건 러시아 사이즈 44보다 작은 거야. 난 벌써 반년째 열두 살짜리 남자아이들 옷을 입는걸."

마샤는 마이클이 어떻게 그런 미니멀리스트적인 취향을 갖게 되었는지 대략 짐작하고 있었지만, 확실히 알게 될 때까지 그 정답을 계속 미루어 두고 있었다.

"그래 한번 말해 봐, 새로운 소식은 없어?" 어른들이 아이들을 다루는 듯한 얼굴로 마샤가 물었다.

"우리 쪽 군대가 프라하로 들어갔어." 어깨를 으쓱하며 보로비요바가 말했다. "어떤 새로운 소식을 말하는 거야? 누가 결혼하고 누가 이혼했느냐는 거?"

마샤는 보로비요바를 심각하게 쳐다보더니 이윽고 기다리지 않고 물었다.

"제냐, 언제부터 정치에 관심이 있었던 거야?"

"아니, 마샤, 예전에도 관심 없었던 것처럼 지금도 난 정치에 관심 없어. 내 관심은 아동 혈액학에 있어. 정치는 끔찍한 거야. 다들 큰 전쟁이 일어날 거라고 두려워하고 있어……."

"글쎄, 그건 아니야." 마샤는 누가, 언제, 무엇을 시작하는지에 대한 질문에 답해 줄 수 있는 곳에서 직접 온 사람처럼 설명했다……. "공산주의에 대한 공격은 돌이킬 수 없는 것이야. 전 세계 사람들이 공산주의에 분노하고 실망하고 있어. 공산주의는 권위를 잃었어. 교묘하게 조정하는 방법을 써야 했었어. 그들은 헝가리 사건*에서 배운 게 아무것도 없다고."

"마샤, 너 무슨 말을 하는 거야? 교묘하게 조정하는 방법을 쓰다니?" 보로비요바가 놀라 물었다.

'앤 정말 아무것도 모르는구나, 한 번도 뭘 제대로 안 적이 있어야지…….' 마샤가 이렇게 생각하고는 설명하기 시작했다.

"마이클과 나는 뮌헨에서 계속 지냈어. 그곳은 프라하에서 도망쳐 오는 작가들, 학자들, 문화 인사들이 모이는 곳이야. 그들 중에는 좌파들, 사회주의자들, 반파시스트 성향을 가진 사람들이 많아. 그들은 더 이상 전 세계적 과정을 지지하지 않을 거야."

"전 세계적 과정이라니? 뭘 말하는 거야?" 보로비요바가 조심스레 끼어들어 물었다.

"공산주의화 말이야." 마샤가 확고하게 말했다. "그들은 이제 공산주의 운동에 대해 혼란스러워하고 있어. 넌 당연히 모르겠지만, 비밀 하나 이야기해 줄게. 예를 들면 이탈리아에서는 말이야 공산주의자의 반이 당에서 탈퇴했어, 프랑스에서도 마찬가지고. 마이클은 당원은 아니고 그는 그저 예술가이지만, 사상을 가지고 있는 사람이잖아. 너는 잘 모르겠지만, 그 사람 유럽에서도 얼마나 유명한데. 젊은 사람들이 미친 듯이 쫓아다녀. 록 뮤직 하는 사람들이 다 우리 그이를 쫓고 그의 말 한마디 한마디를 경청한다고. 우리는 학생 혁명이 있었을 때 파리에도 갔었는데 마이클이 거기 리더들 중의 한 사람이었어. 그러니까 사상적인 측면에서 말이야……근본적으로 이건 반부르주아적인 운동이라고……."

이때 남편 그리샤가 코냑 한 병을 들고 들어왔다. 환자가 준 선물이었다.

"이거 절대 코냑이 아니라는 거 알고 계세요?" 마샤는 도발적인 질문을 했다.

그리샤는 병뚜껑을 열고 냄새를 맡더니 말했다.

"코냑인데요. 당연히 코냑이죠. 훌륭한 아르메니아산 코냑입니다."

마샤는 웃었다. "프랑스에 한 도시가 있는데 그 도시 이름이 코냑이에요. 거기에서 만드는 술이 코냑이라고 불리죠. 다른 곳에서 만드는 건 코냑이 아니에요. 카고르도 도시 이름이에요. 크림 지방에서 만들어지는 독한 포도주가 결코 아니라고요."

그리샤는 성격이 좋은 사람이었다.

"제냐, 가서 뭔가 먹을 걸 좀 내오겠어? 우린 우선 여기서 코냑도 아닌 이 뭔지 모를 술을 마시고 있을게."

'끔찍해.' 마샤는 생각했다. '좋은 사람 같기는 한데 자기 아내더러 음식을 준비하라고 부엌으로 보내면 그게 그녀를 무시하는 처사라는 걸 알기나 하는 거야? 마이클 같으면 절대 나한테 이러지는 않지…….'

불쌍한 그녀는 현대인인 마이클이 남편을 위해 감자를 구우라고 아내를 부엌으로 보내는 것보다 더 끔찍한 일을 하게 될 것이라는 것을 추호도 모르고 있었다…….

영원히 간직할 감정을 안고 친구들은 헤어졌다. 제냐 보로비요바는 마샤의 거대한 삶에 대한 이러저러한 소문을 들었다. 마샤는 1968년 이후 노동 운동에 대한 책을 썼고, 젊은 남자와 바람이 나 마샤를 버린 남편과 헤어졌고, 이후 아프리카에서 살았던가, 남미에서 살았던가, 어쩌면 두 군데에서 다 살든가 하는 소문이었다. 마샤는 두세 번 엘레오노라를 보기 위해 모스크바를 방문했다. 하지만 보로비요바에게는 더 이상 전화하지 않았다. 보로비요바는 서운하지 않았고 이것을 당연하게 여겼다. 말하자면 그녀와 자신은 삶의 궤도가 다른 것이었다.

하지만 7년이 지나고 난 후 그녀가 갑자기 전화를 했다.

"참새! 사샤가 죽었어. 간경화였대. 장례식은 내일이야. 장례 미사는 프레오브라젠카에 있는 니콜스카야 교회에서 11시에 있어. 그다음에 페레젤키노에 묻힐 거야."

마샤는 울었다. 보로비요바도 울음을 터뜨렸다. 사샤는 그렇게 예쁘고, 또 특별한 여자였다. 자유롭고 재능 있는 여인이었다…….

보로비요바는 생애 처음으로 장례 미사에 참석했다. 그 이전에 죽었던 사람이 없었던 것이 아니라 자기가 아는 대부분의 사람들이 교회식 장례 미사를 거치지 않고 묻혔기 때문이었다.

그곳에는 많은 사람들이 있었다. 마치 극장에서 초연이라도 있는 것 같았다. 털옷을 입은 인텔리 여성들은 아름다웠다. 관 옆에는 작은 엘레오노라가 감정이 북받쳐 빨개진 얼굴로 오포숨으로 된 오래된 털 코트를 입고 서 있었다. 그 옆에는 파랗도록 하얀 마샤가 뜨개질로 만든 검은 모자를 쓰고 서 있었다. 둘 사이에는 사샤를 닮은 키 큰 아가씨가 서 있었다. 그녀는 사샤보다 더 아름다웠다.

마샤는 보로비요바를 보더니 고개를 숙여 인사하고는 팔을 잡았다.

"참새, 널 정말 기다렸어! 네가 정말 필요해! 나도 네가 나한테 이렇게 필요하게 될 줄은 몰랐어."

둘은 눈물을 흘렸다. 그러고 나서 보로비요바는 관을 쳐다보았다. 매부리코를 한 노랗고 작은 노파는 사샤가 아니었다……. 지금 두샤라고 불리고 있는 저 얼굴이 더 엄숙하고 키가 더 큰 여인이 진짜 사샤였다.

조그마한 사제가 나왔다. 키가 매우 작고 대머리인 그는 기적을 행하시는 성 니콜라이를 닮았다.

그들은 서로를 포옹하고 슬픔에 잠겨 꼭 붙어 있었다. 엘레오노라는 이미 오래전부터 수치스러운 마지막을 감지하고 있었고, 마샤는 어머니가 전화로 건조하게 '사샤가 죽어 가고 있어', '사샤가 우리를 떠나가고 있어'라고 아무리 말했어도 실상 이러한 일에는 전혀 준비가 되어 있지 않았다. 아름다운 젊은 두샤가 제냐에게 꼭 마치 열대여섯 살의 사샤의 아름다웠던 시절과 스타식, 그리고 욕실에서 일어났던 일들을 상기시켜 주었다……. 불현듯 보로비요바는 마샤, 아직도 잘생긴 남자아이처럼 보이는—물론 이제 조금씩 시들어 가기 시작했지만— 엉뚱하고 감동적인 마샤와 자신이 얼마나 강하게 맺어져 있는지 날카롭게 느꼈다…….

사샤의 관은 많은 남자들의 손에 번갈아 들려 가며 페레젤키노에 도착했다. 혹독한 추위 속이었는데 그들 중 아무도 모자를 쓰고 있지 않았다. 그들이 몰아쉬는 숨 때문에 욕실 수증기 같은 것이 생겼다.

"모든 사람들이 그녀를 사랑했어." 보로비요바가 마샤에게 속삭였다.

"여기 온 사람들은 그녀를 사랑했던 사람들 중 반 정도뿐이야." 마샤가 단언했다.

마샤는 모스크바에서 일주일을 보냈다. 보로비요바는 다시 엘레오노라의 아파트에 앉아 있었다. 그녀가 엘레오노라의 아파트에 들르지 않은 지는 벌써 많은 세월이 흘렀기 때문에 그녀는 마치 친정에 온 것 같은 느낌을 받았다. 엘레오노라는 수집해 두었던 찻잔 세트 중의 하나를 골라 그녀에게 차를 대접하였다. 대체적으로 상냥했다. 그녀가 코바르스키를 아느냐고 물었다.

"저는 코바르스키 아들과 함께 일하고 있어요." 보로비요바가 대답했다.

"아버지보다 못하지 않다고 하던데." 확실하지 않은 듯이 엘레오노라가 말했다.

보로비요바가 수긍했다.

"내 친구의 손녀가 미숙 백혈구 증식증으로 앓고 있는데. 혹시나⋯⋯." 엘레오노라가 말문을 열었다.

"제 박사 후보 논문이 미숙 백혈구 증식증에 관한 것이에요. 제 전공이 아동 미숙 백혈구 증식증이고요. 진찰은 당연하지요⋯⋯. 만일 원하시면 아버지 코바르스키한테 가실 수도 있고요⋯⋯."


마샤는 떠났다. 이제 친구들은 가끔 편지를 주고받았다. 아주 연약한 둘 사이의 인연의 끈이 회복되었다. 마샤는 이제 자신의 전남편이 소박하지만 나쁘지 않은 동네에 사 준 런던의 3층짜리 고전적인 아파트에 산다. 그리고 그는 아직 법률가인 증조할아버지의 재산인 켄싱턴에 위치한 큰 집에서 이전처럼 살고 있다. 이혼 후의 마샤의 삶은 애처로워졌고 점점 빛을 잃어 갔다. 유명 인사들과의 만남도, 전 세계를 누비던 여행도, 강연과 환대도 모두 정원이 딸린 예전의 그 집처럼 마이클의 것이었다. 대신 마샤에게는 일이 있었다. 그녀는 노동 운동에 관한 이름 있는 전문가가 되어 있었다. 그녀는 트로츠키주의에 대한 전문가였으며 좌파 인텔리 사회에 속해 있었고 공산주의 관련 전문가로서의 명성을 얻고 있었다. 그녀는 자신의 주변에 있는 남자들 사이에서 성공을 거두었다. 하지만 사내아이 같은 균형 잡힌 몸매와 동작에 있어서의 아름다운 절도, 갸름하고 부드러운 타원형의 얼굴과 눈꼬리가 올라간 밝은 눈은 오래전에 그녀가 떠나온 예술 동아리에 더 어울리는 것이었다. 그녀에게는 기쁨보다는 절망을 가져왔던 몇몇의 그리 크지 않은 로맨스가 있었다. 그중에서 가장 좋았고 가장 길었던 관계는 이탈리아 남자와의 관계였다. 그녀는 6년 동안 나폴리 근처에 있는 한 도시만을 방문했다. 그곳에는 그녀가 쓸 수 있는 호텔, 해변의 파라솔, 작은 레스토랑과 그 레스토랑의 주인인 마흔 살의 루이지가 있었다. 루이지는 겨울에 비즈니스를 쉴 때가 되면 해변에서 20킬로미터 떨어진 곳의 그리 유명하지 않은 도시에서 아내와 딸과 함께 살았고 여름이 되면 손님들에게 나폴리의 피자 등 자신에게 있는 것을 모두 풀어 대접하곤 했다. 이탈리아로 간 2주간의 여행은 마샤의 건강을 충전시켜 주었다. 왜냐하면 영국은 아무래도 햇빛이 부족했기 때문이었다. 그다음 루이지가 사라졌다. 마샤가 그가 어디로 사라졌는지 물어보니 새로운 레스토랑 주인은 팔을 펼쳐 보여 줄 뿐이었다.

"그 사람한테서 이 일을 샀어요. 그는 돈을 받고는 떠나 버렸어요. 이것 보세요, 테라스 참 잘 꾸몄죠. 여기서 계속 머무르시는 게 어때요?"

하지만 그녀가 계속 머무르는 곳은 런던이었다. 특히 봄과 가을이 오면 우울증이 생겼다. 마샤는 더 자주 모스크바에 들르게 되었다.

1985년에 엘레오노라는 딸의 심장을 조각냈다. 그녀가 결혼을 한 것이었다. 그것은 불합리하고, 바보 같고, 심지어 부끄러운 짓이었다. 그녀는 물론 몸매를 유지하고 있고 움직이는 데 불편함도 없었지만 거의 일흔 살에 가까웠다. 그녀는 완전히 노파였다.

마샤는 어머니가 미리 아무것도 말해 주지 않은 것에 대해 기분이 나빴다. 마샤가 도착했을 때 엘레오노라는 세레메티예보 공항에 그녀를 마중하러 나와서는 집으로 가는 길에 새 결혼에 대해서 이야기를 했다. 두 번째 충격은 집에 도착했을 때 발생했다. 엄마의 남편이 그녀의 방을 집무실로 쓰고 있었다. 그리고 엘레오노라는 딸의 잠자리를 거실에 폈다. 아침이 되자 마샤는 자기 짐을 꾸려 가지고는 보로비요바에게로 갔다. 그 무렵 남편과 보로비요바 사이에는 이미 아이들이 태어났고 조합 아파트를 지어 그곳으로 이사해 있었다.

마샤는 열흘 동안을 티미랴제프카에서 암울하게 눌러 앉아 있었다. 세 번 정도 집을 나섰고 아무에게도 전화를 걸지 않았다. 트라우마는 매우 컸다. 아마 마이클과 있었던 일만이 이번 충격과 같은 수준의 위력을 갖고 있을 정도였을 것이다.

엘레오노라는 보로비요바에게 두 번 전화했다. 하지만 마샤가 엄마를 만난 것은 떠나기 바로 전 엘레오노라의 집이 아닌 중립 지역에서 잠시뿐이었다. 마샤는 부적절한 결혼으로 더럽혀진 그 집에 가지 않았다.

중립 지역은 '내셔널' 호텔의 카페였다. 그들은 식탁에 앉았다. 작고 곧은 엘레오노라와 자신의 예전의 곧은 자태를 잃어버리고 구부정한 마샤 앞에는 두 개의 커피 잔과 베를린식 과자, '보르조미' 한 병이 놓여 있었다. 엘레오노라는 마샤에게 오랫동안 사랑한 사람이 상처하자 그 사람과 결혼했다고 말했다. 그리고 이제 그녀는 생애 처음으로 사랑하는 사람과 살고 있고 그래서 이미 자신들이 나이가 너무 많아 같이할 날이 얼마 남지 않았지만 정말 행복하고 그렇기 때문에 여생의 단 한 순간도 놓치고 싶지 않다고 말했다. 그녀는 분별없이 딸의 방을 유리 이바노비치에게 제공한 일을 사과하였다. 또, 그에게 자신의 물건들을 갖고 잠시 거실로 옮기라고 할 준비가 되어 있다고 말했다. 그녀는 말했다. "마샤, 너도 이해하겠지만, 전직 장군을 유모의 작은 방으로 모실 수는 없었다." 침실은 다른 용도가 있으므로 그곳으로 짐들을 옮길 수도 없는 노릇이었다며 웃으며 짐짓 농담도 하였다.

그녀의 목소리에서는 마치 이 늙어 빠진 장군을 딸에게서 빼앗기라도 한 것 같은 여자다운 승리감이 느껴졌다. 마샤는 침실에 남자를 들이고 있다는 것을 드러내려는 엄마의 뉘앙스를 알아차렸다.

'뭐야, 엄만 무슨 나랑 이런 걸로 경쟁이라도 하겠다는 거야?'
마샤가 생각했다.

마샤는 예전에 셋이 살았을 때 용인되었던 것처럼 소리 지르고 뺙뺙거리고 찻잔을 마룻바닥에 집어 던지고 싶었다. 아마 그들이 집에 있었다면 그녀는 그렇게 행동했을 수도 있었다. 그리고 그들은 울다가 서로의 머리를 쓰다듬어 주고는 화해와 내적인 동조로 서로 눈물을 흘릴 수도 있었을 것이다…….

"엄마, 다 이해했어." 마샤가 일어나며 말했다. "나 더 이상 모스크바에 안 올 거야."

그러자 엘레오노라는 지갑을 꺼내 우아한 동작으로 손을 흔들어 웨이터를 불렀다. 어쩐 일인지 이 신념 강한 공산주의자는 그 순간 완전한 서유럽의 여인처럼 행동했다.

건드리지도 않은 음식들이 식탁에 그대로 놓여 있었다. 웨이터는 부르는 손짓을 보지 못했고 엘레오노라는 손을 그대로 든 채로 손가락만 살랑살랑 다시 흔들었다. 두 사람의 팔은 서로 매우 닮았다. 가는 손가락과 안쪽으로 약간 굽은 큰 손톱도.

하지만 마샤는 다시 돌아왔다. 그것은 3년 후 장군이 죽은 후였다. 엘레오노라가 전화를 하여 남편을 묻었다고 말하고 마샤에게 보러 와 달라고 부탁했다. 마샤는 생각해 보겠다고 대답했다가 다음 날 곧장 런던 대학에서 하던 수업을 연기 신청 하고는 첫 비행기의 표를 사서 모스크바로 돌아왔다. 보로비요바에게 전화하여 나와 달라고 부탁했고, 보로비요바가 그녀를 마중 나와 집으로 데리고 가 주었다. 영리한 보로비요바는 그녀에게 무슨 일이 일어난 것인지 전혀 묻지 않고 그저 기뻐해 주었다. 대신, 집에 갈 때 같이 올라갈까 하고 묻기는 했다.

"그래, 그랬으면 정말 좋겠어. 엄마한테는 온다고 얘기 안 했거든. 내가 올 줄 모르고 있을 거야."

엘레오노라는 기뻐했다. 하지만 어쩐지 애매한 표정이었다. 그녀는 다 헐어 버린 가운을 입고 있었다. 게다가 그 가운은 아무도 본 적이 없는 것이었다. 집은 장군의 사진으로 가득 차 있었다. 엘레오노라 스스로도 어쩐지 좀 부드러워져 있었다. 그녀는 옅게 미소 지으며 말문을 열었다.

"애야, 딱 마흔 번째 날에 네가 왔구나."

엘레오노라는 어렸을 때도 마샤를 '애야'라고 부른 적이 없었다. 항상 그녀는 '마샤'였다. 하지만 마샤는 지금 이 순간 아무것도 느낄 수가 없었다. 그녀는 단지 엄마가 불쌍할 뿐이었다. 그리고 지금에서야 엄마가 어디에다가 이부자리를 봐 주어도 상관없었다. 그게 어린이 방이든, 유모의 방이든, 거실이든.

그 이후에 마샤는 두 번 더 모스크바를 방문했다. 마지막으로 방문했을 때 마샤는 자살 미수 이후 런던 병원에서 두 달 동안 병원 신세를 졌다고 보로비요바에게 말했다.

보로비요바―그녀는 의사였다!―는 울부짖거나 소리 지르기는커녕 눈썹 하나 까닥하지 않았다.

"다 지나가서 다행이네! 그런 사람들 많이 봤어. 그리고 누구든 그런 걸 생각할 때가 있지."

"그렇겠지. 하지만 나한테는 이것 말고는 하고 싶은 게 없어." 마샤가 웃었다.

"마샤! 그건 그냥 누구에게나 찾아오는 우울증 같은 거야. 그냥 약이나 좀 먹으면……."

"그래, 프로작! 나는 그것을 1푸드*는 먹었어. 런던에서는 못 살아, 정말 재수 없는 도시야. 아는 사람도 친구도 많은데 막상 이야기를 할라치면 다음 주 화요일에 당신을 초대합니다, 이러는 거야.

세상에서 제일 차가운 도시라고. 차가운 사막! 영국 사람들은 서로 모여서 즐기고 그러지 않아. 그들은 그저 같은 말만 되풀이한다고. 그리고 또 노동 운동은…… 이제 나한테 지긋지긋해! 내가 예전에 갖고 있던 사상들을 들으면 지금 사람들은 다 웃고 말걸? 내 인생 전부가 바보 같아. 삶이 끝났는데도 난 이렇게 아직 살아 있잖아…… 그래, 자살은 종종 있는 일이야…… 츠베타예바*도 자살했고, 마야코프스키도 자살했고, 우리 아버지도 자살했는데!"

'이제 히스테리가 시작되겠군.' 보로비요바는 생각했다. 하지만 예상과 달리 히스테리는 시작되지 않았다. 마샤는 문득 입을 다물더니 조용히 물었다.

"너 자살 생각해 본 적 있니?"

보로비요바는 생각해 보았다. 자신은 전문의였고 청렴했다. 그녀가 있는 과에서는 아이들이 미숙 백혈구 증식증으로 죽어 나갔다. 그녀는 이 아이들의 어머니들을 보았다. 그녀들은 하나같이 마지막 순간까지 기적을 믿고 있었다. 보로비요바는 자살에 대해서 생각하지 않고, 엘레오노라에 대해서 생각했다. 그리고 말했다.

"아니, 생각해 본 적 없어. 내 생각엔, 아직 네 어머니가 살아 계시는 한 너 혼자서 그런 걸 할 수 있는 권리는 없는 것 같아. 먼저 네 어머니가 가시고 난 다음에 너 하고 싶은 대로 하면 되잖아. 물론 그렇게밖에 할 수 없는 상황이 있을 수 있다는 것은 인정해. 안락사 같은 거 말이야. 너는 여기에 해당 사항 없고 지금도 아니고……."

"근데 너도 이해하겠지만 이제 그녀는 없는 거나 마찬가지야. 너도 우리 엄마가 어떤 사람이었는지 기억하지? 정말 멋지고 똑똑하고 재기가 넘치는 사람이었잖아! 맞아, 맞아! 엄마의 시대는 다 지나간 거야. 늙은 장군 말고는 이제 그녀의 재능을 인정해 주는 사람들이 하나도 없잖아. 하지만 나는 우리 시대의 많은 훌륭한 사람들을 알고 있어. 런던에 있는 우리 집에서 어떤 사람들이 술을 마시고 갔는지 너한테는 이야기도 하지 않을게! 엄마는 정말 굉장한 사람이었는데! 얼마나 빛이 났다고! 지금 내 옆에서 더러운 가운을 걸치고 열 번도 넘게 같은 걸 물어보는 이 오락가락하는 노파는 그녀가 아니라고!"

"아니긴 뭐가 아니야!" 보로비요바가 냉정하게 말했다. "그리고 아직 그녀가 살아 있는 동안은 자살이고 뭐고 너한텐 권리가 없어. 순리라는 것이 있어. 이 순리는 가끔 어겨지기도 하지만 그건 아주 끔찍한 거야. 난 그런 상황을 계속해서 봐 오고 있어. 네 차례가 오려면 넌 좀 기다려야 해."

"생각해 볼게." 마샤가 지친 듯이 대답했다.

그녀는 일주일 후에 떠났다. 그리고 또 일주일 후에 그녀의 죽음에 대한 소식이 들렸다. 자살이었다.

그녀는 자신의 뜻대로 모스크바에 묻혔다. 그녀가 유언장에 쓴 대로 모든 예식은 섬세한 형식에 맞추어 이루어졌다. 어쩐지 그녀는 자신의 장례 미사를 사샤의 장례 미사가 있었던 그 성당에서 치렀으면 하고 바랐다. 그녀는 절대 신앙이 있는 사람이 아니었지만 유모였던 두샤가 어린 시절 두 소녀 모두를 세례 주었었다.

그녀의 영국 여자 친구가 그녀의 관을 운반해 왔다. 관은 시가 담배 모양이었고 어린아이의 것처럼 작았다. 교회의 노파들이 죽음에 대한 흥미진진함으로 관을 요리조리 살펴보고 만져 보았다. 몇몇은 신기해하기도 하고, 몇몇은 관이 정교식으로 만들어지지 않은 것에 대해서 수군거렸다.

많은 사람들이 모였지만 사샤의 장례식만큼 많은 사람은 아니었다. 엘레오노라는 관 옆에 작은 인형처럼 서 있었다. 어쩐지 그녀는 벌써 오래전부터 하지 않았던 볼터치에 치켜 그린 눈썹을 하고 있었다. 손녀 두샤가 그녀의 어깨를 잡고 있었다. 두샤는 매우 힘들어 보였다. 그녀는 임신 기간의 중반을 넘어선 듯했다. 보로비요바는 발리돌, 타제팜, 캄파라 같은 신경 안정제를 갖고 서 있었지만 아무도 그것을 필요로 하지는 않았다.

추도식에서 보로비요바는 처음으로 두샤와 이야기를 해 보았다. 두샤는 놀라울 정도로 엄마를 닮아 있었다. 손가락을 재미있게 굴려 가며 머리카락을 흔드는 것까지 똑같았다. 두샤는 자기의 죽은 엄마에 대해서 많이 알지 못했다. 왜냐하면 그녀에게 친부모나 다름없는 친할아버지와 친할머니가 두샤가 자기 어머니와 만나지 못하도록 최선의 노력을 기울여 왔기 때문이었다. 그들은 그녀가 아이에게 나쁜 영향을 미칠까 봐 두려워하였다. 그래서 많은 시간이 지난 지금 두샤는 이에 대해 매우 슬퍼하고 있었다.

두샤도 자신의 전 가족이 살았던 예의 그 작가 별장에서 이미 오래전부터 남편과 같이 살고 있다고 했다. 엘레오노라는 장군과 함께 이전 별장과는 멀리 떨어진 모스크바 다른 지역에 있는 더 화려한 별장을 받고 나서 더 이상 이전 별장을 쓰지 않게 되자 결혼 후에 이곳에서 두샤와 그녀의 남편이 살도록 하였다.

이제 두샤는 할머니를 별장으로 데려오려고 하였다. 왜냐하면 별장이 도시 생활보다 더 낫기 때문이었다. 또 별장에서는 더 이상의 트라우마를 떠올리게 하는 일들이 발생하지 않을 것이기 때문이었다. 그리고 앞으로 태어날 아기를 위해서도 별장 생활이 도시 생활보다 더 나았다.

두샤가 이 모든 것을 보로비요바에게 조용히 설명하고 있는 동안 엘레오노라는 일어서서 권위 있는 목소리로 두샤를 향해 말했다.

"마샤, 나 너무 피곤하구나. 침실로 좀 데려다 주겠니?"

'그래, 그냥 마샤라고 생각하게 내버려 두지 뭐.' 보로비요바는 생각했다. '두샤가 엘레오노라를 보살피다가 눈도 감겨 드리겠구나.'

하지만 모든 것이 그렇게 좋게 끝나지는 않았다. 저 위쪽에서 모든 것을 다른 방식으로 이미 정해 두고 있었던 것이었다. 엘레오노라는 예전 별장에서 1년 좀 못 되는 시간을 살았다. 그녀는 어쩐지 더 건강해졌고 별장 밖으로 산책도 하고 예전 친구들을 방문도 했다. 그들은 이야기를 하고 옛 시절을 떠올리면서 이미 사라진 지 오래인 사람들과의 관계에 대해서 이야기를 나누었다. 어느 날 저녁 그녀는 어떤 책을 전달해 주기 위해서 친구에게 가려고 집을 나섰다. 두샤는 그녀에게 저녁때 외출하지 말라고 부탁했지만 여느 때 같으면 순종적이었을 엘레오노라가 말을 듣지 않고 외투를 입고는 지팡이를 짚었다. 두샤는 그녀를 배웅하고 싶었지만 아이가 잠에서 깨어 소리 지르자 아이에게 돌아왔다.

두 시간이 지나도 엘레오노라는 돌아오지 않았다. 두샤는 엘레오노라의 친구에게 전화를 걸었다. 노파의 친구는 놀라며 엘레오노라가 오지 않았다고 말했다. 두샤는 할머니를 찾으러 나갔다가 할머니 친구의 집 근처에 있는 길 곁 하수구에서 할머니를 찾아내었다. 엘레오노라는 죽어 있었다.

다음 날 두샤는 보로비요바에게 전화를 걸어 할머니의 죽음을 알렸다. 보로비요바는 오랫동안 말이 없더니 갑자기 바보 같은 질문을 던졌다.

"무슨 책을 가지고 나갔는데?"

"메레지코프스키요." 질문에 놀란 두샤가 대답했다.

사람들이 그녀를 페레젤키노에 묻고 예전 별장으로 돌아왔다. 보드카 한 잔씩을 마셨다. 그녀를 추도하는 사람들은 별로 없었다. 엘레오노라와 헤어지고, 그곳에서 즐거웠던 한때와 작별 인사를 나누었다. 별장은 국영이었고 문학 기금으로 운영되는 것이어서 두샤는 곧 이 별장을 자기 순서를 기다리는 다른 작가에게 주어야 했다.

1년이 더 지나고 두샤는 전화를 해서는 마샤와 사샤의 어린 시절의 사진을 고르고 있는데 그중에 보로비요바가 같이 찍힌 사진들이 몇몇 있다고 말했다. 사진을 기념으로 주고 싶다고 했다.

보로비요바가 예전 아파트에 도착했다. 두샤가 문을 열었다. 그녀 뒤에서 이 불행한 집안의 여자들과 전혀 닮지 않은 남자아이가 힐끔거리며 그녀를 쳐다봤다. 두샤는 또 임신 중이었다. 작은 방에서부터 큰 키에 수염이 있는 두샤의 남편 사샤가 밝게 웃으며 밖을 쳐다보았다. 그는 상냥하게 손을 흔들면서 남자아이를 안아 사라졌다.

'남자아이면 좋겠네.' 보로비요바는 두샤의 배를 보며 생각했다.

사진은 아마추어가 찍은 것이고 색이 다 바래 있었다. 두샤는 거실 식탁에 이 사진들을 늘어놓았다. 아마도 운전사였던 니콜라이 니콜라예비치가 찍은 사진들 같았다. 보로비요바는 설명할 수 없는 날카롭고 혼란스런 감정을 느꼈다. 사진 때문이 아니었다.

바로 이 집 때문이었다. 집 안은 예전과 같이 그대로였다. 유리문이 달린 층진 선반들, 금색으로 장정된 책 표지, 앨범들, 전집들,—지금은 쓰이지 않는 알파벳 '야쩨'가 적힌 전집들이 많이 있었는데 나중에 보니 그것들 중에는 메레지코프스키와 카람진의 전집도 있었다— 벽에 걸린 판화들, 그림들, 다 해진 양탄자, 마호가니 가구들, 다리를 펼치면 거대한 타원형으로 변하는 둥근 식탁, 그 위에 놓인 묵직한 포크, 나이프, 스푼 들, 배같이 생긴 파란 유리 장식과 눈물 모양의 작은 크리스털들이 달린 샹들리에. 다

부진 체구에 사마귀가 있고 배 부분이 닳은 앞치마를 두른 유모 두샤도 생각났다. 하지만 그때의 사람들은 없었다. 이미 다른 사람들이 여기에 살고 있었다. 이것은 마치 꿈속에서 오래전부터 잘 알고 있는 그림에 눈치챌 수 없이 교묘하게 변화를 가한 것을 보여 주는 듯했다. 그리고 바로 변한 것들이 파르르 떨고 있었고 현실을 불신하게 만들었다. 이것 모두가 꿈이 아닐까.

보로비요바는 방을 둘러보았다. 아냐, 이건 꿈은 아니야. 이건 이전 냄새의 흔적으로 더 단단해진 현실이야. 기억의 박물관. 고인이 된 엘레오노라는 특히 빼어난 취향을 가졌었다. 이 물건들은 반백 년을 견디어 내었고 더 기품 있고, 값진 물건이 되어 가고 있었다. 불멸의 잡동사니들. 안녕, 모두들 안녕⋯⋯.

길 떠나는 이들의 수호천사

# 길 떠나는 이들의 수호천사

나의 착한 이모 옐레나는 내가 집을 나설 때면 항상 자기 방에서 나온다. 주름들이 종횡무진 가로지르는 뚱뚱한 얼굴이 웃는다. 왼손은 들어 올리고 오른손은 아래로 축 늘어져 있다. 뇌졸중 이후로 손가락들은 살짝 안으로 굽었다.

"그래, 가 보렴! 어딜 가든 수호천사가 너와 함께할 거야."

그러고는 나에게 아주 특별한 성호를 그어 준다. 왼손으로 오른손을 들어 십자가를 그어 주는 것이다.

아프고 난 이후에 그녀가 처음으로 찾아간 신부는 아주 엄격한 사람이었다. 그는 왼손으로 성호를 그으면 안 된다고 말했다. "성호를 잘못 그으면 악마들이 좋아합니다." 두 번째로, 착한 신부는 "성호는 어떤 방식으로 그어도 상관없어요"라고 말했다. 그리고 세 번째 똑똑한 신부는 아픈 오른손을 보여 달라고 하고는 손가락들이 서로 주먹을 쥐듯 모여 있는 것을 발견하고 "왼손으로 오른손을 들 수 있어요?"라고 말했다.

"할 수 있어요." 옐레나가 대답했다.

그래서 그녀는 이제 성호를 긋는다. 집에 있는 모든 것에 자신만의 특별한 십자가로 성호를 긋고 수호천사를 불러낸다. 다른 사람들은 어떤지 모르겠지만 나의 수호천사는 항상 나와 함께 있다. 내가 어디를 가든지 나를 지켜 주고 재미있고 대단한 많은 것들을 보여 준다.

# 오리

첫 여행 인상기: 우리는 별장에서 도시로 이사를 가고 있다. 초여름에 별장에서 내게 사 주었던 새끼 오리가 이제는 다 커서 진짜 오리가 되었다. 나는 오리를 그네나 양철 목욕통과 함께 별장에 두고 오는 것이 걱정돼 모스크바에 데려가자고 부탁했다. 모두 나를 설득했다. 오리한테는 모스크바가 좋지 않을 거야……. 하지만 나는 오리를 꼭 모스크바에 데리고 가겠다고 대성통곡했다. 나의 상상력과 갑자기 깨어난 실제적인 사고 능력이 별장 관리 아줌마가 오리를 먹어 치울 것이라고 내게 속삭여 주었기 때문이다.

증조할아버지가 나와 내 오리 편을 들어 주었다. 트럭에는 이미 물건들이 가득하고 그 위에는 방수포가 씌워져 있었다. 뒤쪽 갑판 앞에 남겨진 공간에는 침대 겸 의자가 마련되어 있었다. 이 침대 겸 의자는 우리가—엄마랑, 아빠랑, 내가— 승차할 공간이었다. 증조할아버지는 운전석 옆에 앉을 것이었다. 오리는 신문지로 둘둘 말린 망태기 속에 들어가 증조할아버지의 무릎에 앉을 것이다. 오리의 명랑한 머리가 망태기 위로 솟아올랐다. 가는 동안 오리는 물갈퀴로 신문지를 찢고 증조할아버지의 바지에 연신 똥오줌을 싸 댔다. 우리가 교차로에서 지나갈 차례를 기다리고 있는 동안 아빠는 신문을 사고 엄마는 오리에게 새 기저귀를 갈아 주고 모두들 힘을 합쳐 오리를 다시 망태기 속에 집어넣었다. 모두들 너무나도 즐거웠다. 이제 증조할아버지는 흔들거리는 망태기를 유리창 밖으로 내놓고 흔들었다. 망태기 안의 오리는 바람을 타고 날았다. 모두들 너무나도 즐거웠다. 굉장히 재미있는 모험이었다…….

모스크바에 도착했을 때 오리와 증조할아버지는 반쯤 넋이 나가 있었다. 증조할아버지의 팔은 반쯤 얼어 있었고 오리의 눈은 흐려져 있었다. 전날 전차를 타고 온 할머니가 할아버지의 팔에 캠퍼를 처방하였고 오리는 장작 헛간으로 보내 버렸다. 이제 오리는 거기서 산다.

증조할아버지와 나는 하루에 세 번씩 오리를 먹이러 간다. 낮잠을 자고 난 후 증조할아버지는 보통 차와 성냥갑만 한 파이를 드신다. 재미있는 일이 매일 발생하곤 했다. 증조할아버지는 차와 파이를 오리에게 가져다주고 싶어 하셨다. 할머니는 이에 화를 냈다. 물론 진짜로 화를 내는 것은 아니었지만.

"아빠! 대체 왜 이러시는 거예요? 차에 빵 조각을 넣어 주면 되잖아요, 왜 피로크까지 주는 거예요?"

"그냥 작은 조각인데 뭐…….' 그렇게 증조할아버지가 부탁하면 할머니는 잘라 주곤 했다.

겨울에 누군가가 장작 헛간의 자물쇠를 부수고 오리를 훔쳐 갔다. 아무래도 남자아이들의 짓인 듯했다. 아마 잡아먹었을 것이다. 어째서 증조할아버지는 크라토프에서 오리를 망태기에 넣어 가지고 오신 것일까. 그때가 1948년이었다.

# 구다우트산 배

우리 주인 후타 쿠르수아가 벽 뒤에서 큰 소리로 기침을 했다. 그러면 엄마의 눈은 놀라 동그래졌다. 열 살짜리였던 나의 염증이 사라진 게 바로 얼마 전이었는데 갑자기 옆집에 결핵 환자가 생긴 것이다……. 잘생기고 마른 후타는 다른 세입자들에게는 친절하고 자기 부인에게는 광폭한 사람이었다. 그러나 내 주변에 있는 사람들은 내게 관심을 불러일으키지 못했다. 그해에 나는 처음으로 바다를 보았고 한 달 내내 이 바다와의 만남에 대해 생각하고 있었다. 엄마는 그 첫날 내게 수영하는 법을 가르쳐 주었지만, 낮이면 나는 해변에서 첨벙거리기만 하고 있었고 밤에는 짠물에서 퍼덕거리는 꿈을 꾸었다. 하지만 이상하게도 그렇게 퍼덕거리는 것이 훨씬 달콤했다…….

가을이 가까워지면 엄마는 보통 가정주부로서의 열정이 다시 불붙곤 했다. 무언가를 소금에 절이거나 말리고 끓였다. 이번에는 그녀의 열정이 시장 상인에게 주문해서 만든 판자로 된 트렁크로 구현되었다. 시장 상인은 엄마가 원하는 그런 크기의 트렁크는 없고 그 반만 한 트렁크를 두 개 만드는 게 낫지 않겠느냐고 엄마를 설득했다. 하지만 엄마는 자기 뜻대로 밀어붙였다. 결국 엄마는 자기가 원하는 큰 트렁크를 얻었다. 세로로 세워 놓으니 트렁크는 엄마의 어깨까지 올 정도였다. 사실 엄마는 키가 좀 작긴 작았다.

트렁크는 배를 위해서 만들어진 것이었다. 나와 엄마는 배를 정말 좋아했다. 여기 구다우트는 8월 말이면 배 천국이 된다. 엄마는 떨어지기 바로 직전의 배를 참 좋아하였다. 그런 배들은 손에 쥐면 으스러질 정도고 깨물면 걸쭉한 단물이 줄줄 흘러 주위의 벌들이 모여든다. 그 향기는 마치 증기선의 기적 소리와 같이 강력하다.

말이 나왔으니 말인데, 증기선은 도시와 해변 사이를 오갔다. 내 기억 속에는 어린 시절의 행복한 삼위일체가 각인되어 있다. 알게 된 지 얼마 안 되어 새롭고 젊디젊은 바다, 해변을 지나가는 기차, 손 안에 가득한 배. 이 모든 것은 아직 엄마가 살아 계실 때의 이야기다. 연달아 몇 개의 배를 먹고 나서 바다로 달려간다. 유년 시절 동안 다 닳도록 입었던 미제 수영복을 가득 채운 가슴 사이로 흘러내리는 배 즙을 씻어 내려고…….

떠나기 전날이면 우리는 배를 사러 이웃의 밭으로 갔다. 엄마는 미리 밭의 여주인과 흥정을 끝냈다. 그녀는 엄마에게 겨울에 수확하는 종인 '베라'를 팔기로 약속했다.

엄마는 트렁크를 가져와 자랑스러운 듯 밭 주인 앞에 내려놓았다.

"여기 있어요. 혹시 배들이 물러지진 않겠죠?"

"이렇게 돌처럼 딱딱한 게 꿀배가 되는 거예요. 내 말 들어요…….'

배들은 정말 돌 같았다. 푸르스름하게 덜 익은 배들은 엉덩이 부분이 무겁고 목 부분이 가늘었다.

"베라 듀셰스! 이런 배를 갖고 있는 사람은 없죠. 귀족 집에서 정원사로 일했던 우리 할아버지가 직접 심었어요." 이렇게 말하는 그녀는 위풍당당한 제스처로 배 밭 쪽을 가리켰다.

배 밭에는 캅카스 아이들이 심각한 표정으로 일을 하고 있었다. 그들은 우리를 위해 배를 따고 있었다. 열네 살 정도 되어 보이는 남자아이가 빨간색 셔츠를 입고 사다리 위에 서 있었다. 남자아이는 마치 다 타 버린 전구를 돌려 내듯이 배를 둥글게 돌려 따고선 내 또래 여자아이에게 건넸다. 나는 그 여자아이를 한 달 내내 담장 너머로 훔쳐봤지만 한 번도 말을 걸지 못했다.

배 밭 주인 여자는 신문 지면의 4분의 1을 사용하여 각각의 배를 조심스레 싸서 엄마의 트렁크 바닥에 놓았다. 우리는 그녀를 도와주었다.

"쿠르수아네에서 살고 계시죠?" 그녀는 우리가 쿠르수아네에서 살고 있다는 것을 잘 알고 있었다. 하지만 이것은 옛날이야기에서 으레 그렇듯 단지 시작일 뿐이었다. "밍그렐리아 사람들한테서 아파트를 빌려서는 안 돼요. 정말 지저분한 민족이거든요. 문화를 모르는 산(山)사람들이죠…… 하지만 압하스 사람들은 더 심해요. 완전히 야만인들이라 장례식에서 노래를 안 부르고 들개들처럼 짖어 댄다고요…… 음식은 또 어떻고요. 스반 인들의 음식보다 더 후지다니까요……. 스반 사람들에 대해서 잘 모르시죠. 모르는 게 나아요. 어이구, 하느님 아버지. 그 사람들 완전히 깡패에 도둑놈들이라니까요…… 체첸 사람들보다 더 심해요……." 그녀는 배 같은 엉덩이를 흔들면서 거친 손으로 신문지 뭉치를 트렁크에 놓았다. "하지만 이젠 체첸 사람들은 없죠. 그들을 다 쫓아냈으니 정말 다행이죠. 아르메니아 사람들도 다 쫓아낼 수 있다면 얼마나 좋겠어요. 하나같이 다 장사꾼들인데 어찌나 냉정하고 짠지 그런 사람들이 없다니깐요. 터키 사람들은 거기에 비할 바도 못 돼요." 그녀는 갑자기 웃더니 손을 내저었다. "여기엔 아제르바이잔 인들도 있는데, 그 사람들은 터키 사람들 비슷한 게 아주 못되고 게을러요. 여긴 사람다운 사람은 별로 없고 온통 집시만도 못한 도둑놈들뿐이에요. 특히 바쿠 출신 아제르바이잔 인들은 개처럼 못돼먹었죠…… 아니, 개만도 못해요…… 진짜라니까요, 우리 어머니를 걸고 맹세합니다! 그리고 바쿠에서 온 아르메니아 인들은 아제르바이잔 사람들하고 똑같죠. 게다가 트빌리시에서 온 아르메니아 인들은…….” 그녀는 강하게 손을 내저으며 배 앞으로 삐져나온 앞치마를 정돈하였다. “난 절대 그런 사람들은 집에 안 들여요. 차라리 유대인들이 낫죠. 근데 작년에는 우리 집에 유대인들이 잠시 와 살았었는데 대체 어디서 굴러먹은 사람들인지…… 여기 사람들보다 더 심해요……. 그루지야 사람들도 왔었는데 뭘 굽고 끓이고 엉망진창이더라고요. 여자 두 명이 부엌에 콕 처박혀서 닭털을 뽑아 대는데 털이 여기저기 날리고, 또 노래는 왜 그렇게 불러대는지…… 뭘 불렀더라?” 그녀는 잠시 생각해 내는 듯 이맛살을 찌푸렸다. “이메레티 놈들! 대체 그놈들을 데리고 뭘 할 수 있겠어요? 야만인들 같으니라고! 어찌나 배운 게 없던지, 포도를 더러운 발로 밟아 댄다고요! 또 거만하기는 얼마나 거만한지!”

엄마와 나는 서로를 건너다보았다. 엄마는 입술을 씹어 대며 볼을 불룩거렸다. 웃음을 참을 수가 없었다. 트렁크가 반이 넘게 차갔지만 주인 여자의 수다는 멈추지 않았다. 우리 앞에 놓인 배는 끝이 없었고, 역시 캅카스의 민족들도 끝이 없었다.

붉은 산호로 만들어진 기다란 귀걸이가 자잘하게 짤랑거렸다. 내 생각에 그녀는 마흔 또는 예순 정도로 나이 들어 보였는데 검게 화장한 커다란 눈에 금니가 아주 무서워 보였다.

“그루지야 사람들이 어떠냐고요?” 그녀는 말을 이었다. “정말 눈엣가시 같은 놈들이에요! 아주 눈에 연기 같은 놈들이에요. 아이!

아이! 말해 뭐 합니까! 아주 형편없는 족속이에요. 여기 바투미에
는 아자리야 인들도 있는데 우스울 정도예요, 아주 못살아요. 옥
수수 죽만 먹고 또, …… 엄청 자기 걸 챙긴다고요."

마지막 몇 줄이 채워졌다. 그녀는 배 한 줄을 토대로 밑에다 쌓
은 후, 그 위에 다음 줄을 쌓아 나갔다. 캅카스의 민족들―아바레
츠 인들, 오세트 인들, 발카레츠 인들, 잉구시 인들 그리고 우리가
모르고 있었던 수많은 민족들이 아래로 내려가는 사다리에 따라
자리를 차지했다. 이 사다리에서 새로 언급되는 민족들은 이전까
지 언급되었던 민족들보다 항상 더 끔찍한 민족이었다.

트렁크를 배로 다 채우고 나서야 민족들도 동이 났다. 트렁크는
땅에서 떨어지지 않았다. 들려고 하자마자 손잡이가 떨어져 나갔
다. 헛간에서 바퀴가 두 개 달린 수레를 끌고 나왔다. 마치 우연찮
게 서 있었을 뿐이었다는 모습으로 울타리 옆에 벌써 오래전부터
서 있는 후타를 소리쳐 불렀다. 그는 이제는 손잡이가 있는 보통
트렁크가 아니라 손잡이가 없는 궤짝이 되어 버린 짐을 수레에 실
어 주었다.

엄마는 자신의 배에 대한 갈망의 값을 치르고 나서도 배가 가
득한 트렁크를 역으로 옮기고 기차간으로 옮기고 자기 침대 좌석
에 옮겨 놓을 때까지 고생을 많이 했다. 기차간은 우리처럼 과일
이 가득 찬 트렁크와 휴양객 들로 가득했다. 그 수많은 트렁크들
중에서 우리의 트렁크야말로 황제 트렁크였다.

우리 트렁크는 아래쪽 선반 사이의 공간을 모두 차지하고 옆으
로 누워 있었다. 엄마는 기차에 탄 모든 사람들에게 불편을 끼친
것에 대해서 사과했다. 그녀는 당황스러워하기도 하고 심지어는
아양도 좀 떨었다.

모스크바에서 우리를 맞은 것은 아빠였다. 아빠 역시 자신의 생

각을 엄마에게 털어놓았다. 운반을 돕는 두 명의 인부와 아빠가 낑낑대며 오래된 우리 집 차 '모스크비치'의 트렁크에 배 상자를 실었다. 엄마도 배 상자의 옆구리를 밀어 힘을 보탰다.

낯선 캅카스 말이 가득한 신문지에 싸인 배는 선반에서 오랜 시간을 두고 익어 갔고 방 안은 겨울이 될 때까지 배 향기로 가득했다. 배들은 점점 없어졌고 잘생긴 배 몇 개만 새해가 지나도 남아 있었다.

지금까지도 배의 맛과 향은 나에게 민족 간의 우정에 대한 이 이야기를 떠올리게 한다. 그런데 한 가지 궁금한 것은 그 구다우트 여인이 어느 민족이었나 하는 점이다.

# 카르파티아 산맥, 우쥐고로드

내 생애 첫 출장은 운 좋게도 카르파티아였다. 그곳에 있는 포도주 제조 공장과 과일 야채 가공 공장에서 논문을 위한 자료를 모아 오는 것이 나의 목적이었다. 아직 논문의 주제가 무엇이 될지는 정확하지 않았지만 한 가지 확실한 것은 이제 갓 박사 과정생이 된 나는 3년 후에 가장 재미있는 영역인 개체군 유전학 분야에서 박사 후보 자격 획득자가 되리라는 점이었다.

나는 벌써 주위에 널려 있는 개체군들을 관찰하기 시작했다. 서구 유럽인, 러시아 인, 우크라이나 인, 헝가리 인, 체코 인, 유대인, 폴란드 인…… 그러나 학문적인 관점에서 내 관심을 사로잡은 것은 역시나 파리였다. 과일에 생기는 파리들은 드로소필라였다. 나는 바로 이것부터 시작하였다.

나는 스트르이, 드로고브이치, 우쥐고로드, 무카체프에 있는 공장들을 다녔다. 어디를 먼저 방문했고 어디를 나중에 방문했는지는 기억이 나지 않는다. 출장 증명서를 보여 주면 루바시카를 입은 콧수염 달린 남자나 정수리에 머리카락으로 탑을 세운 뚱뚱한 아줌마가 나와 오랫동안 살펴보곤 했다. 뚱뚱한 아줌마보다는 콧수염 아저씨가 더 자주 등장했다. 그들은 내가 공공 재산 횡령 감찰부에서 나왔으며 과학 학술원이라는 말로 그들을 속이려 한다고 생각했다.

"파리 말씀이십니까? 울 공장엔 파리 같은 건 없습니다!" 이렇게 말하는 이의 눈빛엔 또 다른 의심이 서린다. 공공 재산 횡령 감찰부가 아니라면 위생국인가…….

하지만 나는 젊고 에너지가 넘쳤고 게다가 수도 사람다운 매력을 가지고 있었고 과학 학술원에서 나왔으며—이건 어쨌든 우리가 더 확인해 보겠소!— 얼굴도 반반했다. 항상 콧수염 아저씨들이 다른 아저씨에게 우크라이나 어로 이렇게 말하는 것이 들렸다. "예쁜 유대인 아가씨네." 그러면 나는 호호거리며 웃어 댔다. 왜냐하면 잉여 개체군, 그러니까 유대인과 집시를 솎아 내기 위해 이 지역의 개체군이 어떻게 포진하게 되었는지를 내가 몰라서가 아니라, 나는 그저 자유롭고 즐거웠기 때문이다.

나는 사료가 들어 있는 시험관에 파리들을 넣고 회색 솜으로 봉해서 그것을 모스크바로 보냈다. 모스크바에 있는 내 동료들이 이 파리들을 연구실로 보내서 다른 시험관으로 집어넣는다. 그러면 내가 보낸 시험관에는 이미 파리 알들이 생겨 있는 것이다…… 과학을 위한 파리 알들이.

나는 우쥐고로드 위에 있는 산에 있었다. 푸르른 카르파티아 산맥이 부드럽고 둥글게 모든 방향으로 펼쳐져 있고 하늘은 맑고 파랬다. 내 머리 바로 위로 마치 장식 같은 구름이 한 점 떠 있었다.

갑자기 부르르 거리는 소리가 났지만 나는 소리가 어디에서 나는지 금방 알 수 없었다. 저 멀리 비행기들이 보였다. 비행기들은 세 대씩 삼각형 대열로 날았는데 그런 삼각형이 너무도 많아 거의 하늘을 반쯤 뒤덮을 정도였다. 그들은 체코슬로바키아로 날아가고 있었다. 나는 그때 전쟁이 일어났다는 것을 알았다.

그들은 원래 비행기 수보다 더 많은 것 같은 소리를 내면서 내 위를 빠르게 지나갔다. 카르파티아는 이에 대해서 아무것도 몰랐다. 조용한 주변에는 아무것도 미동조차 하지 않았고 맑은 푸르름도 안개 없이 그대로였다.

1945년으로부터 23년이 흘렀다. 그 전쟁은 폴란드를 점령하는 것부터 시작했고 이번 전쟁은 체코슬로바키아를 점령하는 것으로부터 시작되는 것이었다.

"빨리 기차역으로 가서 표를 사야겠다." 나는 생각했다. 하지만 일어날 수가 없었다. 모든 연구는 이미 다 망한 것이나 다름없었고, 더 이상 초파리 같은 것은 중요하지도 않으며, 몇 분만 있으면 곧 비행기들이 프라하에 폭탄을 떨어뜨리기 시작할 것이고, 모든 이 아름다운 것들이 신기루처럼 사라져 버리고 말리라는 것을 나는 매우 날카롭게 느꼈다.

나는 그냥 그렇게 앉아 있었다. 갑자기 다시 비행기 소리가 들렸다. 그들이 돌아오고 있었다. 후에 밝혀졌지만 폭탄을 떨어뜨리지 않고서.

내가 모스크바로 돌아왔을 때 내 친구 나타샤는 벌써 체포된 상태였다. 그녀는 생후 3개월이 된 아들 오시카를 유모차에 태워 가지고 마찬가지로 정신 나간 일곱 명의 사람들과 함께 "우리 그리고 당신들의 자유를 위해!"라는 작은 팻말을 들고 붉은 광장에 나갔다. 그리고 정신병원에서 5년을 보냈다. 그리고 내 이야기를 하자면…… 나는 학위 논문을 방어하지 않았다.

# 무엇 때문에, 무엇을 위해

천사들도 아마 가끔은 잠이 들곤 할 것이다. 아니면 중요치 않은 일들에 잠시 빠져들기도 할 것이다. 아니면 그저 태만한 천사들이 존재하는 것일 수도 있다. 어쨌거나 수난의 토요일*에는 끔찍한 일이 일어났다. 일흔다섯이나 된 부인 하나가 포장된 부활절 빵과 과자를 깔끔한 가방에 넣어 가지고 사람이 많은 정류장에서 버스를 기다리고 있었다. 그녀는 은세기에 활동한 유명한 시인의 딸이었고, 유명한 화가의 아내로 과부였으며, 많은 아이들의 엄마였으며, 증손들까지 둔 할머니였다. 그녀의 많은 친구들과 그녀를 따르는 이들은 이름의 이니셜을 따서 그녀를 NK로 불렀다.

그녀는 여러모로 대단한 인물이라 우리 권력이 바탕으로 하고 있는 어떠한 방법으로도 NK의 고매함을 꺾을 순 없었다. 지난 몇십 년간 살아왔던 모스크바 중심에 위치한 아파트에서 변방으로 쫓겨나는 수모를 당했지만 그녀는 자신의 예전 습관들을 그대로 따르고 있었다. 특히 자신이 예전에 살던 집 근처에 있던 수난자성 요한 교회에서 부활절 빵에 축성 받는 습관도 그대로였다.

그녀는 전혀 교회에 다니는 여느 할머니처럼 보이지 않았다. 머릿수건도 쓰지 않았고, 어깨도 굽지 않았다. 품이 큰 낡은 털옷을 입고 검은 베레모를 쓴 그녀는 참을성 있게 버스를 기다리고 있었다. 아침 기도를 읊는 그녀의 입술이 거의 눈에 띄지 않을 정도로 달싹거리고 있었다.

버스가 다가왔다. 그녀는 맨 앞에 서 있는 사람들 중의 하나였지만 이내 뒤로 밀려나게 되었다. 가방을 보호하면서 그녀는 뒤로 물러섰다가 곧장 다시 버스 입구로 달려들었다. 운전기사는 벌써 문을 닫았지만 사람들은 버스에 타기 위해 버스의 문을 잡고 비집고 들었다. 그녀도 아무것도 들고 있지 않은 다른 손으로 버스의 문을 움켜잡았고 버스에 올라서는 계단에 다리 하나를 올려놓는 것까지 성공했다. 하지만 버스가 갑자기 움직이기 시작하면서 누군가가 그녀의 팔을 잡아 내치는 바람에 그녀의 다리는 쫙 미끄러져서 버스 바퀴 바로 밑에 놓였다. 그리고 버스는 그녀의 길고 강한 다리 위를 지나가 버렸다.

부활절 아침 미사 시간에 NK는 마취에서 깨어났다. 다리는 절단되었다. 아침이 되자 첫 번째 문안객들이 도착했다. 큰딸과 사랑하는 며느리였다. NK는 매우 창백하고 조용했다. 그녀는 이미 일어나고 만 불행을 벌써 받아들이고 있는 상황이었고 그녀 곁에 있는 두 명의 여인들은 이 상황을 아직 받아들이지 못하고 어떤 위로의 말을 해야 할지도 알지 못했다. 그들은 "예수님이 부활하셨습니다"라는 부활절 인사를 하고, 여느 때처럼 러시아식으로 볼에 세 번 키스를 하고 나서는 침통하게 아무 말도 하지 않았다. NK도 아무 말도 하지 않았다. 그러다 그녀는 미소를 짓고는 말했다.

"부활절 먹을거리는 좀 가져왔어?"

며느리가 기쁘게 눈을 반짝였다.

"그럼요!"

그러고는 침대 옆 작은 서랍장에다 작은 부활절 빵을 내려놓았다. 그 빵은 양귀비 씨가 박혀 있는 것으로 빨간 초도 하나 꽂혀 있었다.

"이게 전부야?" 늙은 부인이 놀라 되물었다. 담요 위에 놓인 그녀의 손은 차분했다. 왼손 위에 올린 오른손에는 결혼반지와 홍옥수 반지가 반짝이고 있었다. 수술 전에도 손가락에서 반지를 뺄 수가 없었다. 반지는 손가락과 일체가 되어 있었다.

며느리가 가방에서 코냑을 담아 온 자그마한 병을 꺼냈다. 모두가 미소를 지었다.

회복실에는 그들 말고 다른 이들은 아무도 없었다. 며느리와 딸은 일어나서 조용히 부활절 노래를 불렀다. 그들의 목소리는 참 좋았고 노래를 제대로 부를 줄 알았다.

침대 옆 작은 서랍장 위에 부활절 상이 차려졌다. 햄을 한 조각씩 먹고 코냑으로 목을 축였다.

내가 NK를 방문한 것은 그녀가 벌써 퇴원한 이후였다. 그녀는 언젠가 그녀의 남편이 만들어 준 그 의자에 옆으로 앉아 있었다. 불구가 된 그녀의 다리는 그녀 앞에 뉘여 있었고 길고 아름다운 그녀의 남은 다리가 바닥을 짚고 있었다.

그녀는 절단하고 남은 다리에 손을 올려놓고 쓰다듬으며 명확한 목소리로 이렇게 말했다.

"제냐, 나는 항상 생각해, 대체 나한테 왜 이런 일이 일어났는지?"

나는 그녀가 무슨 이야기를 하는지 금방 알아들을 수가 없었다……. 그녀는 계속했다.

"처음엔 몰랐어. 근데 이젠 알겠어. 나는 평생 너무나 많이 이리저리 뛰어다녔어. 이제 앉아서 생각할 때가 되었다는 뜻인 거야……."

나는 앉아서 생각했다. 나의 거의 모든 지인이 그녀의 상황이었더라도 왜 자신에게 이런 일이 일어났는지 생각할 만했다.

　이후에 그녀는 15년을 더 살았다. 그녀는 의족을 달고 나서 크림 반도에도 다녀오고 스위스에 사는 사촌 여동생도 찾아봤다. 또 손자를 보러 스웨덴에도 다녀왔다. 나는 그녀가 자신의 불행에서 어떤 교훈을 발견했는지는 모르겠다. 하지만 그때 그녀를 알았던 모든 이들에게 그녀는 "대체 무엇 때문이지?"라는 질문을 하도록 가르쳤다.

　그녀는 신과 신이 보낸 이 시련들과 화해를 했을지 모르겠지만, 나는 수호천사가 가끔 한눈을 팔거나 무관심하다고 생각되는 것을 멈출 수 없다.

# 욕조 마개

욕조 마개가 어디로 사라졌는지 대체 알 수가 없었다. 하지만 사라진 것은 분명했다. 나는 나가서 두 개를 샀다. 하나는 욕실로 가져왔고 나머지 하나는 여분으로 남겨 두었다. 여분으로 남겨 둔 것은 가방에 남아 있었다. 그것은 가방 바닥에서 이리저리 굴러다니다가 제때가 아닐 때에 손에 와 닿았다. 손수건이나 라이터를 찾고 싶었는데 욕실 마개가 손에 잡히는 것이었다. 사슬에 달린 이 바보 같은 고무 덩어리를 꺼내고는 생각했다. 집에 가면 이걸 가방에서 꺼내 두는 걸 잊지 말아야지. 그러고는 매번 잊어버린다. 벌써 그렇게 2개월이 흘렀다⋯⋯.

나는 크라스노아르메이스카야 거리를 걷다가 대머리에 이가 없는 초췌한 니키타가 내 쪽으로 오는 것을 본다. 그가 감옥에서 나온 지는 벌써 아주 아주 오래전이지만 수용소가 그에게 남긴 흔적은 씻을 수 없는 것이었다. 그는 나이가 지긋했고 지극히 교수 같은 풍모를 풍기는 사람이었다.

그를 감옥에 가게 한 그 정황만 아니었더라면 스스로 충분히 교수가 되었을 사람이었다⋯⋯.

"안녕하세요!" "안녕하세요!" 둘은 서로 미소를 지었다.

"있잖아요, 혹시 배관 용품 파는 가게가 어디 있는지 아세요?"
그가 묻는다.

나는 생각을 해 본다. 아마 가장 가까운 곳은 시장일 것이다. 그가 말을 잇는다.

"내가 아는 사람이 한 달 동안 자기 아파트를 나한테 맡겨 놓고 떠났어요……."

내가 아는 이야기였다. 마지막으로 감옥에서 나온 후부터 그는 사는 곳 때문에 고역을 치르고 있다. 왜냐하면 그가 수용소에 있던 동안 그가 살던 집이 압수되었기 때문이다. 어느 자비심 많은 그의 지인 중의 한 여자가 거짓으로 결혼 등록을 해 그를 자기가 사는 곳에 서류상으로 등록시켜 주었다. 하지만 진짜 거주지는 없었다. 그래서 그는 아는 사람들의 집을 전전하며 지내고 있다. 왕년의 물리학자는 아직도 명석했다.

"욕조 마개가 필요하거든요. 왜 그, 마개 있잖아요." 그러고는 그는 교수 같은 손짓으로 마개를 설명하기 위한 동작을 해 보인다.

나는 가방을 뒤적인다. 쇠사슬에 달린 동그란 고무마개가 곧 손에 와 닿는다. 하지만 나는 그가 어떤 반응을 보일지 상상해 보면서 서두르지 않았다. 그러고는 마개를 꺼냈다.

"이거예요?"

침묵의 장면.

나는 겪어 봐서 잘 알고 있다. 여기에서 내가 잘한 것은 하나도 없다. 그저 나는 이 장소에서 그를 만나기로 정해진 것뿐이다. 내가 필요한 시간과 장소에 고무마개를 가지고 있었던 것이 기쁘다. 하지만 이 경우에는 누가 이 모든 것을 계획했는지 모르겠다. 나의 수호천사였을까, 아니면 니키타의 수호천사였을까?

# 끔찍한 여정 이야기

1980년인가 1981년인가가 지나가고 있었다. 신문을 살펴본다면 날짜와 시간까지 정확하게 알 수 있을 것이다. 나는 내가 일하던 극단이 초청 공연을 갔던 트빌리시에서 돌아오고 있었다. 다른 팀원들은 2주를 더 일했고, 나는 일찍 집으로 급히 돌아가는 중이었다. 아이들은 좋은 친구에게 맡겨 두고 왔는데 아이들 때문이라기보다는 그 친구가 더 걱정되었기 때문이다. 그녀는 젊지도 않고 걱정도 많았다. 전투적인 나이에 접어든 두 명의 어린 남자애들을 다룬다는 것은 아이가 없는 여자에게 쉽지 않은 경험이었을 것이다.

나의 그루지야 인 친구인 다토는 나를 트빌리시 공항에 내려 주었다. 내 주머니에는 표가 들어 있었다. 우리는 늦지 않게 오히려 시간 여유를 갖고 공항에 도착했다. 하지만 벌써 도로에서부터 나는 걱정이 되기 시작했다. 경찰차들이 우리 뒤에서 계속 추월해 왔고 수선스러운 느낌이 도로를 엄습했다. 그렇게 공항에 도착하고 나서 우리는 공항이 폐쇄되었다는 것을 알게 되었다. 입구에 서 있는 총을 멘 사람들은 질문에는 대답도 하지 않고 저리 가라는 제스처만 했다.

다토는 차에서 나와 우리처럼 진입이 허락되지 않은 승객들 사이로 비집고 들어갔다. 그는 10분 후에 돌아왔다. 상황은 긴박했다. 몇몇의 젊은 사람들이 비행기를 훔쳤다든가 혹은 훔치려고 했다든가 하는 내용이었다. 이 젊은 사람들을 잡았다는 듯도 했고, 아직 잡지 못했다는 것도 같았고, 어쨌든 잡을 것이라는 것도 같았다……. 모여 있던 사람들이 말하길 또 이 젊은이들이 그냥 보통 사람들이 아니라 높은 위치에 있는 사람이라는 것이었다……. 어쩌면 높은 위치에 있는 사람들의 자제들이라는 것도 같았다.

시간에 시간을 더해 가면서 분위기는 음울해졌다.

승객들이 도착하고, 또 화가 난 사람들이 많아지면서 말도 안 되는 이야기들이 흘러나왔다. 결국 작전은 끝이 나고 경찰차와 군대 차량 들은 공항에서 떠나갔다. 승객들은 공항 안으로 밀려 들어갔고 더 이상 들어갈 수 없을 정도의 많은 승객들로 공항이 꽉 찼다. 구내방송에서는 무언가 그루지야 어로 알리는 소리가 들렸다. 다토가 다음번 모스크바행 비행기가 언제 있는지 물으러 갔다. 그는 엄청나게 만족스러운 얼굴로 돌아왔다. 모스크바로 가는 직행은 얼마나 기다려야 할지 알 수 없으나 보로네시로 가는 비행기는 20분 후에 있다는 것이었다. 그리고 그는 나에게 보로네시로 가는 비행기 표를 끊어 주었다. 나는 너무 기뻤다. 트빌리시에 있었던지라 나에게 보로네시는 마치 모스크바 근교처럼 느껴졌다…….

비행기는 트빌리시의 청명한 가을 하늘을 떠나 세 시간 반 후에 겨울 보로네시에 착륙했다. 사람들은 부글부글 끓는 하얀 죽처럼 트랩으로 흘러나왔다. 너무나 추워서 내 망토가 철로 된 돛처럼 차가운 공기를 머금고는 내 등 뒤에서 위로 떠올랐다. 어깨에 있는 스포츠 백만이 망토를 누르고 있었다.

공항 건물에 들어서자 모든 승객들은 모스크바행 표를 사는 창구로 돌진했다. 모스크바로! 모스크바로 가는 것뿐만이 아니라 어떤 표도 살 수 없었다. 공항은 눈보라 탓에 이미 닫혔기 때문이었다. 하지만 줄은 성벽같이 섰다. 갈 곳도 없었다. 모든 상점은 앉아 있는 사람들로 가득했고 바닥은 누워 있는 사람들로 가득 차 있었다. 내 앞에는 상을 당한 그루지야 대가족이 서 있었다. 그들에게는 가능한 한 빨리 비행기를 타야 하는 특별한 이유가 있었다. 내 뒤에는 큰 야구 모자를 눌러쓰고 털목도리를 두른 순박해 보이는 두 명의 그루지야 인이 서 있었다. 그들은 잠시 어디를 갔다가 돌아오더니 내 앞에 줄을 섰다. 작은 정의감에 나는 그들에게 뒤에 가서 서라고 말했다. 하지만 신사적인 그루지야 인들은 모두 트빌리시 극장 홀 안에만 있었던 것이었는지 이 그루지야 인은 손을 내저으며 이렇게 말했다.

"그쪽이나 잘 서시지……."

나는 집에 아이들이 혼자 있다고 말했다……. 전혀 내 말에 신경을 쓰지 않았다. 그들은 나를 밀치고는 그냥 내 앞에 줄을 섰다.

나는 화가 나서 줄에서 나와 철도역으로 가서 기차를 타기 위해 택시 승강장으로 갔다. 그런 똑똑한 생각을 한 것은 역시 내가 처음이 아니었다. 택시를 타기 위해서도 역시 긴 줄을 서야 했다. 자가용 영업을 하는 어떤 사람이 다가와 줄에서 나를 골라 철도역으로 태우고 갔다. 긴 시간이 걸렸다. 운전기사가 보로네시 사람이 아니라서 길을 헤맸기 때문이다.

기차역에서도 역시 마찬가지였다. 닫힌 매표소 앞에도 많은 사람들이 서 있었고 플랫폼에도 지나가는 열차를 표 없이 잡아타고 기차간에서 차장에게 직접 돈을 내려는 사람들로 북적거렸다. 나는 기차간에서 돈을 바로 낼 수 있을 정도로 현금 사정이 별로 좋지는 않았다. 내 수중에는 겨우 표 한 장을 살 수 있을 정도의 돈

밖에 없었다.

남쪽에서 한 기차가 모스크바 쪽으로 올라오고 있었다. 문이 열리고 몇 명의 사람들이 그 위로 뛰어올랐다. 곧 문이 닫혔다. 차장은 보이지 않았고 얼마 뒤 나타난 차장들도 열차를 타려고 아우성치는 사람들에 파묻혀 사라졌다. 그들이 모든 남은 자리를 차지한 것이 틀림없었다. 나는 처량하게 기차 곁을 따라 걸었다. 무릎에서 뼈 소리가 나는 것 같았다. 아마 얼어 버린 가죽 구두의 굽이 아스팔트에 부딪히는 소리일 것이다. 딱. 딱. 바람은 방향을 바꾸어 공항에서처럼 모든 방향으로 불지 않았고 이제는 내 얼굴을 향해서만 강하게 불었다. 하느님, 지금쯤 집에 앉아서 친구 이리나와 두 아이들과 함께 차를 마시고 있었으면 좋았을 텐데. 괜히 트빌리시에 와 가지고는!

기차간의 문이 조금 열리더니 그 틈으로 검은 야구 모자가 쑤욱 튀어나왔다.

"어이, 아가씨! 이리 와요!"

단 1분도 생각하지 않고 나는 철 난간으로 들어섰다. 누군가 나를 찻간으로 끌어당기더니 내 앞에서 쿠페* 칸 문을 열었다. 얼음 망토에 싸인 나는 곧 담요에 털썩 주저앉았다.

이들은 나를 기분 나쁘게 했던 캡을 눌러쓴 바로 그 그루지야인들이었다.

"고마워요." 나는 얼어서 감각이 없는 입술로 말하고는 가방을 던지고 꽁꽁 언 손을 불었다…….

이때쯤 기차가 움직이기 시작했다. 키가 좀 더 큰 그루지야 인이 쿠페의 문을 움직이더니 잠갔다.

내가 어떻게 이 궁지에서 벗어날지 생각하면서도 겁은 하나도 나지 않았다. 어쨌든 중요한 것은 나는 이제 모스크바를 향해 가고 있었기 때문이다.

"차장한테 차를 내오라고 부탁할까요?" 내가 조심스럽게 말문을 열었다.

"차가 왜 필요해요?" 키가 작은 사내가 웃으며 말했다. 그러더니 그는 트렁크를 열어 코냑 세 병을 꺼냈다. 트렁크의 다른 공간은 모두 귤이 차지하고 있었다. 귤은 비싼 코냑 병을 보호하기 위한 포장 수단이었다.

어쨌든 차장이 차를 내왔다. 그들은 내 찻잔에 코냑을 따랐다. 나와 망토는 조금씩 녹더니 축축해졌다. 다리가 아파 오더니 나중에는 바늘로 콕콕 쑤시는 것처럼 따가운 느낌이 들었다. 얼굴은 활활 달아오르고 코에서는 콧물이 줄줄 흘렀다. 키가 큰 사람이 위 침대 선반에서 담요를 꺼내 내 발에 던져 주었다. 담요는 닿기만 했는데도 두껍고 푹신푹신하고 따뜻하게 느껴졌다. 이때, 나는 이 찻간은 쿠페가 아니라 일반 칸이라는 생각이 들었다. 나는 지갑을 털어 내가 갖고 있는 모든 것을 테이블 위에 올려놓았다.

"태워 주셔서 고마워요. 이게 저한테 있는 전부예요."

한 명은 화를 냈고 다른 한 명은 웃어 댔다. 나는 잠시 생각했다. 사실 내가 아무리 돈을 내겠다고 우겨도 소용없을 게 뻔한 일이었다. 나는 돈을 다시 지갑에 집어넣었다.

"고마워요, 젊은이들."

사실 내가 젊은이들이라고 부를 만큼 그들은 젊지 않았다. 콧수염이 난 이 남자들은 서른에서 마흔 정도 들어 보였고 겉으로 보아 상인이나 농부 같아 보였다. 그들은 우리의 바보 같은 작은 연극을 보러 다니던 그런 사람들은 아니었다.

"이렇게 예쁘게 생긴 젊은 아가씨가 왜 혼자 다녀요? 남편이 혼자 다니게 허락을 해 주던가요?" 탐문이 시작되었다.

나는 전남편이 있었을 뿐 당시에는 남편이 없었다. 하지만 나는 거짓말을 해야겠다고 생각했다. 남편은 트빌리시에 남아 있고 극장 감독이며 그가 나를 아이들이 있는 집으로 보냈다고.

"왜 아이들을 집에 남겨 두고 왔어요, 아이들을 트빌리시로 데리고 왔었어야죠!" 두 번째 남자가 투덜댔다.

"내 사촌들 중의 하나도 극장 감독인데요." 첫 번째 남자가 말했다. 나는 내가 남편이 극장 감독이라고 말한 것이 참 잘한 것이라 생각했다.

차를 다 마시자 그들은 내 잔에 코냑 반 잔을 따라 주었다. 나는 코냑을 좋아한다. 한 잔을 다 마실 수 있다. 술이 잘 받는 날에는 두 잔까지 마신다. 술자리가 길어지는 날이면 세 잔까지도 마신다.

내 옆에 앉은 극장 감독의 사촌이 다리를 내 다리에 갖다 대었다. 내 다리는 벌써 저만치 밀려 있었다.

"어떤 극장이에요? 트빌리시 극장이에요?" 관심이 많아진 내가 물었다.

"쿠타이시 극장이에요!" 그는 나에게 더 다가왔다.

"어머!" 나는 벌떡 일어났다. "당신한테 우리 프로그램을 보여 드릴게요!"

나는 그의 다리와 간이 테이블 사이를 비집고 일어서서 가방 안에서 구겨진 극장 프로그램을 꺼냈다. 이 프로그램은 내가 만든 것이었다. 배우들과 그 공연 사진이 포함되어 있었고 그 끝에는 나의 이름이 자그맣게 인쇄되어 있었다.

"이 여배우 보이죠? 그야말로 스타죠! 정말 예뻐요! 목소리는 또 어떻고요! 경연에서 상도 받았다고요⋯⋯. 그게 아마 남아메리카에서 있었던 경연이었죠⋯⋯."

나는 무언가에 홀린 듯 이야기를 했다……. 사건들 하나하나 다 이야기해 주었다. 이 프로그램에 사진이 얼마나 많은지 나는 알고 있었다. 처음에 나는 모든 솔리스트들 하나하나에 대해서 이 야기를 했다. 이 이야기를 다 하는 데에는 한 시간 30분이 걸렸다. 중요한 것은 아래 간이침대에 앉아 있는 기비라는 이름의 이 남자 옆에 앉지 않는 것이었다. 그는 내 말에 끼어들고 내 옆에 더 가까이 앉아 일을 다른 쪽으로 몰아가려고 하지만 나는 절대 그것을 허용해서는 안 된다는 것을 알았다. 엄청나게 긴 나의 모놀로그가 이어졌다. 사느냐, 죽느냐. 나는 1분도 쉬지 않고 계속해서 이야기했다.

그들은 강간범들이 아니었다. 그들은 어렸을 적부터 그루지야 여자들을 대하는 방법과 러시아 여자들을 대하는 방법이 다르다는 것을 알고 있는 그저 보통의 평범한 그루지야 남자들이었다. 속상한 일이지만, 우리나라에서 평판이 좋지 않을 뿐이다.

그는 잔에 술을 계속해서 부었고 우리는 우리 극단의 모든 배우들을 위해서, 쿠타이시 극장의 모든 배우들을 위해서, 이 세상의 모든 배우들을 위해서 건배를 했다. 하지만 나는 앉지 않고 계속해서 웅변을 해야 했다. 나는 내가 아는 극장과 관련된 모든 우스운 이야기들을 했다. 유명하건 유명하지 않건 모든 사람들에 관한 뒷이야기를 이어갔다.

나는 두 간이침대 사이에 서서 손을 휘두르며 노래를 부르고 시를 암송했다. 그러고 나서 다시 웃기는 이야기들을 하기 시작했다. 나는 스스로 마치 세헤라자데가 된 것 같았다. 하지만 다행히도 나는 하룻밤만 견디면 되는 것이었다. 기차가 모스크바 근처에 다다랐다.

기비는 내 쪽으로 팔과 다리를 가끔 뻗었으나 점점 그것이 무거위졌다. 나는 그들과 함께 코냑을 같은 양으로 마시면서 귤을 안주로 먹었다. 코냑에는 역시 레몬보다 귤이 더 나았다. 이제는 적어도 이건 내가 확실히 안다. 내 술친구들은 두 번씩 화장실에 갔다. 하지만 나는 참았다. 나는 절대 자리를 뜰 수 없었다.

"있잖아요, 잠 좀 자죠?" 키가 작은 레바스가 제안했다.

"잠을 왜 자요? 이야기가 이렇게 재미있는데!"

내가 몇 번 쉴 수 있는 기회도 있었다. 기비는 아르메니아의 삶에 대한 짧은 이야기를 해 주었고, 그다음에는 레바스가 오세트인이었던 자신의 할머니에 대한 이야기를 했다. 그리고 다시 정적이 잠시 흘렀고 이윽고 레바스가 자려고 위층 간이침대로 기어 올라가려고 준비를 하였다. 기비가 그에게 어서 꺼지라는 제스처를 했다. 이때 나는 물론 시간은 나의 편에 있었지만—벌써 4시를 넘어가고 있었다— 완전한 승리까지는 아직도 한참 남았다는 것을 깨달았다. 코냑 두 병을 마셨다. 아직도 나는 세 시간 정도를 버텨야 했다.

나는 집안 이야기를 하기 시작했다. 병사였던 증조할아버지와 시계공이었던 할아버지에 대한 이야기를 하였고 이 이야기에 모두들 진심으로 반응했다. 레바스는 여인숙을 하였던 할아버지에 대한 이야기를 하였고 기비는 약사였던 할아버지 이야기를 하였다. 나는 대담하게 추가 질문도 했다. 그들 중 한 명은 수후미 출신이었고 다른 하나는 카헤티 출신이었다. 그러더니 그들은 갑자기 그루지야 어로 자기들끼리 무언가 중요한 것에 대해서 논쟁하기 시작했다. 그러면서 그들은 시계를 쳐다보았다. 하지만 나는 시간이 내 편이라는 것을 알고 있었다. 그들은 무언가 새로운 생각을 해낸 것 같았고 나는 이 새로운 생각이 분명 나와 관련이 있을 것이라고 생각했다.

갑자기 기비가 외투를 입고 작은 트렁크를 들고 나가 버렸다. 그러더니 몇 분이 지나고 나서 돌아와 레바스에게 무언가 사무적인 투로 짧은 말을 했다. 그러더니 이제는 레바스가 나갔다. 이때 나는 무언가 물리적인 완력에 대비해야 할 것이라는 것을 알았다.

기비는 자기 트렁크에서 남은 귤을 꺼냈다. 귤은 수후미산이었는데 단단하고 푸른색이었으며 그 맛은 아주 강렬했다. 이 귤들은 경축일에 전나무에 매단 양말 속에 넣어 나눠 주던 푸석푸석한 귤들하고는 달랐다.

기비는 내 어깨에 손을 얹었다.

"아이들에게 귤 좀 가져다주세요. 당신은 아주 재미있는 여자예요. 원하면 전화번호를 남겨 줘요. 내가 당신한테 갈게요. 남편이 극장 감독이라고 거짓말했죠? 당신네 극장의 감독은 여자잖아요. 성이 주예바였던가? 맞죠? 당신 연극 프로그램이 써 있는 걸 봤어요. 지금 수후미에서 열차간 두 대를 채운 귤들이 들어오고 있어요. 우리는 그걸 받으러 가야 해요. 말로야로슬라베츠에서 우리는 내려요. 귤들은 추운 데 오래 있으면 얼어 버리니까 기다리게 해서는 안 돼요."

"기비, 근데 지금부터 모스크바까지는 서는 역이 없는데!" 나는 귤들이라는 말에 놀라면서 말했다.

"걱정 말아요! 차장한테 돈을 냈거든. 내가 지금 정지 레벨을 당길 거고. 기차가 서면 내리면 돼."

그가 축축한 금니를 반짝이며 크게 하품을 했다.

"전화번호 줘요. 주문한 사람한테 귤을 넘겨주고 나서 돈을 받으면 멋지게 데이트하자고요." 그러고는 그는 기분 좋게 크고 무거운 팔을 내 무릎 위에 드디어 올려놓았다.

나는 내 전화번호를 연극 프로그램에 적었다. 물론 마지막 번호

하나는 거짓으로 적었다. 9 대신에 8을 썼다. 이것은 완전히 바보 같은 짓이었다. 극장 프로그램을 이용하면 그들은 나를 쉽게 찾을 수 있었던 것이다. 하지만 그들은 나를 찾지 않았다. 더 이상 필요치 않았던 것이다.

모스크바에서도 눈이 왔다. 하지만 보로네시같이 맹렬히 오는 눈은 아니었다. 내가 집으로 돌아왔을 때 아이들은 자고 있었다. 나의 고마운 친구 이리나는 날씨도 너무 춥고 아이들 엄마도 돌아오고 하니 아이들에게 학교에 가지 않아도 좋다고 허락해 주었다고 했다. 나는 귤을 가지고 왔다.

비행기를 납치하려고 했으나 성공하지 못한 그 젊은이들은 모두 죽임을 당했다. 비행기를 탈환하는 작전 중에 두 명이 사살되었고, 체포된 나머지는 사형을 언도받고 총살당했다. 후에 밝혀진 바에 따르면 그들은 비행기를 이륙시킬 수 있는 사람들도 아니었다. 하느님, 수호천사는 대체 어디에 있는 거죠?

# 나의 사랑하는 아랍 친구

페레스트로이카*가 시작되었을 즈음 파리에서 열린 작가 모임. 전체 토론 원탁 회의석상. 모두들 프랑스 어로 이야기를 한다. 나는 거의 대부분을 이해한다. 공중에 떠 있던 얇은 막 같은 것이 떨어져 나가고 모든 것은 완전히 분명해진다. 이탈리아 어도, 스페인 어도, 폴란드 어도 마찬가지다. 나는 긴장감을 갖고 모든 것을 듣는다. 모든 사람들이 곧장 다른 언어를 다 이해할 수 있게 되는 그런 기술적인 사건을 기다린다. (아직 그런 일은 일어나지 않았다.)

책상은 둥글지 않고 길쭉했다. 몇몇의 작가들은 이국적인 나라들에서 온 이들이었다. 그들 모두가 그렇게 생각했다. 왜냐하면 이 나라들은 이집트, 포르투갈, 러시아 등이었기 때문이다.

페레스트로이카에 대해서 러시아에서는 어떻게 생각하느냐는 질문이 나에게 던져졌다. 나는 그 질문에는 대답할 수 없다고 정직하게 대답했다.

러시아에 대해서 사람들이 어떻게 생각하느냐고? 내가 생각하는 것과는 전혀 다른 것이지. 그리고 나는 공식 대변인도 아니고 나 자신 말고는 그 누구를 대신할 수도 없는 것이 아닌가. 나는 문화적으로는 러시아 인이고, 혈연적으로는 유대인이며, 신앙적으로는 기독교인이기 때문이다.

나 이후에 포르투갈 작가에게 질문이 시작되었다. 그는 모잠비크에서의 자신의 작품에 대해서 아주 재미있게 이야기하였다. 예를 들면 이런 이야기였다. 한 모잠비크 인이 자신의 문맹인 시골 출신 할머니를 보기로 했다. 그녀는 500년 전 자신의 선조들이 살던 그대로 살고 있었다. 그녀는 강에서 물을 길어 오고 절구로 타작을 하고 그 지역에서 나는 풀을 약간 가공해서 옷을 지어 입었다. 그런데 이런 할머니에게 이 모잠비크 젊은이가 짠! 하고 트랜지스터 수신기를 선물하였던 것이다. 라디오를 통해 이 종족 사람들의 언어로 방송이 진행되고 있었다. 얼마 전에 지역 방송국이 문을 연 것이다. 라디오를 켜고 할머니의 반응을 기다린다. 할머니는 듣고 또 듣고 나서 손자에게 말했다. "좀 조용히 하라고 해라……."

손자는 라디오를 끄고 짜증을 내며 물었다.

"뭐야, 할머니는 이 작은 상자에서 우리말로 사람 목소리가 나오는 게 신기하지도 않아?"

할머니는 손자를 쳐다보고 대답했다.

"얘야, 그것이 어떤 방법이든 간에 바보 같은 얘기만 한다면 매한가지 아니겠니?"

끝내주는 이야기였다. 이 회의석상에 앉아 있는 그 어떤 사람도 이보다 더 영특한 이야기를 하지 못했다.

그다음에는 아랍인에게 질문이 이어졌다. 그는 호감이 가는 사람이었다. 그는 꽤 사람다운 차림새를 하고 있었다. 그러니까 정장에 넥타이를 갖춰 입지도, 아랍식 두건인 카피예를 쓰지도 않고 평범하게 셔츠와 스웨터를 입고 있었다. 하지만 나는 유대인으로서 아랍인들을 조금 조심하고 있었다. 일종의 유전적인 것이라고 해 두면 될까. 어쨌든 그는 사진 기자이자 특파원으로서 가장 위험한 곳을 돌아다닌 사람이었다. 아마도, 이스라엘을 상대로 싸운 적도 있겠지 하는 생각을 한다…….

그에게는 역시 아랍 세계와 이스라엘의 관계에 대한 질문들이 많았다. 나의 해님과 같은 그 아랍인은 이렇게 말했다.

"저에게는 문제를 바라보는 저만의 관점이 있습니다. 하지만 이것은 매우 개인적인 관점이지요. 왜냐하면 저는 혈연적으로는 아랍인이지만 신앙적으로는 기독교인입니다. 제 모국어는 프랑스 어이고 아랍 어는 제2 언어지요…… 저는 대표할 만한 사람이 못 됩니다."

물론 그곳에서는 많은 다른 온갖 중요한 문제들이 던져졌다. 그 다음 기자들이 덤볐고 그들은 우리들 각각에게 무언가를 더 물어보려고 하였다. 나와 아랍인은 멀찍이 서로를 바라봤다. 회의가 끝났을 때 우리는 그저 서로를 껴안았다. 물론 그는 나보다 영어를 500배는 더 잘했다. 하지만 우리 사이에는 대화도 필요 없었다. 그가 이렇게 말했던 것을 기억한다. "라디오 수신기에 대한 그 이야기는 정말 훌륭했죠!"

우리는 서로서로를 너무나도 잘 이해했다. 우리는 잔에 따라진 것을 다 비우고 헤어져 영원히 다시는 만날 수 없었다. 하지만 서로를 영원히 사랑하였다. 그의 이름을 잊어버린 것이 너무 안타깝다. 아랍식 이름이니 외울 리 없지 않은가.

# 암소 다리

서점 주인 여자는 우리를 맞이하러 플랫폼에 나왔다. 안경을 쓴 그녀는 화장을 너무 짙게 해서 나는 아무래도 그녀가 안경을 벗은 채로 화장을 마치고 나서 다시 안경만 달랑 쓰고 거울도 안 본 채 일을 보러 나왔다고밖에 생각할 수 없었다. 이것은 커리어 우먼이라면 누구나 겪는 일종의 증상 같은 것이니 말이다.

그건 '바덴'으로 끝나는 이름의 독일 서쪽 도시들 중의 하나에서였다. 이번 여행에 해야 할 강의들은 너무 많아서 거의 연달아 있었다. 도시, 클럽, 대학, 서점, 기차 그리고 또 새로운 도시, 새로운 서점.

내가 아주 좋아하는 특별한 종족은 바로 책과 관련한 일을 하는 사람들이다. 서점 주인들만을 이야기하는 것이 아니다. 책 팔러 다니는 사람, 책 보급하는 사람, 심지어는 서점 청소부들이 모두 여기에 속한다. 그런 사람들이라면 나는 덮어 놓고 다 좋아한다. 그러나 이 사람은 호감형은 아니다. 비를 피해 비닐봉지를 뒤집어쓴, 미장원에서 머리를 다듬은 금발의 여인. 커다란 틀니가 들어차 있는 작고 바싹 마른 입. 이마와 코의 짙은 화장 아래 숨어 있는 여드름. 그녀는 거짓 미소를 지으며 재잘댄다.

한나는 통역을 한다. 나와 한나는 서로를 아주 잘 이해한다. 그녀는 내가 그들의 독일 '모바'*를 이해한다는 것을 안다. 그래서 그녀는 내가 그다지 말하고 싶지 않다는 것을 느낄 때 통역을 한다.

"당신을 얼마나 기다렸다고요. 벌써 작년에 당신의 출판사가 당신의 방문 약속을 해 주었다고요……. 우리 가게는 아주 작아요, 공간이 정말 좁아요. 그래서 당신을 초청하기 위해 제 친구한테서 넓은 장소를 빌렸어요. 제 친구는 주로 피아노를 취급하는 악기상이에요. 그래서 매우 넓은 매장을 갖고 있어요. 우리는 또 훌륭한 피아니스트도 초대했답니다. 우리 도시에서 최고 가는 사람이죠! 이 피아니스트의 콘서트 레퍼토리가 아주 좋거든요……."

어느 정도 명백해진다. 서점 주인과 피아노 상인과 음악가, 그리고 또 누군가의 꿍꿍이속이다. 나는 나도 모르는 사이에 악기를 광고하는 회합에 참가하고 있는 것이다. 이 모든 것이 너무나도 싫다. 그들은 우리를 이용하는 것이다. 한넬로레라는 이름의 이 서점 주인이 더 활짝 웃음을 지을수록 나는 점점 더 그녀에게 정나미가 떨어진다.

"호텔은 역에서 엎어지면 코 닿을 데죠. 하지만 역시 택시를 탈 수도 있어요." 그녀가 권한다.

결국 우리는 빗길을 걷는다. 코가 닿기는커녕 꽤 먼 거리다. 주선자인 이 여자는 노랑이 구두쇠로 이런 식으로 돈을 버는 것이고 그 호텔이라는 것은 아마 이 서쪽 지역에서 가장 질이 떨어지는 것일 테다. 사실 나에게는 아이들에게나 줄 법한 길이가 모자라는 침대가 놓여 있는 작은 방과 세면대와 수건걸이 사이에 엉덩이가 겨우 끼어들어 갈 만한 작은 욕실을 반대할 수 있는 권리 따윈 없었다.

호텔로 가는 중에 한넬로레는 이렇게 말했다.

"텔아비브의 디스코텍에서 폭발이 있었다는 거 들으셨어요?"

우리는 이미 이 사건에 대해서 들어 알고 있었다.

"이제 이것 때문에 어떤 다른 일들이 있을지 아시겠어요?" 비통하다는 듯 한넬로레가 물었다.

우리는 이해하지 못했다.

"끔찍한 반격이 있을 거예요! 이스라엘 인들이 또다시 팔레스타인 집들을 쳐부술 거라고요! 그러면 또 수천 명이 다치고 집을 잃고…… 팔레스타인 사람들, 정말 불쌍한 민족이에요!"

우리는 또다시 서로를 건너다보았다. 정말 재미있는 관점이 아닌가!

호텔은 그야말로 놀라운, 한 번도 본 적이 없는 것이었다. 마치 오스카 와일드가 직접 만든 것 같았다. 영국식 가구들, 아니면 적어도 영국식 가구들을 따라 하려고 흘끔거리며 노력한 듯한 가구들이 즐비했다. '유겐트 스타일'의 꽃병에는 백합들이 꽂혀 있었고, 벽에는 기기묘묘한 액자 속에 동판화들이 걸려 있었다. 우리를 맞은 건 지친 얼굴을 한 장발의 젊은이였다. 페르시아 오이 무늬의 비단 스카프를 두른 그는 마치 예술가처럼 옷을 입었다. 피부는 검었지만 잘생긴 또 다른 한 젊은이가 엘리베이터에서 나와 반가운 미소를 지었다. 한나와 나는 서로 건너다보았다. 뭐야, 이거 게이 클럽이야?

스카프를 한 젊은이가 물었다.

"두 명 방을 따로 예약하셨는데요, 원하신다면 2인실을 드릴 수도 있어요."

나와 한나의 차림새는 비슷했다. 짧게 자른 머리 스타일과 검고 간소한 옷차림에 안경. 금욕주의자들처럼 보일 가능성이 충분하다. 하지만 2인실이 필요한 건 아니다. 우리를 자신들과 같은 사람으로 본 것이다. 그는 실수했지만 기분 나쁠 정도는 아니다.

"감사합니다. 하지만 1인실이면 좋겠어요."

우리는 각자 자기 방으로 흩어졌다. 내 방은 아주 아름다웠다. 모든 것이 아주 스타일리시하고 호화로웠다. 모든 것이 좀 너무 호화로웠다. 하지만 내게는 부족한 것이 있었다. 화장실. 방 안에는 욕실도 화장실도 없었다. 이건 말도 안 돼! 이렇게 화려한 방인데 화장실은 복도에 있다고? 나는 한나에게 전화를 건다. 그녀가 들렀다. 우리는 도저히 영문을 몰랐다. 나는 복도로 나가 공동 화장실이나 공동 샤워장을 찾아보려 하였으나 그 비슷한 것도 없었다. 테이블과 소파, 꽃 들은 있었다. 그것도 아주 많이 있었다.

"전화 한번 해 볼게요." 한나가 말하고는 수화기를 들었다.

그러는 동안 나는 망토를 걸어 두기 위해 세 쪽으로 된 옷장 문을 열었다. 그중 가운데 문이 욕실로 가는 문이었다. 세상에! 욕실도 굉장한 것이었다. 가운과 얼굴 크림을 비롯한 모든 화장실 용품이 구비된, 게다가 생화로 장식된 욕실!

식사할 시간이 없어 우리는 곧 피아노 상점으로 갔다. 그곳은 멀지 않았다. 낮에는 날씨가 그냥 나쁜 정도였는데 지금은 완전히 끔찍한 정도였다. 눈까지 더해진 비가 사방에서 위로 아래로 옆구리로 불어닥친다. 그야말로 눈보라다.

"사람들이 안 올 것 같아." 나는 한나의 귀에 소리쳤다.

그녀는 고개를 끄덕였다.

상점은 화려했다. 하얀 그랜드 피아노, 검은 그랜드 피아노, 콘서트용 그랜드 피아노, 서재용 그랜드 피아노. 여기서 일반 피아노는 꿔다 놓은 보릿자루처럼 볼품없어 보였다. 강당은 2층으로 이루어져 있었다. 2층은 갤러리였다. 그곳은 겨울 정원처럼 보이기도 했는데 나무들이 즐비한 사이사이로 관악기들이 보였다. 하얀 연미복을 입은 웨이터들이 포도주 잔을 나르고 있었다. 관중들은 나이가 지긋하고 점잖은 사람들이었다. 여자들은 보석을 주렁주렁 달고 있었다. 남자들은 별로 없었지만 모두들 흠잡을 데라곤 전혀 없어 마치 오페라 파르테르 석에 앉은 사람들 같아 보였다.

"여기가 아닌 것 같은데." 나는 한나에게 말했다.

그녀가 웃었다.

"여기 맞아요, 걱정 마세요, 잘될 테니……."

검고 짧은 옷에 커다란 인조 진주를 걸치고 화장을 진하게 한 한넬로레가 나를 주인 악기상에게 소개한다. 털 망토를 걸치고 남자 같은 얼굴에 키가 큰 나이 든 여자다.

그녀는 내 소설을 밤 새워 읽고 울음을 터트렸다고 말한다.

나는 그녀를 위해 책을 쓴 게 아니라고 말하고 싶지만 전혀 다른, 과장된 말을 한다.

"울면 마음이 정화되잖아요, 그렇죠?"

"그럼요, 그럼요." 그녀는 나에게 전적으로 동의한다.

한넬로레는 내 앞에 비쩍 마르고 연약해 보이는 한 젊은 남자를 끌어다 놓는다.

"서로 인사하세요. 여기는 제 양자 이브라힘입니다."

"만나서 반가워요, 이브라힘."

"이브라힘은 내년에 고등학교를 졸업하고 문학을 공부하려고 한답니다." 한넬로레가 활기를 띠고 말한다.

소년을 쳐다보는 한넬로레의 표정에서 그녀가 그를 끔찍이도 아끼고 있다는 것을 알 수 있었다. 허리가 굽은 소년이 가만히 엄마의 어깨를 쓰다듬는다. "얘보다 늦게 양자로 들였지만 나이는 얘보다 더 많은 저희 둘째아들 모하메드는 프랑스에서 실습 중이에요. 올해에 연구소를 마치죠. 그 애도 여기 있었으면 좋았을 텐데. 그 애도 당신 책을 좋아하거든요."

소년이 물러간다. 소년이 다리를 심하게 전다. 아무래도 소아마비를 앓고 있는 듯하다.

한넬로레가 내 마음에 들지 않는 것은 여전히 마찬가지이지만 나를 놀라게 했다. 그것도 아주 교묘한 방법으로 놀라게 했다.

손님들이 모이고 있었다. 그들은 끔찍한 날씨에도 불구하고 와주었다. 나 같으면 아무리 윌리엄 셰익스피어를 만나러 간다고 해도 이런 날씨에는 움직이지 않았을 것 같다. 그들은 하얀 의자에 앉았다. 연미복을 입은 피아노 연주자는 하얀 피아노 뒤에 앉는다. 슈베르트.

한나, 나의 좋은 친구인 한나가 속삭였다.

"『선택 받은 이들』을 읽을까?"

『선택 받은 이들』은 가난한 이들에 대한 작품이었다. 나와 한나는 부자들을 좋아하지 않는다. 우리는 부르주아적인 위풍당당함을 좋아하지 않는다. 심적으로 우리는 좌파였다. 오늘 우리는 우리가 좋아하지 않는 사람들에 의해 초대된 것이다…….

연주자가 피아노를 연주하고 손님들은 음악을 잘 듣고 있다. 독일인들은 놀랄 정도로 음악적이다. 그들은 그루지야 인들처럼 정말 음악적이다. 그루지야 인들이 노래 부르는 데 명수라면, 독일인들은 음악 감상에서 그렇다. 그런데 우리나라 청중들도 있었다. 그들은 학생들 그룹이었는데 갤러리로 통하는 계단에 앉아 있었다. 스웨터와 청바지를 입은 저기 몇몇 사람들도 우리나라 사람들이었다. 사람들은 많았고 강당은 꽉 찼다.

그러고 나서 우리 차례가 되었다. 나는 소설의 한 부분을 러시아 어로 읽었고 한나는 이것을 독일어로 통역했다. 우리의 호흡은 척척 맞았다. 그리고 질문과 대답의 시간이다. 또 뻔한 질문들이다. 새로운 질문은 천 개 중의 하나 정도다.

그다음 그들은 우리에게 저녁 식사를 대접하였다. 같이 식사한 사람들은 적다. 서점 관련 동업자들과 우리가 전부다. 지하에 있는 레스토랑으로 간다. 우리는 일곱 명이다. 나와 한나, 한넬로레 그리고 그녀의 네 명의 동업자들, 상인들. 그녀들은 사십 줄에 접어든 활동적인 여성들로서 정장을 갖춰 입었다. 그런 사람들은 내가 아주 잘 알 만한 사람들이다.

"서점을 연 지는 오래되셨나요?" 한나가 묻는다.

그들이 동시에 활기차게 재잘거리기 시작하자 나는 곧 그들의 독일어 대화를 놓쳐 버린다. 한나가 통역을 해 주었다.

"서점은 아주 오래되었어요. 한 8년쯤 전에 주인이 서점을 팔려고 결정을 했었어요. 모두들 일자리를 잃을까 봐 걱정을 많이 했죠. 그다음에는 이 서점이 완전히 폐업을 하고 그 자리에 향수인지 구두인지를 파는 다른 상점이 생길 거라는 말이 있었어요. 우리는 모두 몹시 실망했죠. 우리는 좋은 단골도 많았고 손님들도 서로서로 알고 지내는 이들이었고 서점에 그냥 들러서 서로 책에 대해서 이야기하는 그런 사람들이었는데 말이에요. 우리 서점은 벌써 오래전부터 책 좋아하는 사람들이 모이는 클럽이지 책만 파는 그저 그런 상점이 아니란 말이죠! 그래서 우리는 서점을 우리가 사기로 결정했어요. 서로 저축한 돈을 모으기는 했지만 턱없이 부족했죠. 근데 그때 마침 한넬로레의 남편이 유산으로 받은 땅을 저당 잡히고 돈을 댔어요. 첫 두 해는 겨우겨우 해 나갔을 뿐이었는데 이제는 제법 잘되고 있어요. 서점도 살리고 우리 작은 협동조합도 그대로 유지되었죠."

그들은 '협동조합'이라고 말했다.

"한넬로레의 남편은 어떻게 되었어요? 자기 돈을 되받을 수 있었어요? 그의 땅이 없어지지 않았어요?" 내가 흥미로워했다.

한넬로레는 활기를 띠었다.

"오, 제 남편이에요! 땅은 없어지지 않았어요. 우리는 돈을 제때다 갚았거든요. 남편인 에릭이 돈 관련한 모든 일들을 맡고 있어요. 공동의 원칙에 따라서요. 이제 우리 에릭이 올 거예요."

"오, 우리 에릭!" 다시 한 번 여자들이 재잘거리기 시작했다. 에릭이 들어오고 있었다. 키가 크고 깡마른 에릭의 정수리에 머리카락이라곤 세 가닥뿐이었다. 어렸을 적 프랑크푸르트에서 폭격으로 인해 그는 청력을 전부 상실했다. 청력을 잃었을 때 즈음이 그가 말을 배우고 난 다음이라는 것이 다행이었다! 어렸을 때 말하기 전에 청력을 상실한 아이는 평생 벙어리로 살아야 하는 것이 아닌가!

에릭의 귀에 보청기가 돌출되어 있었다. 우리는 책과 관련한 이야기를 했다. 책 판매는 어떤 상황이며 요즘 어떤 문제점들이 일어나고 있으며, 또 젊은이들은 요즘 어떤 책들을 읽는지……. 에릭도 대화에 끼었다. 잠시 후 귀에서 무언가 작은 것을 꺼내더니 이윽고 잠잠해졌다.

한넬로레가 설명한다.

"에릭은 오랫동안 이야기를 들으면 금방 피로를 느껴요. 가끔씩 쉬어 주어야 한답니다."

겉으로 보기에 아름다운 커플은 아니었지만 그들은 서로서로 어깨와 손을 쓰다듬었다. 가끔씩 나는 서로를 바라보는 그들의 시선을 볼 수 있게 되었다. 그들의 눈빛에서는 이제 곧 둘만 있게 된다며 눈짓하는 것을 느낄 수 있었다……

우리 모두가 헤어질 때가 되어서야 그는 보청기를 다시 귀에 넣는다. 헤어지는 인사말을 주고받기 위해서였다.

우리를 호텔로 데려다 준다. 내일 한넬로레가 우리를 역까지 바래다주기로 약속을 한다. 꼭 그러기로!

　"비가 오는 날, 비를 다 맞아 가면서 여러분을 호텔로 데려갔던 것 때문에 걱정 많이 했어요. 어제는 바보같이 차를 수리 맡겨서 저한테 차가 없었거든요. 한 가지 부탁이 있는데요, 내일, 죄송하지만, 역에 한 40분쯤 정도 먼저 바래다 드릴게요. 왜냐하면 내일 아침 10시 30분에 더 이상 뒤로 미룰 수 없는 약속이 있거든요." 그녀가 억지스런 웃음을 짓는다. 하지만 앞에서 언급된 일들이 있은 후, 이미 내게 그녀는 아예 예뻐 보이기까지 한다.

　저녁이 되자 나와 한나는 우리에게 일어났던 이 특별한 초대와 그들이 서점을 사들인 이야기, 그리고 고아원에서 입양한 두 명의 팔레스타인 아이들에 대한 이야기를 나눌 수 있는 기회가 생겼다.

　하지만 그게 끝이 아니었다. 사건의 끝은 그다음 날 아침 일어났다. 한넬로레는 다음 날 아침 정말로 좀 일찍 우리에게 왔다. 우리는 이제 역에서 40분을 더 기다려야 했다. 가는 길에 한넬로레가 설명했다. 월요일마다 그녀는 주사를 맞는데 주사를 맞고 나서는 항상 몸이 너무 안 좋아져서 주사 후 두세 시간은 환자 대기실에서 보낸다는 것이었다. 벌써 20년 동안 그녀는 주사를 맞고 있었다. 그녀는 젊었을 적에 자동차 사고를 당한 적이 있었는데 다리를 절단해야 할 위험에 처했었고 결국은 암소의 관절을 이식했다고 한다. 시간이 지나면서 암소의 관절은 기능하기 시작했지만 완벽하지는 않았다고 한다. 계속해서 거부 반응이 일어나고 주사약이 자기 발생적 알레르기 반응을 무디게 하고 있다고 했다……. 아무튼 그런 비슷한 것이라고 했다.

　그때에는 사람의 살과 뼈를 대신할 수 있는 물질들이 아직 활발히 개발되지 않았을 때였다. 그리고 요즘에는 이렇게 다른 동물의 일부분을 인체에 이식하지도 않는다. 그래서 암소에게서 신체의 일부분을 이식받은 것은 그야말로 보기 드문 일이었다……. 통증은 물론 때때로 고통스럽다. 특히 오랫동안 서 있어야 할 때가 그렇다. 그녀는 원래 판매원이었는데 이 일은 서서 해야 하는 것이었다. 그래서 '협동조합'은 오래 일어서 있지 못하는 그녀에게 서점의 매니저 일을 맡겨 주었다. 왜냐하면 매니저는 서서 일하지 않아도 되기 때문이다…….

우리는 서로 껴안고 입을 맞추었다. 나는 당연히 내 볼에 묻어 있을 그녀의 립스틱 자국을 문질러 지웠다. 한넬로레, 이 사람 정말 끝내주는 아줌마다.

# 모스크바-포드레스코보, 1992

자동차 소음기는 이미 토요일에 다 타버렸다. 그런데 월요일에 미국에서 오는 친구를 맞이하러 셰레메티예보 공항으로 가야만 했다. 사실 나는 그날 아침부터 나쁜 일이 있을 것이라는 걸 예감하고 있었다. 내가 아끼는 친구와 함께 셰레메티예보의 주차장에서 나오자 부드럽게 구구거리는 대신 쉰 목소리로 포효하고 있는 나의 낡은 자동차 '라스토치카'를 보고 교통순경이 고대하던 들새를 발견해 기뻐하는 사냥꾼의 낯으로 쏜살같이 달려왔다.

그는 녹슨 번호판의 나사를 한참 동안이나 풀어서 번호판을 떼어내고는 벌금, 뇌물 따위의 부도덕적인 협상을 거부하고 끈질기게 근거를 대며 나의 불성실함을 비난했다. 나는 이미 오래전부터 수리를 필요로 했던 내 차의 수리를 미루고 있었던 것이다.

저녁이 되어 나는 내 불쌍한 차를 수리점으로 보냈다. 오래 걸리면 어쩌나 하는 우려를 안고 나는 그렇게 내 차를 떠나보냈다. 이제 나는 말[馬]이 없는 대부분의 나의 동포들에 합류해야만 했다. 다음 날 나는 포드레스코보에 있는 친구들의 별장에 가야 했다. 나는 거기서 그들의 열 살짜리 딸을 며칠 봐주기로 했다.

지하철은 무덥고 비좁았다. 벨로루스카야 역의 건널목들은 상인들의 삶으로 북적거렸다. 건장해 보이는 주먹깨나 쓸 것 같은 키 큰 젊은이들이 책을 팔고 있었다. 그들의 책 목록은 산만했다. 다닐 안드레예프의 『장미의 세계』에서부터 최근에 새로 나온 비즈니스 경영서를 거쳐 점성술과 손금 보는 법에 관한 책들까지를 망라했다. 그들 중에서 단연 최고의 책이 있다면 그것은 『눈을 보고 점치는 법』 정도였다. 물론 이곳의 상인들의 눈빛은 딱 봐도 사기꾼 같아서 점을 칠 필요도 없을 정도였지만…….

'콤소몰스카야-콜체바야' 역에서 나오는 출구에서 에스컬레이터로 가는 통로에는 어느 참한 아가씨가 바이올린으로 비발디를 연주하고 있었다. 뚜껑이 열린 바이올린 케이스에는 동전들이 놓여 있었다.

광장은 사람들로 붐볐다. 광장은 상업적인, 아주 상업적인 곳이었다. 많은 거간꾼들의 손을 거친 인문 교양서 따위는 이제 여기서는 가장 보잘것없는 취급을 받았다. 신문에서 등장하는 것처럼 '캅카스'의 얼굴을 한, 아니 아예 '캅카스도 넘어 저 건너 지방'의 얼굴을 한 보따리 장사꾼들이 보였다. 그들이 파는 상품은 리본, 레이스, 신발 등에서 콘돔, 담배, 껌 들로 바뀌어 있었다. 간간이 어렸을 적부터 보아 온 모스크바 근교의 노파들의 얼굴이 보였다. 그들은 몇 코페이카*면 살 수 있었던 산딸기나 작약을 100루블, 50루블에 팔고 있었다. 인플레이션이 발전을 앞질렀다.

시외 열차 매표소를 찾은 나는 그 자리에 그대로 서 굳어 버렸다. 펠리니의 꿈, 살바도르 달리의 환상이었다. 매표소 문 옆, 색바랜 은색 도금의 쓰레기통 위에는 땅에 닿지 않는 더러운 맨발을 흔드는 환상적인 형체가 앉아 있었다. 그것은 기름때에 절어 은색으로 번들거리는 회색 망토를 뒤집어 쓴 거지 노파였다. 푸석한 회색 머리카락이 연한 바람에 흔들리고 있었다. 그녀의 번들거리는 은색 얼굴에서 회색 코와 기름진 볼이 두드러졌다……. 그녀는 움직이지 않고 있었다. 눈도 감은 채였다. 그녀는 물론 사람들을 볼 수 없었고 그녀 곁을 바삐 지나가는 사람들도 그녀에게 전혀 관심을 보이지 않았다.

나는 현실 감각을 잃었다……. 나는 마치 거대한 극장에서 의상과 분장을 잘 갖추고 주어진 역할을 잘 연기하고 있는 배우들 가운데 나 혼자만 어쩌다 이렇게 던져진 것 같았다. 어쨌거나 나는 포드레스코보행 왕복표를 샀다. 12루블이었다. 나는 알루미늄 빛을 내는 이 기이한 생물체를 다시 한 번 돌아다 보고는 플랫폼으로 갔다.

클린행 열차는 1분 후 출발했다. 나는 겨우 마지막 찻간에 탈 수 있었다. 열차가 움직이기 시작했다. 나는 열차 객실들을 거쳐 열차 머리 쪽으로 향했다.

열차의 속도 때문에 몇몇 통로의 문들은 열린 채 남아 있었다. 열차 의자의 보온 덮개는 여기저기 잡아 뜯겨져 노란 스펀지 살과 그 나무 뼈가 다 튀어나와 있었다. 찻간 안에는 깨진 유리창을 통해 즐거운 틈새 바람이 불고 있었다. 해바라기 씨껍질들과 종이 쓰레기들이 발밑에서 부스럭거렸다. 교외 별장으로 떠나는 사람들은 음식물이 들어 있는 가방을 무릎으로 쥐고 있었다. 이 폐허는 아직 끝이 아니다. 이건 작은 연습일 뿐이었다. 어쨌거나 아직까지 열차 시간표는 존재하고 있다. 익숙한 쉰 목소리가 알려 준다. "다음 역은……." 통로에는 대단한 카드놀이 판이 벌어졌다.

차창 밖으로 엉망진창인 시 외곽이 늘어서 보인다. 철도 제방의 쐐기풀 사이 곳곳에 떼를 짓거나 커플을 지어 앉은 나의 동포들이 시든 풀에 침을 뱉으며 술병을 기울이거나 담배를 피운다. 정말로 좋은 한때다. 이들 중 한 젊은이가 열차 쪽으로 걸어와 바지 지퍼를 내리고는 열차 쪽으로 오줌을 갈긴다. 그는 장밋빛 잇몸이 선명히 잘 보이는 가까운 거리에서 웃는다…….

그해에 나는 아테네에 갔었다. 에게 해의 포세이돈 신전 옆의 수니온에서 지는 해를 바라보았다. 나는 예루살렘에도 갔었다. 나는 롯이 뒤돌아보지 않고 신의 사도를 따라 걸었던 사해의 해변에 앉아 있었다……. 그리고 이제 흐린 색의 풀밭을 따라 비스듬히 미끄러져 가는 8월의 햇빛을 보며 작은 덩어리 하나를 목으로 삼킨다……. 왜 이 궁핍함이 이토록 내 감정을 건드리는 걸까?

누군가의 발이 내 짐을 건드렸다. 나는 내 짐을 조금 옆으로 비켜 주었다. 내 맞은편에는 마흔가량의 얼근하게 취한 남자가 앉아 있었다. 그가 왜 취했는지는 곧 알 수 있었다. 그가 말했다.

"그래요, 좀 마셨습니다. 러시아를 위해서!"

나는 아무 반대의 말도 하지 않았다. 풀어헤쳐진 니트 셔츠 뒤로 긴 목이 보였다. 치아는 하얬고 갈색 눈은 쾌활해 보였다.

"러시아를 위해, 러시아 인들을 위해 마셨다! 여긴 미국도 아니고! 검은 놈들이 엉덩이 들이밀 곳도 아니라고!"

그는 경박하고 쓸데없이 자기 생각을 늘어놓았다. 그는 영국 사람부터 일본 사람까지 알파벳 순서대로* 모든 민족을 거들먹거렸다. 러시아 인이 아닌 모든 사람들은 그에게 빌어먹을 족속이었다. 내가 속한 유대인은 항상 이런 종류의 이야기에서는 우선순위를 차지하는 것이 일반적이었는데 이번에는 최우선이 아니라 검은 엉덩이를 가진 이들과 동일 선상에 놓인 것이다. 모든 민족의 특징들을 열거한 후 이 남자는 이제 자신이 말한 것을 실현시킬 수 있는 대안을 말하기 시작했다.

"그러니까 이렇다는 거지! 힘을 모아서 모두를 쳐부수자는 거야! 정말 좋겠는데!"

그의 눈이 정직한 부엉이 눈빛처럼 번득거렸다. 처음부터 그는 모두가 아니라 나에게만 시선을 돌리고는 마치 내가 그의 편이라도 되는 듯이, 나는 결코 그와 다른 생각을 가질 리 없다는 듯이 자상하게 말하기 시작했다. 나는 처음에는 잠자코 있었다. 그러고 난 후에 그가 왜 유독 나에게 말하기 시작한 것인지 생각해 보게 되었다. 나한테도 검은 엉덩이를 가진 이들의 피가 섞여 있다는 것을 몰랐나, 아니면 나의 비러시아적인 사악함에 광명의 빛을 주려고 했던 것일까. 유리창 뒤로 천천히 미끄러져 가는 역의 '레보베레지나야'라는 글씨를 보며 그가 나에게 신뢰하듯 말했다.

"저기, 저것 좀 봐! 수로가 보이지? 정말 나쁜 새끼들이잖아? 이걸 누가 세웠는지 알아? 2만 명의 수감자들이 세운 거라고! 스탈린이 닦달을 해서 그 사람들이 세운 거라고! 당신들 공산주의자들은 대체 뭘 세웠어?" 그는 갑자기 나에게 질문을 했고 나는 공산주의자들을 대변할 만한 대답을 준비한 바 없었기 때문에 대답을 할 수 없었다. "다 팔아먹고 도둑질이나 했지! 표트르*가 가져다 놓은 것을 다 팔아 치웠다고!"

그는 열성을 다해서 점점 더 큰 소리로 이야기를 했다. 그의 목소리는 이제 거의 찻간의 사람들 절반에게 다 들릴 정도였다. 하지만 어떠한 반응도 없었다. 이제 그는 내가 아니라 모든 사람들, 자신에게서 눈을 돌리는 객실의 모든 사람들을 상대로 말을 하고 있었다.

"누가 전쟁을 짊어지고 견뎌 냈어? 엉? 대체 누가 그랬냐고!"

아무도 그에게 대답하지 않았다. 사람들은 모두 조금은 불편한 듯, 조금은 불안한 듯 시선을 피해 옆을 바라보았다.

"당신들의 그 민주주의자들이 견뎌 냈어?" 그리고 그는 개의 생식 기관, 시베리아 펠트 장화, 구리 대야, 누군가의 항문 등이 거북하게 한데 얽힌 도저히 이해할 수 없는 욕을 해 댔다.

찻간 통로를 따라 약간 흔들거리며 두 번째 주인공이 행진해 왔다. 알아봤다는 듯한 미소를 지으며 그는 이 연사에게 가까이 다가와 멈추었다. 그는 육십 줄은 되어 보였다. 검게 그을린 대머리는 올가미 모양의 오래된 큰 상처로 장식되어 있었다. 깨끗한 청남방을 입고 있는 그 역시 이미 얼근하게 취해 있었다.

"그렇지!" 그가 갈색 눈을 한 남자의 역성을 들었다. 나는 가방을 들어 그가 의자들 사이를 지나갈 수 있도록 하였다.

"당신은…… 러시아 편이야?" 갈색 눈이 준엄하게 물었다.

"러시아 편이지!" 대머리가 머리를 끄덕였다.

갈색 눈이 레닌식으로 다 안다는 듯한 눈초리를 하더니 난처한 질문을 했다.

"어떤 러시아 편이야?"

대머리는 당황스러워했다.

"무슨 말을 하는 거야? 옛날 러시아 편이냐, 새로운 러시아 편이냐 이런 거야?"

"무슨 말인지 모르고 있군! 옛날 러시아는……" 갈색 눈이 빈정대며 웃었다. "옛날 러시아는 검증이 좀 필요해! 예를 들면 말이야, …… 신부라는 놈들이 카딜로*를 또 흔들어 대고 있단 말이지. 텔레비전을 틀 때마다 흔들고 있단 말이야. 매번 똑같아!"

"매번 똑같지." 대머리가 거들었다.

하지만 갈색 눈은 더 검증을 하고 싶어 하는 듯했다.

"그래, 당신은 그냥 취한 사람이야 아니면 알코올 중독자야?"

대머리는 빈정이 상했다.

"무슨 그런 질문을 해? 난 그냥 애주가일 뿐이야……."

그리고 그는 조심스레 인조 가죽 가방에서 벌써 뚜껑을 깐 포도주 한 병을 꺼냈다.

갈색 눈이 병을 잡고 상표를 쳐다보았다.

"'살히노' 62루블짜리."

그러더니 손가락으로 가리키며 손톱으로 상표의 어디쯤에 줄을 그어 표시를 하고는 말했다.

"내가 바로 여기까지 지금 다 마셔 버릴 거야. 그럼 10루블어치가 되는 거지……."

그는 정확하게 자기가 말한 대로 하더니 그다음에는 주머니에서 다 구겨진 돈 한 뭉치를 꺼내 그중에 10루블짜리를 헤아려 대머리의 주머니에 쑤셔 넣었다.

"이러지 마라." 대머리는 놀라 10루블짜리를 주머니에서 꺼냈다. "우리는 같은 러시아 인이잖아."

"그 말이 맞네." 갈색 눈이 고개를 끄덕이며 흡족해했다. "맞아, 맞아, 제대로 말했어. 러시아 인이지. 다 모이면 처치하러 가자."

"누굴?" 대머리가 궁금해했다.

"러시아 인이 아닌 사람은 전부 다 처치해야지!" 갈색 눈이 선하게 활짝 미소 지었다. "발밑에서 그 녀석들이 걸리적거리지 않게 말이야! 피 맛 좀 보여 주자고!"

"왜?" 대머리가 놀랐다. "무엇 때문에 처치하러 가야 돼? 그럴 마음 없어."

"이게 다 러시아적인 게으름이라니까." 그가 나무랐다. "누워 있는 돌 아래로는 물이 흐르지 않는 법이야."

"제기랄, 흐르지 않으려면 흐르지 말라고 해. 게으를 수도 있지." 대머리가 환한 미소를 지으며 인정하자 통통한 볼에 어린아이 같은 보조개가 생겼다.

그들은 러시아식 게으름에 대해 서로 좋게 좋게 말하며 토의했고, 나는 이 평화로운 노래 속에서 승강구로 나왔다. 나의 포드레스코보가 가까워지고 있었다.

승강구에서도 재미있는 일이 있었다. 문 하나가 고장 나서 먼지 가득한 도로의 바람이 승강구를 가득 채우고 있었다. 고장 나지 않은 두 번째 문 근처에는 젊은 두 커플들이 있었다. 키가 작은 커플은 무아지경으로 서로 얼싸안고 있었다. 좀 더 키 큰 커플은 벌써 전주곡을 끝내고, 검은 셔츠를 입은 승리자는 벌써 목적에 이르러 성스러운 일을 바쁘게 수행하고 있었다. 혁대의 버클은 느릿느릿 가는 기차의 박자에 거슬러 활기차게 쩔렁거렸다. 곁눈질해서 보니 길고 하얀 목이 반짝였고 아름다운 부인의 뒤로 젖혀진 턱이 보였다. 나는 발밑으로 지나가는 플랫폼에 가볍게 뛰어내렸다.

이날 하루 동안 너무 많은 일들이 있었다. 나는 플랫폼을 따라 걸었다. 기차는 덜컹거리며 출발하면서 앞으로 가며 나를 뒤로 밀어내고, 갈색 눈과 대머리와 그리고 아직 클린까지 가면서 더 많은 것을 할 수 있을 이 굉장한 청춘 남녀 네 사람을 데리고 점점 멀어졌다…….

플랫폼이 끝나고 길이 시작되었다. 길은 오른쪽으로 나 있었다. 길옆에는 먼지 때문에 백발이 된 덤불숲이 옆으로 멀리멀리 달아나려는 해가 아직 완전히 지지 않아 나무들은 꼭대기에 빛을 발하고 있었다.

언짢음과 당혹감에 휩싸인 나는 길이 굽어지는 곳까지 이르렀다. 그곳에는 먼지 쌓인 키 작은 나무 아래로 열 살쯤 되어 보이는 두 명의 남자아이가 앉아 있었다. 멀리서 보고 추측했던 그대로 아이들은 카드놀이를 하고 있었다. 더 가까이 다가간 나는 그들이 두꺼운 돈뭉치를 두 덩이로 나누고 있는 것을 보았다. 둘 중 하나는 반쯤 비운 '살히노' 한 병을 자신의 무릎 사이에 끼우고 있었다…….

"베네치카!"* 나는 간절함을 담아 그를 불렀다. "당신은 벌써 좋은 사람들과 함께 무언가 천상적인 것을, 당신이라면 응당 받아야 할 것들을 즐기고 있을 테니 사람들로 가득 찬 기차간은 더 이상 아무 상관 없겠지. 하지만 이 사람들은 대체 어떻게 될까? 그들은 오래된 울타리 밑에 자신들의 낡아 빠진 날개를 접고 앉지도 못하고, 무력함과 뉘우침의 온화한 눈물로 그 값을 치르지도 못하며, 반대로 술에 취한 피를 흘리고는 도끼나 탱크를 들이대고 있어. 소나무 꼭지에 달린 끈적끈적한 사탕 '페투슈키', 그 미끌미끌한 꿀로 된 과자는 도대체 여기 어디에 있다는 건지…….'살히노'를 든 이 선량한 남자들은 불타오르는 사악한 강철 싸움닭을 우리의 불쌍한 사람들에게 몰아가고 있고, 이 작은 아이들은 또 대체 어떻게 될까?" 명쾌한 대답을 들으리라는 어떠한 희망도 없이 나는 세상을 떠난 베네치카 예로페예프에게 물었다.

# 아시시의 프란체스코: 둘을 하나에

저녁부터 우리는 전 세계 모든 대도시의 일상들은 공통점들을 갖고 있다는 이야기를 나누었다. 같은 음식, 같은 광고, 같은 음악과 차림새. 뉴욕과 모스크바, 상하이의 쓰레기통마저도 모두 같은 것들, 예를 들면 콜라 캔과 감자 칩 포장으로 가득 차 있다. 아침이 되어 우리는 110번가에 있는 뉴욕 대성당 근처에서 만났다. 내 친구 라리사는 완전히 뉴욕적인 광경을 보여 주기로 약속했었다. 그때에 나는 가까운 곳, 컬럼비아 대학 건물에서 살고 있던 터라 해가 빛나는 맑은 일요일에는 느긋하게 시간을 두고 맨해튼을 따라 아래로 걸어 다녔다. 그럴 때면 아침 산책을 하는 개들과 그 주인들을 만날 수 있었다. 그들은 모두 비닐봉지를 들고 다니면서 자기 강아지의 똥을 거기에 넣어 쓰레기통에 버렸다. 이 얼마나 문화적인가!

110번가에 가까워지자 개의 숫자가 많아졌다. 거대한 대성당 근처에는 엄청난 숫자의 개들이 모여 있었다. 개 주인들과 개들은 줄을 이루고 있었다. 이것은 내가 본 줄 중에 가장 놀라운 줄이었다. 고양이들도 이 줄에 서 있었다. 이 강아지와 고양이 들은 모두 미사에 참석하기 위해 온 것이었다. 미사에 대해서 큰 글자로 이렇게 쓰여 있었다. **"아시시의 프란체스코 축일에 바쳐진 동물들의 미사"**

개들은 연령과 종류가 천차만별이었다. 집 지키는 개와 리지백이나 울프하운드(나는 울프하운드를 태어나서 처음으로 보았다. 밝은 회색의 아주 부드러워 보이는 풍성한 털을 가진 개는 키가 크고 날씬했다) 같은 좀처럼 볼 수 없는 잘생긴 개들, 엄청나게 많은 퍼그들, 소쿠리나 가방 혹은 이동 가방에 들어 있는 모든 종류의 고양이들, 가슴에 끌어안은 아기 고양이들, 비닐봉지에 붕어를 담아 온 소년, 회색을 띤 밤갈색 거북이를 가져온 소녀……. 줄은 미국식으로 매우 성긴 것이어서 뒷덜미에서 뒷사람의 입김을 느낄 수 있는 것이 아니었다. 그들은 거리를 유지하려 노력하면서 서로 건드리지 않았다. 모두들 성당에 들어갈 수 있을 때까지 참을성 있게 기다리고 있었다. 개가 성전을 모독한다고 경련을 일으키는 고귀하신 분들은 하나도 볼 수 없었다!

하지만 이것은 시작에 불과했다. 나는 무엇이 나를 기다리고 있는지 아직 알지 못했던 것이었다.

내 친구 라리사가 다가올 무렵 나는 우리가 성당에 들어갈 수 없다는 것을 알았다. 줄이 성당 주변의 한 블록 전체를 감싸고 있을 정도로 길었고 우리는 성당에 들어갈 수 있는 요건이 부족했다. 그러니까 우리는 동물을 데리고 있지 않았던 것이다.

"브로드스키* 추모 미사가 있을 때도 사람들이 몰렸었지만 이 정도는 아니었어." 라리사가 말했다. "안으로 못 들어간다고 해서 너무 속상해하지는 마. 대신 이런 동물 퍼레이드를 볼 수 있잖아. 나도 내 동물들을 데려올걸!"

당시만 해도 그녀의, 늙은 신사의 멋진 매력을 지닌 리지백종 개인 브랜디와 인간 혐오증이 있는 조그마한 세모꼴의 꼬리를 가진 메릴랜드종 고양이 사샤가 살아 있었던 때였다. 사샤는 세상의 모든 생물체 중 유일하게 라리사만 혐오하지 않았다.

우리는 커다란 계단을 가로막고 있는 밧줄 옆에 섰다. 그 계단은 완전히 막혀 있는 것처럼 보이는 성당의 정문으로 향해 있었다.

우리는 상당히 오래 기다렸다. 하지만 기다리는 것이 그리 지루하지는 않았다. 참가자들을 데려오고 있었기 때문이다. 처음으로 들어온 것은 꽃다발로 치장된 코끼리와 낙타였다. 코끼리는 계단에서 있기가 힘들었고 그런 코끼리의 다리를 좀 더 편하게 해 주기 위해 옆에서는 사람이 분주하게 움직였다. 그다음에는 비단구렁이가 들어왔다. 비단구렁이는 토끼를 집어 삼킬 정도로 굵어 무서웠다. 비단구렁이는 주인의 어깨에 걸쳐 있었는데 거의 그를 휘어 감고 있었다. 그다음에는 너무나도 매력적인 아기 돼지가 나왔다. 화환이 거추장스러웠는지 그는 화환과 오랜 시간 전쟁을 벌이더니 결국은 화환을 떨쳐 버리고 다 먹어 버렸다. 장미꽃에 싸인 두 마리의 라마는 허영에 차고 거만해 보였다. 대신 두 마리의 어린 침팬지는 너무나도 소심해서 자신을 데리고 나온 이들의 팔에서 떨어지려 하지 않고 오히려 그들의 품으로 얼굴을 숨겨 버렸다. 이쯤 와서 주인들에 대해 이야기해 주는 것은 좀 그렇다. 어쩌면 내가 잘못 안 것일 수도 있지만 그들은 자신의 인간다운 모습을 수치스러워했다. 앵무새들은 화려한 견장처럼 어깨 위에 앉아 있었다. 또 이름 모를 어떤 거대한 새는 거위를 닮아 있었지만 거위는 아니었다. 이 새는 어딘가 둥지를 닮은 뚱뚱한 사람의 머리 위에 앉아 있었다. 투우를 떠올리게 하는 검은 소는 뿔을 들이밀며 불만을 표시했다. 두 명의 젊은이들이 소를 제자리에 있게 하기 위해서 용을 쓰고 있었다. 유리로 된 상자 안에 들어 있는 개미

가족이 등장했고, 또 벌들이 벌집과 함께 등장했다. 꽃으로 장식된 수레를 끌고 오는 사람은 아주 조심스럽게 자신의 임무를 수행하고 있었다. 그러나 짐승들은 얌전하게 있어 삽이나 빗자루 등은 필요하지 않았다.

드디어 음악 소리가 들리고 거대한 성당 문이 열렸다. 코끼리가 제일 먼저 들어갔다. 낙타가 그 뒤를 따랐다. 검은 소도 갑자기 온순해져서는 머리를 숙이고 얌전히 문으로 들어갔다……. 동물들을 데리고 온 사람들도 화환과 꽃으로 치장을 하고 있었고 미사복을 입고 있었다. 모두의 축제였다……. 라리사는 내내 자기 동물들을 데려오지 않은 것을 안타까워했다.

성당 안에서 하는 기도는 들리지 않았다. 나는 성당 안에 들어가지 않았다. 말[馬]도 없는 내가 그곳에 들어가서 무슨 할 일이 있겠는가? 그래서 나는 그날 복음 말씀이 무엇이었는지도 듣지 못했다. 아마도 노아가 자신의 방주로 "모든 피조물을 한 쌍씩" 맞아들인 그 대목을 읽었을 것이다.

대신 감사 기도가 끝난 다음 나는 또 다른 행렬을 볼 수 있었다. 그것은 뉴욕의 음악가들의 행렬이었다. 그들 중에는 '생태적인' 음악으로 아주 유명한, 내가 그의 성을 알고 있었지만 지금은 잊어버린 음악가도 하나 있었다. 나머지 음악가들은 유명한 사람들은 아니었고 평범한 흑인들이었는데 이들은 나팔을 불고 북을 치고 현을 연결해 직접 만든 원시적인 악기들을 연주하고 있었다. 그들의 음악은 너무나도 소란스럽고 요란하여 우리 러시아 개들 같으면 이들을 다 갈기갈기 찢어 놨을 것이다. 하지만 미국 개들은 이런 일 따위엔 전혀 신경 쓰지 않았다!

나는 이 재즈 밴드에 몇몇의 가톨릭 성직자들이 포함되어 있었다는 것도 언급해야겠다. 몇 명의 목사들, 게다가 나중에 알게 되었지만, 두 명의 여목사도 포함되어 있었다. 성당 옆의 작은 공원에는 환호성이 울려 퍼졌다. 경건한 것은 아무것도 없었다. 음악이 크게 울려 퍼지고 천막에서는 키가 2미터씩이나 되는 흑인 청년들이 쌀과 양배추 같은 것들로 만든 아프리카 음식, 채식 요리 냄새가 나고 있었다.

채소는 사람에게, 고기는 동물들에게! 이것이 바로 그들이 생각하는 것이었다…….

그다음에 일어난 일이 바로 나를 가장 놀라게 한 일이었다. 이 작은 소공원에는 세 개의 의자가 있었고 거기에는 'Blessing'이라고 쓰인 세 개의 장대가 세워져 있었다. 축복…… 하나의 의자에는 붉은색 둥근 사제모를 쓴 가톨릭 사제가 앉아 있었다. 나머지 두 개의 의자에는 두 명의 여목사가 앉아 있었다. 이 행사는 가톨릭 신도들이 개신교 신도들과 함께 만든 초교단적인 것이었다. 종종 벌어지는 교리상의 불화는 동물에 대한 사랑 앞에서 잠시 물러나 있었다. 내 생각에 그들 중에 누군가가 더 있어야 할 것 같았다…….

작은 공원에 있는 이 모든 세 개의 지점으로 고양이와 개, 그리고 그들의 주인들이 줄을 섰다. 작은 공간에 수백이 모였다. 그들은 서로 욕하지도 짖지도 싸우지도 않았다. 모두들 외교관들의 만찬에 나온 듯 세련되게 행동했다. 건강한 오스트레일리아 암퇘지가 나타나도 아무도 코를 막지 않았다. 음악이 멈추었다. 차들이 소란스럽게 경적을 울리던 곳에 고요가 찾아들었다. 동물들은 축복을 받기 위해 조용히 줄을 서 있었다.

"이름이 뭐죠? 제리? 아유, 제리 너 참 예쁘고 똑똑하게 생겼구나! 아주 멋진 개구나, 제리!"

제리는 성직자의 무릎 옆에 잠자코 있었다.

"하느님, 제리에게 강복하소서!" 그러고서 성직자는 동물의 머리 언저리 공중에다가 십자가를 그었다. 손바닥에 다음 얼굴이 들어왔다. 그것은 개의 얼굴, 고양이의 얼굴, 거북이의 얼굴이었다.

양도 아니고 사자도 아닌 그저 고양이와 강아지 들이 성당 근처 작은 공원의 깨끗한 풀밭에 근엄하게 누워 있었다.

"라리사, 이게 대체 무슨 일이야? 개들이랑 고양이들이 서로 물어뜯고 그래야 하는 거 아니야?" 나는 20년을 미국인으로 살아온 내 친구에게 물었다.

"나도 이해를 못하겠어. 여기 사람들에게 물어보자." 그러더니 그녀는 정말로 깡마른 미국인 부인에게 물어보았다. 붉은 목줄을 찬 두 마리의 늙은 퍼그를 데리고 나온 이 미국인 부인은 당연하다는 듯이 대답했다.

"아시시의 성 프란체스코의 영이 함께하는 거죠."

아마도 이것은 정말 아메리카 대륙에서 그토록 좋은 성과를 내며 열심히 일하고 있는 성 프란체스코의 영이 함께해서였을 것이다. 이에 대해 나는 어떤 말도 더 보태지 않는다. 만일 그렇지 않으면 모두들 나에게 러시아 정교의 적이라고 말할 테니까.

이 너무나도 멋진 사건은 바로 그곳에서 3년이 지난 후에 일어난 다른 사건의 전주곡이었다. 막 음악가로 데뷔한 나의 작은아들은 헤로인에 심하게 중독되어 있었다. 나는, 엄마들이 늘 그렇듯이, 가장 나중에 이 사실을 알았다. 라리사는 이 사실을 짐작하고는 내 아들의 행동에 몇몇 석연치 않은 점이 있다는 것을 지적하며 나에게 암시를 주었다. 하지만 나는 이를 듣지 않았다. 네가 저 애를 잘 모르는 거야, 저 애는 항상 저렇게 앞뒤가 맞지 않아 왔어, 어렸을 적부터 그랬다고……. 그러나 결국 아들은 고백을 했다. 도와 달라고 하지는 않았어도 적어도 도움을 승낙할 준비는 되어 있었던 것이다. 나는 뉴욕으로 날아가 그때 즈음 모두 잊어버려 없어진 그의 서류들을 갱신하고 이 헤로인 투사를 조국으로 잘 동반할 수 있도록 큰아들을 불렀다. 그리고 출발을 기다렸다.

떠나기 전날에 작은아들이 사라졌다. 지인들과 마지막 인사를 하기 위해 나가더니 돌아오지 않았다. 아침이 되어 큰아들은 자신의 오래된 여자 친구인 패트리샤를 만나기 위해서 급하게 나갔고, 나는 라리사의 아파트에서 방법이 없는 이 문제를 어떻게 풀어야 할지 고민하고 있었다. 이 거대한 도시에서 이 어리석은 작은 소년을 어떻게 찾는단 말인가…….

그러다 나는 문득 아시시의 프란체스코에게 기도를 하기로 하였다. 그것은 라리사의 개 브렌디와 고양이 사샤가 한 해에 차례차례 세상을 떠났을 때, 그녀가 조그만 나무판자에 직접 그린 아시시의 프란체스코 이콘이었다. 고양이는 앉아 있는 프란체스코의 등에 얹혀서 아양을 부리고 있었고 브렌디는 성인의 팔 아래에서 고개를 숙이고 있었다. 프란체스코의 얼굴은 그다지 잘 그려져 있지 못했다. 동물들이 훨씬 더 잘 그려져 있었다. 내가 이에 대해서 라리사에게 말했을 때 그녀는 그저 어깨를 움츠리며 성인의 얼굴은 세 번이나 다시 그렸는데도 잘 그려지질 못했다고 말할 뿐이었다……. 이해할 만한 일이었다. 그녀는 오랫동안 같이 산 동물들의 얼굴은 훤하게 기억하고 있었지만 프란체스코의 얼굴은 당연히 한 번도 본 적이 없었던 것이다…….

바로 이 한 번도 본 적이 없는 프란체스코에게 나는 기도를 하기로 하였다. 동물들의 보호자, 늑대와 나귀, 하늘의 새들의 친구여, 제 바보 같은 자식을 끌어내도록 도와주소서…… 오늘 그는 당신이 사랑하는 동물들보다 조금도 더 분별이 있지 않습니다……. 그렇게 나는 모든 동물들의 보호자에게 아들을 우연히 만날 수 있게 해 달라고 기도했다.

기도를 하고 난 후 나는 출판 관련 일을 보기 위해 시내로 갔다. 패트리샤와 점심을 같이한 큰아들이 내 협상을 돕기 위해 이 출판사로 오기로 되어 있었다.

우리는 출판사 관련자들과 함께 앉아 있었다. 바로 그때 아들의 주머니에서 핸드폰이 울렸다. 그건 방금 아들이 헤어지고 돌아온 패트리샤였다. 패트리샤는 네 동생을 우연히 만났다면서 자기 옆에 서 있는 작은아들에게 수화기를 건넸다……..

프란체스코 성자여, 고맙습니다! 우리는 방탕한 아들을 찾았고 다음 날 모스크바로 떠났다. 프란체스코 혹은 그의 동지들 중에 누군가가 우리를 이 에피소드에서 끌어내 주었다. 아무도 죽지 않았고 우리 모두 살아 있다. 이 일에 대해서 더 자세히 글을 쓰고 싶었다. 어쩌면 다음번에 기회가 있을지도.

# 네덜란드 과일

내가 네덜란드에 간 것은 관광객으로서가 아니라 작가로서였다. 그곳에서 내 책이 출판되어서 나는 여러 문화 행사에 불려 나가야 했다. 서점, 대학, 자동차 공장의 '문화의 집'* 건물을 연상케 하는 몇몇 문화 센터들. 이것은 여러 가지 공동의 목적을 위한 건물이었다. 그 안에는 극장, 전시회장, 작은 호텔, 카페 겸 바 그리고 심지어 스포츠 센터도 있었다.

나는 크지 않은 극장에 서야 했다. 자고 있는 스크린 앞에 책상과 마이크, 물병이 놓였다. 작가에게는 그리 많은 기기들이 필요하지 않았다.

극장으로 가는 길에 나는 그림들이 걸려 있는 로비를 지나갔다. 나는 그림들을 흘끗 쳐다보았다. '17세기 네덜란드 바로크' 그림을 보고 난 후라서 그런지 그 그림들은 너무 보잘것없어 보였다.

"이건 뭐예요?" 통역에게 물었다.

"신경 쓰지 마세요. 이 지역의 한 사람이 과일 그림을 그리거든요. 잘 모르시겠지만 여기 네덜란드에서는 열 명 중에 열두 명이 화가랍니다……."

이런 설명은 내 마음에 들었다. 자신을 '아트 리더'라고 부르며 온 힘을 다해서 자신이 가장 중요한 사람이라는 듯이 행동하는 작가들, 예술가들, 음악가들, 이 모든 창조적인 사람들 중에서 내가 가장 좋아하는 이들은 바로 화가들이었다…….

내가 초청된 강당은 작고 편안했다. 사람들이 생각보다 많이 왔다. 사실 나는 사람들이 별로 오지 않을까 봐 살짝 걱정했었다……. 강당은 거의 꽉 찼다. 나를 소개하고 통역이 내 작품의 한 부분을 읽어 주었다. 그리고 나는 무언가를 이야기했고 그다음 나에게 흔히들 던지는 질문들에 대답을 했다…….

맨 앞줄에 앉은 사람이 무언가를 쓰고 있었다. 그를 주목하지 않을 수가 없었다. 그는 대머리였고 이가 거의 없었다. 아주 마른 사람이었는데 사람을 잡아끄는 데가 있어서 나는 그를 종종 쳐다볼 수밖에 없었다. 그의 모습은 무언가를 연상케 하고 잊힌 기억을 떠올리게 하였다…….

그는 손에 편지를 든 채 무언가 네덜란드 어로 말을 하면서 나에게 다가왔다. 통역은 그의 편지를 가져갔고 대머리는 가느다란 팔을 공중에 휘저으며 열성적으로 말하기 시작했다……. 이 제스처, 목에 걸친 손수건, 손목에 찬 가느다란 팔찌는 무언가 어린이 같으면서도 병자 같은 느낌을 주었다……. 1970년대에 남색을 한다는 이유로 체포되고 8년 동안 수용소에서 성적 착취를 당하면서 지낸, 불쌍한 죽은 니키타가 떠올랐다…….

통역은 그 대머리가 자신의 편지를 갖고 자기 자리로 되돌아가도록 내려보냈다. 대머리는 손가락을 연신 흔들며 첫 번째 줄로 돌아갔다…….

그다음 카페에서 저녁 만찬 비슷한 것이 열렸다. 테이블 저쪽 끝에 앉은 그는 계속해서 나와 이야기를 하고 싶다는 제스처를 보내와 내 주의를 끌었다. 식사가 끝나자 나에게 다가와 바에서 술을 한잔 하자고 하였다.

내 통역은 이미 어디론가 없어진 뒤였기 때문에 나는 내게 분명하게 관심을 표명했던 이 이상한 외국 사람과 둘이 남았고 폴란드어와 영어가 뒤섞인 대화를 할 수밖에 없었다. 나는 그의 질문에 대답을 했고 그는 언어 외적인 수단들, 그러니까 제스처나 그림 또는 볼을 부풀려 가면서 자신에 대해서 매우 구체적으로 이야기할 수 있었다…….

그는 거의 늙은이처럼 보였다. 가까이서 보니 그의 볼과 목을 덮고 있는 가는 주름으로 된 그물을 볼 수 있었다. 그는 일곱 살 때 폴란드에 있는 포로수용소에서 구출되었다. 그는 자신의 작은 손가락뼈를 쇄골이 나뉘는 쪽으로 가져갔다. 그리고 몇 번이나 고아, '올펀트', 고아를 되뇌었다……. 작은 아이의 절망이 목소리를 타고 흘렀다.

나는 동성애에 대한 공포를 갖고 있었다. 내가 이것이 무엇인지 어떻게 알게 되었는지는 잘 모르겠다. 내가 한 열두 살쯤 되었을 때 같은 동네에서 놀던 옥사나가 우리 집 건물에 세 들어 살고 있는 젊은이 두 명에 대한 아주 끔찍한 사실을 이야기해 준 적이 있었다. 그때 나는 마치 아주 옛날 시골 마법사들이 일으키던 그런 종류의 강한 두려움을 느꼈다. 어느 날 내가 세 들어 살던 이 커플을 계단에서 맞닥뜨리게 되었을 때 나는 겁이 나서 거의 정신을 잃을 뻔하였다……. 나의 영혼은 이 일에 대해서 어떤 설명을 요구했다. 나는 사랑이라는 것을 아주 아름다운 것으로 생각하고 있었다. 이것은 너무나 아름다워서 화장실 벽에 그려진 낙서들같이 모든 끔찍한 것들을 다 씻어 가는 어떤 것이었다. 그러나 이 금지된 사랑은 오랫동안 나에게 있어 일종의 '방탕한 성'의 행동, 오류, 오타, 더 나아가서는 범죄로 여겨졌다. 그런데 죽음의 수용소에서 구출된 이 아이는 평생 군인들을 사랑했다…….

그는 내가 경멸적으로 지나친 그 끔찍한 그림들을 그린 화가였다. 그는 많이 취해 있었지만 계속해서 적포도주를 마셨다. 나는 이미 오래전부터 술에 싫증이 났다. 그는 이제는 아예 네덜란드어로 말했다. 그는 나에게 자신의 삶에 대해서 이야기했다. 어떤 지명들과 어떤 이름들이 반짝였다. 그는 단순히 자신이 살아온 이야기를 하는 것이 아니라 내가 자기 이야기를 소재로 삼아 글을 쓸 수 있도록 자기 삶의 소설 전체를 이야기했다. 정말 신기하게도 그는 내가 그의 끔찍하고도 비극적인 일대기를 글로 쓸 수 있는 유일한 작가라는 생각을 심어 주는 데 어느 정도 성공했다…….

우리는 바의 높은 의자에 걸터앉아 있었고 주변의 사람들은 점점 사라졌다. 내 옆 빈자리에는 정말 끔찍한 또 다른 사람이 앉았다. 이마부터 정수리까지는 미용실에서 한 듯한 파마머리에, 목에는 긴 머리카락이 꼬리처럼 늘어져 있었고 관자놀이 부분은 다 밀어 버려서 마치 '펑크'족 머리를 하려다가 관둔 것 같은 모습이었다. 힘 있어 보이는 가슴은 민소매 줄무늬 티가 꽉 조이고 있었다. 어깨부터 손가락 끝까지 내가 지금껏 보아 온 것 중에서 가장 흥미로운 문신이 그려져 있었다. 귀에는 사슬 같은 귀걸이를 주렁주렁 늘어뜨리고 목에는 금속으로 된 체인을 감았고 두꺼운 손가락에는 거북이, 코끼리, 그 밖의 은으로 된 장식 반지가 가득했다. 하지만 그를 잘 살펴보면, 이 모든 카니발에도 불구하고 그는 잘생긴 사람, 그러니까 조물주가 입, 코, 눈을 제대로 만들어 넣어 준 사람이었다. 이가 빠진 내 말동무와 그는 서로 친구 사이였다. 아예 아주 친한 사이처럼 보였다. 어쩌면 아주 애인 사이이거나 연인 사이일 수도 있었다. 우리는 동성 결혼을 허용하는 관용의 나라 네덜란드에 있으니 말이다. 아니, 더 정확하게 말하면 결혼까지는 아니고 시청에서 혼인 등록을 하는 것일 거다……

"알베르트예요!" 이가 없는 말동무가 그때까지 내가 알지 못했던 자신의 친구 이름을 말해 주었다.

"예브게니아예요." 아무런 감흥도 없이 내가 응답했다.


그는 포도주를 더 시켰다. 바텐더는 바 위에 세 잔을 더 올려 놓았다. 나는 간절히 이곳에서 나가고 싶었다. 하지만 나는 조용히 빠져나갈 수 있는 행운의 순간을 기다리며 아무 생각 없이 앉아 있었다. 이 '선원'은 영어를 상당히 빨리 말했다. 게다가 이제는 둘이 나에게 동시에 말을 붙여 와 나는 제대로 대답하지 못했다.

내 가방은 역시나 다른 때처럼 모든 이들을 위해 열려진 채로 나와 알베르트 사이의 바닥에서 뒹굴고 있었다. 알베르트가 바에 다가오면서 가방에 걸려 넘어져 그 위치를 조금 바꿔 놓았던 것 때문에 나는 이것을 예외적으로 기억하고 있다……. 누군가가 내 가방을 더 자세히 들여다보고 있는 순간을 포착하지는 못했다. 돈이 없어진 것을 안 것은 내 방에 돌아온 후였다. 돈은 100달러짜리 딱 한 장이 있었다. 내 돈은 자주 사라지기 때문에 나는 도둑들의 서비스가 전혀 필요하지 않다. 왜냐하면 그들의 도움 없이도 나는 계속해서 돈을 잃어버리기 때문이다! 하지만 이번에는 나는 이 '선원' 알베르트가 한탕 한 것이 틀림없다고 생각한다. 사실 내가 그를 부추긴 면이 있다. 하지만 아무래도 기분이 나빴다……

그들도, 돈도 잘 지내길. 그들은 대체 왜 네덜란드까지 날 따라온 걸까? 내가 부탁하면 출판사 사람들이 나를 데리고 다니고, 먹이고, 박물관에도 데리고 다닐 것이다……. 하지만 아침에 일어났을 때에는 역시 기분이 너무 좋지 않았다. 그렇게 흐물대지 말았어야 하는 건데……

나는 1층 카페테리아로 내려와 아침 식사를 했다. 아침 식사는 타원형 식판에 제공되었다. 나는 로비에 나왔고, 곧 통역이 나를 데리러 오게 되어 있었다. 문 옆에는 말끔하게 면도한 어제의 그 작자, 그러니까 요란한 스카프와 구겨진 실크 셔츠를 입은 어제의 그 고아가 겨드랑이에 문서 파일을 하나 끼고 앉아 있었다. 그는 나를 기다리고 있었고, 나는 이 사실을 너무 늦게 눈치챈 나머지 그를 피할 수도 없었다. 그는 어딘지 모르게 엄격하면서도 약간은 당당하게 웃었다.

어제 그 정도 했으면 영원히 사라지기라도 할 것이지 또 나타났구먼. 이렇게 생각하고 나는 얼굴을 찌푸리고 고개를 푹 숙였다…….

그가 파일을 열었다. 어린아이가 그린 듯 삐뚤고 서툴게 그려진 검고 하얀 타일을 배경으로 차가워 보이는 바닥에 다 벗은 대머리의 사람이 묘사되어 있었다. 그것은 아우슈비츠, 혹은 감옥, 혹은 지옥의 한 부분이었다. 나는 내가 왜 어제 로비에 그려져 있는 그 그림들을 보기 싫어했는지 알 수 있었다. 지옥을 그린 그림을 보고 싶은 사람은 없을 것이니 말이다. 그런데 이 불쌍한, 이도 하나 없는 대머리 게이는 석방된 지 50년이 넘은 지금까지도 영원히 지옥을 그리는 사람으로 남은 것이다.

그는 그것을, 그 그림을 나에게 선물로 주었다. 나는 그림을 받았다. 그러고는 결국 집에 가져와 혹시라도 내 눈이 그 그림에 머물까 싶어 가능하면 멀리 그림을 치워 버리려 했다. 하지만 그는 내가 그에 대한 소설을 쓰도록 내가 그를 영원히 잊어버리지 않기를, 자신의 그림을 보기를 바란다. 그는 모든 사람이 수용소에서 나온 이 불쌍한 고아 소년을 가여워하기를 바라는 것이다. 나는 눈물이 끝까지 차올랐다. 하지만, 정말로, 울음을 터뜨리지는 않았다. 대신 그가 건네준 파일을 건네받고는 이렇게 말했다.

"땡큐 베리 마치, 유 아 베리 카인드……."

그러자 그는 인도 여자들이 만든 것처럼 보이는 정교하게 수가 놓인 지갑을 꺼내더니 그 안에서 100달러짜리 지폐를 꺼내고 아직까지도 손버릇이 나쁜 자신의 친구에 대해 대신 사과를 했다. 그는 친구가 나에게 못된 짓을 하는 것을 눈치채지 못했다고 했다…… 그는 이 말을 네덜란드 어로 했지만 나는 다 알아들었다. 모두, 마지막 1코페이카까지 남김없이.

# 기모노

모두들 알겠지만, 도쿄 사람들이 기모노를 입고 다니는 것은 아니다. 기모노를 볼 수 있는 곳은 절뿐이다. 신부들과 그녀의 친구들이 놀랍도록 복잡한 옷을 차려입고 있다. 기모노 말고도 별의별 걸 다 겹겹이 걸치고 있어서, 거대한 허리띠가 달린 기모노 위에 비단 옷을 하나 더 입으면 우아한 일본인 여자는 못난이 꼽추가 된다. 내가 왜 놀라는지 이해하지 못하는 통역은 이렇게 만들어진 실루엣이야말로 가장 여성스러운 것이라고 설명하려고 노력하였다. 왜냐하면 허리춤에 이런 언덕을 만들지 않는다면 여성의 몸매라고 하는 것은 무언가 부족한 것이고 이렇게 해야만 완벽한 조화가 이루어진다는 것이었다.

이 의족 같은 허리띠가 매우 아름답다고 해도, 아무튼 그걸 항상 하고 다니기는 불가능하다. 하지만 나는 어쨌든 허리띠 없는 진짜 기모노를 사고 싶었다. 그래서 나는 아는 일본인들에게 어디서 그것을 파는지 물어보았다. 그들은 조금 놀라더니 결국은 나를 큰 대형 마트의 꼭대기 층으로 데리고 갔다. 거기에는 엄청나게 많은 양의 기모노가 있었다. 하지만 그곳의 기모노들은 내 관점에서는 지나치게 화려하고 경박했다. 캐러멜색이나 분홍색이 대부분이었고 눈에 띄는 흰색이라고는 모두 너무 기름진 색깔들뿐이었다. 게다가 가장 싼 것도 천 달러를 웃돌았다.

우리는 맨 꼭대기 층에서 1층으로 내려와 공원을 산책하러 갔다. 도쿄 대학 근처 공원에 있는 짚으로 된 겨울용 보호대를 아직 벗지 않고 있는 나무들에 감탄을 한다. 여기저기 눈의 무게로 소중한 가지들이 꺾이는 것을 막기 위해 소나무들이 긴 막대로 만들어진 얇은 원추 모양의 보호대를 하고 있었다……. 일본은 신기한 나라다. 모든 것이 너무나도 달라 이해하고 싶지만 아무것도, 그중에서도 특히 일본 어린이들이 어떻게 글을 읽고 쓰는 어른으로 자라나는지조차도 도저히 알 수 없다. 왜냐하면 고스란히 4천 자가 넘는 한문을 읽고 쓸 줄 알아야 중급 정도의 난이도를 가진 책을 읽을 수가 있기 때문이다……. 그들이 왜 그토록 도스토옙스키를 좋아하는지, 러시아적 성격의 심연이 왜 그들의 마음을 끄는지도 알 수 없다. 또, 일본의 슬라브 학자들은 왜 그렇게, 당시 러시아 예술사 교수들도 다 알지 못했던 화가 마튜신이나 그의 아내 엘레나 규로의 창작을 연구하는지도 알 수 없다…….

그렇게 러시아 아방가르드에 미친 전문가 한 사람과 나는 하루 동안 말 그대로 '패스트푸드' 스타일로 금각사, 은각사, 천불사 등을 둘러보기 위해 교토로 출발했다.

우리는 고속 열차를 타고 도쿄에서 출발하여 가는 길에 좌우대칭인 후지 산을 보며 교토에 도착했다. 그리고 둘러봐야 할 명소로 지정된 모든 곳을 구경하기 위해 택시를 잡아타고 출발하였다. 머리가 벗겨진 뻔뻔한 사슴들이 자신들과 관광객들을 위해서 특별히 제작된 과자를 달라고 졸라 댔다. 우리는 모든 곳을 다 둘러볼 수가 있었다. 나와 동행한 이는 모든 것을 신속하고 체계적으로 나에게 보여 줄 수 있다는 것을 매우 만족스러워했다. 하지만 나는 그의 미끼에 혹해서 형식적으로나마 호의에 응하기 위해 이 여행에 따라나선 것이 부끄러웠다. 사실 영화로 보면 더 좋은 각도에서 편안하게 볼 수 있는 것들 이외에는 어떠한 것도 볼 수 없었다. 잡다한 일들로 그렇게 영혼을 지치게 하느니 아마 집에서 쉬는 편이 더 나았을 것이라는 생각이 들었다.

그렇게 우리는 역에 도달했다. 우리가 가야 하는 길은 시장을 통해 있었다. 시간이 별로 없어서 낯선 음식들, 생전 처음 보는 채소들과 이상한 과일들을 볼 시간도 없었다. 하지만 갑자기 한 은밀한 장소에서 나는 몇몇 여자로 이루어진 한 무리를 보았다. 그들은 커다란 가방을 풀고 있었다. 여자들은 무언가 아주 특별했다. 그들 사이에는 무언가 알 수 없는 관련이 있어 보였다. 일본 사람들은 도저히 이해할 수 없는 사람들이다. 눈은 계속 입맛처럼 속임을 당하고…….

그들은 가판대에 천들을 꺼내 놓았다. 이 천들이 나를 잡아끌었다. 우리는 다가갔다. 가판대 위에는 기모노들이 놓여 있었다. 그것은 바로 내가 꿈꾸던 그대로의 기모노였다. 오렌지 빛을 띠는 연한 보라색, 붉은색, 토파즈 빛 하늘색. 그것들은 완전히 새것은 아니어서 정직하게 작은 천을 덧대 기운 자국도 보이고, 여기저기 색이 바래고 얼룩이 진 것이 보였다. 달 모양과 대나무 스케치가 그려져 있었다. 내가 말한 '기모노'는 바로 이런 것이었다. 물론 일본인들의 입장에서는 이것은 기모노가 아니라 가운, 혹은 이름도 없는 옷에 불과할지 모르겠지만……. 실이 가는 비단, 반짝거리는 비단, 가공하지 않은 원료 그대로의 비단, 천인 것 같기도 하고 종이 같기도 한 그런…….

"이코 씨, 이게 뭐예요?" 내가 동행인에게 물었다. 그는 여자들과 작은 목소리로 이야기했다. 고개를 끄덕이고 웃으며 가볍게 인사를 하니 그들도 또 웃고 고개를 끄덕이고 가볍게 인사를 한다…….

"저도 이런 건 처음 봐요. 자선 행사라네요. 장애아를 둔 부인들하고 부유한 부인들이 자신의 오래된 옷들을 파는 거예요. 일단 먼저 수선을 해서 이렇게 아이들을 위한 기금을 마련하기 위해 내다 파는 거라네요……."

그 말끔하게 세탁되고 수선된 헌 옷들은 모두 훌륭했다. 고르기가 힘들 정도였다. 아름다운 것에 대한 나의 탐욕과 이끌림이 한꺼번에 나를 압도했다. 그리고 나는 멈출 수가 없었다. 나는 이것을 누구에게 선물할지도 알고 있었다. 붉은색은 며느리 나타샤에게 가져다주고 토파즈 색은 친구 알라에게, 커다랗고 짙은 파란색의 기모노는 동생 그리샤에게 가져다주어야지……. 나는 아홉 벌의 기모노를 샀다. 가장 싼 것은 6달러, 가장 비싼 것은 25달러였다.

나는 곧 기모노를 모두에게 선물하였고 나에게 남은 것은 오렌지 빛깔의 짧고 경쾌한 것으로 하얀 안감에 적갈색의 얼룩이 있는 것이었다. 이제 나는 시간이 날 때마다 얼마든지 진짜 일본의 한 조각을 바라볼 수 있게 되었다. 기모노는 멀리서 볼 때에만 오렌지 빛이었다. 가까이서 제대로 보면 가는 줄들, 더 나아가서는 그 줄들 사이의 한문도 아니고 그림도 아닌 밝은 색 무늬들이 보인다. 오랫동안 집중하고 들여다보면 일본에 대해서 더 많은 것을 알 수 있게 될 것이다.

# 말씀에 따르면

러시아 자연의 고요함 속에서 자라고, 텃밭에서 나는 푸성귀와 먼지 쌓인 낙엽, 길가에 자라는 가련한 풀들의 섬세한 뉘앙스에 익숙한 눈에게 이집트 근해의 풍경은 지겨운 것이었다. 마치 거친 아크릴 물감으로 그린 것 같았다. 곧고 푸른 하늘, 투박한 하얀 페인트칠, 두툼한 꽃들을 물들인 애니메이션 같은 색깔들. 그 꽃들은 아마 양철과 인조고기로 만들어졌을지도 모른다. 가끔가다 진짜 꽃을 닮은 가녀리고 향기로운 꽃들도 있었지만, 그것들이 진짜인지는 믿을 수 없었다.

부자가 된 하인이 생각해 내고, 그들에게 고용된 시니컬한 건축가에 의해 설계되고, 이 못마땅한 허깨비를 지상적인 아름다움의 정점이라고 굳게 믿은 이 지역의 아랍 사람에 의해 건설된 이 천국, 아니 허구의 공간. 호텔은 이름이 '파라다이스'였다. 물론 이 이름은 일종의 패러디였다.

바다 근처에 즐비하게 늘어선 첫 줄은 물론 호텔들이었다. 그리고 그 호텔들 뒤로 건축 쓰레기들이 또 줄을 이루고 있었다. 이들 너머 100미터 안에는 정직한 불모의 사막이 시작되고 있었다.

영화 세트장을 위한 모든 것은 지나치게 웅장했다. 하지만 역사를 소재로 한 영화를 찍는 것처럼 거짓은 가장 진짜인 것이었다. 태양도 진짜였다. 태양은 강하고 가차 없고 웃음기 없고 가벼운 바람을 마스크로 쓰고 있었다. 그것은 강한 빛으로 대기를 가득 채우고 있었다. 내가 이곳에 4월 1일에 도착한 것은 이것 때문이었다.

그해에 나는 평소보다 더 겨울의 어두움 때문에 고통을 받았다. 어두움 때문에 나의 피부는 고통을 받았고 태양빛을 받고 싶어했다. 내 피부는 또 바다를 원했다.

육지에서 가까운 바다는 나의 환상을 깼다. 그것은 마치 물고기 수프 같았다. 나는 내 배를 들이박거나 꼬리를 살랑거려 때리는 여러 종류의 물고기들 사이에서 수영하는 것을 좋아하지 않았다. 더 멀리 헤엄쳐 나가는 것 또한 불가능했다. 왜냐하면 얼른 구명보트가 다가와 구조대원들이 멀리 헤엄쳐 가는 이 용감무쌍한 사람들을 잡아다가 물가가 없고 추운 유럽에서 아이들과 함께 와 쉬고 있는 사람들과 물고기들이 바글대는 해안으로 데려다 놓았기 때문이다.

러시아 사람들은 이곳으로 몰려들었다. 우리의 파라다이스는 거의 5성급 호텔이면서도 가격은 3성급 호텔과 비슷했기 때문이었다. 이유는 단순했다. 아직 성수기가 시작되지 않고 이곳에서는 테러가 끊이지 않았기 때문이었다.

태양을 제외하고는 모든 것이 이미테이션이었다. 스웨덴식 탁자는 영화 촬영을 위해 준비된 음식 때문에 엉망진창이 되었는데 그 음식들은 거리의 어느 가판대에서라도 10달러만 주면 살 수 있는 구찌 청바지나 피에르 가르뎅 핸드백처럼 가짜였다. 정상적인 음식으로 유일하게 먹을 수 있는 것은 신선한 이집트 오이들과 하얀 둥근 빵이었다. 그리고 한 가지 더, 블랙커피도 있었다. 그것은 길거리에 있는 카페에서 아흐메트가 끓인 것이었는데, 그것에 대해 내가 안 것은 다음 날이었다. 그 지역의 치즈는 이에 달라붙는 것이었고 소시지는 쳐다보기도 두려울 정도였다. 쌀에는 너무 많은 양념이 쳐져 있었다. 후추가 뿌려진 구운 고기와 어제 꼬챙이에 꿰어 말린 닭을 사려는 사람들이 길게 줄을 서고 있었다. 나는 종교적인 이유로 이 유혹을 물리치기 위해 갖은 노력을 다하였다……. 나는 오렌지 주스 한 잔을 샀다. 물론 분말로 만든 인스턴트 주스였다. 오렌지가 이렇게 많은 곳에서 대체 어디서 이런 분말을 구했는지 알 수 없는 일이었다. 아일랜드에서 수입이라도 하는 건가?

내 테이블로 두 명의 여자가 다가왔다. 앉아도 될까요?

"앉으세요, 앉으세요. 비었어요!"

그들은 기뻐했다. 그들도 러시아 인들이었다. 인사를 나누었다. 타타르 몽골의 압제를 떠올리게 하는 얼굴을 가진 로자는 쉰 살 가량이었고 유쾌한 평범한 여인인 알료나는 서른 살가량이었다.

로자는 테이블 위에 먹을 것이 쌓인 접시를 올려놓았다.

"주님이 오늘 우리에게 일용할 양식을 주시고 천상의 빵을 내리셨군요." 그녀가 기쁘게 말하며 앉아 눈을 지그시 감고 잠시 말을 멈췄다.

그녀는 속으로 기도를 했다. 그리고 다른 여자도 말없이 접시 위에 고개를 숙였다. 나는 이 예식을 지켜보았다. 그들은 손을 닦고 음식에 축복을 하였다. 그리고 또 여러 감사 기도를 하였다.

저녁때 이들은 또다시 내가 앉은 테이블에 와서 앉았다. 로자는 재미있다는 듯한 표정으로 나의 변변치 못한 음식들―오이와 둥근 빵―을 쳐다보았다.

"다이어트 중이신가 봐요?" 안됐다는 듯이 그녀가 물었다.

"비슷한 거죠." 내가 동의했다.

"말씀에 따르면요," 로자는 하늘을 올려다보고 이마를 찌푸렸다. "입으로 들어가는 모든 것들은 배를 지나 다 사라진다는 것을 모르느냐? 입으로부터 나가는 것은 가슴으로부터 나가는 것이다. 이것이 사람을 더럽게 만드는 것이니라."

나는 아무 말도 하지 않았다. 왜냐하면 이미 오래전부터 나는 식탁에서 하는 기도를 좋아하지 않았기 때문이다.

'개종한 지 얼마 안 된 사람인가 보다.' 나는 추측했다.

"저기요. 죄송하지만 투어 비용으로 얼마 내셨어요?" 로자가 이야기를 바꿔 전혀 상관없는 질문을 했다.

"480요."

"그렇게나 많아요? 제 딸은 290에 샀다고 하던데. 있잖아요, 말씀에 따르면요 '자식들아, 자기 부모에게 순종하라……'라잖아요. 그리고 부모들에게는 이런 말씀을 해 주시죠. '아버지들아, 자식들을 괴롭히지 마라, 그들을 교훈과 주님의 뜻 속에서 키워라.'"

그녀의 말이 에베소서에 이를 때쯤, 나는 식사 맛있게 하라는 인사를 남기고 나왔다.

상속자가 없는 이 땅에는 금빛 시간대와 은빛 시간대가 있다. 금빛 시간대는 이른 아침 내가 잠에서 깨어날 때다. 사람들의 눈이 없지만 햇볕은 드는 회랑으로 나와 등받이가 젖혀지는 의자에 눕는다. 나의 피부는 기뻐하고 나는 은밀한 부위를 태양 아래 갖다 댄다. 그런 다음 나는 해변으로 나간다. 청소부들은 이때쯤이면 지난밤에 휴양객들이 버리고 간 담배꽁초나 음식 포장지 들을 거의 다 치운 상태. 자갈 해안을 덮기 위해 반입된 모래들은 아주 밝고 부드럽다. 보트 구조대원들은 아직 일을 하러 나오지 않은 상태. 나는 해안을 벗어나 차가운 바닷물 속을 헤엄친다. 옆에서 계속 바람이 불어 왼쪽 귀로 차가운 물이 들쳐 들어와 오른쪽 귀로 나간다. 나는 헤엄을 잘 친다. 하지만 훌륭한 스포츠맨은 아니다. 느리고 잘못된 폼 때문에 제대로 전진하지를 못한다. 대신에 헤엄을 오래 칠 수는 있다. 구조대원들이 나를 되돌려 보냈다.

나는 공짜로 주는 타월 위에 누워 있다가 방으로 들어가 느리게 흘러가는 아랍의 시간 속으로 푹 빠졌다. 나의 지금 상황에 놀라울 정도로 걸맞은 긴 책 로렌스 더럴의 『알렉산드리아의 4중주』를 읽었다. 작품의 배경이 여기서 가깝다는 것과 역사적인 암호의 해독이 내 흥미를 끌었다. 그다음 나는 잠시 잠이 들었다가 일어났다. 아흐메트네서 커피를 마시고 다시 방으로 돌아와 또 잠이 들었다. 도시 생활에 시달린 인간이 부릴 수 있는 방탕의 극한은 아침 식사 후의 잠이다. 피트니스 클럽으로 가서 유리로 된 창밖에 있는, 한 방향으로 바람에 휘날리면서도 결코 멀리 날아가 버리지는 않는 야자수 잎들을 보며 자전거를 타고, 신문을 사서 새파랗게 물든 수영장 앞에 앉아 끝에서부터 처음까지 다 읽었다. 재미있군, 수영장에는 아닐린 염료를 넣는 건가? 커피 한 잔을 더 마셨는데도 아직도 오전 11시가 되었을 뿐이었다. 유리창 너머에는 잠에 취한 관광객들이 여러 단계를 거쳐야 하는 아침 식사를 아직도 씹고 있었다.

방으로 돌아온 나는 점심 식사 시간이 될 때까지 다시 『알렉산드리아의 4중주』에 몰두했다.

호텔에서 벗어나도 갈 곳은 없었다. 호텔 밖에는 건축 폐기물들과 사막뿐이다. 택시를 타거나 소형 버스를 타고 도시 쪽으로 갈 수는 있었다. 나는 언젠가 한번은 그렇게 도시로 가 본 적이 있었는데 거기도 마찬가지였다. 온갖 나무들 가운데 가장 뇌가 없는, 바람에 흩날리는 야자수들, 놀라울 정도로 바보 같아 보이는 건물들, 꾸물거리는 관광객 그룹들. 동양식 시장(이곳에는 가난한 자들의 기기묘묘한 사치품, 행상 매대에 걸린 금이라고 추정되는 장신구 뭉치들, 모조품 카펫, 네페르티티가 그려진 빳빳한 새 파피루스들, 어마어마하게 많은 뻔뻔한 기념품들이 있다)에서 맛없는 딸기 1킬로그램과 사과처럼 보이는 푸른 유전자 가공식품 세 개와 베두인식으로 짜인 둥근 모자를 샀다.

회랑이나 방 안에서 빈둥거리는 것이 훨씬 달콤했다. 시간이 길게 늘어지고 있다는 생각, 그리고 그것을 극한까지 잡아 늘일 수 있으리라는 생각이 나를 떠나지 않았다. 나는 끝없이 길어지는 동양의 시간들을 즐겼다……. 할 일이 없을 때에만 떠오를 수 있는 포멘코*의 바보 같은 이론이 떠올랐다. 그의 이론에 따르면 세계의 역사는 인공적으로 더 길게 잡아 늘여야 한다. 그 이론을 아는 상태에서 이집트에 머무르면 진리를 향한 어떤 돌파구를 느낄 수 있다. 그다음 돌파구에서는 아마도 시간의 본질에 대한 어떤 계시가 빛날 것이다. 이집트의 천 년은 유럽의 백 년과 같고 중국의 시간은 스웨덴의 시간과 같지 않으며, 미국의 시간은 아프리카의 시간과 맞지 않다. 그러므로 역사는 일정하게 측정된 것이 아니고 즉흥적이고 예측 불가능한 것이다.

그리고 나는 침묵을 즐기고 있었다. 전화도 울리지 않고 모스크바로부터의 성가신 일도 없다. 나는 편안히 나에게 무료함이 찾아올 때를 기다렸다. 무료하다는 것은 영혼이 영감(혹은 휴식?)을 취하고 있다는 것이다. 로마의 어느 현인이 그렇게 말했다.

하루 중 가장 좋은 시간은 해가 지고 어두워질 때였다. 그것은 화려한 광경이었다. 처음에는 타는 듯한 파란 것이 반짝이다가 건물의 하얀 빛이 흐려진다. 대리석은 분필 같은 광택을 갖는다. 나무들은 어두워지고 모든 것은 불빛이 마치 화가가 작업실의 불을 끈 것처럼 빛을 잃고 빛의 오선보에서 하나씩 점점 사라져 간다. 황야의 공포감은 용해되어 없어진다. 언젠가 옛날 사진관에서 일어나던 일들이 반대로 일어나기 시작한다. 검은 산화물이 점차 은으로 변하고 톱니 모양 성곽과 망루, 미나레트는 용해되어 없어진다. 단지 검은 구멍만이 하늘이 땅과 만나는 곳에 남는다. 그리고 모든 것이 잠든 진주조개처럼 고르게 은빛을 띤다. 완전한 은빛의 시간이 도래했다. 단지 서쪽 하늘 끝에만 저녁노을의 여운이 파르르 떤다…….

맙소사, 정말 아름답다…….

저녁 시간에 나는 다시 로자와 알료나를 한 식탁에서 만나게 되었다.

이번에는 로자가 단도직입적으로 나에게 질문을 하였다.

"당신 신자 맞아요?"

그녀의 눈은 간사한 선교사의 불꽃으로 타올랐다. 그녀는 심지어 식사 전에 접시에 고개를 숙이고 기도해야 하는 것조차 잊어버렸다. 그녀에게서 성서 구절들이 끊임없이 튀어나왔고, 그녀는 마치 인용구들로 가득 차 있는 것 같았다. 그녀는 나에게 더 이상 질문을 하지 않았다. 왜냐하면 그녀 스스로 대답으로 가득 차 있었기 때문이었다. 그녀는 자신이 영적 영역에서 발견한 모든 것들을 나누고 싶어 안달이 나 있었다. 나는 이런 사람들의 그 행복한 상태를 떠올렸다. 이 사람들은 모든 문을 열 수 있는 열쇠를 가지고 있는데, 세상사의 모든 문제들은 기독교라는 열쇠 하나에 닿기만 하면 그 순간 모두 재로 변하고 만다…….. 그러나 세월이 흐르면서 "주여, 도와주소서"만으로는 도저히 열리지 않는 문들이 많이 있다는 것을 이들도 알게 된다.

하지만 로자는 이러한 성가신 복잡함을 의심하지 않았다. 그녀는 형형색색의 반지를 낀 손을 들어 올려 유리 팔찌를 흔들며 신을 찬양했다. 그러고 나더니 멈추고는 나에게 질문을 던졌다.

"또 이렇게 쓰여 있어요. '왜 민족들이 허영되고 쓸모없는 것에 몰두하는가? 땅의 황제들과 공후들이 결탁하여 들고일어나고, 신과 신이 기름 부은 이에 반대하여 모략하는가?' 이 민족들이란 대체 누굴 말하는 거고 황제들이란 누굴 말하는 걸까요? 진짜 궁금하죠?"

나는 홀을 둘러보았다. 사람들이 스웨덴식 테이블 주변에 모여 무언가 재미있는 게 없을까 하고 돌아다니고 있었다.

"로자, 그건 두 번째 시편의 시작 부분이잖아요. 그다음은 이렇죠. '나는 나의 성스러운 시온 산 위에서 나의 왕을 성유로 축복하였다. 주님의 결정을 선포하리라. 주님이 나에게 말씀하시길 너는 나의 사랑하는 아들이다, 내가 오늘날 너를 낳았다. 나에게 청하면 민족들과 유산과 땅을 너에게 주리라.'"

그녀는 마치 나를 불타는 나무처럼 쳐다보았다. 말이 없던 알료나는 놀라 살짝 입을 벌린 채 다물지 못했다.

"황제나 공후 들에 대한 생각 따윈 그만해요. 신의 말은 강한 거에요. 그리고 시온은 지금 여기에 있지 멀리 있는 게 아닙니다. 약속하셨으니 이루어질 거예요." 내가 안심시켰다.

"자매님은 평범한 사람이 아니네요." 로자가 기쁨에 겨워 말했다.

사실 그렇기는 하지만 나는 혹시나 하여 거절하였다.

"아뇨, 전 평범한 사람이에요……. 어떤 방향에서 바라보느냐에 따라……."

"혹시, 경제학자 아니에요?" 그녀가 소리쳤다.

하지만 나는 웃지 않았다.

"무슨 말씀이세요! 경제학자라뇨?"

알료나는 나이 많은 자기 친구를 질책하듯 쳐다보았다. 하지만 그녀는 물러서지 않았다.

"그럼, 회계사로군요!"

"아녜요, 회계사라뇨." 나는 그녀를 진정시켰다.

다음 날 저녁에 로자는 말이 없었고 저녁 식사 후에 산책을 하자고 하였다. 우리는 하얗고 빨간 만병초 사이를 걸었다. 나와 로자가 앞서서 걷고 좀 떨어져서는 말이 없는 알료나가 걸었다.

"저는 오늘 아침 일찍 바다에서 수영을 했어요, 멀리 멀리요. 목소리가 들렸어요. 더 멀리 헤엄쳐라, 더 멀리 헤엄쳐라 그리고 돌아오지 마라. 얼마나 기뻤는지 저는 계속 헤엄을 쳤어요. 소리는 바로 여기서 나오는 거였어요." 그녀는 자신의 정수리를 가리켰다. "작년에 여기에서 무언가가 열렸는데 그 이후로 계속해서 천상의 소리가 들려요……. 그래서 나는 계속해서 그분이 명하는 쪽으로 헤엄쳤어요. 너무 기뻤어요. 여기서 내가 주님의 말씀을 따라 물에 빠져 죽는구나 하고 생각했어요……. 그런데 구조대원들이 끄집어내서는 다시 해변으로 돌려보냈어요……. 당신은 교육을 많이 받은 사람이니까 말 좀 해 봐요. 만일 신의 목소리가 나한테 '헤엄쳐라'라고 말했다면 이 구조대원들은 또 왜 보내신 걸까요? 구조대원들이 내게 어찌나 욕을 해 대던지……."

나는 그녀가 개종한 지 얼마 안 된 복음주의자라는 것을 알았다. 그녀는 2년간 성서를 손에서 놓은 적이 없으며 신은 그녀에게 한 번도 없었던 굉장한 기억력을 주어서 그녀는 성서의 페이지까지 다 외우고 있는 것이었다.

"로자, 주님이 당신에게 기억력과 특별한 청력은 주셨지만 언어를 구별하는 영은 주지 않으셨잖아요. 기억하죠? 성서에 어떻게 쓰여 있는지?"

나는 정확하게 기억을 하지는 못하지만 고린도 인들에게 보낸 편지 중에서 인간에게 주어지는 여러 재능에 관한 부분을 이야기 해 주었다. 하지만 아무래도 내 생각에 그녀에게 필요한 것은 정신과 의사였다. 어쨌든 신은 평범한 여인을 익사시킬 필요가 없지 않은가…… 물론 이 변경 근처에서 이집트 기병대를 익사시킨 적은 있지만 말이다…….

"목소리를 구분할 수 있는 능력을 달라고 성령께 빌어 봐요. 제 생각엔 아무래도 주님의 목소리가 아니라 무언가 사악한 적의 목소리가 아니었을까 싶네요……."

"설마요! 굉장한 목소리였다고요! '내 목소리를 들어라!'라고 성서에 쓰여 있잖아요!" 로자가 놀라 말했다.

"당신은 그 책을 2년 동안 읽었다고 했지만 저는 35년을 읽었어요. 그 책 안에 이해할 수 없는 것들이 얼마나 많이 쓰여 있는지 알아요? 번역도 좋지 않고 엉켜 있는 게 한두 군데가 아니죠. 게다가 우리 각자가 다 자기 마음대로 제대로 이해하지도 못하면서 읽고 있잖아요. 하지만 제 생각에는요, 의사한테 가 보시는 게 좋을 것 같아요. 성서라는 게 머리한테는 정말 큰 짐이거든요. 성스러운 텍스트들이잖아요."

로자는 곧 침울해졌다.

"제 딸도 저한테 그렇게 말해요. 이렇게 여행 좀 다니면서 쉬라고요. 하지만 전 의사한테는 가기 싫어요. 병을 고쳐서 갑자기 주님의 목소리가 들리지 않으면 어떻게 해요……."

다음 날 저녁 식사 때 우리는 다시 만났다. 그들은 겉옷을 걸치고 나왔다. 알료나는 배낭까지 멘 모습이었다.

"어디 가시려고요?" 내가 물었다.

"어디로 가다뇨? 시나이 산으로 가는 거죠!" 로자는 밝게 빛났다. "당신은 안 가요?"

나는 오늘 버스 견학의 행선지가 시나이 산인지 몰랐다. 처음부터 나는 시나이 산에는 안 가 보려고 했다. 모스크바에 있을 때 지인들이 말하길, 산으로 올라가는 길이 너무 힘들어서 많은 사람들이 되돌아오기 일쑤이고 정상까지 도달하는 건 쉽지 않다고 하였기 때문이다.

알료나가 발람의 당나귀*같이 갑자기 말했다.

"왜요? 이렇게 가까이까지 왔는데 가 봐야죠! 가장 신성한 장소라고요! 모세가 십계명을 받은 곳이 바로 이곳이잖아요!"

로자가 입을 열자마자 나는 그녀가 곧 엄청난 양의 성서 문구들을 읊어 대리라는 것을 알았다.

"알았어요, 알았어, 가요!" 나는 쉽게 승낙해 버렸다. "이렇게 해요. 지금 짐을 챙겨서 버스 쪽으로 갈게요. 만일 남는 자리가 있으면 저도 가죠. 없으면 못 가는 거고요."

나는 기독교 관광을 좋아하지 않는다. 내가 본 대부분의 기념비들은 벌써 오래전에 상업 기업이 되어 버렸다. 게다가 로마의 평범한 모자이크 공작새와 물고기 그림은 로마 카타콤의 프레스코보다 결코 덜하지 않은 전율을 주었다. 가난한 기독교는 세상에 거의 남아 있지 않고, 그렇다고 부자가 될 수도 없다…… 아니, 그렇지 않다. 내가 생각하기에는 구세주 스스로가 부자 기독교가 되길 부끄러워하는 것 같다…… 그렇기 때문에 가버나움의 물가 쪽으로 가는 것이 성 베드로 성당으로 가는 것보다 더 좋았다. 하지만 이 시나이 산은 신이 만든 것이지 로마 교황이 만든 것도 아니니까 한 번 가 볼 만도 했다…….

버스에는 남은 자리가 한두 개가 아니었다. 버스는 밤길을 두 시간 반쯤 가다가 검문소를 건너 성녀 카타리나 수도원에 닿았다.

이미 모여 있던 20여 대의 관광버스들에서 이탈리아 인들, 헝가리 인들, 어두워서 잘 알아볼 수 없는 유럽인들, 떠들썩해서 알아보게 된 미국인 학생 그룹들이 있었다. 사람들은 사이좋게 열을 지어 수도원 벽으로 들어가고 있었고 길게 줄이 생겨 있었다. 나는 표를 사는 줄일 거라고 생각했다. 하지만 아니었다. 화장실 줄이었다. 남자 화장실 두 칸, 여자 화장실 두 칸이었다. 바지를 얼른 내린다고 해도 두 시간은 기다려야 될 법한 줄이었다. 나는 오는 길 내내 쓸쓸데기 없는 역사 이야기를 계속해 대던 견학 안내자에게 줄이 너무 길어서 화장실에 들르지 않을 것이고 대신 먼저 산을 조금씩 오르기 시작하겠다고 말했다.

대학 시절을 하리코프에서 보낸 이 젊은 이집트인은 걱정을 했다. 여기 그냥 계세요, 길을 잃으시면 어쩌시려고요…… 하지만 나는 강하게 말했다. "싫어요. 오줌 싸는 저 사람들을 다 기다려 줄 순 없어요. 당신은 젊고 나는 당신보다 나이가 두 배나 많아요. 지금 내가 출발을 해도 당신이 금방 날 추월할걸요. 그리고 걱정하지 말아요, 아침 10시쯤 버스가 출발할 때까지는 꼭 돌아올 테니……." 나는 그렇게 말하고는 떠났다.

길은 두 개가 있었다. 하나는 내가 몰랐던 길이었는데 수도원 오솔길로 오르기 힘든 오래된 길이었고, 두 번째 길은 관광객을 위한 산에 둘러싸인 꼬불꼬불한 길이었는데 열 배나 길었지만 정상까지 다다르지는 못하는 길이었다. 정상에 다다르기 전 일흔 번째 계단이 수도원 오솔길과 연결되어 있었다. 이는 순례자들에게 어쨌거나 진짜 고난의 길을 조금이라도 맛보게 하여 얼마간의 만족을 얻게 할 요량인 것이었다.

산발치에는 낙타를 모는 베두인 인들이 모여 있었다. 그들은 벌써 몇백 년 전부터 관광객들을 시나이 산 정상으로 데리고 올라가는 일을 사업으로 하고 있었다. 아주 오래전 이 크지 않은 부족은 어느 위대한 아랍의 족장이 수도원장에게 선물한 것이었다. 그때부터 이 부족은 이 지역의 수도승들과 긴밀한 우정 관계를 유지하며 이곳에 살고 있는 것이다…….

이 견학을 위한 허풍은 그 어떤 것과도 아무 상관 없는 것이다. 낙타들이 얇은 다리를 어찌나 흔들면서 걷는지 오히려 다리가 없으면 더 안전할 것 같다는 생각이 들 정도였다. 낙타와 베두인 족은 모두 합쳐 10달러였다. 여기서는 어떤 서비스든 다 10달러였다. 순례자들은 빌린 램프를 손에 쥐고는 자신의 다리 앞을 비추었다. 이런 군중들 속에서는 그저 어수선함과 사람들을 피해 쉬러 온 도시 사람에게는 서 있는 것조차 꽤나 불편했다. 하지만 손에 불을 든 인파가 산길을 따라 올라오며 두꺼운 뱀처럼 꿈틀거리는 모습은 그야말로 보기 드문 장관이었다.

밤, 추위 그리고 인파. 내가 이런 종류의 단체 행사에 순순히 승낙을 했다는 것은 놀라운 일 아닌가. 이것은 마치 노동절 집회 같았다. 지금은 밤이고 플래카드가 아닌 램프를 들었을 뿐……. 사람을 지치게 하는 험한 구역들이 점점 더 가팔라지며 이어졌다. 순례자들이 가는 길 주변은 어디든지 관광객들을 위한 물이며, 과자들, 아랍 음식들을 파는 가판대가 널려 있었다.

나는 잘 걷지만 이런 장시간 산행 길에는 준비되어 있지 않았다. 네 시간 정도 지나자 예의 그 두 개의 길이 만나는 지점에 이르렀고 더 힘들어졌다. 길은 가파르고 계단은 반듯하지 않고 미끄럽기까지 했으며 군데군데 부서져 있었다. 그즈음 왔을 때 나는 로자와 알료나를 흘끗 쳐다보았다. 알료나는 어디라도 갈 태세로 멀쩡했지만 로자는 얼굴이 하얘져 있었다.

나는 몇 차례 혼미해지는 것을 겪었지만—나는 피곤할 때 종종 혼미해진다— 기계적으로 걸었다. 내가 거의 기진맥진하여 돌아가야 하지 않을까 하고 생각하고 있었을 때 오솔길을 따라 자신의 몸무게를 이용해 미끄러지듯 걸어가는 뚱뚱한 노파를 우연히 만났다. 나는 항상 나보다 상황이 더 좋지 않은 사람들을 보면 힘이 다시 생기곤 했는데 그때 나를 살린 것은 바로 이 노파였다. 나는 그녀를 내 쪽으로 끌어당기고는 나 스스로를 철인 경기 운동선수라고 느꼈다. 노파는 노보시비르스크에서 왔는데 신에게 맹세를 했기 때문에 시나이 산을 오른다고 했다. 그녀는 죽기 전에 자신을 정화하고 싶어 했다. 왜냐하면 알려진 대로 시나이 산에 올라 아침 해를 맞으면 마흔 가지의 죄가 용서되기 때문이다. 나 같은 사람은 시나이 산에 한 번 오르는 것으로는 부족하겠다는 생각이 들었다.

산의 정상에는 1930년대에 세워진 작은 정교 교회가 서 있었다. 거기에는 성직자가 하나 있었고 촛불이 켜져 있었다. 몇천 명의 사람들이 산 위에 있었는지는 모르겠다. 3천 명일 수도 있고 5천 명일 수도 있다. 어둡고 추웠다. 다시 베두인 인들이 나타났다. 이번에는 낙타들과 함께가 아니었다. 그들은 더러운 담요를 가지고 있었다. 새벽까지 그 담요를 빌리는 것이 10달러. 젊은이들 그룹은 돌들 사이에 돗자리를 깔았고 밝은 머리 색의 남녀 커플은 바위 사이의 깊숙한 곳에 담요를 함께 몸에 두른 채 자리를 잡았다.

날이 조금 밝아 올 즈음 끔찍한 플래시 세례가 있었다. 여러 민족들이 사진을 찍고 있었다. 꽤 짙은 안개는 산 정상보다 아래에 깔려 있었고 태양이 떠올라 모든 이의 죄를 사해 주어야 할 동쪽에는 먹구름이 끼어 있었다. 나는 영화에서 볼 수 있는 그런 일출—부드럽고 장밋빛을 띤 광명, 가는 빛과 이글거리는 불꽃, 태양의 수은 방울, 첫 광선이 만들어 내는 부채꼴의 광명—은 볼 수 없을 거라고 짐작했다. 모두들 기다리고 기다리다가 결국 태양이 구름 사이에서 평소에 볼 수 있는 그런 뻔한 모습으로 떠올랐다는 것을 알게 될 것이다.

"어이, 아가씨, 아가씨 때문에 산이 안 보이잖아!" 우크라이나 목소리가 나에게 말을 했다. 그래서 나는 정신의 고양을 위해서 여기까지 올라온 이 믿는 사람들 틈에 끼지 못하는 내 무능력을 슬퍼하며 물러섰다…….

인파는 다시 각각 가이드를 선두로 해서 민족별로 몇몇 그룹으로 나뉘었다. 나는 일본인 그룹과 헝가리 그룹 사이에 끼었다. 나는 돌 위에 앉아 있는 노보시비르스크 노파를 보았다. 떨군 머리를 두 팔로 감싸고 있는 그녀에게서만 유일하게 기도의 열기가 느껴졌다. 그 열기 때문에 나는 거의 울 뻔했다…….

바로 이 자리에 큰 손을 가진 지긋한 나이의 한 사람이 리넨으로 된 얇은 옷을 입고 서 있었다. 성서에 쓰여 있는 대로라면 그는 '콧소리'와 가릉거리는 목소리에 말까지 더듬는 사람이었다. 그는 신의 목소리를 듣고 돌판에 이를 적었다. 어떤 도구를 썼는지는 알 수 없지만 두 개의 큰 돌판에 이를 새겼다……. 그다음 이 돌을 가지고 산에서 내려왔다. 지금은 성녀 카타리나 수도원이 있는 산 아래 즈음에서 그는 조용하게 기도하는 것이 아니라 음탕한 놀이판을 벌이고 있는 자기 민족들을 만났다……. 하지만 나는 정말 그랬는지 확신이 없다. 또 그 일이 있기 40년 전에 모세에게 나타난 불타지 않는 가시떨기 나무도 저기, 나에게 이렇게 가까운 곳에 있었다……. 내가 믿지 않는다는 말이 아니다. 나에게는 다만 이것들이 아무런 의미를 갖지 못할 뿐이다…….

물론 나는 인정한다. 나는 성스러운 장소들에는 관심이 없다. 나는 그런 것들에 경탄할 수도 없다. 신이시여, 저의 불신을 용서하소서! 하지만 나는 대열에서 벗어나지도 않고, 기절하지도 않고, 죽지도 않고, 그저 자신의 육중한 몸을 이 산 정상까지 끌고 올라와 자신의 마흔 가지 죄가 사해질 것이라고 믿는 이 노보시비르스크 노파의 기도는 믿는다…….

그리고 나는 신체가 단백질로 생성된 비밀, 진화, 방사능, 하수 처리 시설, 로마의 수도관 등과 함께 이 모든 바보 같은 세상이 그 지구라고 불리는 딱딱한 물질 덩어리에는 그 어떤 신경도 쓰지 않는 신의 손아귀 안에 있다는 것도 의심하지 않는다. 그도 그럴 것이 신이 돌보아야 할 살림은 매우 거대하기 때문이다. 수많은 은하계, 태양들, 행성들, 블랙홀들 그리고 계속해서 새로운 거품같은 세상을 펼치고 접는 장치들…….

그러고 나서 나는 믿음이라는 공동체의 일에 참여할 수 없음을 슬퍼하며 나에게로 돌아온다. 왜냐하면 개인주의라는 것은 가끔씩 자기 자신에게 지치며 무언가 질적으로 다른 것을 형성하기 위해 또 다른 개인주의를 찾고 싶어 하기 때문이다…….

나는 사람이나 낙타의 도움을 받지 않고 혼자 아래로 내려갔다. 새벽이 거의 다 되어 가고 있었다. 모든 것들이 회색의 어둠으로부터 조용히 모습을 드러내고 있었다. 발밑의 돌들 외에도 돌제방벽, 절벽, 고원 등도 보이기 시작했다. 산에서 내려가면서 길을 꺾으면 꺾을수록 점차 보이는 풍경이 넓어지기 시작했다. 길이 두 개로 나뉘었다. 그중 하나는 좁고 이 지역의 돌로 만든 아치 아래로 나 있는 것이었다. 나는 그리로 갔다.

나는 혼자서 오랫동안 걸었다. 결국 나는 관광객을 위한 길이 아닌 수도원 오솔길로 내려오고 있다는 것을 깨달았다. 이 길은 험난하고 가팔랐다. 내려가는 길이라고는 하지만 올라가는 것보다 결코 쉽지는 않았다. 오히려 더 어렵다고 말해야 할 정도였다.

처음에 나는 마치 크림에서 살던 어린 시절에 그랬던 것처럼 소녀들 모양 폴짝폴짝 뛰어 내려가려고 하였다. 하지만 돌들이 너무 미끄럽고 곳곳이 무너져 내려서, 나이 든 사람은 특히나 쉽게 부서지는 무릎 관절을 아끼기로 했다.

나는 몇 번을 멈춰 섰다. 한 번은 여기에는 새도 없고 짐승도 없지 하고 생각하는 순간 무언가 옆에서 부스럭거리더니 돌 옆에서 적황색의 고양이가 나왔다. 나를 바라보며 내가 무언가 주기를 바라는 것 같았지만 나는 아무것도 줄 게 없었다. 그렇게 은둔자 고양이는 나를 떠나갔다.

이제 태양이 떠올랐다. 죄를 짊어졌지만 혼자여서 완전히 기쁜 나는 골짜기를 따라 내려왔다. 양쪽으로는 거대한 화강암 벽이 서 있었다. 벽들의 색이 점점 변했다. 코끼리 색 같은 회색이었던 것이 태양이 떠오르자 장밋빛으로 변했다. 나는 형태가 색에 의해 그렇게 빠르게 눈앞에서 채워지는 것을 난생처음으로 보았다. 그리고 나는 이 모든 다양한 색조들의 변화는 인간의 뇌의 기능과 눈의 작동일 뿐이라는 것을 이성이 아니라 언제나 우리를 속이는 감각으로 깨닫게 되었다. 고양이와 낙타는 이 산을 장밋빛이 아니라 다른 색으로도 볼 수가 있다. 신의 눈에는 어떻게 보일까? 내게 오늘 이 산들은 세 번째 천 년을 시작하는 때 이른 봄 새벽에 인간의 눈이 보는 그 방식대로 보인다…….

나는 화강암을 보았다. 이 돌벽은 가로로 금이 가 있었는데 그 금은 매우 규칙적이어서 자처럼 보이기도 했다. 나는 아래에서 열리는 새로운 것들과 빛과 그림자, 돌덩어리, 테라스 들이 새롭게 풍성해지는 것을 감상했다. 나는 어디다 발을 디뎌야 하는지 살피며 두 군데에서는 아이들처럼 거의 네 발로 산을 내려왔다. 등을 비탈길에 대고 미끄러지며. 그다음 더워져서 겉옷을 벗어 배낭 안에 넣고 물병을 꺼냈다. 주변에는 아무도 없었다. 어마어마했던 인파들도 이미 모두 산을 떠나 굽이굽이 길을 따라 산을 둘러싸고 돌고 있었다.

그때 나는 가로로 금이 간 이 거대한 돌산의 벽에서 이제까지 내가 지나쳐 온 무언가를 보았다. 가로로 가 있는 그 금들 사이에 더 가늘지만 아주 선명한 표식들이 보였다. 여기저기서 들어오는 빛 때문에 이 얇은 금들이 더 깊어지면서 마치 글자처럼 보이기 시작했다. 화강암은 빛의 변화 때문에, 가벼운 빛의 떨림 때문에 다양한 기교를 부리는 듯했고, 찰흙처럼 부드럽게 보이기도, 장식이 달린 천처럼 바스락거리는 것처럼 보이기도, 쇳조각들이 반짝이는 것처럼 보이기도 했다.

나는 잠시 앉아 있다가 다시 내려오기 시작하였다. 왼쪽 팔을 따라 거대한 벽이 지나갔다. 벽은 자로 줄을 그어 놓은 듯했고, 비밀스러운 기호들을 받아쓰기라도 한 것 같았다. 나는 이 웅장하고 의미심장한 광경을 자세하게 기억하기 위해 몇 번이고 멈추어 섰다. 그림을 그렸으면 좋겠다는 생각마저 들었다…….

그러더니 벽이 갑자기 중단되었고, 바위들과 절벽, 언덕들이 나왔다. 그러나 이것은 더 이상 장엄하지도 위협적이지도 않은 개인적이고 수도원적인 것으로 변했다. 마치 모세의 영역이 끝나고 수도원의 영역이 시작되는 것 같은 느낌이었다. 조금씩 수도원이 보이기 시작하였다. 밋밋한 상자 모양의 건축물, 6세기부터 수도사들이 가꾸어 온 크지 않은 정원, 수도원 객실과 밤새 수천의 인파가 힘겹게 줄 서 있던 화장실, 그리고 버스 승강장이 보였다. 관광객들이라고는 하나도 없었고 일을 마친 낙타를 데리고 있는 베두인 인들뿐이었다…….

순례자들은 긴 길을 따라 아직도 늘어서 있었다. 그런데 나를 기다리고 있는 포상이 하나 있었다. 수도원이 아직 문을 닫지 않은 것이었다. 수도원 안에서는 예배가 진행되고 있었다. 고대의 소박하고 진본인 이콘들이 성전에 들어가는 입구에 걸려 있었고, 그 안에는 성녀 카타리나의 팔이 들어 있는 성합이 세워져 있었다. 보석 반지가 끼워져 있는 바싹 마른 어두운 갈색의 팔이 투명 유리 아래로 보였다. 몸으로부터 잘려져 전시된 모양이라니, 참 불쌍한 팔이었다. 성인의 팔에 입을 맞추고 싶기보다는 오히려 이 팔을 땅에 묻어 주고 싶을 지경이었다…….

마당 안에는 관목이 서 있었다. 떨기 나무였다. 숭고한 모양으로 서 있는 이 나무 밑에 다가서자 내 머리 위로 나뭇잎이 떨어졌다.

"이런 모습의 나무는 세계의 어떤 곳에서도 볼 수 없다"고 여행 책자에 쓰여 있다. 나는 믿을 준비가 되어 있다. 나는 항상 결코 믿을 수 없는 경우를 제외하고서는 기본적으로 믿을 준비가 되어 있는 사람이다. 바싹 마른 팔 같은 것은 어쩌란 말인가. 나는 아무리 그것이 언젠가 성녀 카타리나의 한 부분이었다고 해도 바싹 마른 그 물질에게 절을 할 수는 없다. 나는 물질주의자는 아니니까…….

잠시 후 예배가 끝나고 수도원 교회가 문을 닫았다. 마침 산의 경사에 뱀 모양을 이룬 순례자들의 머리가 보이기 시작하였다. 순례자들이 만들어 낸 뱀 대열은 천천히 산을 따라 버스 정류장 쪽으로 내려오고 있었다. 모든 이들이 버스에 나누어 탔다. 로자와 알료나는 내려오는 길에 싸워서 로자는 알료나와 멀리 떨어져 버스의 반대편에 앉았다.

우리가 '파라다이스'에 돌아온 것은 점심때 즈음이었다. 나는 방으로 돌아와 잠을 잤다. 조용하게 돌아가는 에어컨 소리에 맞추어 달콤하게 잠이 들었다. 잠이 들면서 나는 계속되는 어떤 중요한 생각의 꼬리를 붙잡고 있었고 꿈속에서도 이 생각은 매우 비중 있게 가득 꿈이 되어 나타났다. 내가 잠에서 깨었을 때 나는 다시 이 중요한 생각의 끝을 놓쳤다. 하지만 이 생각은 다시 돌아올 것을 약속하며 어딘가 먼 곳에서 계속 떠돌고 있었다. 나는 회랑에 앉아서 잠시 더럴의 책을 읽고 나서 저녁 식사를 하러 갔다.

그 복음주의자들은 길에서 나에게 다시 덤벼들지 않았고 나는 그것이 거의 뛸 정도로 기뻤다. 날이 저물 때 즈음 나는 수영하러 갔다. 계속되는 바람 탓에 휴양객들은 이 천국 같은 수영장에서 수영을 해서 바다에는 사람이 하나도 없었다. 구조대원들조차 어딘가로 사라져 버렸다. 나는 물고기들이 어른거리는 해안가를 벗어나 멀리까지 수영을 하면서도 계속해서 머릿속 생각이 어디론가 이어졌다. 기억해 봐, 무언가 중요한 거였어.

나는 누워 잠을 청했다. 하지만 곧 내가 시나이 산을 내려오면서 얼굴을 그을렸다는 것이 확실해졌다. 아프지는 않았지만 피부가 땅겼고 열이 느껴졌는데 기분이 좋았다. 왜냐하면 이 화상은 동시에 치료였기 때문이었다. 습진이 모두 사라졌던 것이다.

나는 꿈속에서조차 기분 좋게 동요시키는 풀리지 않는 수수께끼를 안고 다시 잠이 들었다. 아침이 되자 나는 회랑으로 가서 태양 아래에 나의 그을린 다리를 내놓았다. 그것은 바보 같은 짓이었지만 마지막 날이었고 다음번 햇볕을 언제 받을 수 있을지 모를 일이었다. 나는 눈을 감고 누웠다. 시나이의 화강암 벽이 내 눈 위에 서 있었다. 나는 눈을 떴다가 다시 감았다. 하지만 시나이의 돌벽은 내가 그것이 바로 십계명이 쓰인 돌판이라는 생각에 다다를 때까지 내 눈앞에서 사라지지 않았다. 장막이 걷힌 것처럼 나는 깨달았다. 모세가 40일 동안 바라본 것은 바로 이 돌벽에 새겨진 문자였다. 그는 눈물을 흘리며 자연, 혹은 신의 손 , 혹은 비와 바람, 급격한 일교차에 의해 만들어진 이 비밀스러운 표식들의 의미가 열릴 때까지 40일간을 바라보았던 것이다. 신이 무엇을 사용하건 간에 모두 마찬가지다. 이 세상에 존재하는 모든 것은 그의 도구다. 모세도, 의심스러운 목소리를 듣는 순박한 로자도. 그리고 아마 죄를 씻지 못한 나조차도 그럴 것이다.

나는 내가 성서에 대한 어떤 발견을 했다고 생각한다. 모세의 십계명은 돌벽에 적혀 있었던 것이고 모세가 이것을 해독한 것이다. 샤름-엘-셰이크*에 대해 말하자면, 그건 완전 사기꾼들로 덕지덕지 그려 놓은 무대 배경일 뿐이었다.

4월의 중순인데도 모스크바는 춥고 습기 차고 어두웠다. 하지만 이집트의 태양이 나에게 좋은 작용을 해 주었다. 피부는 새것이 되었고 벌써 몇 해 동안 매년 겨울이면 찾아오던 쑤시는 듯한 척추의 오한도 사라졌다. 2주쯤 지나고 난 후 샤름-엘-셰이크에서 약간은 초라한 알료나가 갑자기 전화를 해서는 로자가 그 목소리 때문에 많이 고통스러우며 나에게 신앙을 갖고 있는 정신과 의사를 찾아 달라고 부탁했다는 말을 전했다……. 그녀는 신앙이 없는 의사에게는 절대로 가지 않을 생각이었던 것이다. 나는 세료자라는, 신앙도 있고 정신과 의사인 지인을 알고 있었다. 게다가 그는 돈을 받지 않았다. 나는 그에게 그녀를 보냈다.

그런데 나는 이제 누구에게 전화해야 할까……?

# 달마티안

완전히 파괴되었다가 완전히 새로 지은, 슬픈 도시 바르샤바에는 이곳 사람들이 사랑하는 라젠키 공원이 있다. 이 공원은 지나간 세월의 정신을 간직하고 있다. 장난감 같은 포냐토프스키 궁전, 오렌지 온실, 연못, 오래된 나무들. 그것들이 많이 남아 있지는 않지만 폴란드 왕국의 마지막 남은 증인들이다.

공원 출구 근처에는 풍선을 파는 상인이 서 있다. 상인의 머리 위에 떠 있는 풍선들 중에는 하얀색에 검은 얼룩무늬가 있는 강아지도 끼어 있다. 나는 그 강아지를 보자마자 확 끌렸다. 이 강아지는 내 것이 되어야만 할 것이었다. 더 정확히 말하면 내 것이 아니라 내 손자의 것이 되는 것이다. 내가 돈을 내자 상인은 나의 동물을 풀어서 내게 주었다. 나는 강아지에서 공기를 빼 달라고 부탁했다. 내일이면 나는 모스크바로 가야 하고 강아지 풍선에서 공기를 빼고 내 트렁크에 넣어야만 자리를 조금만 차지할 것이기 때문이었다. 하지만 그는 이 강아지는 헬륨 가스로 채워진 일회용이라며 안 된다고 했다. 만일 헬륨 가스를 빼 버린다면 이 강아지는 더 이상 떠 있지도 못하는 쓸모없는 얼룩무늬 걸레 조각이 되어 버릴 것이라는 이유에서였다.

"알았어요, 그냥 데리고 가죠." 나는 그렇게 결정하고는 부슬비를 맞으며 공식 행사가 있는 곳으로 향했다. 나의 활기찬 강아지는 내 손에서 더 높은 상공으로 달아나려 애를 썼고 택시 안에서는 자신의 머리며 얼룩무늬의 등을 차의 천장에 연신 부딪혀 댔다. 택시 기사는 보도가 시작되는 바로 앞까지 나를 데려다 주었다. 강아지는 택시 밖으로 나보다 먼저 뛰어내리며 위로 솟아올랐다. 나는 강아지를 꼭 붙들었다. 나를 맞이하러 이미 얼굴을 익힌 통역이 나와 있었다. 그녀가 나에게 손을 흔들었다. 더 정확히 말하면 나를 보고 손을 흔든 것이 아니라 나의 강아지를 보고 손을 흔든 것이다.

나는 실내에 들어가기 위해 외투를 맡겨 두는 곳에 강아지도 함께 맡겼다.

"강아지를 잘 돌봐 주시겠어요?" 나는 그곳을 담당하고 있는 여인에게 부탁했다. 여인은 부드럽게 웃으며 고개를 끄덕였고 폴란드 어로 뭐라고 말하더니 검은 얼룩무늬의 강아지 머리를 쓰다듬었다…….

행사가 진행되었다. 통상적인 간단한 건배를 주고받았다. 거리에서 만났던 통역이 나에게 다가와 물었다.

"강아지는 어디 있어요?"

내 옆에 서 있던 작가—내가 좋아하는 러시아 작가 중의 하나—가 재미있다는 듯이 내 쪽을 바라보며 물었다.

"여기에 강아질 데리고 왔어?"

"아니, 여기서 샀어."

"뭐라고?" 그가 놀랐다. "어떤 강아질 샀길래?"

"달마티안." 내가 사실을 말했다.

그가 나에 대해 이러한 흥미진진함을 드러낸 것은 그때가 처음이었던 것 같다.

"아니, 그러니까 강아지를 옷 맡기는 곳에 맡긴 거야?"

"당연하지. 사람들이 이렇게 많은데 어떻게 여기에 데리고 와. 거기 일하시는 분이 잘 맡아 주셨어……."

작가의 얼굴에 의심이 서렸다. 옷 맡기는 곳에 강아지를 맡겨 둘 필요까지야…….

밤 내내 강아지는 문고리에 잡아매어져 거실 천장 위를 서성였다. 진짜 강아지들처럼 똑똑하게 생긴 얼굴은 아니었지만 아주 귀엽게 생긴 녀석이었다.

아침에 강아지와 나는 공항으로 향했다. 택시가 도착하자 그는 택시 안에 타고 싶어 했지만 택시 트렁크 안에 넣어졌다. 비행기 탑승 수속을 하는 줄 속에서 나는 침울해 보이는 어느 여작가를 보았다. 보통은 그냥 이렇게 많은 작가들을 마주친다는 것은 드문 일이었지만 책 페스티벌 때라 이렇게 우연히 작가를 만날 확률도 높아진 것이다. 여작가는 내 강아지를 무척 마음에 들어 했다. 분명히 그랬다. 그녀는 활짝 예쁘게 웃었다.

"러시아 문학의 위신을 떨어뜨릴까 봐 걱정되지는 않으세요?"

"뭐 러시아 문학의 위신이라면 전 벌써 떨어뜨렸는걸요." 그것은 사실이었다. 전날 밤 정부 차원의 공식 행사에서 나는 블랙커피를 하얀 식탁보에 쏟아 버렸기 때문이다.

정말 놀랍게도 나의 강아지는 출국이 통과되었다. 나는 혹시나 그 안에 차 있는 가스—헬륨—가 폭발할 수도 있지 않을까 싶어 노심초사했었다.

강아지를 쳐다보는 사람들은 모두 미소를 지었다. 이 강아지의 뛰어난 자질이 바로 그것이었다. 비행기 안에서 나는 강아지로 머리를 괴어 베개처럼 썼다. 이 수캐는 약간 좀 딱딱하기는 했지만 그런대로 자신의 의무를 충실히 이행했다.

강아지는 종종 내 머리 위로 튀어 올라 길을 걸어가는 내내 모두를 즐겁게 해 주었다. 드디어 나와 내 강아지는 지하철에 들어와 앉았다. 지하철의 창문들이 열려 있어 강아지는 창문 밖으로 나가려고 애를 썼다. 강아지를 가득 채운 헬륨 속이 강아지를 위로 불렀다. 나는 강아지 줄을 꼭 잡고 손가락으로 강아지에게 위협하며 주의를 주었다.

일요일 낮이라 찻간의 모든 사람들이 거의 앉아 있었다. 서 있는 것은 몇몇의 청소년들뿐이었다. 그들도 강아지에게 관심을 보였다. 아니 더 정확히 말하면 내 강아지가 아니라 나와 강아지의 작은 싸움이 그들의 관심을 끌었다. 내가 위쪽에 열려 있는 창문에서 강아지를 떼어 내려고 하면 할수록 강아지는 어떤 때는 머리로, 어떤 때는 다리로, 엉덩이로 더욱더 창문 쪽으로 뛰쳐나가려 하였다. 아이들은 이미 웃겨 죽겠다는 듯이 웃어 댔고 나는 영락없이 심각한 표정의 광대가 되어 버린 듯했다.

모든 사람들이 미소를 지었다. 그리고 나는 모든 이가 장난도 치고 놀고 싶어 하지만 정말 그럴 수 있는 사람은 별로 없다는 것을 깨달았다.

거기 있던 모든 사람들은 재미있는 시간을 보냈다. 하지만 곧 열차가 '소콜' 역에 다다랐을 때 한 위풍당당한 노파가 들어와 내 맞은편에 앉더니 나를 바라보고 큰 키로 벌떡 일어서서 큰 목소리로 말했다.

"부끄럽지도 않아요? 다 큰 어른이 어린애처럼 행동하다니!"

"죄송해요! 정말 죄송해요! 당신한테 피해가 된다는 것을 미처 몰랐습니다!" 나는 사죄의 말을 늘어놓았다. 하지만 노파는 굽히지 않았다. 그 정도의 사죄로는 어림도 없다는 투였다.

"당신이 나에게 개인적으로 피해를 준다는 것이 아니에요! 하지만 당신은 지금 지하철 운전기사를 방해하고 있는 거라고요!"

한 젊은 사람이 웃음을 터뜨렸다. 노파는 찻간에서 나갔다. 기차는 다시 덜컹거리더니 출발했고 내 강아지는 또 공기의 흐름을 따라 창문 쪽으로 질주했다.

"대체 왜 이러는 거야? 네가 지금 운전기사 아저씨를 얼마나 방해하고 있는지 모르는 거야? 제자리에 앉아!" 내가 강아지에게 말하자 강아지는 내려왔고 자기 얼굴로 내 얼굴을 쳤다.

곧 나도 지하철에서 내려 올라와 길에 나섰다. 강아지 말고도 나에게는 배낭과 손가방이 있었다. 내가 엉켜 있는 이 배낭과 손가방의 가방끈들을 풀고 있을 즈음 나를 쳐다보는 세 사람이 있었다. 나이 든 여인과 젊은 여인 그리고 한 여섯 살쯤 되어 보이는 사내아이. 그들은 캅카스의 아름다운 얼굴을 가진 이들이었다. 나이 든 여인은 검은 옷에 검은 손수건을 머리에 두르고 있었다. 젊은 여인이 나에게 다가와 물었다.

"강아지 얼마예요?"

"파는 거 아녜요. 제가 산 거예요."

아이는 내 강아지를 욕심이 나서 쳐다보고 있었다.

"내 어린 손자를 위해서 산 것이란다. 너한테 줄 수가 없구나." 아이에게 거절을 한다는 것은 기분 좋은 일이 아니다.

"어디서 사셨어요?" 머리를 재빠르게 건설적인 방향으로 돌린 여자가 물었다.

"바르샤바에서요." 내가 잔인하게 대답했다.

"거기는 어떻게 가는 거죠? 지하철 어느 역에서 내려야 해요?" 그녀는 아이를 위해서는 거리 따위는 상관하지 않는 진정한 엄마였다…….

"비행기 타고 가야 해요."

실망한 그들은 나에게서 물러섰다. 엄마가 아들에게 알 수 없는
언어로 뭐라고 말했다.

강아지는 우리가 아파트 입구 현관에 들어설 즈음 마지막 장난
을 쳤다. 강아지는 현관 문 밖에 머물러 있었다. 하지만 철문이 강
아지 끈을 끊지 않아 날아 도망갈 수는 없었다.

내 손자가 강아지를 받게 된 것은 2주가 지난 후였다. 강아지는
꽤나 처음 그대로가 아니었다. 여기저기 조금씩 주름이 가 있었고
얼굴의 바느질 자국도 쭈글쭈글해졌다. 하지만 강아지는 생애 마
지막 날까지 자신의 자질을 전혀 잃지 않았다. 강아지는 헬륨 가
스 영혼이 다 빠져나가기 전까지 모든 사람들을 즐겁게 해 주었다.

# 오, 마농!

아주 어렸을 적부터 나는 점이나 기적, 비밀스런 기호, 예언 등을 믿었다. 그리고 그런 것들을 믿기 때문에 오히려 이러한 비개화적인 삿된 것들을 세심하게 피해 왔다. 내가 열 살이었을 즈음으로 기억하는데, 나는 엄마와 엄마 친구 니나와 함께 트루스카베츠라는 휴양 도시에 간 적이 있었다. 엄마는 간에 좋다는 물을 마시러 가는 것이었고 불임으로 마음고생을 하고 있던 니나 아줌마는 그 옆에 있는 우물의 물을 마시러 가는 것이었다. 우리는 성질 고약한 유럽 여자가 주인으로 있는 건물의 방을 빌려 지냈다. 주인 여자는 우리를 세 가지 이유에서 미워했다. 첫째는 우리가 휴양객이라는 이유였고, 둘째는 러시아 인이라는 이유였고, 세 번째는 유대인이라는 이유에서였다. 사실 니나는 욕먹을 이유가 하나도 없었고, 나는 너무 어려서 그렇게 비하를 했는지도 모르겠다. 우리는 건물 마당에 서서 '치유의 샘'*에 갈 채비를 항상 오랫동안 하는 니나를 기다렸다. 치마와 머리카락, 쩌렁쩌렁 울리는 목소리로 마당 전체를 가득 채우며 빨간 머릿수건에 큰 귀걸이를 한 니나가 들어왔다. 그녀의 팔에는 많은 물건들이 들려져 있었다. 목도리, 머릿수건, 지도, 책. 흰색의 커다란 책은 표지가 지저분했다. 오랫동안 엄마를 냉담하게 쳐다보고 있던 점쟁이가 니나가 나타나자 그녀에게 달라붙었다.

"점쳐 드릴게요, 예쁜 아가씨, 점쳐 드릴게요. 과거든 미래든 다 압니다……. 여기가 어떤지, 여기가 어떤지." 그러면서 그녀는 자신의 손을 머리, 심장 그리고 무례한 제스처로 다리를 조금 벌리고는, "그리고 여기가 어떤지."라고 말하고 나서 끔찍한 소리로 웃었다.

"집시야." 나는 엄마가 그렇다고 확인해 주길 바라며 조용히 속삭였다. 사실 나는 모두가 알고 있었던 것처럼 집시들이 훔쳐 가는 나이의 아기 때는 이미 지난 상태였지만 말이다…….

집시처럼 보이는 이 여자는 나의 낮은 속삭임을 듣고는 나를 돌아다 봤다.

"난 집시가 아니야, 세르비아 인이지……."

그러고는 니나에게 시선을 고정하고는 주문을 외웠다.

"노래를 부르든 안 부르든, 여기저기 돌아다니든 안 돌아다니든, 네 뜻대로 되지 말고 내가 생각한 대로 되어라……."

집시-세르비아 여인은 니나의 병약한 팔을 커다랗고 빨간 돌들로 장식된 자신의 팔로 잡고는 마치 그 팔이 니나의 팔이 아닌 따로 존재하는 사물인 양 돌렸다. 그러고 나서 니나의 반지 중에서 하얀 돌이 박힌 작은 반지 하나를 달라고 했다. 니나는 말없이 반지를 빼내 집시의 손 위에 올려놓았다.

"딸을 낳았으면 좋겠어요…… 딸요."

세르비아 여인은 니나의 반지를 손바닥에서 입술이 두꺼운 입으로 가져가 숨기더니 책을 펼쳤다. 책 안에는 글자는 없었고 점들뿐이었다. 점쟁이는 손으로 책장을 훑어 내려가더니 어느 곳에서 잠시 움직임을 멈추고 니나를 선하지 않은 눈초리로 쳐다보며 말했다.

"생겨, 생겨, 없었다면 더 좋겠지만. 생겨, 곧 생긴다고⋯⋯."

큰 눈을 가진 니나가 밝아졌다.

점쟁이는 더 이상 흥미를 잃었는지 책을 덮었다. 나가려고 몸을 돌렸다가 곧 어깨너머로 나를 보고는 우리 엄마에게 소리쳤다.

"얘는 아들이 둘 생겨!"

니나는 다음 해까지 치료를 하고는 남편과 함께 고아원에서 여자아이 하나를 입양하여 온갖 정성과 사랑을 다해 키웠다. 마치 자기 친딸처럼 음악이며 피겨스케이팅도 모자라 마치 아이가 장군의 아이라도 된다는 듯이 독일어까지 가르치러 다녔다. 하지만 소녀는 열세 살 무렵이 다 되어 가자 야생적이고 음탕한 기질이 발동하여 피겨스케이팅이고 뭐고 다 소용없게 되었다. 그러더니 그녀는 하루, 이틀 싸돌아다니더니 결국은 한 달 동안 가출을 하였다. 그녀를 데리고 온 것은 경찰이었다. 열네 살에 소녀는 결국 엄마의 귀중품을 다 털어 가지고 완전히 사라져 버렸다. 엄마의 심장을 다 부수고⋯⋯.

아들 둘과 관련해서도 세르비아 점쟁이 여인의 말이 또 맞았다. 나는 정말 아들을 둘 낳았고 이제는 제법 건실하게 자랐다. 내 아들들이 세상에 태어날 것이라고 쓰여 있던 첫 번째 책이 브라일의 점자책*이라는 것은 재미있는 사실이다⋯⋯. 근데 그 세르비아 여인은 자신이 앞 못 보는 이들을 위한 책을 보고 점을 치고 있었다는 것을 알았을까?

미래를 알아맞히기 위해 카드나 별자리, 또 다른 것들로 점을 치는 사람들이 내 주위에 나타나면 나는 얼른 물러선다. 자유롭고 싶은 나는 그것이 믿을 만한 이야기든 못 믿을 이야기든 간에 그들의 이야기에 기대고 싶지 않다.

거의 20년이 지나 나는 다시 한 번 점쟁이들의 세계와 조우하게 되었다. 또 한 번 우연찮게 어느 날 나는 아르메니아 인 친구에게 빌려 줬던 책을 되돌려 받으러 갔다. 식탁에는 음식이 차려져 있었고, 쓴 약초와 향신료 냄새가 나고 있었다. 친구인 세다는 매우 기뻐했다.

"네가 와서 정말 좋다! 이제 마르가리타가 올 거야! 정말 굉장한 사람이야! 굉장한 사람이라고! 그녀가 한마디만 하면 점괘가 나와."

마르가리타라는 그 사람이 다른 것은 필요 없고, 작은 접시 하나만 가지고 사람의 출생부터 죽음까지 다 이야기해 준다는 것이었다. 나는 얼른 내 책을 집어 들고 나가려고 문으로 향했다. 그러자 세다가 손을 내저으며 나에게 소리쳤다. 때마침 벨 소리가 나고 바로 그 마르가리타가 들어왔다. 그녀는 아주 보기 드문 동물의 털로 만든 꽤 있어 보이는 외투를 입었을 뿐 평범해 보이는 사람이었다. 그녀는 마치 의사가 독감이 퍼졌을 때 왕진을 온 것처럼 매우 사무적인 투로 세다에게 입맞춤을 하고는 작은 손을 특이하게 흔들며 나에게 인사를 하더니 곧 본론으로 들어갔다.

"세다! 식탁보 좀 치워 줄래?"

"마르고*! 내가 여기 있는 음식을 모두 준비했다고. 동생은 에헤그나드조르 치즈*를 가져왔고……."

"치워, 전부 다, 식탁 위에 아무것도 없게 해 줘!" 마르가리타가 재촉하자 세다가 둥근 식탁에서 천을 걷어 냈다. 마르고는 가방에서 커다랗고 동그란 종이판을 꺼냈다. 거기에는 알파벳이 쓰여 있었다.

"작은 접시 좀 가져다 줘!" 마르고가 알파벳 판을 책상 위에 펼쳐 놓으며 명령했다.

마르고는 접시를 잡고 작은 손으로 쓰다듬더니, 가장자리를 빠르게 짚어 나갔고, 또 접시를 두드려 그 소리를 귀 기울여 들었다. 그러더니 나에게 엄격하게 말했다.

　"연필이랑 종이를 가져와서 적어. 말은 하지 말고 잘 이해가 안 되는 점이 있어도 당장은 되묻지도 마. 또 고맙다고 말할 생각도 하면 안 된다는 것이 중요해. 세다, 친구에게 어떻게 하면 되는지 알려 줘."

　나는 그녀의 명령하는 톤에 기가 죽어 순종하게 되었다. 세다는 내 손에 연필과 깨끗한 종이 세 장을 쥐여 주고 나서 의자에 앉았다. 우리는 둥근 식탁에 둘러앉았다. 마르고는 접시를 가져다가 자기의 한 손바닥 위에 올려놓고 다른 손바닥으로는 접시의 등을 문질렀다. 그다음엔 서커스 같은 동작으로 왼손을 밑으로 빼내었고 접시는 점점 더 넓게 회전운동을 하는 오른손 바닥에 달라붙은 것처럼 보였다. 그러더니 접시가 손에 살짝 떨어졌다. 접시는 둥근 식탁의 가장자리에서 돌면서 손가락과 계속 맞닿아 돌고 있었다.

　마르고는 무언가 말을 하기 시작했다. 하지만 나는 둥글게 구르고 있는 접시에 정신을 빼앗겨 그녀가 하는 말을 제대로 알아들을 수가 없었다. 게다가 그녀의 목소리는 너무 작았고 아까까지만 해도 없었던 이상한 억양까지 섞였기 때문이었다.

　세다는 팔꿈치로 나를 콕 찔러 글씨 쓸 준비를 하라고 일러 주었다. 나는 연관성이 없는 말들을 들리는 대로 쓰기 시작했다. 그녀가 나의 부모님에 대해서 하는 말은 못 받아 적었고 내가 받아쓴 말은 다음의 말들부터였다. 너의 남자들 중에 첫 번째는, 붉은 사람, 떠나고, 하지만 그와 헤어지는 것은 2년이 지난 후 봄이 될 것이다. 두 번째는 턱수염 난 남자, 네 아이들의 아버지가 될 사람,

그는 너와 평생을 함께하지 않는다, 10년을 같이할 뿐, 너는 그를 떠나 돌아오지 않는다, 또 2년이 지나고, 완전한 운명의 변화, 새로운 환경, 정확히 말할 순 없지만, 예술과 관련된 것, 새로운 남자, 처음에는 그 때문에 네가 힘들지만 그다음엔 너 때문에 그가 힘들다, 3년이 지나고 승리, 12월일 거야, 하지만 그건 복권이 아니라 무슨 대회 같은 거야, 1등은 아니고, 하지만 이건 너에게 큰 행운이 될 거야, 공무원은 아닌데, 좋은 직업이 생길 거야, 장관이 되는 건 아니지만 유명한 사람이 될 거야, 1995년부터 삶이 완전히 바뀔 거야, 그다음부터 네 삶은 뉴올리언스라는 도시와 관련되게 될 거야, 모든 게 새로워, 젊은 남자네, 새로운 가족, 이 가족은 낯선 것이지만 예쁜 가정이지, 사람들이 너한테 잘 대해 줄 거야, 너는 거기서 네 삶의 마지막 날까지 살게 될 거야, 늙을 무렵 뇌에 이상이 생기겠지만, 그들이 너한테 매우 잘 대해 줄 거야, 그 가정 모두가 말이야…….

이 얼토당토않은 말들을 나는 다 받아 적었다. 뉴올리언스는 대체 무슨 말이야? 내가 어디에 있게 된다고? 뉴올리언스? 내가 받아 적은 것은 두 쪽도 넘었다. 그다음 마르가리타는 손으로 위를 덮어 접시를 멈추게 했다.

세다는 내 귀에 대고 속삭였다.

"아직 고맙다고 하면 안 돼, 절대로. 반지를 빼서 식탁 위에 올려놔."

나는 청금석이 박혀 있는 반지를 손가락에서 빼냈고 종이를 둘로 접어서 끼운 책을 들고 나왔다. 아르메니아 음식은 손도 대지 않은 상태였다.

2년이 지나 봄이 되어 내 첫 남편이 죽었다. 그의 마지막 밤, 나는 병원에서 그의 곁을 지켰다. 남편은 숨을 헐떡이며 몹시 힘겹게 떠나가고 있었다. 나는 그의 입으로 고무로 된 산소마스크를 가져 갔지만 남편은 이것을 떨쳐 버리고는 부들거리며 끔찍하게 욕을 해 댔다. 남편의 자존심에 끔찍한 상처를 주면서 그에게서 도망친 지 7년이 지났다. 이제 나는 그를 보내면서 용서를 구했다. 그는 나의 말을 들을 여유가 없으므로 이 용서는 마음속으로 구한 것 이다. 그는 나를 용서하지 않은 채 세상을 떠났다……. 나는 그때 에는 완전히 맞아떨어진 마르가리타의 점괘에 대해 떠올리지 못 했다. 그녀의 점괘를 받아쓴 종이는 선반 위에 잊혀 있던 책 안에 끼워져 있었다.

내 두 번째 결혼 생활 10년 또한 이혼으로 끝났다. 나는 극장 일 을 하러 다니기 시작했고 새로운 영역이 열렸다. 내 인생의 전환이 었다. 나에게 버거운 한 남자를 만났다. 이때 나는 점괘가 어렴풋 이 떠올랐고, 점괘를 적은 종이를 끼워 넣어 둔 이 책을 찾고 싶었 었다. 하지만 찾을 수 없었다.

나는 그 책을 어떤 문학상 발표가 있기 전날 선반에서 꺼냈다. 책 안에 있던 종이들은 노랗게 변해 있었다. 내가 상을 받을 것이 라고 점쟁이가 예견했던 그해, 그 달이 바로 코앞이었다. 내가 상 을 받을 가능성은 전혀 없을 것이라고 생각했는데 나는 2등 상을 받았다.

그래서 나는 이 바보 같은 종잇조각을 경의를 갖고 바라보게 되 었다. 그것을 여러 번 주의를 기울여 읽었다. 그다음 차례는 뉴올 리언스라는 도시였다.

그때 즈음 나의 삶은 엄청나게 바뀌어 어떤 점쟁이도 미리 알 수 없을 정도였다. 나의 개인적인 삶이 바뀌었음은 물론이거니와 내 가족의 삶도 내 나라의 삶도 바뀌었다. 내 아이들은 미국에 살 았다. 큰아들은 유학 중이었고, 작은아들은 빈둥거리고 마약을 하면서도 모든 것이 정상인 것처럼 나를 속이고 있었다. 나는 1년에 한 번은 미국에 가 친구인 라리사의 집에 머무르면서 생활 주변에 일어나는 일들을 더 자세하게 규명하고자 노력했지만 잘되지 않았다. 먼 거리에서는 자기 자신의 집만 더 자세하게 보였다.

1995년 겨울 초, 뉴욕에 사는 라리사로부터 전화가 왔고 나는 4월 말에 미국으로 가겠다고 했다.

"있잖아, 나한테 좋은 생각이 있어. 5월에 내가 뉴올리언스에서 미니어처 쇼를 해야 하거든." 그녀는 벌써 오랜 기간 동안 기적 같은 자신의 미니어처 작품들을 가지고 참가해 온 대규모 예술 작품 전시 및 판매전을 그렇게 불렀다. "시간 있으면 같이 가자. 이미 호텔도 다 예약해 놨어. 만약 표를 미리 예약하면 250달러 정도 할 거야. 어때?"

나는 한참을 말을 이을 수 없었다. 라리사는 전화 연결이 끊어진 줄 알고 외쳤다.

"여보세요! 여보세요! 너 내 말 들려?"

나는 듣고 있었다. 하지만 나는 아르메니아 여인의 나는 접시에 대해서 대서양을 건넌 국제전화로 긴 이야기를 할 수는 없었다.

"갈게, 라리사. 그 예약 좀 해 줘……."

내가 어디에 있는 거지? 뉴올리언스는 어디지?

아마도 예언이라는 것은 아무것도 예언해 주는 것 없이 '카자크-강도' 놀이*에서처럼 그저 화살표로 방향만 알려 주는 것이 아닐까? 화살을 보지 못하면, 결코 그 방향으로 달려가지 못하는 것 아닐까?

나는 2주를 뉴욕에서 보냈다. 우리는 도시 이곳저곳을 다니면서 수다를 떨었다. 큰아들이 우리를 관광객들이 아닌 이 지역에 사는 사람들에게만 유명한 작고 특별한 장소들로 데리고 다니며 접대했다. 작은아들은 진짜 음악을 들을 수 있는 좋은 곳으로 우리를 데리고 다녔다. 한번은 자기가 연주하는 곳에 가기도 하였다. 나는 노인 같은 의아한 생각이 —너무 이른 생각이었다!— 들었다. 정말 좋구나, 이런 곳에서 죽어도 좋겠네…….

그런 다음 나와 라리사는 공항으로 가서 네 시간 후에 뉴올리언스에 도착했다. 마중 나온 버스가 우리를 호텔까지 데려다 주었다. 라리사는 버스를 보자마자 얼굴이 축 늘어졌다. 버스는 끔찍한 것이었다. 호텔은 도시에서 17킬로미터 떨어진 곳에 위치하고 있었고 쇼는 바로 이 호텔 안에서 열리기로 되어 있었다. 17킬로미터의 우울한 늪지대, 아무도 살지 않고 버려진 루이지애나의 적막함이 영원하리만큼 길었다. 더러워 보이는 녹색 미시시피 강이 부슬비의 회색 연기 속에서 가까워졌다 멀어졌다 했다. 죽음과도 같은 애수가 흘렀다…….

우리가 달린 고속도로에는 우리와 같은 방향의 차도, 마주 오는 차도 없었다. 모든 것이 암담해 보였다.

"그래, 내가 너를 이런 곳으로 데려왔구나." 라리사는 이렇게 말했을 뿐이었다.

나는 더 이상 참지 못하고 친구의 원기를 북돋기 위해 라리사에게 아르메니아 여인의 점괘에 대해서 이야기했다. 라리사는 아무런 말도 하지 않고 그저 내가 스스로를 낙제생으로 느끼도록 바라보았다.

운명의 모든 변화는 호텔 프런트에서 이루어졌다. 쇼의 모든 참가자들은 거의 여성이었다. 호텔 측에서 각자에게 열쇠를 나누어 주었다. 라리사 차례가 되었을 때 직원이 갑자기 부산을 떨면서 전화로 누군가와 협의를 하기 시작했다. 이곳의 영어라는 것은 보통 영어와 달리 완전히 다른 언어처럼 들리는 통에 무슨 말을 하느지 전혀 이해할 수 없었다. 하지만 라리사는 늪에 놓인 사냥감처럼 보였다. 그녀는 당황하였고 서툴렀다.

긴 시간 동안의 이 협의가 끝나고 그녀는 나에게 다가오더니 조용히 말했다.

"Incredible!"

정말 말도 안 되는 일이 벌어진 것이다. 우리의 예약이 어디론가 흔적도 없이 사라져 버렸다는 것이다. 쇼 때문에 호텔에는 자리가 없었다. 급기야 그들은 우리를 위해 가장 비싼 방을 주려고 하였지만 그것도 쇼 때문에 모두 예약된 상태였다. 이제 그들은 세 명의 목소리로 우리에게 미안함을 표시했다. 프런트에 있던 남자와 소식을 듣고 달려온 두 명의 직원이었다. 그들은 이런 도대체 이해할 수 없는 짜증 나는 불편함을 끼친 것에 대해 양해를 구하며 그들이 할 수 있는 최선의 방법은 근처에 있는 프렌치 쿼터에 위치한 같은 이름의 작은 호텔에 방을 잡아 주는 것뿐이라고 했다. 지금 우리가 위치하고 있는 이 늪에서 홀로 튀어나온 초록색 남근상 같은 고층 호텔은 방이 스무 개밖에 없는 그 작은 호텔의 지점일 뿐이라는 말을 덧붙이며, 그 호텔에서 가장 좋은 방을 주고 매일 우리를 뉴올리언스의 중심가에서 쇼를 하는 이곳까지 데려다주고 데려올 차도 당연히 지급될 것이라고 했다.

우리는 라리사의 트렁크를 그곳의 보관소에 넣어 두고—왜냐하면 그녀는 다음 날 전시 설치를 해야 했기 때문이다— 우리를 위해 준비된 차에 올라타 20분쯤 걸려 뉴올리언스의 중심가, 프렌치 쿼터의 중심, 이 도시에서 아마도 가장 오래되었을 호텔에 다다랐다. 호텔 안쪽에는 작은 마당과 모리타니식 작은 분수가 있었다.

"예전에는 도시로 물건을 사러 다니던 농장주와 그의 가족들이 머물렀던 곳이야." 고가구들에 둘러싸인 호화스런 호텔 방에 들어와 앉자 라리사가 말했다.

"아, 바람과 함께 사라진 농장주들과 그 부인들 말이지." 벽지, 커튼, 덮개 들을 장식한 영국식 꽃들과 프랑스식 줄무늬들을 보며 내가 말했다. 부서질 것 같은 작은 책상들은 노예들이 손으로 만들었을 법한 레이스로 된 천으로 덮여 있었다. 거실과 연결된 각각의 침실에는 커다란 세면기에 세면용 물을 담아 두는 도자기와 대야가 부착되어 있었다. 라리사는 침대 옆에 있는 작은 서랍장 아래의 문을 열어 보더니 환호성을 지르며, 그 안에서 세월로 조금 깨진 오래된 요강을 꺼냈다.

"이것 봐! 세상에 이런 건 더 이상 어디에도 없을걸? 아마 여기에는 분명히 나그네들의 말을 위한 마구간이나 노예들이 지냈던 헛간 같은 곳도 그대로 남아 있을 거야. 우리 정말 운 좋다, 그지?"

그래, 우리가 운이 좋다는 건 진작 알고 있었다. 우리는 부르봉 거리를 따라 걸었다. 목련 향기, 말똥 냄새, 마리화나 냄새가 가득했다. 뉴올리언스는 마치 새 장난감을 가진 아이처럼 자기 자랑을 해 댔다. 교차로와 사거리마다 나이 어린 춤추는 이들, 플루트 연주자들, 기타 연주자들, 나이 든 드럼 연주자들, 어떤 것이든 소리를 만들어 내는 사람들이 있었다. 일반 카드, 타로 점 카드와 팥, 색깔 있는 쌀, 농업과 관련된 물건들, 돌멩이, 깃털과 병아리 들을 갖고 있는 온갖 종류의 점쟁이들도 많이 앉아 있었다. 고깔모자를 쓴 점성술사들과 마술사들, 댄서들—크레올들과 흑인들, 아메리카 인디언들, 인도인들—도 있었다. 유대인의 좋은 집을 뛰쳐나와 이 소용돌이 속으로 사라진 열여섯 살짜리 어떤 우리 친구의 딸도 이곳에 있을 터였다. 예나 지금이나 마찬가지다. 테네시 윌리엄스도 언젠가는 이곳으로 도망을 왔다. 그리고 이 소용돌이

속에서 『욕망이라는 이름의 전차』를 썼다. 도시 전체가 항상 음악으로 가득했다. 모든 교차로가 쩌렁쩌렁 울려 댔다. 사람들이 모인 곳의 열린 문 여기저기에서부터 음악이 흘러나왔다. 음악은 또 벽 사이를 비집고 방울져 흘러나왔다. 크레올들의 뜨겁고 강한 음식 냄새가 심했다.

그런데 관광 시즌이 아직 시작되지도 않았고, 저녁 시간도 이제 겨우 시작이건만 모든 카페와 레스토랑, 클럽, 바에는 입추의 여지가 없었다. 늪지대와 악어, 관개 운하와 함께 루이지애나를 유명하게 만든 습기 찬 더위도 아직 시작되지 않았다. 음악 때문인지, 아니면 선술집의 냄새 때문인지 일렁이는 바람이 부르봉 거리를 느릿느릿 서성이고 있었다. 우리는 무언가 먹었으면 했지만 자리가 없었다. 우리는 "저희 가게에서는 색소포니스트인 게리 브라운이 연주합니다"라는 간판 옆에서 잠시 멈추었다.

우리가 이 간판을 쳐다보고 있는데 음악이 잦아들었다. 그리고 때마침 사람들이 건물에서 나오는 틈을 타 우리는 안으로 들어갔다. 게리 브라운이라는 사람의 휴식 시간이었던 것이다. 우리는 빈자리에 앉아 럼이 섞인 이 지역 음료를 시키고는 앉아서 조용히 즐거운 한때를 보내고 있었다. 우리는 천천히 갈색의 달콤한 알코올을 들이켜고는 다시 '마르가리타'를 시켰다.

"이곳엔 완전히 존재론적 휴식이 있구나." 라리사가 마침내 입을 열었다. 나는 그녀가 무엇을 염두에 두고 하는 말인지 이해할 수 있었다.

"항상 그래."

이 땅의 다른 곳에서는 사람들이 일하고, 그게 모자라 더 일하고, 아예 죽을 때까지 일만 하는데 이곳은 휴식을 취한다는 측면에서 한 말이다. 바텐더가 느리고 공손하게 마실 것을 따라 주며 권했다. 음악가들은 그저 연주하고 싶은 마음이 들어 연주할 뿐이고 점쟁이들은 이 오래된 일에 대한 사랑으로 점을 칠 뿐이었다. 그들에게 돈을 준다면 그들은 그것을 받을 것이다. 하지만 그들은 여기서 일을 하는 것이 아니라 그냥 그렇게 휴식 시간 속에 살고 있는 것뿐이다.

음악가들은 식사와 술을 조금씩 했다. 그들은 또 연주가 하고 싶어졌는지 다시 자기 자리를 찾아 앉았다. 그들은 서른다섯 살 정도의 대머리에 피부색이 밝고 약간 통통하고 긴장이 풀린 듯한 흑인 게리, 자메이카 출신으로 보이는 베이시스트 흑인, 항상 웃고 있는 마른 기타리스트였다. 그러고 나서 동양적인 외모의 건반 연주자와 나이가 아주 많이 들어 보이는 퍼쿠셔니스트가 나왔다. 그는 다른 사람을 대신한 사람이었는데 모두가 아주 기뻐했다. 왜냐하면 그는 유명인이었고 또 오늘 연주하기로 되어 있지 않았는데 그냥 그곳을 지나가다가 마음이 동해 연주에 동참하는 것이라고 했다……. 그들이 연주를 시작했다.

불쌍하고 불쌍한 백인들. 그들은 덜 구워진 미완성품들이다. 정치적으로 상황을 잘 파악하는 아메리카 인들―즉 백인인 개신교 앵글로색슨들―이 나에게 말하길 흑인들의 음악을 흑인들 앞에서 칭찬하면 그들에게 모욕이 되니 안 된다고 한다. 흑인들이 음악을 제외한 다른 면에서도 백인보다 열등한 것이 아닌데 단지 자신들의 음악에만 사람들이 저토록 환호한다는 것이 그들을 천배나 모욕감을 느끼게 만든다는 것이다. 나는 대체 뭐가 기분 나쁜 건지 알 수가 없지만 말이다. 그들은 연주하고 노래하고 춤을 추었다. 진정 어린 기쁨과 환희! 그들은 어찌나 끝내주게 연주를 하는지 우리 게으른 백인들의 영혼도 뛰어오르고, 두근거리고, 흥이 올라 춤을 추었다. 신도 기뻐하며 하늘에서 춤을 추고 있을 거라는 생각이 들었다. 어찌나 좋던지 수십 년간 읽어 온 책들로 근심 많은 머릿속에 쌓아올린 모든 무거운 생각들이 전부 다 밖으로 날아가 버릴 정도였다. 모든 문제들이 게리 브라운과 그의 멋진 친구들로 인해 먼지처럼 사라져 버렸다.

그다음 게리는 입에서 파이프를 빼내더니 소리쳤다.

"모두 춤추자고요!"

하지만 아직 우리같이 나이 지긋한 사람들이 늙은 뼈들을 흔들어 대기에는 자못 이른 감이 있었다. 그때 문이 열리면서 댄스홀의 텅 빈 무대를 지나 춤꾼으로 태어난 흑인의 걸음걸이로 건장한 흑인 청년이 들어왔다. 걸어 들어오는 모습 자체가 이미 춤이라도 추는 것 같았다. 그가 나에게 다가와 같이 춤을 추자고 하였다.

나와 라리사는 이 남자가 뭘 하자는 것인지 이해하는 데 많은 시간이 걸렸다. 그가 춤을 추길 원한다는 것을 알고 나서 라리사가 입술을 달싹거리며 나에게 말했다.

"내 생각엔 지금 이 사람이 너랑 같이 춤을 추자고 하는 것 같은데?"

"나 영어 못하는데." 놀란 내가 말했다.

"프랑스 어는요?" 청년이 미소 지었다.

"아뇨, 아뇨, 프랑스 어는 더 못해요." 나는 거의 멍해졌다.

"그런데 제가 지금 이야기하자고 하는 것이 아니라 춤추자고 하는 거잖아요?" 청년이 웃었고 나는 걸어 나갔다.

춤을 추러 나가는 사람들은 우리가 처음이자 유일했다. 다른 사람들이 모두 우리를 쳐다보았다. 나는 그들 중에 라리사와 같이 쇼에 참가한 두 명의 나이 지긋한 여인들이 있다는 것을 눈치 챘다. 그들은 나만큼이나 놀란 눈치였다. 나는 제자리에서 흔들었고, 다리를 움직이고 팔을 흔들고, 몸통에서 잉여적인 것들을 던지고, 계속해서……

젊었을 때 나는 부기우기부터 시작해서 로큰롤까지 춤추는 것을 참 좋아했다. 그때 나는 이러한 춤들에 나의 모든 자유에 대한 열정과 소비에트의 부패에 대한 저항과 실망, 악의, 분노를 모두 담았다. 그리고 나의 몸은 마치 잠에서 깨어나듯이 그때의 느낌을 그대로 기억하고 있었다. 흑인 젊은이는 탁월한 댄서였다. 그는 나를 던졌다가 잡았다. 그리고 나는 몸을 제대로 가눠 실수하지 않았다. 거의 20년 동안 나는 춤을 추지 않았다. 젊었을 때도 이렇게 춤을 잘 추었던 적은 없었던 것 같았다. 이후 몇몇 커플들이 홀로 나오기 시작했다. 하지만 그들은 주변에 아무도 없는 것처럼 서로서로에게 길을 터 주면서 서로를 방해하지 않았고 가장자리에서 춤을 추었다. 그다음 탱고 비스무리한 음악이 나왔다. 하지만 '슬로우, 아주 슬로우'였다. 우리는 완전히 다른 물결을 타고 있었고 심지어 이야기도 나누었다. 그는 내가 어디에 사는지 물어보았다. 나는 모스크바에 산다고 대답하였다. 그는 마치 춤의 신같이 몸을 놀렸고 나는 늘 그 안에서, 그의 충만하고 완벽하며 느긋한 포옹 안에서 춤을 추는 것 같았다. 그는 나에게 뉴올리언스에 같이 남지 않겠느냐고 물었다.

"뉴올리언스에 남고 싶은지 아닌지는 잘 모르겠지만요, 당신하고 춤을 추고 싶은 건 확실해요."

"그럼 춤을 추죠." 그가 웃었다.

그는 잘생겼고 젊은 사람이었다. 이때 음악이 끝났고, 그는 나를 우리 테이블로 데리고 갔다. 그는 빈 의자에 앉았다.

"당신 친구한테 뉴올리언스에 남지 않겠느냐고 물었더니 좀 망설이고 있어요."

원래 컸던 라리사의 눈이 두 개의 하늘색 파베르제 부활절 달걀*

처럼 커졌다.

　이때 즈음 나는 이미 좀 정신을 차린 후였다.

　"아뇨, 그럴 순 없어요. 저는 모스크바에 살아요." 내가 아쉽다는 듯이 말했다.

　"제가 당신과 함께 모스크바에 갈까요?" 그가 물었다.

　라리사의 눈은 더 커질 수가 없을 정도로 커졌다.

　"모스크바에 남편이 있어요." 내가 고백했다.

　"안타깝네요." 젊은이가 말했다. "당신이 정말 내 마음에 들었는데. 뉴올리언스에 정말 남을 수 없어요?"

　"아뇨." 내가 한숨을 쉬었다. 그리고 우리는 영원히 헤어졌다.

　라리사는 내 삶이 변할 수 있도록 자신의 눈앞에서 내게 주어진 청혼이 이루어지고, 내가 이 기회를 놓치지 않도록 서류를 만들어 주겠다고 약속했다. 그녀는 또한 나에게 일어난 일이 현실에서는 거의 불가능한 일이라는 말도 잊지 않았다. 왜냐하면 뉴올리언스는 인종 차별이 심한 도시이기 때문이다. 이곳은 흑인 젊은이가 백인 여자에게 아무렇지 않게 춤을 추자고 할 수 있는 뉴욕이나 캘리포니아가 아니다. 이곳에서는 그런 행동이 받아들여지지 않는다. 또한 그녀는 내가 소설을 쓰면서 항상 이야기를 약간 꼬고 전개를 다듬어서 실제로는 없었던 결말을 부여하는 줄로 늘 알고 있었다고 고백했다. 그런데 이제 그녀는 내가 거짓말을 하지 않는다는 것을 믿는다.

　다음 날 라리사의 쇼가 시작되었을 때 그녀의 동료인 두 여인이 그녀에게 다가왔다. 그리고 그중 하나가 조용히 그녀에게 물었다. 당신 친구한테 어제 그 흑인 젊은이가 여기 남아 달라고 했던 게 정말이에요?

　"정말이에요." 라리사가 자랑스럽게 대답했다.

그날은 내 여자로서의 자긍심이 선 날이었다.

한 가지 말해 두는 걸 잊어버린 게 있다. 몇 년 동안 아르메니아 여인의 예언이 담겨 있던 책은 『기사 드 그리에와 마농 레스코의 이야기』*이다. 라리사에게 인사를 전한다. 라리사, 잘 지내지?

# 일반석 객차

우리는 짐을 대충 쌌지만 전통을 무시하지는 않았다. 그래서 보드카, 정어리, 빵이 준비되었다. 이것들은 모두 그 하나하나가 아주 중요했다. 왜냐하면 우리가 가려고 하는 시골에는 가게 따위는 사라진 지 이미 오래였기 때문이다. 더 솔직하게 말하자면 배낭은 음식으로 가득 차 있었다.

때는 12월 30일이었다. 한 해의 끄트머리. 줄은 길었지만 어쨌거나 사벨로프스키 역에서 우리는 표를 살 수 있었다. 표를 구하고자 하는 사람들은 좌석 수보다 두 배나 많았다. 그런데 그 모든 사람들에게 표를 팔았다는 것이 곧 밝혀졌다. 플랫폼에는 무언가 향수를 불러일으키는 광경이 펼쳐졌다. 연이은 폭격을 피하기 위해 피난을 갔던 전쟁 시절인 듯한, 그 시절의 영화를 촬영하는 듯한…… 전쟁 중에 어린 시절을 보낸 내 친구들은 그 시절의 노련미를 일깨워 선보였고 우리는 사람들이 넘쳐 나는 객실로 꽤 교묘하게 진입할 수 있었다. 그렇게 우리는 북쪽으로 떠났다…….

객차는 일반실이었다. 사람들은 점점 더 빽빽해졌다. 바보들은 꽉 긴 채로 의자에 앉아 있었고 똑똑한 사람들은 벌써 찻간 벽 위쪽에 설치된 선반 위에 올라가 누워 있었다. 우리는 통로에 서 있었다. 아직 좁고 추웠다. 하지만 이제 곧 덥고 답답해질 것이다. 그 때 즈음이면 똑똑한 놈들이나 바보 같은 놈들이나 마찬가지로 모두가 취해 곯아떨어질 것이다. 정확히 말하면 이 과정은 기차가 출발하자마자 시작되었다. 기차가 출발하자마자 모두가 꺼내 들었다. 무엇인지는 묻지 마시라. 바로 그것. 술병이었다. 우리만 빼고 모두들 술병을 쥐고 있었다. 우리가 술병을 꺼내지 않은 것은 우리가 술병을 갖고 있지 않아서가 아니었다. 그것은 왜냐하면 사람들이 진풍경을 만들어 내었기 때문에 기차 길을 무대 배경으로 하는 이 자연적인 삶의 장면에서 눈을 뗄 수가 없었기 때문이었다……

첫 번째 장면에 나타난 사람은 차장이었다. 취기가 약간 도는 마트료시카 같은 얼굴의 이 여인은 마치 루벤스 그림의 모델처럼 보였다. 그녀는 건장한 사람이었다. 취기가 오름에도 불구하고 그녀는 완전히 풀어헤쳐지지 않았다. 목소리는 위력적이면서도 밝았고, 어떠한 모욕도 간과하지 않을 것 같았다. 만일 누군가에게 험한 말을 해야만 한다면 경찰마저 얼굴이 붉어질 정도로 스스로 험한 말을 입에 담을 수 있는 여인이었다. 자리 수에 비해 표가 두 배나 많이 팔린 것을 알고 있던 그녀는 이 상황을 완벽하게 조절하고 있었다. 누구는 오른쪽으로, 누구는 왼쪽으로, 아이를 데리고 있는 아낙은 앉히고, 휴가를 나온 병사들은 자리에서부터 일으켜 세웠다…… 젊은이들, 기다려요, 자리를 잡아 줄게. 하지만 병사들은 병사들 나름대로 서두르는 이유가 있었다. 그들은 여덟 시간을 기차에서 보내야 하고 이 시간 동안 놀다가 잠도 좀 자두어야 하고 또다시 놀아야 한다. 하지만 그들은 믿음직한 사람과 동행하고 있었다. 바로 곰 같은 엄마였다. 그녀는 자신의 아들 콜카와 그의 고향 친구들인 보브카와 세료가를 맡아 데려가고 있었다.

우리 옆에는 다섯 명으로 이루어진 점잖은 가족이 있었다. 중년의 엄마와 아빠, 그리고 그들의 아들과 그 부인, 독일산 양치기 개. 다른 사람들보다도 개에게는 기차가 더 불편했을 것이다. 긴 의자 아래에 웅크리고 자리한 개는 신경을 다스리고 있었다. 모든 사람들이 개를 불쌍해하고 쓰다듬었다. 특히 나이 든 여주인은 말했다. "아이고, 우리 예쁜이, 걱정 말아요, 화나게 하지 않을게." 개는 부르르 떨고 있었다. 아버지는 아들과 함께 이미 한잔하고 있었다. 발에 땀이 나는 아버지는 구두를 벗고 쉬고 있었다…… 소시지, 닭…… 드시지 않겠어요?

좋은 사람들이었다. 착하고 후한 사람들…….

화장실이 가까운 우리 옆 통로에는 연인이 있었다. 어리석은 젊은 커플이 아니라 서른 살은 넘어 보이는 결혼한 성인 부부였다. 그들로부터 사랑이 절로 풍겨져 나왔다. 특히 여자한테서. "슬라빅, 뭐 마실 거야? 슬라뱐스카야* 줄까, 아님 하이네켄을 줄까, 아니면 물? 물을 줄까?"

그녀는 여덟 개 정도의 똑같은 모양의 비닐봉지를 갖고 있었고, 하나하나 털고 묶고 두드려 댔다…… 그리고 남편은 코로 좋고 싫은 것을 가리키고 있었다…… 신기했다. 어떻게 그렇게 빠르게 골라내는지…….

군인들이 차량 간 통로에서 돌아와 다시 의자에 앉았다. 이미 오줌들을 싸고, 욕설을 주고받고 티격태격하던 그들은 벌써 화해를 한 듯했다. 동정심 있고 마음 착한 사람들…….

그리고 우리 셋―내 남편과 디마, 그리고 나―도 이 사람들과 같은 민중이다. 우리도 다른 사람처럼 옷을 입고 있다. 모자, 장갑, 반 털 점퍼. 음식도 다른 사람들이 가지고 온 것과 마찬가지다. 빵, 소시지, 치즈, 보온병에 담아 온 차…… 그 차를 우리도 지금 마신다.

"아니, 당신들은 같은 동족이 아닌 것같이 그러시네요." 그들은 짐짓 우리를 탓하며 계속해서 먹을 것을 권한다.

비닐봉지를 잔뜩 든 옆의 그 여자는 식료품점에서 일하는 판매원이었다. 그녀는 자신들의 사정에 대해서 전부 이야기해 주었다. 예전에는 자신이 점장이었는데 지금은 별 재미가 없어 다 제쳐 두고 아이 둘은 할머니에게 맡겨 둔 채 친척 집에 가는 중이라고 했다. 그들에게 문제가 있다면 그것은 아파트 장만이라고 했다.

그녀의 남편인 슬라빅은 중국 관료처럼 대단한 사람인 양 행세를 하며, 만사가 불평스러운 사람이었다. 처음에 그는 춥다고 하더니 다음에는 덥다고 했다. 그다음에는 맥주가 쓰다고 불평을 하고 그다음에는 다시 보드카가 약하다고 불평을 했다. 열차가 더디게 달리는 것도 그에게는 불만이었다……. 식료품에서 일한다는 그 여인은 그의 비위를 맞추어 주려고 이래저래 안달이었다. 그런데 그는 술을 더 마시면 마실수록 더 심해졌다…….

객차 안은 조금 정돈되었지만 여전히 사람으로 가득 차 있었다. 사람들은 겨우겨우 자리를 차지하고 있었다. 때때로 아코디언을 한 쪽만 걸쳐 멘 술 취한 남자가 통로를 비집고 다녔다.

"제 배낭 못 봤어요?"

그가 그렇게 매번 지나갈 때마다 그는 점점 더 취해 있었고 아코디언은 점점 더 바닥에 질질 끌리게 되었다. 배낭은 여전히 찾지 못하고 있었다……. 사람들이 말하길, 그를 배웅하러 나온 여인이 그의 외투 끈에 배낭을 묶어 주었다고 한다. 그런데 지금은 외투도 없다…….

어딘가에서는 사람들이 서로를 형제라고 부르고 또 어딘가에서는 주먹다짐이 벌어지고 있었다. 병사들의 어머니는 바빴다. "보브카, 세료가, 너희들 왜 이러는 거야? 왜 주먹을 휘두르고 그래? 멍이 잔뜩 들어서 엄마한테 가려는 거야?"

그녀는 바보들을 조용하게 만든다……. 대체 왜 이렇게 좋은 여자들한테서 이런 경박한 강아지들이 나오는 것일까?

가족들이 앉아 있는 자리에서는 합창 소리가 울려 퍼지고 있었다. "왜 떨며 서 있느냐, 가련한 마가목이여?"

독일산 양치기 개는 귀를 접고 웅크리고 있었다……. 공손한 아들은 아버지를 화장실로 데리고 갔다. 아버지에게 구두를 신겨야 한다는 것은 잊은 채였다. 사람들이 아들에게 가르쳐 준다. "아버지 신발 좀 신겨 드려라. 화장실은 무릎까지 물이 찬 지 오래되었단다."

아들은 아버지를 앉히고 구두를 신겼다. 그들이 없는 동안 시어머니는 신파조의 노래를 마치고 나서 며느리에게 자신이 어떤 사람인지 알렸다. 며느리도 그녀에게 무언가 말을 했다. 강한 비명 소리가 들렸다. 개가 더 이상 참지 못하고 울음소리를 냈다. 드라마틱한 긴장감이 더 커졌다. 젊은이는 아버지를 변소에서 데리고 나왔다. 모멸당한 젊은 부인은 시어머니를 혼내 주라고 남편을 부추긴다. 개의 울부짖음은 곧 깨갱거림으로 바뀌었다. 개에게 부인은 마치 선한 요정처럼 잘 대해 주었다. 뽀뽀를 해 주자마자 "어이구, 이 불쌍한 것, 기분이 상했구나!"라고 말하곤 갑자기 커다란 울리는 목소리로 명령했다.

"앉아!"

개가 앉아 있는 곳으로부터 무언가 의심스러운 액체가 흘렀다. 젊은 부부는 개를 화장실로 끌고 갔다. 개는 저항했다. 개의 눈에는 절망과 광기가 서려 있었다. 만일 사람이었다면 그런 눈을 가지고서는 자살할 수밖에 없었을 것이다.

모두는 서로서로에게 관심을 가지고 있었다. 하지만 선량함은 곧 공격으로 변했다. 누군가는 킥킥대고 누군가는 흐느꼈다. 자신의 영혼의 냄새를 풍겨 대는 아코디언을 선반대에 부딪히던 그 사람은 찻간과 찻간 사이를 왕복하며 자신의 배낭을 계속 찾고 있다. 슬라빅은 장난 아니게 심각해졌다.

"기차가 대체 왜 이래? 이따위 기차에서 내릴래! 기차 좀 세워 줘요! 날 마중하러 나오라고 하란 말이야. 내 우주 통신기는 어디 있어?"

그러자 부인이 그를 달랬다. 무슨 말을 하는 거야, 슬라빅, 당신 전화는 작은 책상 위에 두고 왔잖아……. 그러고는 우리에게 자랑하듯 말했다. 이이는 전화 교환수거든요, 특별 통제과에서 일하고 있어요.

우리는 눈이 커다래진다. 저 사람이 무슨 전화 교환수야, 전신수겠지! 체호프의 작품에서나 등장하는 불멸의 전신수, 그 미친 듯이 날뛰어 대고, 배부른 전신수 말이야. 이런 사람이 우주 통신을 한다고? 새-삼두마차도 줘! 기차 좀 정말 세워야겠네! 그러면 헬리콥터도 보내 줄 거야.

이것은 완전히 러시아식 부조리극이었다. 밤 12시가 넘어갔다. 벌써 12월 31일이 되었다.

기차는 고주망태가 되었다. 자거나 눈을 뜨고 있는 차장, 군인들, 잠든 사람들, 눈을 뜨고 있는 사람들,—모든 사람들이 신선한 알코올성 입김을 내뿜고 있었다. 명절이 가까워 오고 있었다. 다 토해 내려면, 다 얻어터진 면상들이 되려면 아직 많은 시간이 남아 있었다.

우리는 우리가 조금 뻔뻔스럽다는 것을 느꼈다. 우리는 술을 마시지도 않았고 이 사람들과 섞이지도 않았다. 우리는 멀쩡한 눈으로 마치 유엔에서 나온 참관자들처럼 옆에서 쳐다볼 뿐이었다. 하지만 우리 셋 말고도 또 한 쌍의 눈이 이 광경을 멀쩡하게 감상하고 있었다. 위에서 잘생긴 한 사람이 고개를 내밀고 있었다. 그는 푸른색 줄무늬 티셔츠를 와이셔츠 밑에 받쳐 입고 있었고, 얼굴을 보아하니 아마 여기 출신이 아니라, 북 캅카스 출신으로 보였다. 옅은 갈색의 머리카락, 주걱처럼 올라온 턱, 영화 속 보조개, 슬라브식의 부드러움이 없는 날카로운 코. 체첸 사람인가? 그의 호기심 가득한 눈은 이 광경을 뚫어지게 쳐다보고 있었다…….

우리는 카신에서 내렸다. 그 '체첸 사람'도 우리와 함께 내렸다. 주변은 칠흑같이 어두웠고 추위는 영하 30도는 족히 되었다. 따뜻한 기차역으로 사람들이 몰렸다. 여기 기차역 광장에서부터 곧 각 시골 마을로 버스가 출발할 것이다. 사람들이 발을 동동 구르며 버스를 기다렸다. 우리는 두 시간가량을 기다려야 했다.

긴 의자를 따뜻한 난로가 있는 곳으로 돌려놓았다. 그제야 우리는 배낭에서 술병을 꺼냈다. 그러고는 그 '체첸 사람'을 불렀다. 그는 어려워하지 않고 우리에게 다가와 자기소개를 했다.

"저는 이반 야코블레비치입니다. 저는 사실 정확히 말하면 네덜란드 출신 독일인입니다."

나는 깜짝 놀랐다. 이것은 내 책의 소재 거리가 될 수 있음이 틀림없었다. 사냥꾼에게 짐승이 덤벼든 것과 다름없었다. 이건 연재 소설, 아니 텔레비전 드라마로도 만들 수 있는 소재였다. 그는 한 잔을 들이켜더니 자신의 이야기를 시작했다.

"제 가족은 안나 요안노브나 황녀 시대에 네덜란드에서 광산이 있는 쪽으로 옮겨 왔지요……. 제 조상들은 메노파* 신도였거든요. 메노파가 뭔지 아세요?"

우리는 메노파가 무엇인지 알고 있었다. 이반 야코블레비치는 감동을 받았다. 자기 생애 중에 처음으로 메노파가 무엇인지 아는 사람들을 만났다고 했다…….

그는 독일어를 거의 잊어버렸다. 어머니는 아직 독일어를 말하지만 자기는 말은 못하고 들으면 이해하는 정도라고 했다. 그의 가족은 다시 알타이에서부터 중앙아시아로 이주하였다. 제대하고 나서 곧바로 러시아 여인에게 장가를 갔다고 한다. 그는 그 누구보다도 일찍 중앙아시아에서 떠나야 한다는 것을 깨닫게 되었다고 한다. 그리고 러시아로 들어왔다. 집을 사고 살림을 시작하였다. 부인은 간호사였고 아이는 셋이었다. 그는 모스크바에서 버스 운전기사로 일한다고 한다. 여기 트베리 주에는 일거리가 없다고 했다. 그의 별명은 체첸이었다.

그는 말을 잘했다. 그는 바른 언어로 생기 있게 말했다. 군대나 수용소에 있던 사람들에게 보이는 그 흔한 경박한 욕 같은 것은 하나도 섞여 있지 않았다. 그의 다른 모든 형제들은 독일로 떠났다. 그는 독일로 가기 싫었다. 이곳이 그에게는 조국이었기 때문이었다.

우리는 그의 말을 경청했다. 그는 구체적인 이야기들도 마다치 않고 하였다. 그는 질문을 하지 않았다. 그다음 시계를 바라보았다. 갈 시간이에요. 당신들을 만나서 좋은 시간을 보냈어요. 감사합니다. 교양 있는 사람들을 만나 이야기한다는 것이 보통 드문 일이 아니거든요. 그렇게 말하고는 그는 떠났다. 레스코프의 말처럼 우리 짜르 곁에는 별별 사람이 다 있다…….*

우리가 탄 버스는 꽁꽁 얼어서 심지어 울리는 소리까지 났다. 밤은 끝이 나려 하지 않았고 추위는 더욱더 심해졌다. 한 시간을 넘게 가서야 우리는 한 마을에 도착하였다. 드문드문 있는 농가들에서 불빛이 새어 나오고 있었다. 개들이 짖었다. 우리의 목적지 마을에 도착하려면 숲을 걸어서 6킬로미터쯤은 가야 했다. 숲이 아닌 길로 갈 수도 있었지만 그렇게 가려면 2킬로미터를 더 걸어야 했다. 우리는 밤의 숲을 지나가기로 했다. 길은 곧 오솔길로 접어들었고, 오솔길은 곧 눈 속에 묻혀 버렸다. 우리는 아무도 밟지 않은 길을 따라 걸었다. 눈이 무릎까지 닿았다. 우리는 오랫동안 걷고 또 걸었다. 잠시 쉬려고 멈춰 선 우리는 뜨거운 차를 마시고 모닥불도 피웠다. 숲은 추위에 몸이 쑤신 나뭇가지들이 삐걱거렸다. 우리는 완전히 고립되어 이곳을 빠져나갈 수 없을 것 같은 느낌을 받았다. 마침 해가 점점 밝아 오고 있었다. 멧돼지나 여우, 토끼 들의 흔적이 보이기 시작했다. 개의 흔적도 물론 있었다. 얼어붙은 나무들이 탁탁 튀는 소리를 내는 가운데 어떤 종류인지 모를 새들이 지저귀고 있었다. 나는 꿈속, 이 세상이 아닌 초시간적인 공간을 걷고 있는 듯한 느낌을 받았다……. 그런데 갑자기 이때 숲이 사라졌다. 우리는 숲의 가장자리에 도착해서 열린 공간으로 나왔다. 이제는 날이 완전히 밝아 있었다. 우리 뒤로는 어마어마한 소나무들이 벽을 이루고 서 있었다. 우리는 잠시 멈추어 찾아낸 마을을 바라보았다. 농가들의 굴뚝 어느 곳에서도 연기는 나지 않았다.

이때 일이 발생했다. 그것은 마치 폭발과 같았다. 모든 것이 갑자기 타올랐다. 우리 등 뒤의 소나무들이 노란 촛불의 불꽃처럼 타올랐다. 이것은 태양이 솟아오른 것이었다. 모든 것이 새해 아침의 햇볕으로 번쩍거렸다. 어린 시절에나 꿈속에서만 가능했던 아름다운 광경이 펼쳐졌다. 이 광경의 최절정에 푸드덕거리는 소리가 나더니 내 발 아래에서 큰 회색 꿩이 날아올랐다.

이야기도 이제 거의 끝이 난다. 디마의 집은 어찌나 얼어 있던지 쥐도 살지 못하고 떠날 정도였다. 이 마을의 노파들도 겨울은 모두 도시의 친척들 집에서 지낸다. 여기에서 혼자 겨울을 지내던 외로운 노파는 8년쯤 전에 세상을 떠났다.

우리는 다행스럽게도 이 마을에서 별장 생활을 하는 한 남자를 찾아낼 수 있었다. 그는 가을부터 도시의 번잡함과 사랑하는 아내와 떨어져 이곳에 있었다. 그는 텅 빈 시골 마을에서 개와 고양이와 함께 사는 것이 마음에 들었다. 가끔 그는 스키를 타고 이웃 동네로 가 빵과 우유를 사 온다고 했다. 드럼통에는 술이 차 있었고 창고에는 먹을 것이 저장되어 있었다. 연금 생활자인 그는 독서도 하고 그림도 그리고 장작도 팼다. 그는 홀로 술을 마셨고 누군가가 옆에 있을 때에는 인생을 논했다. 아주 멋지고 독특한 사람이었다. 그는 우리가 자기 집에 흘러들었을 때 매우 기뻐했다. 마침 그는 난로를 덥히고 있었다.

저녁때가 되어 우리는 그의 시골집에 상을 차렸다. 디마의 집은 이틀은 덥혀야 지낼 만했기 때문이다. 새해 복 많이 받으세요!

그리고 그렇게 식탁에는 휴가 나온 군인들, 전신수와 그의 아내인 판매원, 그리고 즐거운 가족과 신경이 예민한 개, 체첸이라는 별명을 가진 네덜란드 출신 독일인, 루벤스의 그림에나 나올 법한 늙어 빠진 마트료시카 얼굴을 한 차장이 앉았다.

이들이 바로 내 동포들이다. 이 얼마나……

마지막

그들은 셋이 앉아서 이야기를 나누고 있었다. 그리스도, 부처, 게오르기 미하일로비치 긴즈부르그.

그런데, 그들이 할 이야기라는 게 뭐가 있겠는가? 그들은 앉아서 미소 짓고 있을 뿐이다.

가장 고귀하신 분, 안드레이 신부께서 그들에게 오신다 해도, 그들은 그를 받아들이지 않을 것이다.

그들은 말할 것이다. "정교회 신자는 받지 않아, 가톨릭 신자도 받지 않아, 무슬림도 받지 않아, 당연히 유대인도 받지 않지.

무소속만 받는다고."

그러면 누구를 받아들인다는 걸까? 정신박약인 소녀 타냐 크냐제바, 다운증후군인 사샤 코즐로브, 그리고 바보 성녀 나타샤 고르바네프스카야—정교 신자이지만 그녀는 받아들일 것이다—를 받아들인다는 것이다.

그런데 똑똑한 사람들은 하나도 받아들이지 않는다. 난 멀찌감치 서 있을 것이다.

그렇다! 고통받았다고 해서 다 받아들이는 일도 없다. 그게 뭐, 별거라고.

노력했다고 해서 받아들여지는 것도 아니다!

사람들은 "하느님, 굽어보소서! 하느님, 도와주소서! 하느님, 용서해 주소서!"라고 습관적으로 말하곤 한다. 이러한 외침은 대부분 습관에서 비롯된 염치없는 짓이다. 그럼에도 모든 것을 얻으려 하면서 겨우 개미만 한 노력을 하는 것을 용서하소서!

하고 싶은 것은 모두 해도 된다. 푸른 사과 3킬로그램을 한 번에 먹어 치우고, 보드카 두 병을 다 마셔 버리고, 암탕나귀 혹은 그 암탕나귀의 아버지 당나귀와 자는 것.

단지 하얀 코끼리를 생각해서는 안 된다. 그런데 그 하얀 코끼리는 여기 있다.

끔찍한 생각. 아무도 너에게 벌을 내리지 않고 상은 더더욱 주지 않는다는 것.

너는 완전히 자유이며, 너 자신이 너의 심판관이다. 아, 끔찍해!

모든 것이 마치 독일 철도처럼 법칙대로 굴러가기를 바랐다. 호루라기 소리에 따라 정시에 딱 맞춰서. 그런데, 차량 배차원으로 임명되었다. 그러면 나는 걸어서 가겠다.

모든 것을 "주님의 거룩한 뜻이니!"라고 확언한다는 것이 편리했다.

그러나 갑자기―그것이 내 뜻이라고?

대명사를 바꿀 수 없을까?

신에게 예수라는 착한 아들 하나가 있었다.
이 문장에는 정말이지 신경 쓰이게 하는 곳이 있다…….

그리고 성스러운 삼위일체에 관한 이야기는 정말 심하다!

전기(電氣)가 어떻게 만들어졌는지는 모른다.

그런데 신이 어떻게 만들어졌는지 물으면, 손가락 세 개…….

'삼위'라고들 한다. 루블료프의 성화에서는 이것은 매우 설득력 있어 보인다.

하지만 모든 나머지 것들은 완전히 장삿속에 지나지 않는다.

그들이 대체 어떻게 알 수 있겠는가? 그들의 상판을 보라.

가끔은 지하철을 타다가 주위를 둘러보고는 울음을 터뜨린다. 모두들 천사 같은 얼굴이다. 그렇지만, 이런 일은 드물다.

베데스다에서 온 쇼마라는 친구는 DNA가 결코 유전적 정보를 담고 있는 기록이 아니라 우주 컴퓨터로 접속하는 개인 열쇠라는 것을 발견했다. 어떤가?

나와 페탸는 기적을 전혀 믿지 않는다.

그러니까 우리는 기적을 관찰했다.

페탸는 심지어 어느 요가 수련자가 공기로부터 금 사슬 같은 어떤 잡동사니를 만들어 내는 것을 보았다.

그래서 뭐가 어쨌다는 건가?

젖가슴이 단단해지고 몸이 무거워지는 경험을 한 여자는 기적
이 일어났다는 것을 느끼게 된다. 미리암*만 기적을 느낀 것이 아
니다.

그녀가 고해소에 갔다.

"신부님, 저는 이미 아주 오래전부터 바보 같은 행동은 의식적으로 하지 않아 왔습니다. 하지만 종종 사람들에 대해서는 나쁘게 생각하고 짜증을 내곤 합니다."

"그렇습니다, 그래요, 자매님을 십분 이해합니다." 그가 말한다.

"신부님, 주위에는 몽땅 바보들뿐이에요. 저는 그들을 종종 불쌍하게 여기곤 합니다. 하지만 저는 그들을 거만하게 대하고, 어떤 때에는 그 사람들에 대한 경멸감까지 담게 됩니다." 내가 말한다.

"그렇죠, 그렇죠, 자매님을 십분 이해합니다."

"신부님, 머릿속이 쓸데없는 복잡한 일로 가득하지 않을 때면 제가 언제나 기도하고 있다는 것을 발견한 후로는, 적어도 그때부터 저는 기도문을 손에 쥐지 않아 왔습니다. 벌써 오래전이죠."

"네, 네, 무슨 말씀인지 잘 알겠습니다, 자매님. 기도문을 손에 쥐는 건 힘든 일이죠…… 저도 그게 뭔지 압니다."

"신부님, 나이 많은 사람들이 너무 그립습니다. 이제 저보다 나이 많은 사람들이라곤 거의 남아 있지 않답니다."

"맞습니다, 맞아요! 그 맘 잘 이해합니다! 나이 많으신 분들이 하나도 남아 있지 않아요!"

"신부님! 더 이상 영적인 질문들에 관심도 없어져요, 특히 행실 같은 건 이제 제 관심 밖이에요."

"그건 정말 가장 중요한 거예요!" 신부가 외쳤다.

나는 십자가와 신부의 손에 입을 맞추었다. 그리고 신부는 나의 정수리에 입을 맞추었다. 이것이 전부다.

이렇게 나는 팔도 다리도 머리도 잃고, 나이도, 태어난 날도, 죽는 날도 잊는다. 또 내가 남자인지 여자인지, 주소와 이메일도, 이름과 성도 잃어버린다. 이제 좋아질 것이다.

9 **니콜라이 레스코프** 니콜라이 세묘노비치 레스코프(1831~1895). 러시아의 소설가. 대표작으로 『왼손잡이』, 『봉인된 천사』, 『므첸스크 군의 맥베스 부인』 등이 있다.

18 **루블료프** 안드레이 루블료프(1370년경~1428년경). 15세기 모스크바 이콘화파의 대표적인 거장.

33 **사람들이 아니었다** 러시아 어로 숟가락은 '로시카(ложка)'인데 로시카레프(Лошкарев)라는 성이 '로시카'라는 소리를 지니고 있어서 '숟가락'을 많이 만드는 로시카레프와 그의 이름으로 언어 유희하고 있다.

34 **바시카** Васька. 러시아 이름 바실리의 애칭.

35 **푹신** fuchsine. 금속광택이 있는 녹색 결정으로 물과 에탄올에 녹아 붉은색을 띠며, 각종 섬유의 염색 및 알데히드 검출의 시약으로 쓰인다.

37 **슈라** Шура. 러시아 이름 알렉산드르의 애칭.

38 **쇄신된 교회** 10월 혁명 이후 러시아 교회의 혁신파.

**사시카** Сашка. 러시아 이름 알렉산드르, 알렉산드라의 애칭. 이 이름의 애칭으로는 사샤, 슈라 등이 있다.

41 **미샤** Миша. 러시아 이름 미하일의 애칭.

41 **둘시네아** Dulcinea del Toboso. 소설 『돈키호테』에 등장하는 여
주인공의 이름. 델 토보소 마을에 사는 농부의 딸로 돈키호테가 마
음속에 두고 있는 애인이다. 돈키호테는 둘시네아를 악당들에게
잡혀간 공주로 인식한다.

42 **12월 31일과 ~ 제외하고서 말이다** 12월 31일은 한 해의 마지막 날
이고, 5월 1일은 노동절, 11월 7일은 '위대한 10월 사회주의 혁명
기념일'이다. '위대한 10월 사회주의 혁명 기념일'은 러시아 구력으
로는 10월 25일이지만 신력으로는 11월 7일이다.

43 **세르기 라도네시스키** 러시아 정교회의 성인들 가운데 한 분이다.

44 **엠모치카** Эммочка. 엠마의 애칭.

51 **바르바르카가 ~ 않았을 때** 바르바르카는 모스크바의 유명한 거리
의 이름이다. 1514년 성 바르바라에게 바쳐진 석조 교회가 이곳에
지어져 '바르바르카'라고 불리게 되었다. 1933년에는 1670년 스테
판 라진이 일으킨 농민 봉기를 기념하여 이 거리를 '라진의 거리'로
부르게 되었다. 1993년에는 다시 '바르바르카'라는 이름으로 바뀌
었다. 소비에트 시절에는 이 거리에 '외국 문학 도서관'이 있었고,
오늘날 이 도서관은 모스크바 주(州)의 코텔니키(Котельники) 시
에 있다.

**게나** 남자 이름 겐나디의 애칭.

52 **승리 시계** 독일 나치와 벌인 '대조국 전쟁(1941~1945, 2차 세계
대전)'에서 소련이 거둔 승리를 기념해 1946년부터 제작된 손목시
계다. 스탈린이 '승리'라는 이름을 직접 지었다고 한다.

**레트 족** 라트비아의 주요 민족.

59 **베제** безе. 과자의 한 종류인 '머랭(meringue)'의 러시아 어 이름.

60 **안드레이 벨르이 ~ 사바시니코바** 안드레이 벨르이(Андрей Белы,
1880~1934)는 러시아의 대표적인 상징주의 시인이자 소설가이
다. 대표작으로는 소설 『페테르부르크』(1913~1914)가 있다. 막
시밀리안 볼로신(Максимилиан Волошин, 1877~1932)은 러시

아의 시인, 작가, 화가이다. 마르가리타 사바시니코바(Маргарита Сабашникова, 1882~1973)는 막시밀리안 볼로신의 부인으로 러시아의 작가, 화가였다.

**64**  **붉은 별**  Красная звезда. 1923년 소련 정치국의 결정에 따라, 인민 방위 위원회의 언론 기관으로 창설된 신문사로서 1924년 1월 1일에 창간호가 발간되었다. 2차 세계 대전 중에는 기관지로서뿐만 아니라 모든 인민이 읽는 대중지가 되었고, 알렉세이 톨스토이, 미하일 숄로호프, 안드레이 플라토노프와 같은 유명 작가들이 기자로 활동했다.

**세터종**  Setter. 사냥개로 쓰이기도 하는, 털이 길고 몸집이 큰 개.

**콜리**  Collie. 영국 원산의 개의 품종. 흔히 양치기 개라 불리는 종류들 중 하나.

**67**  **데지**  '탈영병'이라는 뜻의 러시아 데제르티르(Дезертир)에서 나온 말.

**80**  **사도보예 콜초**  모스크바 중심가를 둘러싼 환형(고리 모양) 도로 및 산책로.

**85**  **루나차르스키**  아나톨리 루나차르스키(Анатолий Луначарский, 1875~1933)는 10월 혁명에 적극적으로 나선 러시아의 혁명가로서, 소비에트 정부에서 교육, 문화 부서의 고위 관료로 일했다. 번역가, 비평가로도 활동했으며 문화, 예술 분야의 많은 연구를 남겼다.

**100**  **벨르이 날리프**  белый налив. 여름에 생산되는 러시아산 사과의 일종으로 연한 푸른색을 띤다.

**109**  **빛나는 매 피니스트**  '빛나는 매'라는 별칭을 가진 피니스트라는 이름의 청년. 러시아 민중 서사에서 침략자들을 무찌른 영웅으로 매와 함께 지냈다고 전해진다. 오늘날에는 잘생긴 청년을 칭할 때 사용한다.

**110**  **클라우디야**  애칭은 클라바.

**115**  **니트로글리세린**  급성 심장병의 약.

122 **케피르** 플레인 요구르트.

123 **다차** 러시아 인들이 휴일을 즐기는, 도시 변두리 혹은 더 먼 곳에 위치한 작은 별장.

139 **레닌그라드** 도시 상트페테르부르크의 옛 이름.

154 **포민의 주** 러시아 정교회에서 부활절 다음 주 일요일을 가리킨다.

155 **마샤** 마리야의 러시아식 애칭이다.

156 **바냐와 콜랴** 바냐는 이반의 애칭이고, 콜랴는 니콜라이의 애칭이다.

163 **이코노스타스** 러시아 정교의 교회에서 제단과 회중의 자리를 구분하는 벽. 많은 이콘으로 장식되어 있다.

165 **아이들은 ~ 시작했다** 러시아 인들의 이름은 이름, 부칭, 성(姓)의 순서로 이루어진다. 즉 중간에 부친의 이름을 넣어서 부른다.
　　 **이반 알렉산드로비치 티시코프** 남자의 부칭은 아버지의 이름에 '-오비치' 또는 '-예비치'를 붙여서 만든다. 여자의 경우, 아버지의 이름에 '-오브나' 또는 '-예브나'를 붙인다.

168 **세계 시민 사건** 2차 세계 대전 후, 1948~1953년에 걸쳐 친서방적이거나 스파이로 의심되는 소비에트 인텔리겐치아를 추방해야 한다는 운동이 벌어졌다. 주로 유대인에 대한 공격이 이루어졌다.

170 **추콥스키** 코르네이 추콥스키(Корне́й Ива́нович Чуко́вский, 1882~1969)는 러시아의 유명한 동화작가이다.

171 **문화 공원** Парк культуры. 소련 시절, 문화와 오락을 위해 주요 도시에 세워진 공원을 가리킨다.

173 **젤로프 고지의 전투** 2차 세계 대전 당시 소련의 군대와 독일 군대 사이에 벌어진 전투들 가운데 하나를 일컫는다. 젤로프 고지는 베를린에서 동쪽으로 약 90킬로미터 떨어진 도시 젤로프에서 멀지 않는 곳으로, 소련 군대는 이곳을 방어하기 위한 독일군과 1945년 4월 16일에서 19일에 걸쳐 3일간 전투를 벌였다.

181 **가르시아 로르카** Federico García Lorca(1899~1936). 스페인의 시인, 극작가. 대표작으로는 『피의 혼례』(1933), 『예르마』(1913), 『베

르나르다 알바의 집』(1934) 등이 있다.

**184**    **그리고리**   '그리샤'는 '그리고리'의 애칭이다.

**189**    **카렐리야산 자작나무**   핀란드 동부 카렐리야 지방의 우량 자작나무를 일컫는다.

**191**    **젊은이들을 ~ 외쳤다**   러시아 인들의 결혼식에서 전통적으로 지켜지는 풍습이다.

**192**    **대조국 전쟁**   2차 세계 대전을 일컫는다.

**200**    **명명일**   러시아 교회에서 세례명은 성인의 이름을 따르는데, 그 성인의 축일이 바로 명명일이다.

**204**    **트보로크**   우유를 응고시켜서 만든 동유럽 특산 유제품.

**210**    **슈라**   '알렉산드라'의 애칭이다.

**216**    **로모치카**   남편 이름 '로만'의 애칭이다.

**218**    **그녀는 ~ 발견했지만**   러시아 장례식에서는 망자의 이마 위에 종이로 된 왕관을 놓기도 한다.

**224**    **네페르티티**   기원전 14세기 이집트 왕국의 왕비. 클레오파트라와 함께 세계 3대 미녀 중 하나라고 한다.

**227**    **조야**   '조야'의 애칭이 '조이카'이다.

**228**    **알렉산드르 블록**   알렉산드르 알렉산드로비치 블록(1880~1921). 러시아의 대표적인 상징주의 시인. 대표작으로는 「미지의 여인」, 「열둘」 등이 있다.

      **알렉산드르 네프스키**   알렉산드르 네프스키(1221~1263). 13세기 러시아의 대공. 몽골의 지배기에 국민적인 영웅이었다. 특히 네바 강에서 치른 스웨덴과의 전투에서 러시아를 지킨 것으로 유명하다.

      **타타르**   우랄 산맥 서쪽, 볼가 강과 그 지류인 카마 강 유역에 사는 투르크 어계(語系)의 종족.

**229**    **지참금 없는 여인**   러시아 극작가 알렉산드르 오스트로프스키(1823~1886)의 희곡.

**230**    **벨로모르**   소련 시절, 벨로모르-발틱 운하를 기념하여 제작된 담배.

230 **투샤** '타티야나'의 러시아 어 애칭이다.

231 **그녀는 인민 배우라도~써 주었다** 일반적으로 '인민 배우'는 '공훈 배우'보다 더 존경을 받는 칭호였다. '인민 배우'의 칭호는 '공훈 배우' 칭호를 얻은 후 그(녀)가 국가의 예술 발전에 끼친 업적과 공로를 평가하여 약 10년 후 수여되었다.

**카란다시** 본명은 미하일 루먄체프(Михаил Румянцев, 1901~1983)로 소비에트의 유명한 서커스 예술가, 광대이다. '소련 인민 예술가'(1969), '사회주의 노동의 영웅'(1979) 훈장을 받았다. 강아지 '클랴크사'와 함께 공연했다.

**베토치카** 러시아 어로 수의사는 '베테리나르'다.

234 **브록하우스&에프론 백과사전** F. A. 브록하우스와 I. A. 에프론이 1890년부터 1907년에 이르기까지 함께 편찬하여 출판한 러시아 어 백과사전.

**은세기** 러시아 문학사에서 19세기 초, 즉 국민 시인 푸시킨 시대를 일컫는 '황금시대'와 대비하여 20세기 초 상징주의 문학 시기를 일컫는 말로 흔히 쓰인다.

236 **돌고루키** 돌고루키(1090년대~1157)는 중세 러시아의 로스토프-수즈달의 공후로 모스크바 시의 건설자로 알려져 있다.

238 **클류체프스키** 바실리 오시포비치 클류체프스키(1841~1911). 러시아의 저명한 역사가로 모스크바 대학 역사 학부 교수를 지냈다. 전 5권『러시아 역사 강의』(1904~1922)로 유명하다.

243 **Ménage a trois** '삼자 동거'라는 뜻의 프랑스 어.

**보렌카** '보렌카'는 보리스의 애칭으로, '보랴'라는 애칭으로도 불린다.

**이디시 어** 독일어, 히브리 어 등이 혼용된 언어로 중부, 동부 유럽의 유대인들이 사용한다.

259 **야찌** 혁명 전에 쓰이던 러시아 어 모음 'ѣ'. 음가는 'e'와 같았으나 1917년 임시 정부가 러시아 알파벳에서 폐지했다.

259 **메레지코프스키** 드미트리 메레지코프스키(Дмитрий Мережковский, 1865~1941). 러시아의 대표적인 상징주의 시인. 초기 상징주의 이론을 이끌었으며, 아홉 번이나 노벨 문학상 후보에 올랐다. 그의 논문 「현대 러시아 문학의 쇠퇴 원인과 새로운 경향에 대하여」(1892)는 러시아 상징주의를 촉발했다.

**피로크** 만두처럼 속에 고기나 과일잼을 넣은 러시아식 파이.

260 **postfactum** 사후에.

263 **로또** 숫자가 무작위로 적힌 지도 위에, 한 사람이 부르는 숫자의 나무토막을 놓아 가장 먼저 모든 나무토막들을 맞추는 사람이 이기는 게임.

**참새** 제냐 보로비요바의 성은 '참새'를 뜻하는 러시아 어 '보로베이'와 유사하다.

269 **콤소몰** 공산 청년 연맹.

**오포숨** 주머니쥐의 털.

**폴리그라프** 국립 모스크바 인쇄 아카데미.

**스트로가노프카** 국립 모스크바 스트로가노프 예술 산업 아카데미.

**예술 학교** 레닌그라드 무히나 고등 예술 산업 학교.

271 **마야코프스키** 블라디미르 마야코프스키(Владимир Маяковский, 1893~1930). 러시아의 시인, 극작가, 포스터 화가. 혁명 이후 입체 미래주의 작가로 활동하며 소비에트의 새로운 문화, 예술을 창조하기 위해 노력한 러시아의 대표적인 아방가르드 작가다. 대표작으로는 「바지를 입은 구름」(1915)이 있다. 자신의 이상과 소비에트의 현실 사이의 괴리로 괴로워하다가 자살했다. 그러나 소비에트 정권의 타살설도 제기되고 있다.

**보리스 레오니도비치** 보리스 레오니도비치 파스테르낙(Борис Леонидович Пастернак, 1890~1960). 러시아의 시인, 소설가. 미래주의 동인지의 시인으로 데뷔하여 여러 권의 시집을 냈고, 유일한 장편 소설 『닥터 지바고』(1958)로 노벨 문학상을 수상했으나 소비에트 당국의 압력으로 수상을 거부했다. 대표 시집으로는 『나의 누이-삶』(1922)이 있다.

273 **저주받은 시인들** 저주받은 시인들(Les Poètes maudits)은 프랑스의 시인 폴 베를렌이 자신의 논문에서 19세기 중반 일단의 프랑스 시인들(트리스탕 코르비에르, 아르튀르 랭보, 스테판 말라르메)을 가리킨 말이다.

274 **졸업 금메달** 학교 졸업식에서 최우수 성적으로 졸업한 학생들에게 수여하는 금메달.

**안나 안드레예브나** 러시아의 유명한 여류 시인 아흐마토바(1889~1966)의 이름과 부칭.

279 **1968년 프라하 사건** '프라하의 봄'이라고도 말한다. 1968년 봄, 소련이 간섭하던 체코슬로바키아가 시민의 자유를 보장하는 개혁 정책을 펴자, 소비에트 동맹국들이 체코슬로바키아를 침공하여 민주화의 물결을 중단시켰다.

**가브로슈 스타일** Gavroche style. 보이시한 스타일을 말한다.

280 **헝가리 사건** 1956년 헝가리의 시민들이 공산당 독재와 자유 확대를 내세우며 일으킨 '헝가리 혁명'을 가리킨다. 이에 소련은 무력으로 혁명 정권을 무너뜨렸다.

289 **푸드** пуд. 러시아 고유의 도량 체계로 1푸드는 약 16킬로그램 정도다.

290 **츠베타예바** 마리나 츠베타예바(Марина Цветаева, 1892~1941). 러시아의 시인, 번역가. 소비에트 정권을 피해 독일에 망명했다가 모스크바로 돌아와 번역을 생계로 하여 궁핍한 생활을 이어 나가다 1941년 독일군이 모스크바에 진격하자 타타르 공화국으로 피난 갔다가 그곳에서 자살했다. 대표작으로는 『종말의 시』(1926)가 있다.

312 **수난의 토요일** 부활절 전날, 즉 예수의 고난을 기념하기 위한 수난 주간의 토요일.

321 **쿠페** 기차의 4인용 객실.

328 **페레스트로이카** 1985년 소연방 공산당 서기장 고르바초프가 주창한 개혁 개방 정책의 일환. 이후 소연방의 해체로 연결되었다.

332 **모바** 우크라이나 어로 '언어'를 뜻함.

342 **코페이카** 러시아의 화폐 단위. 100코페이카는 1루블이다.

344 **그는 ~ 순서대로** 러시아 어로 영국인(англичан)은 알파벳 첫 자 A로 시작하며 일본인(японец)은 알파벳 끝 자인 Я로 시작한다.

345 **표트르** 러시아의 근대화를 시작한 황제 표트르 1세(1672~1725). 유럽을 여행하면서 직접 새로운 문물을 배우고 러시아에 도입하고자 했다.

346 **카딜로** кадило. 러시아 정교 예식에 쓰이는 줄에 매달린 용기로 독특한 향의 연기가 흘러나온다.

349 **베네치카** 바실리예비치 예로페예프(1938~1990). 러시아 작가. 대표작으로는 『모스크바발 페투슈키행 열차』가 있다. 이 소설은 모스크바에서 페투슈키로 가는 기차 안에서 주인공이 술을 마시며 소비에트의 어두운 현실을 폭로하고 풍자하는 내용을 담고 있다.

351 **브로드스키** 알렉산드로비치 브로드스키(1940~1996). 소연방 시절의 러시아 시인으로, 소연방에서 추방되어 미국에서 활동하였다. 노벨 문학상을 수상하였다.

358 **문화의 집** Дом культуры. 소련 시절, 노동자의 계몽과 대중 문화 행사를 위해 지역, 직업, 조합별로 세워진 문화 시설. '문화 궁전(Дворец культуры)'이라고도 불린다.

374 **포멘코** 아나톨리 티모페예비치 포멘코(1945~). 러시아의 유명한 수학자. 그는 '새로운 연대기'라는 이론을 제시하여, 지금까지의 역사 기록은 모두 조작된 것이며, 세계는 생각보다 오래되지 않았다고 주장했다. 그에 따르면, 고대 문명은 후대 문명이 자신을 투영해서 조작한 환영에 지나지 않는다.

379 **발람의 당나귀** 구약성서 민수기 22장 21~30절에 나오는 당나귀다. 거짓 선지자 발람이 당나귀를 타고 길을 가는데, 그 앞에 천사

가 나타난다. 그러자 당나귀는 벽에 몸을 비비며 주인인 발람의 발을 다치게 하였다.

389  **샤름-엘-셰이크**  이집트 시나이 반도 남단의 고급 휴양지.

396  **치유의 샘**  우크라이나의 트루스카베츠에는 미네랄이 풍부한 샘들이 많아 치료와 요양을 목적으로 많은 사람들이 찾는다.

398  **브라일의 점자책**  루이 브라일(1809~1852). 프랑스의 맹아 교육가. 점자를 발명했다.

399  **마르고**  마르가리타의 애칭.
**에헤그나드조르 치즈**  에헤그나드조르는 아르메니아의 도시로서 특산품으로 치즈가 유명하다.

403  **카자크-강도 놀이**  러시아식 숨바꼭질. 사람들을 카자크, 강도 두 팀으로 나누고 강도 팀은 어디로 도망가서 숨는지 그 방향만 땅바닥에 화살표로 표시한다. 이때, 카자크 팀은 강도들을 잡아넣을 감옥을 만들고 강도들을 찾는다.

410  **파베르제 부활절 달걀**  러시아 황제 알렉산드르 3세가 1885년 부활절에 황후 마리아 페오도로브나에게 선물하기 위해 당시 최고의 보석 세공사 칼 파베르제에게 제작을 명해 만든 것으로 전 세계에 42개밖에 남아 있지 않다.

412  **기사 드 그리에와 마농 레스코의 이야기**  *Histoire du chevalier des Grieux et de Manon Lescaut.* 아베 프레보가 1763년에 발표한 소설. 세계 최초의 심리 소설로 꼽히기도 한다.

415  **슬라뱐스카야**  보드카의 한 종류.

419  **메노파**  재세례파.

420  **우리~있다**  이 부분은 레스코프(Н.С. Лесков)의 책 『성직자들(Соборяне)』의 제2부, 투베로조프와 다랴노프가 나누는 대화에서 나오는 구절이다. 이 구절은 '이스마일 테르모세소프(Измаил Термосесов)'라는 이름에 관한 대화에서 나온다.

441  **미리암**  구약 성서에 나오는 모세의 누이이며, 최초의 여성 선지자다.

# 소비에트 러시아 인, 현대 러시아 인의 삶에 대한 보고서

박종소(서울대학교 노어노문학과 교수)

'박경리 세계 문학상'(2012년)의 첫 번째 해외 수상 작가인 류드밀라 울리츠카야(1943~ )는 우리나라에서 그 문학적 성취도를 인정받기 훨씬 이전부터 전 세계에서 높이 평가된 러시아의 중견 작가이다. 그녀는 일반적으로 작가로서는 뒤늦은 나이인 50대 무렵, 80년대 후반 90년대 초에 작품 활동을 시작하였다. 그러나 그녀의 소설들은 데뷔 직후인 90년대 중반부터 이미 러시아 국내에서 수백만 부씩 발간되며 러시아의 대표적인 문학상을 받았고, 그녀는 러시아 대중의 뜨거운 호응을 얻는 러시아의 대표적인 현대 작가로 자리 잡았다. 오늘날 그녀의 작품들은 유럽, 북아메리카, 아시아 등의 전 세계 주요 국가들의 언어로 번역되어 읽히고, 그녀는 프랑스, 이탈리아, 영국, 오스트리아, 중국 등 세계 문학계의 크고 작은 문학상을 연거푸 받으며 세계적인 작가로 인정받고 있다.

20세기 인류가 경험한 가장 큰 역사적 사건으로 평가되는 소비에트 러시아의 붕괴(1991년)는 러시아의 정치·경제 체제의 변혁은 물론이고, 러시아의 사회·문화적 시스템의 변화를 불러일으켰고, 더불어 러시아 문학과 예술에서도 일대 전환을 가져왔다. 즉 1980년대 중반에 시작된 '페레스트로이카'는 소비에트 러시아의 공식 문학 강령인 '사회주의 사실주의' 원칙에 대한 전반적인 회의와 방기, 폐기로 진행되었다. 마치 1917년의 '10월 혁명'을 전후로 러시아 문화의 '은세기' 기간에 모더니즘과 아방가르드의 다양한 예술 유파들이 출현하여 자신들의 문학적 예술적 강령들을 실험하고 러시아 문화를 꽃피웠듯이, 공산당의 엄격한 검열과 탄압을 벗어난 포스트 소비에트의 1990년대는 러시아 문학이 새로운 이념과 방법을 모색하며 그것을 구현하고자 한 시기라고 할 수 있다.

이 기간에 당의 문학적 검열과 탄압을 피해 서유럽과 미국으로 이민과 정치적 망명 길에 올랐던 러시아 망명 작가들의 작품이 소개되었고, 소비에트 시기 당의 이데올로기적 탄압 속에 판금되었던 작품들이 복권되었으며, 서유럽을 중심으로 한 외국 문학의 다양한 사조와 경향이 유입되었고, 또 추리 소설, 환상 소설, 패러디 문학 등의 대중 문학이 범람하며 혼돈에 가까울 정도로 다양한 문학 흐름이 형성되었다.

그런데 1990년대 러시아 문단이 보여 주는 이런 경향들 가운데 가장 뚜렷한 흐름은 러시아의 '비판적 사실주의' 문학 전통의 복원이라고 할 수 있다. 소비에트 러시아 시기에 당의 공식적인 문학 강령이었던 '사회주의 사실주의' 원칙의 한 이념인 '위대한 혁명의 길'의 실현을 위해 푸시킨과 고골로 그 시원이 거슬러 올라가는 19세기 러시아 문학의 비판적 사실주의의 전통이 단절되었던 것이 사실이다. 일반적으로 네오 감상주의, 네오 사실주의, 포스트 모더니즘, 자연주의로 명명되기도 하는 1990년대 포스트 소비에트의 이 새로운 문학 흐름은 러시아 문학의 비판적 사실주의 미학의 또 다른 형태이기도 하다. 일견 이 흐름은 장르와 주제, 문체적인 측면에서 매우 혼종적이고 이질적인 결합을 보여 주면서 전체를 아우르는 총체적 개념의 부재를 특징으로 하는 듯하나, 실제로는 삶의 자잘한 일상이 갖는 그 '위악함'을 드러내고, 그 가운데 살아가는 사람들의 '소시민성'을 자연주의적으로, 때로는 매우 그로테스크하게 폭로한다는 점에서 공통점을 가진다.[1]

2005년 발표된 울리츠카야의 단편 소설 모음집인 이 소설 『우리 짜르의 사람들』에서 우리는 포스트 소비에트 러시아에서 복원되는 19세기 '비판적 사실주의' 소설 전통을 발견할 수 있을 뿐만 아니라 울리츠카야의 소설이 갖는 일반적인 특징, '작은 인간과 역사 속의 그의 삶의 운명'이라는 주제를 다시 만나게 된다. 작가는 이 작품에서 소비에트 러시아와 현대 러시아에서 '우리 짜르의 사람들', 즉 평범하고 '작은 사람들'이 일상의 삶을 어떻게 영위했으며, 또 영위해 나가고 있는지 보여 준다. 그러나 동시에 작가의 시선은 이전의 작품들과 마찬가지로 러시아와 러시아 인들에게만 머물지 않고, 거의 전 세계를 아우르는 공간으로 옮겨 가며 그 속의 사람들, 인류 전체의 일상 세계를 응시한다.

그런데, 특별히 이 작품집이 우리에게 반가운 것은 지금까지 한국 독자들에게 미지의 영역으로 남아 있던 소비에트 러시아 시대의 삶의 모습이 내밀하고도 상세하게 전달된다는 점이다. 투르게네프, 도스토옙스키, 톨스토이의 작품을 통해 19세기 제정 러시아 시대의 러시아 인들의 삶과 사상, 철학을 접했던 우리는 아직까지 충분하게 그 후 러시아가 겪게 되는 제2차 세계 대전, 스탈린의 대숙청 기간, 브레즈네프 침체기, 고르바초프의 페레스트로이

---

1 박종소·최종술, 「거대한 역사 속 작은 인간들의 용서와 화합의 위대한 서사」, 『소네치카』, 비채, 2012, 461~462쪽.

카 시대의 이야기를 접할 수 없었지만, 비로소 이 작품을 통해 이 참담하고 힘겨운 시기를 거치면서도 삶을 영위해 나간 러시아 인들의 생생한 이야기를 전해 듣는다. 제2차 세계 대전 후 상이군인과 그 가족의 삶의 모습(「사다리」), 스탈린의 대숙청 기간의 피해자들과 가해자들(「Ménage a trois」), 일반 소련 시민들이 최고 지도자였던 스탈린과 그의 죽음에 대해 취했던 태도(「작가의 딸」), 페레스트로이카 시기의 궁핍한 러시아의 현실과 꿈을 상실한 러시아 청년들의 이야기(「모스크바-포도레스코보, 1992」)를 가감 없이 진실하게 접하게 된다. 이들은 19세기 러시아 사실주의 작가들을 통해 소개받았던 러시아 민중들의 모습도 아니며, 혹은 솔제니친의 작품들이 소개하는 스탈린 강제 노동 수용소의 수인들이 아닌 대다수의 소비에트 도시와 농촌에서 살아갔던 평범한 시민들이다.

그러나 동시에 이 작품의 공간은 러시아 국경 안의 지역에만 머물지 않는다. 화자의 서술은 실제 화자의 여행을 통해 러시아의 도시와 시골, 변경 지역으로 이동해 갈 뿐만 아니라, 러시아 경계를 넘어 프랑스로, 미국으로, 일본으로, 전 세계로 확장되어 간다. 공간의 이동과 확장은 자연스럽게 작가의 주제 의식이 러시아의 역사적 스펙트럼 안에 머물지 않고 전 세계적인 사건으로, 인류 보편사적인 문제로 발전되는 것을 가리킨다.

이 작품은 기존에 발표된 울리츠카야의 소설들과 달리 몇 가지 독특한 특징을 가진다. 먼저 가장 눈에 띄는 것은 작품이 갖는 연작 소설의 형식이다. 작품은 '작가의 말'에 해당하는 간략한 서문에 이어, '우리 짜르의 사람들', '피의 비밀', '그리고 그들은 오래오래 살았다……', '길 떠나는 이들의 수호천사', '마지막'이라는 5편의 중간 제목으로 구성되는 연작 형식을 갖추고 있다.

표면상으로 보면 이 소설은 서로 연관이 없는 단편 소설들이 중간 제목의 5부의 작품집 속에 포함되고, 다시 이 중간 제목의 작품집들이 전체 작품을 이루는 이야기들의 단순한 모음집 형식을 취한 것처럼 보인다. 그러나 한 작품, 한 작품 읽어 나가는 독자는 작품의 드라마틱한 전개와 고조되어 가는 긴장감으로 손에서 책을 놓지 못한다. 시골 벽지에 사는 프랑스 여인에서부터 선천성 장애를 앓고 있는 어린아이, 두 다리가 없는 술주정뱅이 상이군인, 성가대의 노래하는 여인, 장님 노인, 정신적인 세계를 추구하는 젊은 청년, 학술원 수학자, 의사, 간호사 자매, 성공을 거둔 여성 작가와 그의 딸들, 비정상적인 부부 관계 속의 남녀들, 극장 감독의 노부인, 동성애자, 술주정뱅이들의 이야기가 계속되면서 독자들은 이 작품이 단순히 우연적인 구성 형식이 아닌, 작가의 계산된 서사 전략 가운데 이루어진 것임을 발견하게 된다. 각 단편 작품마다 마주치는 다양한 인물, 성격, 관계들은 하나의 전체적인 군상을 이루고, 그들이 모여 만드는 전형적이면서도 독창적인 모자이크는 그 어느 작품에서도 느낄 수 없는 독창적이고 예술적인 아름다움을 느끼게 해 준다.

"너는 곧 잎사귀와 돌멩이들, 사람들, 구름의 아름다움이 바로 한 사람의 장인의 손으로 엮여져 있다는 것을, 미풍이 잎사귀들과 그 그림자들을 흐트러뜨리고 있다는 사실을 감지하게 될 것이다. 잔물결 위에 새로운 무늬가 생기고 늙은이들이 세상을 떠나가고 갓 태어난 것들이 두 눈을 동그랗게 뜨는 동안 구름은 물이 되어 사람과 동물의 목을 적시다가 이윽고 그들의 녹아내리는 몸과 함께 토양으로 스며든다. 그리고 이 모습을 관찰하는 우리 짜르의 작은 사람들이 있다. 그들은 서로 기뻐하고

싸우고 죽이고 입을 맞춘다. 거의 존재하지 않는 작가를 눈치채
지 못하면서."(12쪽)

　작가 서문의 이 문단은 작가가 그려 내는 이야기들이 잎사귀,
돌멩이, 사람, 구름 등이며, 이것들이 모여 우주를 구성하듯이 작
가가 그려 내는 각 단편의 개별적이고 개체적인 사람, 동물, 사건
들이 하나의 통일적인 전체 작품 세계를 구성함을 보여 준다. 실
제로 작품은 '피의 비밀'에서 출생의 문제를, '그리고 그들은 오래
오래 살았다……'에서 죽음을 다루며, '마지막'에서 작가의 철학적
사변을 통한 결론을 이야기한다. 그러나 그 과정에서 작가는 독자
들에게 자신의 견해를 주장하지 않고 다만 보여 주고 전할 뿐이
며, 심지어 작가에게 중요한 몇 가지 문제를 다루는 '마지막'에서
도 결론을 내리고자 시도할 뿐 최종적인 답은 독자들에게 남겨 놓
는다.
　이러한 작품 성격과 연결된 것으로서, 이 작품의 또 다른 독특
성은 화자와 화자의 서술 방식에서 발견된다. 작가는 서문에서 작
품의 화자를 작가와 구별되는 예브게니야(러시아어 애칭인 '제
냐')로 규정한다. 제냐는 서문을 제외한 5부로 구성된 작품의 각
단편들 거의 모두에서, 혹은 전 작품들에서 때로는 1인칭 화자로
서, 때로는 3인칭 관찰자로서 등장한다. 작가는 유년 시절(소비에
트 러시아)의 사건을 회상하는 제냐와 오늘날(포스트 소비에트
러시아) 동시대 속의 제냐의 서술을 통해 사건과 서사에 대한 객
관적 거리를 확보한다. 그러나 실제로는 제냐의 발화와 행동은 작
품의 곳곳에서 울리츠카야 자신의 개인사와 세계관 등을 드러내
며 울리츠카야의 자서전적인 특징(「아시시의 프란체스코: 둘을
하나에」, 「오, 마농!」)을 보여 준다. 곧 작가가 서문에서 "자신의 대

표이자 전령"이라고 밝히는 제냐의 서정성과 아이러니한 태도는 실제로 대부분의 경우 작가 입장의 반영이자 전달이다.

그러나 작품의 얽음새를 구성하는 사건들 속에서 제냐는 일반적으로 매우 제한적인 역할에 머문다. 그녀는 대부분의 경우 작품의 다른 인물들의 행위를 관찰하거나, 코멘트 하는 역할을 담당할 뿐이다. 그녀가 작품 속의 사건의 적극적인 참여자인 경우조차도, 그녀는 작품의 소재를 들여오기 위한 작가의 '눈과 귀'로서 존재할 뿐, 사건의 발생과 전개자로서의 역할을 담당하지 않는다. 작가는 제냐의 '눈'을 통해서 주인공과 사건들을 바라보며, 그녀의 '귀'를 통해 일어난 이야기들을 듣는다.

제냐를 통해 보고 듣는 작품의 주된 어조는 다소간 우울하고 아이러니하다. 그러나 동시에 순수하고 밝고 고양된 그녀의 목소리는 우리가 작품의 인물들과 사건들을 객관적이고 사실적으로 믿도록 만든다. "작가는 관찰자와 관찰 대상의 중간쯤에 남아 있다"라는 서문에서의 작가의 고백은 작가가 제냐가 관찰하는 사람들과 사건들 사이에 머물러 있으며, 다른 한편으로는 화자로서의 제냐가 주인공들과 사건들로부터 멀찍이 떨어져 주인공들과 사건들로부터 객관적 시각을 확보하기 위한 작가에게 필요한 존재이며, 아울러 독자들이 객관적이고 독립적인 판단을 할 수 있도록 도와주는 장치임을 밝히는 것이다. 울리츠카야는 작품의 서사가 최대한 객관적인 시각에서 이루어지도록, 또 '우리 짜르의 사람들이 이 세계의 모습'을 관찰하는 방식으로 기술하도록 기획했다고 할 수 있다. 결국, 작가가 창안한 화자 제냐는 세계를 어린아이와 같은 순수하고 진실한 마음으로 바라보도록 만들고, 그녀의 시선 속에 비친 세계에 대한 객관적 비판을 담보하기 위한 예술적 장치이다. 물론 이런 객관적 거리의 확보는 일상적이고 물질적인 삶의 영역뿐만 아니라 윤리적이고 종교적인 영역까지 포함한 정신적인 영역에서도 독자들이 자신들의 자유로운 사유와 독자적 판단을 내릴 수 있는 가능성을 제공한다.

작품의 이와 같은 독특한 구성 형식과 화자의 특징은 작품의 주제 형성과 발전에도 긴밀히 연결된다. 제냐의 시선과 사물과 사건의 중간에 머물러 있는 작가 의식은 앞서 언급한 커다란 주제, '출생', '죽음'의 문제 외에도 실로 다양한 문제들을 마주한다. 이를 살피며 작가와 대화를 나누는 것은 모두 독자의 몫이고 즐거움이리라. 여기서는 한두 가지만 함께 살펴보자.

작품의 첫 단편 「당나귀 길」에서 작가가 제기하는 문제의식은 '세계 시민'이다. 로마 제국 시기 영국에서 시리아로 열흘 만에 우편물을 보낼 수 있는 우체국이 있었던 프랑스의 아주 작은 마을로 러시아 작가 제냐가 찾아가며 이야기는 시작된다. 학생 시절에 1968년 혁명에 참가했었으나 이제는 홀로 마을에 들어와 행복하게 사는 주네비예브가 제냐를 비롯한 손님들을 맞이하며 전개되는 이 이야기에는 실제 프랑스 농촌의 사실적인 모습이 묘사된다. 도자기 세숫대야, 대나무 병풍, 오래된 수건 같은 일상의 실제적인 물건들은 오래된 농가의 공간을 확인시킨다. 그러나 동시에 이 현실의 공간은 동화와 같은 다른 차원의 공간으로 변모된다. 농가에는 아직 가을이지만 벽난로에 불이 타고 있고, 나이 지긋한 흑인 여인이 성가를 부르고, 소녀가 피아노 반주를 하고, 이 지역의 양치기는 다리가 부러진 어린 양을 데려오고, 팔다리를 못 쓰는 선천성 장애를 겪고 있는 어린 아기는 태어나서 처음으로 '아기 양'이라는 단어를 말해 내고, 하늘에서는 별똥별이 떨어지는 영락없는 성탄절이었기 때문이다. 다양한 인종과 여러 국적의 남녀들, 소녀, 어린 아기, 양, 양치기 등에게 찾아온 성스러운 밤은 '헬라인이나 유대인이나' 차

별 없이 모든 이들을 그리스도 안에서 '형제와 자매'로 만들어 주는 성서의 하느님의 은혜를 상기시킨다.

가난하고 질병에 시달리며, 천대받고 멸시받는 불행한 이들이 성탄 전야에 경험하는 기적에 관한 이야기, 소위 '교회 문학' 장르에서 흔히 접하는 첫 단편 「당나귀 길」에서의 성스러운 '기적'은 두 번째 단편 「사다리」에서도 지속된다. 전쟁에서 두 다리를 잃고 가건물 2층에서 살고 있는 주정뱅이 바실리는 자신을 매일같이 곱사등에 업어 사다리로 올려 주는 아내를 술만 마시면 멍이 들고 피가 날 정도로 두들겨 팬다. 이를 지켜보는 큰딸은 그럼에도 여전히 아빠를 사랑하는 엄마를 동정하여 어느 눈 내리는 성탄일에 술에 곯아떨어진 아빠를 2층에서 사다리 밑으로 떨어뜨린다. 그러나 바실리는 전혀 다치지 않았고, 심지어 잠에서 깨어나지도 않고 자고 있었다. "그렇게 성탄절의 밤은 아무 탈 없이 잘 지나갔던 것이다"라는 화자의 마지막 서술은 울리츠카야의 작품집 『우리 짜르의 사람들』의 전체적인 분위기를 앞서 보여 준다.

성스럽고 밝은 낙관적인 작품의 이와 같은 분위기는 전반적으로 4부라고 할 수 있는 '길 떠나는 이들의 수호천사'까지 계속되며 강화되어 나간다. 이 작품군은 러시아, 유럽, 미국, 일본으로 여행을 떠나는 화자가 전하는 러시아와 러시아 국경 너머의 삶의 모습이며, 이 이야기들 속에도 여전히 인간과 삶에 대한 이해와 긍정, 용서와 화해가 자리하고 있다. 그러나 앞의 1부와 2부의 작품들에서 세계의 불합리, 신비, 거짓, 매력 등에 놀라는 소녀 제냐의 세계관과 뒤섞였던 작가 의식은 작품의 후반부 3부, 4부에 이르면서 점차적으로 긴장되고, 더 날카로워지고, 깊은 철학적 주제로 이끌린다. 생명 존중, 민족 갈등, 형식화된 종교, 동성애의 문제는 물론, 진리와 운명 같은 종교적이고 철학적인 문제로 그녀의 시선이 부단히 확장되며 독자들의 사유를 이끌어 간다. 특히 그 가운데 우리의 관심을 끄는 것은 사회 문제에 대한 끊임없는 작가 의식이다. 가부장적인 가정 폭력(1부의 「사다리」)에 대한 소녀 제냐의 고발은 전쟁(1부의 「탈영병」, 4부의 「카르타피아 산맥, 우쥐고로드」)에 대한 고발로 발전되며, 이에 대한 작가의 단호한 반대 입장은 작가의 사회 참여 활동에서도 나타난다. 실제로 울리츠카야는 2014년 4월 24~25일, '우크라이나와 러시아: 언론 자유의 가능성', '병합 이후 크림 반도의 단기, 중기, 장기적 전망' 등의 주제로 키예프에서 열린 「우크라이나와 러시아의 대화」 회의에 참석하여, 러시아 내부 상황을 "오늘날의 정치는 러시아를 야만인들의 나라로 변화시키고 있다"라고 비판하기도 한다.

울리츠카야의 작품은 일반적으로 거대한 역사 속에서 삶을 이어가는 작은 인간들의 사랑과 갈등, 용서와 화해를 다룬다. 우리의 이 작품 역시 작품 제목이 말하듯, 일차적으로는 황제로 이해되는 '짜르'의 일반 대중들의 삶에 대한, 그리고 더 나아가 인간과 자연, 우주를 창조하고 관장하는 '신'으로 이해되는 '짜르' 곁의 모든 존재에 대한 작가의 총체적 사유가 구체적인 역사적 시간과 결합하여 놀라운 예술품으로 빚어진 것이다. 특히 우리는 이 작품에서 소비에트 러시아와 소비에트의 붕괴 이후의 포스트 소비에트 사회의 러시아 인들이 절망과 압제의 어둡고 암울한 현실 속에서도 담담하게 살아가며 꽃피워 내는 삶에 대한 기대와 기쁨, 사랑을 읽을 수 있다. 소비에트 붕괴 후 적잖은 시간이 흘렀음에도 아직까지 한국의 독자들에게 미지의 영역으로 머물러 있는 소비에트 러시아와 포스트 소비에트의 러시아가 부디 이 작품으로 한 발 더 가까이 다가올 수 있기를, 그래서 그들의 삶과 우리의 삶이 공명하며 작가가 그리는 더 밝고 희망찬 세계를 꿈꿀 수 있기를 기대한다.

이 작품이 출판되기까지 많은 분들의 도움을 받았다. 작품의 번역 과정에서 조언을 주신 서울대학교 언어교육원의 김엘레나 선생님과 번역 원고를 함께 읽고 조언을 준 서울대학교 대학원생들, 또 작품의 꼼꼼한 교정과 편집을 위해 수고해 주신 을유문화사의 편집부 이진아 씨에게 감사의 인사를 드린다.

**판본 소개**

번역에 사용한 판본은 모스크바의 엑스모(Ėksmo) 출판사에서 2005년에 발간한 『우리 짜르의 사람들(*Lyudi nashevo tsarya*)』이다.

## 류드밀라 울리츠카야 소개

류드밀라 울리츠카야는 1943년, 가족이 2차 세계 대전을 피해 머물렀던 러시아의 바시키르 자치 공화국에서 태어났다. 종전 후 가족 모두 모스크바로 돌아왔고 울리츠카야는 모스크바 대학의 유전학 및 생화학부를 졸업했다.

울리츠카야는 소비에트 연방 과학 아카데미 산하 유전학 연구소에서 2년간 근무했지만 1970년대 지하 출판물 제작 및 유포에 연루되어 연구소에서 해직당했다. 그때부터 그녀는 자신의 신념에 따라 결코 공직에 나가지 않았다. 실내 유대인 음악 극장(KEMT)에서 문학 감독으로 일하기도 했고 수필, 아동극, 라디오 드라마, 인형극을 썼으며 연극 평론가로도 활동했다. 또 몽골의 시들을 러시아 어로 번역하기도 했다.

1980년대 말부터 잡지에 작품들을 발표하기 시작했고, 영화로 제작된 시나리오 「리베르티의 자매들」(1990, 블라디미르 그라마티코프 감독)과 「모두를 위한 여인」(1991, 아나톨리 마테시코 감독)의 작가로서 유명해졌다. 1992년에는 문학지 『신세계』에 단편 소설 「소네치카」를 발표했다. 이 단편은 1994년 프랑스 어로도 번역되어 프랑스에서 '올해의 번역'으로 꼽히기도 했고, 그 덕분에 울리츠카야는 프랑스의 '메디치상'을 받기도 했다. 1993년에는 첫 번째 선집 『가난한 친척들』(1993)이 프랑스 어로 번역, 출간되었다.

2007년에는 인문학을 지원하는 '류드밀라 울리츠카야 재단'을 설립했다. 이 재단의 주요 프로젝트들 중 하나는 러시아에서 출간되는 책들 가운데 '좋은 책'을 울리츠카야가 직접 선정해 러시아의 도서관들에 보내는 것이다.

2007년부터 2010년까지 어린이를 위한 문화 인류학 총서 '다른 이, 다른 이들, 다른 이들에 대하여'를 여러 작가들과 함께 기획하기도 했다.

2014년 4월 24~25일 키예프에서 열린 「우크라이나와 러시아의 대화」 회의에 참석했다. '병합 이후 크림 반도의 단기, 중기, 장기적 전망', '우크라이나와 러시아: 언론 자유의 가능성' 등의 의제를 논하는 이 회의에서 그녀는 "최근의 정치는 러시아를 야만인들의 국가로 변모시키고 있다"라고 말하며, 러시아의 정치 상황을 비판적으로 평가했다.

1992   단편 「소네치카(Сонечка)」
1993   단편집 『가난한 친척들(Бедные родственники)』
1996   가족 연대기 『메데야와 그녀의 아이들(Медея и её дети)』
1997   단편 「즐거운 장례식(Весёлые похороны)」
2001   장편 『쿠코츠키의 경우(Казус Кукоцкого)』
2002   단편집 『소녀들(Девочки)』
2003   장편 『당신의 슈릭 올림(Искренне ваш Шурик)』
2005   단편집 『우리 짜르의 사람들(Люди нашего царя)』
2006   장편 『번역가 다니엘 슈타인(Даниэль Штайн, переводчик)』
2008   희곡집 『러시안잼 그리고 다른 작품들(Русское варенье и другое)』
2011   장편 『녹색 텐트(Зелёный шатер)』
2012   단편 및 에세이집 『성스러운 쓰레기(Священный мусор)』
2013   단편집 『어린 시절 45-53. 내일은 행복할 거야(Детство 45-53. А завтра будет счастье)』

# 새롭게 을유세계문학전집을 펴내며

을유문화사는 이미 지난 1959년부터 국내 최초로 세계문학전집을 출간한 바 있습니다. 이번에 을유세계문학전집을 완전히 새롭게 마련하게 된 것은 우리가 직면한 문화적 상황에 적극적으로 대응하기 위해서입니다. 새로운 을유세계문학전집은 세계문학의 역할이 그 어느 때보다 중요해졌다는 인식에서 출발했습니다. 오늘날 세계에서 타자에 대한 이해는 우리의 안전과 행복에 직결되고 있습니다. 세계문학은 지구상의 다양한 문화들이 평등하게 소통하고, 이질적인 구성원들이 평화롭게 공존할 수 있는 문화적인 힘을 길러 줍니다.

을유세계문학전집은 세계문학을 통해 우리가 이런 힘을 길러 나가야 한다는 믿음으로 만들어졌습니다. 지난 5년간 이를 준비하기 위해 많은 노력을 기울였습니다. 세계 각국의 다양한 삶의 방식과 문화적 성취가 살아 있는 작품들, 새로운 번역이 필요한 고전들과 새롭게 소개해야 할 우리 시대의 작품들을 선정했습니다. 우리나라 최고의 역자들이 이들 작품 속 한 문장 한 문장의 숨결을 생생히 전하기 위해 심혈을 기울였습니다. 또한 역자들은 단순히 번역만 한 것이 아니라 다른 작품의 번역을 꼼꼼히 검토해 주었습니다. 을유세계문학전집은 번역된 작품 하나하나가 정본(定本)으로 인정받고 대우받을 수 있도록 최선을 다했습니다. 세계문학이 여러 경계를 넘어 우리 사회 안에서 주어진 소임을 하게 되기를 바라며 을유세계문학전집을 내놓습니다.

**을유세계문학전집 편집위원단**
박종소 (서울대 노문과 교수)
김월회 (서울대 중문과 교수)
손영주 (서울대 영문과 교수)
신정환 (한국외대 스페인어통번역학과 교수)
최윤영 (서울대 독문과 교수)

# 을유세계문학전집